雪帥彭玉麟

上

阿山 著

CNS
湖南文艺出版社

图书在版编目（CIP）数据

雪帅彭玉麟 / 阿山著. -- 长沙：湖南文艺出版社，2022.4

ISBN 978-7-5726-0376-1

Ⅰ. ①雪… Ⅱ. ①阿… Ⅲ. ①长篇历史小说—中国—当代 Ⅳ. ①I247.5

中国版本图书馆CIP数据核字（2021）第189982号

雪帅彭玉麟

XUESHUAI PENG YULIN

阿　山　著

出 版 人：陈新文

责任编辑：匡杨乐 谢朗宁

责任校对：刘　波

装帧设计：罗志义

出版发行：湖南文艺出版社

（长沙市雨花区东二环一段508号 邮编：410014）

印　刷：湖南雅嘉彩色印刷有限公司

经　销：湖南省新华书店

开　本：710 mm × 1000 mm 1/16

印　张：38.5

字　数：650千字

版　次：2022年4月第1版

印　次：2022年4月第1次印刷

书　号：ISBN 978-7-5726-0376-1

定　价：99.80元（全两册）

目　录

引子：神秘的预言

少年和少女刚在江里游完泳，沿着江岸回家，他们的头发湿漉漉的，手里都提着一条鱼。突然间，发现前面嶙峋的岩石上，坐着一位老头，衣衫褴褛，面色黧黑，眼神怪异，头上戴着一个花草编的高高的冠，有些不伦不类。更有特色的是他的胡须，长达数尺，雪一样白，此时随意地在江风里飘拂着，如一缕升腾的白色烟雾，在傍晚的残照里诠释着生命的沧桑。他的肩头上，立着一只白色鸟，引颈远望，庄严肃穆，似乎在与高远的苍天对话。

待少年少女走近，老头突然把他那又黑又脏的手伸向他们，意思是：把手中的鱼给我吧。少年愣了一下，随后把鱼递给了他。少女也一样豪爽，将手中的鱼献了出去。

老头接过，咧嘴对两个孩子笑了笑，笑得奇丑无比。

随后，老头用手在空中比画了一下，那只站在他肩头上的白色鸟说话了："水！"

少年少女感到奇怪，这鸟还会说话？仔细辨认，好像它并非鹦鹉。

老头显然觉得两个孩子没有领会他的意思，又伸出食指在虚空里点了四下。

白色鸟在高处说："江河湖海。"

什么意思？

老头使劲晃了几下头，然后恶作剧般地把他们送的鱼抛向空中。两条鱼在空中翻了几个跟头，落进了大江里。

白色鸟似乎是老头的翻译，说道："记住，临水而安，居水而兴。"

少女拉了少年一把："玉麟，我们走吧！"

他们不再理睬老头，向远处走去。走了几步，少年心一动，觉得这老头有点像张良遇到的那位，又像庄子笔下那些奇奇怪怪却很深奥的丑老头。

当他们回头再看时，暮色弥漫开来，一弯新月在天空中泛着淡淡的光。

老头不见了，那只白色鸟也不知去向，连老头端坐的那块石头也不复存在。

第一部

墨绖从军

第一章　家乡等异乡

十六岁的少年，跟着父母第一次回到自己的祖籍地，但父亲的故乡并没有给他太多的温暖和幸运，相反却把他抛入生活的激流与漩涡……

一　陌生的故乡，陌生的奶奶

祖母彭凌氏死了。

这一年是清道光十二年，彭玉麟十六岁。后来回首往事时，他觉得这一年是他命运的转折，许多灾难和机遇由此生发。

正月初五，父亲接到来自遥远湖南的噩耗，在号啕大哭一阵后，毅然决定全家一同回家奔丧。船从皖江出发，沿长江而上，行了一程又一程，换了一船又一船。过了洞庭，拐向湘江，逆流而上。到了衡州，再换一只船，溯蒸水，继续向西航行。真是一次漫长的溯源寻根之旅。

春天还没有到来，水寒山瘦，到处一派萧索与苍凉。料峭的江风一路尾随而来，像一条冷飕飕的长鞭，在背后不停地挥舞，恶狠狠地追赶与抽打，似乎要把他们逼向天涯海角。

渐近故乡时，父亲神情黯然，好像要落泪的样子。

此时呈现在玉麟视野里的，是湘南烟雨中平旷而萧瑟的水田。远远的，隐隐的，有一片高矮不一的房屋横在苍茫里，那是一座古雅的湘南小镇。更苍茫的远方，浸润着一片山影，灰灰的，那大概是父亲说的九峰山吧。他们的船，正向着那片密密麻麻的房子划去。

父亲说起往事时，曾无数次提到渣江。这个坐落在衡州西部小平原上的古镇，据说是河水冲击渣土而成，并由此而得名。从这里走水路到衡州城有一百一十里。镇上有数千人口，三街六巷自成格局，独具湘南古镇的韵味。从大云山发源、流经邵阳又折回东流的蒸水河绕镇而过。父亲的老家河隆甸离这里只有里把路，少年时代他常在镇上玩耍，认识的朋友不少是街上的。总之这片土地是父亲梦魂萦绕的地方，弥漫着他丝丝缕缕的乡愁。

老实说，玉麟不太理解父亲的乡愁，甚至觉得父亲的表情有点滑稽可笑。

这儿不是自己的故乡，充其量只能说是他的祖籍地。他生在安徽省怀宁县三桥镇，他的家在那儿。十六年来，他从未回过渣江，连奶奶长什么样他都不知道。有时候有湖南衡州人来他家做客，他们和父亲说着家乡话，咿咿呀呀，他听不懂几句。虽然父亲经常向他和弟弟讲述这块土地上发生过的故事和它特有的风情，他们也只是听听而已。无论如何，这儿没有他们的根。

父亲很早就离开了这里，到很远的地方谋生，虽然后来一个人独自回来过几次，但时间都很短暂，按理说，对家乡也该生疏了，可父亲好像离家乡越远，时间越长，对家乡的感情越深。

这一次，因为奶奶去世，他们不得不回来奔丧，但父亲说了，送奶奶上山后，便不回安徽了，打算长期住在这里，落叶要归根了。这意味着除父亲外的母子三人得生活在异乡里，得重新在这陌生的土地上生根发芽。

“娘，我们今后就住在这渣江，不回安徽了？”

弟弟玉麒说：“不，我们不住这儿，我们要回家。”

母亲面无表情，口气却十分坚决：“好男儿志在四方，哪里能活命，哪儿就是我们的家，由不得你们。”

玉麟想起三千里外他们原来的那个家，想起了他的外婆、舅父、小姨，还有他的同学和朋友，想起这次回来，在江边上船的时候，舅父的痛哭……这一次离别与搬迁，有一种非同寻常的意味。

一只船从前面划过来，一人在船上笑着喊：“鸣九哥，回来了？”

父亲在这边船上应道：“回来了。我老母过世了，回来办丧事。”

那边船上的人说：“这我知道的。”

父亲问道：“你去哪里？去衡州城里吗？”那只船越靠越近，几乎和他们的船挨着了。

那人轻叹一口气：“这年头，活着难啊。家里没田没地，只得去衡州做点小买卖。”

父亲点着头。那人从船上把头伸过来，几乎凑到父亲的耳朵边：“兄弟，据说你和魁大爷好，那人心眼可坏了，哥要提防着啰。”

父亲似乎有些不快，嘴里却说：“好嘞，我晓得晓得。”

那只船划走了。父亲望着那位兄弟和船远去的影子，露出不屑之情：“见人就挑拨离间，这算君子的品性吗？”

突然，一阵江风从后面吹来，像一把冰冷的刀砍在脖子上，船上的人个个都把头缩进衣领里。那风渐渐去了远处，又恶作剧般地兜转回来，在船上转着漩涡，然后猛地上扬，掀起船夫的竹笠，一直向上，上到半空中。那竹笠在云中翻了数十个跟斗，又从半空中掉下来，掉到远处的河水中，被河水冲走了。船夫望着被冲走的竹笠有些不舍，喃喃着：“倒霉！”

船在渣江古镇的下河口码头缓缓停泊下来。玉麟一家提着包袱和木箱走上岸来。迎接他们的有四五人，领头的是彭魁（魁大爷），父亲喊着他的名字，露出很亲切的笑。彭魁也亲切得很。他是父亲的族弟，玉麟、玉麒的族叔。父亲多次讲过，他俩是穿一条裤子长大的兄弟。玉麟对彭魁也有印象，记得他去过好几次他们安徽的家，父亲对他甚为热情，两人总是彻夜长谈。此时彭魁为他们扛箱背袋的，还指派来人为他们效力。

彭魁五十多岁了，身材并不魁梧，干瘦干瘦的，颧骨高耸，一对三角眼，目光显得有些阴森，有些不可捉摸。他的山羊胡须根根粗壮有力，铁蒺藜一样带着锋芒。

他走过玉麟身边，说：“你是玉麟吧，长得真快呀。”

玉麟点点头。

玉麒说：“您是我族叔吧，我爹常说起您呢。”

彭魁拍拍玉麒的肩膀，称他是个懂事的孩子。

这时玉麟惊奇地发现，一只苍蝇在彭魁身边飞来飞去，彭魁去拍它，它溜走了；彭魁不理它了，它又来纠缠。总之彭魁走到哪，苍蝇就飞向哪。这么冷的天气哪来的苍蝇？为什么老跟着彭魁飞？玉麟有了一种奇怪的预感，彭魁和他家似乎会有什么不幸的事情要发生。

街上的三五行人，在微微细雨里或撑着伞，或戴着笠。临街的房子是一色的青砖瓦房，竟然和安徽的建筑有一致的格调。只是足下铺的石板，不是青色的，而是他从未见过的猪肝色。店铺一家接一家，五花八门什么都卖。几家卖吃食的店里，刚出笼的食物热气腾腾，菜香和油香弥散在寒冷的空气里。父亲注视着迎面而来的人们，遇着认识的就打招呼，有的还拱手弯腰。

突然，玉麟听见一阵嘭嘭声，离他五六步的地方有一位老人抱着一个竹筒，站在一家店铺面前，击节而歌。那竹筒足有两尺多长，宽八九寸，圆圆的，无竹节的痕迹，一头是空的，一头蒙着一层带麻点的皮，老人一手敲击竹筒，发出咚咚的竹木之声，另一只手敲击蒙着皮的那头，发出嘭嘭之声。老人唱的词好像是：

怀抱竹筒呢，走四方。（嘭嘭）
一曲渔鼓呢，道沧桑。（嘭嘭）
…………

后面还唱了什么玉麟没有听懂，老人的声音和嘭嘭的节拍里，好像藏着一种极凄凉极揪心的东西，让他的心微微颤动。他还想往下听，可父亲拉了他一下，催促道：“这渔鼓，经常可以听到的，以后再听吧。快走，离家不远了……”

很快到了父亲的老家，三间低矮的茅草房，破旧不堪。堂屋正中央，放着一具黑色棺材，底下点着桐油灯，那微弱的光并不能驱散屋里的昏暗。他们跟随父亲走进屋里，跪在棺材前面，仿效着父亲，不停地向那具黑色的棺材磕头。

随后族叔彭魁等人搬开棺材盖，躺在棺材里的奶奶瘦得不堪入目，脸色白中带灰，深陷的双眼半眯着，看不出远离至亲的奶奶脸上最后的表情。

父亲见到奶奶的面容，放声大哭。但玉麟没有哭，他哭不出来。父亲常常提起她，还有几次从老家带回老人送的鸡蛋和红薯片，可无论如何，他没有见过奶奶一回，想不起这位老人生前的音容笑貌和日常生活细节，奶奶仿佛在万水千山之外的云端里。

安徽与湖南，数千里之遥，不是一步就可以跨越。

二　父亲的好兄弟，突然摇身一变

玉麟的预感，很快得到应验。

第二天，父亲为奶奶出殡的事去找彭魁商量，回来时气得脸都白了，喘着气，手微微颤抖着。

母亲忙向前扶住父亲，一面替他摩挲胸口，说："彭魁说什么了？把你气成这样？"

父亲还没有平静下来，语无伦次道："我没有想到，没想到，没想到……这人、这人……不是人！"

母亲比父亲镇定："你说清楚一点，是不是彭魁不愿意把钱还给我们了？"

父亲原来也有四兄弟，三弟四弟不到三十岁就死了，二弟外出做生意，据说去了云南，一直没消息，十多年没回家了。奶奶一个人在故乡，总得有人照料。父亲就让和他关系最好的、从小一起长大的族弟彭魁照顾，每年给彭魁一些银子作为奶奶的生活费和照料的工钱。去年彭魁家里砌房子，开口向父亲借钱，父亲二话没说借给他五百两银子。现在奶奶死了，父亲手头紧，想让他还些银子来给奶奶办丧事，结果他不认账了。

父亲神色稍微缓和了些，说："这家伙，不但不愿还钱，还根本不承认借过我的钱，说无凭无据，压根儿不存在借钱这一码事……"

母亲后悔道："也是我们太大意了，古人说，害人之心不可有，防人之心不可无，我们当时就应当让他立下字据。"

父亲叹息道："人是要防着，总不能连兄弟都防着，我们是把他当亲兄弟看的呀！"

"世风不古，看来这世道连亲兄弟都要防着了。"母亲像是在自言自语。

父亲余怒未消："他不但不承认借了我的银子，还把我大骂一顿！"

"还骂你？怎么骂？"

"他骂我大逆不道，不孝敬母亲，在外头只顾自己一家享乐，把老母亲丢在乡下受苦受难，真该天打五雷轰。还说要不是他，我母亲不是饿死，就是病死在屋里，被野狗吃了也没人知道。这家伙颠倒黑白，信口开河！"

这时母亲突然想起一事，一下子变了脸色："不好了！"随即对父亲说，

“你以前不是把节余下来的俸禄给彭魁，委托他为你在乡下买田吗？你说他并没有把田契交给你，是吗？”

“是的。”他托彭魁买了八十亩田，一年可以收租一百多石。

“我们太相信彭魁了，这里面一定有名堂！”

父亲惊慌起来：“这……怎么办哪？”

母亲即刻做出决定：“快，立刻去找彭魁，把田契要回来！……我一个人在这里守灵，玉麟、玉麒，你们都去，陪你爹找彭魁要田契！”

临走时，母亲又附在玉麟的耳边轻声说道：“如果田契要不回来，你们也不要和别人干架。另外，注意你父亲，他身体不是很好，不要让他气昏了！”

他们到了彭魁家，是一栋新砌的青砖瓦房，两层楼，共五间房，很气派，堂屋门柱上贴着大红的春联，还挂了大红灯笼，一切都显示出房主一家富裕兴旺的气象。

他们走进屋，看到彭魁正用长长的烟管抽着乡里特有的旱烟。父亲压住心中升腾的怒气，语气和缓地说：“魁弟，我对你一直是以兄弟相待，你确实帮了我不少的忙，我心里非常感恩。……我来这里，是……我不是托你在乡下买了八十亩地吗，你还没有把田契给我。”

彭魁把烟管从嘴角拔下，喷出一口浓烟来，又不慌不忙往地上敲掉烟嘴的烟灰，然后站起来狂笑：“好笑，好笑，我说鸣九哥，你是不是昏了头？你嘛时候托我给你买了田？我嘛时候为你押字搞了田契，你好歹也当了个九品官，精明得很，这样的事会让我替你办吗？你不要坏了我的名声！”

父亲用请求的口吻说：“魁弟，做人要讲良心。你占了我的田，我们一家大小吃什么呀，那会活活饿死的，你不能太狠心哪！”

彭魁冷冷地说：“我没有替你买田，也没有拿你分文，你们要饿死与我无关！”

父亲气得浑身颤抖，玉麟上前扶住他。父亲说：“彭魁，我太相信你了，没有想到你这样心狠手辣，诡计多端！人要对得起天地良心！混账得来的钱财终归会化为尘土，冤钱归冤路啊！”

彭魁说：“谁混账了？谁拿你的田契了？证据呢？你不要血口喷人，冤枉好人啊！”

父亲急得不行："彭魁，既然你说没有拿我的银子买田，那你对着天老爷发誓吧。"

彭魁仰天大笑："我没做亏心事，赌什么毒咒！……我说彭鸣九兄弟，你不要再闹腾了，你连你乡下的老母亲都要我替你养活，你还有钱买田？你能买田会让你母亲待在那几间烂茅屋里？你那么精明，买了田会连契约也不要？你说这样的话，十里八乡没人会信的！"

玉麟也气得拳头握得咕咕响，瞪着彭魁，说："魁叔还是讲点良心吧，前年六月的一天，你来我家，在饭桌上，我爹就问过田契一事，你说这次忘记带来了，下次我来时或者你们回家时拿给你们就得了，兄弟之间，我绝不会做缺德事的！……人在做，天在看。叔，有这事不？"

彭魁大怒，用手指着玉麟的鼻子："你、你，胡说什么，全是放狗屁！"

父亲恼怒得快要丧失理智了，一个箭步冲到彭魁身边，一只手抓着他的衣领，一只手就要扇他的耳光。彭魁立即迎战，拽住父亲的手，两个老男人扭作一团，厮打起来。

玉麒大叫一声，就要上前助战，被玉麟一把拉住。玉麟明白，彭魁虽然比父亲年轻几岁，但绝不是学过武术的父亲的对手。

彭魁大约感到干架没有取胜的把握，有些害怕了，冲着远处喊："来人啊，有人要打我，打死人了哪！"

彭魁兄弟多，又有五六个儿子。一下子屋里就冲进来一大群人，个个怒目圆睁，人人摩拳擦掌，都为彭魁说话，指责玉麟一家人无理取闹。

玉麟和弟弟见形势于己不利，只得忍气吞声，扶着父亲往回撤。

回到屋里，母亲见谁也不说话，脸色都很难看，她什么都明白了，放声大哭起来。

三　我住长江头，君住长江尾

玉麟躺在蒸水上，像一只孤独无依的小船，随波逐流。

他懂水性，喜欢在河水里钻来游去。十岁，他就能横游长江。小小的蒸水，在他的眼里不过是条小水沟。

他没想到霉运来得如此之快。一家人长年累月留下来的积蓄一下子化作乌有。百般无奈之下，父母亲只好变卖家中的衣物首饰，换来银钱，草草为奶奶办了丧事。现在他们住在奶奶留下的三间破破烂烂的茅屋里，过着极为贫寒的生活。母亲的脸上长了不少皱纹，头上添了许多白发；父亲本是一条硬汉，现在却病倒在床，吃着药，始终不见好转。这样惨淡的日子里，十六岁的少年感到了世态的炎凉和生活的严峻，却又无力改变这一切。

风吹来，河上有了粼粼的波纹。蒸水是长江支流的支流，长江数千里，浩浩汤汤，奔流到海。他现在的家应在大江的上游或中游，原来的家应在长江的下游。遥遥相距三千里。自己还能回到过去，回到出发的地方吗？不知怎的，他突然想起了一阕词：

我住长江头，
君住长江尾。
日日思君不见君，
共饮长江水……

是的，他想起了远方的外婆和舅父，想起了他的小姨。

她此时在做什么？是在做女红，还是在读书？或是在画一树梅花？她肯定不知道他此时浮在一条叫蒸水的河里，如鱼如蛙如一片树叶……

她比他小两岁，和外婆、舅父住在一起，他们曾一起玩耍，一起游水，一起读书、画画，一起作诗填词，那些快乐的情景常常在玉麟眼前浮现，温暖着他冰冷的心……

他清清楚楚记得小姨的样子，小巧的鼻子很灵秀，薄薄的嘴唇鲜嫩而俏皮，长长的睫毛如丰茂的水草，最难忘的是她的眼睛，笑起来像两个盛满清泉的月牙湖，鼻翼旁还有一颗小痣，黑黑的，如一颗黑色的星星泛着光，把她的脸衬托得更为秀美……

水有些凉，毕竟入夏还不久。风从远方带来了山花的芬芳和青草的气息，这和长江岸边初夏的风没有两样。

离别这么久了，他有好多话想对小姨说，他猜她一定想听。

他想告诉她离别之后自己所经历的一切。他想告诉她离开她之后沿长江西行，一路经历的许多风波，途经小姑山、湖口、九江、汉口、城陵矶……横穿洞庭湖时，他们遇上了暴风雨，差点葬身在这八百里云梦泽了……小姨懂诗，也会写诗，水平远在他之上。他想把自己乘船回乡时，在湘江里口占的诗念给她听：

昔闻衡九面，今日到衡阳。
树绕湘流绿，云开岳色苍。
弟兄嘶二陆，父母喜双康。
风土初经历，家乡等异乡。

其实这不是主要的，最要紧的是，他想告诉小姨，短短几天内的意外巨变，他家在祖母死后由小康之家沦落为最贫苦的人家，一切来得猝不及防。他很想向小姨具体地描述他的族叔，这个族叔比虎豹还狠，比毒蛇还毒，他甚至想悄悄告诉她自己正在谋划的复仇计划……

他还要告诉小姨，父亲深受打击已经病倒了，母亲也被气得憔悴不堪，他的家快变成一只风雨中要散架的船，再也经不起轻轻一击了。可是，为什么要告诉她呢？为什么要让她悲伤呢？

他记得那天在长江边离别，舅父号啕大哭，外婆也哭得格外伤心，小姨更是哭得哽咽起来。临别一刻，小姨把一样东西悄悄塞进他的手心，柔柔的，暖暖的，他紧紧捏在手心，没被任何人发现。后来寻到机会，一个人偷偷看了。原来小姨给他的是一方手帕，里面包裹着几朵梅花。手帕上写着一些字，细看是韦庄的《思帝乡》：

春日游，
杏花吹满头。
陌上谁家年少，足风流？
妾拟将身嫁与，一生休。
纵被无情弃，
不能羞。

小姨的心思他明白。可是，现在他的家境变了，又隔着万水千山，未来无异于一场梦幻。自己还能重返旧地，与她重逢吗？他不知道，谁也不知道。他只想化作河中的流水，顺着水流，从蒸水流到湘江，流进洞庭，流入长江，一路东去……

我住长江头，
君住长江尾。
日日思君不见君，
共饮长江水……

风大了起来，把粼粼涟漪吹成了起伏的波浪，哗哗作响。

四　父亲在弥留之际，塞给他两本半书

彭玉麟的父亲彭鸣九（字鹤皋），因与族弟彭魁发生争执，患上了昏眩之症，卧病在床，天天吃药，仍不见好转，病情反而一日比一日重。

他没有想到自己的暮年会如此惨淡，更没有料到会被小人捉弄得一蹶不振。

他自幼聪明好强，学业优异，每试皆名列前茅。字也写得不错，尤其是隶书和楷书，但他不喜欢参加科举考试。父亲彭启象说："既然你不愿考秀才，那就老老实实务农吧。"他不乐意务农，只喜欢读书写字。后来父亲去世，他奉母命前往江南，家里穷没有盘缠，他以卖字为生，一路游学至镇江，经人推荐，上了北固书院。同学黄生对他说："你的才学非一般人可比，最好到京城去，遇到贵人，前途将不可限量！"

在黄生的资助下，鸣九来到京城。有人劝他去拜访朝中的同乡官员，他不愿去。但他运气好，那一年是嘉庆元年，要修编《四库全书》，朝廷开实录馆，需要招收一批"供事"从事编辑和抄写工作。这"供事"，虽然是小吏微职，由于是吃皇粮的，参考的人还真不少，甚至还有人请"枪手"。他彭鸣九不搞这一套，以真才实学顺利考取"供事"。在编书过程中，他诚诚恳恳做事，管事的官员很满意。后来他还结识了尚书何凌汉，道州人氏，书法名闻天下，也好客重

士。不少海内文士都附和他，而何尚书独重鸣九，与他过从甚欢。他常常指着鸣九，对一些官员说：“此非乡曲人也。”

《四库全书》修编完毕后，鸣九升为从九品官，被安排至江南怀宁县三桥镇当巡检，官职虽小（相当于现在乡镇的派出所所长），但好歹是个朝廷官员。

作为巡检，彭鸣九将三桥镇的社会秩序维持得很好，县令任寿世非常器重他。

一日，任寿世与他闲谈：“鹤皋，你才能卓异，非一般人可比。可年逾四十，却还孤身一人，实为憾事也。”

鸣九笑着说：“鄙人无德无能，家境贫寒，现年事已大，还说什么家室之事？”

“此言差矣。‘不孝有三，无后为大。’圣人之言也。你无家无室，后继无人，乃不孝之事，君子不为也。”

“大人说的自是正理，但鸣九家贫人微，谁会把自己的女儿往火坑里推？”

任寿世真心相助，说：“我和你交情不浅，我要成全此事。我有一个朋友叫王维则，浙江山阴人，为人幕僚，有一个女儿知书达理，温柔和善，但眼光甚高，现今已有三十岁了还待字闺中，我去撮合，绝对成事！”

“人家眼光高，会把我放在眼中吗？还是别去撮合了吧。”

“对方喜欢有才气的男人！这样吧，你写了不少诗词，选上几首给我，我拿给他们父女看看，说不定能成全一桩姻缘美事！”

后来正如县令所言，王小姐对鸣九的才学十分佩服，半年之后与他结为伉俪，此后又相继为他生下了玉麟、玉麒两个儿子。

过了几年，州府的藩司得知鸣九曾在京城干过事，熟悉京城的情况，派他解运麻贡到京城，他圆满完成任务后，藩司很满意，调派他担任合肥梁园镇巡检，官还是从九品，但他管辖的地方更大了，这自然是对他的器重。这时地方闹起捻匪来，他明察秋毫，与捻匪斗智斗勇，很快抓捕了数十个捻匪，惩处甚为严酷，以致捻匪不敢进入他管辖的地域。

两年后，藩司又派鸣九前往京城押送茶贡，这时北方捻匪比以前闹得更凶，干这差事风险更大，鸣九的责任也更大。藩司当面对他说：“这事你干好了，我一定升你的职。”就在鸣九圆满完成任务的归途中，接到来自衡州的噩耗，他哪里还顾得上官位，立即携妻儿回乡奔丧……

回首往事，鸣九觉得自己忠于职守，廉洁奉公，上司倚重他，老百姓信服他，土匪恶霸畏惧他。可是最后，竟然被一个下三烂的人打倒在地，让他财散誉毁。他越想越气，越气越想，身体一天比一天衰弱。

次年三月，他已躺在床上动弹不得，好在头脑还清醒，便对妻子说："……我实在不行了。儿子还没成人，家里什么也没有了，可我无能为力，千斤的重担落在你的肩上，你要尽力扛起来啊……"

王夫人哭着点点头，把两个儿子叫到丈夫面前，彭鸣九伸出手，一手握住玉麟，一手握住玉麒，先对玉麒说："玉麒，你不喜读书，爹也不强迫你，等你长大些，可以去经商，你头脑不蠢，能成事的。"

然后又对玉麟说："玉麟，你是读书的料，可以考科举……现在民风不正，盗贼蜂起，天下要大乱了……乱世出英雄，你可待时而出……我记得……以前我教你读过《孙子兵法》……那书你可有保留？"玉麟看着父亲，点点头。

鸣九从自己的枕头下摸出两本书递给玉麟，说："这两部半书，要经常看看……将来或有大用。"一本是戚继光的《练兵实纪》，一本是周瑜的《公瑾水战法》，已经残缺不全。（加上《孙子兵法》是两部半书）

父亲用异样的眼光久久地注视着他，玉麟浑身战栗了一下，慢慢跪在父亲的面前，双手恭敬地接过书，然后拜倒在地。

五天后，彭鸣九就死了，但他的眼睛没有闭上。衡州人认为，死时没有闭眼，是因为死者心中有大遗憾。

玉麟跪在父亲身边，一面哭一面给父亲抹眼皮，轻轻地对父亲说："爹，我要替您报仇，替您出这口恶气……"父亲的眼睛依然睁着，似乎在生气地瞪着他。他改口说道："爹，我一定给您争气，让您和母亲脸上有光彩。"父亲的眼睛似乎动了一下，然后慢慢闭上了……

五　母亲悲愤的哭诉，玉麟奇异的梦境

玉麟没有想到，一年前他和父亲为奶奶守灵，一年后竟然和弟弟为父亲守灵。回乡的短短一年里，灾难和不幸接踵而至，他经历了他以前想都不敢想的大事。他恨逼死父亲的那个人，可是恨归恨，有用吗？父亲不在了，他是长子，家

庭的重担落到了他的肩上。俗话说，三岁牯牛十八汉，他快十八岁了，可他觉得自己的肩膀还嫩得很，根本不能承受这千斤重担。可是他不承担谁来承担？他能把重担推给年迈的母亲和年幼的弟弟吗？

母亲一直在哭，眼泪哭干了，喉咙也哭嘶了。父亲含冤而死，母亲心中的悲痛无穷尽，恨也无穷尽。人死财散，家徒四壁，孩子还未成年，环境陌生而险恶，母子三人能生存下去吗？能把儿子抚养成人吗？她一定感到人生的渺茫与无助……

“……你最疼儿子，他们是你的心头肉，可是你怎么不管不顾了呢？你应当把他们抚养成人，看他们成家立业，看他们生儿育女呀。可是你这样一个人匆匆忙忙走了，留下我和儿子，你这样对得起他们对得起祖宗吗？你这人怎么这么狠心哪……”

“……你本来是一个有见识、有能力的人，靠自己的本事当上了一个小官，好些凶神恶煞的人都逃不出你的手掌，可是你就是太相信你那个狼心狗肺的兄弟，借你的钱不承认，把你买的田地据为己有，最后把你逼上绝路，你在阴间里心安吗？……”

母亲的哭诉声由大变小，越来越细，像一只蚊子在哼哼，后来什么都听不到了，朦朦胧胧里，玉麟听见有人说：“走吧，到外面去，有人在等你……”

玉麟恍恍惚惚走出去，外面是无边无际的荒野，没有人烟，东一处西一处都是坟墓，他听见远处传来虎狼的叫声，越来越近。突然间他看见一条蛇——眼镜蛇！不，不是一条，而是两条、三条、四条……无数条！它们向他爬来，速度超乎想象地快，一条条高昂着头，张开血红的嘴，吐出长长的芯子，像一把把带血的剑伸向他……他吓出一身冷汗，心突突地跳，他害怕了，急急地逃跑，跑啊跑，没命地跑，遇到坡就爬坡，逢到沟就越沟，只顾疯狂地向远处跑。回头一看，无数的眼镜蛇仍在他的身后紧追不舍，只要稍一停步，它们就会扑上来。

这时，他竟然狂奔到了悬崖边，前边是万丈深渊，深渊里是黑色流水，打着漩涡向前汹涌，发出震耳欲聋的巨响。天要灭我也！他歇斯底里地大喊一声。可那蛇群并没有停住的意思。他横下一条心，纵身一跳……水流寒彻骨髓，溅起的水花迷住他的双眼。他拼命向前游，在黑色激流里如离弦之箭，他相信自己已将蛇群抛得远远的。可是，回头一看，成千上万的眼镜蛇依然呼啸而来，在水面上溅起无数浪花……他全身发冷，不顾一切地向对岸游去……

他爬上岸，站起来。那群眼镜蛇迅速将他包围。他高喊了一声天，可天没有回应，他接着高喊了一声地，地依然沉默。

他闭上眼睛，等待着蛇血红的舌头，等待着自己的血呼呼地流进蛇的血管里。

但他突然又把眼睛睁开了，他觉得自己的眼睛冒出火光来："无耻！你们这样丧心病狂地追杀我，是为了什么啊，说出理由来，我死也要死得明白。"

为首的蛇说话了："没有理由，或者说，要吃掉你就是理由。"

他怒吼一声，把蛇吓退了几步，但它们随即又逼上前来。

此刻，有一个声音在他耳边响起："好汉，把你的剑亮出来！"他下意识地把手伸向腰间，真的，他的腰间竟然有一把剑！他把剑从剑鞘里拔出来，随后高高举起。

那真是一把好剑，寒光一闪，像一道闪电照亮了天空和流水。

那个声音又一次在他耳边响起："用剑战斗才能征服邪恶！"

他大吼一声，挥起宝剑杀向蛇群。

血光冲天，蛇头落地。

天地安静下来，蛇群不见了，河流由黑色变成了红色，大地上黑压压的一片蛇头。

剑在滴血，血腥的气味弥漫了整个大地。

在流淌着血水的河流边，他蹲了下来，高声哭泣起来。泪水落在地上，咚咚响个不停。原来，眼泪落到地面就变成了黑色的石头，一堆一堆的。

他终于醒来，发现母亲还在哭诉，弟弟喃喃地说着梦话，父亲棺材旁的长明灯，忽明忽暗。

六　他把刀磨得锋快，母亲却阻止他复仇

彭魁并没有就此罢手。前几天，他又来到玉麟家，叫他们母子立马从那三间茅屋里搬走，说用三间茅屋来抵他多年赡养玉麟奶奶的账……他们一家同彭魁辩理，因拿不出证据，反而显得理亏，只好离开奶奶留下的茅屋，借住在族内的伯父家。

玉麟暗暗下定决心，要亲手杀死那个猪狗不如的彭魁。

他找到一把刀，可是生了锈，估计杀不死人。他开始磨刀，磨得呼呼响，磨

得铜黄的锈水流了一地。磨了一天一夜，他汗水淋漓，有些站不住脚了。

弟弟看到玉麟奇怪的行为，问道：“哥，你磨刀干什么？”

他看着弟弟，冷冷地说：“杀人！”

弟弟的瞳孔震动了一下：“杀谁？”

他瞪弟弟一眼：“还有谁，就是杀我们家的大仇人彭魁！”

“哥，你能杀死他吗？要不要我帮你一把？”

“去去去，滚一边去，我杀他就像杀一只小老鼠！”

就在这时，母亲王夫人已站在他们面前。玉麟有些慌乱，忙把手中的刀放下。母亲瞪着他，半天不说话，最后才开口：“玉麟，你胆大包天！你这是铤而走险呀！”

他低着头，口气却很强硬：“娘，彭魁把我们逼上绝路，这种不仁不义不法之徒，我们还要手下留情吗？”

母亲劝道：“玉麟，你是读过圣贤书的人！韩信能忍胯下之辱，你就不能吞下这口气吗？”

玉麟辩解道：“我们受的不是胯下之辱，而是财散人亡之奇祸……”

母亲说：“孩儿读过《郭子仪传》吧，郭子仪身为朝廷重臣，祖坟被人挖了，他心里明白是宦官鱼朝恩干的。可当皇帝问起此事，郭子仪不但不怪罪鱼朝恩，反而说自己也有过错，这也许是上天对自己的惩罚……被人挖祖坟，无疑是奇耻大辱，可郭子仪都能够忍受……孩儿啊，能忍受奇耻大辱的人，才会有大襟怀！君子报仇，十年不晚。你爹临死前对我说过，让我把你们培养成人，你们兄弟不要辜负了他的期望。你俩出息了，才是对仇人的残酷打击……”

说到父亲，母亲忍不住流下泪水。

兄弟俩怕母亲伤心，连忙跪下认错，发誓不再拿刀砍人。

母亲拾起他们丢在地上的菜刀，摘下田边的一片荷叶，把刀裹着夹在腋下，然后没事似的往家里走。

七　拿一把杀猪刀去报仇，却意外得到一把宝剑

过了一年，玉麟又一次萌发杀死彭魁的念头，因为彭魁差一点儿害死了玉麒。

父亲去世后，母亲想让玉麟走科举进学之路，便安排他到离渣江街不远的私塾读书，玉麟的姑父在那儿教书，这样玉麟便可得到他的指教，进步会快一些。玉麒不喜读书，母亲则让他跟着族里一位叔叔去学经商，先从小买卖做起。

彭魁怕兄弟俩长大复仇，生了斩草除根之心。一日，玉麒从衡州买了十来斤盐回来，准备到渣江街上去卖，赚点小钱以补贴家用。走到离家不远的池塘边，埋伏在禾田里的彭魁和他的儿子突然冲了出来，拦住玉麒，抢走了盐，猛地把他撞进池塘。池塘很大，水很深。玉麒初识水性，在池塘里喝了几口水后，好不容易浮出水面。彭魁父子见了，跳进池塘，一左一右游向玉麒，把他的头往水里按，玉麒一面挣扎一面大喊救命。

幸好被一个姓梁的老汉看见了，他大声喊叫："大白天，杀人了啊……"

彭魁父子慌乱起来。梁老汉随即跳进池塘，吓跑了彭魁父子，把玉麒救上岸来。

玉麟觉得，两家水火难容，不是你死就是我活，不杀了他，一家人迟早会死在他手里，于是除掉彭魁成了当务之急。

这一次他得严格保密，不让任何人发觉。他做了周密的计划。他打听到彭魁的大女儿嫁到了宝庆（今湖南邵阳），过几天她三十岁生日，彭魁要去做生。玉麟提前在他经过的路上做了仔细的侦察，发现有一段山路极为僻静、险要，准备在那里干掉他。

玉麟又找到一把刀，这次不是锈迹斑斑的菜刀，而是一把杀猪刀。

在彭魁前往女儿家那天清晨，玉麟事先到达选定的地方。他走上山坡，向下瞭望，发现彭魁正从山下走上来。玉麟在心里说："彭魁啊彭魁，你作恶多端，休怪我不客气了！"

他隐身在山路旁的一块巨石边，前面有柴草遮掩，任何锐利的眼光也难以发现。路的另一边是悬崖峭壁，深不可测。是的，他完全可以把彭魁撞下悬崖。但他不想那样做，那样不是英雄豪杰。他准备待猎物走近后，一跃而出，趁对方来不及防备，用铁拳猛击彭魁，在彭魁毫无还手之力时，再用那把杀猪刀逼近他的心窝，亲手杀了他。

这时玉麟抬头一望，发现离他不远的山坡上有一个汉子正注视着他。他有些气恼，筹划好的计谋曝了光。那是一个年轻人，年纪和自己差不多，手里拿一把铳，佩着一把剑，好像是山里的猎人。那人在高处对他说：“伙计，拿一把杀猪刀干什么呀？”

他不想回答，过了很久，才冷冷地说：“杀猪刀就是用来杀猪的！”

那人说：“可是屠夫杀猪总是在屋场里杀。你在山上，准备杀一头撞到你刀口上的野猪吗？”

他应道：“杀一头从屋场里窜出来的野猪！”

那人在高处哈哈大笑：“看样子你是一位书生，拿一把杀猪刀实在有失读书人身份，还是拿一把剑吧！”

随后，一把剑从高处抛了下来，正好扔在离他脚边一尺远的地方。

他不屑一顾：“杀猪还是用杀猪刀好些，不能让猪血污了一把好剑。”

那人走到玉麟身边，用一只手搭在他肩上，说：“兄弟，还是让别人去杀猪吧，我们不做屠夫做的事。”

说完，夺过他手里的杀猪刀，把它扔得远远的。然后把剑拾起来，塞到他手里：“翻过一座山，有一块大草坪，那里有我们的马队。我们兄弟一起骑马去行猎，好吗？”

玉麟有些不情愿地跟着那人走了。

他想，太便宜那头“猪”了，快撞到刀口上了，却又意外地躲过一劫。

八　他把剑抽了出来，众人惊愕不已

玉麟外出三天，带回来一把剑。

他结识了一位新朋友，朋友住在三十里外的金兰镇瑞芝村常大屋，那可是大名鼎鼎的京官常大淳的府第。常大淳，字正夫，号蓝陔，明朝开国元勋、开平王常遇春的后裔。道光三年中进士，现为翰林院御史。据说他家藏书四万种，碑刻千本，是名冠湖南的大藏书家。

这位新朋友就是常大淳的二公子常豫。常豫，字仪安，大玉麟三四岁。他少时有些鲁莽顽皮，十多岁离开家乡去了京城，与益阳的胡林翼和道州的何绍基在京城有“三公子”的美誉。常豫有胆识，重然诺，虽然满腹诗书，但三次参加乡试而不第。这一次，他从京城回来，清明到老家扫墓，扫墓后和乡下几位朋友去山中行猎，不意遇到彭玉麟“杀猪”。他阻止了玉麟，并邀他同去骑马打猎。可谓英雄识英雄，三天的相处使他们结为知己。常豫出身书香门第，又是官宦之家，饱读诗书，游历京师，眼界高远，与他交往，无疑给玉麟的生活打开了一扇新的窗户。

一天，玉麟独自来到彭氏族长彭玉英家，族长问他有何事情，玉麟说了几句客气话之后，向他提出了一个怪异的问题：“族长大爷，我改为他姓可以不？”

族长大吃一惊：“那怎么行！怎么能随便改姓呢？你是河隆彭氏声扬公的后裔，改姓可是离祖叛宗、大逆不道的事！”

玉麟做出为难的样子：“我改姓也是没有办法的事，族叔把我家逼得走投无路，而姓彭的没有一个人站出来为我家说话！”

族长明白了玉麟的意思，说：“其实你也不能怪族里长辈，你家并没有请求我们来处理，我们怎么插手？”

于是，玉麟把彭魁欺负他家的来龙去脉说给族长听，并请求族长为他家主持公道。族长说：“明天我把族里几位主事和彭魁都请到河隆祖堂里去，你和你妈也来。我们要为你们说话！”

次日，他和母亲准时来到祖堂，族长彭玉英和几位主事早已到了，坐在祠堂前面的八仙桌边，他们示意玉麟母子坐下。随后彭魁和他的大儿子也来到祖堂，族长示意他们坐到玉麟母子对面。

族长点亮了祖宗牌位前的蜡烛，接着点燃纸钱，放在地上。自己跪下去磕了几个头，随后恭敬肃穆地站立着，声音洪亮地禀告：“河隆彭氏列祖列宗在上，今日是我彭氏今年第一次议事，我等决不负祖恩祖德，一定出以公心，秉公办事。若有不义之徒，忘恩之辈，不服族仪，不守族规，我等将全族齐力治之，使族内尊卑有序，仁义有归，整肃有礼！”

气氛变得威严肃穆起来。

待大家拜完回到座位上，族长看着玉麟：“我听玉麟说，他家受了族叔彭魁的欺负，要我族里为其主持公道，以族规处治不仁不义之人。”又望着玉麟的母亲说道：“王夫人，请你先说说情况吧。”

王夫人站了起来，向各位长辈福了福，然后把彭魁借钱不承认，托他买地不给地契等事作了详细的介绍。未等王夫人说完坐下，彭魁立即站起来反驳：

“王大嫂说的不是事实，她全是胡说……她有什么证据？说我借他家的钱，得有欠条；说托我买地，我没给他们地契，他们一家都有文化，鸣九还是一个九品小官，买地会不要地契？反而是我家为他照顾老母，为她买米买油盐买衣服，留有一本账目……大家看看，看看，口说无凭，白纸黑字才是真……”边说边从衣兜里掏出一卷纸，拉成长长一条，上面有墨写的数目。

玉麟咚地站起来，把拳头砸在凳子上，发出一声响。彭魁不再说话。大家的目光纷纷投向玉麟。

玉麟的眼睛射出两道凌厉的寒光，充满愤怒，带着杀气，像两把锋芒无比的利剑，直逼彭魁。

彭魁从来没有看过这样锋利的目光，不由得浑身一抖。

谁也不说话，祖堂里静得可怕。

好久，族长才说：“玉麟，你说吧。”

玉麟的话声震屋宇：“彭魁！本来你是我的族叔，我应当叫你一声‘叔叔’才合礼仪。但是你的所作所为，已不配做我的族叔！你说你没有借我家的银子，也没有拿我家的银钱为自己买田地，那好，我问你，这短短几年，你家又砌房屋，又买近百亩的田地，你哪来的钱？你家没人在外头做官，也没人在外做生意，就凭你那几把锄头，能挖出金子来？还有，你说你替我们赡养了我的奶奶，我们根本没有给你一分钱，我奶奶的吃穿住用都是你提供的，你有这样的好心肠吗？我听说，你是一个见缝插针、见人揩油、见利忘义的家伙，我家没给你钱，你会有这样的好心？你当着列祖列宗的牌位，当着各位长辈，当着天，当着地，你说说良心话！”

有人小声地议论着：“哼，彭魁有那样的好心，狗都不吃屎了！”

“这样欺负族内人，最没出息！要逞强到外头去呀！”

彭魁见大家都说他的坏话，慌乱起来：“彭……玉麟，胡言乱语，他没有证据，乱说一气，大家不要信他，我有白纸黑字，我买的田地有地契……他不当家，不知底细，他、他、他……”

玉麟更加愤怒了，大喝一声，冲到彭魁身侧，用一只手勾住他的脖子，另一只手从衣服里抽出那把藏着的短剑，直逼彭魁的胸脯，大吼道：“我要杀了你这禽兽不如的家伙，替我父亲报仇，为民除害！”

谁也没有想到彭玉麟会来这一手。

族长吓得六神无主："玉麟玉麟玉麟玉麟，使不得使不得，使不得……"

彭魁吓得面无人色，浑身哆嗦着。他的儿子也吓傻了，不敢向前制止。

王夫人吓得哭了起来："儿啊，儿啊，娘求你了，千万不要动刀子，你爹生前有吩咐，不要告官，不要报仇，恶人作恶，自有报应啊！"

玉麟听了母亲的话，放了彭魁，把剑插回剑鞘。

人们提着的心终于放了下来。大家把目光重新投向族长，希望他做出一个适当的裁决，息事宁人。

族长好容易平息了自己的心跳，想了半天才说："这事其实明摆着，彭魁你心里明白，我们心里也明白，只是没有证据，其实字据不如心据……这样吧，彭魁，你把那三间茅屋退出来，还给人家母子，做事不要太绝啊。其次是那田地，你退出二十亩地让玉麟一家去耕种，不然人家怎么活！……我等只有这么处理了，不知你们服不服。不服，你们自己告官吧，我们也没有办法了。"

没想到彭魁竟然同意了，他说："族长说了，我服。"

玉麟觉得这样是和稀泥，谈不上真正的公平，他还想争辩。母亲却表态了："我们听族长的！……玉麟一时冲动，惊吓、冒犯了各位长辈，敬请高抬贵手，多加包涵！"说完，向各位福了福，拉着玉麟就往家里走。

九　玉麟游水略施小计，毛丽惊艳健美少年

毛妹子（毛丽）今天起得特别早，她洗漱好了，开始涂脂抹粉，把自己打扮得鲜鲜艳艳，水水灵灵，像晨光里一支娇艳带露的花。她异常兴奋，因为今天要去看一年一度的游水比赛。

她是渣江街上绸缎铺老板毛腊生的千金，家里有钱，自己也有几分姿色，今年芳龄二十，对男女情事已经懂得。小镇里的伢子多得很，想娶她的人坐得几桌子，上门来做媒的一个挨一个排着队，毛妹子谁也看不上，偏偏对穷小子彭玉麟有了一点意思。

她今天去看游水比赛，是冲着彭玉麟去的，因为她听人议论，彭玉麟的游水技术非同一般。

游水的人是从街口的下河口码头出发，在上游的龟石渡上岸，八里水路，看谁先到达。现在还早得很，毛妹子款款地迈着碎步，迎着初夏的清风向上游走。

毛妹子也不知道自己怎么就对彭玉麟有了意思。好像是那一天，她家绸缎铺的门前，有一群街痞子见一个伢子从前面走过，齐声叫喊："安徽佬！安徽佬！"那人冷冷地看了他们一眼，什么也没说，径直走了。她有些好奇，问门前的人："为何叫他安徽佬？"那些人哈哈大笑："这人叫彭玉麟，在安徽长大，十六岁才回来，满口安徽腔，所以大伙儿叫他'安徽佬'。"

后来有一天，她去蒸水河边洗衣服，一不小心一件衣服被流水冲走了，那可是她最心爱的红裙子，急得她差点哭起来。这时突然河里冒出一个脑袋来，游向那红红的一团云影，抓住裙子往回游，游到离她一丈远的地方，扬手把裙子扔到她跟前。她连忙紧紧抓住，看到那人的脸和赤裸的上半身，知道那男子是"安徽佬"，脸有些发烧，羞涩地向他道谢。可彭玉麟只冷冷地看了她一眼，一个字也没说就游走了。她感到，那一瞥就是安徽佬射向她心头的温柔一箭。

毛妹子的心跳加快了。她不知道今天能不能看到彭玉麟，她一点把握也没有。因为，这游水比赛一般只有男人才能观看，女人，尤其是少女，是不能看的。这里的习惯是，男人游水时（不管比赛与否）什么也不穿戴。但毛妹子不是别人，既然不能抛头露面地看，难道不可用很巧妙、很隐秘的方法一睹风采吗？为了看这次比赛，她前几天已经实地考察了一番。在龟石渡不远处，一块高耸的巨石边，有一个极为隐蔽的难以被人发现的地方，可以居高临下看到蒸水河的一切。不过她还是有些慌乱，假如这事被人发现，绝不是好玩的，人们会说你"骚"，说你"淫"，说你比婊子还要婊子。不管你是谁的女儿，也不管你是否花容月貌，喷射而出的唾沫绝对会淹死你！

那块巨大的山石耸立在不远处，再前面就是龟石渡了。毛妹子沿着一条小路走到巨石下，又穿过荆棘，绕到临河的一面。这里有一个石洞，刚好一人高，她躲在石洞口的树后，目光穿过树木的空隙，蒸水河的水面和岸上的景物历历在目。这时太阳升得很高了，田垄和河上的雾气正在消散，一切变得明朗起来。她躲在那个无人知晓的地方，等待一幕好戏的开场。

隐隐约约，她听到鸟铳鸣放的嗵嗵声，游水比赛开始了。她看到无数人沿着河岸向上跑，她刚平静下来的心又开始紧张了。

听说，安徽佬的家境并不好，当官的父亲已经死了，他与母亲还有弟弟相依为命，家中只有少量田地和几间破烂低矮的茅庐，但她不在乎这些。

有一天晚上，镇上寿佛殿唱马灯，殿内外人头攒动，男女老少站的站，坐的坐，蹲的蹲。她看到安徽佬站在人群里，于是她壮起胆子挤进人群，渐渐靠近他。她在身上搽了许多脂粉，希望他能闻到她的香气……可是，安徽佬却挤出人群，不见了。他好像不喜欢女孩子，真的很冷漠呢……

她抬起头来，听到叫喊声，定睛一看，河里的游水健儿正向上游游来……

此时，有几个人竟然走到了巨石下，说笑着向上爬。她紧张极了，心跳得怦怦响，她最担心的事情就要发生了，怎么办怎么办呢。她蹲了下去，用手捂着肚子，装作肚子痛，不能让人以为她在这里偷看男人游水啊……等了好久，那些男人并没有往上爬，在巨石下面离她两丈远的地方停住了，他们就站在那儿有说有笑地观看比赛。

她屏住呼吸，不敢声张。

“看！安徽佬游在最前头！”下面的男人在叫喊。

“可是后面的人离他不是很远，还不能说他赢定了。”

“肯定是安徽佬赢，知道不，人家在安徽的时候，每天都在长江里游呢。这小小的蒸水，能和长江比不？”

“我也听说过，安徽佬从安徽回湖南来，经过洞庭湖时遇上大风，船翻了。安徽佬一手拉着他娘，一手拉着他弟，游过了八百里洞庭湖呢！”

“这么厉害？”

“……”

她的目光穿过枝丫，看到河面上的彭玉麟像一条鱼，分开水波，箭一样游向上游。时而仰泳，时而蛙泳，时而侧游，姿势不停地变换，节奏不停地加快，水花飞溅，留下一条长长的水纹。跟随而来的五六条白色的“鱼”在离他两丈远的地方拼命追赶。不用说，还有参赛者落在后面，有的早认输上岸了……

观赛者越来越多，叫喊声回荡在田垄。

突然有人喊：不好了！

她发现，彭玉麟沉到水里去了，不见了踪影。她差一点儿尖叫起来，意识到自己的处境，忙用牙齿咬住嘴唇。她心里急得七上八下，不知如何是好，眼泪一下流了出来。沿河两岸的人们以为出事了，个个惊慌得不得了，乱成一片。那些游水者也忘了是在比赛，都停了下来，准备去水底打捞。

这时，在正前方很远的地方，彭玉麟露出了一个脑袋。他已经到达目的地，赤条条爬上岸，站在沙滩上，身上湿漉漉地滴着水。人们尖叫着赶了上去。

后面的参赛者中了计，游向终点后也和彭玉麟赤条条地站在一起。

八个男人的胴体进入了毛妹子的视野，男性赤裸的身体所呈现出的笔挺的线条、坚实的骨骼、富有韧性的肌肉，还有那点缀得恰到好处的带有神秘感的毛发，都焕发出妙不可言的青春光芒，让她有点睁不开眼睛，她惊奇而羞涩，慌乱而迷醉，一种难以言说的冲击力让她微微颤抖，有点站立不稳……其中，彭玉麟的身材最匀称，最结实，完美得无可挑剔。彭玉麟的伟岸与健美在毛妹子的心头烙下了深深的永难抹去的痕迹……

游水的人穿好衣服，带上大红花。彭玉麟是第一名，胸前红花自然最大最鲜艳。人们已经摆好八顶轿子让这些取胜的游水健儿坐。玉麟坐上最漂亮的一顶，排在最前面。人们欢笑着，簇拥着他们往回走。

等人完全离去，毛妹子才敢往回走。她立下志愿，今生今世，非彭玉麟不嫁。

十　天灾人祸难生存，王夫人为儿谋新路

再说那年族人做出决定后，彭魁父子因畏惧公愤，把霸占的三间茅屋和二十亩田地退还给玉麟一家。玉麟一家总算有了遮风挡雨的地方。虽然退还的田地全是旱田，土质贫瘠，一年的收成很少，但总比无田无地要好一些。

彭魁父子不再直接闹事，却来了一手阴的，唆使渣江街上的街痞子来玉麟家吵事。

族人看不惯彭魁父子胡作非为，要玉麟母子与之打官司，把所有田地都要回来。

王夫人说："不可。我家没有田契，不一定能赢官司。再说了，我丈夫尸骨未冷，我就携儿子跪于堂下与别人争田庐，受人斥责，颜面丧尽，将来于九泉之下我有何面目见他？"停顿了一下，又说："这田地呢，少一点也无碍。如果我儿子没有出息，把田地要回来最终还是会失去；如果有出息，没有这些田地，我

们照样会拥有可观的财产。”

族人感到王夫人气量非同一般。玉麟也觉得母亲目光长远，言之有理，便不再计较田产之事。

可第二年衡州大旱，从农历五月开始到次年三月不下一滴雨，太阳不知疲倦地吐着火舌，晒得人头昏脑涨，泥土冒烟，蒸水断流，哪里还有收成？玉麟家那二十亩地没有收获一粒稻谷。

过了农历大年，玉麟一家就没了米谷，只能靠吃杂粮过日子，后来杂粮也没有了，一家人就去河岸田头挖野菜。乡人都没了粮食，抢着挖野菜，没有多久野菜也挖尽了，家里再没有东西下锅。

母亲饿得满脸菜色，连路都走不稳了。玉麟、玉麒饿得两眼发蓝，骨瘦如柴，浑身无力，不知能否熬过这场灾难。

族长彭玉英带着族人到九峰山求雨，可求了好几次，天老爷就是不显灵，一滴雨也没下。

无论如何还是要活下去，可家里也没有什么可变卖的了，只有父亲留下的几箱旧书，书是家中最宝贵的东西，不到山穷水尽不能拿去换钱，但母亲知道如果不在它身上打主意，恐怕一家人的性命就保不住了。

母亲含泪跪在地上，喊着父亲的名字，喃喃地念叨着：“……我没有别的办法了，只有拿你的书去换粮食来救命。我想这是你不想看到的事情，但是你如果活着，应该也会和我做一样的选择……”

玉麟、玉麒也流着泪跪在母亲旁边。

之后母亲每次就拿着几册书到渣江街上去卖，因为是好书，还是有富贵人家买的，但价钱很贱，只能换来几升或斗把稻米，不过总算可以充饥了。

饥荒的日子里才知道粮食的珍贵。母亲不敢拿换来的稻米煮饭吃，只好用石磨将少量的米磨成粉，再把米粉加水煮成糊状，然后将切碎的野菜掺入其中。这种糊状的东西喝起来苦涩，喝上一大碗，肚子鼓了起来，似乎饱了，但很快就要下尿，撒了几泡尿后，肚子又空了，身上也没有一点力气了……

除了父亲临终前给玉麟的书好好保留着，其余几箱书都卖完了，换来的稻米也吃完了，可灾难还在延续，不见尽头。

也许是命不该绝。在玉麟一家快要陷入绝境的时候，好友常豫来了。他见玉麟一家三人瘦骨嶙峋，眼窝深陷，没了人形，当即送了五十两银子。

这一年渣江饿死了近百人，玉麟一家凭借常豫送的银子渡过了难关。到了四月初，下了几场大雨，衡州大旱才得以解除，蒸水两岸很快又新绿一片。

但天灾过去，人祸未消。彭魁依然常常唆使一些街痞子来他家闹事。

一夜，母亲将两兄弟叫到身边，郑重地说："我日思夜想，你们兄弟不能在渣江待下去了，这不是你们待的地方，去外面寻找出路吧。玉麟，你与常豫商量一下，通过他的关系找衡州石鼓书院的刘祖焕先生，去那里求学，走科举之路。玉麒，你去找一个会做生意的熟人，别在渣江做小生意了。大地方才会有大发展！"

玉麟问道："娘，我们离开了，您依然住在这里吗？"

母亲叹息道："我老了，就不跟着你们去闯荡了。"

"我们兄弟不在您身边，彭魁还会来欺负您的！"玉麟有些担心。

母亲想得很远，说："我不怕。你们要明白，你们在外头混得好，他们就不敢来欺负我。如果混成了叫花子，他们才会来欺负我。再说了，等你们在城里有钱了，就接我去城里住吧，我盼着那一天呢。"

十一　玉麟听歌下衡州，毛丽撑船追如飞

道光十六年农历七月，彭玉麟、彭玉麒兄弟二人离开住了四年的渣江老屋，前往衡州。

母亲把兄弟俩送到码头，含着泪说："你们在外面混得好，才对得起你们死去的父亲，明白不？"兄弟俩点头答应，心里不忍离开母亲。

船夫点开了船，在河石上一磕，船退后几尺，随即离开岸，向河心漂浮而去。

远远地回头张望，母亲还立在码头上。玉麟暗暗下决心："娘，孩儿不会辜负您的期待！"

渣江古镇很快退到了身后，成了朦胧的背景。

刚回故乡时，觉得它好陌生，像是异乡，现在一切都熟悉了，又要离开它了。故乡没有给自己带来温暖和幸运，却留下了许多回忆，蒸水里游泳，河隆庙祭祖，寿佛殿看马灯，九峰山求雨，还有渣江街上吃米粉……

故乡啊，我还会回来的……玉麟在心里轻声地呼喊。

正是七月天气，夏风带着田垄里稻菽的清香和河中的水汽迎面而来，视野变得开阔了，兄弟俩心里的离情别绪也像云烟一样渐渐消散。

船夫高声打了一声哦呵，唱起船歌来——

蒸水源头出耶姜，
二十里到水东江。
一篙撑过麻石铺，
迎面风吹金兰香。
石马龙口洪罗庙，
过了龟石是渣江。
花滩河畔花草满，
台源莲花映霞光。
顺风直下九里渡，
西渡中洲近古塘。
…………

这歌玉麟听得很熟了，就说：“师傅，还有别的歌吗？来点我没有听过的。”船夫把篙子一节一节地送进水中，又一尺一尺地拔出来，说道：“那我就唱一个古怪的，你们听好咯——

八月十五是中秋，
岳飞捉拿包大人。
赵子龙智取摩天岭，
薛仁贵兵败走麦城。
吕洞宾独占花魁女，
孙悟空调戏观世音。”
…………

玉麟听了大笑："你这全是胡扯一气，张冠李戴，真的是古怪歌。"船上有人说："别说划船师傅了，现在世道乱了，黑白颠倒，强的欺负弱的，有钱的欺负没钱的！"船上又有人说了："师傅，别唱古怪的歌了，唱一首情歌来听听吧。"师傅一面撑船，一面又唱起情歌来——

红毛野鸡飞过垄，
妹似桃花艳山峰。
心想伸手摘一朵，
未曾开口脸先红。
前头短发黑油油，
后面辫子黑溜溜。
心想和你结双对，
又怕日后结冤仇。

歌还没唱完，一个红衣少女驾着一只小船从后面飞一般梭过来，差一点点撞到他们的船。那红衣少女就是毛妹子，她真是泼辣，大声喊道："安徽佬！你知道我是哪一个吗？"

玉麟不是呆子，毛丽多次向他暗送秋波，他装作不谙风情，不予回应。可是不知为什么，越不理睬，她越要纠缠。玉麟冷冷看她一眼："我认得你，渣江街上毛氏绸缎铺的毛小姐，芳名远播，谁不知道？"

毛妹子笑了："晓得就好……安徽佬，你去哪里？"

玉麟不想搭理她，但船上人多，给了她一个面子："我去很远的地方……"

没想到毛妹子竟然说："我要跟你一起去。"

一船人惊讶不已。

船夫和毛妹子熟悉，笑呵呵地说："跟着去？……私奔？"

毛妹子挥起竹篙就打："就你会讲话，不讲就会死哒？"

船夫说："你别打呀，打死我有什么好处，留下我给你们做媒人吧。"

船上的人笑起来。毛妹子又对玉麟说："哪怕你去天南海北，我也要跟你去！"

玉麟不再理她。弟弟玉麒却说话了："我哥去石鼓嘴读书，要考学的。你去了，会误了我哥的前程！"

毛妹子狠狠地瞪了玉麒一眼："你小子懂个屁！那些考上举人和进士的人都是成亲以后才考上的！不信你去问问常大淳，问问曾国藩吧。"

船夫这时又大声打起一声哦呵，随后高声唱了起来——

从前只有藤缠树，
如今却兴树缠藤。
藤缠树来顺天意，
树缠藤来乾坤颠。
天地颠倒难如意，
顺天顺地过百年啰……

一边唱，一边把小船撑得飞快，一下子船就行了好远。

毛妹子哪里听得进别人的话，她打定了主意，十八头水牛也拉不回来。她豁出去了！她要紧追彭玉麟不放手！她要追到衡州去，追到天涯海角去！她把船撑得更快，呼的一下，船蹿出好几丈远，于是，两只船就像赛龙舟似的，飞一般向衡州城射去……

第二章　求学石鼓嘴

在衡州石鼓书院，玉麟竭力摆脱毛丽的纠缠，一面读书，一面到衡州协标兼职当文书，后来又考上马兵，实现了把母亲从乡下接到衡州的愿望……

一　刚到石鼓书院，山长发现他带来一把剑

玉麟来到了石鼓书院。这一天，天蓝得像一只纯蓝的瓷盆，满天满地都是阳光。遇见的人个个满脸笑容，风度翩翩。他的心情特别好，发霉的日子已成过往，全新的生活从此开始。

石鼓书院建在衡州城北蒸水和湘江的汇合处石鼓山上，石鼓山孤峰独立，耸峙江中。东西北三面临水，形若半岛，奇崛耸拔，中高而外秀，可谓鬼斧神工，令人叫绝。北魏郦道元《水经注》载："山势青圆，正类其鼓，山体纯石无土，故以状得名。"玉麟站在书院台阶上，望着山下缓缓流动的蒸水与湘江，想起了古人"蒸水环其左，湘水挹其右，耒水横其前，三江汇合，浩浩荡荡同归洞庭"的形容，觉得再贴切生动不过。

石鼓书院历史悠久，人文荟萃。唐代处士李宽步宰相李泌后尘奔南岳而来，走到衡州，见石鼓山林木葱郁，湘江、蒸水、耒水三江环绕，遂在此结庐读书，此为石鼓书院之雏形。宋至道三年，衡州人李士真拓展其院，作为衡州学者讲学之所。景祐二年，宋仁宗赐额"石鼓书院"。自宋代以来，石鼓书院就与应天府书院、白鹿洞书院、岳麓书院并称为天下四大书院，扬名天下。玉麟知道，自己

能来到这“最为一郡佳处”的著名书院求学，实在是三生有幸。

来求学的人还真不少。大都是轻裘玉带，美服华冠，有人还是坐着轿子来的，想是来自有权有势之家的公子王孙，只有他一人缊袍敝衣，有鸡立鹤群之感。

在一位老生的引领下，他来到书院的书舍。书舍是生徒自学、吃饭、睡觉的处所，建在书院的西面，坐南朝北，砖木结构，盖小青瓦，后临石壁，前有走廊，内有两张床，可住二人，还有书案、椅子和箱架。玉麟将提来的被子放到床上，又把书箱放到箱架上。这时一位文质彬彬穿长衫的老先生走了进来，跟随而来的人介绍道：“这位是书院的山长。”

玉麟立即施礼：“我是新生彭玉麟，拜见山长。”

老先生和蔼可亲，笑着说：“你就是彭玉麟啊，我们可是老乡呢。我是刘祖焕，渣江官埠的，与你父亲还是同窗呢。”

玉麟更加肃然起敬，他知道老先生是父亲的同学，虽没有交往，但他进士出身，德高望重，在渣江那地方谁都知道他的大名，私塾老师把他作为楷模，经常用来教育弟子。

玉麟毕恭毕敬侍立着，一时找不到合适的话语来表达对先生的敬佩之意。

刘山长看着他的行李问他：“那是什么？”

他微笑着说：“先生，这是一把剑。”

山长走了过去，从行李上取下剑，把它从剑鞘里抽出来，只见寒光闪闪，赞道：“倒是一把好剑啊。”

山长对玉麟笑了笑，问道：“你来这里求学，为何要带一把古剑呢？”

玉麟很认真地回答：“先生，此剑为门生的友人所赠，故随身而带，以示对友情的珍惜也。再说吾父在日，常常对我说，治理一个国家，文武之道，犹如鸟之双翼，车之两轮，不可失其一也。在治世，当以文为主，以武为辅，乱世则反之。故今之书生，应以求学为主，但稍识武事，多一点阳刚之气更佳。如遇乱世，也可弃文从戎，为王前驱！”

山长露出赞赏的神色：“说得极是。我石鼓书院，不尚清谈，而重经世致用，你将来是我院之卓越人才也！”

山长走后，玉麟把行李摆放好，又去看了讲堂。讲堂是书院山长、副山长以及主讲讲课的地方，讲堂内有木质讲坛，周施栏板，坛上中间放着两张圈椅，为山长和副山长的座席。两椅之间放置着茶几一张。

从讲堂出来，玉麟就看到弟弟玉麒朝他走来。他拉弟弟到偏僻处，问道：“你来这里有事吗？”

“当然有事。彭魁的人来衡州了，他们还没有放弃，要在这里陷害我们呢。毛妹子见了他们，把他们臭骂一顿，他们就滚开了。”

玉麟看着弟弟，冷冷地说：“看来，我们要多谢毛妹子啰。”

玉麒直言：“是的，毛妹子还帮我在衡州城找了活儿，让我到一家店铺去当伙计，一个月除了吃，还给点银钱。”

玉麟大声道：“不！你不能去！”

“人家是一片好心呢。”弟弟却坚持己见。

玉麟发现毛妹子真是厉害，一步步逼近他。现在居然让自己的亲弟弟中了圈套……一个妹子动了真心，你很难拒她于千里之外呢。

到了夜里，石鼓书院冷清得很。因为书院还没有正式开课，城里的和离城近的生徒都回去了。玉麟一个人住在一间小屋里，面对一盏小油灯，心事重重。窗外起风了，蒸水与湘江的波涛声一阵响过一阵，好像在摇晃着石鼓，要把它掀翻似的。他想起了彭魁的迫害并没有因他的远离而终止，旧的过往并没有结束，依然在纠缠着自己，崭新的东西犹如微弱的油灯之光，在风中摇曳，说不定风大一点它就熄灭了。这天夜里，他只读了一会儿书，夜深了，他写下一首诗：

拜别慈亲涕泗沱，一枝秃管任奔波。
旁求愿献冲霄剑，外侮惊操入室戈。
白粲囊空愁落寞，青云梯远怕蹉跎。
弋人欲扼鹏飞路，石鼓山头避网罗。

他对最后两句并不满意。把石鼓求学当作避难，不一定能躲避真正的灾难，而鹏飞青云还只是一个遥远而朦胧的梦。他想改动一下，想了一会儿，却不知怎么改好。

二　兼职“稿公”赚白银，招考马兵露高招

玉麟很快适应了书院的读书生活，虽然布衣布鞋，是地地道道的寒士，夹在一群衣冠楚楚的纨绔子弟中却毫不逊色。他举止大方，谈吐清雅，作文写诗样样出色，先生很看重他，同窗们也愿意和他交往，这给他带来很多快乐和力量。

然而，书院虽然会发一点膏火银，但实在太少，他常常吃不饱饭。书院在江边，冬天的风特别大，比别的地方冷，而他的衣服又太少。于是，他开始寻找机会，想凭自己的力量来改变处境。

这一天他走在衡州街头，一张告示让他眼前一亮。告示上写的是衡州协标（朝廷驻扎的军队，相当于现在的衡阳军分区）要招收一名书识（相当于现在军队的营部文书），做些写公文发通告之类的事情，每十天去值三天班即可，每月发点银子。玉麟立即找到协标的办事处。协标头目是一个身材魁梧、满脸麻子的人，玉麟在心里叫他“老麻”。老麻这人不摆架子，见了玉麟笑眯眯的。待他说明缘由后，老麻就说：“写两个字来看看。”

玉麟抓起毛笔蘸了墨，就在纸上写下“有朋自远方来，不亦乐乎”几个字，那人看了就笑了，说：“不错不错，你逢三逢六逢九到这里来当差吧。”后来他才知道，这个“面试”他的人就是衡州协标副将麻国庆，叫他老麻真是歪打正着。

玉麟的文书工作干得相当出色，文稿拟得好，字也写得漂亮，老麻很满意，常常在公开场合夸奖他。玉麟还常常为不识字的士兵们写些家书，他们亲切地称他为“稿公”。

做“稿公”得来的收入使玉麟摆脱了贫困，他尝到了甜头，又开始琢磨再找一份差事来做。他想起在乡下的母亲，一个人在老家，孤孤单单，没有银钱用。如果自己赚到的钱再多点，就能把母亲从乡下接来城里，让她和自己住在一起，一家人就团圆了。

没想到机会很快就来了。

一天他正在写公文，老麻来了，坐在他的对面，问他：“彭玉麟，你小子晓得骑马不？”

他抬头说：“会。先父当年常常骑马去剿匪，教过我骑马，我的骑术还不错呢。”

“别吹牛。多年没骑马，自然生疏了，现在爬上马背，说不定三下两下就会被颠下来。”老麻不信。

玉麟哼了一声：“不可能。”

老麻叮嘱道：“你最好到马营里去试试。”

玉麟看着老麻，开了一个玩笑：“你是不是想让我去马营里当长官？”

老麻解释道：“马营要补充一些马兵，如果你能骑马，那就没问题。你如成了马兵，可以按马兵标准每月照例领饷。不过，招收马兵要考试。考不上我也没有办法帮你。”说完就起身走了。

玉麟随后找到马营，通过熟人认识了马营里的骑马高手，请他们指导自己练习马术。他的骑术本来就很不错，只是时间久了生疏了而已。现在得到高手的指点，骑术不仅很快得到恢复，而且有了意想不到的提高，连指导他的高手们也惊叹他的骑术进步之快。

考试那天天气很好，考试地点定在衡州城小西门外的演武坪。演武坪其实是一块很大的荒地。康熙帝时吴三桂在衡州称帝，他的官兵常在此练兵，后来这块地就被称为演武坪。这天马营的官兵都来了，老麻自然也到了场，还有很多闲人来看热闹。参考的人有三十多个，每五人一批进行比试，比试项目主要是骑术和射箭。

轮到玉麟了，他上马的动作与众人不同，并不从马的侧面攀鞍而上，而是用马鞭向马身一扬，当那一匹枣红色的马跑出数十步时，他始从马后飞步追上，两脚在地上一蹬，两手向前按着马臀，一跃而上。而那马好像遇上了知己，将头高高昂起，咴咴长鸣，疾走如飞。玉麟的轻松与矫捷，战马的剽悍与灵巧，配合默契，让人顿生“人中吕布，马中赤兔”的感觉，考官与观者无不惊奇。

玉麟策马时而缓步徐行，时而快步疾走，时而飞奔腾跃。徐行时似闲庭漫步；疾走时马蹄嘚嘚，如演戏时的开场锣鼓，又如阵阵急雨掠过旷野；飞奔时则快如闪电，猛如奔雷；腾跃翻滚惊险连连，变幻莫测。而射出的箭镞莫不中靶。演武坪上喝彩声一浪高过一浪。

最后，录取了八人。玉麟以第一名高居榜首。

成了马兵后，他每天早上都要操练个把时辰，上午到石鼓书院学诗识书，晚上完成文书工作。他现在有了三份收入，书院里的膏火银、步兵营书识的报酬以及马营里马兵的月饷，每月除了开支，还能余下七八千钱，处境完全改观，把母亲接到城里来住的愿望可以实现了。

他给母亲写了一封家书，叫母亲做好来城里住的准备。他有预感，那种饥寒交迫的日子不会再来了。

三　独特的经历，隐秘的心事

书舍外的竹林里，玉麟正在读书。可书上的字，成了他眼中升腾的云雾，一会儿东一会儿西，飘过来飘过去，就是不往他心里去。他的心静不下来，他的心思也飘起来，飘到安徽合肥，飘到他小姨身边去了。

他的小姨叫竹宾，他在众人面前叫她竹宾姨，只有他们两人时，他叫她梅姑。其实，她并非他真正的小姨。

小时候，玉麟住在安庆郊外的外婆家。一天他去外面玩耍，经过一片梅林，那时候正值严冬，梅花开得正好。他在山路上行走，看见满树梅花，就摘上一两朵，嗅着它的清香。正开心时，忽然发现一棵梅花树下倚着一个小女孩，身体消瘦，脸色惨白，目光茫然，看年纪比自己要小一点点。他蹲下来，问："小妹妹，你从哪里来？"女孩摇摇头。"那你要去哪里？"女孩依然摇头。他又问："小妹妹，你病了吗？"女孩还是摇头。"那你是饿了吧？"女孩才点了一下头。他把小女孩扶起来，搀扶着她，一步一步艰难地回到外婆家。

外婆听完玉麟对事情经过的讲述，用手摸摸小女孩的脸，又摸摸她的手，知道小女孩又冷又饿，赶紧烧姜汤，煮莲子粥。

小女孩喝完，终于有力气说话了，对外婆说出了她的身世：她叫竹宾，住在江西，父亲是一个乡村私塾教师，可惜三十岁去世了，弟弟不久也死了，剩下她和母亲。可是，母亲受到丧夫丧子的深重打击，得了病卧床不起，眼看好好的一家就这样毁了。一天来了一个远房亲戚，说她家有人在城里唱戏，要招收戏子，竹宾读过私塾，能识字断文，又长得眉清目秀，唱戏是最好的了。母亲知道自己无力抚育女儿，便让亲戚带着她去城里当戏子。谁知道，那亲戚专干拐卖妇女儿童的勾当。她把小女孩带到安庆，要卖给青楼。小女孩得知真相后，时刻寻找机会逃跑。终于有一天找到机会逃出了鬼门关，也不知走了多久，走了多远，最后迷失在梅林中……

玉麟叹一口气，读不进书，索性把书本放下，目光茫然地望着远处，他游走在少年的时光里。

竹宾头脑聪明，心灵手巧，知书达理，对外婆像对待自己的母亲，很快得到外婆的宠爱。有一天外婆说：“竹宾，你现在跟在我身边就像我的满女儿。我的儿女都成家了，我一个人孤孤单单的，认你做满女，把你留在我身边，我们说说贴己话，你愿意不？”

竹宾看了玉麟一眼，说：“太好了！这是我求之不得的事。母亲大人，您受女儿一拜吧。”一边说一边不停磕头。

玉麟把竹宾拉起，气呼呼地对外婆抗议：“外婆！我不同意！当初我带竹宾回来时，我叫她小妹妹。您一认女儿，小妹妹变成了小姨，比我高一辈了。我不同意！”

外婆哈哈大笑：“这孩子，和外婆抢人了？竹宾做了你小姨，对你会更好呢！”

竹宾笑着说：“是的，做小姨和妹妹都一样，我都会对你好，你是我的救命恩人。我一生一世都不会忘记的。”

外婆说：“对呀，叫小姨！”

玉麟哼了一声，气冲冲地跑远了。

后来有一天，他们一起玩耍，到了原来那片梅林，找到竹宾饿得不能站立的地方和那棵梅花树。竹宾问：“为什么不肯叫我小姨？”

玉麟看她一眼：“不叫！怪别扭的。”

竹宾说：“你不能让外婆生气。这样吧，你叫我竹宾姨，比叫小姨亲切。”

玉麟点点头，想了一下：“我想叫你梅姑呢。”

竹宾轻声说：“姨和姑都比你大一辈，另外，为什么要用‘梅’字呢？”

玉麟答道：“你是我在梅花树下认识的姑娘，所以我要这样称呼你。”

竹宾一下找到两全其美的办法：“好了，在众人面前，你叫我竹宾姨；我们两个人时，你称我为梅姑好了。”

玉麟表示同意。

他们在一起读书、吟诗、作画。玉麟喜欢李白、苏轼和辛弃疾的诗词，而竹宾唯独喜欢李清照的词。玉麟喜欢画梅花和兰草，竹宾却喜欢画落花和流水。

他们一起去山上采摘野花和野果，还一起去街上看戏，买吃食。

后来他们还一起去长江里游泳。外婆不允许，他们便偷偷地去，用袋子装好换洗衣服，偷偷地出发，悄悄地回。他们选取长江边没有人烟的地方游泳，先把衣服放在岸上，穿了短衣短裤下水，然后双双游向江心。竹宾到底身子瘦弱，有一回，游到江中游不动了，在慌乱中沉下水去。玉麟一个猛子扎进去，搂住竹宾，用一只手划水，奋不顾身地迎着风浪，终于游到岸边。他们在岸上歇息了很久，好在竹宾很快恢复了身体，直到游泳的衣服晾干了，才回家去。

那时候他们已经十三四岁，情窦初开，当玉麟搂着竹宾的身体游向岸边时，有一种奇妙而异样的感觉从骨肉深处升起。

转眼他们都二十岁了，但已远隔千山万水。

四　得到知府的赏识，命运又生新变化

牵着马，踏着残雪，玉麟向梅花巷的深处走去。

小巷深深、弯弯的，不知弯向何处。巷子两旁都是木屋，不高，一层或两层，看上去有些年代，古色古香。屋顶盖着青瓦，也有不少的积雪，残阳照在上面，铺上了一层暖色，清冷里又透出一些暖意来。屋檐在滴水，街旁的石沟里也有流水的声音。木屋前后立着梅花树，正开着花，有的是满树的红，有的是满树的白，于是雪后清冷的空气里，暗香浮动。

他想，因为这梅花，这儿才叫梅花巷吧。这儿的风景可以入诗入画，住在这里的人真是有福。

如果母亲和自己能住到这里来就好了。可是，这里有房子租吗？

他向前走了一段，看见门前有一棵老梅树的屋子，忍不住去敲门。屋里传来一个老妇人的声音：“进来吧，门是虚掩着的。”他推开门，看见一个老奶奶在烤火，很客气地问：“老人家，这里有房子租吗？”老人说：“你问对人了，我家就有。你看，这地上一间店铺，一间住房，后面还有杂房，可以用来做做饭，小楼上还有两间房可以做住房。”

玉麟说：“可以到楼上看看吗？”

老人指着楼梯："请吧，从这儿上去。"

玉麟到了楼上，租下这房的心更坚决了，因为这楼上两间小屋干净古雅，有书桌也有书架。尤其使他动心的是，房前有一棵大梅花树，屋后竟有一个梅花园。满园梅花盛开，红的似霞，白的似雪，在夕阳下美丽无比。梅园再过去是田园，田园的边际是远山，山色青青。

如果能住在这里，再把竹宾娶来，两人在这里看梅画梅，这一辈子值了。

正想着，一阵风从远处吹来，把梅花和树上的积雪一并扬起，他满胸满怀都是雪与梅。他没有恼怒，反而微微地笑了。

他走下楼去，问老人："我想租下这屋，一年多少租金？"

老人说出价格，然后又说："……是的，比起别处来，有些贵。但我这里安静，风景好，是别处不能比的。"

玉麟感到屋主人是文雅的人，说："我知道，我暂时租三年吧。"说完给老人一些银子作定金，老人很高兴，夸玉麟慷慨大方，是有大气量的人，接着告诉玉麟，她很快要去杭州了，她女儿在那里，不久会接她过去住。到时她现在住的房间也一并归他用。还说，后面的梅花园也是他们家的，要玉麟好好看管……

刚从木屋里出来，一名马兵骑着马赶来，说道："稿公，快回去吧，知府大人要见你。"

玉麟奇怪了："知府大人要见我？我没听错吧？"

马兵笑着说道："稿公，你的祖坟冒烟了！走大运了！快！回营！"

玉麟还是不信。那马兵便告诉他：今日知府大人高人鉴来营署，见案上有许多文稿。他一看文字，大吃一惊，问麻副将：这文稿是谁写的？麻副据实汇报，是书识彭玉麟也。高知府向来以能预测人的前程而自许，说道："此人的字端庄灵秀，前途不可限量也！"麻副似乎来了兴趣："大人能从人的字迹推测人的命运，真奇事也，真大学问也。麻某不才，愿闻其详。"这一说，引出了高知府一番宏论——"字如其人，人如其字。字者，人也。点，乃人之眉目；横直，乃人之骨架；撇捺，乃人之手足；挑提者，人之步履也。人的喜怒哀乐，绝对可以从字上表露出来：喜即气和而字舒，怒则气粗而字险，哀则气郁而字敛，乐则气平而字丽。推而广之，人的性格气质及其命运都可从其写的字上推测出，字歪歪扭扭，其人必幼稚无知；字奇形怪状，其人必走歪门邪道；字端庄严谨，其人必为正人君子；字龙翔凤舞，其人必有君王之尊……本知府常以字测人，屡试不爽。今日吾观彭玉麟之字，非一般之人，将来地位绝对在你我之上！”

玉麟听了，哈哈大笑：“此知府大人，俨然一位江湖方士了！”

马兵也跟着玉麟大笑，接着说：“知府大人吩咐麻副，把彭玉麟立即叫来，我要亲自见他。当时我正在向麻副汇报有关情况。麻副让我别说事了，赶紧把你叫来。”

玉麟说道：“还不知是祸是福呢。”

马兵说：“我敢打赌，绝对是福。将来发达了，别忘了兄弟！”

两人说着话，很快就到了营署。见到知府大人，玉麟下跪磕头。高知府说道：“彭玉麟，你起来，起来！让我看看你的面相，算算你的前程。”

玉麟心想，这知府不但能以字测人，还会看相算命，真是奇事趣闻啊，他站了起来，让知府大人端详。

知府看了一眼，对麻副说道：“彭玉麟长身玉立，温文尔雅，乃文官之貌也；适才瞥见他的目光，威严凌厉，又是武官之态。此人将来必文武兼备，位当在二品以上也！”

麻副说道：“大人之预言，必会应验！”

这知府大人怎么与自己以前见到的算命先生别无二致呢，但他毕竟看重自己，所以玉麟立即叩头谢道：“大人，鄙人乃一寒士，不敢言富贵之事也。”

知府郑重地说道：“听麻副说，你在石鼓书院求学，下个月别去石鼓书院了，你到府学（州府办的学校，条件比书院更优越）来吧，本知府也是进士出身，我要收你为弟子，亲自辅导，让你成为国家的栋梁之材！”

玉麟忙叩谢：“谢大人恩典。”

等玉麟站起来后，高知府和麻副都离开了，他有些恍惚，刚才那一幕是真实的，还是虚幻的？真像做了一场梦，又像是看了一场戏。

五　见到仇人，动了恻隐之心

在石鼓书院临江的楼阁里，学子们正在七嘴八舌地议论时事。

玉麟知道，近年来大家议论的话题，总是离不开林则徐。

林则徐虎门销毁鸦片，震惊中外，大快人心，皇上也很满意，认为林则徐是了不起的英雄，是一心为朝廷的忠臣。但是销烟一事大大激怒了英国佬。英国佬发怒了，凭坚船利炮，从海上一路北上，直逼北京，吓得道光帝屁滚尿流，罢了林则徐的官。现在学子们议论的正是林则徐的功过是非，他们分成两派，一派认为林则徐是英雄，另一派认为他是罪魁祸首。

英雄论派的学子认为，鸦片毒害我大清，导致白银外流，国库空虚，国民堕落，罪孽深重，岂有不禁之理？林则徐虎门销烟，长了大清志气，灭了英鬼威风，他将是永垂青史的大英雄！

而罪人论派的人认为，林则徐禁烟无可厚非，但太激烈，不注意策略，不了解敌我双方力量的悬殊。现在怎么办？人家打到京城门口，江山难保。如果英国佬坐上了金銮殿，国将不国，朝廷和民族还有何颜面存在？而这一切都始于林则徐，他不是罪人又是什么？

见到彭玉麟来了，唇枪舌剑的两派暂时停火，期待的目光一齐投向他，请求他来一番公论以熄灭这场争论不休的战火。

有人说："彭师兄，来来来，你站到这台上来讲。"

玉麟没有推让，站到木台上，清了一下嗓子，说道："诸位兄台，我请诸君先回答一个问题：我们石鼓书院和湖湘文化的精髓是什么？"

过了许久，有人回答道："经世致用，敢作敢为，以天下为己任！"

玉麟做了一个有力的手势："此言极是。故我们现在不应讨论林则徐的功过是非。因为，他的功过是非，朝廷自有说法，历史自有公论。我们现在应当思考的问题是，假如英国佬的战船沿长江而上，溯湘江而来，打到我们石鼓嘴怎么办？"

有人说："我们怎么办？我们是文弱书生，手无缚鸡之力，能做什么呢？"

玉麟用犀利的目光盯着那人，坚定地说："此言差矣！假如英国佬打到这里，我们可以投笔从戎，救亡图存！如果官方不组织抵御外敌，我们可以自己行动，王船山是一介文弱书生，不也在衡山举过兵吗？"

大家的眼睛里有了光彩。

玉麟接着说："是的，作为读书人，体力比较弱。但会打仗的书生大有人在，诸葛亮和王阳明就是例子。除了在前线与敌人真刀真枪厮杀外，你也可以在军营里献谋献策，在后方送粮送米，组织郎中救助伤员，为前方输送兵员，深入敌巢侦探……但有一件事你绝不能做，就是带着英国佬来抓捕中国人！”

大家齐声说：“这个，我们绝对不会！”

有人又说：“可是英国佬还没有打到这里来呢！”

玉麟点头道：“说得对，英国佬还在远方，所以我们不要空谈，贵在行动，空谈误国！不过我们心中要有行动的计划，不要等到英国佬打到我们面前了，我们还不知道要做什么！现在，我们还是好好读书吧！”

说完，玉麟从台上跳了下来，径直走了。

大家望着他的背影说：“彭师兄的话犹如拨开了厚厚的云层，让我们见到了太阳！”

因为要处理一些公文，玉麟急急忙忙往军营里走。走到太子码头，看见马兵士卒在鞭笞两个人。那两个人被绑在两棵树上，上衣已经被剥去，每一鞭抽下去，都是一条血痕，还伴着一声撕心裂肺的叫喊。

玉麟有些不忍，走到哨长面前，问道：“他们怎么啦？”

哨长说道：“他们无证贩卖私盐，追问他们，还强词夺理，给他们点颜色看！等一下还要关进监狱里去。”

玉麟又上前走了几步，接近了那两个男人。一看，他惊异极了，竟是他的仇敌彭魁和他的儿子！

仇人相见，分外眼红。

彭魁也认出了他，脸上现出极为惊恐的神情。

玉麟内心掠过一丝快感，借刀杀人、了结仇人性命的时机已成熟，但他马上想起母亲的话，他控制好情绪，走到哨长的面前：“把他们放了吧。”

哨长有些不解：“为何？”

玉麟说：“他们是彭某的乡亲，绝不是惯犯，而是初犯，放了他们吧。”

哨长点了点头，走向前去，对那两个施刑的士兵说：“别打了……放了他们。”

哨长对彭魁和他的儿子说道：“看在你们是彭公乡亲的分上，饶了你们！”松了绑，又说：“还不向彭公磕头！”两人立即跪下，远远地向玉麟叩首。

玉麟什么也不说，转身走了。

六　把母亲接来，住到梅林深处

玉麟对高知府测字看相之术不以为然，但对他的知遇之恩却心怀感激。

他听了知府的话，到石鼓书院辞别了师友，转学到府学。府学在衡州官府旁，风景不能与石鼓书院相比，但毕竟是官府所办，经费不成问题，膏火银比书院多，伙食也好许多。书院那边吃的多是蔬菜与豆腐之类，难有荤腥。而这边隔天就可以吃到鱼肉，饭也不定量。

高知府收他为弟子，教他写八股文。他主张玉麟走科举这条正路，取得功名之后，直接进入官场。他命玉麟每三天写一篇八股文，他出题目，玉麟作文。写完之后，他不管政务多忙，都要抽空当面进行批改。玉麟写得好，他常常啧啧称叹，写得有瑕疵的地方，他会加以纠正。在他的指导下，玉麟写八股文的水平，得到了很大的提升。

接下来玉麟参加了衡州州府举行的考试，取得前几名便可以参加省里举行的乡试，乡试取得名次就意味着中了举人。这次府试非常顺利，作文一气呵成，玉麟自己十分满意，甚至认为第一名非他莫属。结果出来，大大出乎他的意料，竟是第十名。第十名等于没有资格参加次年乡试。玉麟不服输，怀疑主考老师作弊。没想到主考的学政找到玉麟，笑眯眯地对他说："如果论文字的优劣，你彭玉麟绝对是第一名。只是，只是啊，高大人指示我，你的前途不可限量，现在不能让你太顺畅，要磨砺磨砺你。再说了，你是他的弟子，让你取第一名，怕引来官场同仁和民间人士的非议。就这样，你只好屈居第十名了。"玉麟仰天长叹："真是成也萧何败也萧何矣！"

但是，金子就是金子，它的光芒是无法掩盖的。次年，湖南学政（相当于现在的湖南省教育厅厅长）陈坛到衡阳举行府试，各县的优等生都来参考，考取的称为"附学生员"。陈坛特别欣赏玉麟的文章，不仅取他为附学生员，还称赞玉麟是"国士"！这个评价太高了，玉麟在蒸湘大地上名声大震。

一日，麻副将对玉麟说："彭兄啊，你别到马兵那边去操练了，写写公文就行了。至于月饷，当然照前领取……我私人有点事想麻烦你帮帮忙。"

玉麟是个很讲义气的人，豪爽地说："大人有恩于我，有什么事需要我相助，我当尽力而为！"

老麻笑了笑："也没有什么大事，只是犬子维绪，学问不太长进。彭兄学问大，名气也大，敬请收他为弟子，多加教诲，督促他早日成才。麻某不胜感激。"

玉麟拍拍胸脯，二话没说答应了。老麻的儿子还真是一个可造之材，在玉麟的指导下，进步很快。多年之后中了举人，还当了知县呢！这是后话。

眼看自己的境况越来越好，玉麟回到老家渣江，把母亲接到梅花巷。房东老太太已经去了杭州，家具没有搬走，她住的房间也允许玉麟使用。于是玉麟安排母亲住在老太太的房里，自己和弟弟玉麒住楼上，母亲隔壁的房间做了客厅。

母亲看到租借的木屋窗明几净，雅致宁静，后面还有一个梅花园，不由啧啧称赞。玉麟说："娘，这里前后都是梅花树，开花的时候好看极了，您没事的时候，可以画画梅花散散心。"

母亲面含微笑说："老太婆了，手指都硬了，哪里还画得了花花草草？梅花开的时候，站在树下看看，也不错啊。"说着又叹了一口气，"唉，你爹去世得太早了，如果还健在，也可和他一起到这里来享清福啰。"

这番话让玉麟想起彭魁，于是，他与母亲说了那天在太子码头偶遇彭魁之事。母亲说道："怪不得呢，那人从城里回去之后大病一场，病好后，对我的态度好多了，主动叫我嫂子。更让人奇怪的是，前不久他家杀了一头牛，竟然送了我好几斤牛肉。不过，我没要他的，退回去了。"

"那人估计不会再欺负我们了。更何况我们兄弟都大了，他要欺负我们，也不是我们的对手了！"

"我老了，不想再折腾了，就在这里归老好了……只是啊，这房子虽好，却是租的，不是我们自己的。"

玉麟安慰母亲道："这房主在杭州发了大财，人都走光了，说不定哪天就卖给我们了。"

母亲开颜一笑："把这房子买下来得花多少钱啊，我们行吗？"

玉麟说："行的，我现在是秀才了，如果中举了，还愁没有钱？就算考不上，也没有关系，我可以教书、卖字、卖画。娘，这房子我们买定了。"

母亲听了，笑得很开心。

但玉麟没有笑。他在心里盘算，如果天下太平，他对母亲说的话真的可以兑现，梦可以变成现实。可如今国家正处在内忧外患中，一旦天下大乱，现实将变成一场噩梦……

七　梅园遥思故人，偶遇奇人高士

又是冬天，又是雪舞梅开的日子。玉麟站在木楼上，轻轻地把木窗打开，只见雪花满天满地地飘舞，如成千上万只白蝴蝶在翩翩翻飞，忽上忽下，忽东忽西。满园的梅花，也在雪花里开了，或红装艳抹，或银装素裹，闪动着光芒，尽显万千风情。

眼看美景，鼻闻清香，玉麟好像喝了一杯美酒，竟有几分醉意。在这样的良辰美景里，他研墨，铺纸，挥毫，雪花在宣纸上飞舞，梅花在宣纸上绽放。没过多久，他画好了两幅《梅雪图》。

有画还不够，还应有诗。画中有诗，诗中有画才是最佳境界。于是他又吟出三首诗来——

梅花窗下露冰肌，姑射天然出世姿。
仙骨珊珊清绝俗，一生孤洁少人知。

风雨空山频落寞，春回阳转待天时。
梅花具有清刚气，不怕江城玉笛吹。

绮窗别后思依依，盼断江南驿使归。
月落参横清梦短，香魂频逐玉鳞飞。

可他还是觉得意犹未尽，胸腔里好像被什么东西堵住了似的，坐也不是，站也不是，在木楼上徘徊起来。咚，咚，咚，他听见自己的脚步声，孤独的脚步声，来自幽谷，来自空山，又恍惚来自旷野与河岸，很近，又很遥远……忽地，他看见了一只鸟，一只翠鸟，从雪花与梅花里飞来，停留在他的窗棂上，亲切地对他啁啾，仿佛要告诉他远方的消息……

他当即决定从这木屋里走出去，戴上竹笠，穿上靴子，走下楼，开了后门，径直向梅园深处走去……

这不是他和竹宾姨相遇的那一片野生的梅林，那片梅林比这梅园要大许多倍，它与江水相接，与山峦相连，谁也不知道它有多宽广，他想也很少有人将它穷尽。那梅林里，还有许多其他的树，有荆棘，有开不败的野花，有蚂蚁，有蜜蜂，有许多他认识和不认识的野鸟，有红的、紫的、蓝的野果，酸甜酸甜的，还有溪流、山塘，有从土里冒出来的各色蘑菇……他俩在那里喝过泉水，吃过野果，捉过蝴蝶和小鸟，还爬到树上掏过鸟窝呢……那片梅林，我还清清楚楚记得你，你还记得我们吗？记得一个叫玉麟的男孩一个叫竹宾的女孩吗？

他与那片野梅林已相隔万水千山，和那位女孩更是遥不可及。幸运的是，他暂时有了一个梅园，如果那位叫竹宾的女孩能来这里，和他在这园里并肩漫步，吟诗论文，简直妙不可言也。他期待自己化作一只高飞的鸟，翅膀化作一把锋利无比的剪刀，剪破三千里云烟，抵达她的身边，让她骑着自己穿云破雾来到这湘水之滨，来到这雪舞梅开的园林……

他听到了笑声、说话的声音。可不是他期待的那女孩的声音……他寻声望去，见一条汉子翻过墙头，进入梅园，后面还跟着一个少年。前面那人仙风道骨，长衫飘飘，瘦骨高额，竹笠芒鞋，身佩长剑，肩挂琵琶，既像剑客，又像歌者。后面的少年大概是他的童子。

那人望着满园的梅花和飘舞的雪花，露出痴迷的神态，连声赞叹道：“好梅！好雪！好一幅梅雪图也！”

玉麟忙上前施礼：“先生，真有雅兴也。攀墙越障，顶风冒寒，看雪赏梅，真乃梅之知己，雪之情侣也。请受学生一拜。”

那人拱手说：“不必多礼。‘莫道相公痴，更有痴似相公者。’兄台不也在看雪赏梅吗。不才姓罗，名清，贱号雪谷散人，广南人氏。游历到此，还望多多指教。”

玉麟说：“鄙人姓彭，贱字少鹤，还未有雅号。”

书童向玉麟施了礼，介绍师父道：“我家先生好老庄之道，不拘小节。喜名山大川，善琴棋书画，妻梅子鹤，放浪形骸。”

玉麟笑道：“先生奇人高士，玉麟最为敬佩！……天气寒冷，先生身上已沾满雪花，贱弟附近有茅舍几间，请到屋里暖和暖和，弟也好向先生请教一些学问。”

雪谷散人也不客气，跟着玉麟从后门进了他的木屋。扑了扑身上的雪花，向玉麟的母亲施过礼，就开始与玉麟谈诗论文。玉麟让母亲温了酒，炒了几盘小菜。几个人一面烤火，一面喝酒吃菜。散人豪放潇洒，不拘俗礼。不料几杯老酒入肚，竟有几分醉意。玉麟将他引入楼上，散人一见案上有玉麟画好的梅雪图，眼睛一亮，赞道：“好画！梅干刚健有力，梅朵生趣盎然，漫天的雪花亦是极佳的烘托……只是，你的画风还不够洒脱，略显拘谨……”

书童在一旁说道：“师傅却是另一种画风……”

玉麟说：“请先生挥毫赐墨以教我也。”

雪谷散人笑道：“也好，吃了你那么多美酒，送你一幅画吧。”

玉麟立即铺纸，递笔。散人却不用笔，竟把墨泼在纸上，用大拇指蘸了墨，在纸上左挑右提，纵横涂抹，用小手指蘸了朱丹，点红成花……很快一幅梅花图跃然纸上，数株梅树，疏密相间，枝丫或直立，或斜倚，或横陈，各有姿态；梅朵或全开，或半开，或含苞欲放，别有情趣；雪也不一样，或飘飞，或积在枝丫上，或沾在花瓣上，不一而足。雪梅相映成趣，生机茂郁……

玉麟对这种没骨画法赞叹不已。

散人洗了手，不用玉麟请求，弹起了他的琵琶。一面弹，一面忘情地歌唱：

我是清都山水郎，
天教分付与疏狂。
曾批给雨支风券，
累上留云借月章。

诗万首，
酒千觞，
几曾着眼看侯王？
玉楼金阙慵归去，
且插梅花醉洛阳。

八　湘江送别遇毛丽，多情却被无情恼

昨日在湘江边送别雪谷散人，感慨万千。

今日又在湘江边送别杨弼卿，悲泪盈眶。

杨弼卿是位任侠之士，也是玉麟的忘年之友。他本是浙江人氏，寄居衡州。早年家财万贯，喜结天下豪杰，也极为器重贫寒之士。为了义气，挥金资助，不求回报。不知有多少人得到过他的帮助。最后进少出多，竟把家业毁了，可谓老境颓唐。除了一个“侠士”的好名声之外，什么也没有了。玉麟来石鼓书院求学之时，杨弼卿已经一文不名，住在一间破烂的房子里，只有玉麟几个人和他有交往。但玉麟也是一介寒士，爱莫能助，只能时不时请他喝酒，一起谈笑，一起慨叹世事炎凉。近来杨弼卿在衡州终于混不下去，只得回归浙江老家。

老家就没有人情冷暖了吗？他替侠客担忧。

告别的时候，他将自己仅有的五两银子送给了他，还写了几首送别诗：

误将青眼阅红尘，厚待王孙薄待身。
风雪一天寒范叔，绨袍持赠有谁人？

一生高节少人知，物我能推自不私。
散尽黄金余侠骨，衣冠不谒郑当时。

欲将泪眼哭英雄，同在天涯沦落中。
不是子云知遇少，高人囊惯贮清风。

阳关唱罢暮鸦飞，万里江天夕照微。
双桨划开湘水绿，岳云满载一船归。

杨弼卿的船越行越远，终于在烟波浩渺处消失了。玉麟强忍着的泪水夺眶而出，散落在江风里。他站在江边，久久不动。

“安徽佬！我终于找到你了！”一听就知道是毛丽的声音。

玉麟心情还没有好转，态度很冷漠："毛小姐，找我有何事呢？"

毛丽嫣然一笑："好歹我们都是从渣江出来谋生的，衡州城里的老乡也不是很多。找你说说渣江的土话和家乡的人事，不好吗？"

玉麟说："可是，你是女人，我是男人。圣人说过，男女授受不亲。"

毛丽哈哈大笑："你们这些书生就是太酸了，简单的事被你们搞得扯不清。你说的那些圣人，他家里就没有女人？他们白天和女人一起吃饭，夜里和女人睡一张床！还授受不亲呢！"

玉麟心想，这女人说话也太直白了，竹宾姨绝对不会这样说！他便直言道："毛小姐，你说话也太粗俗了！"

毛丽并不相让："话粗理不粗。你说对不对？"

玉麟说："可是……"

毛丽打断他的话："别可是了，安徽佬，我想说另一件事——我听你弟弟说，你租借了几间房子，把你母亲也接来一起过日子了，房主有卖房子的打算，你何不买下？如果没有银子的话，我毛妹子可以帮你的！"

毛丽此话让玉麟很感动，但他马上拒绝了："别听我弟胡说八道，据我所知，房主并没有卖房的打算，我想买房就更无从谈起。毛小姐解囊相助的侠义壮举让我敬佩，更让我感动不已。我弟在你的帮助下，在城里找到糊口的事做，我也应谢你的！"

毛丽破天荒地谦虚起来："小事小事，都是一个地方出来的，帮衬一下也是应该的。"说完从船上拿出一匹布料走向玉麟，"听说你娘来了衡州城，本想去看望她老人家。但想来想去还是不妥。这样吧，这一匹布料帮我送给她老人家，做一套衣服，也算一份同乡人的心意。"说着就把衣料往玉麟手中塞。

玉麟连连推辞："不要这样，不要这样！这布料太贵重了，你的心意，我替我娘心领了。"

推过来推过去，毛丽假装生气了："都是同乡人，这点面子也不给。算了吧，我把这衣料放在这里，你愿意拿就拿回去，不愿意你就丢到湘江里去吧。"说完就真的把衣料放在岸边，叫船夫划船离开了。

毛丽的船渐渐远去。把衣料丢进湘江太可惜了，也不太近人情，玉麟把它从地上拾起，捧着这衣料就像捧着一只烫手的山芋，不知如何处理是好。这毛丽，性格泼辣，说话直爽，但心里还是有主意的。如果我接受了，说明我有情有意，如果买点东西作为回报，两家有了来往，许多事就会纠缠在一起，永远也扯不清！

该怎么办呢？

这时玉麒正好走过来了。玉麟没好气地说道："玉麒，你和毛妹子胡说了什么啊？"

玉麒翻着白眼："说什么了？碍着你了？"

玉麟瞪他："说卖房买房什么的……今天我到江边送朋友的事也是你告诉毛妹子的吧？"

玉麒不认账："我什么也没说，人过要留影，雁过要留音。毛妹子常常在江边划船耍，她生一双眼睛就不会看见你？"

玉麟突然灵机一动："这样吧，你胡说什么我也不过问了，但毛丽送给娘一匹衣料，怎么能收？你和她熟悉，明天退给她吧？"

玉麒态度十分坚决："这种难事要我干？休想！谁收的谁退去！"

九　溯湘水而上，美丽一路惊险一路

玉麟准备去参加省里的乡试，正在加紧练习八股文。常豫也从京城回来准备去参加乡试。他已经参加五次乡试了，每次都名落孙山，但他毫不在意，也不言放弃，仿佛他要在这条路走到黑。一天，他找上门来邀请玉麟外出游历。

"这个时候还去游历，我们应该认真准备迎考才对呀！"玉麟拒绝道。

"古人不是说过，多看看高山大川，心中有了浩然之气，文章自然就做好了。我们去游历山水正是为了考上举人啊！"

"倒也有几分歪理……我们去哪里游历？"玉麟动心了。

"我也不知道……"常豫一下有了主意，"这样吧，我们这次邀几位朋友，租一只船，溯湘江而上，到湘江源头去，怎样？"

玉麟表示赞成："有意思。就这样吧。"

过了五天，他们一行五人，加上船夫，一共六人，划着一只小船从衡州城出发，去寻找湘水的源头。

湘江发源于广西北部的海洋山，流到湖南一直往北走，全长一千八百多里，上游叫潇湘，中游叫蒸湘，下游叫沅湘。它别灵渠，入永州，抱衡岳，进株潭，抵岳阳，与资水、沅水、澧水一同汇入洞庭，然后挽着长江再浩浩汤汤向东走……

船桨划开清波，向着神秘的远方而去。

到了祁阳县城附近，听说浯溪很美，他们便从湘江折向浯溪。

浯溪，是发源于阳明山的一条小溪，流经祁阳盆地后，在县城南郊的古渡口流入湘江，溪水两侧和湘江的南岸，五峰陡峭，古树茂盛。在浯溪两岸的山上，布满了奇形怪状的岩石，或如怒吼的雄狮，或似飞跃的猛虎，或如卧伏的老牛，或似搔首弄姿的小猴，奇特逼真。此处的浯溪碑林，依傍湘江，唐代著名散文家、诗人元结出任道州刺史时，乘舟逆湘江而上，路过此地，爱其胜异，将溪命名“吾溪”，意为“唯吾独有”，后自造“浯”字，改名为“浯溪”，并写下《大唐中兴颂》，记述了安史之乱。嗣后，由唐代著名书法家颜真卿书刻于高高的摩崖之上。美丽的浯溪风景，让玉麟诗兴勃发，他对着友人们吟诵道：

月榭风亭峙水湄，小桥西去路逶迤。
烟霞半壁封唐碣，苔藓沿溪蚀汉碑。
宝石冷悬千古镜，春云暖护一山诗。
梨花细雨幽人宅，青得茶烟出竹篱。

他们的小船又从原路折回湘江，向广西兴安而行，向灵渠而行。

在兴安到灵川的途中，河道变窄，水更清了，两岸山色更苍翠了。随处可见打柴的汉子肩挑着柴草下山，农妇在田野里干活。岸上的农舍、树木和天上的白云倒映在水中……此时正是春天，到处莺歌燕舞，沿岸的映山红正在盛开，万山相映，映红了人的眼，也映红了二百多里的江水。这些美景与家乡衡州十分相似，玉麟觉得亲切而温暖，于是写道——

天外飞鸿逐落霞，一行杨柳乱啼鸦。
樵夫背负东风暖，馌妇肩挑夕照斜。

两岸楼房千舫月，半渠春水万山花。
莫言客路多离感，燕语莺声尚似家。

之后，玉麟再也写不出诗，因为他们遇到了大麻烦。

行船有些累了，一行人把船停在岸边，走上岸来，见不远处有两间用树皮盖的小屋子，传来叮叮当当打铁的声音。他们猜想是一个小铁铺，想进去弄点东西吃。进了那茅舍，两个铁匠放下锤子，年纪大的不过三十来岁，身材高大，手脚粗壮，浑身黑黝黝的，脸黑得惊人，满脸胡须乱七八糟。黑汉对他们的到来非常吃惊："你们是哪里来的？知道这是什么地方吗？"

玉麟实言相告："我们是湖南衡州人，知道这是广西兴安地界。"

黑脸汉子说道："这里是强盗出没的地方，你知道吗？"

玉麟说："谢谢好汉相告，我等实不知也。"

黑汉子又说："广西山高路险，土匪人多势大，你们赶快返回，此地不是久留之地！"

玉麟等人没有迟疑，立即沿来路回撤，准备登船回湖南。

他们上了船，顺水行了一里水路，就被十多只船截住。他们见势不妙，把船泊在岸边，赶紧往岸上跑。谁知山上又钻出一伙人来，截住他们的退路。幸好他们事先有准备，把剑从剑鞘里抽了出来，准备拼死一搏，杀出一条血路。

"此路是我开，此树是我栽！如想从此过，留下买路钱！"

玉麟见土匪人多势众，硬拼不会有好结果。既然他们要的是钱财，不要命，他和常豫商量了一下，众人主动把身上的银子拿出来，丢给了匪徒。

可当他们缴了钱财之后，土匪头目赶来："这些人拿刀拿剑的，说不定是官府的探子，把他们捆了，押上山寨去！"

玉麟只得在心中暗暗叫苦。

土匪把他们五花大绑押着朝山寨而去。到了铁匠铺面前，只见铁匠抡着一把打铁的锤子拦住了他们的归路。长相狰狞的土匪头目走上前，对黑脸铁匠说："黑大哥，你为何拦住我们的回寨之路！"

黑大哥怒目圆瞪："这群人是我湖南衡州的故人，你们要把他们怎样？"

头目嘿嘿地笑："大哥哪有这么多故人？这些人都是湖南口音，而大哥是广西口音。放心吧，我们不会把他们怎样的，只是请他们到山寨里做一回客而已！”

黑大哥说：“我小时候生活在衡州，后来到广西打铁糊口，学会了广西话……把他们放了，钱财也还给他们。不然，我跟你们没完！”

头目看黑大哥一副不肯罢休的样子，让步了：“好吧，看在黑大哥曾经救过我的分上，我们再给你一回面子。传令，把这伙人放了，交来的银子还一半给他们做路费。”

然后又对黑大哥说：“这是最后一次看你面子了！”

玉麟一行对黑大哥感谢不尽，询问黑大哥尊姓大名。黑大哥说他叫孙昌凯，祖籍确实是衡州，这不过是口舌之劳，不足挂齿云云。

十　安徽的来信，让他涕泗横流

玉麟又一次徘徊在湘江边。

此次乡试，他名落孙山，心里不是滋味。

湘江无声北流。从远处来，又向远处去。它不知世态炎凉、人情冷暖，不知人的荣辱得失与喜怒哀乐，不紧不慢地流淌，超脱于物外。

他知道中举的寥寥，落第的远不止他一人，他知道第一次参加乡试就能如愿的人很少很少，许多大名士也曾屡试不中，有人甚至终其一生也与举人无缘，但他还是感到苦恼、羞愧。

“十载诗书增我愧，一生事业有天知。”他写诗说出了自己的心声。

如果能够顺利考取功名，不仅可以光宗耀祖，也会使自己的命运彻底改观。

他觉得自己考得还不错，难道冥冥中真有神灵在主宰自己的命运？生死有命，富贵在天，真的是这样吗？

他问天问地问自己，可谁也没有回答。

天上暗云乱飞，大地苍茫一片。江水浩浩，不声不响流向难以预测的未知。

他只能徘徊、叹息，自言自语，像一个幽灵。

弟弟从远处走来，手里拿着一张纸。

那是从安徽外婆家寄来的信件，带来了一个巨大的噩耗。

信是竹宾姨写的，内容很简短，舅父王氏死了，外婆和她从此无依无靠。

玉麟没有想到一切来得如此突然，甚至不相信这是事实。

舅父一个月前就去世了，无钱办理丧事，多亏玉麟的一个朋友（在安徽结识的少年朋友）程元涤花钱为舅父办理了丧事……

舅父还只有四十多岁，妻子前几年去世了，没有儿女。他是一个好人，老天为什么要这样对待他？玉麟和舅父只相差十多岁，少时朝夕相处，感情颇深。记得自己一家离开安徽时，舅父号啕大哭，难道他预感到了那就是生离死别？自那一次之后，他再也没有见到舅父，最后也没能为他吊丧……

外婆八十多岁了，承受得起晚年丧子之痛吗？她在安徽还有谁可以依靠？外婆老家在浙江山阴，那里的老屋早已倒塌，故人已经生疏，谁还会接受她？何况，归途漫漫，谁去护送谁给她路费？

如果外婆也有个三长两短，那他的小姨，他的竹宾，又该如何是好？一个弱女子能经受得起接踵而来的灾难和痛苦？

玉麟不敢往下想，他颤抖得更厉害了，眼泪汹涌……

弟弟站在他的身边，也跟着流泪。

突然，玉麟揩干泪水，挺直身子，对弟弟说：“我们不哭了，哭没有用！”

他意识到拯救外婆和小姨的重任已经落到他的肩上，他责无旁贷。他要把她们接到衡州城来，和自己一同生活！

他拉着弟弟往梅花巷走。

天上的云更为浓重了，大地一片昏暗，起了风，江面上有了波浪撞击的哗哗声。

身体里似乎突然被注入了一股神奇的力量，他的脚步迈得快而有劲了。

第三章　情断梅花巷

朝思暮想的小姨来到了玉麟的身边，满以为可以成就一段美好姻缘，然而竹宾却远嫁了。万般无奈之下，玉麟也结婚了，但爱情的悲剧并未结束……

一　十二年后重逢，真是百感交集

竹宾站在茅屋前的一棵树下，愁眉不展。自从死了哥以后，她的眼泪几乎没有干过。八十六岁的老母亲日夜啼哭，她不停地安慰，可安慰来安慰去，也无法改变铁的事实。

玉麟的朋友程元涤帮忙处理了丧事，还留下几两银子给她们做生活费。竹宾希望母亲能从悲痛中摆脱出来，然而，待有限的几两银子用完之后，她又拿什么来供养母亲？靠她给人做女红挣几文钱吗，那能维持生活吗？对未来她看不到一线曙光。

其实老母亲也想到这一层。这些日子以来，虽然她在悲痛中挣扎，但头脑还是非常清醒。她最担心这个不是亲生却视同亲生的满女儿，二十多岁还没有嫁人，自己不能成为她的累赘，她应有归宿，有盼头。至于自己，反正八十多了，去见阎王爷也没什么害怕的……两个人你为我想，我为你想，想来想去，最后总不免伤心，只得悲悲切切哭一场。

母女俩都想到了王夫人，想到了彭玉麟，在这个无情的世道，他们是最亲近的人了。

竹宾想起昔日她和玉麟一起玩耍的情景，想起他们分别后往来书信中委婉的暗示，玉麟一定会来接她！可是她的信心在一天天消退，她一天天接近绝望。信寄出这么久了，却如泥牛入海全无音信。

泪眼中，玉麟向她走来了，一边走一边向她微笑……她擦擦眼睛，觉得这是梦。可是没有错，面前真的站着一个年轻的男人。

她还是不相信自己的眼睛。看看四周，看看天和地，没错，这是大白天，一个真实的男人站在自己面前。那人的眉眼、脸型和玉麟十分相似，只是身材要粗壮许多。

那人说话了："竹宾姨，你不认识我了？我是玉麒啊！"

竹宾久违的笑终于出现："你是玉麒，你怎么一下就来了？你长这么高了！是大男人了呀！"

玉麒也傻傻地笑："竹宾姨，你也变了。知道吗，我们分别十二年了呢。"

竹宾眼含泪花："是啊是啊，十二年了，十二年一下就过去了。你哥好吗？你妈好吗？"

玉麒说："好嘞，都好着嘞……外婆呢，我外婆呢？"

竹宾说："你外婆刚吃了药，睡了过去，她比以前好些了……"

话音未落，外婆的声音从屋里传来："竹宾，谁来了呀？让他进屋里坐吧。"

竹宾忙拉着玉麒往家里走，来到外婆的床前："妈，你看谁来了？"

外婆竟然坐了起来，盯着玉麒看了又看："你是玉麟还是玉麒？"

玉麒大声道："外婆，我是玉麒，哥比我高些，清秀些。"

"玉麒，你来得真快呀！"外婆好欢喜。

"不快，这里离衡州三千里水路，我走了二十多天了。外婆，我来这里是要带您老人家和竹宾姨到我家去。"

"你家也不富裕，我们去了，你们负担会更重。"

"外婆，没事的。我哥说了，一家人团聚在一起，有盐同咸，无盐同淡，大家一起想办法，就能过上好日子！"

外婆听了高兴起来："这话是玉麟说的？"

"是我哥说的。"

“这孩子长大了，懂事了……”说着，外婆眼睛红了，“十二年了，我天天都在想你妈和你们兄弟呢。”

玉麒说：“外婆别伤心了，我哥招呼了，要你们在几天内准备一下，把家里能卖的东西都卖了，房子叫人看管一下，然后和我一起乘船去衡州……”

外婆沈老太太见玉麒来接她们，那病竟然奇迹般地好了。五天后，外婆、竹宾姨同玉麒一同乘船沿长江而上。到达衡州城青草街梅花巷的那天，是道光二十五年二月初五日。

玉麟和竹宾在木屋相见的那一刻，两人都惊呆了。

竹宾看到的玉麟，比十二年前高出了一个头，身材颀长挺拔，面目依然像原来那样清秀，目光带着威严和成熟，嘴巴上出现了毛茸茸的胡须，像春天刚冒出泥土的草芽。英气逼人，又有一种清高而儒雅的书生气质。她看了一会就垂下眼帘，轻轻地说：“你的样子变化很大……”

玉麟没有回答，他眼中的竹宾姨，也比十二年前高了，有点憔悴，身材越发纤细了，有点弱柳扶风的意味。头发依然像以前那样黑，那样飘逸。鼻翼上那颗黑痣像一颗星星一样点缀着她的秀美。双眼闪动着灵慧、清雅的光彩，睫毛茂密深长，像长在清波如镜月牙湖边的芳草……玉麟想不到他的小姨出落得如此秀美动人，他看着她，有些害羞地说：“没想到你比以前更……”他想用一个“美”或一个“俏”字，但觉得有些轻佻和幼稚，于是改口说道：“没想到你这么瘦……你受太多苦了……”

他怔怔地望着她，似梦似幻。

十二年，漫长的十二年，四千多个日日夜夜，三千里的阻隔。多少等待，多少挣扎和煎熬，多少日子望眼欲穿，多少不眠之夜，多少纠缠不清的梦幻……“衣带渐宽终不悔，为伊消得人憔悴”说的就是吾与君？

二　雪与梅，诗与情

两家团聚成一家，过着贫寒而温暖的日子。

这一天，玉麟和竹宾站在木楼上看后院中盛开的梅和飘飞的雪。他们看得入神，纷纷扬扬飘舞的雪花飞进走廊，落满了他们的肩头。竹宾一面抖落肩头的雪花，一面看着玉麟说：“赏梅最好是雪天。”

“是吗？”

“是的，雪与梅，二者缺一不可。没有雪，梅花便失去了高洁和灵气；没有梅，雪天就失去了精神和韵味。”

“高论！”玉麟点头。

竹宾提议：“玉麟，你的字‘少鹤’不好听，改一改吧，改一个带雪字的吧。”

玉麟露出笑意：“我早就想改一改了，带雪字？……叫雪舞、雪灵、雪花、雪飘或雪洁？”

竹宾皱眉：“太女性化了。”

“那就叫雪峰、雪山、雪雕、雪鹰或雪什么的……”玉麟随意说出几个字。

“不好不好，我看就叫‘雪琴’吧。一把琴在雪天里弹奏着，美哉！”

玉麟心有灵犀：“我明白，我有一个‘雪’字，你有一个‘梅’字，我们都在冬天里……好吧，我就把‘少鹤’改为‘雪琴’了！”

竹宾浅浅地笑了，又马上把话题转开：“古人好像都喜欢花，陶渊明喜欢菊花，周敦颐喜欢莲花，喜梅的人好像更多，有王冕、林和靖、苏东坡……”

说到梅花诗，玉麟如数家珍：“最有意思的是林和靖，他爱梅胜过爱女人呢。孤身一人，隐居杭州孤山，植梅放鹤，号称梅妻鹤子。其梅花诗词甚多，那一联‘疏影横斜水清浅，暗香浮动月黄昏’已成千古绝唱。余如苏轼、秦观、王安石、陈亮、范成大等，皆多梅花诗词传世。据说两宋有梅花诗词六千首。”

竹宾点头称是，随即又补充道：“玉麟，有一个人你没有提到，陆放翁戎马一生，写了一万多首诗，据说梅花诗有一百多首呢。也许他是写梅花诗最多的诗人。我最欣赏的是《卜算子》，‘零落成泥碾作尘，只有香如故’，令人绝倒也令人心碎，完全可以和林和靖的那首诗媲美。”

“只是，在我看来，这阕词还是太凄美。”玉麟深情地望着竹宾，“女孩子家，喜欢那些明亮的、吉祥的诗词才好。”

“其实，我也喜欢他其他写梅花的诗，比如……”，竹宾吟诵起来，“春晚城南十里陂，亭亭独立见奇姿。品流不落松竹后，怀抱惟应风月知。旋拂乱云成小伫，重携芳榼卜幽期。佳人空谷从来事，莫恨桃花笑背时。”

玉麟接着竹宾的话说：“喜欢梅花的还有我们衡阳的王船山先生，有一天别人写了梅花诗让他看，他一口气和了十多首梅花诗。可是他还觉得意犹未尽，第二天又接着写，不到一个月，写了一百多首，后来他把这一百多首诗编成一卷《和梅花百咏诗》。”

竹宾惊叹不已：“真是奇才！湖湘大地，英才辈出……只是，这一口气写出一百多首诗，会是佳作吗？可能是急就之作吧。”

“非也非也。王船山是何等人物，他会允许自己有低劣之作吗？”玉麟随即吟出一首《孤山梅》来证明，“放鹤亭空客已仙，裙腰褪粉断桥边。广陵新送青娥怨，苦判余芳作杜鹃。”

这时母亲王夫人手里拿一件外套走上楼来，说道：“你们姨甥在这嘀咕什么啊，没完没了的。”

“娘，我们在说梅花诗呢。”玉麟转头对竹宾说，“我娘也能背诵很多梅花诗，还会画梅花，小时候我就是受了我娘的熏陶才学会画梅花的。”

王夫人给玉麟披上外衣：“这么冷，不要在走廊上站得太久，小心着凉。……竹宾，你等一下下来吧，该准备中饭了。”说完下楼去了。

竹宾答应着，但并没有很快下楼，而是与玉麟走进卧室，对玉麟说：“这么多年没有看你画画了，今天窗外梅开雪舞，不如画一幅梅雪图吧。”

玉麟点点头，铺纸研墨，却不知如何构图，他想起小时候第一次和梅姑相识的那个梅林……许久他才落笔作画，画了一弯寒水，远处一片苍茫，隐隐约约一片梅林，近处临水有一株瘦梅，积雪压枝，迎风而立，满树的白花，似乎都含着泪水……

竹宾看了，感叹起来：“我知道，你画的是我们最初相见的那片梅林……你回湖南后，我一个人去看了好几次。那片梅林还在，那河水也在无声地流。我每次去，都很伤感，以为从此再也见不到你。没想到做梦似的又见到你，这一生值了……”

玉麟说：“正是，我们终于相见了，不要悲伤啊，高兴才是。”

竹宾眼圈红了：“玉麟，这幅画送给我吧，我按照这画稿绣出来，你成亲时，作为礼物送给你……”

玉麟心跳加快了许多，喃喃着：“我成亲时……也许，你也成亲了……”

四目相对，他俩发现对方眼里闪动着一种奇异的光亮，好像穿过了漫漫黑暗，突然看到夜的深处亮着温暖的灯光……

三　元宵夜，人约黄昏后

王夫人已经感觉到玉麟与竹宾之间存在暧昧的关系。一个是姨妈，一个是外甥，怎么能过分亲密呢，任其发展下去绝不是好事情。作为玉麟的母亲，作为竹宾的姐姐，她应该阻止他们。

与此同时，玉麟和竹宾也意识到王夫人不会容忍他们走到一起，王夫人对他们的亲密已表示不满。他俩都是聪明人，不愿让她生气，所以在家里有意地疏远了。

很快就到了元宵节。衡州的元宵节异常热闹，大街小巷挂满了红色的灯笼，暮色里一盏盏灯笼次第点亮，照得街头亮如白昼。爆竹、烟花飞上半空，噼噼啪啪响个不停，城市的夜空被点缀得五彩缤纷。男女老幼，倾巢出动。每一条街道，每一条小巷，车水马龙，人头攒动，锣鼓喧天。耍龙灯的，耍车马灯的，耍狮子的，耍武灯的，络绎不绝；卖糖果的，卖花生瓜子的，闹闹嚷嚷。整个古城淹没在沸沸扬扬的声浪中。

玉麟和玉麒早就到街上去了，竹宾陪着王夫人和外婆一同上了街。外婆虽然年纪越来越大，但精神比以前好，拄着手杖在街上行走也不要搀扶。街上的人毕竟太多，没过多久，她们被挤散了。王夫人挽着母亲，寻了好久都不见竹宾的影子。王夫人心想，年轻人耳聪目明，不至于找不到回家的路，走散了也不要紧。

其实竹宾是故意走散的。她和玉麟早有预谋。只有在这样的夜晚才可以躲开家人的目光。他俩约定在一棵大樟树下会合，会合后玉麟把自己的外衣脱了下来，披在竹宾身上。竹宾赶紧把衣服扣好，又把盘起的头发松下来，编成一条男人才有的辫子垂在背后，再在头上戴上一个瓜皮帽。这样，她就化身为一位风度翩翩的少年公子。

玉麟问道：“我们去哪？”

竹宾早就想好了：“去你曾求学的石鼓书院吧。”

玉麟把自己的手伸向竹宾，竹宾还像小时候一样没有拒绝。握着对方的手，两人都有一种美妙奇异的感觉。

穿过拥挤的人流，他们走向远处。

到了石鼓书院，大门紧闭着。他们只好折回，顺着一条小路走到江边。

江边有船，有月光，还有稀疏的渔火。

玉麟提议道："我们去回雁峰，好吗？"

竹宾点点头。他们租了一只船，两人坐进小船里，十指相扣，也不说话，好像语言在此刻显得多余。

天空中一轮圆月高挂，银白的清辉无边无际。月下的湘江显得比白天宽广了许多，江上清凉的风迎面而来。划船的姑娘也不说话，只听见哗哗的水声……

一只鸟从头顶飞过，它的翅膀上晃动着月光。

竹宾抬起头望天上的月亮，她的脸被月光照亮，像月下一朵盛开的白莲，洁美无比。虽然打扮成了男人，但她秀美的容颜与文静的气质却被男装衬托得更加光洁诱人。

玉麟深情地凝视着竹宾，竹宾脸上的月光反射进他的眼里，渗透进了他的心灵深处。

竹宾被玉麟看得不好意思起来，微笑着低下了头。

不知船向上游行了多远，也不知渔家姑娘划了多少桨，船就在河岸边停住了。他们上了岸，沿着一条石板路向上走。玉麟轻声说："上面就是回雁峰。"竹宾也轻声回答："'雁阵惊寒，声断衡阳之浦'，回雁峰应是很神奇的。"

山路上人少，比白天清静。路上和身上都是树影里落下来的斑斑点点的月光。

庙宇的门早已关了，它高低错落的轮廓在月色里隐隐约约。

回雁峰不高，很快两人就登上了山顶。他们看到月光下有一块银白的石头，于是双双坐在石头上。

从山顶上可以看得很远。他们看到了整个衡州城，看到了满城的灯光和大街上的人影，看到了月下的湘江，带着宁静和神秘色彩的湘江，还看到了湘江下游岸边的状元塔在月色里静默……

玉麟想起游泳的事："还记得我们小时候在长江里游泳的事吗？"

"这怎么会忘记呢。"竹宾的声音极轻柔。

“哪天我们也到湘江里去游一回吧。”

“这么大了，还一起游泳，会让人笑话的。”

过了一会儿，玉麟又说：“今夜的情景，可以写一首诗。”

竹宾说：“是的，但以后再写，也许会更美。”

…………

今夜之月色，非寻常之月色。他们在月色里依偎着，坐了很久。

月亮早已西斜，他们不得不返回。

下山回家走到街口时，遇上了毛妹子。毛妹子还是那样称呼：“安徽佬，你今天怎么到这里来了？”

玉麟答道：“夜里月色好，出来走一走。”

毛妹子盯着竹宾：“这是谁呀？”

“我表弟。你问这话做什么？”玉麟灵机一动。

“表弟？我听说你只有一个舅舅，前不久死了，据说他没儿没女的，怎么冒出了一个表弟？”毛妹子怀疑道。

玉麟拉着竹宾就走。毛妹子的声音在后面追上来：“安徽佬，听说你家来了一个美女，一个狐狸精，你小心点！”

竹宾吃吃地笑了。

四　四月草河边，喜泪流后是悲泪

昨夜，玉麟把竹宾送到家门口却不敢进屋，他怕母亲怀疑，于是折回军营里过夜。进到屋里，竹宾发现王夫人的脸色很难看，连忙解释：“不知怎么的，走着走着，就被挤散了，我到处找，找了几条街几条巷子，都没有看见你们。”王夫人严厉地盯着她：“你寻了大半夜也没有找到我们？”沈老太非但不帮她，还火上浇油：“竹宾，你不像以前那样听话了，自从到衡州来了，你好像变了一个人。”是的，很多人说她到衡州城后，不再瘦弱憔悴，变得更秀美动人了，她在镜子里发现自己的脸上有了红晕，有了光彩。也许是因为生活在玉麟身边吧。她抬起头来，却见王夫人走到了她面前，逼问道：“竹宾，今夜，你是不是与玉麟到哪里去了？”

她躲开王夫人的目光，说谎道：“没有啊，我根本没有看到玉麟，他没有在家吗？”

王夫人显然不大相信：“竹宾，你要知道，你和玉麟是何关系……你是他的小姨！他是你的外甥！你，你们，千万不要有非分之想！”

竹宾连连点头：“姐，我知道！”可是她的心里发冷，好像一盆冷水从头泼下来，又好像听到了一声轰响，一颗心瞬间成了碎片。

之后，她更加小心谨慎了，不敢走出家门，不敢乱说一句话，也不敢再对玉麟眉目传情。除了在家里做饭，剩下的时间就做女红，缝衣服，做布鞋，编围巾……只有到了晚上，她才可以在灯光下读几页书。

几个月过去了，一天王夫人到老家渣江去走亲戚。得到这个消息，玉麟和竹宾都松了一口气。竹宾待沈老太吃完饭，说了一个谎，离开了梅花巷，在青草街如约见到在那儿等待她的玉麟，两人出了城，沿着蒸水河往上游走。

四月的天气真好，南风习习，阳光满地流淌，青蛙的鸣叫如潮涨潮落。

蒸水河又叫草河，沿河两岸草木萋萋，有的深过人的头顶。玉麟领着竹宾往草木深处走。

竹宾乐意跟着他，不管他带她到哪里去，哪怕走向激流险滩她也愿意。她甚至希望走得越远越好，走到茫茫荒原只有他们二人也行……

玉麟停住了脚步，坐在草地上。她静静地依偎着他。玉麟不说话，眼睛里燃起火焰，她闻到了玉麟身上特有的男人气味，听到他急促粗重的呼吸声……

玉麟不安分起来，开始疯狂地亲她，他感到自己离竹宾越来越近，近得没有了距离，似乎被一种巨大的温暖包裹了，被一阵温柔的水流淹没了……是的，像是在船上，他在划桨，船在水上飞快地漂……江上洒满阳光，白色的水鸟在树枝上呢喃，又突然飞上天空，发出嘎嘎的叫声……他的船好像飘进了芦苇丛中，在水的激流里冲撞，摇晃，颠簸，打旋。水流哗哗，盛开着一朵朵白色的花，他的船被水花所包围，所激荡……不不不，他不是在驾船，好像是乘上了一匹大白马，在奔跑，跑得比风还要快，飞起来了，飞到大江之上，飞到群山之巅，飞到云层里……到处都是云，丝丝缕缕，各形各色……他的马载着他穿云破雾，在蓝蓝的天宇里飘荡，在虚空里梦一样飞翔……好像下雨了，这是一场弥漫江北江南的春雨，一场温柔的雨，它拥抱了所有的村庄和土地……

竹宾呻吟起来，泪水无休无止地流，像潮水漫过河堤，她的哭声越来越大……

玉麟轻声说：“你别哭啊。”

她不哭了，好像从一场梦里醒来。她看到自己躺在草地上……她整理好衣裙……

风摇曳着春天的树木和花朵，远处响着蒸水河哗哗的流水声。

她问玉麟：“我们能成为夫妻吗？”

玉麟说：“能。”

“能吗？真的能吗？”她把头埋进玉麟的怀里，撞击着，一面伤心地哭起来，一面呢呢喃喃，“能吗能吗能吗能吗？我怎么觉得一切的一切都是……梦呢？”

也不知说了多久，哭了多久，她才停下来。

玉麟长长地叹了一口气，然后沉默了。

他们仰躺在草地上，看着远远的蓝天，看着云一朵朵游向未知的远方……

一切都安静下来。几只鸟落在他们身边，叽叽喳喳说着情话。

他们知道，四周是四月的辽阔乡野，阳光泛滥，鸟在谈情，虫子在说爱，谁也阻止不了它们的情事。

五　母亲的话，使他几乎崩溃

草河边的事发生后，玉麟日夜都在考虑自己和竹宾能否顺利成亲，外婆会同意吗？母亲会赞成吗？社会上的人会怎么议论？想来想去，他一点把握也没有。

这一天，母亲把他叫到面前，极为严肃地对他说：“玉麟，前几天我回了趟老家渣江，有个亲戚为竹宾做了媒，把她许配给了湘乡一户姓姚的人家。媒人说姚家的男子和家庭都不错。你外婆同意了，我也同意。我有些担心竹宾不同意。你去劝劝她吧。”

母亲的话轻言细语，但对玉麟来说简直是一声巨雷，仿佛天摇地动，他脑袋里一片空白。

“我知道，你从小就和竹宾姨在一起，没有什么顾忌。但是，她是你的小姨，你是她的外甥，辈分不一样。你是读书人，从小就学圣贤之道，心里应当明白。”

事情来得如此突然，他一点准备也没有，竟找不到一条理由来搪塞，甚至找不到一句话来回答母亲。他只是说了一句：“母亲说的是。”就恍恍惚惚退了下来。

玉麟走进自己的房间，也不脱衣，一骨碌倒在床上，脑子里乱糟糟的，一点头绪也没有。

“……把她许配给了湘乡一户姓姚的人家。媒人说姚家的男子和家庭都不错……”

自己听错没有？这是真的？这不是一个梦？他没有想到事情来得这么快，来得如此出乎意料，他难以相信更难以接受……

“……外婆同意了，我也同意了……我有些担心竹宾不同意……”

为何就同意了？看都没看一眼就同意？为什么突然来了媒人？为什么有了一个姓姚的？为什么媒人去了渣江不来衡州城？……

他胡思乱想，心里一团乱麻越扯越乱，他不知怨谁恨谁，只觉得这个世界乱七八糟，一切都没有道理，一切都荒唐无比……

他辗转反侧，把一张床弄得吱吱呀呀响个不停。

他想了整整一夜，流了一夜泪水，用拳头狠狠擂过自己的胸膛……

第二天天刚亮，他敲开母亲的房门，跪在母亲床前：“娘，我有话对您说。”

母亲从床上坐了起来。他不顾一切说道：“娘，我要娶竹宾姨！您和外婆都知道，我和她没有血缘关系。我要和她成亲！”

母亲这次和昨夜的态度不同，口气不再强硬：“儿啊，我知道你心里苦，你俩合得来，你们并不是真正的小姨和外甥……但是二十多年来你外婆一直称竹宾为女儿，我一直称她为妹妹，全天下的人都以为她是你的小姨啊，你是学孔孟之道的人，一个有志于功名的人，将来要干大事的人，能背上‘乱伦’的罪名吗？”

不待玉麟回话，又继续说道：“儿啊，不要为小事坏了大事。你读过诗书，岂不知‘天涯何处无芳草’和‘大丈夫何愁无妻’。竹宾是个聪明能干的姑娘，但她八字硬，爹娘死了，弟弟也没有了，家破人亡的命。你看她太秀气，太瘦弱，不像有福分的样子，你不必那样对她……”

玉麟还想说几句，母亲阻止了他，泪眼婆娑地说：“你爹去世后，你们兄弟就是我的天，我一切事都由你们做主，这件事就由我做主吧。”

玉麟无法理解母亲的那份苦心。母亲只得说：“儿啊，你也别说了，昨夜我与竹宾说了，人家已经答应姚家的婚事了，现在你不要去劝她了。”

什么？竹宾已经答应这桩婚事？这可是真的？

他的脑子里又一次响起一声巨雷，接着就是天塌地陷的破碎声。他没有想到，一个天大的错误已经铸成。

六　哭嫁，哭落满巷梅花

玉麟找到竹宾，在后院的梅花园中，她坐在一株梅花树下绣花。

“竹宾姨，恭喜你，有了姚家郎君了。”

说完，他就有些后悔，她的眼睛红肿着，肯定暗暗地哭过。

见她好久不回话，又问：“我听我娘说，你同意了？”

竹宾垂着眼帘，低声回答道：“是的，我同意了。”

玉麟什么也没说，转身就走。

竹宾叫住他：“慢着，你想想，我不同意行吗？”她显得很冷静，肯定深思熟虑过了，“我不能负了恩情。我是你从江边捡来的，你外婆是我的养母，你娘是我的姐姐，而许配给姚家，是你娘的意思，也是你外婆的意思。我敢违背吗？我能够违背吗？我不能知恩不报，此其一也；其二，我们如果死活要按自己的意愿办，你想想，你，尤其是我，天天生活在怨恨、尴尬中，日子还过得下去吗？其三，我们是姨母和外甥的关系，别人只知道这一点。我们做了夫妻，风言风语会让你我永远抬不起头，你一个男子汉还能在社会上立稳脚跟吗？……”

竹宾说的确实有理，玉麟不知怎么回答，但他仍态度坚决地说：“不不，我不听你这些道理，我要和你永远在一起！”

竹宾嘤嘤地哭了：“既然这样，那我们私奔吧！”

“什么，私奔？”

竹宾说："没听说过？私奔，就是不顾一切，只顾我们两个人，远远地，跑到外面去，就像司马相如和卓文君……"

玉麟嗫嚅着："这……"

"我知道，你不会与我私奔，我也不会与你私奔。你外婆八十多岁了，你娘也六十多岁了。弟弟到远处经商，不通音信。除了我们，她们没有其他亲人了。我们只顾自己私奔，无情地抛弃两个无依无靠的老人，还是人吗？"

见玉麟沉默不语，竹宾接着又说："玉麟，你还记得在草河边的事吗？你记得我哭得很厉害是不是？我那时就预感到了，我们不可能在一起，只是一个梦……好在，我们好过了一场。你读过很多书，也经历了许多事，应当知道世上好多男女有情有意，却始终不能在一起。"

还能说什么呢？玉麟的手微微颤抖着。

竹宾早已泪流满面："玉麟，这是命……我们认命吧。"

两人紧紧地搂抱在一起……

他们还是分开了。

冷静了，理智了，也变生疏了。玉麟开始把竹宾当真正的小姨看待，竹宾也开始把玉麟当作真正的外甥看待，他们彬彬有礼，庄重有度，家中的空气变得凝固而压抑。

母亲放心了，外婆也放心了，但又觉得有些不对劲。

没过多久，姚家那边定了成亲的日子，玉麟知道后也没有反应。

按照衡州的习俗，女人出嫁娘家要置办嫁妆，这一任务落在玉麟肩上。为了让小姨风风光光出嫁，他置办好结婚用的床上用品、家具。只有这样，才对得起她对自己的那份深如大海的情谊。

快到竹宾出嫁的日子，玉麟又到处请客，安排酒席，忙得不可开交。他越是这样做，竹宾越难过。真的，她想死的心都有了。

可是，她能死在这里吗？不能，她不能……

到了出嫁前一天晚上，竹宾再也忍不住了，号啕大哭，哭了整整一夜。

其实这也是衡州的哭嫁风俗，女孩在出嫁前夕都要哭一场。这是告别娘家开始新生活的前夜，女孩如果对新生活满怀希望，对郎君充满情意，那哭就是走过场，轻轻淡淡的。如果留恋娘家生活，对未来丈夫不太满意，那哭就是发自内心的悲泣。

竹宾哭得很伤心。她先哭自己的命苦，父母早亡，自己到处流浪，不知受了多少罪，真是命比纸薄……

她哭她舍不得离开老母亲，沈老太太虽是她的养母，但比她的亲娘还好，比她的亲娘还亲，她一点也没报答就要离开她了……

她哭她舍不得离开她的姐姐，虽然不是亲姐妹，但她们的感情亲姐妹也不能比，当她和老母亲无依无靠时，是姐姐叫儿子接她们母女来衡州。如果没有姐姐，她们早就无家可归，不知死在何处了……

她哭她更舍不得离开玉麟，玉麟其实不是她的外甥，而是她的救命恩人，是他带着饿得快要断气的她来到这个家，没有玉麟就没有她……

她的哭声声带泪，字字有血，凄凄惨惨戚戚，把一条梅花巷都哭冷了，把巷子里的梅花都哭得凋谢了……

玉麟在楼上听了，心里发颤。尤其想到竹宾次日就要被一架花轿抬走，抬到一个遥远而陌生的男人家里，与之同床共寝，更是心如刀绞……

外婆和王夫人听了，想起她平时的聪明、能干和种种好处，也忍不住流下眼泪。

而梅花巷的人，多年之后，在谈到女孩子哭嫁时，都说那个叫竹宾的女孩才是真正的哭嫁，直哭得人浑身发冷，心里发痛……

七　结婚生子后，母亲始流后悔泪

竹宾出嫁后，玉麟心里空落落的，万念成灰。虽说人海茫茫，芳草无数，但玉麟再也提不起兴趣。

毛丽之后还找过他，纠缠过几回，他无一不是冷冷地敷衍她。

这天，媒人来到他家，要把一个姓邹的女子许配给他，母亲征求他的意见，说那位邹氏她见过，方头大脸，有福气的相。玉麟说母亲同意了他就同意，一切按母亲的意思办。父母之命，媒妁之言。他愿意遵守祖宗传下来的规矩。圣人说过，不孝有三，无后为大。他背不起“不孝”的罪名。只是他此时的意识里，除了竹宾，娶谁都一样，哪怕是一个寡妇，是一个叫花婆。

半年后，他与邹氏成了亲。

当邹氏真正走进他的家庭生活后，他才知道自己犯了一个不可饶恕的大错。

邹氏与竹宾天差地别。竹宾爱作诗填词，可这邹氏大字不识一个，数也不会算。女子无才便是德，没有文化也就罢了，人品好就可以了。可这邹氏性情也有问题，脾气大，既不懂得孝敬婆婆，也不懂得尊重丈夫。常常顶撞婆婆，自己不懂事，还说婆婆这也不是那也不是。玉麟劝说她，她反咬一口说他们站在一边，一起欺负她。有几次她与玉麟吵架后，赌气回了娘家，对夫家不管不顾。

更要命的是，邹氏不想做家务，也不会做家务，连碗筷也洗不干净，如果不是婆婆帮忙料理家务，家里不知道会成什么样子呢。

玉麟对她失望至极。由于夫妻感情不和，他没有心思读书作文，也没有兴趣作画，常常住在军营里。他深知此事自己也有错，对这门亲事太草率，但也无可奈何，毕竟是他同意的婚事，是母亲为他选定的夫人。他只能睁一只眼闭一只眼，期待她会慢慢有所醒悟和改变。

一年后，邹氏为玉麟生下一个儿子。婴儿的脸粉嘟嘟的，眼睛乌黑有神，脸型很长，鼻子笔挺，哪儿都像玉麟，没有一点邹氏的影子。玉麟很高兴，将儿子取名为“永钊”。因为儿子的可爱，玉麟与邹氏的感情也好转了一些。

但很快，他们夫妻之间关系迅速恶化，且恶化得一发不可收拾。

一天，邹氏让儿子睡觉，竟然把被子捂得严严实实，自己去邻家说家常，等婆婆王夫人发现，孩子差一点捂死了。经过一番抢救，才回过气来。为此，玉麟狠狠责骂了邹氏一顿。邹氏倒好，一气之下，又回了娘家，十天半月不回来。

玉麟彻底绝望了。当一个妇人对自己的孩子都不管不顾，连起码的一点母性也没有了，就无可救药了。什么都可以谅解，唯独这一点永远不能原谅。

这时候，弟弟玉麒在玉麟成亲半年之后也成了亲，夫人姓赵。他们结婚两个月后双双去浙江经商谋生。现在邹氏回了娘家，玉麟还在衡州协标做事，家里剩下一个小孩，两个老人，玉麟很为难。于是他请了一个叫“方姑”的女孩来家里做家务，让母亲为他带儿子。

两个月后，邹氏回来了。玉麟不再理她，依旧给她饭吃，给她衣穿，但不让她带孩子，不让她做任何事，不再把她当作妻子。邹氏成了家里可有可无的闲人，没有一点家庭地位，连她自己也觉得没趣了，于是干脆住回娘家，一年难得回来一两回。

在这样的境况下，玉麟愈加怀念竹宾。竹宾出嫁前，送给玉麟两件礼物，一件是两双棉鞋，一件是绣了一幅梅雪图的湘绣。玉麟视为珍宝，两双鞋子他好好珍藏着，梅雪图就挂在书案前，天天可以看见。

连王夫人也有了悔意。有一次，她含着泪对玉麟说：“你和竹宾的事……也许我不该那样固执……其实在你外婆和竹宾从安徽来衡州城时，我们就该换一种称呼，说竹宾是我的养女，和你是兄妹的……可惜……可惜……那时我们谁也没有想到，我们为何那么笨啊……”说着就流下了泪水。

玉麟却说：“娘，不要再想了。我们回到衡州十多年了，你怎么会让自己的养女在安徽那么久呢？这不近人情，说不过去的。”说完又安慰母亲：“这一切都是命。事情过去这么久了，别再提了吧。”

八　重逢仿佛梦幻，一切恍若隔世

外婆没有生病，一切都好好的，昨天晚饭还吃了一碗粥，今天早上就睡在床上一动不动了，玉麟去看时，外婆一脸安详，似乎还有一点微笑的样子，但没有一丝气了，身上已经冷了，也不知昨夜什么时候去世了。毕竟八十八岁了，这样走也是一种幸运。

玉麟小时候生活在外婆家，对外婆感情很深。虽然这几年自己和弟弟先后成亲，儿子出生，竹宾出嫁，办了许多大事，用了不少银钱，但他还是决定要把外婆的丧事办得风风光光。玉麟买了一副棺材把外婆装殓了，原本想租一只船，把棺木运到渣江老家举行葬礼，将外婆葬在自己老家的土地上，以后寒食清明，也好祭扫。可母亲说：“葬你父亲的那座玉莲山，已经密密麻麻葬满了人，好像没有什么空地了。再说外婆葬到彭家祖坟里去，恐怕族内人不会同意。”

次日，玉麟冒雨回了趟渣江老家，正如母亲所说，祖坟里无地合适，族内也不同意。于是，他回到衡州，在城北七里井瓯架山买了一块地，风水先生说这地极好，叫“金盆托”。最终一家人就在梅花巷为外婆办了丧事。

外婆老家浙江只有旁系的亲戚，且多年没有走动，加上路途遥远，就没有去报丧了。事实上，外婆最亲的人，只剩下王夫人和竹宾了。所以，竹宾是一定要请来的，让她来送养母上山，尽最后一份孝心。于是玉麟派人前往湘乡，请竹宾夫妇速来衡州。

几天后的傍晚，竹宾坐着一架简陋的轿子来了，她的丈夫没有来，据说最近得了重病，在床上动弹不得。竹宾下了轿子，走得摇摇晃晃，身体的瘦弱显而易见，气色也不好，和她在衡州时的光彩焕发判若两人。玉麟忙上前扶住她，心里很不是滋味。

竹宾见了母亲的灵柩，立即跪倒在地，哭得撕心裂肺，哭诉自己小时候受养母爱护的往事……玉麟听了悲泪长流，四周的人也眼泪汪汪。

接下来的几夜里，玉麟、王夫人和竹宾在灵堂里守灵，少不了回忆过去，不禁唏嘘感叹。

五天后出殡，外婆葬在瓯架山。山上草木茂密，是一个幽静之处。当把外婆的棺木放进墓坑里时，竹宾哭得更伤心了："娘啊，你一个人在这里多孤单啊。我死前，定叫玉麟把我也埋到这里来，陪你千年万年……"

玉麟感到这是一个不吉利的征兆，立即劝说道："竹宾姨，千万别这样说啊，你年纪轻轻，还有多少好日子在等着你，还有多少福等你享受呢。再说了，多年后，你如果真的百年了，也不要玉麟来安排，你的儿子和孙子会安排得好好的……"竹宾也发觉自己失言了，便把哭诉的内容转到其他事上……

丧事办完后，王夫人留竹宾多住了几天，毕竟是以姐妹相称，夜里不免说起家常事，竹宾婚后的日子很不如意。丈夫根本不是一个创家立业的人，整天游手好闲，还抽鸦片烟，家里几十亩田地快被他卖完了。竹宾身体也不好，常常生病，夜里总是失眠，一年里有一半日子在咳嗽，还见了红……

王夫人听了，心都冷了，为竹宾的境遇流下眼泪，也向竹宾说起玉麟成亲后难言的苦楚："早知道是这样，你从安徽来衡州时，我们就不该以姐妹相称，应该说你是我的侄女，这样你和玉麟成亲也就名正言顺了……"

竹宾打断王夫人："姐，快别这样说，那时我和玉麟的事，也是胡闹。我们不懂事，差一点还闹出了笑话。好在这事早已过去，我们各自有了家，你若为这事后悔，我们就承受不起了。"

竹宾离开衡州城时，玉麟百感交集，因辈分和许多人在场的缘故，只是默默送了一程，互道珍重。

这天夜里，玉麟做了一个噩梦，梦见自己和竹宾在长江里划船，突然一阵冷风吹来，好好的一只船散了架，散成几块木板。两人落入水中，拼命向岸边游。可是不知为什么，长江漫无边际，永远看不到岸。后来竹宾竟被一个恶浪卷走，她哭喊着向玉麟招手：玉麟，快救我啊……他不顾一切地向漩涡游去，可是波涛如山峦一样扑向他，他动弹不得……

醒来时，他满头是汗，嗓子都喊哑了，眼泪把枕头也洇湿了。

这一年剩下的日子，玉麟总感到心情不佳，精神不振，没有一件事顺利。在昏暗的油灯下，他写下了“今古有天难问命，乾坤无地可埋愁”。

九　最后的泪，最后的诗

第二年秋天，竹宾独自走了。

姚家那边派人来衡州，告诉玉麟：竹宾身体太弱，生不下孩子，眼看不行了。竹宾嘱咐，玉麟两次救过她的命，是她的恩人，最后特别想见到他……

玉麟二话没说，立即启程前往竹宾家。赶到竹宾床榻前时，她已经命若游丝。

“竹宾姨，玉麟来了。”

面色苍白的竹宾缓缓睁开眼睛，露出一丝苦笑，有气无力地说：“玉麟……你来了……好……最后……想……见到你……我……安心去了……”

停顿了好久，又说：“去年……你外婆……入葬时……我说的……那句话……你……记得不？”

玉麟含着泪水，低声说：“记得。”

竹宾的声音更微弱了：“如……现在不行……就将来吧。”

“好的，我一定会做到。”玉麟难受极了。

竹宾用手在枕头边摸了一会，摸到一叠纸，递给玉麟：“这里，有我的诗……”

然后竹宾的脸色慢慢变了，渐渐地没有了呼吸。

玉麟跪在床前，呼叫着竹宾姨，泪如雨下。

哭了许久，他才站起来，环视四周，看到这房间里还有一张床，躺着一个骨瘦如柴的男人，那人也在嘤嘤哭泣，竟是竹宾的丈夫，他的姨父。他十分鄙夷这个姨父，但此时此刻，又不得不征求他处理竹宾姨后事的意见。

没想到他极不负责任地说：“我这个样子，也不知哪一天就没命了，还能做什么主张呢？玉麟外甥，你看着办吧。”

其实，玉麟去年就知道竹宾家的事了，所以从衡州出发时他就有所准备，带来了银钱，为竹宾买了棺材。

按照衡州的习俗，要为死人擦洗身子才能入殓，因竹宾年纪轻，又是难产死的，当地人认为污秽，没有人愿意做这事。玉麟不嫌弃竹宾，亲自舀来热水，为竹宾清洗身上的血污，又为她换上洁净的衣服，他知道竹宾爱干净，他要让她清清爽爽躺在棺材里，入土为安。

竹宾属于夭亡，灵柩不能在家里停留太久。加上她没儿没女，姚家也没有什么亲戚朋友，所以丧事非常冷清。第三天上午，玉麟送竹宾姨上山，将她安葬在附近的小山岗上。

新坟边，玉麟焚好香，烧好纸钱，跪着拜了几拜：“竹宾姨，你临终吩咐要葬到外婆墓旁，但按照风俗礼仪不能这样做。只好从长计议，总之我把你的话记在心里了。……我要回衡州了，你安息吧。”

一阵萧瑟的秋风从远处吹来，吹落了坟前树上的树叶，树叶在墓地上旋了几圈，又随风远远地消失在对面的树林里。

回到梅花巷，玉麟向母亲详细说了为竹宾办理丧事的经过，母亲又是流泪又是叹息：“你竹宾姨长得太纤细秀美，体质也太弱，不是有福之人……唉，也罢，你这回吃了许多苦，难为你了。也好，你尽了做外甥的心了，也真正对得起竹宾姨了。你竹宾姨如果地下有知，也该满意的……”

玉麟回到自己的房间，看到竹宾给自己做的鞋，还有书案前绣的画，想起后院的梅花园还留有她的踪迹，伤感又增添了几许。

在油灯下，他把竹宾临终前交给自己的那一叠诗稿拿了出来，那上面是她写的诗作，他一首一首地往下看：

绝似伤心薄命人，含愁使带雨泣春。

素颜只为风霜逼，更叹幽香散世尘。

最后一首肯定是临产前几天写的，题目是《咏新秋》——

夕阳西下落霞尽，遍地虫声月冷庭。
底事西风来肃杀，无端桐叶使飘零。

玉麟想起往事，犹如在梦中一般。对着孤灯坐了大半夜，写下一首挽诗：

月冷璇闺惨素帷，无端生死理难窥。
伤心怕读桃花句，谶语空留梧叶诗。
恩意旧时承密勿，音容此日恸长辞。
酒浆和泪营斋奠，滴下泉台知未知。

十　岣嵝绝壁之上，他欲纵身而跳

竹宾离开人世后，玉麟心中深处的那点光亮似乎被黑暗吞噬了。他有时在小木楼上不停地徘徊，有时在衡州城的大街小巷像鬼魂一样游荡，整夜整夜不能安眠。

母亲和朋友劝他想开点，可他就是想不开。谁的话也解不了他心中的疼痛。

这一天，他想去趟岣嵝峰，去看看那些千年不死的老树，听听古寺里经久不息的晨钟暮鼓，摸摸遍布山野历经万年沧桑的石头。

岣嵝峰离衡州城数十里，是南岳七十二峰之一。

走到青草桥头，他坐在一家客栈里喝着闷酒。

喝到第五杯时，毛妹子出现在他面前："安徽佬，一个人喝闷酒啊，也请我喝一杯吧。"

不等他回答，毛妹子提着酒壶倒上一杯，一饮而尽。

玉麟也不说什么，自己倒酒自己喝。

毛妹子瞪眼道："不问我为何喝闷酒？"

玉麟也不看她，说："喝酒还要理由？"

“只有酒鬼喝酒不需要理由，女人喝酒绝对是伤心透了。知道吗？”毛妹子哀叹起来。

玉麟问道：“毛小姐也有伤心事？”

“你成亲后，我也找了个人嫁了，是个富人，钱比你多很多，可他吃喝嫖赌抽，五毒俱全，不把老娘放在眼里……我回娘家来了，再不去那魔窟了……我无儿无女的……”毛妹子哭起来。

话没说完，就倒在桌子底下，把玉麟吓了一跳。

店里的人赶紧抱起毛妹子放到客栈床上，让她好好躺着，对玉麟说：“客官，不必在意，这位女客这些天常在这里喝酒，喝醉了给她一点解酒药吃，就没事了。”

玉麟将酒壶里的酒一口干了，然后醉醺醺地向岣嵝峰飘然而去。

到山脚下时，天色已晚，山上暮霭沉沉，又下起雨来。玉麟没有了醉意，在一座小寺庙里投宿。这天夜里，他难以入眠。屋后的山林里有一只鸟，应是杜鹃，或是鹧鸪，在夜色里一遍又一遍叫着：“当时错过，当时错过，当时错过……”

是的，当时错过。错过了，永远地错过了。人死不能复生，一切都来不及了……如果当初果断一点，冷酷一点，不那么瞻前顾后，或许就不是现在这样的结果了。比如，像竹宾说的那样，私奔，请朋友暂时照料一下母亲和外婆，待自己和竹宾生米煮成熟饭，再回来向亲友与邻居说明二人并非真正的姨甥关系，就不会有后来的悲剧了……或者像母亲后来说的那样，把外婆和竹宾接到衡州来的时候，向世人说明竹宾的真实身世，然后以兄妹相称，岂不是顺理成章的事？我们那时候为何没有想到呢？

人生也许就是这样，一步走错，步步皆错。只怪自己太墨守成规……

玉麟悲叹不已，披衣下床，在昏暗的油灯下，写下两首七律：

“当时错过”是禽言，无限伤心竟夜喧。
沧海难填精卫恨，清宵易断杜鹃魂。
悲啼只为追前失，苦忆难教续旧恩。
事后悔迟行不得，哥哥空唤月黄昏。

我为禽言子细思，不知何事错当时。
前机多以因循误，后悔皆由决断迟。
鸟语漫遗终古恨，客怀难释此心悲。
空山静夜僧窗寂，独听声凄甚子规。

第二天清早，玉麟登上岣嵝峰的最高峰。山峰背面是峭壁悬崖，脚下是不见底的深谷。玉麟坐在悬崖之巅，山风清凉，轻轻地在耳边低吟。他想在这里好好想想，想想以前，想想以后，如果还是想不开，就从这里跳下去。

自己深爱的女人已不在人世，这世间还有什么可留恋的……

功名……孝顺……情爱……婚姻……父爱……生死……

这些东西缠绕着他，折磨着他，甚至撕裂着他……他没有打定最后的主意。

山上很静，鸟鸣声声。

过了很久，一位身着袈裟的老和尚走到他的身旁，向他施礼：“施主，真早啊。”

玉麟坐着一动不动，没有回答。

和尚又说了：“施主，这地方叫什么名字知道不？”

玉麟还是没有回答。

和尚自问自答：“这里叫绝命崖。”

玉麟说话了：“绝命崖？”

“是的，绝命崖。每年都有人从这里跳下去，有时是一个人跳下去，更多的是男女一对儿跳下去。前年是最多的一年，共跳下去十八对，三十六条命啊。”和尚叹息道。

“这两年，寺里的方丈派贫僧在此巡视和劝导，跳下去的人数减少了一些。施主，你目光茫然，神色黯淡，精神不振，十有八九也是为情所困。”

“为情所困？”玉麟望着和尚。

“对。从这里跳下去的大多是为情所困者，就是人们说的‘情种’。施主，这人世间的一切，都是一场梦幻。而世人往往困在其中，不觉不悟。即便到了人生的终点，还是走不出来，悲哀啊。”

玉麟似听非听，也似懂非懂。

和尚接着说："施主，你命不该绝。这样吧，我们来打个赌……在这悬崖之巅，我们两人对着苍天高喊三声'天啊'，如果云开雾散，朗日在天，施主便随我下山；如果云起雾飘，遮天蔽日，我便不再劝阻施主，任施主而为，好不？"

玉麟一听，朝和尚点点头。

于是两人对着天宇高喊起来："天啊——""天啊——""天啊——"

一老一少嘶哑的声音回荡在山谷里，余音不绝。

接下来，山谷里云雾开始袅袅升腾，越升越高，升到半空中，随后又缓缓地向四处蔓延，遮住了群山，遮住了天空和正在升起的太阳，天地一片昏暗，仿佛临近黑夜，又仿佛一场暴风雨就要到来……

老和尚的脸色变得凝重起来，随后他仰头向天空发出一声长长的怪叫。

忽而一阵清新的山风吹来，带来一股异香。草木摇曳，清露滴落，漫天云雾渐渐散开、消失，随后传来鸟的鸣叫和山泉的潺潺声，山峦青翠，天空高远，太阳放射出柔和的光辉。近处远处，山上山下，一切都变得明朗而开阔起来。

老和尚露出慈祥的笑容，看着玉麟："施主，下山吧，天意难违啊……"

第四章　英雄初露面

湖南新宁李元发率众起义，玉麟随衡州协标前往进剿。湖南、广西、贵州，再到湖南，一路生死搏斗，玉麟有勇有谋，奇迹般立下大功，激战之余还写下数首战地诗……

一　行进到神滩渡，烟水愁云

夜晚，玉麟给老麻的儿子授完课正准备休息，老麻推开门走进来，问完儿子的功课情况，漫不经心地同玉麟闲聊起来："雪琴啊，天下不太平，说不定我们很快就要打仗了。"玉麟也知道世风日下，老百姓的日子不好过，起义的事时有发生。仅在湖南，近几年有耒阳的阳大鹏起事，宁远的胡有禄起事，东安的王宗献起义，新宁的雷再浩聚众造反……幸而很快被镇压下去，没有殃及全局。莫非最近又出什么大事了？

老麻见玉麟疑惑，便说道：十月十三日，宝庆新宁县有一个叫李元发的人，竟然聚众造反了！李元发在湘南一带很有名望，与一些狐朋狗友结拜为兄弟，成立把子会，打着"劫富济贫"的口号蛊惑人心，加入把子会的人越来越多。知县万鼎恩得知这一情况后，意识到李元发一伙是一个危害朝廷与社会的暴力组织，用计谋捉拿了两个重要的把子会头目。没料到李元发闻讯大怒，率领数百名会众连夜杀进新宁县衙，砍下万鼎恩的脑袋，占领整个县城，见官就杀，见财就抢，闹得满城乌烟瘴气。湖南布政使万贡珍闻讯暴跳如雷，立即调集人马前去进剿。

玉麟最近正在温习父亲临终留给他的《孙子兵法》和《练兵实纪》，乱世出豪杰，时势造英雄，莫非乱世开始出现，应了父亲快断气时的预言？

第二天，衡阳协标接到万贡珍的命令，调拨三百精兵，由副将谷韫灿带领，星夜兼程驰往新宁会剿。玉麟听到这个消息后，立即骑马到协标大营请缨。谷将军认识玉麟，说："这个时候有人做缩头乌龟，你为什么还要主动报名上战场呢？你不怕死吗？"玉麟哈哈大笑："古人云，'男儿当死于边野，以马革裹尸还葬耳，何能卧床上在儿女手中邪？'大丈夫应在危急时刻挺身而出，杀贼报国，即使马革裹尸，也在所不惜！"谷将军听了这番话，称赞他"有壮士之气"，允诺道："既然如此，你就随马队前往杀贼，建功立业去吧！"

第三天，三百精兵出发。这是彭玉麟第一次奔赴战场，他骑着高头大马，手里握着刀剑，满身戎装，好不威武雄壮。

沿着衡邵官道到宝庆府，与其他州镇派来的官兵集结，才得知这次进剿的总指挥是管带刘国瑞，他奉万贡珍之命节制各路兵马。这时得到情报，李元发已从新宁县城撤出，正向靖州和贵州方向行进。于是刘总兵指挥各路兵马三千余人分路追击。

玉麟随衡阳协标副将谷韫灿率领的三百精兵一路追击到神滩渡。

神滩渡在宝庆府外五十里处，是通向西南的要道渡口。资水由西南方向来，到此处折转向东，故江面宽阔，水流滔滔。相传，古时有神秘铁船往来于两岸之间，船上依稀可见神兵天将。后来有渔人于渡口旁得一头盔，长二尺，重十来斤，猜想是铁船上神兵所失，于是称此地为"神滩渡"。岸边有神滩晚渡亭。亭子里有一块石碑，上面刻着明佥事杨廷芳的《晚渡神滩》："路转神滩入望赊，归人待渡簇平沙。空江寂寂来鸿杳，远树依稀落日斜。暝色酿成千里雾，橹声摇碎一川霞。纷纷世故忙如蚁，那得浮生鬓不华。"

玉麟念着石碑上的诗，感到眼前的情景和诗里所描绘的完全不是一回事。哪有落日与江霞？哪有波光和桨声？半个多月没有放晴，前几天还下起暴雨，现在空中仍飘着蒙蒙细雨，资江里滚动着滔滔的激流，渡口没有摆渡的船夫，零星的几只船停泊在河湾里，在高涨的河水中打着旋。三百官兵立在雨中，望着横在他们面前的河流发愁，谷将军在雨中徘徊，系在柳树下的战马在嘶叫。

谷将军终于说话了："已经接到军令，我们必须在天黑之前渡过资江，才能尽快追上贼寇！现在，我们选几个水性好的，先行渡河，试探险情。谁愿意最先渡河，做敢死队？”

“我愿意！我水性好！我不怕死！”玉麟第一个报了名，谷将军用赞赏的目光望着他。接下来王吉和另外四个年轻人也报了名。

他们六人组成渡河敢死队，从河湾里解下船，划着桨往对岸行去。玉麟坐在船的最前头，众人用力划着桨，但河水太急，船行得很艰难。船到了河的中央，再也无法前行，被水流冲得往下游走。于是众人慌乱起来，行动也不能一致。突然一个巨浪打来，船翻了个底朝天，几个人落入水里。玉麟感到全身彻骨地寒冷，接着喝了几口水。他毕竟是江湖里泡大的，水性极好，他用力浮上水面，招呼众人放弃船只，往回游上岸来。其他兵士立即前来相助，拿衣服给他们换。但这时发现，游上岸的只有他、王吉和另外两个人，有两名士兵被激流卷走了。出师未捷身先死，这是玉麟第一次目睹自己的战友殉难。

天低云暗，波涛滚滚，谷将军担心接下来几天雨会下得更大，渡河会更困难，应当趁早渡河，可是怎么渡过？总不能让人马全被河水冲走吧。玉麟换上衣服后来到谷将军面前，建议去周围的村里，把所有船夫请来，也许会有好的办法。这一建议被谷将军采纳，立即派人去召集船夫。

经过两个时辰，召集了三十来个船夫。在他们的带领下，队伍向上游行走了七八里，找到一个水流较为平缓的地方，然后划船渡兵马过河。经一位老船夫的指点，船队并不横渡，而是顺着水流从上游往下游漂流而下，斜斜地顺流划向对岸……这一方法省力而有效，近三百人马在天黑之前顺利渡过神滩渡。

过河后，队伍又向前走了五六里，才开始借民房宿营。玉麟感慨万千，写下出征以来的第一首诗：

神滩晚渡

道阻神滩湍急流，一鞭细雨又呼舟。
绿杨渡口嘶征马，烟水茫茫无限愁。

二　牙屯堡军夜，碧血战垒

过了神滩渡八十里，开始翻越黄罴岭。

上山是弯弯曲曲的石板路，又陡又窄，人走上一段，立即汗水涔涔。马不能骑，只能由人牵着，过悬崖时，更须小心翼翼。有几匹马失蹄，不幸从万丈悬崖上滚落下去，一直滚到深不见底、溪水喧响的山谷里。

好不容易到达山顶。山顶上竟有一块较大的平地，可供人马歇息。而平地的边缘，又有一巨石，下有一汪清泉，大家口渴得不行，纷纷走到泉边用椰瓢（那时士兵随身带的用来盛饭食和汤水的木瓢）舀水喝。玉麟喝了泉水，一个人坐在石头上写下第二首军旅诗：

过黄罴岭

路劈蚕丛鸟道斜，马蹄踯躅踏山花。
三千军士都消渴，汲得清泉喜当茶。

玉麟刚写完，耳边就响起谷将军的声音："雪琴，你的诗写得蛮不错啊。"玉麟立即站起来向谷将军行礼，笑着说道："将军过奖了，玉麟写诗是胡闹一气，没有章法可言，不能入将军法眼。"谷将军把玉麟的诗又念了一遍，说："雪琴，这诗只写一件事，没有铺排，似乎太单纯。你再来一首吧，写复杂一点。"

王吉在旁边附和："雪琴，你再来一首七律吧。"玉麟点头答应，沉吟片刻，一首七律诗就呈现在谷将军和王吉面前：

军中漫兴

将军轰扫大王风，帐下貔貅胆气雄。
撼起楚天金鼓震，劈开粤嶂羽书通。
黔云昏扰征尘黑，瘴雨腥流战血红。
投笔封侯缘底事，一鞭鞍马且从戎。

谷将军看了，不停地称赞：“雪琴，你作诗思维敏捷，可谓七步奇才！这首诗内涵丰富，有实有虚，写了过去的，也想到了以后可能发生的，写了整个军营士气，也写了个人胸怀。好诗好诗，你真是一位军旅诗人！”其他军士围了上来，也纷纷赞扬玉麟。玉麟红了脸：“写诗只是雕虫小技，一个军士的主要职责还是跟从将军奔赴沙场英勇杀敌，为国立功。”谷将军说：“这是正理，有你这样的军士，我就放心了！”又转脸对围观的军士说：“各位听到没有？彭雪琴是上马杀贼，下马作诗！我们要学习。但实在不会作诗也不要紧，能上马杀贼就是好样的！”大家的笑声在黄罴山岭飘散开来。

真正的战斗还没有开始，战争残酷的真面目还没有露出来。到了靖州藕团马路口时，军士们才知道什么是战场。

大路上、河岸上、田野里，到处是横七竖八的死尸，石板上、泥土上、草木上到处沾满已凝固的乌红血迹，风中飘荡着血腥气味。村里的百姓不知去向，房屋显然被火烧过，残垣断壁上落满黑色的灰烬。淫雨霏霏，草木低垂，仿佛在忧愁和叹息。有几只野狗，显然是失去了主人，在废墟上为主人守着已经倒塌的屋子，等待主人的归来，可是它们的主人还会回来吗？

死在这里的都是常德协标的人，他们被李元发的人马打得一败涂地，三百精兵几乎都丧了命。谷将军感叹道：如果是我们走在他们前面，躺在这里的也许就是我们了。谷将军望着玉麟：“雪琴，根据你的目睹耳闻，有何想法？”玉麟答道：“禀将军，我想到了三点：一是我们原以为李贼乃乌合之众，不堪一击，这是错误的估计，贼兵中定有悍将和谋士，我们绝不可以轻敌，轻敌必败！二是走在我们前面的常德官兵已被李贼击溃，我们追了这么远，现在直面敌人，血腥的拼杀不可避免，我们要做好杀敌的充分准备。三是李贼毫无人性，他们烧杀抢掠老百姓，这对我们十分有利，我们会得到广大百姓的支持，可以说，正义在我们这边！”谷将军听了非常满意：“所言极是，雪琴说的也正是我想说的。各位弟兄，养兵千日用兵一时，我们准备血战一场吧！”

战鼓沉沉，征旗飘飘。战斗气息逼人而来。

在大战之前，玉麟的军旅诗又增加了一首：

霏霏阴雨鼓声衰，天地为愁草木悲。
碧血满山空战垒，黄沙扑面暗征旗。
烟消灰烬人无屋，月冷风寒鬼护尸。
不识阿谁丧家犬，空余瘦骨守荒基。

队伍尾随敌人向贵州方向进击。敌军顽强而狡猾，他们是穷苦人出身，善于跋山涉水，利用天时地利，专挑高山深谷走……玉麟他们追到贵州黎平牙屯堡（今属湖南怀化），这里全是深山野林虎豹出没之地，遇到的人皆是奇装异服，据说这里很少有汉人，大部分是苗、瑶、侗等少数民族，语言不通，不知对方在说些什么。偏偏这时，后勤跟不上，粮草断绝。谷将军非常着急，但毫无办法。虽然不缺银钱，可当地太穷，买不到大米和肉类。为了不使军士饿肚子，只得叫当地的苗族妇女去山上挖笋卖给军营，找不到油，只能水煮盐烹，实在难以下咽。还有人说，这深山老林，瘴气弥漫，时间一久，易得瘟疫，官兵将不战而亡……

刚入夜，突然发现四面皆敌，队伍似乎被包围了。远远望去，四面山岭上都燃着火堆，可以看到贼兵走来走去的身影。经过侦探，得知敌人并没有发现我军所处的位置。于是谷将军下令部队不准用明火，不许大声喧哗，加强警戒，睡觉不脱戎装，刀剑不离手，听到命令，立即投入战斗，并命探子连夜侦察敌情，遇事报告。谷将军叫上玉麟和他一同巡视军营。

山野里一片宁静，敌人营垒有篝火闪烁。头顶的天空高深莫测，一弯冷月照着寂静的山林。巡视时，谷将军找到随军的一位当地向导，问他这是何处。向导介绍，这是贵州黎平的牙屯堡地域，现在军营所处是古代兵家常常驻军的地方，地势较好，相对安全，但不是绝对没有风险。当年武侯诸葛亮擒拿孟获就在此处。他指着不远处的两棵松树说，那叫武侯松，三国时有五株，现在只有两株了……

巡视后，玉麟回营就着昏暗的油灯又写下数行诗：

堠火横烧烈焰红，敌人四面路皆通。
心惊刁斗连宵击，腰系椰瓢屡日空。

野灶烟炊苗妇笋，营门月冷武侯松。
夜深巡视三军睡，头枕征鞍手挽弓。

写完，玉麟吹熄了油灯，久久不能入睡，厮杀随时会开始，他将弓箭放在身边。如发现敌情，他定会一跃而起。

三　下温激战败贼，夜雨鬼火

次日就在下温，衡阳协标三百壮士与李元发的人马展开了空前的大厮杀。这下温是个小地方，坐落在湖南、贵州、广西交界处，四面重峦叠嶂，荒无人烟。双方在一个山岭上展开激战。李元发占据有利地势，凭借建好的防御土墙和石壁顽抗。谷将军命骑兵首先用弓箭射击敌人，但敌人躲在营垒里，不易射中。于是他只好改变策略："彭玉麟、麻静庵、麻立斋，你们三人最不怕死，当先锋兵冲在最前面，为我军杀出一条血路来！其余的人跟着他们奋勇向前。为国立功的时候到了！冲啊！"

号角声声，杀声连天。玉麟和二麻兄弟听令后跃马而起，一面射箭，一面冲向敌军的阵地。他们巧妙地避开敌人射来的箭，疾风一般冲到敌人的营垒边，玉麟对后面的二麻说："不要用弓箭了，换用大刀。"于是三人手握大刀冲进敌营，见了用红巾裹着的脑袋就砍。后面的战士受了彭、麻勇士的鼓舞，士气大振，也似洪流一样涌进敌营，与敌兵展开生死大拼杀。

玉麟和麻静庵、麻立斋已经杀红了眼，见哪里敌人多，就冲杀到哪里，砍得血肉四溅，鬼哭狼嚎。李元发没有骑兵，又是临时组建的土匪，哪里抵挡得住这疾风骤雨般的冲杀，只得夺路而逃。玉麟和二麻兄弟岂能容忍敌人逃跑，立刻截住敌人的退路，拨转马头，又是一阵狂杀乱砍……

到天黑时，战场上才渐渐沉寂下来。这股敌军只有极少一部分逃窜，绝大部分都在这里毙命，而清军只有二十五人阵亡。

谷将军集合队伍，清理人数，对英勇杀敌的战士进行表彰，尤其是对彭玉麟、麻静庵、麻立斋大加赞赏。随后命军士打扫战场，并传令今夜就在刚刚占领的敌营里宿营、就餐。

战士们在敌营中还发现不少大米和猪牛等物，谷将军令伙夫好好利用，做一顿晚餐犒劳战士们。

这天晚上，夜雨潇潇，一直持续到天明。敌营里只有一些土堆和石墙。所谓宿营，其实是在睡觉的地方用竹木扎一个棚子，上面盖一层油布。四周都有缝隙，风夹着雨，时不时会钻进棚子里，战士的征袍都被淋湿了，冷冰冰的极不舒服，难以安睡。玉麟的战袍也淋湿了，他睁开眼睛坐了起来，夜色沉沉，远处有磷火闪烁。营外风雨声仿佛金戈铁马呼啸而来，想起四周都是死尸和游魂，玉麟睡意顿消。

他索性爬了起来，坐到棚子边的石头上，点亮一根小蜡烛，用一张草席挡住光线，研起墨来。他想把今天的事记录下来，在战友们此起彼伏的鼾声中，开始了他的创作：

下温败贼，即就其垒屯军

画角声中箭出弦，放开宝马逐风旋。
贼奴头落红巾裹，战垒沙平白骨填。
荒冢碧磷飞鬼火，乱山青閟绝人烟。
营棚一夜潇潇雨，湿透征袍二月绵。

写完，他又想起了家乡，想起远在衡州的母亲，此时她一定在担心他的安危，他很想托鸿雁传书给母亲，告诉她，自己平安无事，于是开始倾吐积压在内心的乡愁：

下温军次感怀

戎马关山涕泗频，干戈满眼走风尘。
黔云楚月家千里，瘴雨蛮烟客一身。
杜宇漫惊游子梦，好花孤负故园春。
赖他征雁衡阳去，得寄平安慰老亲。

四　异乡初见胡知府，直言战守策

谷将军将衡阳协标在下温大败贼兵的事稍加夸张地报告给万贡珍，万觉得此事对自己有价值，又稍加夸大上奏朝廷。朝廷一高兴，将谷将军由副总兵升为总兵，把指挥不力的刘国瑞调了回去。于是，原来指挥三百衡州精兵的谷将军，现已掌控三千兵马。

经此一役，玉麟也声名大振，连协同作战的友军都知道了他的大名。

一日，贵州黎平来了几个官兵找玉麟："请彭先生到我们那边去一趟，我们知府大人有请。"

"知府大人？姓甚名谁？"

"胡林翼知府大人，先生可认得？"

"只闻其名，未见其人。他有何贵干？"

"胡大人来黔多年，未闻乡音，想与家乡人道道家常。"

玉麟笑了笑，骑马随黎平官兵前往胡大人的军帐。

他曾听常豫说起过胡林翼，称他是文武全才，益阳人，出身官宦之家。其父胡达源曾以一甲第三名进士及第，授翰林院编修。后官至詹事府少詹事，为四品京堂。出生于这样的家庭，胡林翼从小便受到良好的教育。后来他考中进士，被选为庶吉士，授编修。继而先后充会试同考官、江南乡试副考官。但他觉得在京候缺补官，上升空间不大，而他的朋友、学生都认为他才气过人，做地方官更能有所建树，于是凑钱给他捐了个知府。根据当时捐例，捐纳为官可以自主择地，胡林翼本可以选择一个富饶发达的地方，挑个肥缺做官，他却选择在边远之地贵州干一番事业。此时，他正在贵州黎平知府任上。他亲上前线，与兵士一道追击李元发残部，经常芒鞋短衣，深入村寨，上高山，入深谷，了解民情，探知匪情，带领官兵与盗匪作战数百次，积累了丰富的作战经验，据说还在撰写兵书。

进入辕门，里面燃着一堆柴火，早春二月的寒冷被驱散。胡林翼亲自上前迎接玉麟，脸上挂着和蔼的微笑。玉麟见胡林翼一表人才，状貌英伟，其精悍之气见于眉宇，忙上前道："衡州书生彭玉麟拜见胡大人！"正要跪拜，胡林翼拉住他："免了免了，你和常豫是朋友，我和他是朋友，故我与你也是朋友，我们以朋友相称吧。”

玉麟忙说：“使不得，使不得，不能没大没小的。”

胡林翼笑道：“我听常豫说，我比你只大四五岁，年龄相差不太远，我们又是故乡人，随便一点……来来来，坐到桌子边去，吃饭啦。”

“雪琴呀，你真是有口福，今天在追击李匪回营时，在树林里打死了一只野猪，够我们吃一顿呢。来来，吃野猪肉！”

桌上摆着一大盆野猪肉，热气腾腾，肉香四溢。

好久没有沾荤，浓郁肉香把沉睡的嗅觉一下子唤醒，玉麟感到舌头上好像有无数虫子在爬动。

胡林翼给玉麟夹了一坨很大的肉：“多吃点，听说你们好几天都在吃水煮笋，肚子里没有油水，赶紧补上，不然打起仗来，哪有力气呢。放开肚皮吃！”

玉麟笑道：“盛情难却，我不会斯文的。”

胡林翼吃得很文雅：“常豫多次对我说兄台甚有胆识和才学，看来所言不虚。这次你们衡阳协标在下温一仗打得十分精彩，据说主要是你和二麻兄弟智勇所致。可见兄弟非庸常之才。”

玉麟说：“大人过奖了。主要是谷将军指挥得当，士卒英勇杀敌，非一二人之功劳也。”

胡林翼见玉麟如此谦虚，很是满意：“这仗打了这么久，追李元发也追了这么远，兄弟认为以后该怎么对付匪徒才更有成效呢？”

玉麟知道胡林翼在试探自己的攻守策略，直言道：“这剿匪，务必要干净彻底，不然遗祸无穷。彭某觉得，湖南、贵州、广西三省应协调作战，穷追猛打，让他们四面受敌，处处挨打，最后一举围歼。”

胡林翼大加称赞：“可惜广西还没有行动起来，我们应派人去联系才对。”

“说实在的，其实剿灭土匪，只是治标，非治本也。”玉麟点出问题的本质。

胡林翼追问道：“治本又该如何？”

玉麟说道：“刁民造反，也是实在走投无路了，因此治本就是整顿吏治，当官也要为老百姓着想，严禁苛捐杂税，让百姓的日子过好一点。这样谁还会揭竿而起？”

这话说到了胡林翼的心坎上，点头说："所言极是，兄弟有经世济民之大才也。"

…………

这一夜，两人说得很投机。五更时分，胡林翼才派一队士卒护送玉麟回军营。

五　麻静庵兄弟殉国，长歌当哭

谷将军非常欣赏玉麟的胆识和智慧，虽然升了官，但他依然以衡阳协标为嫡系，一些军事决策，总要把玉麟叫去参谋一下。

"雪琴，最近我们打了大胜仗，但贼兵势力依然强劲，我们该怎样扩大战果，尽快剿灭这些恶匪呢？"谷将军问道。

玉麟分析形势："据说胡林翼也给予李匪重创，匪军死伤数百人。加上我们这次猛攻，李匪的实力无疑受到很大的削弱，我们应当乘胜追击，穷追猛打，不给敌军喘息的机会。《孙子兵法》云：十则围之，五则攻之，倍则分之……窃以为我们的兵力不足以把敌人围而歼之，故将军可调动兵马拼命追赶，把匪徒赶到广西境内去，引得广西方面调集兵力一起攻打，我们便能形成合围，一举剪灭匪徒。"

谷将军听了大加赞赏："雪琴真是胸有全局，谋事独具慧眼！"

之后，三千将士从下温出发，分左中右三路追击敌人。

追到沙宜的一个山谷里，官军又一次与匪徒展开厮杀。走在队伍最前面的二麻兄弟，进入山谷的一个屋场，发现几个用红巾裹头的人，高声喊道："有贼！杀贼啊！"一面策马挥刀杀将过去。谁知道误入了敌军的营垒，一声号角响起，敌军蜂拥而出，人影遍布山谷，喊杀声连天，将二麻兄弟团团围住。

二麻兄弟并不胆怯，怒目圆睁，挥刀与敌人搏杀，但哪里能抵挡数倍于己的敌人，敌军刺的刺头，刺的刺身，砍的砍马脚，砍的砍马首。很快将二麻先后刺倒，又砍了数十刀。后面的人马见英勇过人的二麻被刺死，便慌成一团，纷纷后退。敌人见官军溃退，发疯似的追杀过来。

谷将军当时不在军中，而队伍中哨官和副总兵见敌军人多势众，情况又来得如此突然，竟然无策应对，跟着队伍后退，眼看败局无法收拾，这时玉麟赶来了。因为玉麟也是营里的书识，处理公文后的空余时间才随队作战。此次因为他处理公文走在队伍的后面。副总兵见了玉麟，要他快拿主意。他见势不妙，当机立断：“立即下令：一、不许后退半步，列好阵势，稳住阵脚，准备死战，后退者军法从事；二、令号兵登上山顶，吹响紧急求援号角，叫后续部队火速赶来参战；三、遣人飞马报告谷将军，前方发现大股敌军；四、控制探子，这样的情况事先都没有侦察到，严重失职，等待军法处置。”

副总兵依照玉麟的意思下令，情况立即发生转变。全体士卒重新列好战斗阵势，手握利器，严阵以待。玉麟骑着战马立在阵地最前沿，威风凛凛……

敌人还没有追到阵地前，听见一声号响，竟突然停止了追击，掉头而去。玉麟叫副总兵下令不要追击敌人，以防陷入敌人布下的圈套，全体就地休息，等待谷将军的命令再行动。

待后续人马赶来，敌人已经退出山谷，继续向南而去。

战士们从敌人留下的营垒里找回二麻的尸体，尸体被砍得体无完肤，惨不忍睹，玉麟看了后号啕大哭。二麻都只有二十多岁，现在战死沙场，家里父母知道后，会怎样地肝肠寸断呢？如果自己死在这里，老母亲会怎样地悲痛呢。想到此处，玉麟哭得更伤心了。

夜里，他写了一首长诗悼念二麻兄弟——

挽麻静庵立斋昆仲阵亡

百粤地，险绝伦，山如猛兽欲噬人。
叠嶂巉岩歧路僻，嵚崎岃嵴蓄妖氛。
一朝骤雨奔雷电，翼轸分野彗星见。
跳梁丑类肆猖狂，若个从征决死战。
上谷弟昆出二难，少年英勇此心丹。
拜别堂前双白发，貔貅管领入层峦。
直捣贼巢攻贼垒，阵云昏黑泣山鬼。
刀光闪烁穷谷中，大呼杀贼贼群起。

群贼棋布更星罗，悲风倏起穷山阿。
魔前士卒成灰烬，此际英雄可奈何？
身无完肤堪凄恻，壮哉遇难犹杀贼。
一天碧月照忠魂，满地残阳流战血。
君不见，
雄冠峨峨多丈夫，高牙大纛驷马车。
赫濯声威胆气粗，平居哆口凌孙吴。
闲谈伟略天花舞，临阵畏贼如畏虎。
应变仓皇无一能，抱头窜避如鼷鼠。
吁嗟人生如逆旅，百岁终须归草腐。
何如马革两英雄，英风凛凛烁今古。

六　翻山越岭赴广西，归来途中劈猛虎

玉麟正在整理公文，谷将军命他去执行一项新的任务。玉麟问是何任务，谷将军道："派你和另外两个人火速把一封公函送到广西巡抚郑祖琛手里，信函的内容是请广西增派军力到湘桂边界协同我军剿匪。从这里到桂林，山高谷深，猛兽出没，土匪猖獗，且天气不佳，时间又甚为紧迫，派你去，我才放心。"

"禀将军，玉麟定不辱使命！"玉麟很有信心，他从宿营的棚子里走出，见赵福和马胜牵着马在等他。

谷将军指着自己的马，说："你骑我的马去吧。你的马跑不了那么远的路。"

玉麟连说不敢不敢，谷将军很和气："什么不敢，我叫你骑你就骑吧，回来时还给我就行。"

谷将军的马不是一般的马，大家都说那是一匹神马。也许不能与关云长骑的赤兔马、刘备的的卢马、曹操的绝影马、项羽的乌骓马相比，却是衡州协标里，也是玉麟见过的最好的马。见谷将军说得那么真诚，玉麟也不客气，跃上那匹枣红色的马，拍拍马的脊背："马儿啊，你真是一匹神马吗？"那马像听懂了似的，摆动着尾巴，把头点了几下。玉麟一面示意赵福和马胜出发，一面亲昵

地抚摸马的鬃毛："神马，神马，我们一起去桂林走一趟亲戚啰。"然后喊一声"驾"，三人马鞭一挥，三匹马驮着三位壮士朝西南方向疾驰而去。

一路上没有遇到什么困难和阻碍，两天后三人抵达桂林，顺利将公函交到郑祖琛手里。郑公很客气地同他们打招呼，叫他们住在官府的公房里，次日回函让他们带回。

回去的路却千难万险，还差一点送了命。

三人骑离桂林不远，遇到从前线回来的一些伤兵，向他们打听情况，得知湖南和广西官军协同与李匪打了一仗，土匪吃了败仗。玉麟探知到队伍已经离自己出发的地方很远了，当下决定从广西龙胜县回到大军队伍。

这样路程就远了很多，路途也更为艰险。从龙胜到湖南与广西的边界，崇山万叠，峭壁千寻，河谷幽深，水流湍急，猛兽横行。而且，正是梅雨季节，雨下个不停，衣服总是湿漉漉的。

走到龙胜关，由于淋雨和行路太急，赵福和马胜得了急病，无法前行。因军情紧急，玉麟必须尽快把公函送给谷将军，以免贻误战机。他当机立断，把二人安排在龙胜关一位郎中家里养病，自己单骑赶赴大军。

单骑独闯高山深谷、猛兽出没之地，意味着什么？

但他别无选择，是生是死都得闯！

玉麟马不停蹄，一路狂奔。

天黑了，一片蒙蒙的雨雾，他借了火把，照着路，骑着马继续前行。

一直走到芙蓉塞，人和马都累了，马浑身颤抖着，他才停下来。这时已经是夜里的三更了。走到一户人家，玉麟敲开门，说明情况，请求借宿一晚。这户人家姓唐，真是善良之辈，二话没说，就将玉麟迎进屋。男主人生起一堆柴火，给马匹喂粮草，擦干雨水，并在火堆边温了自家酿的米酒，做了几个菜，请玉麟饮酒吃菜，女主人寻了自家男人的衣服让玉麟换了，又帮他将湿衣服烤干……玉麟感动不已。

第二天告别时，他们不肯收银子，玉麟霸蛮把银子塞给他们。姓唐的汉子说："从这里往湖南走，要经过万崖山，山路狭窄曲折，还有老虎出没，多加小心……"玉麟安慰道："我是当兵的，什么都不怕，放心好了。"然后跨上战马，对主人拱拱手，就上路了。

雨终于停下来，云层里露出了久违的太阳。

扑面而来的是料峭的山风，浮云翻腾。满眼都是崔嵬的群山，层层叠叠。有的山只看到一半，另一半在云雾里，时隐时现。山上到处是怪石，如妖如魔，狰狞可怖。而他，还有他的马，要从这奇形怪状的高山上翻越过去。

马昂着头，发出咴咴的嘶叫。

驾！他夹紧马，把缰绳抖了一下。马心领神会，加快了脚步，嘚嘚嘚的啼声一路响过去。

到了万崖山脚下，见有人抬着几个伤兵从山上下来，玉麟上前问道："山顶在打仗吗？李元发的土匪盘踞在山上？"伤兵回答道："我们是去湘桂边界打仗的，没想到到了山腰，被老虎所伤。"玉麟对老虎伤人早有耳闻，但亲眼见到，还是大为惊讶。抬伤兵的山民说："看来兄弟是要上山去，最好还是别去吧，很危险的。往回走吧，兄弟。"

往回走？笑话！军务在身，十万火急，见山登山，见水涉水，难我者死！挡我者亡！

沿着路人指点的路，玉麟开始上山。他欣然独笑，今天才真正懂得了"明知山有虎，偏向虎山行"的意味。

山道弯弯，真是所谓的羊肠小道。这一回，他真的信服了胯下的马，是一匹神马。上岭下坡，涉水越谷，爬到半山腰，马儿没有一点疲态，还精神着呢。

走进半山腰的密林，路变宽阔一些了，但溪流轰响，树林荫翳，猿鸣长一声短一声，更显阴森可怕。一阵冷风吹过，突然听得树木一阵哗哗声，一只白额黄斑大老虎吼叫着从草丛里猛地窜出来，横在前面的山路上。担心的事终究发生了。

玉麟勒住马，长长地吸了一口气，与老虎对峙着。

马昂起头，又一次咴咴地嘶叫。

玉麟对马说："马啊，你是不是神马，我是不是英雄就要见分晓了！"接着，高高举起大刀，抖动马缰，大吼一声，策马向那只老虎猛扑过去！那马深知人意，猛地跃起，飞一般掠过老虎。坐在马上的玉麟见眼前袭来一团黄影，举刀猛地砍去。马跃过老虎依然朝前狂奔，玉麟发现大刀上沾满了殷红的血。

他让马儿跑慢一些，回头望见那只受伤的老虎嘶吼着朝山下跑。

玉麟放声大笑起来："马啊，我们名副其实啊。"

就这样，越过巍巍万崖山，玉麟追上原来的大军，把郑祖琛的回信交到谷将军手里。

夜里，为了纪念这次行程，他再一次欣然命笔：

单骑由广西桂林省赴大军

匹马西风别桂林，大军已远尽追寻。
孤城雁唳前宵梦，绝涧猿啼此日心。
怕误兵符抛病卒，拚将战袄冒愁霖。
多情最是芙蓉主，暖得山醪款夜深。

匹马度万崖山

鬼噬神吞扑面来，狰狞山势耸崔嵬。
深闺梦断边关月，绝壁魂飞裂地雷。
得幸残生余虎口，敢云神马是龙胎。
层峦叠嶂林菁密，路劈蚕丛一道开。

七　金峰岭上擒拿贼首，惊煞各路英雄

彭玉麟传递的军务公函，使湖南和广西的官军在剿匪战事上得到有力的协调，两省集中兵力在湘桂边界给李元发以沉重打击，使其实力大为削弱。遭到重创后，李元发率众逃回老家新宁县。县城不便展开山地游击战，斗不过官兵。于是，他们占据离县城不远的金峰岭，在上面安营扎寨，准备和官兵顽抗到底。

这金峰岭是湘桂边界上的一条大山脉，绵延百余里，山高路陡林密。玉麟随队伍追击到金峰岭脚下，没有立即向山顶发起进攻。因为据侦察得知，李元发在金峰岭的最高峰上筑起了石头堡垒，准备长期固守。而通向山顶的路一共有四条，每一条路都极为险要，多处设有战垒，真可谓一夫当关万夫莫开。如果贸然

进击，会付出极大的代价。而且，金峰岭上还有不少老百姓，很多山头和山谷可以种植稻谷和红薯，还有池塘可以养鱼。想封锁敌军粮道让他们困死山头，也行不通。

谷将军将此事报告到省府，新上任的湖南提督向荣下达军令，强令谷将军务必在半个月内剪灭李贼。没有取胜，军法处置。

天又开始不停地下雨，雨天的金峰岭上云飞雾涌，本来地形复杂的山岭更显得神秘莫测，谁敢轻易发起进攻？

玉麟和战友们只能驻守山下，无所事事。

谷将军一筹莫展，眼睁睁地看着时间一天天消逝。他把玉麟叫了去，向他问计。玉麟想了片刻，说出十六个字：雨歇放晴，四路强攻，直捣敌巢，生擒首领。

到了四月二十三日清晨，天终于放晴，山上的雾气消散得一干二净，金峰岭露出了峥嵘的真面目。军营的阴冷和消沉之气也随之而散。

谷将军下达了作战命令：各队立刻向金峰岭发起强攻。靖州协副将博春带兵由前路进击，绥靖游击韩世禧带兵于后路进击，常德协副将孙应照带兵由右路进击，左路贼兵的防守最严，由谷将军亲率衡州官兵发起进攻，并规定近山顶时，须待四路兵马到齐后再发起总攻，务必抓获或击毙首逆李元发！

一个时辰后，各队出发开战。

这时还是春天的好时光，雨后初晴，阳光明媚，鸟语花香，草木茂盛，碧绿欲滴，焕发出生机，山田里青蛙的鸣叫如潮水般一浪高过一浪，这应是大自然最美的歌吟。这样的季节适合万物生长和繁衍，可是人类却用来相互残杀。

彭玉麟也是人类的一分子，他无法超越现实和历史。

夹在衡州三百精兵中向山上进攻，他充满斗志，手中的剑闪闪发光，今天是与李贼的最后决战，他的剑会沾上更多贼寇的鲜血！

第一道关口奇险无比，贼兵占据的地势非常有利，他们躲在岩石后，居高临下，放铳、放箭，滚木和礌石顺着山坡滚滚而下，好些兵士血染草木。玉麟组织一些铳手和弓箭手对贼首进行精准射击，几个头目被射死后敌军陷入混乱状态，玉麟率众发起猛攻才夺取关隘。

攻取第二、三、四道关隘比较顺利。攻取第五道关口与攻取第一关一样艰难，贼兵非常顽强，利用地理优势猛冲猛打，衡州协标好些兵士阵亡。玉麟绕过敌人的主攻点，从一侧发起进攻，最后才冲上敌人的阵地。

各队经过两个昼夜的鏖战，才逼近敌人的老巢，最后的血战即将开始。

玉麟向谷将军建议，攻取敌人的巢穴，敌方定会负隅顽抗，我军必须采用强攻和奇袭相结合的方法。他带来一个长期在金峰岭上挖草药的药农，药农对山岭的地势了如指掌，他能带人从悬崖上攀上最高峰，这一条奇路只有他知道。玉麟主张挑选三十个精兵组成奇袭敢死队，随药农登上山巅，然后由上往下奇袭贼兵，上下协作，一举歼灭敌人。谷将军采纳了这个建议，并安排玉麟担任奇袭队队长。

在各队发起总攻时，玉麟和奇袭队的队员们跟着老药农穿过荆棘，绕到山岭上一个形成视觉死角的悬崖缝隙中，牵着藤蔓，手脚并用，攀岩而上，悄无声息地出现在山顶，如天降神兵，插好军旗，随后突然在敌人背后发动猛攻，匪徒一下乱成一锅粥。山下的官兵立即配合，先后攻上山头。敌兵逃的逃窜，投的投降，战的战死，很快就土崩瓦解。

玉麟带着奇袭队进入敌营的核心处，叫大家仔细辨认，准备捉拿李元发。他们到处搜寻，终于在一处极为隐蔽的石缝中发现了一个身材魁梧的匪徒，玉麟听谷将军说过，李元发身材高大，右眼角有一块黑斑，他定睛一看正是此人，大叫道："李贼，你已走投无路，快放下兵器，跪下来投降吧！"李元发哪里肯投降，挥起利剑直扑玉麟，两人在石洞外的草坪上激烈交锋。战了几个回合，李元发虚晃一剑，随后向山下逃去，结果被另一队士兵堵住。李元发见人数众多，转身又朝玉麟扑来，玉麟挥起利剑，向前一跃，击中了李元发拿剑的手臂。这时，众多士卒围过来，把李元发牢牢抓住，他还不停地挣扎，双眼愤怒地瞪着玉麟。玉麟不理他，高声朗笑，吟了杜甫的两句诗："射人先射马，擒贼先擒王。"

将士们看到活捉了李元发，欣喜异常，整个战场一片欢呼。

玉麟第一次参战，就取得如此惊人的战绩，自然豪情万丈，可自己毕竟是书生，应保持书生的本色，不应沉迷于戎事……他将这种复杂的情感寄托在诗行里：

大破金峰岭，生擒首逆李元发

飞来将令肃于霜，万叠青峰绕战场。
狡兔满山看乱窜，妖狐无地得潜藏。
六韬胸运阴符策，七尺腰横宝剑光。
灭尽欃枪始朝食，书生从此卸戎装。

八　拒绝升官归隐衡州城，立志再建奇功

当人们为胜利而欢呼的时候，玉麟没有参与其中。他一个人远离人群，在一块山石旁躺了下去。他有些疲倦，有些厌烦……他平躺着，面朝苍天，晴朗而高远的天空，偶尔有白云贴着山峰飞过，那么平静，那么从容，它们对人类的厮杀无动于衷，对这场战斗中失去生命的人不动声色，对为胜利而欢笑的人不屑一顾。

他的心已经远离了战场，远离了大地，随白云舒卷……

但他很快被人们唤回现实："彭队长，善化那边的人与我们奇袭队争生擒李贼的功劳，互不相让，要动刀动枪了……您快去吧，要出事了！"玉麟一听，忽地站起来，朝出事现场走去。

每一场战争过后，尤其是将外敌剿灭后，几乎都免不了一番内部争斗甚至火拼。历史总是在不断地重演，玉麟觉得悲哀至极！

到了现场，他看到双方怒目圆睁，剑拔弩张。玉麟走到对方为首的人面前，那人铁青着脸，一副随时准备拼杀的样子。玉麟目光炯炯地扫视着所有人："我们都是官兵，都是兄弟，没有必要为一点芝麻大的功劳伤了和气。至于谁的功劳大谁的功劳小，天晓得，地晓得，各位也心知肚明。如果为此事动手动脚，不要说别人看不起我们，我们自己也看不起自己。这样吧，李元发是我们一起抓到的，功劳同时属于在场的所有兄弟！可以不？"

那头目脸色缓和了一些："这么说，也就罢了！"说完带着部下往回走。

玉麟对那欲走的头目说："请留下您的大名！"

那人答道："杨载福。"

玉麟正准备说出自己的名字，那人替他说了："我认识你，大名鼎鼎的彭雪琴。后会有期！"

两人拱手施礼。

衡州这边的兵士却不大服气。当时的实际情况是衡州奇袭队发现并准备活捉李元发时，善化那边的人从李元发背后逼过来，堵住了李元发的退路。公平地说，如果他们不出现，李元发也不可能逃脱。

玉麟安慰众人道："兄弟们，我知道你们不服气，甚至会认为我帮了外人。确实我们的功劳要大一点，但是说人家没有一点功劳绝对不公平。我们为何要争功劳的大小呢？一起分享胜利，和和气气不是更好吗？反正我们这次都是有功于国的人了，都会得到奖赏的。如果还想不通，就想想那些阵亡的兄弟吧，想想二麻兄弟吧！"

这么说，谁还不服呢。

这次之后，杨载福和彭玉麟牢牢地记住了彼此。他们那时都没料想到，后来他们又走到一起，并肩战斗了更长的时间……

捣毁贼兵营垒后，各协标回撤，玉麟和衡州兵士回到了衡州城。等了个把月，有了叙功的音信。升官的升官，没有升官的也有银子奖励，人们欢喜得不得了。玉麟战功大，自然也受到了朝廷的奖赏，但朝廷误以为玉麟是一个武士，赏他蓝翎和外委，谷将军觉得这样太委屈玉麟，忙说明情况，解释玉麟是营部的书识，应按文官（比武官级别高，当时的人都以当文官为荣）论赏，后来朝廷改赏他为县里的训导，这官职属于从七品官，比七品知县低一级，大致相当于现在的县教育局长。玉麟以自己才疏学浅、年纪还轻为理由，推辞了奖赏，没有任职，还把在衡州协标的差事也一并辞了，领了朝廷的赏银后，便回到梅花巷，回到老母亲身边。

玉麟辞官在衡州城引起了不小反响。参战兵士纷纷为他不平，认为玉麟这次立的功劳比谷将军还要大，如果没用他的计谋，这次战事不可能取胜，一个"训导"实在太小了，至少也要升他为知县！

也有人劝玉麟接受这个官职，在当下的官场，受委屈的事多着呢。你是有胆识有才华的人，等你在县衙门里站稳脚跟，被提升的机会还多得很。再说了，你担任这个官，朝廷给你发俸禄，吃饭穿衣的事就不用发愁了。玉麟摇摇头，拒绝采纳这个建议。

卸了戎装，玉麟又成了一介布衣，成了衡州城里的闲人，成了纯粹的书生。

虽未去当官，玉麟并不认为这次打仗毫无收获，他进一步认识到自己的潜能。

同时，他有预感，这年头不会太平，乱世出英雄，风云际会，正是英雄大显身手的时候。一个“训导”何足道哉？一个“谷将军”何足道哉？

为了给“叙功”之事画上句号，也为了给这次战事做一个总结，他作诗吟道：

生来毛羽不曾丰，敢望高飞到上穹。
学浅未能施化雨，才疏尚赖坐春风。
功名自信匡衡薄，世路谁云阮籍穷。
留得英雄真面目，再勤王事建奇功。

第五章　坚守耒阳城

身穿黄衣、头裹红巾的太平军从广西向湖南蜂拥而来，连下嘉禾、桂阳，攻占郴州，耒阳烽火四逼。为朋友张罗生意的玉麟协助耒阳知县率众积极备战，誓与小城共存亡……

一　周济穷苦，学冯谖市义

玉麟在衡州街头卖字画维持生计的方案还没来得及实施，就被朋友拉去做了商人。

这个朋友叫杨江，字子春，衡州府清泉县（今湖南衡南县）人，是毛丽介绍玉麟认识的。这毛丽不是传统的女人，却是绝好的商人，生意越做越大。虽然没有追上玉麟，但随着时间的推移，她已经看惯人生的悲欢离合，渐渐心平气和，把玉麟当作了朋友。这一天她请玉麟喝酒，请她的表哥杨江作陪。酒席上，玉麟与杨江只短短几句交谈，便觉得志趣相投，相见恨晚。

杨江乃杨健长孙，杨健是衡州城家喻户晓的大人物，嘉庆年间考取进士，进入仕途，曾任甘肃布政使、湖北巡抚等朝廷要职。晚年回到衡州，在桑园街开过一家当铺，生意兴隆。到了杨江这一代，将当铺改名为“乾源商号”，生意往金铜、药材、瓦货、南杂等行业拓展，先后在衡州周边的永州、郴州、东安、耒阳、宝庆等地开店达二十余家，发展成为“湘南首富”。他们家族在湘江东岸的粟家码头上，花巨资修建“杨家花园”，又称为“萼园”，豪华壮丽，是衡州人眼中的“天堂”。

杨江听说玉麟剿匪时立下奇功，现赋闲在家，于是请他去耒阳经营他的店铺。

玉麟哈哈大笑：“子春兄啊，你可真是哪壶不开提哪壶哟，我不是经商的料，对经商也没有兴趣，你叫我做什么不好，偏偏叫我经商？”

杨江早料到玉麟会拒绝此事，笑道：“雪琴，你是不是看不起商人？”

毛丽插话：“安徽佬没有这个意思。”

玉麟摇头：“我不敢，王船山说‘大贾富民者，国之司命也’，是惊人之语，也是世间之真理。我如果看不起商人，为何让我弟弟外出经商？为何又把你看作好友？”

杨江又道：“你说你不是经商的料，你会写字不？你会记账不？”

“这个自然会的。”

“这就够了！我给你的待遇不会低，至少不会低于你在衡州城里卖字画的收入。”

“这与钱无关。”玉麟笑道。

杨江把话题扯远：“至于兴趣，慢慢来吧。也许入了商界，做了商人，兴趣就来了。……雪琴，你现在没有兴趣不要紧，我典铺里另外还有五六个伙计，你任账房，记记账，管理好那几个人就行。你有的是闲暇，依然可以写你的字，画你的梅花和兰草……还有，我知道兄弟不是池中之物，志向高远，你想一飞冲天的时候你飞就是了，我不会留你的，可以了吧？”

毛丽催促玉麟道：“这是最好的差事，安徽佬，还不答应！”

玉麟点了头，又开玩笑道：“子春兄，你也许不知道，我有一个坏毛病，看了钱就想用。你店铺生意好，进账多，我说不定会让你的店铺倒闭的！”

杨江听了豪爽地大笑：“我们是朋友，我的钱就是你的钱，你想用就用吧……我知道你不是败我家当的人！”

看到玉麟还有几分犹豫，杨江用了激将法：“这样吧，雪琴，你把我看作朋友，你就去；不把我看作朋友，就当我白说！”

话说到这份上，玉麟只得去了。

耒阳典铺的格局很大，生意也不错。正如杨子春说的有六个伙计，原来的账房被他辞掉了，由玉麟接任。还有一个伙夫，负责伙食。玉麟主管总的账户以及协调种种关系。伙计中有五个比较老实，一个特别乖巧，对玉麟特别奉承。一个月后，那个乖巧的伙计悄悄对玉麟说：“先生，我有个小小的建议，就是你记账的时候……有些东西灵活处理一下，否则，这年头，物价贵，我们那点工钱不能养家糊口啊。”玉麟明白了：“你的意思是，做假账？”那人点点头。玉麟意识到账目里有猫腻，他严肃起来：“不行！绝对不行。做假账是欺骗，是对主人不忠。你一定读过《论语》，‘吾日三省吾身：为人谋而不忠乎？与朋友交而不信乎？传不习乎？’我们做假账，就是谋而不忠的行为，是违背圣贤教导的！”那人见彭玉麟不但没有采纳他的建议，反而引用圣贤的话来教训他，心里不服，极不满意地说：“既然这样，那当我白说吧。”然后气冲冲地准备离开。玉麟是个刚直的人，也是个不肯在邪恶面前低头的人，立马来了气：“站住，我没有采纳你的建议，你如果借此消极怠工，影响主人的生意，我马上把你今天说的话告诉主人，并清算你们从前的账目！”那人见玉麟来硬的，也就软了，连说几个“是”才离去。

接下来玉麟自己“犯了事”。他心地善良，很同情那些衣不蔽体、食不果腹的劳动者，经常从店子里拿些食物周济他们。后来很多穷人来店子借钱，玉麟心软，叫他们写下借条，将银子借给他们。这事很快传出去，来借钱的人愈发多了。玉麟还是照例借给他们，也不要利息，有的很快就还了，有的到期却没有还款。时间一久，用空了店铺的许多银钱。

玉麟这种举动，像极了战国时冯谖为孟尝君市义。但那个乖巧的伙计看不惯，觉得终于抓到了把柄，借口家里有急事需要办理，请了假，然后跑到杨江那里去告状。杨江听了伙计的“揭发”后大笑：“这事，你就别操心了吧。彭先生去的时候，我就对他说过，他可以随便使用店里的银子，最后报给我一个数字就行！”

那人却替主人“担心”道：“掌柜，这样可不行啊，你的家当会被姓彭的败光的！”

杨江听后笑得更响了：“不会的不会的，他即使把我耒阳的店子败光了，我还有衡州、长沙和苏州的店子呢！”

那人在杨江豪爽的笑声里窝着一肚子气走了。

杨江对人的信任得到了回报。两个月后的一天夜里，成百上千的穷人在会党的煽动下到城里来抢劫店铺，他们高举着火把，叫喊连天，把街市闹得乌烟瘴气。他们见店就抢，谁也阻挡不了。玉麟见大事不好，让伙计们不要慌乱，自己立在店铺大门旁，身后藏着一把利剑。他已经做好充分准备，第一个进店抢劫的，他一定要砍下他的脑袋。抢劫的队伍来到玉麟店铺门口，准备行动时，好几十个人跪在头目面前请求："什么店子都可以抢，这一家万万不能抢！"头目问："这是为何？"跪着的喽啰说："这一家的账房先生是个仁慈的人，我们好些人都借过他的银子，有的还了，有的至今还没有还呢，他也不逼迫我们。请大爷放过这一家吧。"真是盗亦有道，那头目听了，带人往前走去。结果那一条街，只有玉麟这家店幸免于祸。更奇怪的是，几天后，很多人把没有还的借款也纷纷还来了。

杨江知道此事后，特地来耒阳请玉麟等人到酒馆里喝酒，酒席上他举着酒杯说："我的店子幸存，是玉麟兄为我市义的结果啊！"又盯着那个告状的伙计说："我知道彭雪琴不是败我家当的人，而是让我店铺更加兴旺的人！"

二　讨论檄文，山雨欲来风满楼

黄昏时，玉麟在里屋听闻街边有人问店中伙计："此处有一个叫彭玉麟的人没有？"玉麟见声音熟悉，忙从里屋走出一看，不由得又惊又喜，原来是他的老朋友常豫！

"仪安兄，什么风把你吹到这耒阳小城来了？"玉麟连忙拉着他走进里屋，招呼伙计茶水伺候。常豫不再是以前那个白面书生，他衣衫褴褛，满脸胡须，又黑又瘦，仿佛一个流浪汉。玉麟如果不是听到他的声音，也许在街上遇见也不敢相认。此时他露出了苦笑："雪琴，你不晓得，我差一点点就成为他乡之鬼了。"

"兄弟，莫卖关子了，你到底从哪里来？"

"广西。"

"什么？广西？……你遇到土匪了？"

"正是，遇到的不是一群土匪，而是铺天盖地而来的土匪，是从广西席卷而来的长毛。我从广西一个朋友家回来，在路上被长毛抓了，他们见我面色白净，手上无老茧，判定我为官宦子弟，就把我关了，一直关了十来天。几天前我才逃出来……你看我人不像人鬼不像鬼是不？……”

玉麟摆摆手：“先别说了……你现在一定又累又饿，等吃饱了饭，我再听你讲那边的奇事。”

吃过晚饭，玉麟让常豫洗了个澡，换上干净衣服。然后两人一面喝茶，一面说起广西那边长毛造反的事来。

“前年十二月，长毛在桂平县金田村宣布起义造反，他们的组织叫拜上帝会，头目叫洪秀全，是一个多次科举落榜的私塾先生。去年二月，他在武宣东乡即天王位，伪号太平天国，建军师，设百官，蓄起长发，改变服饰，恢复明朝时的衣服式样。造反的声势浩大，令人惊骇。以前的会党起义和李元发等人的起义，无法与之相比。雪琴啊，一场狂风暴雨要来了，大有天翻地覆的架势了！”

玉麟很惊讶：“这么严重？”

“这太平军的煽动力大得不得了！他们经过一个村庄，一个村庄就毁了。年轻男女，穿上黄衣服，裹上红头巾，就开始造反。中老年人进军营，为军队搞后勤。连儿童也加入匪兵的行列，自成一军，叫什么‘童子军’呢。还有男人进男营，女人进女营，好好的一家人全分散了。而且，男女老少进了军营后，把原来的老房子一把火烧了，离乡背井，跟着队伍向前走。留下的所谓村庄，一片焦土，没有烟火，死气沉沉，目不忍睹。”

常豫接着说道：“我这里还有他们所写的造反檄文，是我从墙上撕下来的，你看看。”

玉麟忙从常豫手中接过檄文，专注地看了起来……

奉天讨胡檄布四方谕

为奉天讨胡，檄布四方，若曰：嗟尔有众，明听予言。予惟天下者，中国之天下，非胡虏之天下也；衣食者，中国之衣食，非胡虏之衣食也；子女民人者，中国之子女民人，非胡虏之子女民人也。慨自有明失政，满洲乘衅，混乱中国，盗中国之天下，夺中国之衣食，淫虐中国之子女民人，而中国以六合之大，九州之众，一任其胡行，而恬不为怪，中国尚得为有人乎！自满洲流毒中国，虐焰燔苍穹，淫毒秽宸极，腥风播于四海，妖气惨于五胡，而中国之人，反低首下心，甘为臣仆。甚矣哉，中国之无人也！

玉麟抬起头来，看着常豫："仪安兄，长毛里头还是有有文化的人，这开头一段，写得很有气势。另外，文章抓住汉人与胡人的种族隔阂，很容易激发汉人骨子里的义愤，颇有蛊惑力呢！"

"是的，而且很难反驳……你往下看吧。"常豫深表同意。

予总料满洲之众，不过十数万，而我中国之众，不下五千余万，以五千余万之众，受制于十万，亦孔之丑矣！

玉麟心有戚戚焉，又把上面的句子念了一遍："这是实话！"

常豫大叫："雪琴，你中毒了？"

玉麟瞪他一眼："怎么会呢？贼也是实话实说，如果没有一句实话，还有力量吗？"

常豫直指要害："这话语真是一支毒箭！贼人的诡计是想让满汉分裂，他们好乘乱而入。"

玉麟赞同道："还是仪安兄想得深。"

凡有水旱，略不怜恤，坐视其饿殍流离，暴露如莽，是欲我中国之人稀少也。满洲又纵贪官污吏布满天下，使剥民脂膏，士女皆哭泣道路，是欲我中国之人贫穷也。官以贿得，刑以钱免。富儿当权，豪杰绝望，是使我中国之英俊抑郁而死也。凡有起义兴复中国者，动诬以谋反大逆，夷其九族，是欲绝我中国英雄之谋也。

玉麟心情沉重地说："这一段虽然牵强附会，但朝廷官员腐败，对老百姓苛酷确实是事实。官逼民反这话不是没有道理的。现在土地集中在富人手里，耕者无田无地，富者日富，贫者日贫。富人流连的歌楼舞榭，华美绚丽，十步相望，笙歌入云，夜以继昼；穷人丰年啼饥寒，凶岁填沟壑……”

常豫叹道：“哪一个朝代都是如此，这没有办法的……”

玉麟直言：“虽然朝朝代代都有贫富悬殊，但现在更厉害呢……仪安兄，如果天下的官员都像你父亲那样廉洁，哪里会出现长毛造反呢。”

今幸天道好还，中国有复兴之理；人心思治，胡虏有必灭之征。三七之妖运告终，而九五之真人已出。胡罪贯盈，皇天震怒，命我天王肃将天威，创建义旗，扫除妖孽，廓清华夏，恭行天罚……公等苦满洲之祸久矣！至今而犹不知变计，同心戮力，扫荡胡尘，其何以对上帝于高天乎！予兴义兵，上为上帝报瞒天之仇，下为中国解下首之苦，务期肃清胡氛，同享太平之乐。顺天有厚赏，逆天有显戮，布告下天，咸使闻知。

玉麟看完，想了想：“整篇没有提到圣人之道，甚至只字未提孔孟，真是奇怪！”

“何足怪哉，长毛把四书五经当作妖书，见到圣贤塑像就砸，与中国流传了几千年的圣贤之道作对……他们信的是上帝！”常豫指出症结所在。

玉麟似乎有所领悟，愤怒地说：“原来，长发不仅反朝廷，反满，也是反汉，反几千年来天下读书人遵奉的儒道，真是可恶至极！”

常豫更是激动：“圣人倡导君君臣臣，父父子子，可长毛倡导众人平等。说什么人人都是天生天养，是平等的。所谓‘天下多男子，尽是兄弟之辈；天下多女子，尽是姊妹之群’。真是妖言惑众！”

玉麟指出其虚伪性：“洪秀全能视他的众匪徒为兄弟姐妹？”

常豫冷笑道：“怎么可能？他叫男人进男营，女人进女营，夫妇也不能团聚，而他自己拥有众多老婆。所谓人人平等，全是假的。”

…………

这天夜里，他们在小屋里谈论天下大势，窗外电闪雷鸣，风雨交加。这是一个暴风雨之夜。玉麟和常豫也都感到，天下将大乱，人类社会的暴风雨会比自然界的暴风雨更为猛烈，许多悲剧、闹剧即将接踵而来。

三　疾恶如仇，初斗街市恶霸

会党头目聚众抢劫了几条街，耒阳县知县徐九春竟然抓不住土匪头目，匪徒依然逍遥法外。

由于玉麟喜欢施舍，在耒阳城很有人缘。三教九流的人认识不少，这些人中有的就是会党。通过他们，玉麟摸清了会党的情况。于是他上书知县，建议对会党头目采取霹雳手段，不然将祸害无穷。并且，玉麟还告诉知县，城里哪些人是会党头目，须心中有数，百倍警惕。

过去了近一个月，不见官府对会党头目有任何动作，玉麟也没有得到知县的召见和回信。他预感自己的上书会招来灾祸。

这天玉麟离开店子去会见一个朋友，天似乎要下雨，他带了一把油纸伞。沿街走了半里，发现一群人正跟踪自己，他警惕起来，突然一个彪形大汉猛地向他撞来，玉麟立马收住脚步，蹲成马步迎接。可是那彪形大汉也太不行，并没有给玉麟造成多少冲击力，反倒自己反弹回去，跌倒在地。玉麟仰天大笑。哪知右边另一个大汉又猛然发起攻击，玉麟一动不动，等那人快近身时，突然闪开，大汉控制不住身体，跌倒在地，嗷嗷直叫。

玉麟正要发笑，却发现越来越多踪迹可疑的人从四面包抄过来……他随机应变，把藏在油纸伞里的那把剑抽了出来，大喝一声："别过来！谁过来，谁的脑袋就保不住了！"

那些人看到玉麟手里有武器，知道他有所准备，便停住了脚步。

玉麟用手指着离他最近的人："我和你们无冤无仇，为何要这样对我？"

那人说："你是彭玉麟吗？"

玉麟回答道："正是，我行不更名坐不改姓。"

"既然没有仇恨，为何要让知县来捉我们？"

"谁说的？"

"知县身边的人转告我们的。"

"你们信了？"

"信了。不信会找你麻烦？"

玉麟扫视了一下周围："既然你们信而不疑，我也无须辩解了，好吧，算我自作自受，你们要怎样？赤手空拳，能对付我的剑吗？”

会党的人突然一下欢呼起来，因为此时有两匹马飞驰而来，骑在马上的人并不言语，挥动着刀，在喽啰的指点下，直逼彭玉麟。玉麟一看就知道那是会党的首领，他们的马术还不够熟练。他把剑插入剑鞘，拿着雨伞迎上去，敌方用剑劈，玉麟只用伞轻轻挡开，剑光伞影，你来我往。趁对方一时疏忽，伞柄的尖端直指那人的喉管。那人慌乱起来，玉麟猛地跃起，把人拉下马，夺下他的剑。玉麟不杀那人，只是极快地跃上匪首骑的那匹马，挥动着夺来的剑，在街上来回奔走一小圈，逼近第二个骑马的人。

玉麟的双眼射出两道轻蔑的冷光：“不打不相识，愿意和我交手吗？”

那人并不畏惧，挥刀相迎：“废什么话，开打吧！”

玉麟有些乐了，冷笑道：“本领没有，口气倒不小啊。来吧！”

他依然不用剑，只用那把油纸伞当剑，和敌方过招极为轻松自如，仿佛在玩一场游戏，把对手玩得团团转。片刻工夫，对手就累得直喘气。只听到“当”的一声，剑掉落在地。玉麟用脚勾起剑，握在手中，猛地一挥，剑光逼人。然后又把那剑扔给对手，说：“还没有玩过瘾就不行了……好些了吗？兄弟愿意再陪你玩一玩。”那人接过剑，哪里还敢玩，立即调转马头往后走。

“各位老爷，服了没有？”玉麟骑在马上说，“不服的话，我还愿意陪你们玩到底！”

没有一个人敢吱声。

玉麟又直逼那两个骑马来的头目：“劝你们不要轻易来耒阳城闹事，你们成不了气候，趁早收场吧。马，我还给你们，你们的兵器，我也不要。如果再来找我麻烦，听着，我姓彭的就不会这样客气了。”说完，把缴来的马和剑物归原主，依旧去会见朋友。

那群人不敢发声，灰溜溜地从城里撤回。

四　烽火四逼，徐知县向玉麟问计

玉麟得知，太平军已从广西涌入湖南。他们无法攻克桂林，于是撤围攻入全州，但他们在离全州东北十里处的蓑衣渡遭遇了第一次挫败。

蓑衣渡是湘江上游一个重要渡口，系楚粤往来通衢。两岸重峦叠嶂，古木参天。官军在此就地取材，砍伐树木，在渡口北面三里的水塘湾中密钉排桩，布满障碍物，堵拦江道。官军首领江忠源又令军士在湘江西岸埋伏，四处插上军旗，布置疑兵，虚张声势，迷惑太平军。同时，他派出信使联络尾追太平军的总兵和春，请他派兵在湘江东岸阻击。当太平军通过蓑衣渡口，下驶到水塘湾过险滩时，发现船路被满江树木堵塞，随后西岸有伏兵杀出，箭镞如雨。太平军仓促应战。双方激战两昼夜，太平军损失了几千名精锐，尸体沿江漂下，直达湘潭和长沙，惨不忍睹。三十岁的南王冯云山中炮身亡。太平军水师船只也被焚烧殆尽。

这一仗使洪秀全"水路直下长沙"的计划成了泡影。没有船只，他们只有走旱路，先攻永州，没有攻破，又转向南面，经道县、宁远，下嘉禾、桂阳，攻取郴州。而这时，时间已经过去三个多月。如果没有蓑衣渡之战，湖南各地就没有备战时间，太平军沿湘江而下，衡州绝对会遭受战乱之苦。

眼下，太平军就在郴州，那里的难民纷纷逃往衡州、湘潭，而耒阳离衡州城不到两百里，太平军有从郴州经耒阳而攻取衡州的企图，据从郴州来的难民说，太平军先头部队离耒阳只有二十里距离，耒阳已经处在烽火四逼的境地。小城里危言四起，人心惶惶，而徐知县似乎还在梦中没有醒来，没有采取一点防御措施。更糟糕的是，城里会党此时活跃异常，蠢蠢欲动，他们平时就唯恐天下不乱，这时他们自然准备"大显身手"了！

玉麟感到处于这不设防的古城，到头来肯定是与官府"玉石俱焚"，他不甘心做这种无谓的牺牲，决定再等上几天，如果情况没有好转，就卷包袱回衡州去，或者干脆回老家渣江去。可偏偏在这时，邮差送来母亲从衡州寄来的家书。母亲在信中告诉他：太平军围攻永州时，衡州城的人纷纷逃离，她也在方姑的伺候下流离转徙好几个地方，因为长毛没有攻破永州，衡州人觉得安全些了又都转回来，流离数月后，她也随方姑回到衡州城。她知道玉麟想回衡州城，叮嘱道："不可轻动，古人受千金托，死且不苟，汝岂可轻弃以亏信义，当死守之。吾病赖方姑侍奉无事，勿念我。"玉麟读了信，深受触动，决心遵照母亲的话，为朋友死守店铺。

正感叹之际，徐知县带着一群人来到店铺。玉麟并不热情，徐知县开门见山地说："听说彭先生为剿灭李元发匪徒立下汗马功劳，智勇双全，特来请教御敌之策。”

玉麟端坐着，冷冷地看着徐知县，默然不语。

徐知县静了片刻，仿佛自言自语：“也不知此时开始行动，是否晚了？”

玉麟突然劈头一句：“不知徐大人是不是准备投降长毛？”

徐知县浑身一抖，瞪大眼睛：“徐某食朝廷俸禄，怎可投降长毛？”

玉麟也瞪眼道：“投降，必定死路一条！长毛与朝廷为敌，视朝廷官员为妖为魔，一旦落入他们手里，点天灯无疑！”

徐知县应道：“徐某绝不会投降长毛！”

玉麟怀疑道：“也许，徐大人想弃城而逃？”

徐知县浑身又是一抖，没有料到玉麟说话这么锋芒毕露：“不会，不会，不……”

玉麟斩钉截铁地说：“我想徐大人也绝不会走这条路，因为按照大清律，官员守土有责，如果不战而逃，是砍头灭族的事，谁能逃脱大清的恢恢法网？”

徐知县口气变得谦卑起来：“彭先生，你说……我该怎么办？”

玉麟握紧拳头，说：“紧急行动，以必死之决心，死守耒阳城！人在城在，人亡城亡！”

徐知县有些为难：“可是，彭先生，你可能误会我了，我并不是没有保住耒阳之心愿。可，可我向上头请兵、请饷，却无一应答，奈何？”

玉麟坚定地说：“只要大人不畏生死，敢于一战，则可一战，甚至可以打一胜仗！至于大人说没有兵，我想问大人，城里有人没有？”

徐知县说：“人自然是有的。”

“知县大人，只要有人，就会有兵。城中百姓皆兵也！孙子能够在片刻之间把一群娇柔无力的宫女训练成敢赴水火的勇士。我彭某虽然无能，但给我五天时间，我就能训练出一大批勇士为大人守城。”玉麟信心十足。

徐知县神色有所缓和：“可是，训练和坚守需要钱粮啊，我哪里去找？！”

玉麟安慰道：“只要大人坚守县城，为百姓保护家园，大家就会拥护您，有粮的会出粮，有钱的会出钱。我这店铺，尚有银钱数百万。主人不在，我可以做主，大人尽管拿就是了！”

徐知县大喜：“还有那些嚣张至极的会党分子怎么处置呢？还望先生指

教。”

玉麟做了一个抓的动作：“必须果断采取措施，擒贼先擒王！”

徐知县这才开怀大笑：“彭先生一席话，让我茅塞顿开，愁肠舒展！先生真是智能之士，到我衙门里去，为我出谋划策，为我带队杀敌……好！好好！我找到我的曹刿了！我现在终于有了主心骨！”然后对门外的人说，“抬轿子来，伺候彭先生到县府里去！”

玉麟没有推辞，乘着轿子去了县衙。

五　精心筹划，耒阳小城备战忙

从次日开始，耒阳进入了紧张有序的备战阶段。

玉麟在全城挑选了五百名青壮年，开始进行训练。同时，命人到乡村招募猎人，组成二百人的鸟枪队。还协同徐知县等官员们组织了一次群众集会，进行战前动员，号召百姓有人出人，有钱出钱，有力出力，为杀长毛、保家园而战斗。

另外，派人到远处侦探敌情，每天及时回来报告侦察情况；在进入县城的路口设立关卡，对可疑人员进行盘查。凡外地口音尤其是广西口音者严加审查。

采购粮食、蔬菜、油盐，以备战时之需。嘱咐老百姓藏好食品，注意安全。命令铁匠日夜不停打造刀剑等武器，差人到衡州城采购炸药。

玉麟还亲自向谷将军写信，请求派兵防守耒阳，反复强调长毛从郴州出发攻打衡州，必经耒阳。如长毛在耒阳遭到重创，必然放弃攻打衡州的计划，所以守住耒阳是防止长毛长驱直入衡州的上策。

第六天，玉麟安排一半壮士训练，一半防守城墙。士兵们手执戈矛，昂首挺胸，一副准备战斗的姿态。猎手们组成的鸟枪队也上了城墙，他们手持鸟枪，装满火药，随时准备射击。

玉麟还弄来一个圆形铁筒，架在城墙上对着城外，远望俨然一门大炮。又命人在城墙上插上许多面旗帜，红红绿绿的，在风中招展。

徐知县来检查城防，看到战士严阵以待和战旗招展的场面，非常满意。看到不远处的玉麟，他走过去：“彭统领（统领是知县临时封的），我佩服你！……不过，你弄这么多旗帜，花花绿绿的，看是好看，有什么用呢？”

玉麟说：“大人，您别小看这些旗帜，可有用处呢。这叫‘布设疑兵’啊。”

“布设疑兵？”

玉麟反问：“大人，您觉得长毛是来犯好还是不来好呢？”

“当然不来好。打仗惨烈得很，我们也没有必胜的把握。对不？”

玉麟解释道：“所言极是。《孙子兵法》云：不战而屈人之兵，善之善者也。我在这里遍插旗帜，列兵布阵，乃虚张声势也。长毛的探子不知我方底细，说我方防备甚严，说不定敌方就会改变来犯之意。”

徐知县点头称赞不已。

这天夜里，玉麟带兵突然搜查了几处会党经常集会的地方，抓捕了十名会党头目，快刀斩乱麻地处理了他们。其中两名首犯经过初步审理，砍了脑袋悬于城门示众。其余从犯经过官府严厉训话，待写出悔过书之后，参与修筑战壕堡垒。对一般成员则宽大处理，不再追究责任，但要求必须投入保卫家园的战斗中。

号召富商捐款助饷并不顺利。虽然徐知县在会上已经反复说明，大家不会白捐，官府登记了账目，战后可以还钱，如果有人不要钱，官府愿意给一个小官当当。但还是有人不愿意。这时，徐知县让玉麟说话了。

玉麟第一个表态，愿意把典铺的钱全部借给官府使用。

有富商指责玉麟：“你的胆子也太大了吧？主人不在，你就擅自做主，把他的钱财送给官府？”

玉麟辩解道：“先生言重了。不是我的胆子大，而是我的主人非常信任我，他说过，可以把他的东西看作我自己的东西，此其一也。其二，我太了解我的主人了。我的主人叫杨子春，他明大道，识大体，他如果在耒阳，一定也会主动把自己全部的钱财献给国家。国难当头，有国才有家，国之不存，家将焉附？”

见大家有所触动，又继续开导：“各位，这样的危急时刻，可要把事情想清楚些。你们琢磨琢磨吧，如果长毛杀进城来，会如何？据我所知，长毛极痛恨两种人，一是官吏，二是富人，他们称之为‘妖’，见‘妖’就杀，见财物就抢。你们愿意把自己财物留给长毛还是捐给保护你们的人呢？”

见大家态度有所变化，玉麟接着发挥：“如果我们打败长毛，官府不但会设法将钱物赔给你们，你们还会受到官府的重用。两相比较，还不明白吗？”

说到这里，玉麟向外面挥挥手：“把东西送上来吧！”

只见十多人捧着箱子、盒子鱼贯而入，玉麟示意他们把东西放在桌子上，并叫他们打开。那些箱子、盒子里装的全是银子和铜钱，还有一些珍珠、玛瑙，珠光宝气，甚是耀眼。

大家眼睛都看花了。

玉麟说：“这就是我们店子的全部财产，足以看出我家主人杨子春爱国爱家的高风亮节。下面看各位的态度了。”

“我捐！我要命，不要钱财！”

“我捐！我要国，也要家！”

知县令人一一登记，还大声地表彰他们的义举。

这时一名军吏前来禀报，说抓到一名长毛的探子，经拷问，他交代长毛正在密切关注耒阳和衡州的备战状态，很有可能在最近几天先夺耒阳再攻取衡州。徐知县和玉麟一听，立即结束会议，赶往县府议事。

六　严阵以待，坚守城墙无日夜

接下来的日子里，耒阳城处于戒严之中。

玉麟日夜在城墙上巡视。守卫的战士挺立在自己的岗位上，刀枪在手箭在弦，时刻准备战斗。谷将军接到玉麟的书信后，派出一百人前来支援，还运来十门土炮，玉麟在正面城墙上安装了四门，其他三方各两门，都配备了火药。炮管对着远处高昂着，每一门大炮旁有三个放炮员，只要一声号令，他们便会用猛烈的炮火射击敌人。城墙上还准备了石头、石灰、桐油、柴草，如果敌人架设云梯爬墙，城墙上的士兵可利用这些装备来进行抵御……

城门白天虽然没有关闭，但已经增加了守卫人员，只要听到号令，立即关闭城门。城内店铺歇业，行人稀少，岗哨林立，巡逻队沿街巡视，维持秩序，指导群众，担架队正在扎担架，医疗队正在熬制药液……

徐知县不再乘坐轿子，而是和官员一起在街头步行各处巡查，遇到情况随时处置。

战旗在风中猎猎作响，号角声声，城市上空低垂的云层凝然不动，显得阴沉和肃杀，大战在即的气氛已经悄然生成。

一连几天无事，敌情没有新的变化。

又过了一天，到了黄昏，天气阴暗，好像要下雨似的。突然有人喊道，长毛来了！长毛来了！紧接着城墙上的号角沉沉地吹响了。

全城进入临战状态，玉麟和徐知县站上城墙。

城门哐当一声关闭了。

整个县城好像屏住了呼吸。

暮色沉沉，只有城墙上的点点火把在燃烧。

玉麟发出号令："发现敌情，炮兵和鸟枪队射击。预备，放！"

咚咚的炮声和鸟枪声响彻云霄。

但枪炮声很快停了，因为一名士兵前来报告，长毛走到半路，不知什么原因掉头回去了。玉麟发出停止射击的命令，并让战士们密切注视敌情，不可松懈。

其实敌人并没有来攻打耒阳城，这次行动只不过是玉麟和徐知县谋划的一次军事演习罢了。

演习结束后，玉麟和知县在县衙里会面，玉麟问道："大人，假如长毛来了，我们可以和他们开战了吗？"

徐知县很有把握地说："完全可以开战，说不定我们还能打一个大胜仗呢！"

玉麟严肃起来："大人，我以为，这段时间里，一定有长毛的探子在此地探视，我们还要继续虚张声势，长毛不来攻打我们，才是我们想要的结果。"

徐知县赞同道："当然当然。不过，还要怎样虚张声势？"

玉麟又出奇计："明天夜里，我们让兵士悄悄出城去，往衡州方向而行，要人不知鬼不觉。走数十里，再转回来，打着火把，大喊大叫，放出'衡州城官军来援助耒阳'的信息。到了城边，我们打开城门，放铳放炮表示欢迎，让全城的人知道。如此，敌人的探子就会误传情报导致敌人误判，如何？"

徐知县拍掌道："甚好，甚好，彭统领真是智多星！"

第二天夜里依计行事，效果很好，且不说给敌人造成了错觉，连耒阳城百姓也以为衡州城真的派兵来增援耒阳了。

过了三天，负责情报的探子纷纷回来报告大好消息：长毛得知耒阳城和衡州城防备甚严，放弃了攻打的计划，现在已经离开郴州，向醴陵方向开进。

耒阳人的生命和财产都保全了，于是大开城门，店铺重新开始营业，一切恢复正常。

徐知县找到玉麟，喜笑颜开，说能有这样的结果，主要是玉麟的功劳，要上奏朝廷，提拔他当官。

玉麟听了大笑："仗都没有打，何功之有？莫滑天下之大稽吧……再说了，生擒李元发，我都拒绝了朝廷的官职，何况这一次呢？"

"既然如此，我要怎么回报先生的恩德呢？"徐知县有些为难。

玉麟直言道："要说回报，大人好好治理耒阳，为百姓造福，达到政通人和的局面就好。我作为老百姓的一员，也就满足了……还有，此次仗虽未打，但备战还是花费了不少银子，大人应上奏朝廷拨付银子补偿百姓的付出。还有一些银子在备战中没有花完，不应留在官府，应物归原主……我也请大人发回我们店铺的一些银子，让我们恢复营业……"

正说着，一个女人走了过来，向玉麟打了一声招呼，并递给他一封信。玉麟打开一看，脸都白了。

七　耒阳平安了，但母亲病危了

信是母亲写来的，内容只有几行，前一半是母亲亲笔书写，但写得歪歪扭扭，也没有行列；后一半显然是方姑根据母亲口述书写的，字迹是方姑的。

信的内容大意是：她的病情加重了，方姑为了侍奉她劳累过度，也得了病躺在床上。听说前去耒阳的贼兵已经退走，她知道儿子为耒阳的防守尽了自己的力量，也保住了朋友的店铺，不负信义，她很欣慰，希望儿子可以马上回来看望她。

从母亲歪斜的笔迹和文字的语气里，玉麟感到母亲的病情不轻。他决定立即回到衡州城去，回到母亲的身边，这是母亲最需要儿子照料的时候了。

骑马送信来的女人是毛丽，她回衡州城看望玉麟的母亲，谁知进屋看到的是两个卧床不起的病人，写好的信也没有人送邮差。于是她立马请人照料她们，自己租借了一匹马，送信给玉麟。玉麟甚为感动。

玉麟回到店铺，店铺已经重新开业，两个伙计见玉麟回来，向他报告，官府已经把大部分财物送回，欠下的钱财也说要加倍奉还。玉麟招呼两个伙计好好照顾店铺。随后，骑着知县送他的马，与毛妹子一同策马星夜赶回衡州梅花巷。

一男一女骑着马在路上飞驰，一前一后，清亮的月光洒满了他们的归途。

走进家门，屋里阴沉沉的，没有一丝生气。一股凉意从玉麟脚底下生起，涌向胸膛，直袭脑门。母亲还只有六十七岁，已瘦得皮包骨头，脸色苍灰，说话上气不接下气。方姑脸色苍白，不停地咳嗽。

这个家，还是一个家吗？外婆和竹宾已离开人世，弟弟做生意去了秦地，寄回一封家书之后，再也没有音信，不知是生是死。山遥水远，也没法寻找。邹氏住在娘家，早已不把这个家当家了。儿子永钊，今年已经七岁，他去年把他送到清泉县马振勤家，请马先生教他识字读书。儿子因学业繁忙，也很少回来。七年前，也就是竹宾离世的那一年，家里只剩下母亲和儿子，为了不使他们太孤单，玉麟找了一个十三岁失去父母叫方姑的女孩，让母亲收养为女儿，陪伴着母亲。而现在，母亲和方姑都病倒了。他心里有些内疚，自己在家的时间太少，对母亲的孝顺太不够了。他在心里发誓，哪里也不去了，要陪伴在母亲的身旁。

玉麟找到杨子春，表示因为母亲的病情不能再去耒阳经营生意，并向他汇报了几个月来的情况和店铺的家底，把账本也交了。杨子春非常感谢玉麟，夸他敢作敢为，目光长远，是当大家的。徐知县送他的马他留给子春，请他回耒阳时交还给知县大人。

他请来城里最好的郎中给母亲和方姑治病。母亲发的是咯血旧症，寒热太深。方姑到底年轻，吃了几剂药，病就好转了，脸上也有了血色。母亲的病非但没有转好，反倒越来越严重。

玉麟不相信这是母亲最后的岁月。外婆八十八才离世，母亲也应当活到八十多岁。而且母亲以前很少生大病，身体还算硬朗，不可能就这样一病不起。

他日夜陪伴着母亲，和母亲回忆往事，说自己以后的打算，还与母亲谈起最近在耒阳的惊险经历……他想让母亲心里高兴。也许心里头高兴，病也好得快。

王夫人显然意识到自己快不行了，说话明显是在交代后事：“你没有姐妹，就兄弟二人。玉麒在北方做生意，我估计生意做得不是很好，故一直没有回家，但他一定在世。今后他回来在一起了，你们要相互照顾。”

玉麟点点头。

过了一天，母亲又对玉麟说："我如果死了，本来应当葬到你父亲身边，可那里是祖坟，再也葬不下了。那就把我葬到你外婆那里去……对，就是七里井瓯架山。那里离衡州城不远，你扫墓也方便。以后，你把你竹宾姨也改葬到这儿来，以前我俩姐妹情深，她对你外婆更是孝敬，只是后来那事，唉，也就不说了……我们在一起可以说些家常话。你寒食清明给我扫墓，也顺便给她们扫。对我而言，也是我报答母亲和竹宾孝养我母亲的恩德吧……你记住了吗？"玉麟的眼泪忍不住流了下来："娘，您会好起来的，别说这些。"

就在这天夜晚，母亲突然感觉不对，连忙叫方姑为她换了内衣内裤，然后叫玉麟把她从床上扶着坐起，让方姑给她梳理头发。她对玉麟说："你平生喜欢感情用事，这好，又不好。你要记得我的话，有怨莫报，受恩莫忘。满招损，谦受益。好自为之，切莫让先辈的美德丧失了。"玉麟点头称是。

母亲把眼睛闭了片刻，又睁眼指着方姑说："你妹妹年纪还小，孤苦伶仃，因为我的病受了很多苦，你要记得她的恩……我走了，你依然要把她当亲人看待，好好照顾她。"

玉麟答应道："娘，您的话我记在心里了，我会对方姑好的，您放心吧。"

母亲的嘴角露出一丝微笑，闭上了眼睛，再没有睁开。

玉麟没有想到这一天来得如此之快，如此无情。

这是清咸丰二年八月二十四日夜，距玉麟从耒阳赶回衡州仅仅十八天。

八　母恩难忘，瓯架山上忆往事

遵照母亲的遗愿，玉麟将她安葬在衡州城北关外七里井瓯架山。

按照儒家的礼教和当时的习俗，玉麟要为母亲守丧三年。他在母亲的墓旁用木头架起一个棚子，上面覆盖着树枝和草叶，以遮挡烈日和风雨，又在棚子里用木头支起一张床，用来睡觉和休息，还用石头和泥土垒成一个土灶，以便煮饭菜。他准备在这里度过三年守墓时光。

山中的岁月寂寞清冷，也特别漫长。玉麟把母亲的坟用泥土堆得高高的，又用铲子拍得实实的、光光的。他在墓地旁边栽上竹木，又开出一条小路，从山下逶迤而来直达墓地，在小路上铺上从乱草堆里找来的石板。有时累了，就把带来的那几本兵书翻一翻。更多的时间里，他呆坐在墓边，回忆母亲的一生，和母亲说着心里话。

母亲是浙江绍兴山阴人，小时候跟随做幕僚的父亲王维则去过岭南和江南等地，后来外公在安徽离世，母亲与外婆沈太夫人寄居安徽，再也没有回过老家。母亲随外公姓王，故后来被称为王夫人，小姨自然叫王竹宾了。

母亲聪慧，是外公的掌上明珠，从小跟着外公读书识字。母亲很喜欢诗书，尤其喜欢读历代大家的作品，还喜欢读《列女传》，也会画画，可以说是一个才女。外公觉得自己女儿聪慧有才，一般男子配不上她，所以选择女婿非常严格。母亲直到三十多岁，才与父亲彭鸣九结为夫妇。成亲两年后生下玉麟，又过了五年生下玉麒，后又生下两个妹妹，可惜都夭折了。玉麟生在这样的书香之家，很小的时候，父母亲就教他读书、画画，如果说他的字写得好，与父亲的遗传有关，那么他画画不错，无疑是得益于母亲。

母亲知书达理，为人温厚，对自己要求严格，对长辈孝顺有礼，对同辈和晚辈仁慈温惠。奶奶乐意住在渣江老家，母亲就经常从安徽给奶奶寄衣服和好吃的东西，每天早晚在神灵面前为奶奶祈祷，意在为奶奶增添福寿。得知两个叔叔因为家里穷不能娶妻，母亲又把外公给她的钱寄给奶奶，帮衬两个叔叔……

正想着，只见一位长衫飘飘的书生从山脚下向山上走来。走到近处，那人朝玉麟点了点头。玉麟仔细一看，却是石鼓书院的同窗章磊之。十多年没有见面了，他怎么寻到这里来了？他有何事找我？

第六章　墨经出山林

在七里井瓯架山为母亲守墓的玉麟无意功名，只想终老泉林。在衡州办团练的曾国藩再三请他出山，玉麟墨经从戎，从此开启了波澜壮阔的人生……

一　章磊之慷慨激昂，玉麟却忧心忡忡

从弯弯小路走上山来的人正是章磊之。玉麟记得在石鼓书院求学时，他好谈国事，慷慨激昂，自称有苏秦和张仪的三寸不烂之舌，不把一般人放在眼里。玉麟也曾与他展开过激烈舌战，但两人关系还不错，他曾来玉麟家作过客。

他到了草棚边，朝玉麟点点头，走到玉麟母亲的墓边，从怀里掏出一壶酒来，把酒壶的塞子拔下，朝坟墓上洒了几滴酒，跪下去拜了几拜，口里念念有词："伯母大人，安息吧，我曾吃过您做的菜，从此再也吃不到了，悲哀啊！"然后爬了起来，对站在墓旁的玉麟拱拱手。玉麟向他作揖，觉得他说话不太妥当，但知道这人不拘俗理，也就不再计较。

两人走进草棚，坐在石头上。章磊之知道玉麟喜欢喝酒，但守制期间不能喝，于是自顾自地咕咕饮酒。

玉麟看着他，不说话，只是等待着。

章磊之终于停下来，张嘴问道："雪琴，你一个活生生的大男人，真打算在这里守三年墓？"

玉麟冷冷地说："这是为人之子应当做的，更是儒生应该做的。我坚守三年

不动摇！”

章磊之忽发狂言：“漫天风暴，山摇地动，竟然能安守坟墓，真乃奇事也。君不见，太平军撤长沙之围后，克岳阳，夺武昌，下安庆，兵锋直指南京，江南半壁江山已为洪杨所有，天下人心惶惶，英雄豪杰纷纷加入太平军，大清王朝眼看就要在熊熊大火中化为灰烬。大丈夫应当洞察时势，顺应潮流……”

玉麟打断他的话：“兄台此番前来，有何目的？”

“投奔义军，建功立业！”章磊之直言不讳。

玉麟质问道：“投奔贼寇？”

章磊之呵呵冷笑起来：“太平军是贼寇？……雪琴之言差矣！自古成者为王败者为寇，刘邦在反秦之时，李世民在反隋之时，朱元璋在反元之时，都被人称为贼，后来谁说过他们是贼？后代说那是我大汉、大唐、大明的堂堂皇帝！谁敢说未来中华大地上不会耸立出一个崭新的大帝国呢？”

“即便是成王败寇，谁又敢说长毛会‘成’呢？他们是占领了一些地方，但离一统江山还远着呢！如果他们不能成，就永远是贼！”

“如果说洪秀全离成功还远的话，那我要说，大清王朝离败只有咫尺之遥！朝廷政治腐败，贿赂公行，鱼肉百姓，歧视汉人；军队士气低落，堕落无能；水旱连年，烽火四起，朝廷对内残酷镇压，对外奴颜媚骨，割地赔款，已是内外交困。我是从朝廷的衰败上看到了太平军必将成功！”

“兄台没看到洪秀全的败象吗？洪杨之流，口头上说为百姓着想，实际上牟取私利，坑害百姓；表面上倡导人人平等，天下一家，实际上内部等级森严，各怀鬼胎。再说他们信奉洋教，与我华夏文化为敌，毁孔庙，辱圣人，轻视读书人，这样就得不到读书人的支持，而没有士人参与的政权是不会长久的！在彭某看来，朝廷迟早会平定洪杨之乱，出现中兴气象。兄台不以为然否？”

“雪琴兄是否明白，大清王朝是满族的朝廷，是骑在我们汉人脖子上的恶魔，我们是汉人哪！”章磊之又冷笑一声。

“可是大清重视华夏文化，尊孔读经，不轻视读书人，而洪杨之流，信奉上帝，是洋鬼子的徒子徒孙，他们以后要建立朝廷的话，一定是洋鬼子的朝廷，绝不是我大汉的朝廷！华夏文化是我大汉族的根，洪杨之流正挥舞大刀想砍断我们延续千年的老根啊！”

章磊之解释道：“太平军还在草创阶段，是有不完善的地方。正因如此，我们更应当加入，去影响他们，改造他们。”

玉麟追问道：“既然如此，为什么不进朝廷，去改造朝廷不完善的地方，影响朝廷的一些决策，从而促使朝廷朝中兴的方向发展呢？”

章磊之坚定地说：“大清王朝不可能中兴了。从历史的趋势来看，一旦有人聚众起义，紧接着就是群雄并起，混战中定会有一个强大的势力崛起，从而削平群雄，一统天下！”

“兄台得出这样的结论，也许是太相信自己的眼光了。”玉麟加以否定。

这样的唇枪舌剑，互不相让，能说到一处吗？道不同不相为谋也。

章磊之有点遗憾地说：“玉麟，在石鼓书院求学时，我觉得你不是池中物，你有英雄胆识，有掌控大局的能力，是干大事的人，而现在风云际会，为天下英雄提供了施展才能的大舞台，正是一飞冲天、大展宏图的时候，我今日特来邀请你与我一起去投奔义军，共创鸿业！没想到……”

玉麟很坚决地说：“兄台高看我了。兄台的一番好意，玉麟心领了，恕不能从命。洪杨之流并不比朝廷好，且玉麟无意功名，只愿终老泉林。也奉劝兄台不要贸然行事，三思为好！”

章磊之拒绝了玉麟的忠告：“不！我意已定，是胜是败，是生是死，绝不后悔！”

玉麟的语气和缓下来：“既然兄台去意已决，玉麟也不再阻拦。兄台是慷慨悲歌之士，在这边郁郁不得志，想必到那边去会得到重用，前途无量。”

章磊之把没有喝完的酒咕咚一口气喝完，将酒壶扔到远处的柴草丛里，向玉麟拱拱手：“就此别过。”

玉麟也回礼道：“兄台珍重！”

看着章磊之一步步向山下走去，最后消失在远处的苍茫里，玉麟心里升起一股莫名的遗憾和惆怅。其实自己说的也只是一时的看法，未必是定论，最终何去何从，未可知也。

次日，好友常豫来了，他的一番哭诉让玉麟的态度有了变化……

二　常豫痛哭流涕，玉麟无可奈何

次日，常豫也上山来，玉麟有些吃惊，常豫过去那种公子哥的神态不见了，比前次在耒阳见面时更狼狈，衣冠不整，面色黧黑，眼神充满了沉郁与悲凉，与以前判若两人。更让玉麟吃惊的是，打过招呼之后，常豫号啕大哭起来，哭得玉麟不知所措。

常豫一家遭遇了突如其来、惨绝人寰的大悲剧，而这一切都与太平军攻打武昌有关。太平军在道县、郴州一带得到民众拥护，加入人数达五万有余，随后经过醴陵进军长沙。湖南巡抚骆秉章在左宗棠的协助下，严防死守，顽强抵抗，太平军强攻八十余日而不克，西王萧朝贵中炮毙命，太平军只好撤围北上，在益阳等地又得到广大渔民的支持，拥有了上千船只，于是重组水师，水陆并进，克岳州，兵锋直指武昌。

武昌告急，朝廷看中常大淳有剿匪经历，又熟悉湖南湖北的情况，命他前往湖北上任巡抚，期待他能够守住武昌，遏止太平军的凌厉攻势。

常大淳奉命到达武昌后，开始着手组织，计划截堵太平军于洞庭之南。如让太平军越过洞庭，进入长江，那后果不堪设想。他到巴陵郡视察据守在那里的水师，竟然无一船一人可用。他立即募集渔舟五百，加上陆兵三千守湖。自己又赶赴江夏，抚慰军民，调集兵马，筹集军饷。

太平军的船队浩浩荡荡越过洞庭，官兵根本不敢抵抗，望风而逃。常大淳判断太平军下一个目标就是武昌，一场恶战不可避免。他请朝廷从陕西调三千兵马来援助，但援军迟迟未到，只得搜集城中原有士卒，招募城中青壮年为兵，总共也不足三千人，如何抵御蜂拥而来的数十万太平军？但别无选择，只有拼命坚守。

太平军兵临城下，一些据守城边的官兵竟然不战而逃。好在湖北提督双福率二千兵士进城，加上原来城里的士兵，共计五千人守城。没过多久，太平军已将武昌围困，而常大淳盼望的援军迟迟未至。

常大淳毕竟是一位文官，虽然参加过几次剿匪，但都是小吹小打，打这样的大仗，他心里一点底也没有，怕指挥失误，便把军事大权交给双福。武昌守军在常大淳的督促下，与太平军展开了殊死拼杀，坚守了二十四天，终因寡不敌众而溃退。

当时，常大淳正带着几个官员在城墙上巡视阵地，突然见到士卒纷纷逃走，知道最坏的情况已经发生，他不想被太平军擒拿受尽侮辱而死，打算从城墙上跳下去。跟从他巡视的巡捕官杨文先拉住他："大人，要殉国也不能在此地啊。您从这里跳下去，与士卒的尸体混在一起，谁知道您是堂堂巡抚大人？大臣不可辱于贼手，暂且到我家里去再说吧。"常大淳觉得有理，随杨文先到了他家。杨文先劝说他不要自尽，但常大淳不听劝阻，找到一根绳便套住脖子开始上吊，吊得快不能动弹时，被一位老仆人看见，觉得惨不忍睹，就为他解下绳子。常大淳缓过气来，知是仆人救他，大怒，抽了老仆几鞭子，又引颈入绳，终于吊死了。

战前，一些官员把家属转移到乡下去了。常大淳为了安定民心，不敢避寇迁往别处，所以他的妻妾子孙及其他亲属共有一百余人住在武昌。现在城破了，妻子刘氏得知丈夫死了，对家中的女人说："我是朝廷命官的夫人，自然不能等贼寇来了受辱而死。我愿以死赴义。生死事大，你们自己看着办吧。"他的大儿媳妇——大儿子常集松的老婆马氏见阿婆吊死了，也寻到一根绳子悬梁自尽。马氏的女儿淑英还只有十七岁，端慧俏丽，见奶奶和母亲都死了，悲痛不已，也用一根绳子结束了自己年轻的生命。

常大淳的大儿子常集松右手残废，却极为聪明能干，能读书写字，还能骑马打仗。武昌被围，集松奉父命带领一队人守城。城破后，他赶回家中，看到父母死去，又见到妻子和女儿自缢而死，伤心万分，大哭不止，随后用利剑割断脖子，倒在了妻子和女儿身边。

常豫也带着一队家兵在守城，城破后回到家，此时家中已经摆放了数具亲人的尸体，他肝肠寸断，也要挥剑自杀。一位家兵阻止了他："你现在自杀，不是明智之举。现在最要紧的事，是把亲人的尸体藏起来，然后设法逃出去报仇雪恨才对。"常豫觉得言之有理，立即叫人赶在太平军到来之前挖了一个坑，把亲人们的尸体放进去，用泥沙掩埋。刚刚埋好，就看见太平军挥舞着兵器追杀过来。大家没命地逃跑。常豫看见前方有一堆稻草，便钻了进去。长毛追来，不见了人，用刀剑往稻草堆里一阵乱捅，好在没有伤及常豫。等外面没了动静，常豫从稻草堆里爬出来，换了衣服，混在逃难的人群中逃到城外，找到清兵大营。

这一战役，武昌死伤数万人，常家一百多人死的死，伤的伤，还有些人不知去向。好在太平军没在武昌停留多久，就沿着长江往下游开进了。武昌又回到朝廷的怀抱。皇帝得知常大淳一家多人殉国，下诏追认他为总督，褒恤优厚。常豫怀着极为悲伤的心情将父母等亲人的棺木运回衡州故里……

常豫抬起泪眼对玉麟说：“我如今心冷如灰，只想在故里办一个小团练，保护故土。”

玉麟叹道：“眼下也只能如此了。”

常豫却激励玉麟，说：“兄弟，你不能像我一样，你是一位将才，国家有难，该挺身而出，为王前驱。不能与我等一样老死故里啊。”

玉麟无心出山：“‘死者长已矣，存者且偷生’，玉麟这三年只愿守在这草棚里，尽人子之孝。三年后，玉麟可能只是衡州城里一个卖字画为生的先生而已。”

但没过多久，机缘巧合之下，玉麟进入军营，而后他率领的水师成为进击太平军的一支劲旅。

三　常豫推荐彭玉麟，曾国藩半信半疑

清咸丰三年秋，在长沙办团练的曾国藩将湘勇迁移至衡州城。

他是湖南湘乡荷叶塘人，荷叶塘与玉麟的故里渣江只有几十里山路之遥，他的岳父大人欧阳凝祉就是渣江人。曾国藩才四十出头，就官至兵部右侍郎兼吏部左侍郎（二品）。去年他母亲逝世，他回到家乡为母亲守制。可办完丧事没几天，便接到皇上的圣旨，叫他终止守制，立即前往省城长沙创办团练。在办团练的过程中，不时与湖南地方官府和绿营发生摩擦。为了摆脱各种牵制，他将湘勇带到了衡州城。

回到衡州城的曾国藩长长地舒了一口气。这里他太熟悉了，虽然没在石鼓书院求过学，但过去曾多次往来衡州，有过短暂的旅居，在这里有很多熟人，对此地的山川地形和风俗习惯也了如指掌，他自信能在这里练出一支雄师为国效力。

曾国藩把自己带来的一千多号团丁安扎在衡州城小西门的桑园街，指挥所设在这条街上的赵家祠堂里。为便于日常商讨事情，他和同来的几位首领罗泽南、王鑫、李续宾兄弟以及他的满弟曾国葆等都住在祠堂里。

离祠堂不远的演武坪，紧靠蒸水河畔，清初时，吴三桂在衡州城称帝，就是在这块荒地上练兵。曾国藩也看中了这地方，这里既有平坦的草地，又有不少小山丘，离城里很近，又没有人家，实在是练兵的好地方。

曾国藩按照戚继光练戚家军的方法训练他的湘勇，他的内心深处，就是希望能练出自己的“曾家军”。他认识到只有练出戚家军那样的雄师，才能打败洪秀全的太平军。

每逢三、八日，曾国藩都要去演武坪上给士卒训话。他称训话是“练心”。这一天他正在训话，看见一个熟悉的人朝他走来。他并没有中断训话，直到一个时辰的训话结束他才接见来人。来人就是常大淳的次子常豫，曾国藩当然很熟悉，他在京城任京官时，常大淳也在京城做官，同乡的京官自然有乡情相连，两家来往也很密切。

“仪安，你来这练兵场干什么？来看热闹还是想当兵吃粮？”曾国藩对常豫开玩笑说。

常豫施礼道：“禀世叔大人，常豫正守制在家。来见您是知道大人在这里创办湘军，需要将才。我特来推荐一个人。”

“谁？”

“彭玉麟！”

“彭玉麟？没听说过。”

常豫为了让曾大人相信自己，开始滔滔不绝：湖南官兵生擒李元发，那个带领士卒活捉李贼的人就是彭玉麟；长毛打到湖南郴州时，原本准备攻打衡州城再顺湘江北上，因耒阳、衡州防守严密，长毛才改变进军路线，而耒阳的防守全是彭玉麟筹划的。

曾国藩摇着头疑惑地说：“没听说过。”

常豫只好补充道，彭玉麟是衡州协标的马兵，兼任书识，善于骑马、射箭、潜水，有英雄胆识，也有将帅谋略，办事果断快捷，又细微谨慎。此人熟读兵书，对《孙子兵法》《纪效新书》和《练兵实纪》有很深的研究。他忠于朝廷，有报国之志；对朋友讲情义，一诺千金。此人还有一股难得的书生意气，喜欢吟诗作画，字写得秀而有骨，刚中有柔。朝廷如果不用此人，被长毛挖去，那将是极大的损失。

曾国藩盯着常豫的眼睛问道："那个彭玉麟，比你还厉害？"

常豫双手一拱，大声回道："禀世叔大人，无论哪一方面，我都无法与他相比。"

曾国藩笑了起来，他想起《三国演义》里徐庶向刘备推荐诸葛亮的一幕，说道："仪安，褒扬别人也不要贬低自己呀！"

这时，正好有一个汉子站在不远处修理兵器。曾国藩向那人招手说："载福，你过来一下。"杨载福在剿灭李元发的战事中立过功，现在已是总兵了，被曾国藩挖来了。

杨载福走了过来，曾国藩问道："你参加过剿灭李元发的战事对不？认识一个叫彭玉麟的人吗？"

杨载福说："认识，见过几回面。"

曾国藩又问："此人很厉害吗？"

杨载福说："厉害！彭玉麟有胆有识，才能非凡庸之辈可比。他对名利也看得很淡，朝廷对他的提拔他都推辞了。"

曾国藩听了，这才对常豫说："见到彭玉麟了，你就叫他来我这里，说我要见他。"

常豫点了点头。他本来想说大人您要亲自去请他出山，但曾国藩的官职太大，这样说有些不妥，话到嘴边又咽了回去。

四　常豫代曾国藩一请玉麟出山

过了几天，常豫又一次来到玉麟的草棚，看到玉麟正在母亲的墓边种植兰草。他告诉常豫，这山上的野兰草还真是难找，他漫山遍野找了好几天，终于在一个幽谷里找到十多株，小心翼翼地移植于此。

常豫又发现，墓地左边的荒地已被开垦，新翻的泥土上还放着玉麟用的锄头。常豫问玉麟准备弄些什么花样，玉麟说这块荒地他也买了，母亲有遗嘱，要他将竹宾姨的墓也迁到这里来。竹宾姨生前喜欢梅花，他要找些梅花树，栽到她的墓边，她若有灵，可以在此处赏梅吟诗。

常豫拍拍玉麟的肩膀："雪琴兄真是世上最有情的人，这份痴情令人感动。

竹宾姨如地下有知，也会含笑九泉的。”

玉麟叹息说：“可惜世上疼我的人都走了。”

常豫的眼泪也快流出来了：“我们都一样，你的亲人是正常离世，而我的家人则是血淋淋地惨死，一想到这血海深仇我报不了，便心如刀绞。”

“我们都别说伤心事了。你说说，你大老远走到这荒山野坡来，是不是又来劝我别守制了？”

常豫忙否认道：“不是不是，守制是尽孝，天经地义，我怎么会劝你做不孝之事！我来这里，是想告诉你一个消息，荷叶塘的曾大人来衡州城办团练了，你听说了吗？”

“听说过。”

“我去曾大人那里推荐过兄台，他让你去找他。你应当去投奔曾大人，加入湘勇，杀敌报国，建功立业。但我知道你不会去的，因为你是一个大孝子，也是竹宾姨的知心人，你会在这里守下去。现在外面有人传言，彭玉麟已无英雄之志，与匹夫无异。”他想用这些话来刺激玉麟。

玉麟平静地回应：“也罢，让别人去说吧。玉麟本就是一介书生，并无鸿鹄之志，更无扭转乾坤之能，岂敢轻言建功立业？”

常豫见激将法没起作用，又开始撩拨他：“可惜的是，我还在曾大人面前说兄台是英雄豪杰，有关公之勇、子房之谋；既能冲锋陷阵，又能运筹帷幄之中，决胜千里之外。可曾大人说我言过其实。我又举兄台生擒李元发和防守耒阳之事，曾大人还是不信。”

玉麟嘿嘿笑起来，指出常豫话语中的矛盾之处：“那么，曾大人又为何让我去见他呢？”

常豫解释说：“后来来了一个叫杨载福的人，他对曾大人说生擒李元发的事的确是真的，还说了一些赞扬你的话，曾大人才叫我来请你去见他。”

这一席虚虚实实的话，让玉麟有点心动，他这才对常豫说了实话：“兄弟，玉麟并不是不想报国效忠，只是时机并不成熟，曾大人对我不熟悉，我也不知道曾大人的为人，良禽择木而栖，贤才择君而事，我还想等等。”

接着又说：“即便我要出去，也想等三年之后。我看这一场大乱，一年两年还不能平息。我要先尽孝，后报国。船山先生曾说过，一部六经，其实说的是一个‘孝’字。圣人也说过，齐家治国平天下，齐家在先。不管怎样，现在就去投奔曾大人，为时过早。”

常豫见玉麟并没有拒绝出山，只是说不到时候，也就不再使劲劝他：“既然如此，我也不再强劝了，只是这绝好的机会，不能轻易错过。主帅是同乡，士卒都是衡湘子弟，训练又在自家门口，而且我听说，曾大人给团丁的待遇比绿营要高得多呢。”

玉麟不再与常豫讨论出山的问题，岔开话题：“仪安兄今天别急着下山回家，在我这里吃点山里的野味吧——油煮笋。我在山上挖了几棵竹笋……”说完就剥起竹笋来。

常豫也帮着一起剥，忽然道：“你看谁来了？”

玉麟朝山下看去，猜道：“好像是王凤歧来了，好些年没见着他了。”

王凤歧是衡阳县长乐人，玉麟在石鼓书院的同窗，这人讷于言辞，却勇于行动，好打抱不平，书院的书生有一次和附近的渔民发生纠纷，打起架来，他打得太猛，把别人两颗门牙打掉了，因此被书院辞退。

常豫回忆道：“这王凤歧我只见过一次，是我来石鼓书院看你，你请我们在青草街喝酒认识的，昨天遇到，他还记得我呢。我们约好今天一起来山里见你。”

说着，王凤歧已到了眼前，相互施礼后，玉麟问道：“兄台这几年去了哪里？不见音信。”

王凤歧答道：“去少林寺学了两年武，因犯了寺庙的规矩被赶出来，之后便四处流浪。”

“你这人就是到处犯事，缺少一个管你的！”玉麟恨铁不成钢。

“在石鼓书院的时候，只有你能管住我。……雪琴兄，现在天下大乱，烽火四起，是豪杰横行天下的时候了，我想跟着兄台去闯荡！”王凤歧道出了来意。

玉麟讥讽道：“一口土匪腔，你怎么不跟着洪秀全去闯荡？”

王凤歧朗声大笑：“是想过跟他们去闯，后来听说长毛信奉上帝，每天都要祷告。他娘的，拜天拜地拜祖宗还来不及，谁去拜那个洋上帝呢！”

常豫忍不住说：“凤歧的书生意气没有了，说话一副江湖痞气。”

玉麟笑起来：“想打仗肯定有机会，莫性急，以后跟着我去闯荡吧，有人管你才会走正道。”

吃完饭，常豫和王凤歧辞别玉麟，下山路上，常豫招呼王凤歧："你先在家里住一段时间，雪琴迟早会出山。等我得了他的出山音信，就来长乐告诉你。"

王凤歧点头说好。他知道乱世是英雄豪杰的天下，相信自己和彭玉麟一定会干出一番轰轰烈烈的大事业来。

五　风水先生二请玉麟出山

过了十多天，玉麟正在为竹宾姨准备的墓地上栽种梅花树，一个四十来岁的男人头戴竹笠，脚穿草鞋，身着长衫，右手拄着一根长长的手杖，左手拿着罗盘从树林中走来，看样子是位风水先生。那人径直走进玉麟的草棚讨水喝。他喝完水，走到玉麟母亲的坟头边，引颈朝远处看了一阵，又前后左右观察片刻，然后对玉麟招招手。

那人问道："这里葬的是谁啊？"

玉麟照实回答："是我的母亲。"

风水先生赞叹道："真是吉地啊！'宛委自复，回环重复，若踞而候也，若揽而有也。欲进而却，欲止而深。来积止聚，冲阳和阴。土厚水深，郁草茂林。贵若千乘，富如万金。'"

玉麟说："大师学问高深，您的意思是……"

风水先生卖弄道："我刚才念的是晋代郭璞《葬书》里的一段，意思是，你母亲葬的地方来龙高远，地形环抱，近有山峦拱卫，远有江水萦绕，土高水深，茂林芳草，乃'金盆托'之宝地也。绝对是出大人物的地方！我敢断定，十年之后，你家必出将相！如不应验，你找我王一仙算账吧！"

玉麟面露微笑："如先生的话应验了，我来请地仙吃酒。……先生深研堪舆之学，我想请教一下，有哪些不好的地葬不得人呢？"

风水先生有些不屑地说："这书上明写着：山之不可葬者五：气以生和而童山不可葬也，气因势来而断山不可葬也，气因土行而石山不可葬也，气以势止而过山不可葬也，气以龙会而独山不可葬也。"

玉麟说："这下我听明白了，童山、断山、石山、过山、独山，此五山不可作墓地。"

风水先生应道：“正是如此。”

玉麟察觉到这位风水先生喜欢卖弄，于是故意逗他：“我听说《孙子兵法》里也有《九地篇》，不知大师读过没有？”

风水先生倒是诚实：“什么？《孙子兵法》也有讲地形的？”

玉麟笑道：“对对，孙子曰：‘用兵之法，有散地，有轻地，有争地，有交地，有衢地，有重地，有圮地，有围地，有死地。诸侯自战其地，为散地；入人之地而不深者，为轻地；我得则利，彼得亦利者，为争地；我可以往，彼可以来者，为交地；诸侯之地三属，先至而得天下之众者，为衢地；入人之地深，背城邑多者，为重地……是故散地则无战，轻地则无止，争地则无攻，交地则无绝，衢地则合交，重地则掠，圮地则行，围地则谋，死地则战。’”

风水先生说：“这好像是说用兵打仗的事呢。”

玉麟说道：“正是，根据地形特点和用兵打仗的原则，把用兵的地形区分为散地、轻地、争地、交地、衢地、重地、圮地、围地、死地九种地形。”

风水先生的三角眼里闪动着赞赏的光彩：“我就知道，先生非凡人也。隐居深山，表面上与世无争，其实是在研读兵书，关注时局，待时而出，实乃当世之英雄豪杰也。既然如此，那我就有点不明白了。天下汹汹，群贼并起，长毛已攻占金陵，称王称帝，先生也该毅然出山，保家报国了！我听说曾大人正在衡州城招兵买马，创办团练，湖湘大地多少英雄俊杰，争相依附，准备齐心合力，干一场惊天地泣鬼雄的大事业，先生何不闻风而起？”

玉麟默默不语。

风水先生说：“天下形势并不明朗，长毛气焰嚣张，似乎有翻天覆地之势，先生是担心加入了湘勇，也没有剪灭长毛的足够把握？”

玉麟忙说：“非也非也，一旦加入，应当全力以赴，精忠报国，不计胜负。即使战死沙场，也在所不惜！”

风水先生说：“我知道了，先生有经天纬地之才，有救民于水火的宏大愿望。但曾大人并没有像刘玄德那样三顾茅庐请你出山，所以你还在等待之中？”

玉麟朗声大笑：“王先生在瞎猜什么呀，您是一位风水先生，研究您的龙脉地气好了，怎么开始探讨天下大势了呢？莫非先生也想成就一番惊天动地的宏业？”

风水先生忙摆手："不敢不敢。先生是读《孙子兵法》的，研究的是打仗之事，是真正的天下大事；鄙人是读《葬书》的，研究把死人埋在何处，这是下九流的事情，岂敢与先生相提并论？……不敢多嘴了，鄙人就此告退。"

那人说完，拄着手杖朝山下走去。

夕阳下，树林里走出几位猎人，背着猎枪，手里提着猎来的鸟兽，也朝山下走去，嘴里头还唱着山歌：

手提鸟枪猎山岗，
禽飞兔走草木黄。
何不逐鹿江南去，
猎取富贵威名扬。

六　曾国藩三请玉麟出山

玉麟接到曾国藩派人送来的信函后，来到衡州城赵家祠堂，当他看到曾大人的相貌时，不禁大吃一惊。他约莫四十来岁的年纪，中等身材，宽肩厚背，前额宽阔，上面已经有了浅浅的皱纹，脸形瘦长，两只三角眼安放在粗黑的扫把眉下，榛色的双眸中射出两道锐利而阴冷的光芒，鼻直但略扁，口阔唇薄，一口浓密而稍呈黄色的胡须随意地垂到胸口。整个人看上去精干而文雅。玉麟差一点儿叫出声来，他太像那天在草棚里见到的风水先生了！

曾国藩朝玉麟点点头。

玉麟意识到面前的是曾大人而非风水先生，立即跪倒在地："渣江书生彭玉麟拜见侍郎大人！"

"不必多礼，乡里乡亲的。"曾国藩一面说，一面走过来扶起玉麟，转头对亲兵说："看座。"

曾国藩并没有立即说话，脸上带着温和的微笑，端详着玉麟，玉麟被看得浑身不自在。

名满天下的曾大人在衡州乡下被传得神乎其神，据说他聪明绝顶，道德文章十分了得，中进士，入翰林，官至二品。还善于看相，他瞄上你一眼，就知道你的品行才能、祸福凶吉、前途命运。玉麟对此半信半疑。

曾国藩并没有谈论相术，而是直截了当地说起他请玉麟来的意图："雪琴啊，我一到衡州，就有好多人向我推荐你，说你胆识过人，智慧超群，能当机立断，还亲善众人，是可用之才。现在贼寇猖獗，万方多难，正是朝廷用人之际，你应当长啸出山，建功立业啊。国藩奉旨创办团练，招募三湘智勇之士，组成威武之师，不日东征江南，扫荡群贼。你加入我们的湘勇队伍吧！"

玉麟禀告说："大人言重了，玉麟一介书生，可谓胸无韬略，手无缚鸡之力，不敢效命疆场，为大人前驱。"

曾国藩说："雪琴，你不要自谦了。你熟读兵书，深谙兵法，且骑术、水性、射击均为上等；在剿灭李贼的战事中，立功而不受奖赏；在防守耒阳之时，又协助知县，保全一方，功劳大矣。衡州人士谁人不知？"

玉麟推辞道："大人，玉麟实难从命。大人有所不知，小的母亲过世不到一年，我作为儒生，理应守制三年。区区孝心，还望大人成全。"

曾国藩说："我哪里不知晓呢，看你穿着孝服，身上缠着麻索，可是国难当头，你应当舍家为国，为朝廷杀敌立功，也是为母亲、为祖宗争气。这才是最大的忠，最大的孝！雪琴，你可能不知，本官也和你一样，两年前母亲过世，回荷叶塘守制。可朝廷一道圣旨下来，要我去长沙创办团练，我能不去吗？"

玉麟抓住要点："大人是朝廷命官，不得不听从朝廷差遣，而玉麟只是草民，官民有别啊。"

曾国藩只能晓以利害："雪琴，现在是什么时候，你知道不？今年正月，长毛放弃武昌，顺江东下，连克九江、安庆。二月初，攻占江宁（今江苏南京），建立伪都，改名天京。四月，长毛在金陵誓师，随即兵分两路，一路北伐，一路西征。西征的这一路兵锋直指武昌，其意图再明显不过了，就是再夺武昌，进军湖南，进而杀回他们的老巢广西，使西南面的土地连成一片。玉麟你想想吧，如果长毛的诡计得逞，对我们衡州来说绝对是一场灾难。倾巢之下岂有完卵？长毛一来，你能保住你的亲人和父老乡亲吗？本官的意思就是要依靠三湘壮士，在衡州练出一支劲旅，驱逐并剪灭长毛！有国才有家，保国即保家！你是儒生，难道不知天下之大义吗？"

曾国藩的"天下之大义"深深感召了玉麟，他还有什么理由不出山报国呢？

他激动地站起来，声音洪亮地说：“我愿意！我愿意跟随大人征战，为国杀贼！不过……”

“还有何事？”

“我有几点请求。”

“请说。”

“我有两个请求。一是大人学识渊博，我想拜大人为师，做您的门生，在公开场合以官职称呼大人，私下则以夫子（老师）称呼。”

曾国藩爽快地答应了。

“二是玉麟乃一介书生，不愿进入官场，愿以寒士始，以寒士终。即便在以后的战事中有功于国，大人也不要保举我，玉麟不会接受任何官职。”

曾国藩心里震动了一下，以一种异样的眼光望着他：“玉麟，你不是一般人，我敬重你，答应你！”

于是，彭玉麟进入了衡州的湘军军营。曾国藩并没有马上重用他，而是安排他和杨载福到他弟弟曾国葆的营里帮办营务。

七　毛丽捐款助湘军，曾国藩称赞不已

毛丽满面春风地朝石鼓嘴款款走去。

清风轻拂，阳光明媚。因为路途很近，她没有乘轿子。

昨天玉麟和一个团丁来她家拜见她的父亲，说曾国藩明天要召开一个衡州绅士和商家的会议，其意图是筹集军饷。父亲身体不适，毛丽便主动要求参会，一来她本就喜欢“抛头露面”，二来她想给玉麟一个惊喜。父亲知道女儿通情达理善于应酬，便同意她代替自己参会。

玉麟的婚姻不如意，她的婚姻也不如意。她现在住在衡州的娘家为父亲经营生意，生意上红红火火，感情生活却寂寞痛苦。

玉麟是她心灵深处闪闪烁烁的春光。她记得老家渣江那段永难忘怀的少年时光：玉麟在蒸水河里为她捞住被水冲走的衣服，和她一起在老街寿佛殿的戏台下看马灯，还有至今想起来仍让她脸红的游泳比赛……她也记得几年前她去耒阳喊玉麟回家看望他病危的母亲，他们一同骑马回衡州，一路上策马飞驰……

毛丽很快就到了石鼓书院，找到集会的房子，屋子里已经到了一些人，曾国藩亲自走上前来：“太太，你是……”

毛丽不卑不亢地答道：“我是衡州绸缎铺毛老板的女儿毛丽。”

曾国藩说：“你能代表你父亲发言？”

毛丽笑笑说：“大人，我的父亲很开明，一直把我当作儿子看待，我完全可以代表我父亲做出任何决定。”

曾国藩点头道：“这就好，这就好！”

毛丽看到玉麟也到场了，他正看着她，眼睛里有惊奇的神色。她多么希望玉麟再多看她几眼啊。

玉麟走过来递给她一杯茶，用亲切的语调告诉她：“刚才问你话的人是曾大人。”

她看了一眼曾大人，觉得曾大人不像传说的那样神奇。

参会的人陆续到了，衡州城的绅士和财主济济一堂。

曾大人喝了一口茶，扫视完全场，开始了他的讲话：

“各位乡绅、商家先生，你们来参加这次聚会，是对国藩的抬爱和支持。国藩奉旨到故乡创办团练，遇到了重重困难，首先是军饷的问题。这军饷其实包括官兵的工钱、衣食费用，还有各种兵器和装备，以及请长夫做后勤工作的工钱，总之花销不小。现在国库空虚，我们湘勇不是正规军队，只是团练，所以拨付给我们的银两极少，连士卒吃饭都不够，朝廷知道我们困难，让我们自筹军饷。大家想一想，如果我们没有一支英勇无畏的军队，我们的生命财产能保得住吗？现在长毛正在西征，何为西征？就是他们从江宁往湖南湖北打，往我们衡州打，企图打回他们的老巢广西，使这一大片土地成为他们的地盘。告诉各位吧，长毛最恨的就是三种人：当官的、有钱的、读书的，他们如果打到衡州来了，在座的很难保住自己的性命，更别说财产。各位都是明大义的人，故请慷慨解囊，助我军饷。你们的资助，我们会记录在册，报以一定的好处，如果数额巨大，还可以给一个官职。这是朝廷特别的恩赐。”

曾大人说完，请大家表态。

掏银子等于用刀刮心头肉啊，谁舍得？

会场陷入沉默。

这时，毛丽站了起来：“我是女子，第一个发言也许不好。各位大人，我可以代表我父亲说几句话吗？”

众人大概觉得这样沉默总不是事儿，就一齐说：“好，夫人先说吧，我们没想法。”

毛丽说：“我老家在渣江，和曾大人的故居很近，军中的官兵也大多是我们衡州的子弟兵，我们支持你们其实就是支持我们自己。没有你们保家卫国，我们拥有的一切都会被长毛夺去。我来时和父亲商量过，我们决定拿出家产的一半来资助团练！”

曾国藩带头拍手，并赞叹道：“真是巾帼须眉！懂道理，明大义，好！”

接下来杨子春发了言：“我表个态，当年长毛打到郴州时，彭玉麟正在耒阳，他和知县一起策划防守县城，迫使长毛北上醴陵进军长沙，放弃攻打衡州，才使得衡州未受战乱之灾。我愿拿出二万两银元，捐给曾大人做军饷！”

大家齐声叫好。

在这之后，在场的商家和绅士纷纷表示愿意拿出银子资助湘军。

结果比预想的要好得多，这与毛丽开了一个好头有关，散会的时候，曾国藩连连称赞毛丽，玉麟也向她投来惊讶而赞赏的目光。

毛丽受到朝廷二品大员的赞赏，同时也得到了玉麟的肯定，自然心花怒放。

八　洞察世事，湘江边上从容说水师

曾国藩从赵家祠堂里走出，走到蒸水河岸，再沿着河堤往东走，走过青草桥，折向石鼓书院而去，他低着头，默不作声，思考着一个重大问题。

适才他接到朋友郭嵩焘的书函，信中说他准备上奏咸丰帝，在长江上游创办一支强大的水师。他以为，太平军顺江而下，很快攻取江宁称王，很大程度上是凭借一支庞大的水师，如果要彻底剿灭洪杨长毛，首先要剪灭他们的水师，肃清长江。所以朝廷在长江上游或中游必须有一支比太平军更强大的水师。他建议皇上，这支水师由曾国藩来创办。为此，他特地来信征求曾国藩的意见。

如果能在衡州创办一支强大的水师，那么以后水陆并进，顺流东下，剪灭长毛无疑会如虎添翼。但是，陆军还未练就，又办水师，几营陆师尚且要自筹经费，创办水师的经费又从何而来？办水师需要船，需要炮，更需要造船造炮和开船开炮的人，去哪里找这样的人才呢？

曾国藩拿不定主意，也不知怎样给郭嵩焘复信。

他抬头一看，已经到了石鼓嘴。

湘江缓缓北去，江面铺上了一层橙红的夕照。

他沿着石级往下走。正值冬季，湘江水位下降不少，河两岸停满了渔船。他特别喜欢那种叫“钓钩子”的小船，小得只容得下一个人坐着或站着垂钓。它在风浪里像一片树叶，随波起伏，坐在里面的渔夫却好像没事似的。所谓“任你风浪起，稳坐钓鱼船”中的“船”大概就是指钓钩子吧。

一只钓钩子从江心滑过来，滑到曾国藩面前，一个青年渔夫从上面跳下来，把钓到的鱼放在岸边，接着坐在岸边的石头上抽起烟来。曾国藩突然滋生了坐钓钩子的兴趣，于是对渔夫说：“小伙计，我可以到你的船上坐一下吗？”

渔夫头也不抬，说：“坐吧，小心点。”

曾国藩跳上渔船，那船便摇晃起来，晃得很厉害。他好不容易才使小船平稳了一点，试着往前划了划，船又使劲摇晃起来，晃得他直想吐。他怎么也控制不住，差一点要晃到河里去了，禁不住大喊一声。渔夫见了立即跳进水里，把船稳住，然后推着船靠岸。

曾国藩下了船，一脸尴尬。没想到渔夫认出了穿着便服的他：“您是……曾大人？”那人又慌乱又兴奋。

“我没穿官服，你也认识？”

“认识呢，曾大人，您不能坐这样的小船。”那人红着脸说。

“那我该坐怎样的船？”

“您是大帅，应坐大船，稳稳当当的船，指挥很多很多的船队向前行驶！”

曾国藩觉得这人会说话，就问他：“如果让你坐着这样的船去打仗你怕不怕？”

那渔夫说：“那怕什么呢……我经常乘船去和别人干架。”

曾国藩想：如果将来要招水兵，就招这样的，于是问道：“你叫什么名字？”

那人答道：“我叫刘水俫。”

曾国藩笑着告别渔夫，继续沿着河走。在一棵大树下，看见玉麟正望着江水发呆，招呼道：“雪琴，你也在这里看湘江？”

玉麟从沉思中回过神来：“夫子大人，您怎么一个人在江边，也没有亲兵跟着？”

曾国藩不回答，提出另一个问题：“雪琴，你觉得我们是不是要为朝廷打造一支水师呢？”

玉麟的双眸里射出两道光亮来：“大人想到了这个问题啊？适才玉麟也想到了此事。大人，要打败长毛，打造一支水师太重要了！从历史上看，凡是在长江中下游发生战事，必须要有水师参与。战国时，楚国与吴越争夺土地人口，经常发生战斗，且大多在江湖上激战，谁的水师强大，谁就是赢者；秦国攻打广西，开凿灵渠，从水路进击，才取得了胜利；东汉末年发生在长江的赤壁之战就不必说了……元初，蒙古人就是从长江上游顺江而下颠覆南宋政权，明太祖是在鄱阳湖大战中打败了陈友谅。所以，在南国决战，非建立水师不可！”

玉麟接着说道：“长毛之所以这么快攻占江宁，拥有半壁江山，是因为他们在益阳获得了大量船只，用作战船，从而有了水师。朝廷在广东广西有少量的水师，但都不能调过来。湖南如创建水师，最好是衡州！”

曾国藩睁大眼睛：“衡州最好？”

玉麟语气肯定：“因为衡州处于武汉、安庆和江宁的上游，水师练成后，可居上临下，顺江而东，直取长毛的老巢！如果把水师建在长江下游，逆势作战，绝对不利！夫子大人，建立水师，刻不容缓！”

曾国藩问玉麟：“那你说说，假如我们建立水师，买战船火炮的银钱和水兵从哪里来？”

玉麟笑了：“夫子大人，您不要考我了。这湘江、长江，有多少商人南来北去，我们可以在江边的码头设卡收税，有了钱，战船、火炮可以造，可以买。没有水兵，可以招收，可以训练呀！”

“雪琴所言极是！”

曾国藩决定将创办水师一事立即付诸行动，回去后也可以给郭嵩焘回信了。

第二部

千里鏖战

第七章　衡州练水师

曾国藩任命玉麟为水师左营营官，开始在石鼓嘴招收水兵，继而在湘江操练。誓师出发的那天，用来祭旗的那头牛突然发起疯来，玉麟与孙昌凯迅疾冲向疯牛，化险为夷……

一　曾国葆荐英才，玉麟任水师左营营官

曾国藩下定决心要在衡州创办水师，可是事情千头万绪，他不知从何着手。

他把自己的幕僚召集起来商议。其中有一个叫邹汉章的，字五津，号叔明，出身于舆地世家，新化县人，咸丰元年，参加郡试，作《唐宋兵制得失论》，名震朝野。他游历广，朋友多，据说还懂得侦探敌情的学问。他听了曾国藩为创办水师发愁的情况后哈哈大笑："大人说的事乃小事一桩，只要您把两个人请来，水师的事就会得心应手！"

曾国藩忙问何人可解我忧。

邹汉章慢悠悠地说："一个叫褚汝航，此人博学多才，对造船很内行，曾在广东水师任职，眼下在广东佛山任知府。另一个叫夏銮，此人出身于造船世家，精通造船业，现在在广东水师任职。如果把这两个人请来了，创办水师有何难哉？"

曾国藩马上下令把此二人请来。

一个月后，这两人都来到曾国藩身边。在他们的协助下，曾国藩敲定了三件事：

第一件事——立即在衡州和湘潭开办造船厂。船厂共造四种船：

第一种为舢板船，又称三版船，底长二丈九尺，底中宽三尺二寸，两头尖尖。前后设大炮两位，左右设车转小炮两位。此种船轻巧灵活，适合进攻敌船。

第二种为快蟹船，同舢板船构造一样，设立炮位也一样，但稍微大一些。适合灵巧地攻击敌船，也适合军中指挥人员乘坐。

第三种为长龙船，比不上舢板船轻巧灵活，但能多乘坐一些人，也可用来进攻。底长四丈一尺，底中宽五尺四寸，前后左右设立火炮六位。

第四种为拖罟，即运输船，用来运送军用物资，船宽大，能载重物。

前三种船先造一百艘备用，第四种造两艘。

第二件事——立即制造船上所需的土炮和炸药，或者到洋人那里购买一些。

第三件事——任命褚汝航、夏銮为水师首领，全面负责水师创办事宜。

水师的创办开始进入实际操办阶段，没多久，湘潭和衡州两个船厂先后动工，造船的木材也纷纷运到厂房。

接下来，曾国藩又开始考虑招收水兵的问题。

水兵和陆兵不同，要懂水性，最好是江边湖边年轻的渔民。水师至少要招收五个营。可是谁来当营官？褚汝航和夏銮为水师统帅，还可以各兼任一个营的营官，其他三个营由谁管呢？

曾国藩一时找不到合适的人选。这时他弟弟曾国葆找上门来。

“大哥，有一件事我憋在心里好久了，想对你讲出来，说错了，你不要怪罪我。”

曾国藩兄弟五人，他是老大，还有国潢、国华、国荃和国葆，国葆是最小的，与大哥国藩相隔十七岁，不是一代人了。现在他还只是一个二十出头的小青年，自认不是考科举的料，但很有胆识，就跟随大哥办团练，参加过剿平常德、宁乡土匪，现任一个陆营的统领。

曾国葆对大哥像对父亲那样敬畏，说起话来有些结巴：“哥把彭……玉麟和杨载福安排……在我的手下当帮办……协助我办事，我觉得太委屈他们……大材小用了！”

曾国藩瞪了弟弟一眼，冷冷地说：“何以见得？”

曾国葆说：“这两个人……英毅非常，非平庸之辈也，才能远在我之上……

他们是……自领一军的将才！其实……我做他俩的部下才对。”这样的抑己扬人，可见国葆的人品。

“你是如何看出来的？”

曾国葆只好举例说明：“有时我有事情，让他们为我训练士兵，我发现他们比我更有章法，也更有成效……士兵对他们敬若神灵。最让我震惊的是，最近派他们去常宁县洋泉镇镇压会党造反，他们到那里后，与土匪斗智斗勇，很快平定了叛乱，惩办了匪首，真是大快人心。我自叹不如他们。”

曾国藩这才微微点了点头：“我也听说了他们的一些事，他们真的值得重用？”

曾国葆很坚定地说：“哥，相信我的眼光吧。此二人是绝佳的将才，用他们绝对能强军利国！”

曾国藩心里做了一个决定，对弟弟说：“你去营里告诉彭玉麟、杨载福，叫他们立即到我这里来！”

彭玉麟和杨载福来到赵家祠堂曾国藩的签押房里。玉麟见曾大人因他们到来起身示意，心中大为感动，赶紧上前一步，与杨载福一同施礼：“玉麟和载福前来听命，请大人吩咐。”

曾国藩嘴角露出浅浅的笑意：“不必多礼，坐着说话。”用手指了指身边的椅子。

待他们在椅子上坐下，曾国藩才缓缓地说：“是这样，本部堂已经决定在衡州兴办水师，以便将来水陆并进，剿灭洪杨顽匪。我听说你们懂水性，知兵法，有勇有谋，还有在协标里带兵的经验。所以，我任命厚庵为水师右营统领，雪琴为左营统领。”

彭玉麟与杨载福咚地站起来，一面施礼一面道谢：“谢大人栽培，我们愿效犬马之劳，恪守职责，办好水师，报效国家！”

曾国藩说：“先别急着表态，坐下吧，我的话还没有说完。”

两人又重新坐下。

曾国藩又说：“你们先用五天时间做准备吧，从第六天开始在石鼓嘴招收水兵，队伍人员满了，先参与陆营训练，熟悉一下陆兵的基本战术，等战船造好了，再到湘江去训练。”

二人领命而去。

二　玉麟石鼓招兵，铁匠带艺从军

彭玉麟和其他水师营官将招收水兵的布告贴在衡州的街头、码头和凉亭，并在石鼓嘴租借了房子做办公的地方。

玉麟又派人通知王吉、欧阳利见等人，请他们前来担任哨官。他在剿灭李元发时就认识了他们，知道他们有带兵的能力。

过了三天，王吉等人赶来了。王吉是衡阳县长乐人，行伍出身，参加过平定李元发的战役，是玉麟很赏识的衡州老乡；欧阳利见是祁东县人，在追剿李元发时受过一次轻伤，是一位智勇双全的汉子。

三人久别重逢，王吉说："雪琴兄，我一听说曾大人招水兵，就知道会任命你当头领，我做梦都想追随你立战功呢。"

欧阳利见也说："能在雪琴的麾下冲锋陷阵，真是三生有幸啊。"

玉麟拍着他俩的肩膀："好话就不多说了，你们做我的哨官吧，过几天，协助我招收士兵，外举不避仇，内举不避亲，总之要招收能同心协力、杀敌报国的壮士！另外，我的哨官还缺人，你们也为我推荐几个吧。"

王吉摸着脑袋想了一会："我认识一个人，叫曹德明，是个猎手，打死过老虎和野猪，胆子特大，枪法极准，让他来当兵肯定行，但是任哨官行不行我拿不准。"

欧阳利见说："我把王凤歧请来，他不善言辞，但胆大心细，疾恶如仇，与人打起架来不要命。我打发人叫他来吧。"

玉麟说："对呀，我竟然忘了王凤歧，几个月前他还来我守制的山头找过我呢，利见兄，快把他请来，打仗就需要他那样的人！"

到了招兵那天，来石鼓嘴报名的人还真不少。来人目的不一：有的是来为国效力；有的是想立军功改变命运；有的是听说曾大人的团练待遇高，在这里当一年兵的报酬，胜过在家务农的好几倍。

玉麟在人群里穿来穿去，端详着每一个人，希望能找到胜任哨官的人。突然间，一个人用大手猛拍玉麟的肩膀，玉麟抬头一看，一个面色黝黑、身材魁梧的人正笑着看他。玉麟突然记起，这是当年在广西解救他和常豫等人的铁匠，名叫孙昌凯，没想到在此重逢。

玉麟吃惊地说：“铁匠师傅，你来这里干什么？”

“来当兵吃粮啊……没想到您成了招兵的官爷了！我来报名！”

玉麟笑了：“我们只要当兵打仗的，不要铁匠！”

孙昌凯说：“你们打仗，也要打造兵器呀……这样吧，有兵器打就让我打兵器，没兵器打就让我杀贼寇吧！”

玉麟又笑道：“让你抡起铁锤砸贼寇？”

孙昌凯说：“那一次你们到广西遇到土匪，不是我吓跑土匪的吗？您不记得了？”

玉麟大笑：“记得记得，我就破例收了你这铁匠，有铁打铁，无铁杀贼。我还想让你当哨官呢……你要带领你的士兵像打铁一样打贼寇啊！”

孙昌凯做了一个抡胳膊打铁的姿势：“好！像打铁一样杀贼，像杀贼一样打铁！”说得在场的人哈哈大笑。

玉麟这时一点也没有想到，后来在攻打田家镇时，就是这位黑脸汉子，立下了别人立不了的大功劳。

三　练术又练胆：胆大生勇，艺高胜敌

没过多久，战船造好了，运到石鼓嘴，曾大人叫玉麟等人带兵到湘江去练习。

到了江边，孙昌凯看到散发着桐油气味的崭新战船。他们营一共分得二十一艘战船，上面装有炮位和火药，还备有洋枪、喷筒、火弹、鸟枪、戈矛、旗帜和锣鼓等物品。船分为三种：一种是快蟹船，一艘，由营官掌控。另外长龙十艘，舢板十艘。每艘船上的人为一哨。孙昌凯领到一艘长龙船，船上有桨工十六人，橹工四人，头篙一人，舵工一人，炮手两人，共二十四人。

玉麟规定，船不离江，人不离船。谁不经他批准上了岸，军法处置。

接下来，湘江成了他们的演武坪。他们开始水上训练。直到这时，他们觉得自己才是真正的水兵。

在水上训练，不准上岸，吃喝拉撒都在船上，孙昌凯还真有些不习惯。船上不平稳，摇摇晃晃，晃得脑袋晕，他常常呕吐，好在晃了一段时间后，也就不晕了。

孙昌凯根据彭玉麟的命令，主要在水上训练划桨和开炮。

大家配合划桨，使战船游走如梭，这非常重要，实战时无论是进攻还是后退，都要行船迅疾。他们先是每一哨船在湘江里单独练习，然后营里举行各哨划船比赛，最后水师联合比赛，看哪艘船划得最快。比赛的场面壮观极了，湘江水面上，千帆竞发，万桨齐划，水花飞溅，叫喊声、战鼓声响成一片。

再就是看谁的炮打得快，打得准。船上射炮不比岸上，船时常晃动，比岸上射炮难度大。先练习让船停泊着射炮，然后一面划船一面对着不动的靶子开炮，接下来就是划着船对着活动的靶子射炮，船在动，靶子也在动，看谁的船冲得快，射得准。

这两项练完后，再练习逃生。

孙昌凯练习时非常认真，不怕吃苦，对哨里的士卒要求也非常严格，因此他这一哨，在全营的比赛中，都取得了第一。他个人的水平更是十分了得。

划船和开炮练好后，玉麟对全营的战士说："我们前头的这些练习叫作'练术'，即练习战术，练习杀贼的本领。但还远远不够，下一步还要'练胆'，把胆子练大一些！"

"我说的练胆，其实就是要大家不怕死。我们来当兵吃粮，真的是来吃粮的吗？我们是来打仗杀贼的。在战场上，敌我相逢，你不杀贼，贼就杀你。有我无敌，有敌无我！我上过战场，在战场上，你越怕死，你就会死得越快；你越不要命，就越能保住命！"

玉麟突然停住，喊了一声："孙昌凯！"

孙昌凯吼道："在！"

玉麟盯着他说："你好像在发愣……你怕死吗？"

孙昌凯说："我不怕！到了战场上，遇见贼寇，我绝不心软！"

过了几天，玉麟来到孙昌凯的船上训话："勇敢并不意味着不保护自己，保护自己也是为了消灭更多的贼寇。你看陆军，曾部堂让他们每天扎营时都在营地四周修筑墙子，挖好壕沟，扎好花篱（在地上布下竹签、尖刺和铁蒺藜等），就是为了保护自己。而我们水师打仗的时候，用什么来遮挡，保护好自己呢？你们想过没有？”

船上的士卒纷纷发言，有的说可以用渔网来遮挡，有的说可以用湿棉花，有的说可以用生牛皮、坚硬的木板、藤牌。

孙昌凯说：“凡是提过的，都可以试一试。”

玉麟表示赞同：“派人去买这些东西，看能否挡住炮火。如果能的话，再大批制造或者购买，给所有的船都配上吧。”

经得曾国藩的批准，没过几天，士兵们便把这些东西弄来了。玉麟从渔民那里买来两艘半旧的小船，放在石鼓嘴对面的江岸边，在船上竖起两根木头，先后将生牛皮、木板、藤牌等挂在木头上，再在遮挡物后放置一些稻草人。然后吩咐孙昌凯带着战士用炮火射击。结果用了一个上午的时间，证明了木板、渔网、棉被、生牛皮、藤牌都可以轻易被炮火击穿，更为不利的是，炮火还会点燃遮挡物后面的稻草人。

于是玉麟总结道：“事实证明，这些东西都不能有效保护我们。我们只能用帆布扎一个棚子，遮挡太阳和雨水，夜扎日收。打起仗来，我们不用任何东西遮挡，就用我们的血肉之躯冒着敌人的炮火冲锋！富贵在天，死生有命！”

孙昌凯用很粗野的土话说：“怕什么呢，老一辈人说得好：死了卵朝天，有死又过年！”

船上的人豪爽地笑起来。玉麟也笑了，嘴里却说：“孙昌凯，不许说痞话！”

四　练心：要做仁义之师

晚秋，旭日初升，湘江水面铺上了一层淡淡的阳光，袅袅升腾的水汽慢慢飘散，朦朦胧胧的景物逐渐明朗起来，水面显得清澈而开阔。

曾国藩早早来到江边，视察水师的军纪军容。

从上游的东洲到下游的耒河口，江面上全是湘军水师的战船在训练，或划桨冲锋，一只只战船如离弦之箭，冲向目标；或开炮射靶，炮管高昂，火光闪闪，硝烟升腾；或游水偷袭，士卒们如鱼跃蛟戏，生气勃勃。鼓角声声，军旗飘扬，划桨声、叫喊声、枪炮声此起彼伏……

曾国藩看到这情景，脸上露出兴奋的神色。

没多久，传来了号角声，水师早操结束，即将开始早训。

在曾国藩的湘军里，除了他自己的大帅旗之外，各个营还有自己的营旗，不仅可以雄壮军威，还容易识别，便于指挥。各营旗帜的颜色不一样，当初各营自由选择颜色和式样时，彭玉麟选了大红色，他觉得红色代表战斗和喜庆。曾国藩看到江湾里一片在风中飘动的红旗，命亲兵把船朝着那个方向划去。

其实，这不是曾国藩第一次来水师，他给自己定了一个规矩，十天里，每逢三、六、九都要下教场，对员弁、勇丁、长夫训话，常常一讲就是一个多时辰，名曰“训家规”。其意是将将帅和士卒看作自己的子弟，对他们进行思想教育。他认为“训家规”比练技术更重要。

前不久，彭玉麟向他汇报，水师在“练术”“练胆”之后，要开始“练心”了，请求曾国藩写一首军歌来配合“练心”。

曾国藩用通俗易懂的土话编了一首歌，拿去让士卒朗读、背诵。现在，他想看看效果。如果效果好，可以推广到其他营里去。

桨声欸乃，小船穿过薄薄的水汽和淡淡的阳光向红旗招展处驶去。

靠近彭玉麟的水师军营，曾国藩听到一片朗诵之声。

三军听我苦口说，教你水战真秘诀。
第一船上要洁净，全仗神灵保性命。
早晚烧香扫灰尘，敬奉江神与炮神。
第二湾船要稀松，时时防火又防风。
打仗也要去得稀，切莫拥挤吃大亏。
第三军器要齐整，船板莫沾半点泥。
牛皮圈子挂桨桩，打湿水絮封药箱。
群子包包要缠紧，大子个个要合膛。
抬枪磨得干干净，火炮洗得溜溜光。
第四军中要肃静，大喊大叫须严禁。
半夜惊营莫急躁，探听贼情莫乱报。

切莫乱打锣和鼓，亦莫乱放枪和炮。

…………

玉麟向他汇报最近士兵练心的成效。曾国藩听了很满意，不停地点头。这时，他来到孙昌凯的哨船边，示意玉麟把哨官叫出来，孙昌凯认识曾国藩，庄严地行了一个军礼。曾国藩和蔼地说："你们刚才在读什么呀？"

孙昌凯说："禀大人，在读您为我们写的《水军得胜歌》。"

曾国藩点头："好，你能背诵出来吗？"

孙昌凯响亮地回答："能！"

曾国藩又说："好，你就背诵最后十句吧。"

孙昌凯大声背诵起来：

我待将官如兄弟，我待兵勇如子侄。

你们随我也久长，人人晓得我心肠。

愿尔将官莫懈怠，愿尔兵勇莫学坏。

未曾算去先算回，未曾算胜先算败。

各人努力各谨慎，自然万事都平顺。

曾国藩见孙昌凯背得很流利，点点头："背得滚瓜烂熟啊，不错不错。"

随后，他叫各条哨船靠近些，要"训家规"了。

曾国藩说话声音不大，但吐字清楚，抑扬顿挫，很有吸引力。

他知道士卒懂文墨的不多，故常常用方言土语说话："各位兄弟，刚才听到大家在背诵军歌，声音洪亮，令人倍受鼓舞。但是我想告诉诸位，单单背诵还不行，重要的是付诸行动，要照着去做才好。今天听你们读得整齐，我很满意，如果你们能铭记在心，踏踏实实去实行，我才会真正满意！"

顿了一会儿，曾国藩继续说："既然彭统领说你们这段时间在'练心'，我想和各位谈谈爱民安民的问题。请问各位，我们是官兵还是匪兵？

士兵齐声答："官兵！"

曾国藩说："那么，官兵和匪兵有什么不一样？"

士卒有的说穿的号衣不一样；有的说匪兵是反朝廷的，而官兵是保朝廷的。

曾国藩提高了音调："你们的回答有一定道理。但我要告诉你们，官兵和匪兵的根本不同是，匪兵扰民害民，官兵爱民安民。在这里，如果有谁去干伤害老百姓的事，军法不容。我对付这些人只会说一个字：斩！"

他扫视全场，一对三角眼射出两道凶狠无比的光。全场鸦雀无声。

几天后，彭玉麟接到曾国藩写的《爱民歌》——

三军个个仔细听，行军先要爱百姓。
贼匪害了百姓们，全靠官兵来救人。
百姓被贼吃了苦，全靠官兵来作主。
第一扎营不要懒，莫走人家取门板。
莫拆民房搬砖石，莫踹禾苗坏田产。
莫打民间鸭和鸡，莫借民间锅和碗。
莫派民夫来挖壕，莫到民家去打馆。
筑墙莫拦街前路，砍柴莫砍坟上树。
挑水莫挑有鱼塘，凡事都要让一步。
第二行路要端详，夜夜总要支帐房。
…………

五 胜不争功，败要相救

玉麟接到命令，带领水师去演武坪集会。

他一面带着士卒赶路，一面暗自思忖：平时曾部堂"训家规"，水陆营并不一起训，难道曾大人有什么重大事情要宣布？莫非与前不久湘勇赴南昌作战有关？

半个月前，太平军十二万人马从金陵出发，溯江攻陷湖口，进入江西，包围江西省城南昌，江西巡抚张蒂向湖南求救，湖南巡抚骆秉章请曾国藩挑选两营勇丁前往江西应援。曾国藩经过慎重考虑，派罗泽南的泽字营和金松龄的龄字营开赴江西。几天后，江西前线传来捷报，泽字龄字二营不足千人，杀败长毛数千，收复安福县，解除了吉安之围。首战告捷，曾国藩大为高兴。但不久后，前线又传来凶讯，泽字营在南昌附近中了长毛的埋伏大败，哨官易良干、谢邦翰等数人阵亡。

这是深秋一个晴朗的日子，拂面而来的金风已经带着很深的凉意。一群从北往南飞的大雁，发出一两声清脆的鸣叫，使秋意又深了几许。玉麟的脑子里突然跳出李白的诗句："举头忽见衡阳雁，千声万字情何限。"不知为何，他感受到了秋天的肃杀之气。

演武坪临时搭起了一座台。台正中的旗杆上悬挂着一面明黄的长条旗，上面用黑丝线绣着一个硕大的"曾"字。台下各色营旗一齐在秋风中呼啦啦地飘拂着。台前摆着一张长桌子，用一块印花布盖着，左右两侧各摆几条二人长凳。台下前后有人手持兵器在站岗。

陆营将士已经到场，整齐地在台前列队。彭玉麟带着全营水师战士来到台前指定的位置，他站在队伍的最前面。

曾国藩骑着马来到场上，身后跟着披坚执锐的亲兵。他穿着官服，比往日显得严肃，径直走上台，亲兵在周围警戒。

施令军士一声口令，全场肃静。各营官跑步到台前向曾国藩报告实到人数、缺席人数及原因。报告完毕，又是一声口令，全场官兵腰杆挺得笔直，脚跟靠拢，整个练兵场静无声息。

曾国藩清清嗓子，开始用湘乡腔训话：

"弟兄们，各位晓得不，前几天泽字营和龄字营出省与长毛打了一仗，这是我们湘勇创建以来第一次与长毛交手，旗开得胜！我们打死了很多长毛，还一举收复了安福县！长毛第一次领教到我们湖南佬的厉害！所以，今天我在此重重奖赏泽字、龄字二营。营官各赏银五十两，哨官赏银二十两，什长赏银十两，每个士兵弟兄赏银五两。"

台下开始骚动，队伍里有了叽叽喳喳的说话声。玉麟隐隐听到有人轻声议论：

"好走运！江西走一趟，白银数十两！"

"莫眼红啰，长毛未灭，发洋财的机会还多着呢！"

…………

玉麟知道，这只是铺垫，重头戏在后面。

只见曾国藩扫视了一眼台下满脸泛出兴奋光彩的将士，换了另一番腔调说："不幸的是，这二营将士取得首战胜利之后，在南昌城外误入长毛的埋伏圈，哨官易良干、谢邦翰、罗信东等二十多名弟兄以身殉国……"

台下将士的脸上换了表情。

曾国藩接着说："对这些为国捐躯的英烈，我们满怀敬意，将在他们的家乡建祠纪念，让他们的英名流芳百世，永为后代子孙缅怀。"

停顿了一会儿，曾国藩的口气突然变得异常严厉起来："泽字营、龄字营之所以战败，主要原因是败不相救！听清楚没有？败不相救就不可能打胜仗！"

随后，曾国藩向各营将士讲述了那次战斗的具体情况：二营将士取得首战大捷之后，来到南昌城南，与长毛对阵。泽字营营官罗泽南和龄字营营官金松龄决定去偷袭长毛大营，由泽字营打前锋，龄字营紧随其后。又约定，如泽字营偷袭成功，龄字营就乘胜而进，扩大战果；如偷袭失败，龄字营则抵死相救。当泽字营二更时向长毛发起偷袭，误入长毛的埋伏圈时，龄字营理应扑上去援助泽字营。但是，金松龄的龄字营见势不妙，不但没有救援，反而下令迅速撤离战场。好在泽字营经过一番血战，终于从伏击圈中突围出来，却搭上了二十多个弟兄的性命……

全场静得可怕。曾国藩提高音调说："如果龄字营及时相救，我想战况可能是另一种情形。我不想责备龄字营的弟兄们，因为他们听的是营官的命令。罪不容诛的是营官金松龄！"

玉麟瞥见站在龄字营前面的金松龄面如灰土。

平时和善如兄长的曾国藩此时变得威严无比："弟兄们，我以前训家规时多次说过：胜不争功，败要相救！朝廷的绿营兵和长毛交战，就是因为没有团队精神而屡屡败北，我们岂能重蹈覆辙？我宣布，犯我军规者必严惩！把营官金松龄押上台来！"

亲兵一拥而上，把金松龄五花大绑押到台上，让他面朝曾国藩跪下。金松龄伏身认罪道："卑职没有及时救援，罪该万死！"

曾国藩将治军法的军士叫到台前，问道："战场上败不相救，营官该怎么处治？"

军士答道：“禀大人，按军法，斩首！”

曾国藩宣布：“立即按军法行事！”

金松龄泪流满面，连连磕头：“曾大人饶命，念在卑职上有老母，下有幼子，且是初犯，饶我一命。以后定当戴罪立功，为国效力！”

玉麟看到曾国藩微微颤动了一下，一言不发。

罗泽南慌忙出列跑到台上，向曾国藩跪下，磕头央求道：“曾部堂，金松龄虽该死，但情况特殊，卑职当时与他商量去偷袭长毛时，他本持反对态度，经我劝说，才同意与我们一起行动，故情有可原，且他又是初犯，目前正是用人之际，恳求大人饶他一命。”

玉麟知道曾国藩与罗泽南私交很深，也许会采纳罗泽南的意见。没想到曾国藩犹豫了片刻，仍坚决地说：“军中无戏言，他虽然不赞同你去偷袭，但随后答应配合你的行动，而且一路相随，当你们误入埋伏圈时，岂能弃你们不顾撤离战场？这就是败不相救的行为！”

罗泽南讪讪地退了下去。

曾国藩脸上的肌肉一阵抽缩，左手握成拳头，咬着牙说道：“准备军法从事！”

这时，曾国葆从队列里跑出来，走上台扑通一声跪在曾国藩跟前：“大哥，金松龄一家是我们的恩人，不能杀他啊，请你看在母亲的面子上饶他一命吧。”

曾国藩有些吃惊地看着弟弟:“你说什么？你想保住金松龄的命？”

曾国葆看到大哥眼中冒出了森森杀气，嗫嚅着说：“大哥，你在外头做官，家里有些事你不知道。八年前……”

曾国葆没有说下去。玉麟晓得，那是八年前的一天，曾国藩的母亲突发心绞痛，抬到镇上，人已晕死过去，是金松龄的父亲金老太爷，用祖传秘方竭力相救，人才回过气来……

曾国藩在桌子上猛拍一掌，愤怒地说：“曾国葆！不要多言了！……这是什么地方？这是湘勇奉皇上之命练兵杀敌的训练场，这里没有私情，只有军法！……快点给我滚下去！”

曾国葆只得低着头走下台，曾国藩紧接着下达了行刑的命令，金松龄被团丁押到不远处行刑。不一会儿，他的首级被挂到台前的柱子上，血水一滴一滴掉下来……

四周一片死寂，只隐隐听见湘江的流水声。

六　一位年轻狂士，大谈曾国藩檄文之失误

寒冷的冬夜，玉麟坐在座船里处理军务。

水营每一位营官都有自己的座船，用来指挥督战，它也是水师营官办公、吃饭、睡觉的地方，相当于陆兵营官的行辕，不过，座船极为寒酸，比舢板船稍微宽大一点，船中间有一个用竹竿支起、油布遮盖的篷子。里面用木板隔成三间小房，一间煮饭菜，一间供伙夫老军士休息睡觉，一间稍微宽大的，是玉麟处理军务的地方，里面放有一张矮小的桌子，几只书箱，还有一张狭窄的床铺。

此时玉麟坐在桌子边沉思，油灯的火苗摇曳跳动着。睡觉的号角早已吹过，停泊在江湾里的水师船只一片沉静。

他不能睡，还有好多事需要想一想。形势有了新的变化，真的要奔赴前线打仗了。

太平军攻下金陵、定都天京后，兵分两路，一路北伐，企图一举攻下北京；一路西征，意欲打通江西、湖北、湖南到两广的道路。西征军在长江两岸取得了辉煌的战果：安徽战场上，翼王石达开坐镇安庆主持全局，攻克了集贤关、桐城、舒城，团练大臣、工部侍郎吕贤基兵败自杀；接着克复庐州（今安徽合肥），新任安徽巡抚江忠源战败投水自尽。江西战场上，赖汉英占领湖口后，战船进入鄱阳湖，一举攻克南康府，湖口、九江易帜，又连克丰城、瑞州、饶州、乐平、浮梁，击毙守城官吏。石达开堂兄石祥祯指挥大军从江西西上进入湖北，克复武穴、田家镇、蕲州，接着从水陆两路再次包围湖北省城武昌。没多久，围攻武昌的太平军兵分为二，一路由北王韦昌辉之弟韦俊率领，继续攻打武昌城，一路由石祥祯与秋官又正丞相曾天养、春官又副丞相林绍璋、金一正将军罗大纲统率，名号“征湘军”挺进湖南。消息传到湖南，湖南巡抚骆秉章火速上奏朝廷。咸丰帝降下圣旨，令曾国藩尽快从衡州发兵，堵住征湘军南下，进而北上救援武昌。

正思忖间，站岗的亲兵前来禀告：“大人，有一位书生要见您。”

“你说夜太深了，明日见吧。”

“我说了，但他说大人礼贤下士，很喜欢读书人，一定会接见他的。”

“难道他有急事？”

“他没有急事，只是想见您一面。”

“哦，他叫什么名字？”

“王闿运。”

“好吧，让他进来。”

玉麟早就听说过王闿运了，相传此人怀经世济民之心，有澄清天下之志，身负圣人之学，一向以霸才自命，是个少年狂士。

一阵桨声由远而近，亲兵掀开船头的油布，领着一位书生弯腰进了中舱，带来一股江上的寒风。

此人二十来岁，中等身材，穿着灰色长棉袍。宽长脸，眼睛在夜里似有光芒，浑身充满一股刚健豪壮之气。他向前施礼：“晚生王闿运拜见彭大将军。”

玉麟忙起身说：“久闻先生大名，不必拘礼，请坐。”

王闿运环视了一下小船的环境：“将军真有古将帅之风，与士卒共艰苦，以湘江为演兵场，以小舟为行辕，练心、练胆、练术，练出了威武之旅、仁义之师！”

玉麟说：“先生过奖了……正是数九寒冬天气，可温一壶酒，与先生共饮否？”王闿运哈哈大笑道：“知闿运者，先生也。寒冬之夜，石鼓岛下，波涛之中，与将军乘舟饮酒，笑谈古今，此人间之美事也！”玉麟素喜豪爽之人，见王闿运举手投足之间并无半点俗气，且虽然年龄相差近二十岁，却有一点相见恨晚的感觉。军士很快把温好的酒端了上来，玉麟为王闿运斟了酒。

王闿运见彭玉麟不把自己当外人，很是感动，举杯道：“吾闻贵军即将挥师北上，为朝廷剪灭长毛。祝将军旗开得胜，马到成功。将军定能建功立业，名垂青史。干杯！”两人一饮而尽。玉麟说：“没想到，先生也知道我军即将出征。”王闿运道：“怎么不知道，曾部堂的《讨粤匪檄》已经四处张贴，三湘四水的父老乡亲都知道了。”玉麟点头：“也是，兵马未动，檄文先行，让天下百姓知我湘勇文笔之雄健，有利于我军讨贼！”王闿运说：“说到檄文，闿运正是为此而来，倒想多说几句了。”玉麟大吃一惊：“莫非檄文有何不妥？”王闿运说："那倒不是。这檄文，想写好并非易事。昔日，汤王伐桀，有《汤誓》传世；武王伐纣，作《泰誓》与《牧誓》，震惊天下；徐敬业起兵伐武则天，骆宾王为其作《讨武曌檄》，千古传诵，遂为一代名文。曾部堂的檄文就其文章本身而言，与骆宾王的檄文相差无几，但有一个重大失误。"

玉麟吃了一惊："还请先生赐教。"

王闿运问道："将军读过长毛的《奉天讨胡檄布四方谕》没有？"

玉麟随口答道："读过，单就文章而言，还是很有气势的。"

王闿运这才直言道："长毛的檄文打着为华夏征讨胡夷的旗号，说满清的统治不合正统。从朝廷的角度看，最好是针对汉胡之辩立论，驳斥长毛利用民族矛盾来煽动民众的企图。"

玉麟心想，你说的自然不错，但这话题敏感而复杂，论述很难左右逢源，便问道："怎么驳斥？"

王闿运笑着说："其实洪杨的汉胡之辩不值一驳，说什么满族是夷狄，是胡人，并不准确。若说夷狄，洪杨居于五岭之南，古称'蛮夷之地'。我们荆楚一带，早在春秋时便为蛮夷之地，我等不就是夷狄的后代吗？而满洲，早在唐代便已纳入华夏版图，明代还受过朝廷的封爵，怎么能说满人是夷狄呢？"

玉麟有些不以为然："曾大人撇开这个敏感话题，说洪杨匪徒蔑视中国传统文化，诋毁孔孟，扫荡文化古迹，动摇文化根基，以此唤醒苍生护卫朝廷，抵制长毛，保我家国，不也很好吗？"

王闿运见解独到："可是若从朝廷方面看，等于你们湘勇默认了长毛的汉夷之辩，你们担心的是你们的儒家文化，意味着你们几万人的军队并非勤王之师，而是卫道之师、护教之师。也许他们在骨子里就会猜忌你们，防备你们，对你们的支持就会大打折扣！"

玉麟点头："言之有理，还可以补救吗？"

王闿运指点道："不再张贴《讨粤匪檄》，尽量减少它的影响力，不引起朝廷的关注就好。我明天想去见曾部堂，将军以为如何？"

玉麟应道："好的，明天我便向曾部堂引荐你。"

王闿运又请求说："多谢将军。你们出征时，我也想北上京城，可否与将军一路同行？也好请教一些。"

玉麟爽快答应道：“好吧，先生就坐我的船北上，在和长毛交火之前，我们可以一面饮酒，一面笑谈古今。”

话说完了，酒也喝完了。

两人步出船舱，看到江面上泛起蒙蒙的晨光，不一会儿，水营起床的号角吹响了。

七　湘江边，曾国藩誓师出征讨贼

蒸湘交汇处有个姓胡的船夫，每日用自家船往湘江下游送客，近至湘潭长沙，远到武汉九江。他常站在船上遥看湘军训练。近段时间，他逢人就说：衡州的一群狮子要去远方打猎啰！

咸丰四年正月二十八日，这群狮子从长梦中苏醒，开始行动了。

这一天，曾国藩比平时起得更早，吃完早饭后，他脱下守制穿的黑色棉袍，穿上崭新的官服，戴上官帽。手持利剑跨上高头大马，神情庄严，器宇轩昂。邹汉章、郭嵩焘、刘蓉、陈世杰、黄冕等人随行，众人一起离开赵家祠堂，策马向湘江边驰去。

天公作美，连日的阴霾被一夜大风吹得无影无踪。天高地阔，久违的初春阳光把衡州古城照得气象一新，湘江风平浪静，帆樯林立，水鸟上下飞鸣。

曾国藩从马上跳下，在众人的簇拥下走上指挥台，高声说道：

“弟兄们！今天是我们一万多名水陆湘勇出征的日子！我们既是勤王之师，又是卫道之师！我们肩负着北上东进，荡平洪杨巨寇，克复金陵，让华夏大地重回国泰民安的重大使命。‘王于兴师，修我戈矛，与子同仇！’我们建功立业的时候到了！弟兄们，我辈要不负朝廷重托，亦不负衡州父老乡亲之殷切期望。长矛在手，道义在胸，奔赴战场，克敌制胜，建不朽之功勋！”

台下吼声如雷：“荡平巨寇！收复金陵！建立功勋！千古留名！”

待台下吼声平息后，曾国藩宣布：“现在，开始祭旗。”

一头水牛被亲兵牵了过来。曾国藩意欲用它的血来祭祀天地。本来他嘱咐的是买一头不能耕田的老牛，可一个农夫却恳求曾国葆买下他家爱发疯的牛，曾国葆禁不住老农的再三请求，便买下这头疯牛。这头牛迈着慢腾腾的步子，不急不慢地甩着尾巴，待准备宰杀它的亲兵站到台前，手里握着一把杀牛刀，牛似乎意识到了危险，眼睛突然红了，猛地一声狂叫，浑身鼓足劲头，气势汹汹地撞倒牵它的人，挣脱绳索，发疯似的朝场外奔去。在撞翻几个试图阻止它的人后，又折回台前，对着曾国藩怒吼几声。随后，疯牛后退几步，继而猛地上前，用它的角撞击旗杆，撞得旗杆不停抖动，旗杆高处的杏黄军旗似乎就要掉下来。

在场所有人的心都提到了嗓子眼，惊慌之中，竟想不出一点办法来。

曾国藩也变了脸色，万万没有料到此时会出现这样的插曲，心里充满了不快，觉得这是出师的不祥征兆。

正在众人不知所措之时，只见水师队伍里奔出两个人，一个拿刀，一个持锤，两人一眨眼间就到了疯牛旁边，持锤的汉子猛然抡起铁锤，咚的一声击中了牛的脑袋。正当牛踉跄之时，拿刀的人窜到牛的脖子下，挥刀直刺牛的心脏，不偏不倚，鲜血喷涌而出。

拿血盆的亲兵动作还算灵敏，立即用盆子盛住牛血。

待血滴尽，疯牛在地上挣扎了几下，随后一动不动了。两人才走回水师队伍。

有惊无险。曾国藩恢复了平静，他低声问身边的亲兵："刚才杀牛的两个人，一个是彭玉麟，另一个抡着锤子的黑汉子是谁？"亲兵告诉他："孙昌凯，是左营的哨官。"曾国藩这才想起以前在船上见过他背诵军歌。

曾国藩走到台正中的桌子边，焚了线香，烧了纸钱，对着天空作揖。一亲兵将盛着牛血的盆子端上台来，曾国藩向前接过，庄重地走到旗杆下，跪了下去，继而把血盆高高举过头顶，祈祷道："悠悠苍天，冥冥大地：我军出征，锋指顽匪。天地助我，克城复地。扫荡巨寇，天下大吉。"

片刻之后，他站起来，将血淋在旗杆上，血顺着旗杆流进土地。亲兵协助他将旗杆上的血用刷子刷匀，白色的旗杆变成了红色。待血盆里的血淋尽了，曾国藩便将血盆咚地甩到台下，盆子登时碎成几块木板。

这时台上台下响起鞭炮声。

等鞭炮声停止，曾国藩大声宣布："出师！储玫躬的前营为先锋，朱孙诒的左营、邹寿璋的右营、塔齐布的中营随后……陆兵出发后，水师从江上出发，前营褚殿元开路，杨载福的右营、彭玉麟的左营、褚汝航的中营随后……"

接着军号齐鸣，鼓声咚咚，大地微微抖动起来。

曾国藩对亲兵说：“告诉彭玉麟，我们随他的左营走水路。”亲兵立即前去通报。

刚到江边，曾国藩正准备上船，见一个女人在给彭玉麟送东西，玉麟正婉言拒绝。曾国藩上前调侃：“雪琴，这是谁给你送东西啊？”

那女人说：“曾大人，您贵人多忘事，竟不认识小女子了吗？”

玉麟的脸红了：“夫子大人，她是衡州绸缎铺毛老板的女儿毛丽太太。”

曾国藩有些尴尬，笑着说：“哦哦哦，总觉得很面熟，你还给我们捐过款呢，你送雪琴什么东西啊？”

毛丽答道：“回大人，我送他两坛湖之酒，您看。”她用手指着那两坛用红布系着的大酒坛，“他说大人的军纪严明，不能拿老百姓的东西，不肯收下呢。”

曾国藩又笑了：“你是雪琴的朋友，你的酒可以收啰。”

玉麟连连摆手：“收不得，收不得。”

曾国藩替毛丽说话：“这样吧，他不愿收下，我替他收下。我拿一坛，雪琴拿一坛。可以不？”

“好好！还是曾大人通情达理，受小女子一拜。”毛丽准备作揖。

曾国藩忙拦住她：“使不得，我收了你的礼物，要拜的是我呢。”

毛丽忙说：“别这样说，大人，折煞我也。”

这时，一个士兵骑着马飞驰而来，大喊“曾大人接旨”。曾国藩没有想到，这道圣旨像一盆冷水从头淋到脚，让他的心凉透了。这才是真正的不吉之兆啊。

八　船舱里，书生纵谈古今兵家

云淡天高，湘江波光潋滟，湘军成百上千只战船高挂白帆，正浩浩荡荡顺江远征。

玉麟坐在船上，此时正为夫子大人感到不平：在长沙办团练之初，受湖南地方官府轻视和刁难，他不得不搬迁到衡州招揽人才，筹集经费，可谓千辛万苦。昨日出征之时，湖南官府派人送来皇上的圣旨，竟然斥责曾国藩为杨江的祖父、原湖北巡抚杨健奏请入乡贤祠是“大干律令”，将其兵部尚书职务连降两级，考虑到曾国藩正要出征打仗，才没有革职查办。

突然，一艘舢板船从后面疾驶而来，临近时有人高喊道：“彭将军，曾大人捎来口信，叫你到他的船上去。”玉麟吩咐桨兵放慢速度，等曾国藩的船前来。

玉麟上了船，在亲兵引领下进入船舱，曾国藩已经坐在一张桌子边等他，幕僚郭嵩焘、邹汉章、陈士杰、刘蓉也在座，王闿运因几天前与曾国藩谈论《讨粤匪檄》留下来作客，本来是随玉麟的船走，后改为随曾国藩的大船而行。曾国藩满脸红润，眼神明亮，看起来心情不错，显然已从被圣旨斥责的情绪中摆脱出来。他笑着说：“雪琴啊，昨日出征，你三下五除二把那疯牛杀了，麻利快捷，解决了意外的难题。没听说你跟庖丁学过屠牛之术呀。”

玉麟笑起来：“禀夫子大人，玉麟十六岁回到家乡后，常常在渣江街头玩耍，见过很多乡下的俗事，也看过屠户杀牛，他们杀得又准又快，我跟着他们试过二三回。后来被母亲发现，还被骂过，因她希望我做书生。昨天仓促行事，见笑了。”

曾国藩叫亲兵给在座的人各倒了一杯酒，又笑着说：“托雪琴的福，我们才喝得上这样的酒，这酒是一位太太送给雪琴的呢。雪琴船里还有一坛，喝完了我这坛，再去喝他那坛。”

众人哄笑起来：“原来雪琴兄还有艳福啊！”

玉麟的脸红了，红得很厉害。正想叫夫子大人别提此事了，可他又说了：“雪琴啊，你堂客（老婆）的事不能老是这样耗着了，要么就好起来，破镜重圆，要么一纸休书了断算了。昨天那个毛丽，我看还可以，比较适合你。你这样没有室家之乐总是不好的。”

“多谢夫子大人关怀，可我和毛丽不合适……请夫子大人不要再说这事了吧。”玉麟连耳根都红了。

曾国藩不想让玉麟难堪，转了话题：“好吧，这几天暂时不用打仗，我们来讨论一下兵家，如何？”

郭嵩焘首先响应：“很好，战前谈兵家，大有益处。这兵家，不仅要讲理论，更要论实践。兵家虽然未能成为显学，却代代相传。兵家除了著书立学的理论家之外，更多的是没有理论只会打仗的大将。那些没有著作传世，却攻无不克战无不胜的将帅也要算兵家的。”

王闿运抒发见解：“窃以为，真正的兵家，应该是既能写兵书，又能打胜仗的人。我最佩服孙武，他在很短的时间内把一队宫女训练成敢于战斗的女兵，还多次谋划战事，立下战功，他的十三卷兵书超越古今，是不朽之作也。”

玉麟也有自己的看法：“我最鄙视吴起，打仗有两下子，但杀妻求荣，太可耻。我最佩服的兵家还是戚继光，他一点儿也不亚于孙子，不但有兵法传世，而且这兵法有战略，也有战术，比其他兵书更具实用价值。至于实战能力，他可能是兵家中最厉害的。他作战有几个特点：一是善于全歼敌兵。二是善于以最小的代价换取最大的胜利。别人是杀人三千，自损八百，他是杀人三千，自损二三人，有时甚至是零伤亡。三是打仗时最为老百姓着想，从不损害老百姓的利益。”

陈士杰附和道：“我的看法和雪琴类似，我也很崇敬戚继光。不过，墨家也算是兵家，因为墨子善于守城，会守城其实就是大兵家呢。”

曾国藩最后发言：“兵书我们要读，前人的经验要借鉴，但孟子说‘尽信书不如无书’，故我们不要死读兵书，更要重视实战。我翻阅了不少古代兵书，很多写兵书的人根本就没有打过仗，那兵书里的某些内容就不可信了……”

突然有人进来报告：“湘阴的长毛听说我湘勇水陆并进，声势浩大，纷纷逃到岳州去了。他们放出口风来，要与我们在岳州血战一场。”

曾国藩微微笑道：“好事，好事，敌人望风而逃了！至于岳州血战，我们求之不得呢。”又对传令的亲兵说，“太阳快落山了，行了一天的船，都辛苦了。通知各营，在前面选一个山湾，泊船宿营。”

平静的江面被落日余晖染红了，船帆也被涂上一层血色。

玉麟即景生情，满怀豪情地吟出了湘军出征以来的第一首诗：

长江不许大王雄，王濬楼船要建功。
十万鸦军驱虎豹，三千犀甲奋貔熊。
旌旗尚带潇湘日，鼓角先清淮海风。
戎马书生无智略，全凭忠愤格苍穹。

第八章　湘潭战火红

曾国藩突然改变作战计划，在靖港之战中一败涂地，一气之下跳江自杀，而彭玉麟率军在湘潭向太平军水师发起猛攻，数以千计的太平军战船葬身火海……

一 彭玉麟全军而归，曾国藩对其刮目相看

行了三天，水师船队已到达长沙郊外，曾国藩得知陆军人马也即将抵达，便和玉麟等人在朱张渡码头登岸，准备从小西门进入长沙城内。湖南巡抚骆秉章深知曾国藩这支队伍对湖南安全的重要性，早就带领数十名官员在小西门外迎接。

在长沙只停留了短短两天，曾国藩便率领湘勇分别由水陆两路向岳州进发。离岳州三十里时，探马来报，岳州城里的两万太平军已卷旗退走，湘勇兵不血刃便占领了岳阳城，真是旗开得胜，全体湘勇高兴万分。

岳州位于湖南最北端，与湖北交界。闻名天下的岳阳楼矗立于洞庭湖边，岳阳城的北门便在岳阳楼下，南来北去的船只停泊于此，人从此处进城。今夜，湘军水师的船队就停泊在岳阳楼下。

玉麟很担忧，他意识到打退太平军与他们主动退出不是一回事，主动撤走意味着阴谋和陷阱。他嘱咐士兵加强警戒，严防太平军突然袭击。曾国藩自然也认为太平军不会轻易放弃攻取湖南的计划，更不会轻易屈服于初上战场、还没有实战经验的湘勇。他一面命令陆兵对城内进行搜索，在城外挖好壕沟，筑好墙垒，站好岗哨，严防敌兵前来偷袭；一面命令水师对岳阳城边各处水域严加防范，尤

其要守卫好岳阳楼下的码头。

一夜无事。第二天，曾国藩又吩咐陆兵搜查城市周边地带，水兵搜查洞庭湖附近水域，结果依然没有发现可疑现象，也没能查明长毛去了哪里。

第三天，曾国藩安排彭玉麟搜查洞庭湖西，玉麟亲自带领孙昌凯、王凤歧两哨前往。

天气晴朗，纤云不染，洞庭湖上一碧千里，风平浪静。他们把船划得飞快，船后泛起长长的水痕。也许是因为湖上常有战事发生，渔民怕事，湖面上竟然看不到一只渔船。

水波浩渺处，有山石从湖中耸出，再过去是一个小岛，枯萎的芦苇在岛边迎风摇曳。

玉麟说："划到有芦苇的地方去，大家准备投入战斗，往炮筒里装好火药，随时准备开炮。"士卒遵令而行。

玉麟坐在王凤歧的舢板船上，朝孙昌凯那只船上的士兵们说道："注意哦，两只船保持五丈远，要相互配合，不要走散了！我们只有三十六个人，如果遇上了数量上百的敌人，就往回撤，不要恋战，今天的主要任务是侦察敌情！"

船逼近小岛时，岛边的芦苇荡里果然有一只太平军的船，船上有十多个人，扎着红头巾，身穿黄色号褂，是长毛无疑！

玉麟判断这些太平军只是一群散兵游勇，于是发出命令："弟兄们，追上去，准备开炮！"船像离弦之箭，飞也似的射向敌船。

长毛向芦苇荡深处逃去，船划得飞快，在满是芦苇的港汊里左躲右闪。

突然，玉麟和士卒们同时发现，前面又出现两只船。那两只船听到求救的呼喊后，立即摆开架势，一场战斗不可避免。

玉麟指挥士卒："弟兄们，眼下只能正面迎敌，想退出战斗已经不可能了。敌人人数多一些，我们只有死战了。长毛一共三只船，我们只有两只。大家先攻一只船，再攻另一只。先打我们追击的那只吧，紧跟上去，左右夹击。孙昌凯，你们打左边，我们攻右边！"

紧追了一阵，待距离更近后，玉麟大喊一声："开炮！"敌船中炮，瞬间冒起火光。玉麟指挥两只船猛冲上去，和士卒一起跳入敌船，挥刀与太平军搏斗，经过一阵厮杀，第一只船的十多个长毛被消灭了。

玉麟又下令："攻打左边那只船！"话音未落，敌船射来一发土炮，好在没有射中。

"快点追上去，准备开炮。"他催促道，两只船一左一右飞快地窜上去，火炮齐射，敌船冒出火光和浓烟来。

玉麟再次命令士卒："放喷筒、火弹！"

于是火弹直射，敌船上的人有的被火炮炸死，有的被烧死，没死的跳进湖中，水师对落水之敌又是一阵猛击。

剩下的一只船见前两只船人亡船毁，早已恐惧起来，不再抵抗，拼命划桨逃命。玉麟紧追不舍。一直追到湖中的一座小山丘边。十多个太平军突然弃船上山，玉麟指挥水师放炮轰击，打死数人，然后命令大家下船，从两头包抄小土丘，经过一个时辰的搏斗，敌人全部被消灭了。

在山丘的一个水湾里，还停着好几只战船，玉麟和士卒们冲向敌船，很快就歼灭了敌人，夺取了敌船。

战斗结束后玉麟让人清点了一下，共消灭三十多个敌人，夺取六艘敌船，击毁两艘敌船，缴获兵器若干。彭玉麟的水兵只有三人受伤。

孙昌凯还要去寻敌开战，玉麟阻止道："不可恋战！我们人少，幸好没有遇到大股敌军，否则就麻烦了。听我命令，立即返航！"

归途并不顺利。八百里洞庭，太宽广了，他们寻找和追击敌人，也不知在湖上行了多远，天又下起雨，他们迷路了，在芦苇荡港汊里转了好久才辨清方位，好在他们在敌船上找到了食物，解决了饥饿问题，半夜才回到水师营地。

曾国藩还没有睡，他焦急地等待玉麟归来的消息。上午陆兵在乡下搜查长毛时，与敌军相遇发生激烈交火，陆兵死了一百多人。

彭玉麟带领的水兵迟迟不见回来，曾国藩以为遭遇了不测。

现在玉麟全师而归，还带着战利品，曾国藩自然转忧为喜。玉麟汇报了在湖上与小股敌军战斗的情况，曾国藩赞叹说："国葆没看错人，雪琴真是一位将才。"

曾国藩向朝廷上奏，汇报岳州战事，夸奖彭玉麟杀敌有功，应当奖励。朝廷根据他的上奏，将彭玉麟升为县丞（八品官），玉麟说什么也不肯接受。

二　临危献计，彭玉麟的策略被统帅采用

没有战事，驻扎在岳州的水陆将士，每天只是练练操而已。过了十多天安稳日子，太平军春官又副丞相林绍璋率领数十万大军从北面的武昌杀来，湘军与太平军展开了激烈的厮杀，激战两天两夜，湘勇陆营死伤惨重，水师受到小挫，整体上抵挡不住太平军的凌厉攻势，曾国藩下令水陆两军同时回师长沙扼守，玉麟的左营也向南退守。太平军见湘勇后撤，立即展开疯狂追杀。湘勇一直退到长沙才稳住阵脚。

这时又传来坏消息：太平军乘胜南下，水师已列舟樟树港、靖港，距长沙仅六十里。同时，他们在陆路也取得了新的进展，已攻取宁乡等地，并占领了长沙南边的湘潭城，对湘勇构成北攻南堵的态势。玉麟感到了形势的险恶，太平军企图南北夹击，一举夺下湖南省城长沙。看来，粉碎太平军的阴谋成了湘军的当务之急。

曾国藩派人传令，请玉麟立即参加商议战守事宜的会议。

玉麟赶到时，十三个陆营和九个水营的营官都到齐了。仗打得不太顺利，各位战将都憔悴了，脸色阴沉沉的。

曾国藩自然更憔悴，他比任何人都焦虑，夜夜失眠。

他扫视了一下全场，轻咳一声，对湘勇出征以来的战事做了具体分析，指出最近湘勇虽然打了败仗，但军心未散，斗志还在。接下来的一仗，事关湘勇的生死存亡，只能胜，不能败。接下来他要各位献计献策，怎样才能打好下一仗，从而扭转目前的局势。

曾国藩说完，没有人发言，气氛僵住了。

他看着陆营首领塔齐布说：“你是陆兵统领，你先说吧。”

“我还没想好。”塔齐布推辞道。

他又把目光转向水师统领褚汝航：“你是水师首领，你说吧。”

褚汝航心里没底，只好说：“我脑子里乱糟糟的，还没有理清头绪……我看，让雪琴先说吧，他脑筋转得快。”

大家把眼光聚集在玉麟身上，曾国藩也看着他：“好吧，雪琴，你先说吧。”

玉麟平静地看着到会的人：“好吧，我就说说自己的想法，不算献计献策。”

顿了顿，他接着说：“我们现在的情势是南北两面都有长毛，本朝太祖皇帝打仗有一句名言：任你几路来，我只一路去。所以我以为这一次最好集中兵力吃掉一路长毛！吃掉哪一路好呢？吃掉湘潭的长毛较好。因为北面的长毛有后援，他们与武昌的长毛连成一气，而南面的长毛目前没有后援，孤军深入，是兵家之大忌，此其一也。其二，湘潭之敌虽然号称十万之众，但他们远道而来，立足未稳，临时组建的水师也没有实战经验。其三，如果我们不吃掉湘潭之敌，他们可能会南下衡州扰乱我们的后方。衡州是什么地方？是我们湘勇的发祥地，我们的故乡。如果让我们的父母兄弟置于长毛的屠刀之下，军心恐怕会动摇。所以，我们至少要派五个陆营、五个水营前往湘潭作战。余下兵力做好后援准备，如果湘潭战场不顺，余下兵力应当全部投入，非把湘潭长毛全歼不可！我甚至可以断定，只要我们吃掉湘潭的长毛，北面的长毛有可能往北回撤，长沙的危机自然就解除了。”

玉麟说完，曾国藩问：“谁还要发表高见？”

营官们纷纷说：“我们赞同雪琴的看法！”

曾国藩说：“雪琴说得极是，我也赞同。既然大家意见高度一致，我们就开始行动吧。陆师塔齐布、江忠淑、周凤山、杨名声、林源恩各率己营于今夜五更出发，务必在明日赶到湘潭开战。水师褚汝航、彭玉麟、成名标、龙献琛等五营于明日午时出发，务必在后天清早到达湘潭参战！”

各营官齐声喊道：“我等遵命！”

曾国藩又叮嘱道：“没有开赴湘潭的各营，先在原地待命！随时准备随我南援湘潭！各位，此次战斗非同小可，一定要凭你们的勇敢和智慧，击溃长毛，为国立功！”

各位营官又齐刷刷回答：“全歼长毛，不负使命！”

于是部分湘军先后开赴湘潭战场。玉麟知道，那里将有一场殊死搏杀。

可他万万没有想到，曾国藩很快就改变了主意。

第二日黄昏，探马来报，长沙北面的靖港没有多少敌军。曾国藩心想，湘勇此次出征，主要是奉圣旨夺回武昌，应乘长毛在武昌立足未稳而尽快攻取，自己带领的湘勇迟迟不能到达武昌城下，现在反而要南下湘潭，有点南辕北辙。既然靖港的长毛人数不多，自己还有十二营的兵力在长沙，何不挥师北上，夺靖港，复岳州，尽快攻下武昌城，岂不痛快？

他的想法得到刘蓉、李元度等人的一致赞同。刘蓉甚至还补充道，现在太平军的征湘军相当于一条长蛇，我们前斩脑壳，后斩尾巴，他们首尾就不能相应了。于是，曾国藩亲自率领十二营兵马，向靖港挺进。

谁知此去，差点把自己的老命都赔上了。

三　靖港激战，曾国藩两度跳进湘江

正是四月，南风习习，湘水高涨，湘勇水师白帆高举，一路顺风顺水，很快到达了离靖港只有二十里的白沙洲。

靖港离长沙六十里，处于沩水入湘口，原名芦江，因有很多洲滩，芦苇丛生。芦花盛放时，飞花如雪，美丽异常。唐朝大将李靖南下戡乱，曾在此驻军，因其号令严整，秋毫无犯，百姓称颂，改名为靖港，以志不忘。此镇自古得水运优势，为三湘物资集散的繁荣商埠，既是湖南四大米市之一，又是省内淮盐主要经销口岸，商贾云集，市场活跃，青楼林立。镇上以宏泰坊为代表，夜间灯红酒绿，笙歌缱绻，故美名为“小汉口”。有民谣道：船到靖江口，顺风都不走。可见小镇当时的繁华和对商旅的吸引力。此外，靖港还是军事要地。顺江而下可直通岳州进入长江，溯江而上可至广西。欲控制湖南和两广，必须扼守此地。

船队到了靖港附近，江流突然湍急起来，西南风越刮越大，船只几欲飘飞起来。曾国藩有些慌乱，赶紧下令：降下风帆！降下风帆！降下风帆！

杨载福率领的水兵乱了阵脚，加上船摇晃颠簸，风帆竟然一时降不下来。

而靖港的太平军已经发现湘勇船队，立马开炮轰击，炮火密集如雨。好些湘勇船只中炮起火，滚滚浓烟飘散在江面上空。

风声水声炮声之中，曾国藩望见西南风将自己的水师纷纷吹到靖港下游的铜官去了，十分焦急，眼见太平军又组织了两百多只船向对岸冲击，湘勇纷纷弃船上岸，他却无可奈何。

江面上、河滩上，以及河岸和镇中的街道上，到处都是红头巾黄衣服的太平军，哪里只有一千多人。曾国藩意识到自己接到的情报大大有误，不知如何是好，急出一身冷汗。

岸上的陆兵向前冲了一段，就败下阵来。有人退到岸边，想跳到船上逃命。曾国藩见势不妙，把剑抽出来，气咻咻地喊：“给我向前冲，谁往后退，我就砍下谁的脑壳！”

但没有起到多少作用。士卒们上前冲了一阵，又退回来。曾国藩叫亲兵把船划到岸边，边把帅旗插到岸上，边喊道：“后退超过此旗者，我要他脑袋落地！”可是话未落音，就有人急急后退，越过旗帜。曾国藩怒不可遏，挥剑向几个士兵砍去，几个脑袋滚到河水里，河水霎时一片血红。

他的扫帚眉毛拧成一团，眼里露出杀气，恶狠狠地吼道：“看谁还敢后退！看谁敢！”

突然几发炮弹射过来，火光四射，好些士兵被炸死，还有好些人跳进江里逃生。

“活捉曾妖头！活捉曾妖头！活捉曾妖头！”长毛的叫喊声越来越近，越来越响。

曾国藩指挥水师还击，但战船太少，压不住对方的火力。接下来又是几枚火炮射来，在他的四周轰然炸响，好些士兵倒在了血泊中。

这时陆营营官李续宾跑到曾国藩身边说：“我们兵力太少，抵挡不住敌人，请大人下令撤退，保存实力，以图再起吧。”

曾国藩没有想到还没摆开阵势就惨败至此，失望至极。他手中的剑滑落在地，有气无力对李续宾说：“撤退吧。”

太平军见湘勇往回逃，哪里肯罢休，几百艘战船从后面追来，箭镞和炮弹倾泻而至。

曾国藩看到只有七八艘船回来，来时的兵马和船只呢？弟弟曾国葆浑身是血，人不像人鬼不像鬼，往昔的威武荡然无存，他的贞字营只剩下不到一半士卒。

曾国藩心灰意冷，不应该中途改变援助湘潭的计划来攻打此地，如何对得起皇上？对得起蒸湘大地的父老乡亲？出征前，他还写下《讨粤匪檄》，满篇大话，结果湘勇一战而败，岂不是给子孙后代留下一个大大的笑柄？长沙官场的那一批官爷，在长沙练兵时就鄙视他，排挤他，甚至仇恨他，现在这个结果正是他们所期待的，他们会怎样地幸灾乐祸啊！……隐隐约约，他看到了那些可憎的面孔，一张一张在他眼前晃动、旋转起来，起初转得很慢，然后越转越快……他咬着牙说："狗东西！没有了湘勇，你们的日子就好过了？不把洪杨歼灭，你们迟早也会被他们斩尽杀绝！我只是比你们先走一步而已……"

他高声冷笑着，纵身一跃，跳进湘江。

他喝了几口水，很快被幕僚章寿麟救上来。

他躺在船里，身上湿漉漉的。好在四月的天气不太冷了。

他喃喃着：为何要救起我？一死了之才干净呢。

没有了炮声，没有了喊杀声，风渐渐小了，江水也平静了许多。

可是刚往回行了两三里路，前面的芦苇丛中突然杀出一队人马，高喊着"活捉曾妖头"，从四周包抄过来。

曾国藩心想，今日必死无疑了。

让长毛捉去不是抽筋、剥皮，就是点天灯、五马分尸、剜目凌迟、枭首示众，哪一样都生不如死。他颤抖起来，血液好像凝固了。我好歹也是朝廷二品大员，无论如何不能受敌军侮辱！要保持自己最后一点尊严！对，江忠源在庐州战败时投水而死，好的，兄弟，我随你来了……

他猛然跃起，又一次跳进江里。

剩余的湘勇水师全力反击，终于冲出了太平军的包围。

曾国藩也再次被救回船上。

四 回到长沙，又遭一顿臭骂

且说曾国藩又一次被人救上船来，像一只落汤鸡，威严和儒雅已经荡然无存。

那股突然杀出来的长毛，人数并不多，双方互轰了一阵，长毛便一面打一面往后退，最后在芦苇丛中消失了。

回到白沙洲停留了两个时辰，被长毛打散的水营陆营，在这里重新聚集。清点发现，士卒死伤大半，战舰损失三分之一，炮械损失四分之一。

狼狈不堪地回到长沙水陆洲（今橘子洲），湘勇水师将船停泊在此宿营。曾国藩没有进城去，他无颜见江东父老。次日，他被士卒用轿子抬到城南妙高峰的一个寺庙里。

靖港战败后的两三天里，官府没有一点反应，也无人来看望他。势利的人们对失败者总是冷漠的。

湘潭战场还没有传来任何消息，看来凶多吉少。他没有勇气去打听湘潭战场的消息，甚至有些怨恨为什么把他从水中救起，如果他淹死了，便不用再面对世态炎凉。

他对身边的亲兵说："叫国葆来一下。"没多久，曾国葆走到他的床边，问道："大哥，好些了吗？"

曾国葆的贞字营在靖港之战中伤亡最为惨重，他垂头丧气，不知道怎样安慰大哥。

"你带几个人到城里买一副棺材来。"

国葆听了，怔了片刻："大哥，你不能再寻短见了，想开一点。"

曾国藩鼓起眼睛说："不要多说，叫你去你就去！"

国葆尽管心里不情愿，也不敢与大哥顶嘴，只得说声"好，我就去"。退出之前，他吩咐大哥身边的亲兵："你们不能离开我大哥半步，如有差错，我就杀了你们！"然后擦擦眼睛走出房间办事去了。

曾国藩从床上挣扎起身，提笔写了一封遗奏，他想在离开这个世界之前，对皇上有所交代。

为臣力已竭，谨以身殉，恭具遗折，仰祈圣鉴事。

…………

臣于初二日自带舟师五营千余人、陆勇八百人，前经靖江（港）攻剿贼巢。不料陆路之勇与贼战半时之久即行崩溃；而水师之勇见陆路既溃，亦纷纷上岸奔窜……臣愧愤之至，不特不能肃清下游江面，而且在本省屡次丧师失律，获罪甚重，无以对我君父。谨北向九叩首，恭折阙廷，即于△△日殉难。

……论臣贻误之事，则一死不足蔽辜；究臣未伸之志，则万古不肯瞑目。所有微臣力竭殉难，谨具遗折哀禀于圣主之前，伏乞圣慈垂鉴。谨奏。

写完后，又觉得还有事未安排妥当，又附上一篇，将塔齐布、罗泽南、杨载福、彭玉麟等人称赞一番，请皇上委以重任。

搁下笔，他轻松了，安静了。可以不必牵挂俗世间的烦心事了，不再参与人间的阴谋和争斗了。

半日后，曾国葆走了进来："大哥，你要我办的事已经办好。……另外，左季高先生来了，他要见你。"

曾国藩有点意外："请他进来吧。"

左宗棠，字季高，湘阴人。道光十二年就读于长沙城南书院，与兄左宗植同中举人，后来三试礼部而不第。咸丰二年，太平军围攻长沙，入湘巡抚张亮基幕，赞画军务，成功使太平军撤围北去。今年，湖南巡抚骆秉章又把他请来做幕僚，策划战守，筹兵集饷，确保湖南的安全与稳定。他满肚子经世致用的学问，曾国藩对他充满敬佩之情，二人私交颇深。

他是被曾国葆苦苦哀求请来的。

原来这曾国葆含着眼泪进城买棺材，心里悲伤得不得了。大哥是家里的顶梁柱，也是湘勇的顶梁柱，他若寻了短见，后果不堪设想。必须尽力阻止这件事发生！但大哥坚持要办的事，谁能阻止？谁也不能阻止！也许皇上可以，可远水救不了近火；也许父亲可以，但父亲也远在荷叶塘；也许他的朋友可以，郭嵩焘、胡林翼……都不在近处。想来想去，找不出一个人来。正当他准备放弃这一念头时，一个人的名字从他的脑子里蹦出来：左宗棠！是的，这个人可以救大哥！

曾国葆先来到湖南巡抚官署。他要守门的差使去通报，差使回复道："左大人今天不愿见客。"曾国葆跪求道："您就说曾国藩的弟弟曾国葆有要事求见。"那差使竟说："是打仗一败如水的曾氏兄弟？"曾国葆气得脸涨得通红，也顾不得羞耻，从衣兜里掏出几枚银元塞过去，"我有急事，望行个方便可好？"守门人这才换了脸色去通报。左宗棠好一会儿才走出来，看到流着泪跪在地上的曾国葆，说："曾国葆，有什么紧急事情？不就是你们打了败仗吗？"曾国葆直截了当地说："我哥因打了败仗要自寻短见，让我为他进城买棺材。"左宗棠仰天大笑："曾涤生要自尽？天要落雨人要自杀，老天爷也没有办法！"曾国葆说："大人是我哥的好朋友，总不能见死不救吧。老天爷没有办法，大人一定会有办法！”见左宗棠还在犹豫，又加上一句，“大人不去，我就一直跪在这里不起来！”左宗棠心软了，上前把曾国葆拉起来：“我去我去，你先把棺材买好。买好了再来叫我。”

左宗棠随曾国葆到了曾国藩的住处，走进屋来，看到曾国藩有气无力地躺在那里，他上前仔细看了一下，先舒了一口气，继而质问道：“听说你在靖港打了败仗，两次投水自杀，有这回事吗？”

曾国藩点了一下头。

左宗棠又问道：“方才我见国葆让人抬着一副棺材来庙里，给哪个用的？”

曾国藩说：“国藩自用。”

左宗棠勃然大怒：“好哇！好个不忠不孝不仁不义的曾涤生！我今日算是看透了！遇到一次小小的挫败，就寻死觅活！你若真死了，还想体体面面进棺材？我会劝说伯父大人不准你入曾氏祖茔！”

不但不安慰，反而说出这样狠心的话，这不是往伤口上撒盐吗？曾国葆急了，这左宗棠是来救人还是把人往火坑里推？

曾国藩瞥了左宗棠一眼，冷冷地说：“不忠不孝不仁不义？如此严重？”

左宗棠站在床边，手叉着腰，居高临下，声色俱厉地骂道：“是的，你在京城做官，十年七升，从翰林院庶吉士升为兵部侍郎，可谓官运亨通，平步青云，没有皇上提拔你行吗？洪杨作乱，国家有难，皇上委派你在湖南办团练，指望你为国平乱，救苍生于水火。可你倒好，出征第一仗，遇到一小股长毛，没一顿饭工夫，兵败如山倒。不思重整旗鼓，东山再起，反而寻死觅活，你对得起朝廷？对得起浩荡皇恩？你的忠心在何处？……你父亲含辛茹苦，供你十年寒窗苦读，好容易中了进士，做了朝廷的二品官，有了一些名声。他老人家心里多么期待你建功立业，平乱报国，成为有功之臣，光宗耀祖，封妻荫子，名留青史。可你打了一个小小的败仗，便想一死了之，请问你孝心何在？……”

曾国葆看大哥面色苍白，大汗淋漓，已经奄奄一息。这左宗棠不会真把大哥骂死吧？如果真骂死了大哥，那他怎么向父亲和兄弟们交代呢？

可左宗棠仿佛骂得还不过瘾，他一骂到底：“以前人人都说曾大人有经天纬地之才。现在看来，你的学问体现在何处？经史子集你读到哪里去了？有大才之人能兴国安邦，挽狂澜于既倒，扶大厦之将倾，却经受不起一次小小的挫败？三皇五帝、秦皇汉武、唐宗宋祖、成吉思汗……谁没有经受过千难万险？如果说初次出征打了一次小败仗不足为奇，那么打一次小败仗就两次跳河，被救起之后还要寻死之人，绝非君子，乃十足的庸人也！……”

左宗棠不停地数落着，越骂越狠，越骂越起劲……

曾国藩被骂得脸红一阵白一阵青一阵，他猛地翻身坐起，咬着牙道：“左季高，你骂得好！骂得好！把我骂醒了！把我从死路上骂到活路上来了……我不会找死了！……你走吧！”

左宗棠走出门来，对跟在身后的曾国葆说：“我给你哥吃了一剂猛药，见效了。”

曾国葆忙跪谢道：“左大人，您是大神医，妙手回春！救了我大哥，也救了我全体湘勇将士啊！我们曾家永远不会忘记大人的大恩大德！”

左宗棠大笑一声，转身离去。

这时，湘潭前线派来的军士前来禀报：“部堂大人，湘潭水陆大胜，十战十捷，逆贼全军覆灭，贼首林绍璋只身仓皇逃走。”

曾国藩简直不敢相信自己的耳朵，问道：“这可是真的？不能谎报军情啊！”

五　斩为两段，分击两头，玉麟率水师血战太平军

且说褚汝航、彭玉麟等率领的五营水师临近湘潭时，就有探马来报，先到达的陆师正在湘潭北郊与太平军大战。

塔齐布乃陆师统领，满洲镶黄旗人，很受曾国藩器重。咸丰二年，太平军围攻长沙，他因守城有功被升为游击官，署抚标中副将。曾国藩练勇长沙，命其为副将。塔齐布作战很有特色。每次开战，他喜欢背着一把火枪、两把腰刀，手里拿着长矛和套马杆，单枪匹马冲入敌军阵中，不许别人跟随。

塔齐布率部赶到湘潭城外，他认为太平军以守为战、反客为主之法，若不速剿，待贼营既定，攻克甚难，于是立即对太平军展开猛攻。太平军出城迎击，双方在湘潭北郊展开激战。塔齐布令兵勇闻炮即伏，炮止即进，直冲太平军营垒，而太平军顽强还击，陆兵未能攻入城内。塔齐布见水师已到，派人送信给彭玉

麟，请水师配合陆师，尽快发动攻击。

褚汝航虽为水师统领，在战场上却没有迅捷的决断力，凡事都征求玉麟的意见，他问道：“雪琴，这仗怎么打？”

玉麟果断地说：“方才到达，还不熟悉情况。这样吧，湘潭在西岸，我们傍东岸前行。长毛如果开炮，我们也别还击，等了解基本情况再决定打法吧。”

于是水师船队沿东岸鱼贯而上。护卫湘潭城西岸的太平军水师发现了湘军水师船队，开始向湘军开炮。好在长毛的土炮远远不及湘勇的洋炮，射程很短，无法击中水师船只。

眼下，玉麟看到湘潭城边到处都停泊着长毛的战船，连樯二十余里，他估计湘潭的长毛兵力少说也有十万之众，战船至少有上千艘。长毛在这么短的时间里能召集这么多人马，弄到这么多战船，真是不可思议。

对付这么多人马和战船，必须猛冲猛打才能取胜！

船队行了十来里，到了十二总对面时，停了下来。褚汝航问玉麟：“长毛兵力雄厚，这仗如何能打赢？”玉麟说：“据我推断，他们的水兵和战船都是临时凑的，不经打。我建议从它的腰部开打，先一刀把它斩为两截，然后往上、往下击其首尾。这对面就是河街的十二总，我们五个营，三个营攻一到十一总的敌船，两个营攻十二至十八总的敌船。打的时候，先用炮击，再逼近敌船，往返反复炮轰，不给他们喘息机会！”

几个营官纷纷附和：“好，就按雪琴兄说的办，开打！”

褚汝航作了简单的分工后，进攻的鼓角声划破了湘潭布满云层的上空。

玉麟厉声喊道：“弟兄们，让长毛知道我们的厉害！我们要打出湘人的威风！开炮！”他指挥战船首先向十八总河段的中部发起猛攻，舢板船箭一样梭过去，在离敌船几丈远的地方猛烈开炮，船上的桨兵使劲划桨，炮兵装火药，点引线，瞄准射击。开了几炮，把船掉过头来，船尾变船头，又开始开炮。炮声震天，火光四射，浓烟弥漫。

长毛也开始回击，但不够有力，也不够有序，显然训练和组织得不够。在重点突破敌水营中部时，彭玉麟、褚汝航等指挥水师同时向南向北开炮猛攻，阻截敌船向上游和下游逃窜。长毛水营在经过一阵慌乱后，开始了顽强而勇猛的回击。双方激战的炮声、叫喊声、军号声、战鼓声响彻夜空，火光熊熊，湘江似乎要燃烧起来了。

玉麟的战船在湘江上来回穿梭，指挥各处英勇拼杀。哪里战斗不力，他的船就出现在哪里，那里就立刻卷起战斗的风暴；哪里战斗激烈，他也会出现在哪里，那里的战斗就更为猛烈……

第一轮炮轰后，太平军大部分战船瘫痪了，可他们还在挣扎。湘勇水师开始第二轮“火烧”战法：战船上都备有喷筒、火弹，专门用来火烧敌船。趁江上微微有风，正是火攻的大好时机，玉麟等营官指挥各营战士停止炮击，冲向敌船，在离敌船丈把远时，投掷火弹，点燃喷筒喷火。太平军也用同样的方式回击，但已成强弩之末，他们的战船燃烧起来，绵延二十多里如一条火龙，湘潭城的上空被烧得通红，像一只巨大的火锅倒扣在头顶，炽热而恐怖。

水师的攻击并未停歇。湘勇除了战船外，还有一种船，比战船大得多，一般走在队伍的后面。这些船里坐着招来的农民，专门负责运送粮食与火药，不打仗时就给军队做些杂事。在湘勇水师与长毛开战时，这种大船也在河里来回游动，为水师补充火药。这样一来，水师能够不断地对太平军进行火攻。

炮轰和火烧过后，水师发起肉搏战。他们不再使用火器，开始用起冷兵器。船上预备了长矛、大刀、木棒，还有少量的小枪（从外国买来的，相当于后来的手枪）。水师靠近敌船，与船上还有反抗能力的太平军战士展开拼杀。在湘勇强大的炮轰火攻之后，太平军已经基本没有战斗力，残兵败将纷纷被湘勇砍死刺死。船上水中，惨叫声不绝于耳。

彭玉麟的左营和其他四营水师与太平军水营激战了两天两夜。第三天清晨，江上安静下来，天空被战火烧成了紫红色，河里到处是烧得乌黑的破船断樯，还有漂浮的尸体和兵器。空气里全是烟味和尸体焚烧的臭气，江面被烟雾所笼罩，江水变了颜色，江面漂浮着一层厚厚的黑色灰尘。

湘勇水师胜利了，他们吃过早饭，估计短时间内不会发生战事，便在船里睡觉以恢复体力。阳光从云缝中钻出来，带着几分惨白，照在战士们熟睡的疲惫的脸上。

突然，上游来了二三十只船直抵朱家码头，临河的一扇城门被打开，不少人进了船舱，又有不少人往船上搬东西。玉麟发现后，想叫醒士卒，准备截击。但战斗了两天两夜的战士实在太疲惫了，怎么也喊不醒，他急得大喊大叫。

六　一把大火，烧掉两船祸患

在水师与长毛大战时，塔齐布等人率领的陆营已经消灭了城外的长毛，但湘潭城依然没有攻破。负责湘潭战役的贼首林绍璋见水营基本完蛋，陆师也被塔齐布打得焦头烂额，预料城破只是时间早晚的问题。

玉麟终于把熟睡的士卒叫醒，整理好队伍直驱太平军新来的战船。这时太平军临时凑了五六十只船，有些是水战中逃到芦苇丛中的船只，看到湘勇水师围攻过来，立即开炮轰击。

突然，十多艘敌船朝湘江上游疯狂逃窜。这让人大为意外，水师营官们之前预料他们可能向下游逃离，向靖港求援，没想到他们却向反方向突围。彭玉麟和褚汝航命水师留下三营在原处，其余水营紧追敌军。

追击中，玉麟的左营击中一艘敌船，抓到几个受伤的长毛，审问时他们交代：由于连日战斗不利，太平军内部新老战士相互埋怨，近几日还发生几起械斗。林绍璋等决定留下大部分兵力守城，自率一部向湘江上游转移。他们在击退湘勇的进攻后，集中船只，装载财物，乘风上驶。

剩余敌船逃到下摄司时，玉麟带领十来艘战船绕过芦苇丛，直冲敌船，堵住去路，对他们进行三面围截，加大火力猛烈炮击。太平军抵挡不住猛攻，弃船上岸，折回湘潭城。

玉麟感到情况不妙，林绍璋老贼为何不逃命了？为何要重新逃回老巢？是不是突然改变了主意，意欲与城内的守敌里应外合，攻击塔齐布的陆师？极有可能！军情瞬息万变，岂能让林贼的诡计得逞！他怕塔齐布中计，当机立断，一面命令水师前行与陆营协同作战，自己上岸找到一匹快马，骑上后抄近路风驰电掣般朝湘潭城奔去。到达湘潭城郊，玉麟找到塔齐布，介绍完军情，建议他将计就计，在城外设下埋伏，歼灭重返湘潭的敌人，利用城内之敌开城门出来接应的机会迅速攻入城内，拿下湘潭城。

当林绍璋带领的太平军进入伏击圈后，塔齐布故意任其最前方的一部分军队逃回城内，趁城内的太平军打开城门，接应林绍璋部时，塔齐布发动攻城，长毛乱成一团，塔齐布的陆师与太平军在城内城外展开了殊死拼杀……

到了深夜，战斗渐渐停息下来，陆营成功夺下湘潭城。

这时，玉麟在座船上接到士兵报告，他的左营和褚汝航的中营准备火并了。他赶到现场，只见两营士卒对峙着，船上的炮已经相互瞄准了。

孙昌凯向玉麟禀报："我们一同追击长毛，缴获了长毛的战船，可他们发现了长毛的两船贵重物品，占领之后说是他们的功劳。我们和他们争辩，他们却强词夺理，要与我们干仗。"

王凤歧报告说："事情就是这样，我们一起战斗，缴获的战利品应为双方所有，为什么要独吞呢？我们不服！可褚统领批评我们没理，还把王吉捆了起来，说要军法从事！"

玉麟急切地问道："王吉怎么啦，现在在哪里？"

王凤歧答道："被褚统领抓走了，王吉并没有煽动我们，只是说，褚统领处事不公。"

玉麟铁青着脸，乘船来到褚汝航的座船上，看到了捆绑在桅杆下的王吉："褚将军，我骑马去报告军情，这里就相互火并了？"

褚汝航将事情的经过叙述了一遍，与孙昌凯他们说的没有多大出入。

玉麟冷静地说："褚将军，这带兵打仗真是难事，你可能还不知道，我今天审问那个长毛，他说湘潭城里长毛老兵和新兵就发生了几起火并，没想到我们湘勇也要火并了，真是悲哀啊！"玉麟这样说，是想提醒褚汝航从水师内部团结的高度来处理问题，没想到他竟然说："那两船贵重物品是我营战士缴获的，因为他们最先进入这两只船，你们营只起了配合作用。"

玉麟沉下脸："可我左营的战士说，'既然我们是一同来追击敌人，我们营先绕过敌船，从前头截住敌船，才使敌人弃船上岸，应该说我们的作用更大。退一步说，所有的战利品应属我们两营共有。'这话也有道理。"

"你们左营的人就是强词夺理！……"褚汝航怒了。

玉麟没想到褚汝航会这样说，知道再争辩下去已经毫无意义，主动让步："那好，我带领我左营战士离开这是非之地吧，真的火并一场会让人笑掉大牙。"

离开时，玉麟又对褚汝航说："王吉违背了军规，他是我属下，我带回去处罚，可以吗？"

褚汝航有些不情愿地答应了。

玉麟领着王吉回到左营，下令全营撤回宿营地。

褚汝航的中营战士在他们背后哈哈大笑：

“你们有理，为何要退走呢？”

“自己缴获不到东西，就想沾别人的光，真是好笑！”

“……”

左营将士都觉得窝了一肚子气。

回到宿营地，玉麟把全营士兵训斥了一顿：“为一点财物火并，牺牲自己和战友的生命，值得吗？再说了，胜不争功，败要相救，是我们的军规！你们忘到脑后了？还记得曾部堂为维护军纪杀过金松龄吗？……”

直到把战士们训服了，他才回到座船上。但他并不服气，辗转反侧睡不着。

夜深了，他叫来王吉和两个机灵能干的士兵，让他们悄悄提着三桶油，潜入那两艘载着贵重物品的船上，淋上油，点着火……然后人不知鬼不觉地折回来。

他要让人知道，他彭玉麟不是好欺负的，更要意识到战士的生命比财物贵重得多，因财物火并只会影响湘勇的战斗力。

第二天，褚汝航坐船来找玉麟：“彭营官，我们缴获的那两船贵重物品昨夜被人一把火烧成灰了……你知道吗？”

玉麟假装很吃惊的样子：“烧了？谁烧的？那么贵重的东西，烧了实在是可惜啊！大人应当向曾部堂大人汇报……其实，烧了也好，那两船货物可是两船祸害，差一点要了人命……”

褚汝航听了，铁青着脸回去了。

七　士气大增，曾国藩再招兵挺进洞庭湖

湘勇在湘潭获胜的消息驱散了曾国藩心中的阴霾，他和幕僚商议了一下，立即乘船来到湘潭。

八日八夜的激烈战斗已经结束，湘潭古城变得面目全非。十八总繁华不再，行人稀少，房子千疮百孔，江面上到处都是被炸毁和烧焦的船只，死尸随处可见，空气里弥漫着硝烟呛人的辣味和尸体的恶臭，几乎要使人窒息。

曾国藩看着将士们一张张带着疲惫的面孔，对营官们说："大家打了大胜仗，可喜可贺。请诸位代我向全体战士表示问候。我会立即上奏朝廷，给各位叙功。我看战士们都太疲倦，上午让他们好好休息，没睡好觉的可以补一补，中午多加几个菜，下午打扫战场。大家去传令吧。"

中午，曾国藩召集各营官在望江楼举行庆功会，依次向各营官祝贺。到彭玉麟了，曾国藩举起杯子，说得特别亲切："雪琴，这次你立了大功，策略正确，指挥灵活，英勇无畏，是各位营官的典范！来，我敬你一杯！常豫和国葆没有看错你呢！"

玉麟忙把杯子举起："夫子大人过奖了，感谢大人栽培。"

两人各饮了一杯酒，曾国藩又说："实话对你说，我有些后悔。如果当初按你的方案，就没有靖港之败了。"

玉麟安慰道："夫子大人言重了。胜败乃兵家常事，靖港之战，主要是突然刮起西南风，助了长毛的威风。……夫子大人，我们在衡州只练了短短几个月的兵，又没有实战经验，失利在所难免。湘潭一战，是个转折，从此我们要打胜仗了。"

曾国藩笑了起来："雪琴啊，听说你打李元发时，每打完一次仗，就要写一首诗。这一次打湘潭，你应该有大作啊！"

玉麟谦虚地说："我的确是写了一首，不敢与夫子大人的诗作相比。我念出来，请大人指教。"

曾国藩突然来了兴致，高声说："各位注意了，雪琴为这次湘潭战役写诗了，大家洗耳恭听！"

玉麟吟诵道：

贼兵阵列气如虹，破入蛇腰得进攻。
炮震雷鸣湘水沸，旗开风利楚江通。
万艘已尽乌云黑，一火重烧赤壁红。
为语衡阳诸弟子，从今努力建奇功。

"好啊，写得好哇！"

“雪帅既会打仗，又会写诗，非我辈所能及也！”

曾国藩主动提议：“为雪琴的杰作干杯！”于是席间欢呼声一片，宴会进入高潮。

曾国藩饮了酒又说：“雪琴，你要把这个好习惯坚持下去，每打一仗写一首诗。每一仗就是一段历史，那叫史诗。有几个人的诗能成为史诗呢？”

玉麟大笑，向曾国藩施了一礼：“遵命！能不能成为史诗不敢说，但每打一仗写一首诗我一定能做到！”

曾国藩深知，此次大捷，是湘勇出师以来取得的第一次重大胜利，极大地振奋了士气，大大提升了湘军在省内外的威望。

湘勇没有因为靖港之败一蹶不振，而是燃起新的希望。让曾国藩更没预料到的是，后来攻破金陵活捉李秀成，在李秀成的悔过书里，明确写到太平军战史上有十次大的失误，其中第四大失误就是湘潭失守。

当曾国藩带领凯旋的湘军到达长沙时，趋炎附势的长沙官僚们纷纷出城迎接，和他在靖港战败归来相比完全是另外一番情景。接下来他在长沙办了两件事：一是两场战役下来，死伤大半，需要补充人员。他招兵买马，把陆军扩大到二十个营，由塔齐布、罗泽南任统领，各领十营；水师也扩大了十营，由褚汝航、夏銮各领十营。与此同时，在衡州、湘潭继续修理、制造战船。二是整顿湘军，对在靖港之战中逃跑的士卒严厉处罚。

特别是曾国葆的贞字营，不战而逃的情况最为严重。绿营里就普遍存在“开战就散，散而复聚”的现象，见到敌军不战而逃，等敌军走了之后又重新聚集，继续吃国家的军饷。曾国藩绝不容许绿营的恶习蔓延到湘军里来，他认为作为营官的曾国葆理当受罚。

国葆才二十出头，与太平军对阵还不够镇定自若。太平军擅长虚张声势，一开仗就是二三万人甚至四五万人蜂拥而来，曾国葆手下就数百人，在这样的声势下难免有些慌张，所以接连在岳州、梧冈、樟树都打了败仗。为此，曾国藩认为曾国葆不宜带兵，不但解散了他的贞字营，撤销了他的营官职务，还责令他回老家去种地。

曾国葆没有辩解，愿一人承担战败责任，还请求大哥不要追究他人责任。离开军营，国葆有些恋恋不舍。

一辈子在荷叶塘种地，面朝黄土背朝天？国葆心有不甘。

玉麟安慰道：“别种地吧。要不做点生意，去找杨子春吧……”

“心里很乱，还没想好……”曾国葆犹豫不定。

玉麟又说：“不急，进军营的机会以后还会有。”

“……”

两人在船上一边喝酒一边拉家常，从长沙到衡州，玉麟送了三百里水路。

第九章　肃清洞庭湖

八百里洞庭云谲波诡，与太平军在风浪里较量需要胆略和智慧。水师四位首领在水战中同时殉国，而玉麟越战越勇，屡立战功，与杨载福成为水师新的掌舵人……

一　进驻岳州，准备出省进击太平军

曾国藩到长沙不久，他写给咸丰皇帝的报捷奏折经皇上的朱批传达下来，朱批大大地嘉奖了湘潭之捷，对靖港的失败轻轻带过，未加指责，并撤销对曾国藩的处分，准其单衔奏事，同时任命塔齐布为湖南水陆提督，任命彭玉麟为知县，赏戴蓝翎……

玉麟找到曾国藩，拒绝接受官职。

曾国藩笑笑说："雪琴，这不过一个虚名而已，不会调你去当知县，你仍然留在军营里打仗呢。"

听夫子大人如此说，玉麟才作罢。

在同太平军的实战中，曾国藩充分认识到军事情报的重要性，他加强了情报队伍的建设，情报人员达数百人，由邹汉章总领其事，制定了有关规章。他安排邹汉章化装成商人进入武昌，其他人分别去往九江、南京等地侦察。

随后曾国藩接到情报，太平天国的东王杨秀清得知太平军在湘潭大败的消息，非常生气，立即将林绍璋革职。同时，命石祥祯等坚守岳州，又征调骁将曾天养援湘。

曾天养参加金田起义时已经有五十多岁了，五十多岁的老翁不在家安享天伦，反而追随太平军做“杀头造反”的勾当，可见不是一般的庸常之辈。他深目长髯，身材雄伟，虽然年过半百，打起仗来寻常青年十数人非其敌手。由于东进时，他在田家镇和庐州之战立有战功，洪秀全对他十分器重，命其为卫队统领。而曾天养也十分得意，自比关云长。

随曾天养而来的还有韦俊，太平天国将领北王韦昌辉之弟。他与其兄韦昌辉一同参加金田起义，一路攻城夺地。太平天国定都江宁后，韦俊先后跟随秦日纲、石达开西征，战功显著。而此时，他还只有二十八岁。

在曾天养的经营下，太平军逐步收集溃军，修补军械，西征军声势渐至复振，占地东至岳州，西到常德。曾天养四处攻掠，引诱湘军分兵，湘军果然中计，四下防守，战线拉长，忽东忽西劳而无功。

曾国藩意识到情况不对，不能总被长毛牵着鼻子走，他苦苦思考着如何突破困境，正好看到玉麟在不远处巡视，便让亲兵招呼他过来。曾国藩问道：“雪琴啊，你是有远见的人，现在我们比较被动，疲于奔命，该采取怎样的策略才能破局呢？”

玉麟也不转弯抹角，直接反问曾国藩：“夫子大人，如果我们攻取岳州，然后直接去打武昌，盘踞在湖南的长毛会怎样？会不会被我们牵着鼻子走？所以，我以为我们现在要以攻为主，以攻为守，打出湖南才能保住湖南，继而出现全新的局面。”

曾国藩双眼一亮：“雪琴，你说得很有道理。打仗要以我为主，敌为客，才能掌握战场的主动权，才能打胜仗。”

这时一个亲兵送来了曾国藩父亲的家书，打开一看，得知衡州城乡都在议论湘军是否能打出省去。父亲曾麟书极力鼓励他早日打出湖南：“儿此出以杀贼报国为志，非直为桑梓也。兵事时有利钝，出湖南境而战死，是皆死所；若死于湖南，吾不为尔哭也！”

曾国藩心里为之一震，以后的日子里，他的心里只有一个声音在轰响：打出湖南！打出湖南！打出湖南！他决定集中兵力全线反攻。农历六月十三日，曾国藩在长沙誓师以三路北进。胡林翼、周凤山为西路，攻常德；塔齐布率湘军陆师主力为中路，进击岳州；江忠淑统新募楚勇居东路，自平江北进湖北崇阳、通城。三路以中路为主攻方向，水师随中路进击岳州。湘军水陆共出动万余人，兵锋直指洞庭以北。

六月二十九日夜，水师到达离岳州不远的南津港，经过协商，大家一致决定采用诱敌之计，把太平军守护岳州的水师引到洞庭湖中的伏击圈剪灭。于是水师分为五路，在离岳州城不远的东洞庭湖设下埋伏。水师利用夜色隐蔽在芦苇丛中，玉麟自告奋勇执行最危险的任务——引诱长毛。他率领三十多只船，点上渔灯，划到离太平军水师很近的地方，突然开炮轰击。一面开炮，一面高喊：“长毛狗崽，在湘潭被爷爷打怕了吧，快出来和爷爷干一仗啊！”

在炮声和骂声中，长毛水师哪里还按捺得住？

几百艘战船冲了出来。玉麟带的全是舢板船，极为轻巧灵活。见敌船来了，并不着急，还是一面开炮，一面骂骂咧咧，慢慢地后退。待敌人很近了，才快速后退……

就这样慢慢地把敌人引入伏击圈，近千只船紧紧包围了长毛的两百多只船，随后一齐向敌船开炮……没过多久，湖上一片火海，敌船上的水兵死的死，伤的伤。

次日，岳州城的太平军在湘军陆师尚未攻城的情况下，弃城而逃。

二　君山之战：玉麟亲点大炮毁贼船，载福和诗吟风月

湘军重新占据岳州城后，曾国藩的下一步目标就是攻取武昌。眼下，当务之急是守住岳州，肃清洞庭湖，为打出湖南做好准备。

他得到情报，太平军匪首曾天养退出岳州城到了武昌，极不甘心，扬言要集结大军反攻岳州，恢复太平军西征军的威风，并已派出先头部队进入洞庭湖。

这一天，玉麟刚从岳阳楼上下来，就接到了曾国藩的命令：带水师左营埋伏在君山，杨载福带右营埋伏在雷公湖，两营互为羽翼，随时准备歼灭贼寇。

君山与岳阳楼遥遥相对，相距三十里。

君山是八百里洞庭湖上的一个小岛，古称洞庭山，取意神仙“洞府之庭”。后因舜帝的两个妃子娥皇、女英葬于此，屈原在《九歌》中称他们为湘君和湘夫

人，故后人将此山改名为君山。刘禹锡诗句“遥望洞庭山水翠，白银盘里一青螺”中的“青螺”指的就是君山。这君山，也是岳飞率官军剿灭杨幺匪徒的地方，当时的古迹尚在。

左营水师进入君山南岸水域，埋伏在芦苇丛中。全营将士警惕地注视着湖面。

等了三天三夜，长毛三四十只战船出现在湖面上。船行得很慢，似乎在侦探军情，试探虚实。

湖面上阴沉沉的，没有风。

玉麟传令全营，准备交战，但不要轻举妄动，听到命令再开炮。

敌船行得快一些了，好像已经打定主意。他们向着君山而来，莫非是企图占据君山？

敌船越来越近，能够清晰地看到裹着红头巾的长毛面目了。

玉麟猛吼一声：“开炮！”一面吼，一面亲自点燃炮弹的引线，只听咚的一声，炮弹飞射过去，最前面的那只敌船顷刻间被炸毁了。

敌船惊慌失措，还来不及点炮，就纷纷被击中。前面的船只大多被炸毁，后面的船只见势不妙，掉头就逃，却遭到埋伏在另一边芦苇丛里的战船的炮火轰击，仓皇中，不少敌船逃往雷公湖。

玉麟哈哈大笑：“去吧，杨载福的右营在等着你们哩。”

接着雷公湖传来隆隆的炮声。没多久，敌船又转回来了。

玉麟大声说：“现在敌人被我们打晕了脑壳，迷失了方向。我们一齐追过去，让他们有来无回！”

于是孙昌凯的船箭一般冲了出去，王吉、王凤岐的船也从另一个方向包抄过去。经过几个回合的围追堵截，敌船尽数被炸毁，死了五六百长毛，几个长毛还被活捉。湘军水师无一人死亡，只有九个士兵受伤。

这次战斗虽然规模不大，但打得十分漂亮，玉麟以“亲点大炮，立毁贼船”立功，加同知衔（等于现在提拔任了市长），并赏戴花翎。他找到曾国藩加以拒绝，但没起作用。

过了几天，天气晴朗起来，洞庭湖上的阴霾一扫而空，上下天光，一碧万顷，习习的湖风摇曳着芦苇和战旗，与范老夫子描绘的景致大同小异。

到了晚上，在诗意的月夜里，玉麟的心如同湖上的波浪一样，柔情荡漾。

他吟诵起《春江花月夜》：

春江潮水连海平，海上明月共潮生。
滟滟随波千万里，何处春江无月明。
…………

玉麟正沉浸在风光和诗歌中，忽见一舟轻轻滑到眼前，原来是杨载福泛舟而来。

杨载福说道：“雪琴兄，今夜风月无边，何不泛舟洞庭，共享美景！”

玉麟好不欢喜，叫上亲兵，划桨摇橹，与杨载福的船并肩而行，向洞庭深处飘荡而去。

清风徐来，波光潋滟，月色溶溶，水中的星月似可打捞，远岛成了黑色的剪影，夜游的鸟偶尔掠过水面，把一串清越的音符在湖面上拉得游丝一般悠长，柔和、朦胧的光影使一切变得虚无缥缈……

杨载福见景生情，说：“雪琴兄酷爱诗词，此情此景，何不吟诗一首，以酬今夜之洞庭月色！”玉麟听了也不推辞，略加思索，便对着满湖风月吟道：

泛舟秋夜水无边，万里波光月在天。
独钓江滨成旧梦，互歌渔曲化轻烟。
银辉满泽心犹苦，剑气横空胆愈坚。
楼上谁吟忧乐句，浪涛深处忆园田。

杨载福听了，大加赞赏：“雪琴既是英雄，又是骚人，佩服佩服！”

“今夜风光无限，你我兄弟同泛洞庭，我已吟出歪诗一首，也恳请弟附和一曲助兴。”玉麟兴致更高了。

杨载福心中也有所感：“也好，弟虽乏诗才，但盛情难却，愿搜肠刮肚，凑上几句。”思索片刻，便吟道：

良宵同泛浩无边，八百平湖浪接天。
兰桨划开湘浦月，蒲帆冲破楚江烟。
枕戈南望心弥壮，击楫中流志更坚。
迅扫妖氛清海宇，征袍抛却好归田。

玉麟听后赞叹不已：“好诗好诗。弟向不露才，一露便非同凡响。你的诗才胜我千倍啊。”

天高水阔，月明风清。两条小船在洞庭的月色里游弋，在云梦泽的清波里飘荡，真乃诗的图画，画的意境，美与静的融合，人与天的对话……

三　擂鼓台之战：玉麟裹创陷阵，奋不顾身

玉麟知道，长毛绝不甘心失败，肯定会汇集更多的战船反攻。果不其然，仅仅过了八天，太平军又派来近千只战船。彭玉麟的左营与杨载福的右营紧密配合，再加上其他营的支援，太平军水师大败，只得退回到擂鼓台。

这擂鼓台在洞庭之东，相传春秋时期，楚国令尹鬬越椒，因楚庄王收去他一部分权力，心怀怨恨，遂起不轨之心。他自恃智勇过人，先辈又是楚国功臣，便乘楚庄王去攻打陆浑时发动政变，屯兵长江沿岸，企图截住楚庄王的归路。楚庄王得知消息后急速回师，在洞庭湖的土台上与鬬越椒军发生激战。楚庄王登上湖中一小岛，亲自手握木槌，擂响战鼓督战，咚咚的鼓声大振士气，一举击败越椒军。故此山也被后人称为擂鼓台。

这时夕阳衔山，返航的杨载福对玉麟说：“敌军在擂鼓台立足未稳，我们立刻加以攻击，兄以为如何？”玉麟说：“所言极是！”

谁知太平军此时在擂鼓台集结了许多水兵，两军交战一阵，杨、彭觉得难以取胜，决定撤退队伍。退到半途，杨载福掉头回来，把船划到玉麟面前：“这样回去不甘心，而且，长毛见我们撤退了，意志可能松懈了。我们杀个回马枪，定获大胜！”

玉麟笑着说：“我也觉得再杀一阵才过瘾。回去，打他个措手不及！”

杨载福笑了：“只是，我们的战船不足一百，敌人的船只十倍于我军，怎样

才能确保取胜？”

玉麟引经据典：“《史记》记载，当年项羽巨鹿之战破釜沉舟，以一当十，战胜了极具优势的秦军。今日我等冒死奇袭，直冲敌营，以锐不可当之势打乱敌人的阵势，让他们晕头转向，失去判断力，定有把握取胜！”

杨载福握着拳头：“今日我们兄弟就要比比谁是猛将了！”

于是两人向士卒传令：“太阳还没落山，我们把擂鼓台的敌人干掉再回营吃晚饭吧！”

两营将士一齐喊道：“遵命！我等定要将敌军杀得片甲不留！”

两营勇士回头向擂鼓台进击。快接近敌军时，玉麟卷起衣袖，挥起战刀高喊：“做英雄好汉，不做怕死鬼，弟兄们，冲啊！”

左营的水师像打了鸡血，饿虎恶狼般冲向敌船，一面冲，一面开炮猛击。

太平军发现湘军后开炮还击，炮火迎面飞来，左营战士忘记了生死，冒着炮火前进。战船划得飞快，像一把尖刀一样直插敌阵。

彭玉麟的战船冲在最前面，他真正是一个不要命的狠角色，每次冲锋陷阵时，总是冲在最前头，战士们看到自己的统帅都不要命，谁还敢贪生怕死？所以他的左营是全水师最不怕死、最善于打恶战的队伍。左营水师的营旗是红色的，太平军往往见了红旗就丧魂失魄：“不好了，不怕死的魔鬼来了，快跑快跑！”

但这次太平军没有跑，他们还击的炮火很猛烈。

玉麟突然感到眼前火光一闪，随后浑身一颤，他看见自己胸腹部还好好的，右手手臂却涌出血来。亲兵发现后惊叫道：“不好，大人，你受伤了。”玉麟狠狠地瞪着他说：“大惊小怪！不要做声！快给我包扎一下。”包扎完后，玉麟忍着疼痛，大喊一声冲向敌阵。

不远处，杨载福的右营也像猛虎一样直冲敌阵。

迫近敌船时，玉麟指挥战士在敌阵中左冲右撞，见到敌船便用喷筒喷火，投掷火弹。这种迅雷不及掩耳的战法一下子使敌人乱了阵脚，有的弃船上岸，有的划船向远处逃命。玉麟又指挥战士穷追猛打，不让敌人有喘气之机。

这时，他发现不远处一只逃跑的敌船很特别，于是命令士卒道：快划船，炮手快开炮，不要让前面那只船跑掉了。可是连开两炮，都没能命中，接着另一只敌船靠上去，将船上的一个人接走，然后以极快的速度逃向远处，玉麟喊道：

“逃走的肯定是长毛头目，快给我猛追！”

敌船逃得太快了，没能追上。

玉麟靠近没逃脱的那条敌船，跳了上去，见船上躺着一个受伤的太平军士兵。亲兵上前用长矛抵住他的脖子，逼问道：“刚才船上的人是谁？”他拒绝回答。这时孙昌凯的船划了过来，弄清情况后追问那士兵，他摇头不应。孙昌凯火了：“狗日的东西，要吃硬的是不？我是一个打铁的，把我那锤子拿来，我先把他的十个手指头和十个脚指头敲碎，再把他丢进湖里喂鱼。”伤兵害怕了，才说道：“他是国宗韦俊。”

众人大吃一惊，玉麟叹气道：“可惜，让一条大鱼溜走了。”

亲兵和孙昌凯依然兴高采烈：“大鱼虽然溜走了，但这条贼船还在，我们划回去，也可以凭此立功呢！”

整场战斗只持续了半个时辰。清理战场时，湘军发现他们打死了数百名太平军，击毁了数百艘敌船，缴获了数十艘战船，但湘军水师也战死了几十名战士，受伤近百人。

彭玉麟与杨载福商量后决定不再追击敌人，沿着来路回宿营地。玉麟颈后、左手、右膝等五处受伤，流血不止，将衣袖和衣襟全染红了。

众人慌了手脚，赶紧为他止血包扎。

回到营地，曾国藩得知战况十分欣喜，遂上奏皇上，为彭玉麟、杨载福请功。可他高兴得太早了，没料到几天之后，湘军水师大败，好几位首领葬身洞庭湖……

四　洞庭水波渺渺，奇遇一只丹顶鹤

曾国藩看到玉麟伤势不轻，便安排他回长沙养伤，他的职位暂时由萧捷三代理。

养伤期间，玉麟觉得甚是无聊，命亲兵把船划去君山。之前在君山附近打仗，他很想游览一下君山，但未能如愿。现在暂时离开了军营，自由了，可以去好好游览一番了。

到了君山，他们看了二妃墓、柳毅井、飞来钟，还有岳飞平杨幺留下的一些古迹。玉麟走得很慢，看得很细，想起古往今来的英雄豪杰，心里充满了感慨。

君山不大，只花了两天，把该看的都看完了。

离开君山，他们在洞庭湖上游荡。

清风拂面，碧波粼粼，举目四望，空阔无边。

屠杀、挣扎、苦难、战乱、饥饿……好像都远去了……朝廷、家国、苍生、诗书，以及功过是非，似乎都淡如云烟，湖风一吹，全都飘散了……

头顶深邃，脚下深渊，一切仿佛都没有了依托，不知从何处来，也不知向何处去……

不经意间，他们遇见了鹤。

不是一只鹤，也不是一群鹤，而是千千万万只鹤，各种各样的鹤。

天空中，鹤舞翩翩，鹤影点点；湖面上，鹤在嬉戏，在游弋；岩石上，鹤在休憩，在相互欣赏……这是鹤的世界、鹤的天堂。

船上年老的伙夫陶师傅原是一位渔夫，他告诉玉麟，这洞庭湖是一个总称，其实由很多湖组成，分为东湖、南湖、西湖、雷公湖、青草湖……其中一个叫“鹤湖”，是鹤聚集的地方，也许就是这儿。

鹤湖？怪不得这儿有这么多鹤。

玉麟说：“既然到这来了，说明我们与鹤有缘，把船划过去看看吧。”

大大小小的礁石上，满是鹤。有的亭亭玉立，翘首企望；有的长腿轻迈，飞羽慢摇；有的情感奔放，引颈长鸣，那声音清脆响亮，悦耳动人。

玉麟此时被一只特别的鹤所吸引，它远离鹤群，独自站在临水的一尊怪石上，神色忧郁。它体态修长，身上的羽毛洁白如冰雪，喉、颊、颈部带暗褐色，尾部则披着黑得发亮的羽毛，头顶上的肉冠鲜红艳丽。它为什么远离群体？

陶师傅说：“可能是一只失去伴侣的雄鹤。”

玉麟想起自己失去竹宾姨的那段绝望时光，心中有了感触，轻轻地叹了一口气，示意亲兵把船划过去。

离那只鹤近了，玉麟轻轻朝它吹了一声口哨。那丹顶鹤眼睛一亮，朝着玉麟摆动了一下尾巴。

人和人有缘分，人和鸟类也有缘分吗？

玉麟又向它吹了一曲口哨，这曲口哨悠长婉转，是一段他年少时常吹的曲子，曾对竹宾姨吹过多次，她非常喜欢听。

那鹤目光炯炯地望着他，好像听懂了曲子。

玉麟向它招了招手，示意它飞到船上来。

它竟然明白了他的心意，飞到船舷上。

玉麟伸手去摸它，它一动不动；玉麟伸手抱住它，把它搂在怀里，它温驯听话，不挣扎，不拒绝，好像彼此很熟悉一样。

大家都惊叹了。

玉麟说："陶师傅，拿两条小鱼来给它吃，作为见面礼。"陶师傅从小木桶里将准备做菜的两条鱼抓来，玉麟接过，送到丹顶鹤面前，"吃吧，吃了我的东西，就不要走了，留在船上给我做伴吧。"

那鹤吃了一条鱼，留下一条。

玉麟笑着问："留下一条给我吃？"

那鹤竟然发出叽叽声，似乎是回答。

这鹤太知人性了。

玉麟知道鹤是能驯养的，于是决定把它留下来："小鹤，与我一同闯荡江湖，见证岁月吧！"

那鹤张开翅膀，拍了拍，似乎很乐意。

归途中，船上多了一只鹤，玉麟给它起名叫"雪羽"，和"雪琴"只有一字之差。

那天夜里，船停泊在君山附近，玉麟和亲兵睡在船上。朦朦胧胧中，他看见一只大白鸟从空中展翅飞到船上，停在他的身边，定睛一看，大白鸟竟然变成了竹宾，亭亭玉立，风情万种，含着眼泪说："雪琴，我找了好久，找遍了天下所有江海湖泽，终于找到你了，我再也不离开你了。"他醒了过来，船外波光无际，月色无声。

那只叫雪羽的丹顶鹤立在他身边，洁白如冰雪。

五　陈辉龙轻敌丧命，彭玉麟和杨载福没有落泪

经过大小数十战，太平军节节败退，最后盘踞在城陵矶，阻挡湘军东下攻取武昌。

城陵矶两面临水，地多丘陵，南绾三湘，北控荆汉，是扼洞庭湖贯通长江的咽喉，历来为兵家必争之地。

曾国藩早早就想打出湖南，进军湖北。不击溃占据在城陵矶的太平军就无法达到目的，于是他集结水陆全部力量，准备为走出湖南打最后一仗。他调来登州镇总兵陈辉龙和广东游击沙镇邦的广东水师，作为增援。

陈辉龙有带水师的经历，并且他带来的战船大，装备也优于湘勇。因此他不把彭玉麟和杨载福放在眼里。

城陵矶大战前夕，陈辉龙向褚汝航主动请缨，要打先锋。因为两人交情颇深，褚汝航又对杨、彭有成见，便答应了陈辉龙的请求。

次日拂晓出征，陈辉龙、沙镇邦为前锋，褚汝航、夏銮在两侧，战船浩浩荡荡直指城陵矶。彭玉麟与杨载福的水师殿后。

陈辉龙挺立船头，数以千计的船只尾随其后，可谓船帆蔽空，勇士无数，投鞭可断流水。他顿时得意起来。离城陵矶还很远，只能隐隐约约看见太平军的水师。大概是为了显示水师铜炮的射程，陈辉龙发令开炮，他的大炮的确射程远，杀伤力大，声震山浦，非一般的炮弹可比。船队惊叹不已。陈辉龙见自己先声夺人，仰天大笑。

可太平军不是可以随便吓倒的，他们马上开炮还击。太平军头目曾天养老谋深算，先派出小队与之交战，大队潜伏在旋湖港。小队与湘军交战不久，诈败退走下游。陈辉龙下令追击。沙镇邦督头队当先，陈辉龙继进，顺风扬帆，速度极快。

此时天公不作美，湖上突然南风大作，暗云飞渡，波翻浪滚，天昏地暗。曾经在靖港上演过的那一幕，天老爷又让它演了一次。

这样的天气进易退难，犯水战之大忌。

陈辉龙为前锋的战船居于上游，水急风顺，船行如飞，想把船帆卸下来为时已晚，直冲向泥滩。船陷进泥浆犹如虎掉进陷阱。士兵们拼命划桨欲使船脱离险境，但船身重大，愈挣扎，在烂泥里陷得愈深，进不得，退也不能，急得陈辉龙

汗如雨下。

突然一声炮响，接着鼓声震天，喊杀声动地。无数敌船从四面争先恐后地杀将过来，无数炮火猛射过来，形成一道道火网。陈辉龙慌乱至极，下令船队拼命还击，但没有舢板船的配合，哪里抵挡得住敌军的疯狂进攻？

陈辉龙的身边不停有人中炮死亡，阵势混乱不堪。

褚汝航、夏銮见陈、沙陷入危局，立即指挥各船队前往援救，不幸也被曾天养的水师战船所包围。

没多久，陈辉龙与沙镇邦被炮弹击中，瘫倒在甲板上。他们的水营将士十死九伤。

战斗还在继续。褚汝航和夏銮见陈、沙的水营难以拯救，转而向外突围，企图杀开一条血路保住实力以图再起，但他们的座船很快中炮，呼呼地燃起来。他们受了重伤，忍受着疼痛跳入水中逃命，不幸被太平军发现，最终二人被乱炮射死。

除了领头的大船，数以百计的舢板船，来不及降下风帆，就被狂风吹到城陵矶岸边，守卫城陵矶的太平军站在岸上，见湘勇的战船开来，用炮火迎头猛击，船上的水兵大多被炸死。

殿后的彭玉麟、杨载福对大风已有了预估，风快大起来时，便及时叫士卒卸下船帆，所以船前行速度慢得多。他俩赶到时才发现战斗已近尾声，没有中炮的战船正在向后撤退，长毛正追杀而来。彭、杨立即命令士卒打退追兵，掩护部队后撤。

后撤的士卒回到营地，向曾国藩汇报战况，得知陈辉龙、沙镇邦、褚汝航和夏銮等战死洞庭湖时，曾国藩放声大哭。千兵易得，一将难求，一下损失这么多将军，打出湖南岂不是又化成泡影？他又问彭玉麟、杨载福怎么不见回来，士卒回答说十有八九葬身洞庭湖了，曾国藩听后，哭得更伤心了。

快到半夜，彭玉麟和杨载福带领士卒归来，了解到只有二十来人伤亡，船炮无损，还缴获太平军五六艘战舰，曾国藩才没有彻底绝望。

很多人为死去的几位水师首领痛哭，彭玉麟和杨载福没有哭，战将战死疆场也算是死得其所，这次战败与他们轻敌失策有关，如果没有战死，他们也难逃军法的惩处。二人最为惋惜的是夏銮的殉国，他是水师将领中最有军事头脑的一位，写过好几部军事著作，是湘军中的军事理论家，二人一直把他当先生看，对他毕恭毕敬。夏銮之死，是湘军的一个重大损失。

次日，曾国藩任命彭玉麟和杨载福为湘军水师统领。水师的指挥权从此掌握在他们两人手中。

六　城陵矶之战：曾天养头悬城门

次日，曾国藩召集各营营官商讨战守之策："我水营新败，几位大将殉国，局势不容乐观。我意休整十天半月，再与贼交战，方为稳妥，不知诸位意下如何？"

众人都以曾部堂的话为定论，不敢吱声。唯玉麟性格刚直，说道："玉麟倒觉得诸营暂时不宜休整，应乘贼以为我军新败，士气低落，不敢前去交战之际，出其不意，攻其无备，水陆配合，进军城陵矶，击败贼兵，饮马长江，雄视武昌。"

杨载福附和道："雪琴所言极是，骄兵必败，哀兵必胜。士卒复仇心切，正好乘此大战一场。"

曾国藩对彭、杨的胆识极为赞许，当即拍板："二位说得很在理，胜败乃兵家常事。我们屡战屡败，还要屡败屡战。明天陆营由塔齐布为主将，主攻城陵矶陆上之敌，水营由杨载福、彭玉麟为主将，攻击城陵矶水上之敌。诸位立刻回营准备。"

第二天凌晨，水陆营将士奔赴战场。

塔齐布带领的陆营从陆路发起猛烈攻击，太平军果然没有充分防备，战了几个回合，湘军夺取了不少营垒。太平军抵挡不住，往江边败退。塔齐布哪容敌人逃之夭夭，紧追不放。

近日，曾天养去湖北求援，此时正带着三千人从江上赶来，在城陵矶登岸，打算扼险扎营，长期坚守。

塔齐布率军追杀过来，见贼寇至少有五千人马，分三路迎战。他当机立断，也将队伍分为三路，亲自率领中路直冲过去。他一马当先，几位猛士紧随其后，一同杀入敌阵。太平军中的几位悍将登时被刺死五六个，但敌军并不后退，抵死抗争。湘勇陆营一时无法攻破敌阵。

中军参将陈玉天急中生智，他是营中的"炸弹专家"，其业余爱好就是制造火弹火箭之类的武器，作战时总要随身携带自制炸弹。此时正是检验自己试制的武器是否有效的最佳时刻，于是他从背袋里掏出新制的火箭，用火点燃，对准敌军密集之处。只见火箭嗤的一声直飞过去，在敌阵中轰然炸开，火光与硝烟中，敌军倒下了一大片。

激战中，塔齐布忽见密发长髯的大贼目，身穿青绉短衫，策马单身猛扑过来，来人怒目圆瞪，大声吼道："塔妖！今天老子来要你命了！"挺矛直刺塔齐布坐骑。塔齐布有些慌乱，翻身落马，受伤后一时爬不起来。那头目狂笑得浑身乱颤："塔妖！你竟有今日！你杀我天兵无数，我要割下你的脑袋来炖汤喝！"正要挥矛再刺，塔齐布身边的兵丁黄明魁猛然跃起，一矛刺翻那头目，接着回矛再刺，直刺进那人的左肋。众士卒喊叫着一拥向前，挥矛一顿乱刺，那头目登时毙命。

塔齐布早已爬起，带伤指挥士卒猛砍猛杀，夺得一竿大黄旗，上书"秋官又正丞相"字样，意识到刚才毙命的乃敌军大首领。众兵顿时欢呼雷动："我们杀了曾天养，可以领奖了！发财了！"

太平军丧了头目，转头向后溃逃。

三路陆营杀声震天，怒潮一样压向溃退的太平军。

此时彭玉麟和杨载福的水师战船也呼啸而来，炮声隆隆。

玉麟指挥的几营勇士冲杀最为猛烈，他们意欲冲乱敌人的阵地。

杨载福带领的水师则从后掩杀，对那些没被击溃的敌舰再次轰击，直至他们无还手之力。

前面的冲击如五雷轰顶，凌厉无比，使太平军的阵势七零八落，敌军成了没头的苍蝇，到处乱撞；后面的掩杀干净利落，如一张张开的巨网横空而来，混乱中的长毛无力破网而出。

太平军的水师没坚持多久就失去了战斗力。

于是彭玉麟、杨载福命令士兵们将炮口对准岸上溃退的敌群，在隆隆炮声里，太平军陆营的将士犹如秋叶一样飘落。

经过一天一夜，城陵矶的战斗停息下来。

到处都是尸体、鲜血、焚烧的战船和散落的兵器。只有小股敌军逃到湖北去了。

湘军随后在城陵矶休整。

曾天养被砍下的头，据说有十多斤重。曾国藩让士兵在城陵矶的码头边，竖起几根木头，把曾天养的脑袋悬挂在上面。曾天养面色黝黑，胡须飘飘，大眼瞪得像铜铃，胆小的人都不敢从那儿经过。

挂了六天六夜，直至散发出浓浓的臭味，蛆虫蠕蠕爬动，曾国藩才叫人将那人头埋了。

七 重逢胡林翼，彻夜饮酒话乱世

湘军水师的战船停泊在城陵矶前，阳光下风平浪静，水光连天。玉麟坐在座船里，心里满是自豪和憧憬。他的水师和陆师紧密配合，现在已饮马长江，和湖北隔江相望了，攻取武昌、顺江东下攻取金陵指日可待。

他想起曾国藩以前对他说的话，每攻取一个地方就写一首诗，以后仗打完了，他的诗就是湘军的战史。他微微一笑，随即拿出纸笔来，开始构思，没多久，两首诗就写好了：

克复岳州

城隅高耸岳阳楼，电扫雷轰浊雾收。
满地赤巾抛髑髅，一天红日耀兜鍪。
自惭鸡肋非猿臂，已见龙泉断虎头。
终夜枕戈听刁斗，哀鸿声里不胜愁。

肃清洞庭湖

岳阳楼外草萋迷，战舰横飞耀彩霓。
犀甲雄吞云梦北，鸦军劲扫洞庭西。
重湖八百潜蛟蜃，孽浪三千靖鲔鲵。
遥见君山青一点，湘妃庙冷杜鹃啼。

玉麟拖着长音吟诵了一遍，突然亲兵来报："胡大人来拜。"

"哪位胡大人？"

"从贵州来的胡大人。"

"快请快请。"

胡林翼人未进船舱，爽朗的笑声先传了进来，玉麟忙起身相迎，施礼毕，玉麟说："不是春天，大人却乘着一场春风而来，把我喜煞了也！"

胡林翼笑道："我从贵州来，应是乘着飒飒西风而来。带来的不是喜庆，而是寒流啊。"

玉麟回忆说："哪里哪里，每次见到大人，都如沐春风。几年前在黎平追剿李元发时，第一次见到大人，玉麟还是一介布衣，大人给了我许多鼓励和嘉奖，让我刻骨铭心。"

"时光如白驹过隙，眨眼五年过去，雪琴兄已升为知县级别了。我那时就说了，你是尚未冒出水面的蛟龙，是初出茅庐的英雄！现在看来，我的眼光还蛮厉害，哈哈哈！"胡林翼感到彭玉麟比以前更加干练了。

胡林翼在贵州知府任上一干就是八年，现在已经四十二岁，步入中年，尘满面，鬓如霜，不复当年的风华正茂。贵州地区的土匪早已剿灭，现在治安良好，老百姓安居乐业，皇帝知道胡林翼精明强干，但当地官员没有捞到好处，对他颇有怨言。幸好曾国藩向朝廷上了一道奏折，请朝廷派胡林翼来湖北进剿太平军。他便带领六百黔兵，回湘打仗了。他早就听说湘军水师十分了得，彭玉麟又是如何智勇双全。想起多年前两人的情谊，今日便亲自前来看望彭玉麟。

玉麟难忘胡林翼的知遇之恩，像对待曾国藩一样恭敬，赶紧吩咐亲兵："快拿酒来，去渔民那里买些洞庭银鱼来招待稀客。我要和胡大人痛饮一番，一醉方休！"

胡林翼拊掌大笑："好啊，好久没有今天这样的好心情了！不过，我听说雪琴兄生活十分简朴，很少饮酒，今天要破例了？"

玉麟解释道："是的，我饮酒是有规矩的。和陌生人，我一口不喝；和一般的亲友，三杯而止；和情趣相类者，五六杯而别；和高山流水之知音，千杯万盏不辞。一口不喝，乃素昧平生，难通心意也；三杯而止，司空见惯，礼貌而已；五六杯者，虽有情趣，难达深处；千杯万盏者，可推心置腹是也……"

胡林翼听了大笑："这酒还没上来，我就有些醉了，雪琴的话就是一杯美酒啊。"

没过多久，亲兵嚷道："来了，酒来了，菜也来了。"洞庭银鱼、红烧大雁、鲜美田螺、河蚌摆满一桌。

玉麟介绍道："这酒是我们衡州的湖之酒，这银鱼是洞庭的美味，鱼身无鳞，洁白如银，体柔若无骨无肠，漫游水中似银梭织锦，快似银箭离弦。烹煮后味道鲜美，据说乾隆帝过洞庭时也品味过呢。"

胡林翼不禁感叹："这太奢侈啊。"

玉麟摆摆手："在山吃山，在水吃水。在洞庭吃洞庭的水产，理所当然。"

两人边喝酒边吃起菜来。

玉麟感慨道："我与大人不幸遇上乱世，民不聊生，提着脑袋过日子！来，我们不管这么多，只管饮酒。曹操说得好，对酒当歌，人生几何？譬如朝露，去日苦多。慨当以慷，忧思难忘。何以解忧，唯有杜康！"

"兄弟也别悲叹。'时危见臣节，世乱识忠良。投躯报明主，身死为国殇。'"胡林翼端起酒杯一饮而尽。

玉麟不由感叹胡林翼人生境界之高："胡大人身在江湖，心忧朝廷，玉麟十分敬佩，只是觉得这乱世有治世没有的悲惨。"

"兄言之有理，但乱世也有它的好处！"胡林翼语出惊人。

酒杯端到嘴边了，玉麟停住："乱世也有好处？愿闻其详。"

胡林翼端起酒杯示意玉麟喝酒："治世的官位是一个萝卜一个坑，升官是一级一级地升，一个一个地升，靠关系和背景，慢慢熬，才能出人头地，故草莽中的众多人才被埋没了。治世提升官职有很多条条框框，循规蹈矩，一切都不慌不忙，稳稳当当。治世提拔的人往往四平八稳，墨守成规，故俊杰少，庸官多。乱世升官靠的是硬本事，真才能。乱世的人才是打出来的，拼命拼出来的。乱世的提升可谓不拘一格，有时一级级上升，有时越级提拔，青云直上，其升迁速度不可思议。汉高祖、韩信短短十几年从平民到称帝封王，明太祖由乞丐到天子，何其快也！乱世提拔出来的人大多敢闯敢干，有胆有识，为天才、英才也。"

玉麟拍案叫绝："高见奇论，玉麟素未闻也。"

胡林翼严肃起来："多难兴邦。我大清帝国眼下多灾多难，仁人志士当勇于担当责任，为君分忧，为国赴难，拯救家国与苍生，雪琴勉乎哉！”

玉麟心领神会：“兄的用意，玉麟明白，愿劳其筋骨，饿其体肤，苦其心志，空乏其身，为大清复兴大业百折不挠。”

…………

他们喝得酩酊大醉。五更天的时候，风雨大作，江上波涌浪翻，他们一点也没知觉。

次日醒来，只见江水暴涨，稠得发黄，涛声比往日更响。

第十章　智取武昌城

彭玉麟一行人乔装混进武昌城，与早已潜入城里的邹汉章取得了联系，他们在很短的时间内组织了一个武装小队，配合湘军声东击西，成功打开汉阳门……

一　黄盖湖，赤壁山，寻觅三国英雄

湘军虽然占据了城陵矶，但离武昌还有一段距离。

在城陵矶休整十来天后，曾国藩下令，水陆各营向武昌挺进，在金口会师，同时令水师顺江而下，肃清江面，不留后患。

彭玉麟和杨载福率领水师沿长江而下，发现江面上有太平军的战船，立即分路包抄，围追堵截，狂轰滥炸，直到对方船毁人亡。

这样在江上行了几天，玉麟突然接到情报，黄盖湖上有数十艘敌船胡作非为，搅乱当地社会秩序。

于是彭、杨分头行动，彭玉麟带五营水师肃清黄盖湖，杨载福带其余水师继续沿江而下。

玉麟的战船从长江拐入太平河，溯流而上，直达黄盖湖。

黄盖湖上烟波浩渺，鸥翔鱼跃，堤柳丛绕，滩草碧连。据当地渔民说，当霞抹月染，云遮雾裹时，更是美如梦幻。

此湖为湖北湖南所共有，位于湖北赤壁与湖南临湘交界处。湖上接源潭河、蟠河之水，下注太平河流入长江。

黄盖湖上果然发现了敌船。玉麟利用优势兵力对太平军发起攻击，先把他们分隔成几股，再逐个击破。这小拨太平军哪是彭玉麟的对手？短时间内，湖中数十艘战船便被炮火摧毁，士卒死的死，逃的逃，黄盖湖恢复了宁静。

战斗结束，玉麟下令士卒们把船停泊在小岛附近，一些人守船，一些人上岛游玩。玉麟也上了小岛，几个亲兵和哨官跟随着他。湖风带着水草的清香轻轻吹来，很惬意。孙昌凯问道："雪帅，这湖为何叫黄盖湖？"

玉麟反问他："你读过《三国演义》没有？"

孙昌凯直言道："我没读几本书，只会打铁啊！"

玉麟鼓励道："会打铁很不错，但现在你好歹也是一个哨官了，打仗之余，读读书才好。我船里有一册《三国演义》，拿去看看，不过，你更要看看《孙子兵法》和戚继光的书。"

孙昌凯对看书兴趣不大，婉拒道："先让我看看浅显的《三国演义》吧，以前也听人讲过三国的故事，零零碎碎的。"

玉麟这才回头解释起湖名的由来："《三国演义》里有一个叫黄盖的将军，是我们湖南永州人，当初从孙坚起兵，后随孙策、孙权征战。赤壁开战前，他建议火攻曹操，被周瑜采用。开战时，黄盖带领满载柴草、灌有膏油的数十艘船只最先冲入曹营，乘机纵火，大破曹军，遂成三国鼎立之势。相传此湖是黄盖操练水军的地方，孙权因黄盖为赤壁之战立下了赫赫战功，将此湖赐予黄盖，并改这太平湖为黄盖湖。"

王凤歧感叹："小时候听三国的故事，以为刘备孙权和曹操在很遥远的地方打仗，原来就在我们湖南和湖北啊。"

孙昌凯附和道："是啊，上次我们在岳阳楼，不是说周瑜在那里练过兵嘛，大美人小乔还葬在洞庭湖边呢。"

王吉提议："雪帅刚才提到三国赤壁之战，赤壁近在咫尺，我们既然已剿灭黄盖湖上的匪徒，何不趁闲暇之时去看看，曾部堂也不会责备的。"

孙昌凯缠着王吉："王哨官，你给我讲讲赤壁之战吧，让我长长见识啰。"

王吉被纠缠不过，说道："……曹操平定北方后，想一统天下，率二十万大军南下，连克新野、襄阳等城，从江陵顺江东下，与逆江西上的孙权、刘备的五万联军在赤壁交战。曹军失败，退回江北，驻军乌林，与孙、刘隔江对峙。孙刘联军只有五万人马，不能蛮干，于是周瑜与曹操斗智，巧用苦肉计、连环计，迷惑敌军，后乘东南风起，用战船满载柴草膏油接近曹军，点燃后，火船借助风势，直冲曹军水寨。曹军船只一时尽燃，岸上营寨也着火燃烧，火势冲天，把南岸崖壁照得一片通红。孙刘联军乘势追杀，曹操领余部经华容小道，败走江陵。这就是著名的赤壁大战，是中国历史上以少胜多、以弱胜强的著名战例。听懂了没有？”

孙昌凯摇头：“只知道一个大概，没有全懂。”

王凤歧也想去看赤壁，对孙昌凯说：“明天去看看赤壁，你会懂的。快，求求雪帅，明天一起去看周郎赤壁。”

孙昌凯便对玉麟说：“雪帅，明天带大伙儿去看看赤壁吧，周瑜能火烧曹操，我们也来一次火烧长毛！”

玉麟笑了笑：“其实我也没去过赤壁，也想看看。好吧，后天我们大部在长江休整，愿意去看赤壁的哨官随我一同前往吧！”

到了那天，玉麟带着他的水师来到赤壁山。

大江茫茫，波涛喷雪溅珠，吼声如雷。赤壁山险峻雄伟，临江是凌空昂立的崖头，犹如战马扬蹄，踏破万顷烟波，奋然北驰。

接近时，只见乱石穿空，暗红的绝壁好像依然在燃烧，远处似传来一阵阵撩人的热浪。一切仿佛都在诉说当年那一场惊天动地的战事。

望江亭位于赤壁山山顶。将士们在望江亭内，放眼向长江对岸望去，看到了当年曹操二十万大军驻扎的地方——乌林寨。

之后将士们转到石壁西侧。绝壁上镌刻着“赤壁”二字，请来的向导说：“此为东吴大将周瑜所书，真是巨手神笔，力若千钧。你们看，字迹竟透过石崖到了山后，映出反体的‘赤壁’二字来。”

王吉面对赤壁的壮丽景观，大声把苏轼的《念奴娇·赤壁怀古》朗诵了一遍。

王凤歧说：“这里虽不是苏轼面对的赤壁，但他的词却是历史宏大的回声。”

玉麟也很感慨：“弟兄们，不知你们看了有何感想？一千六百多年前的一场战争，仿佛发生在昨天，那些英雄豪杰的故事我们耳熟能详。历史会铭记英雄，战功可以穿越时空。大浪淘尽的只是芸芸众生，而不是千古豪杰。昨天来时，孙昌凯对我说：‘周瑜可以火烧赤壁，我们也能火烧长毛！’孙昌凯自称孙打铁，没有读过多少书，但他说的话句句实在，像铁一样敲起来响当当的。我们也要像他那样，有做千古英雄的雄心！”

众人一齐叫好。

“适才有人对我讲，望我今后多带大家看看古迹。诸位，想看风景名胜，沿长江而下，多得很，这里是武赤壁，黄州还有文赤壁。武昌有黄鹤楼、鹦鹉洲，九江有庐山、石钟山，打到江宁，好看的风景更是不胜枚举。只要我们英勇作战，节节胜利，我愿意和大家一起把万里长江的风景看够！”

众人大声附和道：“好，一路打仗，一路风景看到底！”

如果不是战争，他们大多一辈子生活在自己的村子里，连县城也看不到。

归途中，玉麟发现水师里读书人还不少，有的在吟《赤壁赋》，有的在朗诵《念奴娇·赤壁怀古》，还有人竟然念了一首戴复古的《满江红·赤壁怀古》：

赤壁矶头，一番过、一番怀古。想当时、周郎年少，气吞区宇。万骑临江貔虎噪，千艘列炬鱼龙怒。卷长波、一鼓困曹瞒，今如许。

江上渡，江边路。形胜地，兴亡处。览遗踪，胜读史书言语。几度东风吹世换，千年往事随潮去。问道傍、杨柳为谁春，摇金缕。

王吉说：“雪帅，今日游览赤壁，不能没有诗作，你七步成诗，为我们吟一首吧。”

玉麟望着欲落未落的夕阳，沉吟片刻，一首《赤壁怀古》随口而出：

天生奇绝处，阅历事兴亡。
乱石穿空赤，寒烟接树苍。
英雄余感慨，名士有文章。
乌鹊南飞去，残烧剩夕阳。

二　赤膊上阵寒敌胆，故事缠绵牵动英雄心绪

彭玉麟和杨载福会师于金口，得知塔齐布与罗泽南部陆师也是连战连捷，攻克崇阳后一路挺进，现在已近沌口。他们已能遥遥望见武昌城高大雄伟的城墙和江岸上无数座防守营垒。

次日凌晨，彭、杨水师开始向对岸发起进攻。成百上千只战船同时在宽阔的江面上扬帆奋进，舢板船灵活小巧，飘飞在最前面，紧跟而来的是长龙战船，随后而行的是快蟹。战士们一边奋力划桨，一边向对岸的敌船和营垒射击炮弹。

太平军强力还击，一时江上炮落如雨。

玉麟战前曾告诉士卒，这是我们打出湖南、进击武昌的第一仗，要让长毛看看真正的勇士。

这天，玉麟脱下上衣，露出胸脯："今天我们就这样赤膊上阵，让湖北的长毛见识一下湘勇水师！"

孙昌凯也脱了衣服，露出浑身黑黝黝的肌肉，喊道："让长毛看看，蒸湘大地的一群狮子扑来了！"

左营水师将士纷纷模仿彭玉麟和孙昌凯，赤膊立在船上，用血肉之躯抵挡太平军的炮火和箭镞！

彭玉麟和杨载福带着不要命的水师冒着敌人的炮火，眼不眨，心不跳，视漫天炮火为毛毛细雨，向对岸持续不断地发起猛烈攻击。

太平军被这种视死如归的大勇震惊了，吓得脸色发青，纷纷逃命。太平军头目发现这种情况，杀了许多逃兵，却仍然无法制止。

经过两日两夜的战斗，水师停泊在武昌北岸，陆军占领江岸，实现了兵临城下的计划。

但攻破武昌还需时日，而攻城主要是陆营的任务，水师只是配合。

过了一天，湘军得到情报，武昌城外的鹦鹉洲还有残存的太平军。彭玉麟和陆营取得联系，水陆夹攻，除少量太平军战船逃往下游，大部分敌军被消灭。

随后，彭玉麟的左营据守鹦鹉洲。

这一天没有战事，玉麟巡视各营时，遇到一个渔民，从他那里买来几条武昌

鱼，在船上煮了。玉麟拿出毛丽送的酒，把渔民也请来，和他一面喝酒、吃鱼，一面东南西北乱聊。玉麟不摆架子，每到一地喜欢和当地引车卖浆之流拉家常。这个渔民虽然没读过多少书，但阅历丰富。

最先从武昌鱼聊起，说着说着就扯到鹦鹉洲上了。

渔民说："大人知道祢衡吗，他和鹦鹉洲大有关系哩。"

玉麟答道："知道的。祢衡，少有才辩，为人'忠果正直，志怀霜雪，见善若惊，疾恶如仇'，但恃才傲物，屡侮权贵。据传曹操召其为鼓吏，让他脱下书生的服装，穿上鼓吏的服装，以此来侮辱他。没想到祢衡胆大包天，在曹操及众宾客面前裸身更衣，后又在营门外，击鼓骂曹，把曹操得罪后，被遣送给刘表，刘表也被他侮慢，又将他转送给部下江夏太守黄祖。祢衡讽刺黄祖是'庙中之神，虽受祭祀，恨无灵验'，最后被性情暴躁的黄祖杀害，死的时候还只有二十六岁。"

渔民点头说："正是正是，可大人知道这祢衡葬在何处不？"

玉麟摇摇头。

渔民大为得意："祢衡就葬在这鹦鹉洲上呢。相传祢衡看不起黄祖，却和黄祖的儿子黄射非常要好，两人常常在一起玩耍作乐，饮酒赋诗。大人可能不知道，那时候这洲上一片荒芜，杂草丛生，野兔出没。有一天黄射邀请祢衡到洲上来打猎饮酒，随黄射前来的人不少，有的人还带着歌伎，打算痛痛快快玩个够。中午吃饭时，一位名叫碧姬的歌女斟了满满一盅酒捧到祢衡面前，说道：'久闻先生美名，只恨没有缘分见到您，今天有幸，希望先生满饮此杯，别嫌碧姬身世卑贱低微。'"

玉麟笑道："接下来，你又要说才子佳人的风流事了。"

渔民正色道："大人，这男女故事可不是胡编的。"

玉麟忙说："不必介意，但说无妨。"

渔民接着往下说："祢衡没想到在酒场上遇到知己，接过酒杯一饮而尽。正在笑闹的时候，有人将一只羽毛碧绿的红嘴鹦鹉献给黄射，黄射很高兴，玩耍了一阵，又将鹦鹉奉给好友祢衡：'这只鹦鹉转送给你，但是你要写一篇咏鹦鹉的文章，让大家欣赏欣赏。'碧姬一听，马上挽起袖子磨墨。

"祢衡才华过人，只因生在乱世，才智不得施展，他见了鹦鹉，不禁触动心事，于是借物抒怀，一挥而就写了一篇《鹦鹉赋》。那赋的大意是：鹦鹉是一只神鸟，可是没有人认识它，只把它当作笼中的玩物……祢衡当众念了自己的赋，博得阵阵喝彩声。随后他把鹦鹉和那篇赋一并赠给了碧姬，以表达同病相怜的情意。祢衡死后，黄射将他葬在这江心洲上。碧姬穿着一身孝服，带着祢衡转赠的鹦鹉来到洲上，哭倒在墓前，表示愿意随他而去。她哭够了，就一头撞死在墓碑前。那只鹦鹉彻夜哀鸣，第二天也死在了墓前。

“江夏城里的好心人在祢衡的墓旁挖了坟坑，把碧姬和鹦鹉一同葬了，让他们一起在美丽的沙洲上听长江的涛声。所以人们才把江心洲叫作鹦鹉洲。”

故事说完了，玉麟久久不语。

不远处的鹦鹉洲上，衰草茫茫，落叶飘零。

玉麟望着一片烟水，乡愁弥漫而来……千里之外，他心爱的竹宾早已长眠于山岗，没有人和她相伴，连一只鹦鹉也没有。如果自己战死，也无法回到她的身边。竹宾比碧姬更可怜……

突然，亲兵前来禀报：“一位太太想见大人，被哨兵挡在营外，她说是您的家乡人。”

太太？家乡人？难道是……

三　深入敌穴，彭玉麟装扮成毛丽的丈夫

果然是毛丽，真有胆量，竟然找到军营里来了。她把船划了过来，一脸的笑容：“彭大人，现在不敢喊你安徽佬了。你一路打胜仗，一路升官。这武昌城里都知道你的大名了！”

在武昌见到家乡人，玉麟心里充满了温情，也笑着说：“如果不打胜仗，自己赔了老命不说，也对不起家乡的贤达，对不起毛太太啊，你当初可是拿真金白银支持过我们湘军啊。”

“我以为你们湘军忘了此事，原来还有人记得。”

“你不是来这里讨债的吧？”

“正是，我是生意人，想的也是生意。现在你们湘军一天天发展壮大，应该需要各种各样的布吧，我是做布匹生意的，想通过你和曾部堂说说，从我这里进

一些布料吧。”毛丽坦然直言。

“你是湘军的恩人，曾部堂是重情义的人，我转告他后再回复你吧。”

正说着，曾国藩的座船划过来了，他走出船舱招呼玉麟：“雪琴啊，你看谁来了？”

常豫从船舱走了出来。他乡遇故交，玉麟欣喜异常，跳到曾国藩的船上与他们寒暄。这时，曾国藩看到毛丽，大吃一惊：“正想派人去找你呢，你竟然自己来了！”玉麟说：“真是凑巧，毛太太也正要找您哩。”曾国藩大笑：“那就好，快到我的座船上来，我的船上还有毛太太送给我的酒，我舍不得喝。现在故乡人来了，我们要多喝几杯。”

众人坐定，曾国藩并没有把酒拿出来，而是让亲兵给每人泡了一杯热茶。他解释道：“现在我们要议事，先不喝酒。”又看着毛丽说，“毛太太找我有何贵干啊？”毛丽示意玉麟替她说，玉麟就说了：“毛太太想与我们做一笔生意。她的布料来自江西永丰，又厚又宽，牢实耐用，而我们每年都要买帆布、衣服，布料正是我们需要的。她希望我们可以从她那里进点货。”曾国藩说：“这好办，我给管营务的说一声。毛太太有恩于湘军，我们应当照顾你的生意。但我还有一件非常重要的事想请你帮忙。听说你不久前在武昌做生意，我想请你把我的两个人带进城去，不知能否办到？”

毛丽犹豫起来：“这事实在难办，目前城里正在戒严，一般不准进出。更何况我已经出来两个月了，虽然城里还有我的店子，但要重新进城去很难。”

曾国藩严肃地说道：“我知道很难，甚至有生命之虞。但此事只有你才能帮忙。”

毛丽又问：“带谁进去？”

曾国藩道：“带彭玉麟和常豫进去。常豫是我从家乡请来的。”

玉麟十分惊讶：“带我进贼窝？”

曾国藩解释说：“毛太太把你们带进城后就没事了，但你们还有特殊任务。”

第二天，三个人上路了，走在最前面的是毛丽，穿着红艳的衣服，手里抱着一个小孩，用头巾搭得很严实，看不到孩子的脸。后面跟着玉麟与常豫。玉麟挑着米粑装扮成毛丽的丈夫，常豫背着一袋米，装扮成毛丽娘家的亲弟弟。他们不慌不忙地走着，走到忠孝门，被守卫的太平军拦住了。

“不能进去！”

“凭什么啊？武昌是我的家，我也不能回？”毛丽用玉麟教她的安徽话回答。

“城里有你的家？你最近去了哪里？”

“生孩子回了安徽的娘家。”

“你住在城里什么地方？”守卫又问。

“棋盘街布行附近，你知道吗？”毛丽反问。

守卫要检查她身上是否带有违禁的东西，正准备掀开怀中孩子的头巾，毛丽挥手一巴掌打过去：“兵痞！不要动手动脚好不好？哪有男人随便检查女人怀中的东西。老娘怀里除了孩子，还有什么你也要看看？要检查，去检查你妈你姐你妹吧！”

守卫挨了一巴掌，说不出的委屈，不敢再检查了，就放毛丽进去，却把彭玉麟和常豫挡在外面。

毛丽大喊：“进来呀，进来呀！……你们这些兵痞也太不讲道理了！老娘生孩子回一趟娘家，我男人来接我，娘家的小舅老远老远赶来送我，却不能进城去姐姐家里。这太不近人情了吧。”

玉麟用刚学的湖北话说：“我们从安庆大老远接女人回家，连家也不能回？不是说太平军对百姓好吗？”

常豫只会几句安徽话，还是玉麟临时教的，他说得有些结巴：“在我们安庆，那些太平军还是……很讲道理的，没想到武昌的太平军……不一样，和清妖……没有什么区别……让我过去！让我过去！”

毛丽见有几个女太平军从这里经过，央求道：“太平军娘子，为我们女人说一句话吧，我们从安徽回武昌，哨兵竟然不准我丈夫和兄弟进来，天底下有这道理吗？为我说说情吧。你们不是说，天下男人都是兄弟，天下女人都是姊妹。你们帮帮姊妹吧。”

那女兵心软，同哨兵讲了几句广西话，哨兵对玉麟和常豫检查了一番，便放他们进城了。

进了城，三人才松了一口气。其实毛丽怀里抱的并不是孩子，而是一包衣服，衣服里裹着一包银子，是到时候要用来打点的。刚才太平军要对毛丽搜身，幸好被毛丽巧妙地化解了。

玉麟和常豫将毛丽送到她的店铺，店铺已经空空如也，请来的伙计也不知去向。后来听说货物被太平军没收了，他们说社会上一切财富都属于天王陛下，应放到圣库里去，再平均分配给天下的兄弟姐妹。

这次任务是在城内组织敢死队配合城外的湘勇，里应外合，尽快攻取武昌城。玉麟让常豫去找原来与他一起在武昌打长毛的那些兄弟，把他们秘密组织起来，配合攻城。为了安全起见，他们三人分开在不同的旅馆过夜。

夜里，武昌城里没了灯红酒绿，战乱已经让城市不像城市了。

旅店店主是一位老头，又聋又哑，玉麟给了他银子，他只端来一碗糙米饭、半碗盐水汤，还有一根三寸长的蜡烛。

玉麟决定明天去找邹汉章，他作为湘军的情报人员潜伏在武昌城。临走时，曾国藩反复叮嘱他记住邹汉章的地址，只有找到他才能实现计划。

玉麟在船上睡惯了，在陆地上竟然睡不着，辗转反侧。那根三寸来长的蜡烛燃着燃着就熄灭了。

他陷入黑暗之中。他想起毛丽，她今日的表现非同一般。她的从容镇定、随机应变，一般人不可与之相比。她明大义，重感情，资助湘军，冒着危险经商，这是一般小女人能干的事吗？她敢说敢做，爱憎分明，与这样的女人结为夫妻也是一种福分。她丈夫去世好几年了，她也不嫁人，也许她真的对自己还存有那种念头。可自己总是对她热不起来，是因为逝去的竹宾吗？好像是，也不全是……

四　声东击西，彭玉麟率士卒打开汉阳门

第二天事情进展得较为顺利。

玉麟根据曾国藩给他的有关信息，顺利地在一间民居找到了邹汉章，告知了这次冒险进城的目的是配合湘军攻取武昌城，请邹尽力相助。

"邹兄神通广大，最好能收买某一处守城的军官，请他帮忙打开大门，让湘军进城，这样会减少许多牺牲和麻烦。"

"我倒是认识一名太平军守门军吏，叫郝伟，武昌人，最近才加入太平军，

现在正守卫着汉阳门。虽有一定交情，但不知道他会不会买账呢。”

“你一定要对此人加强攻势，曾部堂有令，事成之后，给他县令官职，如果要钱，也可以给他银子。”说着把一包银子递给邹汉章，让他疏通关系。邹汉章答应尽一切努力，通过这个郝伟扩充力量。

傍晚时，常豫来到玉麟住的旅店里交换情报，说自己已经顺利找到以前的朋友于大成。在太平军第一次攻打武昌时，于大成和他一起参加过武昌保卫战。城破后，他并没有离开，而是扮成流浪汉在城里生存下来。清军重新占领武昌后，他没有去官府任职。太平军西征攻打武昌时，他也没参加第二次武昌保卫战。现在他只想做一个普通市民，不想再参与政事和战争。但经过常豫的劝说，他重拾信心和热情，愿意在短时间内组织起一个武装小分队，与湘军里应外合赶走太平军。常豫答应给他们一些活动经费，并设法为他们弄一批兵器。

玉麟说兵器的问题由邹汉章去解决，他在太平军二攻武昌前就到了武昌，应当有许多准备，也有很多关系可以利用。

第三天，于大成把武装小分队组织好了。第四天，众人相约到珞珈山的寺院后山里集中开会。

十多位壮士如期而至。玉麟拱拱手对坐在山石上的各位壮士说：“弟兄们，我们有缘相聚，为了一个共同目标，那就是恢复家园，重回和平岁月。故我等应全力以赴，不畏生死！请各位为湘勇进城助一臂之力，朝廷将有重赏，武昌市民也会感恩戴德！”

玉麟给每人发了五两银子，并给了每人一把大刀。接下来几天常豫对小分队进行了简单的训练。常豫在第一次武昌战争中带兵打过仗，回到家乡金兰又办过团练，训练小分队自然不在话下。

与此同时，邹汉章那边也有了新的进展。郝伟已接受条件，开始了一些实际性的工作，他愿意不顾安危，助湘军打开汉阳门。

接着彭玉麟、常豫和邹汉章在玉麟住的旅店里进行了一次密谋，他们都倾向于智取为上，万不得已时才强攻。

三天后的五更，小分队换上太平军的服装，手握长矛或战刀，静悄悄地潜伏在离汉阳门不远处的民居里。他们屏住呼吸，等待着战斗时刻的来临。

等待总是漫长的。他们看到城墙上的灯光，听到哨兵的口令声和军官的斥责声，隐隐地感到将有一场紧张的生死搏斗，然而是生是死他们已经不在乎，只希望时间快点过，等待实在是一种痛苦的煎熬。

隆隆的炮声终于在城的南面响起，他们看到远处交战的炮火映红了夜空。彭玉麟和常豫知道，湘军正在按照计划声东击西。真正的战斗不是在炮声响起的地方，而是在深深沉寂的别处。

待炮声响过半个时辰后，穿着太平军服装的玉麟从潜伏处走到街道正中，然后径直跑向汉阳门的岗哨处，挥动着令旗说："谁是郝伟哨官？"

郝伟行了军礼："本人就是。"

玉麟厉声说："石大帅有令，城南危机，命你部立即增援城南中和门，只留小部分驻守城门。十万火急，不得延误！"

郝伟答道："遵令。"

玉麟说完，转身原路返回。

郝伟命令副官："你带人增援城南，留十多人坚守此门。"郝伟点了十来人的名字随自己留下，其余人跑步增援城南去了。

待增援的人走远，郝伟下令集合。十多人集中到一处时，彭玉麟这一队"太平军"立即将他们包围。郝伟说："你们都是我最信任的弟兄，我要领着你们弃暗投明。老实说，我们投靠朝廷，才会有出路。我们不能做长毛的炮灰！"

玉麟表明身份："我们其实不是太平军，而是曾大帅手下的湘勇。郝大人为你们选择的路绝对是一条光明大道！"

郝伟严肃地说："如果有兄弟不愿跟着我投靠朝廷，我也不勉强，你们往城南去寻找原来的队伍吧。"谁知真有一个人说："我不愿意。"然后拔腿往外跑。玉麟追上去，把他砍杀在地。

玉麟引导道："不与我们为伍就是我们的敌人，只有死路一条！投靠我们就是我们的兄弟，现在你们立功的机会到了。打开大门吧！"

万千湘军战士潮水一般冲进汉阳门，向城市中心席卷而去。

五　功劳显赫，得到了曾国藩的第三号腰刀

太平军见城门已开，知道难以取胜，不再恋战，主动从东北门撤出。汉阳、

汉口镇的太平军也主动撤离，向下游收拢战线，准备日后再与湘勇一决雌雄。

湘军占领武昌后，顺势收复汉阳、汉口，武汉三镇再一次回归朝廷的怀抱。武汉乃荆楚重镇，九省通衢，地位举足轻重，现在掌控在湖湘子弟兵手中，玉麟心里很得意。湘军出省第一仗就拿下了武汉，是朝廷正规军绿营干不了的事，官场里那些以为湘军打不出湖南的官僚们，也许会换一种眼光看待湘军了。

这时亲兵来禀告，曾国藩让他立即到湖北巡抚衙门议事。

赶到参会地点，已是下午。战乱中的巡抚衙门显得有些破旧和阴森。门前的土坪较为宽阔，此时已经聚集了近四百名湘军哨官以上的军官，秋日的阳光投射在他们的脸上，让他们愈发显得神采飞扬。他们大多穿着官服，谈笑风生。唯有玉麟一袭布衣，神色平静。他不喜在大庭广众之中高谈阔论，此时默然独立于土坪的一角，一副肃然威严之态。

正在大家七嘴八舌叽叽喳喳谈论的时候，亲兵一声高喊："曾大人到！"

土坪上顿时鸦雀无声。全体湘军军官挺直腰板，翘首肃立。玉麟看到曾国藩从衙门厅堂里健步走出，他身着朝服，稳重威严，比平时更为精神。

曾国藩在高出地面三四尺的台阶上停住脚步，用他那特有的犀利目光，打量着台阶下这批神采奕奕的军官们。他轻轻地咳了一声，然后用洪亮的湘乡官话说：

"诸位，今天我们集会的地方有些特别，我们立足之处已经不是湖南，而是湖北，意味着我们打出湖南了！此乃重大之突破也！本部堂奉皇上之命，受家乡父老之托，与诸位一道讨伐叛逆，奔赴国难，虽多有挫折，然已取得湘潭、岳州之大捷。出省第一仗，我们又顺利攻取武汉三镇，上至朝廷，下至民间，甚至包括金陵的贼首，谁不知我们湘勇是雄师劲旅？此乃我们全体将士之荣耀！"

玉麟环视会场，所有人的脸上都现出自豪的神情。

"各位，前几天我已上奏皇上，禀报了攻克武汉的详细情况，也为这次立下战功的将士请了功。我想，过几天便会有圣旨下来，诸位的官职都会得到提升！这是可喜可贺的事情！这次攻城，陆营塔齐布、罗泽南功劳显著，水师彭雪琴功劳最大！他竟然变成孙悟空，钻进了铁扇公主的肚子里，为我们打开了城门，极大地减少了牺牲，加速了攻城的进程……"

大家的目光在玉麟的脸上扫来扫去，他脸上有些发烫。

曾国藩兴奋地说下去：“诸位，不知你们思索了没有，我们靠什么赢得今天这样的局面？本部堂认为，除了皇上的恩宠，除了各界有志之士的支持，还靠的是全体将士服从命令、精诚团结、勇猛刚强、百折不挠的精神。这就是我们的湘勇精神！为此，今天本部堂要授予大家一些特殊的奖品，得到奖品的将领们请牢记湘勇精神，建功立业再创奇迹！”

全体将领都怀着极大的兴致注视着曾国藩，等待着“特殊奖品”的出现。

这时，两个亲兵抬着一个木箱出来，放在曾国藩近处，勇丁利索地解开绳索，揭开盖板，只见寒光闪闪，原来是一把把新造的腰刀。一个亲兵从木箱里拿出一把来，对着众人挥舞了几下，刀光闪动，凄神寒骨。曾国藩神情凛然地说：“本部堂新近在武汉打造了五十把上等腰刀，每把腰刀上都刻有‘殄灭丑类，尽忠王事’八个字，获得此刀的将领请铭记这八字，牢记本部堂和三湘父老对各位的期望，再立新功，报效朝廷。现在，我将这五十把腰刀奖励给军功较大的将帅！”

谁不想得到这样一把腰刀呢？它不再是一把刀，而是荣誉和地位的象征。

曾国藩捧着亲兵递来的一把腰刀，在台阶上高喊：“陆营统领塔齐布！”

“到！”塔齐布大步走上台阶，庄重地向曾国藩行了一礼。

“塔齐布乃我湘勇第一功臣也。创建湘勇，劳苦功高，杀敌攻城，勇冠三军，本部堂赠君第一号腰刀。”

塔齐布双手接过，雄赳赳走下去。

玉麟心想，夫子大人把一号腰刀奖给满人将领，用心良苦。其评价也很恰当，塔齐布受之无愧。

“陆营统领罗泽南！”

“到！”罗泽南稳步跨上台阶，对曾国藩恭敬行礼。

“创办团练，德高功伟，智勇双全，屡战获捷。罗泽南为湘勇德高望重之儒将，本部堂赠君第二号腰刀。”

罗泽南弯腰接过腰刀，然后走下台阶。

曾国藩又高声喊道：“水营统领彭玉麟！”

玉麟已猜到自己会得到一把腰刀，但没有料到这么快就喊到自己的名字。他禁不住内心的激动，脸色涨红了，响亮地回答一声：“到！”随后健步跨上台阶，向他的夫子大人恭敬地行了一礼。

“彭玉麟屡建奇功，操心劳力，创建水师，纵横大江，所向无敌。作战英勇顽强，敌军闻之丧胆！本部堂赠你第三号腰刀！”

玉麟接过腰刀，又行一礼，随后步履雄健地走下台阶。

曾国藩还在不停地发放腰刀，但玉麟已经不太在意。他低头端详自己的腰刀。这腰刀两尺来长，四指宽，打造得十分精美：刀鞘是由熟铁皮制就，上面一朵朵云形花纹用铜钉钉出，铜钉锃亮如黄金般闪着光泽；刀把用墨绿色南阳玉镶嵌着。玉麟将刀抽出，一道寒光晃得四周发亮……比常豫送他的那把剑要精巧、古雅一些，也长一些，重一些，沉甸甸的，刀面更宽、更锋利。他本想拿腰刀挥舞一阵，因人多场地不宽打消了念头……

当他重新抬起头来注视曾国藩时，腰刀发完了。曾国藩在台阶上说：“各位弟兄，本部堂打造的五十把腰刀，已经全部发完了，还有谁想要吗？”

台阶下的人大声喊着：“我想要！我想要！我想要！”

曾国藩听了很高兴，问玉麟身后那个又黑又高的汉子：“你叫什么名字？你也想要一把腰刀？”

“我叫孙昌凯，又叫孙打铁，来当兵之前是个铁匠！我也想要一把腰刀！”

有人开玩笑道：“你铁匠要一把刀还不容易，自己打一把就是了！”

孙昌凯瞪着眼睛对那人说：“打一把刀和部堂大人奖励一把刀能一样吗！”

曾国藩笑着说：“说得好，孙昌凯，只要你成为杀敌立功的勇士，我一定会发一把腰刀给你。”然后对台阶下的人说，“很多人都想得到我的腰刀，这是好事情，说明大家都争做勇士，都想立功报国，这种可贵的精神值得发扬光大。我准备再去打五十把腰刀，凡是立下大战功的将士都能得到！”

许多没得到腰刀的人脸上也露出兴奋的光彩。

最后，曾国藩宣布了以武昌为新的起点，分三路出兵东征的计划。

六　大江送别，孤帆远影碧空尽

玉麟自上次听老渔民讲述鹦鹉洲来历的故事后，便萌生了去祢衡和碧姬的墓前凭吊一番的想法。由于战事倥偬，一直没能成行。现在稍有闲暇，他便独自登洲，找了好久，才在荒草丛中找到三块小小的墓碑，一块是祢衡的，一块是碧姬的，一块是那只鹦鹉的。三块墓碑立在荒草里，立在大江中的小洲上，立在千年不息的涛声中。

在墓碑边默默地站立了很久，玉麟好像有不少话对那三块墓碑说。但终究什么也没有说，就独自离开，划着小船返回武昌城。

次日，他又去寻访武昌城的古迹名胜——黄鹤楼，可黄鹤楼已经在战火中坍塌成废墟，只有蒿草在风中摇曳着寂寞。又去寻找晴川阁，晴川阁也没有了，只留下残砖碎瓦，四周的草丛里有虫子在唱着挽歌；接着去寻洪山塔，洪山塔也消失了，它高大的身影是这个战乱年代不容许存在的，成了一地碎片。城里的一位老汉说，造孽啊，这些古迹都被长毛破坏了，他们把这些东西当仇人，不把它们除掉心里就不痛快。

生灵涂炭，哀鸿遍野，除了江上飞翔的鸥鸟无恙之外，战乱带来的灾难，还有谁能够幸免呢？

毛丽来与玉麟告别，她从船舱里走出，同他打招呼，说她要走了。毛丽依然俊俏，岁月给她增添了成熟与冷静，也让她多了几分忧郁与典雅。

“你是回衡州吗？”玉麟问道。

她说不是，自己是做生意的命，是东南西北奔走的命，不会在一个地方停留太久时间。很可能去九江、安庆，或者到长毛盘踞的江宁去。她应是女人中的异类，那个时代的另类。

玉麟担心地说：“我知道你不怕风险。你在武昌的店铺都被长毛毁了，去远方做生意还有本钱吗？我送你一些银子吧。”

毛丽笑了笑：“多谢，不用了。和你们进一趟城，曾大人认为我为你们夺取武昌立下了功劳，送了我不少银子，足够起本做生意了。”

玉麟这时想把自己身上一把精致的军用小匕首送给毛丽，但想了想又觉得不妥，怕引起误会就作罢了。他问毛丽，又像问自己：“那我送什么呢？”

毛丽说：“你什么也不用送。这整条大江都在你们水师手里，我做生意会在江上来来回回，遇上了困难和麻烦，我就说，我是彭大人的老乡，熟悉得很，你的部下谁不会助我一把？”

说完，她就笑，笑出了眼泪。

玉麟也笑了，他听见自己的笑声带着几分嘶哑。

笑完之后，毛丽的船划动了。划船的是一对中年渔民夫妇，坐船的只有毛丽一个。

玉麟想划船送毛丽，她没有拒绝。

在长江的烟波里，一只小船送另一只小船，一前一后。

他们一个经商，一个征战，都在战乱中走向遥远的异乡，前程难卜。这次相遇是缘分，下次能否再相遇江湖，未可知也……

千里烟波，楚天辽阔。江面上水汽氤氲，似云似雾，缠缠绵绵，难分难解，但江风轻轻一吹，又渐渐分开，最后消散得无影无踪，只剩下，一江春水东流去……

桨声咿呀，他们一路无言。

把毛丽送到渡口刚回来，常豫又来告别，准备动身回衡州去。

毛丽的身影还在玉麟脑海里挥之不去，他失神地说道："刚刚送毛丽走了。"

常豫笑道："怎么不留住她？"

"留得住吗？她是做生意的命，天南海北任漂流。"

"只怕你没有真心留，真心留还是留得住的。"

"别开玩笑了，你真的要回衡州？曾大人没留你？"

"再三挽留了，让我先给他当幕僚，再派我带兵打仗。我没有同意。我已经发过誓，不再从政从军，像陶渊明那样读书耕地才有意思呢。"

"我还不知道自己何时才能解甲归田，说不定就战死沙场，变成孤魂野鬼，永远回不去了。"

"兄台一向豪壮，今日何出此言？"

"这是真话。……你还记得我们开过一个玩笑嘛，说我们要成儿女亲家？

"记得记得，怎么不记得呢。"

"你知道我只有一个儿子，书也读得不错，至少不是那种很蠢的人，你把女儿下嫁到我们家，不会吃亏的。"

"我的女儿能许配给你家公子，那是求之不得的事，是你对我常家的看重啊，我愿意。"

“既然如此，我过几天就写家书回去，叫人去你家送聘礼。”

“要得要得。”

玉麟又划着船送常豫离开，不过送毛丽是往长江下游走，送常豫是往长江上游走。

长江万里，流水天涯。

玉麟在大江里送了数十里，就停住了。

常豫的小船继续向前，船桨划开碧浪，向着水云深处，向着遥远的燕湘而去。

第十一章　大破田家镇

湘军兵分三路沿江而下，太平军在田家镇一带设防，铁索横江，堡垒林立，欲阻湘军东征。彭玉麟率水师断铁链，焚敌船，周郎赤壁的故事又添了新版本……

一　东坡赤壁，说不尽风雅事

九月初，湘军分三路进军长江下游，南路由塔齐布率陆营顺长江南岸东进，攻兴国、大冶；北路由提督桂明统兵由长江北岸东进，攻蕲州、广济；水师顺江直下，风帆遮天蔽日，曾国藩及幕僚随水师而行。

到达黄州后，湘军停留了数日。这天曾国藩邀玉麟等人游东坡赤壁，玉麟建议道："最好是晚上去。"

曾国藩问道："为何？"

玉麟答道："这东坡赤壁，是文赤壁。苏轼被贬到黄州，写下了《赤壁赋》《后赤壁赋》《念奴娇·赤壁怀古》，《赤壁赋》里有'月出于东山之上，徘徊于斗牛之间。白露横江，水光接天'，《后赤壁赋》里有'江流有声，断岸千尺；山高月小，水落石出'，而《念奴娇·赤壁怀古》有'人间如梦，一樽还酹江月'，写的都是夜里的景色，说明苏轼都是夜游赤壁，可见夜景更美。我们为何白天去游？"

曾国藩笑了："有几分歪理，那我们晚上再去吧。"

他们出发时正是"月出于东山之上"之时，江面上有了一片溶溶的月色，如一层似有似无的雾气在升腾。

船行江上，开始出现在众人眼前的是平旷的田野，然后是山丘，继而是赭红色石壁，石壁不高，也不险峻，“乱石穿空”“断崖千尺”是东坡的艺术夸张。江流有声是真的，但风平浪静，哪里有什么“惊涛拍岸，卷起千堆雪”的视觉冲击力？

曾国藩解释道：“据说长江多次改道，故没有了那番壮观的景象，也许在东坡那时代是有的。”

众人把船停在石壁旁，石壁上有几个很大的草书：东坡赤壁。

沿着一条极为陡峭的石径，众人登上了石壁的最高处。顶上有一座凉亭，亭子里有一尊苏轼的石雕像。曾国藩带着大家向石像作了几个揖，接着往山那边有灯光的地方走。

刘蓉感叹道：“苏轼在黄州时，是他一生中最倒霉的时候。”

曾国藩深有同感，说：“是的，那时他刚从监狱出来，任一个极小的官职，到黄州实际上是以罪犯的身份来的，带着官场和文坛泼给他的脏水。他在给好友李端的信中这样说：‘得罪以来，深自闭塞，扁舟草履，放浪山水间，与樵渔杂处，往往为醉人所推骂，辄自喜渐不为人识。平生亲友，无一字见及，有书与之亦不答，自幸庶几免矣。’可见他当时的处境。”

刘蓉忍不住发表异议：“有人说，也正因为这段苦难的经历，才有那三篇千古奇文出世，这里的大江、绝壁和独特的历史事件触发了他的文学灵感，可以说，是黄州造就了东坡大师。”

“有道理，还应加上一句：苏轼也成全了黄州。他用诗文创造了一个新的赤壁，此乃天下之奇迹，不朽之盛事也！”曾国藩的见解十分独到。

玉麟总结道：“武赤壁，是英雄用血与火创造的历史；文赤壁，是文人用诗歌和哲理创造的历史！绝代双骄！”

曾国藩用赞赏的口气说：“雪琴说得极妙！”

玉麟又谈起自己的新发现：“夫子大人过奖了。……不过，说到‘英雄’，在东坡大师这三篇诗文里，对英雄带有贬义，不知诸位发现没有？”

刘蓉阐释道：“是的，‘大江东去，浪淘尽，千古风流人物’，还有‘方其破荆州，下江陵，顺流而东也，舳舻千里，旌旗蔽空，酾酒临江，横槊赋诗，固一世之雄也，而今安在哉’，好像英雄已经随风而散，再也不会有了，不管怎么说，这三篇诗文里，看不到他早几年‘会挽雕弓如满月，西北望，射天狼’的豪气了。”

曾国藩说：“其实，英雄是大浪淘不尽的，每个时代都会有英雄豪杰出现。说不定我们在座的以后就是千古风流人物呢。”

一幕僚补充道：“我也有一个新发现，苏轼的三篇诗文里，每篇都有一样东西，也是我们都喜欢的，是什么？”

有人答道：“酒！”

玉麟笑着附和：“今夜，泛舟大江，看赤壁，享风月，谈诗文，论英雄，没有酒，实在是缺少一点气氛！”

曾国藩大笑：“你们这些好吃鬼，原来想喝酒了？我这船里没有酒了，毛丽给的酒全喝完了。”

玉麟遗憾地说：“我船里还有，可忘记带来了。”

一幕僚提议道：“仅仅有酒还不够，《后赤壁赋》里还说到‘巨口细鳞，状如松江之鲈’……”

玉麟大笑：“你比我还贪，不仅想喝酒，还想吃鱼？”

曾国藩说：“我也饿了，只是我们在洞庭吃了洞庭银鱼，在武昌吃了武昌鱼，这里的鱼不会比那两个地方更好。我们不如吃猪肉吧。”

大家一齐说：“猪肉？没特色！”

曾国藩哈哈大笑：“这就是你们无知了，苏东坡在黄州不仅写出了千古美文，还创造了千古美食——东坡肉。”

众人让步：“也罢，喝酒，吃东坡肉，也行。”

曾国藩说：“那就去找家店，看我们是否有口福了。”

寻来找去，终于在山路边找到一家，有酒，也有东坡肉，只是价钱很贵。曾国藩横下心来，说：“顾不得那么多了，在东坡赤壁，不吃几坨东坡肉，岂不可惜？”

众人入席。不久，酒来了，一大盆子东坡肉也上桌了，红通通的，香气四溢。

“喝酒，吃肉！”曾国藩开口道。

“遵命！”刘蓉逗趣地说，一面将竹筷伸出去，稳稳当当地夹住一大坨四四方方的肉就往嘴里送，又突然停住：“东坡啊东坡，吾爱你笔下的诗文，然而，吾更喜你创制的东坡肉啊！”

刘蓉在众人的笑声里把那坨肉吃完，评价道：“这东坡肉，色泽红亮，味醇汁浓，酥烂而形不碎，香糯而不腻口，真乃千古美食也！”

玉麟也吃了一坨：“这东坡肉与我们衡州的坨子肉样子差不多，可坨子肉太腻人了，味道远不及这东坡肉。不知这东坡肉如何做成？学会了，回去把我们衡州的坨子肉改进一下才好。”

曾国藩告诉他：“雪琴啊，如果你读了苏轼的《炖肉歌》，就知道如何做东坡肉了。”不待玉麟回话，曾国藩便吟起《炖肉歌》——

黄州好猪肉，价贱如粪土。
富者不肯吃，贫者不解煮。
慢着火，少着水，
火候足时它自美。
每日起来打一碗，
饱着自家君莫管。

玉麟赞叹道：“原来炖东坡肉的诀窍在火候……夫子大人真是学问渊博啊……”

话未说完，一位书生走进屋来，对着曾国藩作揖：“部堂大人，学生在此等您久矣。”

曾国藩定睛一看：“你不是杨国栋吗？好久不见。”

那书生说：“正是，京城一别，转眼七八年了。听说大人挥师东下，我想大人一定会来黄州赤壁，故在此等候……”

曾国藩问道：“这七八年，不通音信，不知你在哪里高就？”

杨国栋答道：“我隐居半壁山，潜心研究古今兵器，尤喜制造火炮……我等候大人的目的，是想投靠在您麾下，把我所学贡献于国家，为您效犬马之劳！”

曾国藩满心欢喜：“好呀，来来来，坐这里来，同我们一起喝酒，吃肉，与我们一同回营。”

回营途中，大家都有些醉意了。

大江浩浩，波光连天。一只小船在月色桨声里缓缓回溯……

二　道士洑上，定下“火烧赤壁”策

在武汉败退的太平军与下游的太平军一同在田家镇一带设防，企图阻止三路直下的湘军东进。而湘军沿江东下、剑指江宁的战略目标不可动摇，一场鏖战一触即发。

曾国藩等人到达长江边上的小镇道士洑，在一所祠堂里召开前线指挥会议。

道士洑地处洑水之畔，在西塞山北面，其西面陵冈隐起，蹲石歧据，丛木蒙蔽，林竹披猗。东临大江，水流汹涌，洄流逆湍，险象环生。

会议之前，曾国藩派人收集了大量情报，绘制了军事地图，堆制了沙盘地形，为会议作了周密的安排。

杨国栋也参加了会议，由于他是半壁山的隐士，多年在此地生活，自然对田家镇以及半壁山的地形很熟悉。曾国藩让他向大家介绍地形地貌。

“这田家镇位于大别山南麓、长江北岸，距蕲州、广济均四十里，下游距九江大约一百里。它的对岸是半壁山，陡峭无比，三面都是悬崖，只有东面稍微平缓一点，下面是富池口小镇。浩荡的长江从田家镇和半壁山中间流过，江面陡然转窄，江流如束，形如咽喉，江面横宽只有一百七十多丈。此处乃武汉锁钥之地、攻荆入楚的门户，是沿江要塞中最坚固、最大的堡垒。因此又有‘楚江锁钥’之称。它与半壁山共同扼守长江航路，是兵家必争之地。”

接着刘蓉讲解太平军的设防情况，他指着沙盘模型说：“敌军在田家镇沿岸增筑土城，密设炮位，营垒达二里之长，伪燕王秦日纲驻田家镇中街指挥防守。上游有老鼠山营垒、房盘山营垒、牛肝矶营垒，自牛肝矶下至吴王庙六七里，皆密布炮眼，可以向江心射击。这是江北的情况。”

“江的南面，半壁山上太平军扎大营一座，小营四座，挖沟深丈余，宽三四丈，引内湖之水环灌，沟内沿竖立炮台、木栅，沟外沿密钉竹签、木桩，整座山只有后山有石级可登。此山的营垒皆居高临下，可向江心轰击。伪豫王胡以晃在此坐镇指挥。这是江南面的情况。”

“再看大江江面情况，这是问题的核心。请大家到桌子前面来。”大家跟着他走到桌子前，桌子是由两张长方形桌子并在一起的，桌上放着二十只大碗，每只碗上搁着七根筷子，把碗与碗连接起来。

“诸位请看，水师统领要尤为注意：长毛在江面上横着七根铁链，北拴田家镇，南系半壁山，两端钉入南北江岸的山崖里，中间用二十只小船、八只木排托着，船与木排之头尾，皆用大锚钩于江底。横于船上的铁链，用铁码钉死在船上……看吧，桌子上的碗好比江上的船，碗上的筷子好比铁链……看明白了吗？”

“雪帅，还记得刘禹锡那首《西塞山怀古》吗？”

玉麟答道：“记得的。‘王濬楼船下益州，金陵王气黯然收。千寻铁索沉江底，一片降幡出石头。人世几回伤往事，山形依旧枕寒流。今逢四海为家日，故垒萧萧芦荻秋。’”

刘蓉引入话题：“没错。吴国后期为阻止西晋进攻，也采用过铁链横江的做法，但是没有用船和木排来托着，也没有固定在船上。”

玉麟分析说：“吴国人那样做的缺陷是如果铁链的某一处断了，这根铁链就起不到阻拦作用了。长毛花了心思，让船托着铁链的同时又把铁链钉死在船上，就算被砍断一节，其余数节牢系如故。而且，横江还浮着八只木排，木排上设有炮台，派人坚守，可随时向我军开炮。这样，砍断铁链，冲破封锁的难度加大了许多倍！长毛真是狡猾至极啊！”

杨载福补充道：“所言极是！我还要说明一点，铁链封锁线前后，停泊着六七千只长毛战船，蜿蜒于两岸六十余里。”

曾国藩接着说：“我想诸位已经听明白了地形和敌方设防的情况。我现在讲一下双方的兵力配置情况：长毛伪燕王秦日纲、豫王胡以晃、检点陈玉成、国宗韦俊率领水陆十万兵马防守南北要塞。然而长毛常常虚张声势，我估计他们实际上只有八九万兵力。我方兵力不足三万，其中南路陆营不到一万人马，北路只有七千三百多人，水师九千。从兵力上看，敌方处于绝对优势，我军处于劣势。现在我们商讨一下，采取怎样的战法，才能冲破敌人的封锁线，直下江宁。”

大家七嘴八舌议论起来，有的说应先攻南岸，有的说先攻北岸好，有的说最好水师先攻，也有的说同时发起攻击，不一而足。

曾国藩知道彭玉麟的看法往往具有建设性，于是说：“请雪帅发表高见。”

玉麟没有推辞，说道：“我的看法是，水师发起攻击时，不能同时被南北两岸敌军夹攻，否则难以取胜。所以，陆营必须先控制一面江岸。我以为，北路军势力不足，而敌人北岸兵力强大；南岸我军力量强大，敌军兵力稍弱一些，且半壁山居高临下，控制此山很重要。”

曾国藩最后总结道：“根据各位的意见，先由南路军发起进攻，剪灭南路沿岸之敌，占据半壁山，夺其要隘，砍断山崖的铁索，使其一岸无根。然后水师从江上发起进攻，斩断铁链，焚毁敌船，使长毛水路依附断绝，从而各个击破。北路陆军由蕲州直攻广济，切断田家镇的后路，牵制北岸之敌。至于水师如何斩断铁索，我想水师统领定会有锦囊妙计。散会。”

临走时，曾国藩笑着对玉麟说：“雪琴啊，这次战役你面临的困难比周瑜遇到的要大得多，你和厚庵（杨载福）好好配合，一定要想出一个妙计来啰。”

三　罗泽南初战马岭坳，塔齐布进击军山嘴

南岸湘军一路东进，塔齐布率五千人马于十月初到达离半壁山东南六里的富池口附近，罗泽南率三千人马抵达半壁山西南三里的马岭坳。

罗泽南很有意思，他当过多年的私塾老师，平时看起来有那么一点迂腐，可是一旦上了战场，立马变成另外一个人，成了威武善战的勇猛将军。仗一打完，又立即恢复文雅之态。他的名言是：上马杀贼，下马读书。夜里军营无事了，他就对将士们说：“你们太没有文化了。来来来，我来教你们读书。”有人说：“好好好，你教我们读《孙子兵法》、戚继光兵法吧。”可他信的是理学，是孔孟之道，他说：“兵法有什么读头？我教你们读《论语》《大学》《孟子》吧，比《孙子兵法》还管用呢。”后来左宗棠评价他，罗老夫子学问其实不怎么样，但很可爱，带兵打仗有真本事，不服不行啊。湘军大将王鑫、李续宾等人都是他的学生。

罗泽南在马岭坳刚扎好营，忽听得一声炮响，据守半壁山的太平军潮水般从山上掩杀过来。他们想乘湘军立足未稳，一口把他们吃掉。罗泽南立即下令暂停扎营，迎战长毛。双方正欲交战，忽又听得一声炮响，从江北田家镇渡河来助战

的太平军，叫喊着杀将过来，埋伏在四周民房里的太平军也纷纷从房子里冲杀出来。太平军的数量加起来至少在一万以上，而罗泽南的兵力才三千，怎么抵挡得住？

好在他久经沙场，天塌下来也不会慌张，一面命令将士在草坪里布好阵势，严阵以待；一面等待着湘军另一位大将李续宾率部前来，他手下也有两千人马。他们已经约好在此会师，不知为何李续宾迟迟不来。

现在太平军人多势众，哪里肯等下去呢，他们已经发起了冲击。罗泽南令士兵沉着应战，不要乱了阵脚。对冲过来的敌人一边猛砍猛杀，一边用炮火射击。

此地是网湖的尾部，湖汊纷错。敌军集中在左、右两个湖堤上。

敌军又一次发起了猛烈的冲锋，炮火散落在阵地上，许多人一个接一个倒下了。罗泽南敏锐地感觉到有些抵挡不住了。于是他改变战法，变被动为主动，挑选了三十名勇猛的骑兵组成敢死队，自己走在队伍的最前头，拍马挥刀，一声怒吼冲入敌阵，后面的勇士紧随其后，猛虎恶狼一样扑向太平军。其他士卒也跟随着敢死队一齐杀进敌阵。

太平军没料到这种情况下湘军会有这么勇猛的反攻，一时竟然慌了手脚。

冲进敌阵的罗泽南以及身后的勇士奋力砍杀，横冲直撞，太平军纷纷退到湖堤北岸。罗泽南复由右堤冲出，回马冲入左堤，左驰右突，砍得敌军血肉四溅，喊叫连天。两军对战两个时辰，各有死伤，但仍然纠缠在一起不分胜负。

突然喊杀声如惊雷响起，李续宾率队赶来救援，军力大大加强。忽又听得一声炮响，李杏春率队从左面杀入，登时士气大振，战局立即改观，太平军此时三面受敌，纷纷后退。

罗泽南、李续宾率队穷追猛打，杀入太平军的营垒，四处纵火，烈焰腾空。敌军只得往江边跑，争先恐后登上他们原来过江的舢板船，企图逃往江北。罗泽南率士卒尾随而至，抢先跳上战船，在江上和太平军展开殊死拼杀，太平军被砍杀和溺死者达千人，湘军也战死不少，江水都被血染红了。太平军惧怕湘勇跟着渡江，当即将浮桥截断。

太阳落山的时候，喊杀声渐渐停息，罗泽南等收队扎营。

同一天，陆营塔齐布部直指富池口，在离富池口还有十来里的军山嘴扎下营，准备先攻半壁山，再攻富池口。军山嘴前面有一条小河，河水很深。次日天一亮，塔齐布命兵士在小河里架设浮桥，以便进军富池口。富池口营垒的太平军发现后，派遣多人前来阻挠，并用炮向对岸轰击。塔齐布命令士卒还击。湘军的枪炮质量比太平军好得多，射程远，杀伤力大，很快把对方的火力压了下去，众士兵踏着搭好的浮桥冲到对岸。

这时数千太平军从江北赶来，半壁山的守军也派了不少人下山来攻打湘勇。塔齐布带领战士猛扑敌阵，双方战斗了几个回合，不分胜负。塔齐布知道，太平军没经过太多训练，战斗力不强，他们上战场全靠人多势众，一般都听从旗手指挥。旗帜指向哪里，他们就不要命地朝哪里冲。一个旗手倒下去，另一个人就会接过旗帜，高高举起，率领着士卒继续往前冲。如果砍死他们的旗手，夺下旗帜，他们便会失去指挥，乱成一团。

塔齐布是满人，骑马射箭是他的强项。于是，他带领士卒专朝举着旗帜的旗手冲击，呼地一下，他就骑着马赶到举旗人身边，刀一挥，一道血光闪过，那颗脑袋便滚落在地。然后又拍马挥刀驰向另一个举旗人，接着，寒光又一闪，血水喷射，又一颗脑袋如落叶飘零……砍倒多名举旗的头目后，太平军大乱，纷纷向半壁山撤退，塔齐布率队一直追到山脚下才退回，他知道，占领半壁山还不到时候。

在陆营与太平军激战的同时，水师沿长江而下，沿途扫清两岸太平军设立的各种障碍，纵火焚烧了太平军百余艘战船。太平军水师顽强抵抗，这天夜里，北风劲疾，江北的太平军乘着夜色，划着数十只小船，驶向南岸的水师营地，抛掷火球，并从北岸施放火箭，幸好彭玉麟的水营早有准备，迅即扑火，紧接着将敌人追击到北岸。

玉麟的水师并不上岸与敌军交战，而是顺流而下，迅速向田家镇逼近。

四　攻取半壁山，太平军坠崖成肉饼

塔齐布率部宿营在富池口镇郊外，他派人送信给罗泽南、李续宾，约好次日一齐攻打半壁山；之后又找来熟悉半壁山地形的杨国栋，交给他一个特殊任务，他二话没说就接受了。五更时分，塔齐布叫醒所有士兵，命令他们把睡觉用的被子做成口袋，装上泥沙，背着这沙袋去填敌军营垒前的壕沟。至于被子，之后会补给他们。

半壁山形势险要，太平军有两万人驻守，需血战才能夺取。

次日清早，塔齐布与罗泽南、李续宾分三路从东南、西南方向半壁山进发。

时值深秋，天高气清，山上飘浮着玉带般的白雾，鸟在树上啁啾，它们压根儿不知道人类即将在自己的家园里展开血腥的拼杀。

罗泽南率部顺着山脊向上，李续宾部则从另一面往上攀越。

塔齐布率领士卒向着半山腰敌人的大营垒进击。太平军察觉后，开始向山下的湘勇开炮射击。

塔齐布的部下手拿着兵器，肩上背着沙袋，弯着腰，冒着太平军射来的炮火向山上前进，许多战士中弹倒下了，在快接近敌人营部时，塔齐布命令士卒向敌人开炮，把敌人的火力压下去后，迅疾前进。在接近敌营壕沟时，士卒将扛着的沙袋丢进壕沟里，一袋、十袋、百袋……插满竹签、荆棘等尖锐物的壕沟很快被填平了，成了一条路，塔齐布拍马挥刀，雷鸣一般大喝一声："胡以晃，你有种就出来，和我单挑！"然后直冲敌阵，部下随后踏着沙袋垒起来的路蜂拥而上，在敌群里奋力砍杀，一时刀光剑影，血肉飞溅，鬼哭狼嚎……太平军哪里抵挡得住这么凶猛的砍杀，一点点向山顶退却……

这时山顶上传来激烈的枪炮声，接着山顶上竖起了湘军的旗帜，他们在山巅上大喊："长毛，上来送死吧！"随后向山腰的太平军开炮。

原来在半壁山做隐士的杨国栋知道一条不为人知的羊肠小道，可以从极为陡峭的山崖通向山顶。塔齐布让他带领一队人攀山越岭，神不知鬼不觉地登上山的最高处，以迅雷不及掩耳之势摧毁了山顶的营垒，消灭了敌人，居高临下向山下冲击。

太平军顿时慌乱起来，他们已三面受敌，另一面是悬崖……

"跪下！投降！不然死路一条！"

太平军非常顽强，宁死不投降。

湘军从三面逼近，太平军被逼向万丈悬崖，最惨烈的时刻即将到来。

沿着山脊而上的罗泽南部突然出现在太平军一侧，并以最快的速度冲向敌群，太平军阵势大乱，本已接近悬崖的太平军你冲我撞，迅速后退，纷纷坠落绝壁，不是一个两个，而是数以千计，有的直接掉进江中，水花四溅；有的从悬崖滚落而下，在削壁上留下一线血痕；有的坠下来落在山石上，粉身碎骨；有的竟然砸在石崖上成了肉饼，惨不忍睹……

敌阵里有人大喊：“不能后退了！与其坠江而死，不如与清妖拼命！”于是太平军旋风一样直扑湘军，每个人都杀红了眼，谁也阻止不了他们的突围。

经过一场混战，胡以晃带队杀开一条血路，直奔江边，准备乘船逃往江北。罗泽南早留了一手，江边埋伏着数百湘军，见太平军狼狈奔来，从草丛中一跃而起，又是一阵你死我活的大厮杀，搏斗一直从江岸延伸到江中的船上，岸上、水中、船上到处都是尸体和鲜血。最终胡以晃等人还是乘船渡过长江，逃到了江北……

占领半壁山后，罗泽南和李续宾率领自己的队伍下山，继续追击残敌。

塔齐布留在山上清理战场。薄暮时分，他命令战士在山上向江上太平军战船开炮，同时挑选了几名勇士，带着钢斧、铁剪与铁棒等工具，用绳索系住腰肢，从悬崖上降落，几名勇士在悬崖上找到横在江上的铁链的根，然后用钢斧使劲砍，用铁剪使劲剪，用铁棒使劲撬，终于把钉进山崖的铁链的根拔掉了。他们拔根的时候，山上一直在向江中开炮，炮声和浓烟干扰了敌人的视听，所以长毛并没有发觉。塔齐布好不高兴，拔掉了钉在山崖上的铁链，水师就好拔掉江上的铁链了。

夜里下起雨来，长江的水上涨了好几尺。

太平军战船巡江时，意外发现横江铁链的根被拔掉了，他们知道是湘军干的。于是连夜补救，还在江中的木排上安装炮位，船上也准备了喷筒、火弹，以对付湘军的进攻；又在木排上铺沙，船中贮水，防止湘军的火弹。他们做好了这些，湘勇却一点也不知晓。

五　洪炉板斧断铁链，火烧战船夜空红

这时杨、彭的水师已进至离田家镇仅仅九里的见峰嘴。

就在到达见峰嘴的这天黄昏，彭玉麟与杨载福划着从当地渔民家里租来的破旧小渔船，带着七八人，化装成渔民的样子，乘着朦朦胧胧的暮色顺江而下，转了几圈竟然转到半壁山的铁链跟前，守护铁链的太平军在船上斥责道：“这里过不得，打鱼去上游吧。”

玉麟逗他们玩：“下游鱼多。兄弟放我们下去吧，回来时我们给你几条鱼。”

“没长眼睛吗？铁链拦住了，过不得，过不得。”

玉麟等人装作很无奈的样子，慢腾腾地离开，不紧不慢往上游划去。他们把敌情了解清楚了，就把船划进南岸的山湾里，泊在岸边，接着前往半壁山陆营会晤塔齐布和罗泽南，共商水陆合攻田家镇、破江防铁索之策。

第二天，玉麟找到孙昌凯，让他去集市上买火炉、铁锤、铁剪、大斧等物件，并叫他在三天内教会几个能挥起斧头斩断铁索的人。接下来孙昌凯的船上炉火熊熊，锤声叮当，好像把铁铺开到了船上。

十月十二日晚，彭玉麟、杨载福召集各营哨官宣布：明日开战，战船分为四队：第一队，专管斩断铁索，携带炭炉、铁剪、大锤、利斧，由彭玉麟亲自领队；第二队，专管攻打太平军炮船，掩护第一队行动，由王吉负责；第三队，等铁索打开后，立即冲关而过，直逼下游，火烧太平军战船，由杨载福亲自率领；第四队坚守老营，必要时援助其他队，以防太平军乘虚回攻上游。

十月十三日清晨，江面上飘动着淡淡的晨雾，远处空旷的田野显得非常寂静，好像一切都没有睡醒。

水师已经出发，首先由留守的第四队佯攻上游的牛肝矶，双方开炮对射，把敌人的注意力吸引到上游。敌人果然中计，纷纷派人前来援救。而此时，其他三队战船像离弦之箭驶向下游。

彭玉麟和哨官刘国斌、万瑞书率领第一队为前锋，二十多艘快蟹船装着炭火炉子、铁锤、铁剪等工具循南岸急桨而下，一语不发，一炮不放，只有划桨的哗哗水声，很快就逼近了铁索封锁线。

第二队、第三队紧随第一队之后，向下游飞驰而去。

然而，还是被江北的太平军发觉了，他们得知湘军开始攻打江防，自牛肝矶至吴王庙各处炮台，千炮齐轰，弹落如雨。湘军水师不顾枪炮横飞，一直往下游驶去。

南岸陆军六千人，在塔齐布和罗泽南的率领下来到江边，虽然他们的枪炮无法射到对岸，但他们站在南岸，将枪炮朝天射击，以示声援，同时伺机攻击敌军，或随时准备救援水师。

第一队在接近铁链封锁线时，玉麟命令士卒向铁链附近的敌船和木排开炮，经过一阵狂轰滥炸，江心铁链边的船上，敌人越来越少，火力越来越弱。

在炮火的掩护下，孙昌凯等人遵照彭玉麟的命令，不对敌军回击，只是冒着炮火，一路划船如飞，此时已经直抵敌人锁江的铁链之下，孙昌凯指挥众人把快蟹船安放在铁链下，炉子里早已装上燃烧的木炭，又把桐油泼上去，霎时腾起了熊熊的火焰。二十只船上的洪炉火焰，燃得呼呼作响，对着铁链直烧，很快铁链就被烧红了，有人把铁砧子移到了铁索下，孙昌凯等人抡起了铁锤与斧头，狠狠锤砍下去，砍得火花四射。

而这时，哨官万瑞书等人赴半壁山一侧的山崖边铁索（陆营斩断后又被太平军修复的铁索）前开始斩链。太平军炮船发现后，立即横渡抢护，湘军第二队迅疾冲近，横截火并，烧毁太平军快蟹船二只。与太平军的鏖战中，刘国斌等迅速锤砍太平军封锁于船上的铁码，但一时并未砍断。

江中心，玉麟催促士卒加大锤砍力度。火越烧越旺，铁链在熔化，但火焰太热，十分烫人，人也热得汗水直流。孙昌凯索性把上衣脱了，露出一身黑黝黝的肌肉，举起铁斧猛斩。玉麟也脱了衣服，高举着斧头，大喊："弟兄们，加把劲啊！斩断铁索，杀长毛啊！"大家听了，跟着他应和。

二十只炉火在江上熊熊燃烧，高举的板斧在挥舞，士卒在呐喊，炮火在纷飞……

"铁链断了！铁链断了！"

铁链终于被斩成了数段，封锁线打开了！

杨载福率领第三队立即冲关，一面顺流飞驶东下，一面向封锁线以下的敌船施以猛烈的炮击。

田家镇太平军防守主帅燕王秦日纲见湘军已经斩断铁索，破关而出，迅疾下令炮轰湘军战船，企图阻截，但江防已破，炮声渐次凌乱，停泊在江岸的太平军炮船、民船均挂帆匆促下驶。

杨载福率领战船一直猛冲，冲入下游敌船尽头，然后留下一部分战船，阻截太平军战船往下游逃窜，自己则带领绝大部分战船由下而上进攻，穿梭往来于千百只太平军战船中，施放火箭火球，瞄准船只屯集处开炮，顿时数十里江面，炮声一片，烟焰蔽天。

第一队斩断铁索之后，马上又投入新的战斗。一面让战船横江，阻截敌船向上游逃命，一面指挥战船由上到下向敌人开炮。像湘潭之战那样，第一队在敌船中左冲右突，把敌人的阵脚冲得乱成一团。只听见敌阵中爆炸声震天，哀号声一片。

杨载福部沿江而上，越战越勇，在敌阵中神出鬼没，打得太平军水师晕头转向。

彭、杨两队配合得天衣无缝，一个在下游堵，一个在上游截；一个由下而上，左冲右突杀长毛，一个由上而下，横冲直撞焚敌船；一个勇如猛虎，在水火中狂奔猛扑，一个凶似恶狼，在枪林弹雨里直显神威。两队人马在夜色里与太平军水师惨烈鏖战，把一条长江搅得风呼火啸，人喊鬼号……

这时老天也来助威，东南风大作，火借风势，风助火威。太平军战船密集，一船中炮燃烧，火势迅速蔓延到其他船只。太平军乱成一团，火势越来越大，士卒大多跳水逃生，还有慌忙中误投湘军水师战船的，多被砍死或溺毙。劲风将已下驶的太平军船只又推送回来，被火烧着后，火药轰然爆炸，冲入高空，碎板炸得四处乱飞……

到了午夜，战斗接近尾声，玉麟又饿又累，他站在战船上看到：长江数十里火焰冲天，像一条燃烧的长龙在咆哮，在狂奔，在挣扎。江水不知是被血染红了，还是被火烧红了，红得发黑；两面的山壁也烧红了，红得发紫……

随后，南岸的陆军从半壁山飞驰而下，富池口太平军不战而溃。湘军水师已将武穴以上太平军船只焚烧干净，复又穷追三十里，到龙坪，时已五更，又烧船数百号，火光烛天。水师竟日不食，至此才开始收队。

六　雪帅半壁山崖留墨迹，和尚激流江上吟歪诗

次日，北岸陆营继续攻打田家镇，南岸陆军也乘船过河参与战斗，水师战船到北岸助攻，不到半天，太平军陆营放弃田家镇，退到黄梅。曾国藩得知湘军得胜的消息，自然兴高采烈，遂乘船顺流而下，进驻田家镇。

彭玉麟和杨载福率领士卒开始打扫战场。长江里的烈火烧了三天三夜才熄灭，不少船只还在冒烟。尘土被风扬得满天满地，周围数百里都落了一层灰烬，江水几乎成了墨汁。好端端的长江，此时到处漂浮着破船，丢失的兵器、被烧焦或烧残的桅杆船桨、衣物随处可见，更令人惨不忍睹的是，到处都是尸体，完整

的、残损的、裸露的，甚至这儿一个器官，那儿一个器官，令人窒息。空气里弥漫着血腥味、尸臭味、烟火味……

经过清理和核实，这次战役共焚烧太平军战船四千余艘，夺得战船五百余艘，消灭太平军数万人，湘军也付出了几千人生命的代价。这次水师冲破铁链、焚烧敌船震惊全国，湘军水师因此名震天下。

曾国藩带来口信，让彭玉麟和杨载福带上孙昌凯等人去田家镇。到了那里，曾国藩对他们大大地赞美了一番。看着高大黝黑的孙昌凯，曾国藩露出了笑意，拍着他的肩膀说："老孙，你不仅是一位好铁匠，也是一位过得硬的战将。你来投奔湘军这一步走对了！你在铁铺里打铁，一年能锤出几两银子？你在长江里挥着锤子锤几锤，和你在铁匠铺里锤几锤就不一样了，你这几锤锤下去，可以锤出一个官职来呢！"说得孙昌凯大笑不止。

曾国藩又叫亲兵拿出一把腰刀来："上次发腰刀，你没有拿到，很遗憾。现在我又打了一批，今天赠你一把，第八十八号腰刀！"

孙昌凯行了个礼，恭恭敬敬接过腰刀："谢大人栽培。我一定用这把腰刀多杀长毛，为大人争气，为自己争气！"

曾国藩又对玉麟说："雪琴啊，这次凯旋，你一定又写了诗，念来听听。"

玉麟谦虚地说："写是写了，但写得不好。念出来怕污了您的耳朵。"

曾国藩笑道："不要谦虚啊，念吧。"

于是，玉麟把自己新写的《破田家镇、半壁山及横江铁链》吟诵了一遍：

虎穴躬探趁暮霞，亲军小队不鸣笳。
刀山剑树尸横插，肉饼骸浆贼乱爬。
半壁江流沉铁锁，三军凯奏唱铜琶。
帆樯卅里看林立，一炬灰飞走电蛇。

曾国藩点头叫好："诗写得很有气概，充满了豪情，好诗！"

又问杨载福："载福，你写诗没有？你也很有文才的。"

杨载福谦虚道："我没写诗的才华，不能和雪琴比的。"

曾国藩脑子里突然冒出一个新想法，说："这仗打完了，为了留一个纪念，我看载福你就写几个大字刻到半壁山那绝壁上去，让人也知道这里发生的事吧。”

杨载福婉拒道：“大人，雪琴的字雄壮有力，铁划银钩，还是让他写吧。”

玉麟觉得不合适，说：“夫子大人的字才好呢，您是我们的主帅，您写才压得住。”

曾国藩拍板道：“你是战事的亲历者，玉麟，还是你写，别再推来推去了。”

几天后，玉麟写了四个大字：铁锁沉江。真是刚健沉稳，笔力千钧。又请了一位石匠，将那四个字刻在半壁山的石壁上。

玉麟等人乘船在江中观看石匠刻字。

这时来了一位和尚，白衣白裤，银发银须，带着仙风道气，抬头看了那字，冷笑一声，然后摇头晃脑吟出一首诗来：

南方多怪杰，此处泣英雄。
世事无常叹，洒泪对江东。

玉麟觉得诗的最后两句暗藏玄机，掉头来请教和尚，谁知那和尚船行如箭，飘然而去。

彭玉麟在这次战役中立下大功，朝廷授记名以知府用，并赏加“详勇巴图鲁”名号。“巴图鲁”是满文音译，其义为“勇士”，这对玉麟来说是莫大的精神鼓励。

不过圣旨下来的时候，他人已在湖口了。

第十二章　湖口大挫败

湘勇急欲攻下军事要塞湖口，却遇上太平军智勇双全的翼王石达开。彭玉麟的水师在敌军上下夹攻中，被分为两截，优势化为劣势。随后，太平军奇袭湘军老营，曾国藩气得又一次跳江……

一　攻九江而不克，彭玉麟率师直下湖口

湘军攻占田家镇、半壁山后，水师前锋在彭玉麟的率领下，进至九江江面。长江北岸的陆营先后与太平军战于鄂东双城驿、黄梅、濯港、孔垄驿，取得了一连串胜利，太平军只得退入安徽境内。

曾国藩命令陆营塔齐布、罗泽南、胡林翼部迅疾向九江靠近，准备攻打九江城。

接到命令后，塔齐布部从上游琵琶亭渡江，次日移驻九江南门外；新任湖北按察使胡林翼也率黔勇二千赶到九江对岸的小池口；罗泽南部从下游白水港渡江。曾国藩又调副将王国才部三千余人为预备队。这样，围攻九江的湘军总兵力达到一万五千人。

九江被称为“三江之口，七省通衢”和“天下眉目之地”。它北枕长江，东北有老鹳塘、白水港，西有龙开河，西南有甘棠湖，湖汊纵横，东南多山，整体地势险要，易守难攻。太平军守将林启容督军于此，严密设防，东南尤为坚固。

太平军也知道九江在战略上的重要性，根据湘军动态立即做出反应：罗大纲

率部渡江，退守湖口。石达开带领胡以晃等自安庆抵湖口后，令林启容部死守九江，不能有丝毫松懈；令罗大纲率部坚守梅家洲，必要时增援九江。石达开自己随后赶到九江，坐镇指挥九江之战。

曾国藩意识到自己遇到了一个强劲的敌手。他知道石达开是太平天国的翼王，还只有二十四五岁，但已名震四方。他出生于广西贵县（今贵港市）那帮村，幼年丧父，八九岁起独撑门户，十三岁时处事已有成人风范，十六岁与洪秀全、冯云山筹备反清起义，三年后毁家纾难，率四千余人参加金田起义，被封为左军主将。太平天国在永安建制，石达开晋封“翼王五千岁”，意为“羽翼天朝”。太平军在长沙城下陷入官军反包围，形势万分危急，石达开率部西渡湘江，开辟河西基地，缓解了太平军的缺粮之危。其后占武汉，自武昌东下金陵，二十八天挺进一千八百里，战无不胜，攻无不克，令官军闻风丧胆，号之曰“石敢当”。咸丰三年，石达开奉命出征安庆，节制西征，他打破太平天国以往重视攻占城池，轻视根据地建设的传统，采取稳扎稳打的策略，逐步扩大根据地范围，亲自指挥攻克庐州（今合肥），迫使名将江忠源自尽……想到这里，曾国藩打了一个寒战，他没有足够的把握打败这个年轻的对手。

曾国藩在他的座船里召开了军事会议，塔齐布、胡林翼、罗泽南、王国才、彭玉麟、杨载福等赶来参会。曾国藩介绍了敌我双方情况后，作了军事部署。因为接连打了很多胜仗，大家都对攻克九江充满必胜的信心。罗泽南在一年前曾带兵在九江打过一次仗，被林启容大败，此次他复仇心切，强烈要求担任主攻：“我们已非一年前的湘军了，我们从衡州打到九江，历经了数百次战斗，收复了数以百计的城镇，控制长江两千余里。攻打九江，我要一马当先，打败林启容，为当年战败雪耻！”

玉麟提醒说：“九江易守难攻，石贼和林贼都是贼中悍将，且我们屯兵于坚城之下，万万不可轻敌。”

曾国藩非常赞同：“石达开据说智勇双全，屡战屡胜。林贼也顽强善战，非等闲之辈，轻敌必败，各位务必小心谨慎，方能取胜！”

罗泽南点头称是，心中却不以为然。

几天后，攻打九江的战斗打响。塔齐布率部进攻西门，三战皆败，死伤甚众。湘勇初次领教了石达开、林启容的厉害。

隔了四天，后续部队先后到达九江郊外，曾国藩指挥湘勇对九江发起围攻，除塔齐布部攻西门外，胡林翼部攻南门，罗泽南部攻东门，彭玉麟水师炮轰九江北面，助王国才部由长江水路登岸攻九华门。

且说罗泽南这天将部队领到九江城东门脚下时，天才刚放亮，一切都静悄悄的。城门紧闭，城墙上不见一兵一卒，九江城仿佛还在酣睡之中。罗泽南正在张望之际，一声炮响划破了清晨的寂静，刹那间，东南城墙上无数面犬牙三角旗高高竖起，城门洞开，林启容亲率一彪人马威风凛凛地杀了出来。

此时的城楼上，年轻的翼王石达开头戴战盔，身穿黄绸袍，英气勃勃，端坐在城楼正中，左右是手持兵器的亲兵。鼓手在擂鼓，战士们在呐喊，箭在弦上，炮管高昂，一场恶战蓄势待发。

那林启容率队策马奔出吊桥，直奔罗泽南队伍而来，到了面前，他一眼认出罗泽南，面对这个当年的手下败将，他轻蔑地大笑：“罗妖！你个书呆子！不在村里教几个村童养家糊口，偏要来这里送死，是不是脑壳里进水了？快点跪地求饶吧，不然再想回村里教书也迟了！”

罗泽南大骂道：“林贼！你有田不种，有书不读，却要干这灭九族的勾当！今日我要雪耻报仇，将你碎尸万段！各位，一齐上！”

“慢！”林启容大叫一声，又让战马朝罗泽南走近了几步，说，“罗妖，既然你要将我碎尸万段，那我们来单挑，好不？”

林启容话音刚落，罗泽南拍马舞刀直取林启容，林启容催马相迎。于是两位战将挥舞兵刃厮杀起来，刀来剑往，左刺右劈，叮当作响。战了数个回合，李续宾担心老师失手，拍马而上，另一战将也紧随而上，将林启容围在中间，单挑变成三对一，斗得难解难分。林启容感到以寡斗众难以持久，故意虚晃一刀，冲出包围圈，又率队与湘勇混战一阵，然后一溜烟奔过吊桥，望城门而去。

罗泽南等不知是计，紧追过去，还未冲过吊桥，石达开指挥城上数十门大炮一齐发射，枪弹雨点般飞来，湘勇士卒成片成片地倒在血泊中。罗泽南只得下令退兵。可林启容又从城里率队追杀出来，对罗泽南部穷追猛打……

再说塔齐布部进抵城西时，太平军在城楼上居高临下，众炮齐放，炮子若飞蝗。湘军只得冒死进攻，但是地险而路曲，难以仰攻。攻打了几个时辰，不但未能攻破，而且死伤甚多，只得后退。

进攻其他各门的湘军，也因城上枪炮木石交施，屡次抢登，终不能得手。

轻取九江已不可能。曾国藩一时竟不知如何处置。玉麟建议道：“攻九江可暂且放缓，只留少量部队每日骚扰，虚张声势，遣重兵攻取湖口，切断九江的后援，使九江成为一座孤城，再回头夺取九江也许更妙。”

曾国藩深知九江严整难犯，于是采用了彭玉麟的“断援攻城”的策略，攻瑕蹈隙，下攻湖口。留塔齐布、王国才两军继续攻九江，命胡林翼、罗泽南部东下进攻湖口，令彭玉麟的水师主力向下游湖口挺进。

二　初攻梅家洲，错失截击运粮船的良机

玉麟率水师顺流而下，停泊在长江北岸的八里江，与湖口县城隔江相望。

湖口县位于鄱阳湖入长江口之东岸，依山傍水，形势险要，有石钟山等要塞。太平天国东王杨秀清以湖口为赣鄂关键、长江腰膂，非骁将不能守，乃命黄文金、胡鼎文镇守。黄文金拆除旧城，在石钟山自麓至顶，垒石重关，筑城如带，并在石钟山周围的黄土岭、马房岭、月台山、三狮山遍立石垒卡房、望楼，防御工事极为坚固。黄文金自傲地说：“石钟山，铁钟山也！”

可东王还是担心湖口被湘军水师攻破，又令翼王石达开前往湖口坐镇指挥。石达开借秋冬江水水位下降之机，设立了湖口水卡。

经过侦察，玉麟觉得要攻破湖口县城和石钟山，需先攻破梅家洲。他已经意识到攻取石钟山很难，而攻取梅家洲也不是一件易事，石达开这个广西崽让玉麟很恼火。

梅家洲在湖口县西面，是江心一个荒草丛生的沙洲，长约四十里，宽四五里，梅家洲北面的江面比较狭窄，船只无法通行，主航道在南面。石达开利用湘军陆师进攻广济、黄梅的机会，抓紧在湖口多处修筑了牢固的工事：在鄱阳湖口内扎大木排一座，小木排一座；东岸县城外，厚筑土城，安置了很多炮位；西岸梅家洲上，架起两座木城，高如小山丘，炮眼三层，周围密排；营外木桩竹签广布十余丈，较武昌、田家镇更为严密；掘壕四重，内安地雷，上用大木横斜搭架，其上钉铁蒺藜；又在石钟山与梅家洲之间，锁了几道铁缆。

初次交手，玉麟就惊叹石达开的厉害。他每日派水师前去挑衅，想把太平

军水师引到长江里交战继而歼灭，但太平军从不中计，坚守壁垒，只是等湘军水师接近他们的壁垒时，才狠狠地回击。而当湘军退却时，太平军也不追赶。这种“坚壁不战”的战术让玉麟的计策成了泡影。

更让他烦躁的是，每到半夜，石达开便出动小船百余号，或两三只一联，或三五只一联，堆积柴草，泼以硝药，灌以膏油，纵火下放，炮船随之。两岸出队千余人，呼声鼎沸，兼放火箭火球。玉麟自然要率队迎击。但长毛交战一阵，并不恋战，且战且退，返回营垒。虽然没有多少伤亡，但夜夜如此，使人提心吊胆，彻夜惊惶，不能安睡，疲惫不堪。要挫败石达开这种“惊营”战术，必须尽快与其决战。玉麟与胡林翼、罗泽南协商，决定立即攻打梅家洲。

战斗由陆营首先打响，胡林翼、罗泽南分三路进攻梅家洲拦湖嘴，攻势凌厉。驻守梅家洲的罗大纲分三路迎击。血战了一天，湘军陆营大败，太平军斩湘军哨长叶楚南、杨玉芳、姜凌浩，击伤其勇将朱洪章。

玉麟听到这一消息，大吃一惊。发誓要集中全力，踏平梅家洲。

次日，湘军水陆齐出，再攻拦湖嘴和湖口水卡。

彭玉麟、李孟群部在陆军的配合下，猛攻湖口水卡，湘军战船冒着炮火勇猛前进，直逼敌人营垒。许多人在炮火中倒下，一个战士被敌人的炮火射中，立即被背进船舱救护，其余战士仍不停划船直冲敌阵……

快接近敌人的望楼时，玉麟命令道：“各船注意，给我瞄准长毛的望楼！”

各船的炮手闻声立即将炮口对准敌人的望楼。

“放！”

炮火腾空而起，炮声响彻云霄。

太平军木排上的火药箱被击中，山崩地裂般爆炸了，排上望楼也燃起大火，火焰包围了半座望楼。但太平军并无一人逃命，仍继续开炮，坚守阵地，屹立不动。直到木排被熊熊烈火吞噬，望楼在烈焰中倾塌，才见到有人自投烈焰，或投入水中。

玉麟站在船上看到这一幕，大声赞叹：“谁说只有我们湘军不怕死，长毛中不要命的也大有人在，佩服！佩服啊！”

水师斩断太平军的铁链和竹缆，冲进了鄱阳湖。

水卡被攻破，但湘军只控制了梅家洲北端的一部分，太平军建在洲上的两座木城并没有攻破。黄昏时，水陆只得各自回营。

二更时分，负责侦探的士兵前来禀报，发现下游有长毛战船二百多艘，正向湖口驶来。船上装的全是大米大豆，显然是在运送军粮。玉麟听后，忽生一念：如果能烧掉这些运粮船，那么湖口、九江的长毛便会因缺粮而慌乱，士气萎靡，两城将不攻自破。但他也深知，狡猾的石达开肯定早有准备，贸然进攻运粮船无疑有很大的风险。但是哪一次战斗不需要冒险呢？

都司史久立极力赞同玉麟袭击太平军粮船，并说必须尽快实施。

玉麟一边叫士卒继续侦察敌情，按时回来报告；一边自己划着船，亲自去找宿营在鄱阳湖口北岸的李孟群（杨载福因积劳成疾在武穴养病）。好容易找到李孟群后，玉麟把长毛运粮之事和自己的想法说了，希望他能共同配合，袭击敌船。

李孟群听了反对道："刚刚打完一仗，士卒都很疲劳。再说贼首石达开诡计多端，事先多有防备，说不定还有埋伏呢。此事我不敢轻易为之。"

玉麟还是不甘心，又去找了几位营官商量，没想到都不赞成。他虽为统领，也只能协调各营，没有撤换他们的权力，他们直接受命于曾国藩。

冷月当空，涛声灌耳。

玉麟万般无奈返回营地，长叹道："沙场战机，稍纵即逝。这些没有见识的人，误事无疑也！"

后来的事实证明，如果这次按彭玉麟的意见实施，或许湘军的战史是另一种写法。

三　大挫败，水师被太平军"一分为二"

长江烟波浩渺，玉麟坐在小船上，凝视着天空。

他从来没看到过这样的奇观：一道深黑的云气从东面徐徐升起，从容不迫，气势恢宏，升到高空后停住片刻，然后一直向西游动，好像行到西天的尽头，那黑色的云气才开始下落，落入了遥远的西山。再一看，留在空中的云气成了一个巨大的半圆，这不是虹吗？

这道黑虹在天空停留了半个时辰才慢慢消散。

更奇怪的是，这种奇观在咸丰四年十二月初六、初七、初八三个傍晚连续出现，当时停泊在长江的水师将士都看到了。

这意味着什么？是上天给人类的某种暗示吗？虹本来是七彩的，而这虹却是黑色的，阴森、恐怖、神秘，绝对不是吉祥和美好的征兆……

他去找部下都司史久立，问他黑虹贯天，由东而西意味着什么？这史久立不仅打仗有勇有谋，对天文、地理、八卦也很精通。他没有直接回答彭玉麟，只是卜了一卦，得了白虎爻。他对玉麟说：“有大凶将至，将军需小心谨慎。”

玉麟半信半疑。他没想到，这时石达开已从九江回到湖口，对湘军的情况尤其是战法了如指掌，准备一步步把湘军水师引向陷阱……

太平军仍然夜夜惊营，此时正值隆冬时节，雨雪交加，湘军疲苦不堪，都希望早日消灭湖口和九江之敌，结束这种惊惶的日子。再说，不久就要过年了，他们期待把湖口和九江的事搞定，痛痛快快过新年。

十二日，湘军水陆再次大举进攻，胡、罗陆营猛扑梅家洲，又很快被罗大纲击退。

彭玉麟、李孟群等率长龙九号，舢板一百二十号，精锐之卒二千余，向内湖冲击，开炮轰击湖口岸边的太平军水师。

萧捷三、王凤歧和孙昌凯划着舢板小船直冲到敌人的关卡跟前，见上次斩断的铁锁还没有重新连起来，只是多横起了几道篾缆。萧捷三看了大笑不止，大声说道：“几根篾缆如何能阻止我湘军水师前进！这种玩意太儿戏了！”立即命令手下挥刀砍断篾缆，顺利挺进内湖。不远处，太平军水师还在向他们开炮，孙昌凯怒道：“狗娘养的，夜夜来惊营，惊你娘的拐，看老子今日怎么收拾你！”指挥所有的舢板船猛冲过去，不停地开炮。

长毛水师在前且战且退，看到追兵离得远了，又停下来向湘军水师开炮。萧捷三的水营英勇无敌，哪里经得起引诱，穷追不舍，正中石达开“诱敌深入”的诡计。他们一直追到鄱阳湖的深处，掉进石达开的圈套里。

玉麟看到萧捷三等只顾领着舢板船追击敌船，不顾后面的船只，心里急得不行，催促后面的长龙船道：“快快，追赶前面的舢板船，不然，危险得很！”

哪里还来得及？只听得一声炮响，河湾里、河岸树底下以及芦苇丛中瞬间窜出来无数战船，黑压压地堵在前面，枪炮齐鸣。

玉麟心中暗暗叫苦。

更要命的是，又听得一声炮响，后面又有数百只战船紧逼上来，无数炮火紧随而至。原来是石达开亲自带领战船赶来堵截湘军水师。石达开在船上大喊：“彭玉麟、李孟群，老妖休得逃走，今日是我们报田家镇血海深仇的日子！”说完指挥着战船杀过来。

湘军水师由四种战舰组成：拖罟，用以载辎重、粮食、食具、床位等；快蟹和长龙船备以重炮，适合居中指挥，但船体笨重，转舵不灵；还有一种是轻巧灵便的舢板，便于冲击战斗，但不便食宿、扎营。四种船必须相互结合，相互依护才有战斗力。现在没有了舢板船的配合，哪里还有战斗力？再说此时陷入了太平军的上下夹攻之困境，虽然长龙、快蟹战船上都装有炮位，且火力比舢板船强大，可以抵挡敌人的进攻，但是反攻已经无从谈起。有些营感到难以抵御敌人的进攻，纷纷后撤。

彭玉麟和史久立急得大喊：“不能后退，要打退长毛的进攻，与舢板船会合啊。”一颗炮弹飞来，击中史久立，他口吐鲜血，倒在战船上。

只剩下玉麟周围的数十只战船了。万般无奈之下，他只得且战且退，保存实力。

这天夜里，石达开亲自指挥太平军把数只大船沉入湖口和梅家洲之间的江流里，并在船中放入巨石沙袋，使船稳定于急流中，接着，又在其上搭起浮桥和炮台。只在西岸留一个隘口，非常狭窄，架起铁链和篾缆，派重兵把守。他们只用一个晚上，便筑起了一道牢不可破的屏障。

再说萧捷三率领的舢板战船追到鄱阳湖深处，太平军在前面引诱的战船已隐入烟波之中，他们这才意识到追得太远，脱离了大队，急急返航。可是天色已晚，斜阳西垂，最后只得在姑塘宿营。第二天，向长江撤回时，只见一道新建的屏障拦住了归路，在太平军追击的炮火中，不得不狼狈地逃回鄱阳湖深处。于是水师被隔断于两处。

玉麟深深领教了石达开的厉害，他恨也不是气也不是，不得不承认石贼是下大棋的高手，深知水师的软肋所在，他的“引诱—阻截—隔断”三招，一气呵成，把湘军水师一切两断，分割成外江和内湖两个部分，使湘军的战斗力大大削弱。

玉麟更没有想到，这一隔，竟隔了整整三年。

四 恶浪滔天，水师战船相互撞击

玉麟的心情极为烦躁，也很低沉，有点近似那一年竹宾离世时的绝望与挣扎。名满天下的湘军水师一下子被长毛打得一塌糊涂，让他抬不起头来。他恨那天晚上李孟群等不配合自己去奇袭太平军的运粮战船，还有在敌人上下夹攻时，如果其他营不后撤也可以打破敌人的计划……自己也有很大的责任，为什么没有估计到石贼这狠毒的招数？连敌人都看到我们的弱点，加以利用，为什么我们自己就蒙在鼓里发现不了？一切都悔之晚矣，失去了舢板战船，剩下的长龙、快蟹战船基本上没有了进攻的能力，无法攻破敌人的障碍使水师重新会合，只能向九江方向继续撤退……这是天意吗？

天气极为闷热。真是奇怪，今天是正月初四，还没有立春，本来应该是寒冷的日子，可气温竟然这么高。

玉麟出汗了，他解开棉袄，让江风吹凉身子，他需要冷静。士卒们依然在长江里操练，情绪很高昂，没有一点萎靡的样子。他们看不到水师一分为二的潜在危险性。但是无论如何，士气高昂绝不是坏事。

一股冷风迎面袭来，他猝然一惊，抬头看看天，要变天了。果然不一会儿，天空阴暗下来，布满浓云。奇形怪状的云不断地游动、聚集、加厚，从四面八方奔涌而来，一层又一层地加厚，重重叠叠，深不可测。远处的云层已经压到江上，和茫茫烟水融为一体；头顶上的云层低到伸手可及，仿佛一片深不见底的黑海倒扣在头顶，随时都可能轰隆一声砸下来。

一声鹤鸣，如一道闪电划过云层，他看到雪羽归来的身影。这是在洞庭湖上得到的丹顶鹤，朝放暮归，从不误时。它已经和他成了朝夕相处的伙伴，像家人一样亲近。今天它没像往常一样直接飞回船舷，而是在天上反复盘旋，一圈又一圈，然后才有些犹豫地飞回来。它停在船舷上，眼神有些焦躁，对着他叽叽咕咕叫个不停。他听不懂它在说什么，是它没有吃饱？玉麟把自己上午钓到的几条小鱼拿给它吃，它不吃，好像一点兴趣也提不起来，走到他身边，用嘴啄他，啄他的裤管，啄他的衣袖，啄着不放，用力拉他往船外走。玉麟有些恼怒了：“雪羽，你怎么了？要我和你一同飞走吗？”

不可能！天塌下来我也不会逃。

鹤凄厉地长鸣一声，飞进浓厚乌黑的云层之中。

没多久，它又从云层里飞了回来，落在船舷上，对着他叽咕几声。见玉麟不言语，它用凄然的目光望着他，不再叽咕，也不再飞走。

天空乌黑如锅底，江水也成了一片漆黑。

暴风雨就要来了。玉麟下达命令：所有战船定好锚，系好缆绳，拉下船帆，架好雨棚，不要乱动。水营近百艘战船停泊在江湾里，做好了迎接暴风雨的准备。

刚回到船舱，就看见闪电像无数条金蛇在空中乱窜，接着就是轰隆隆的雷声。他心里一震，感到奇怪，冬天是不打雷的。他小时候听母亲说过：“冬雷响一声，盐米贵如金。”冬雷是与灾难连在一起的。

紧接着暴风雨来了，一阵雨声，一阵落冰雹的声音。风从江上呼啸而过，雷在头顶发出震耳欲聋的巨响，雨和冰雹打在江上和船的雨棚上，发出砰砰声。风声、雨声、雷声、冰雹声还有江涛声，仿佛千军万马呐喊厮杀之声交织在一起。除了闪电，看不到光亮，一切都被黑云和雨雾淹没了……

长江涨水了，闪电亮起的时候，可以看见恶浪滔天。长江暴怒起来，疯狂起来，像虎狼一般张牙舞爪地咆哮起来。战船颠簸不已，猛烈地摇晃着，冲撞着。长江不再是平面的，交叠着涌起千山万岭，到处都是风口浪尖，是急流和漩涡，是陷阱和地狱……天在旋转，地在震动，整个世界都在撕裂，在破碎。战船互相撞击，桅杆被风折断，船被翻过来，覆过去，接着解体，沉没，人变得无能，什么也控制不了……

玉麟戴笠披蓑站在船上指挥，叫大家稳住，不要慌张。他的声音嘶哑了，身上湿漉漉的，没有了一根干纱。可是全乱了，各人自顾不暇，谁还听他的？他的声音被各种巨响淹没了。轰的一声，他被抛进江流之中，挣扎着，喝了几口江水，又冒出水面，喘息，终于抓住船舷，用尽全力爬上船……

噩梦，噩梦，万劫不复的噩梦……

这是天意还是命运？本来就够倒霉了，为什么还来这恶毒的一手？上天站到了长毛一边，要把我湘军水师置于死地而后快吗？上天啊上天，为何要灭我湘军？

他的亲兵和老军士也落水了，不见踪影。雪羽站在船舷上，用哀怜的目光望着他，无可奈何地守着他……

次日天亮，风停雨歇。亲兵和老军士落水后爬上了别的战船，现在回到了他的船上。

江上浊浪翻滚，战船在江流中沉浮，撞毁的战船横七竖八，一片狼藉。清点后发现，飘走、沉没的各类船二十五只，撞坏的二十一只，稍好的船仅存七十余只，死伤数百人……这真是不战而败呀。

玉麟望着滚滚东流的长江，心中五味杂陈，难以言说。

五　太平军水师夜袭湘军老营，曾国藩气得跳江自杀

黑暗里传来远处乡村的狗叫声，夜显得很平静。

船舱里的曾国藩却不能平静，他感到三路进军计划已经破产了。北路军最近毫无进展，南路军攻湖口、九江受阻，中路军水师分成了外江、内湖两部分，内湖的舢板船没了长龙、快蟹船的保障，缺粮少弹，没有了后劲；外江水师没了舢板船，如鸟失双翼，车失两轮，失去了进攻的冲击力和灵活性，控制长江已经成了问题。一旦无法控制长江，整个战场形势将全然改变。以前是水师居中，把南北两路军队连成一气，战场也连成了一片。而如今一大片控制区被分割成零星的几个小区域，好比熊熊的一片火海被一场雨水淋灭，只剩下几点火星。更可怕的是，长毛此时处于鼎盛时期，如果他们反攻，再攻武汉，进逼湖南，怎么办？湘军还有能力击退他们吗？如果不能，他的家乡湖南将会再次遭受战火，他的荷叶塘、他的亲人会怎样呢？若败退到湖南衡州，父老乡亲会怎么看，皇上和文武百官又会怎样评价？……

他不敢往下想。不能后退，绝不能。至少要在南岸堵住湖口、九江之敌，不能让他们西进。但北路相当危险，敌人很可能袭击武昌，湘军无法全力阻止。对于中路的水师，当务之急是派人立即回长沙、湘潭、衡州制造战船，尤其是舢板船，招收兵员，补充力量，同时派人到内湖水师去与他们取得联系，在南昌制造长龙、快蟹船，使内湖水师强大起来……可是这一切，需要时间。

突然，他听见炮声、喊杀声，宁静的夜晚被打破了。

他走出船舱，看到南面江上燃起火光，炮弹从那边直射过来，肯定是九江的长毛知道了他们的行踪，来袭击他的老营。亲兵营开始开炮抵抗，但太平军人数众多，抵挡不住。

没有料到的是，江北小池口的太平军也配合来袭击了。曾国藩大吃一惊，感到大事不好。

有些战船已经挂帆向上游逃离。曾国藩站在船头，抽出剑来，挥动着说："不能逃，沉着迎战，向上游逃窜者军法处置！"可是制止不了，依然有不少船只向上游一股劲逃窜……

敌军的进攻极为疯狂，他们两面夹击，越逼越近。也许刚才曾国藩下达阻止逃跑的命令被敌人听到，雷鸣般的喊声越来越响："曾妖头就在这里，不要放过他！"

"活捉曾妖头，击毙曾妖头！"

"活捉曾妖头有赏！"

"那个戴着官帽的家伙就是曾妖头，不要放过他！"

"捉住曾妖头，献给东王和天王！"

好多船往上游逃离了，坚守的船只越来越少。敌船把曾国藩和十来艘保卫他的船只包围在中间。

亲兵焦急地催促道："大人，我们走吧，守不住了。大人……"

曾国藩却不愿逃走，他知道坚守不住了，但他不想成为长毛的俘虏。他大喊一声，闭上眼睛，跳进了滚滚长江。他不大会游泳，在水里划动了几下，就像铁砣一样往水里沉，滔滔的江水灌进他的嘴里……

亲兵见此，也跟着跳进水里救他。

亲兵营此时乱成一团。

太平军发现曾国藩乘坐的大船，围了上来，活捉了管驾官刘盛槐、李子成和监印官潘兆奎、葛荣册等人，把所有的文件书册（包括曾国藩日记）都抢走了，最后把这条船也划走了。

在下游的彭玉麟闻讯，率战船急忙赶到。敌人见大股湘军水师赶来，立即四散开去。

玉麟跳进寒冷的江水中，和亲兵一起将曾国藩救起来。只见夫子大人浑身水淋淋的，狼狈不堪。他得知自己的战船和文件都被太平军抢劫一空，座船也被太平军当战利品拉走了，急得浑身乱颤……

如果彭玉麟没有及时赶到，后果不堪设想。玉麟一面指挥水营收拾残局，一面叫人烧姜汤给曾国藩喝。曾国藩喝了姜汤，换了衣服，埋头不语。玉麟担心太平军再来袭击，连夜把他送到南岸罗泽南的陆营里去。

六　战局大变化，彭玉麟奉命溯江而上，回援武昌

玉麟坐在船舱里，亲兵在划桨，他听到桨声和水声，知道船在走。这次不是顺江东下，而是逆流西行，不是前进而是后退，后退有时是为了以后的前进。

玉麟不得不佩服石达开是用兵的高手，他料到湘军三路进军下游，后方兵力肯定空虚。在湘军水师于湖口严重受挫时，他立即指挥太平军回师西进，兵锋直指武昌。随后又派韦俊带一万多人增援，这两路人马浩浩荡荡沿江西进，很快收复了被湘军占领的武穴、田家镇、蕲州、黄州，军锋锐不可当。咸丰五年二月十七日，韦俊第三次攻克武昌。湖北巡抚陶恩培自杀，湖广总督杨霈有一万多兵力却不抵抗，仓皇出逃，朝野震动。

这意味着，战局又后退到湘军刚刚打出湖南时的情形。

这时，玉麟接到曾国藩的命令，率水师回救武昌。可玉麟病了，病得十分严重，浑身无力，前几天什么也吃不下，现在稍有好转，一天可以喝半碗稀粥。不能站立，只能卧床休息，比以前瘦得更厉害了。不知是前几天救曾国藩受了寒，还是遭受挫折日夜操心引起的。

丹顶鹤站在船舷上，寸步不离。往日此时，它早就飞走了，今天迟迟不飞，是怎么啦？雪羽真是神通广大，每天早上飞出去，不管你的船行了多远，晚上它都能找回来。水师的士卒说，看丹顶鹤早晚在哪里飞，就知道雪帅在哪儿。

今天，它怎么不飞到远处去？知道我病了要陪伴我，要守候在我身边？它真是有情有义啊！给我跳一支舞好不好？

雪羽先是做出翘首企望的姿态，然后长腿轻迈，飞羽慢摇，继而引颈长鸣，飞入空中，盘旋，飞升，低翔，在风中翩翩起舞……

鹤舞优美，玉麟的心情因此好了一点点。

船向上游走，他听见潺潺水声。他的船夹在战船中间，战船桅杆上飘舞着鲜红的军旗。

他的心还是很痛，用鲜血换来的城市又重新被长毛夺取，过去的光荣转瞬成了耻辱，得意转眼成了心中最深的疼。就在昨天，他得到塔齐布在湖口附近猝死的消息，真不敢相信，那样一个铁打的汉子，说没就没了，人生无常啊。塔齐布虽然不是湖南人，不是汉人，但他是玉麟最敬佩的满人，他英勇善战，也可以说是湘军最早的创始人之一，他的死无疑是湘军一个重大的损失……

“江东子弟多才俊，卷土重来未可知。”他想湘军还会东山再起，但转念一想，自己未免太自信，未来有很多变数，谁也无法预料。当初攻下半壁山、田家镇的时候，谁想到会有今日之挫折？

这时一条船追了上来，船上的人递给玉麟一封信，是他堂叔从衡州寄来的。信中说，最近不知从哪里来了一股土匪，到了渣江，烧杀掠夺，无恶不作，把他家三间老房子烧了，还把他父亲留下来的书籍和书信都抢走了。他又怒又气，悲从中来。在渣江老家，他还有什么呢？房子没了，父亲的书籍手稿没了，父母不在了，外婆归西了，连竹宾也长眠于青山，他的邹夫人早已住回娘家，现在只是名义上的夫妻。儿子是他唯一的牵挂，现在寄居在马老师家中，马老师对儿子非常关爱，可以放心。但他还是常常想起儿子，想和儿子说些家常话……

船在行走，他的思路没有断。

自己的家庭是不幸的，但全天下比自己家不幸的不知还有多少。烽火连年，生灵涂炭，少者流浪四方，老者死于沟壑，这样的悲剧他见得太多了。最近他写了一组“悲”诗，几乎是悲遍了全国，悲遍了天下。他遥望渺渺远山，面对浩浩大江，轻轻地吟咏起来——

悲粤西

乌鸾白马气横雄，浩劫潜生百粤中。

痈患养成天下毒，心伤难启阿翁聋。

人民血染三江赤，妖孽烽飞万里红。
底事金田兴杀运，楚南燕北遍兵戎。

悲湘鄂

匝地妖氛百粤来，潭州一火舳舻开。
红羊浩劫消非易，黄鹤仙人去不回。
楚鄂河山成败局，荆襄庶物剩残灰。
年来鹦鹉洲边草，瑟瑟西风实可哀。

悲江西

滕王高阁已沉沦，失却匡庐面目真。
南浦朝云飞战血，西山暮雨浥征尘。
烽飞玉涧尸横野，日落珠湖鬼送人。
江上娄妃华表在，月明孤冢卧麒麟。
…………

他吟得很轻，只有自己和绵绵的江风以及沉默的天空听得见……

第十三章　夺得小姑回

湖口之战后，湘军与太平军处于胶着状态。彭玉麟回援武昌，与湖北新任巡抚胡林翼并肩作战，继而徒步跋涉七百里，赴南昌接管内湖水师，复湖口，夺小姑……

一　与胡林翼一道扼守金口，击败六路太平军

远远地望见了金口和它对岸的大军山。

玉麟命令水师各营做好战斗准备，对金口长江段的太平军水营实施最凶猛的攻击，以图控制此处的长江江面，扼守金口。

水师最近补充了不少舢板船，战斗力有所增强。各营接到命令后，战船箭一样驶向金口。

金口地处长江南岸，是一座古镇，此地为水陆交通要道，风景秀美，亦有人文古迹。遥遥相对的长江北岸，大军山奇峰雄踞，附近的小军山、设法山、百人山相互护卫，山势连绵起伏。近有长江奔流，白帆点点，真有点“窗含西岭千秋雪，门泊东吴万里船”的意味。金口与对岸大军山构成武汉南大门的锁钥，被历代兵家所看重。故三国赤壁大战、晋司马伷出兵平吴、宋岳飞追讨杨幺……都在这里留下历史烙印，最引人注目的古迹应是孔明当年设立七星台借东风遗址。

临近金口时，玉麟率水师对太平军发动了猛烈的进攻，太平军顽强回击，双方互有伤亡。正当两军打得难分难解之时，忽然听得金口镇响起了咚咚的战鼓声

和隆隆的炮声，没多久就看见盘踞在金口的太平军四处逃散。太平军水师失去了陆军的依托，纷纷向上游逃离。玉麟在战船里看到金口镇上空飘扬的是胡林翼部的军旗，大为高兴，乘胜追击，击毁敌军战船五六十艘。随后协助胡林翼的陆营渡江攻打江北之敌，控制大军山四周要塞。

这天夜里，水师宿营金口岸边，胡林翼来到彭玉麟的战船上。他带来了两坛米酒、一条武昌鱼和三斤腊牛肉。两人坐在一起喝酒吃菜，胡林翼开起了玩笑："雪琴兄，我这次是来还礼的。还记得吗？前年我们在洞庭湖时，我在你的战船上喝酒吃鱼，聊了大半夜，喝得我大醉，最后就睡在你的小船里。"玉麟忙说："在贵州时，你请我喝过酒，吃过野猪肉，我那次是还你的人情呢。这次你又来，我又欠了你的了。"说完豪爽大笑。

"你现在能喝酒吗？前不久听说你病了，我很着急。但又觉得你命大，不会有事的。"胡林翼有些担心。

玉麟直言道："现在好了，能陪你喝酒了。前些日子是病得很严重，有时好几天不沾水米，有时一天只喝一碗粥。我自己都觉得有些不行了，说不好会跟随塔齐布去阴间呢。其实真的去了阴间，我想也不会太寂寞。打长毛以来，好多弟兄去了阎王殿，我去了，谁不认识？凑在一起，天南海北地聊，热闹得不得了。"胡林翼听了大笑不止。

玉麟举起酒杯："润芝兄，我敬你一杯，也表示祝贺，你升官了，成了湖北巡抚。作为朋友和部下，我由衷地高兴。"胡林翼摆摆手："祝贺免了吧，巡抚也就是一个小官而已，我比涤生兄还早两年考上进士，人家早就是二品官衔了，哪里值得庆贺呢？"玉麟说："大人说的有道理，但我总觉得大人升职是我们湘军的大喜讯，湘军从此有希望了。"

胡林翼实话实说："雪琴兄言重了，如果硬要说有什么好处的话，就是我与你和涤生兄都是湘人，且共事已久，今后办事比如筹集兵饷等可能更配合一些吧。"

玉麟点头，说："就是，兄此时升官，也是'奉命于危难之间，受任于败军之际'。现在武昌在长毛手里，兄连个官署也没有。说心里话，也是困难重重啊。"

胡林翼问道："时局艰难，前景难卜……可是，雪琴兄，处于这样的危急之际，我们该做什么？”

玉麟想了想，说：“我现在是败军之将，不敢说这些。”

胡林翼宽慰道：“雪琴何出此言？湖口之战的失误，责任不在兄台，在于其他各营不够协调。更重要的是，眼下湘勇的实力整体上不如长毛，打败仗在所难免。再说了，从古至今，那些名将谁没有打过败仗？我、涤生、罗泽南、塔齐布，谁没有打过？涤生一点也没有怪罪过你……说吧，现在仗该怎么打？”

玉麟这才说：“要我看，就是想方设法，尽快夺下武汉三镇，坚守住。长毛已是第三次攻取武昌了，不能再给他们机会了！”

胡林翼极为赞同：“我们想到一处了。湘军要攻克江宁，彻底歼灭长毛，武汉太重要了，水陆东征应恃武汉为根本，那么大营有据险之势，军士无反顾之虞，军火米粮委输不绝，伤痍疾病休养有所。平日有藜藿不采之威，临事有折冲千里之势。现在最要紧的是夺取武汉，拿下之后牢牢守住它，使它成为湘军可靠的后方和不可攻克的堡垒。”

玉麟说：“大人思考得比我深入多了！在未得武昌之前，最要紧的便是守住金口了。”

胡林翼提醒道：“正是！长毛中人才不少，狡猾得很，我们想到的事，他们也能预料到。所以我估计，在金口会有一场恶战！”

玉麟点头称是。

果然只过了两天，燕王秦日纲便率六路兵马来攻金口。南岸东西两路夹攻金口镇，北边也是东西两路夹攻大军山、小军山。水路，则是上下游两路同攻彭玉麟的水师。

玉麟知道下游的长毛水师力量强大一些，于是，集中优势兵力在下游猛攻太平军水师，用小部分兵力虚张声势攻上游之敌。经过三日三夜的激烈战斗，终于打退了下游之敌，然后立即回师上游，合击上游太平军水师。

胡林翼也在陆路打退了敌军的疯狂进攻。

因为他们密切配合，打退了秦日纲的六路进攻，成功扼守住金口，朝廷又一次奖赏他们，彭玉麟被提升为浙江金华府知府，但仍留营督带水师。

二　桅杆折断，船欲沉，杨载福驶船过而不救

杨载福因病未能参加湖口之战，水师受挫后，他身体恢复，奉曾国藩之命回湖南岳州新募水师，制造战船。六月中旬，他带领一支新募的水师队伍抵达金口，湘军水师增添了新力量。胡林翼安排杨载福部扼守金口，让彭玉麟督原有水师由沌口进入襄河，配合他的陆营攻打汉阳的太平军。

七月十二日，湘军攻克蔡甸。

七月十五日，彭玉麟率部与胡林翼部分攻汉阳、汉口，焚毁太平军粮船三百余艘。太平军恨得咬牙切齿，于十八日发起疯狂进攻，南北夹击，湘军实在难以抵挡，胡林翼部往后撤退，彭玉麟的水师被迫驶出外江，退到金口。

这时胡林翼来函说太平军水师自黄州来援武汉，自己已经率陆军往下游阻止敌军上岸，并令杨、彭留下小部分水师守金口，大部赴下游迎击自黄州来援的太平军水师。杨、彭水师立即出发，赶到下游沙口，次日在长江里与太平军水师激战，打败了太平军水师。

之后，胡林翼回师上游沌口，命彭、杨也马上回师屯据沌口，攻取武昌。沙口在武昌下游三十里，而沌口在武昌上游三十里，水师自下游往上游走，须经武昌城下过，那时必遭江岸的太平军炮击。玉麟认为这样牺牲较大，应找到更好的办法才好。

杨载福觉得玉麟胆怯，说："大丈夫行事无所畏惧，我们既然能够浮江而下，就能溯江而上。"

把我彭玉麟当作怕死鬼了？你杨载福不怕死，我彭玉麟会怕死吗？玉麟愤愤不平地说："既然都不怕死，那我们就溯江而上去沌口吧。"说完张帆上驶，士卒也随后而行。彭玉麟的船行进在所有战船的前头，让杨载福惊愕不已。

驻守在武昌的太平军见湘军水营回师上游，纷纷在长江中流阻击，并令城楼守军开炮轰击。

玉麟的座船行进在最前头，自然是太平军的眼中钉，炮火密集地射过来。玉麟一面指挥各船还击，一面无畏地向上游行进。

这时遇上了急流，船速慢了起来，突然，彭玉麟的座船中了太平军一炮，桅杆折断了，船身猛地颠簸了一下，船上的人被掀入河水之中，船被江中急流卷向

下游。玉麟喝了几口水，从江中浮上来，吸了几口气。正好看到有船过来了，船上坐着浑身湿透的老军士。

他立即向那条船游去，很快，他紧紧地抓住了船边，再用一把力，就可以顺利上船脱险。可是，就在这时，他的双脚被人死死地抓住了，动弹不得。

“快上来呀！怎么不使劲了呢！”老军士在船上使劲拉，可是哪里拉得动呢？

玉麟喊道：“我的脚被人拉住了，我不能动了。”

老军士提议道：“大人不要急，抓住我的手，先停下来缓缓气！”一面对着水里喊，“别抓彭统领的脚，这样两人都很危险，听到没有？”

水里的人没有反应，玉麟对老军士说：“你别对着水里的人喊话了。这时候活命要紧，还管什么统领不统领！”

彭玉麟水性好，想带着拖着自己的人一同上船，但挣扎了好一阵还是无济于事，全身的力气反倒用尽了。他突然松开手，沉入水里。老军士大喊：不得了，救人啊救人啊！

但是玉麟很快又露出水面，再一次抓住了船舷。老军士松了一口气，因为要维护船上的平衡，也不能下水去营救，只能干着急。

其实玉麟完全能够自救，他只要狠狠地猛蹬拉着他脚的人，那人因疼痛就会松开手，但也会立即沉入江底死去。

这时雨过天晴，江面上一览无余，一切都看得清清楚楚。

一只船驶过来了。老军士一眼看出是杨载福的船，大声喊道：“杨大人杨大人杨大人，救命啊，我们彭统领落水了！”玉麟也看见了杨载福的船，他心想杨载福一定会救他。

结果杨载福的船在离他们不远处停住了，船上众人都伸出脑袋探看，片刻之后，他们并没有把船驶过来相救，却将船划到远处去了，只一会儿便消失在烟波深处。

老军士骂道：“见死不救，猪狗不如！”

玉麟不知杨载福为何像逃瘟疫似的对待自己，他并没有得罪过他。虽然两人都是水师统领，长期相处有一些小矛盾，也有不愉快的事，但他没有做过一件对不起他的事，他为什么这样对待自己呢？水师屡建奇功，名满天下，应该说两人都有贡献，这在整个湘军中是公认的。你要往上爬，我不会阻止你，更不会成为你前行路上的绊脚石。而且自己打了胜仗从来没有同他争功劳，从来没有！难道真是“一山难容二虎”吗？湘军水师容不得二人并存吗？难道我葬身鱼腹他才舒服吗？大敌当前，国难未尽，皇恩未报，本是一家人，相煎何太急？……

好在只过了片刻，营官成发翔的船经过，老军士又发出求救之声。成发翔没有半点犹豫，二话没说，咚的一声跳进江中，潜了进去，使劲掰开紧紧抱住玉麟脚的人的手，然后把那人拖到船上。没了人拖后腿，玉麟本可以轻松爬到船上去，但此时他身上一点力气都没有了，在成发翔及其亲兵的帮助下才爬回船上。

那名死死拉住玉麟双脚的人竟是玉麟船上掌舵的士兵，经过抢救，他吐出了吸到肚子里的江水，有了呼吸，睁开了眼睛。

玉麟看着他笑了：“早知道是你，我一脚就把你踹开了。”

老军士看着那人说：“雪帅为了救你，差一点点把自己的命也赔了！”

那人听了，感激的泪水夺眶而出。

三　彭、杨失和，胡林翼敬酒化矛盾

第二天，胡林翼命杨、彭出征，玉麟按兵不动。杨载福率队行到半路，仍不见彭玉麟的战船，他知道凭一己之力抵挡不住太平军，只得退回原地。

玉麟又病了，吃不下饭，浑身筋骨疼痛，心神时有恍惚，忘前失后，常常合眼就做噩梦。请大夫诊断，每天吃药，但效果甚微。他意识到湘军到了生死存亡之秋，水师一分为二，战斗力大大减弱；陆营攻不下九江撤退了，曾国藩去了南康。南昌虽未沦陷，但岌岌可危。武汉重入敌手，收复看不到希望。

在玉麟看来，此时水师的力量还可以对付太平军，陆营却根本不是太平军的对手，而没有强大的陆营，水师没有依托，也会渐渐衰弱。从整个大局看，他以为水陆应当大撤退，退到岳州去，重新整顿，操练精壮，筹集到数月的军饷后，再行东下，方能转败为胜。但是以时势而论，这样又不妥，会被认为是逃跑畏敌，引狼入室。现在水陆都守在金口，只能守一日算一日了，因为缺火药，缺粮草，缺军饷，近万人在这里困守，后果不堪设想。这几天他在病中给湖南巡抚骆秉章连写了两封信，请求他解决这些燃眉之急。在信中，玉麟用十六个字形容湘军和自己的处境：前功尽弃，后患莫测，心血枯矣，精神疲矣。

这天，胡林翼同时给彭玉麟、杨载福来信，请二人到他的军帐里去，他知道二人发生了矛盾，准备加以化解。玉麟先到，见杨载福来了，起身要离去，胡林翼连忙把他按在座位上。杨载福见彭玉麟如此举动，转身要往回走，胡林翼又连忙拉住，让他坐下说话。

好容易三人坐到一张桌子边，他端起酒坛给每人满上一碗酒，然后自己举起酒碗，跪而请曰："天下糜烂至此，实赖二公竭力支撑。如二公不和，又怎能佐治中兴之业呢？"说着流下了眼泪。

彭、杨二人立即向前拉胡林翼起来。

胡林翼却跪而不起："如愿与我同心如一人，共佐朝廷，则三人同饮此酒，二公如不答应化解误会，我就不起来。"

彭、杨二人非常感动："愿与大人同心同德，以国事为重，不计个人恩怨，共创中兴大业！"于是三人举酒共饮。

随后三人同席细谈心里话，胡林翼说："听说上次撤退时，雪琴兄的战船桅杆折断，船翻了，人也落水了，情况万分危急，而厚庵兄从不远处经过，听到呼救声竟然熟视无睹，拂袖而去……我想此事一定有缘故。"

杨载福大喊误会，说根本没有这么一回事，称他的船从江心穿过，根本没有发现彭玉麟的战船，船上的亲兵可以作证。

玉麟看着胡林翼说："别提此事了吧，天知地知，他知我知就行了。"

胡林翼赞成彭玉麟的态度："这事很可能是雪琴没有看清楚，厚庵兄不是见死不救的人，何况你们还是患难与共的战友。雪琴兄说得很对，此事到此为止，不再提起，也不要再放在心上。二位是湘军水师的主心骨，是军魂，如果不团结，那湘军水师的前途就完了。二位都读过史书，廉颇蔺相如的故事值得我们深思和借鉴。"

"我们心里一定要明白：在历史上凡是成就一番大事业的，往往不是单枪匹马，而是一大群人，是一个团队，所以内部团结非常重要，搞垮自己的往往不是别人，是自己内部。孟子说：天时不如地利，地利不如人和。他强调的是人和，这是千古不易之真理。我们湘军之所以能胜过绿营打败长毛，最主要的原因不仅仅是我们勇猛善战，更是我们能团结一致，胜不争功，败能相救。水师中，杨、彭并称，说明二位乃水师的支柱，缺一不可。如果二人内斗，一败涂地无疑。你们内斗，是长毛求之不得的事情！”

玉麟被胡林翼的话感动了，回应道：“请胡大人相信，我不会负大人之恩和兄弟之情。”

杨载福也说两人情同手足，多年患难与共，一定会和好如初。

这时，亲兵送来一封曾国藩的信函，玉麟展开一看，内容是说江西内湖水师频频挫败，死一营官，丧船数十，需要重振雄风。令杨载福留守湖北，彭玉麟前往江西，统领内湖水师。

玉麟把信递给胡林翼，胡林翼又让杨载福过目。胡林翼叹了一口气：“其实两边的形势都非常严峻，那边需要你，这边也同样需要雪琴兄。有你在这边，武汉肯定能早日攻克。既然涤帅下令，我们只好遵照执行。大家是一个整体，江西强大了，也有利于我们收复武汉。”

玉麟决意去江西，然而，水路不通，他无法把这边的水兵带去。临走时，他向胡林翼和杨载福一一道别。

他又找到王吉，将丹顶鹤托付给他，说内湖与外江水师会合的时候，再把它完好无损地交给他，王吉说一定做到。

要离开了，玉麟轻轻抚摸着雪羽洁白的羽毛，又让雪羽为他舞蹈了一回。

“雪羽，湖口再见的时候再为我起舞吧！”

四　徒步七百里赴江西，接管内湖水师

玉麟没有从武昌去江西，而是溯江而上回到衡州，再从衡州前往江西。

从衡州到江西南昌，必经袁州、瑞州，而就在前一个月，石达开率军扫荡江西，先后攻克袁州、瑞州和临江。江西省除了南昌、南康外，其余地方都被太平军囊括。玉麟想来想去，若不经过太平军占领的地方，已没有其他陆路和水路直通南昌。

身边的亲兵建议：“要确保安全，需绕道广东，入闽浙，再经广信……如此一来，要多走很长的路，需要一百天才能到达。”

玉麟从曾国藩的来信中得知，他被围困在南康，处境极危险，“文报不通，

一夕数惊，闻春风之怒号，则寸心欲碎；见贼船之上驶，则绕屋彷徨”。

玉麟选择冒险前往，说道：“这样不好，江西危急，旦暮赴之犹恐不及，要以国事为重，以情义为重，不可为保全自己而耽搁时机。”

他挑选了几个愿意跟从的人，说：“明知山有虎，偏向虎山行。我们要用最快的速度赶到夫子大人身边去，不能延误时机。如果遇到长毛动武，你们可以离开我，不要顾及我。但不管长毛用什么手段拷问你们，万万不可说出我是彭玉麟。”随后玉麟换了衣服，打扮成做生意的商人，背着包袱，夹着一把雨伞，跟从的人挑着篾箩筐，一行人冒着危险向江西进发。

这时候已是农历十二月，雨雪天气多，天寒地冻，寒风嗖嗖，遍地萧瑟。众人一路跋山涉水，日行夜宿，说不尽的艰辛。

一路上彭玉麟都说安徽话，也教同行的士卒们说点简单的安徽话。遇到外人时，便叫他们不要乱开口，尤其不要说湖南衡州话，长毛知道湘军大多是衡州人，说衡州话容易引起怀疑。

刚进入袁州地界，一行人就遇上了太平军的盘问，但盘问不仔细，检查也比较草率。他们说自己是从安徽来此地做生意的，本来想去武汉，但那边打仗打得很凶，生意没法做，就来江西了，没想到这里也不安宁。太平军信了他们的话，让他们进了城。

快要到官军控制的地界时，太平军的稽查盘问变得严密起来。随从中有好几人离开了玉麟。

走到离赣江不远的一个村子里，一行人遇到一队太平军，他们盘问得非常过细，有一个同伴不小心说了一句衡州话，立即引起了头目的怀疑：“你们是安徽人，为何说的是衡州话？我知道，曾妖头在衡州练兵，当兵的大多是衡州人。”玉麟忙上前用安徽话解释道：“他是衡州人，后来到我家当学徒做生意，所以安徽话总是说不利索。”但是头目不信，把他们关在一间房子里，准备一个个审问。就在此时，来了一个人叫小头目去营里开会。天黑之后，看守他们的兵到半夜打起瞌睡来，他们乘机打开门，把两个哨兵捆绑在树上，用破布塞进他们的嘴里，然后向赣江边逃亡。一行人急急走了十多里路，才赶到江边，正好江边有一只船，他们多给了船夫几两银子，船夫立即开船送他们到了对岸。

跟从的人相继离开后，玉麟把随身带的东西都丢了，只留下几本书，一支毛笔，还有一个饭钵。他化装成混不上饭吃的游学先生，一路乞食，经过敌人的关卡时，竟没有引起怀疑。

在对岸走了数十里路，就进入了清廷管辖的地方。

到了南昌，经过官方的关卡岗哨，城门官吏也没有怀疑，只随随便便问了几句便放他进城。他对守城门的军士说：“你们就不怀疑我是长毛？”军士端详了一下玉麟说：“长毛怎么会来这里，来送死？你就是一个教书先生的样子，绝对不是长毛。”玉麟又问：“我像不像一个当官的？”守门的军士笑起来：“你这要饭的样子哪像个当官的？当官的都是方面大耳，哪像你这瘦猴子似的，去吧去吧。”

玉麟并未离去，问道：“你们知道彭玉麟不？”

守门的说：“彭玉麟谁不知道？湘军水师的统领，打起仗来勇猛无比，据说文才也不错。”

玉麟说了实话：“我就是彭玉麟呢……我从衡州一路走来的。”

守门的人狂笑起来：“你是彭玉麟？你为何不说你是曾部堂啊？……你给彭玉麟提鞋他也不会要你！还说是衡州来的，这牛也吹得太大了吧，长毛设立的关卡重重，你是飞过来的？”

玉麟这回认真了：“这是曾大人给我的手令，你们好好看看！”

守门的官看了看，面色发白，浑身哆嗦，继而跪倒在地：“彭大人恕罪，小人有眼不识泰山罪该万死。”

玉麟微微笑了笑：“起来起来，不认识本官也不要紧。你们送我到省府衙门就行了。”

守门小官叫人用轿子送彭玉麟到了省府衙门，玉麟对巡抚说出自己的身份以及一路的经历，官僚们惊讶之余，又拊掌大笑。

次日，玉麟骑马前往南康，见到了曾国藩。他拉着玉麟的手，欣喜地说：“雪琴你来得真快，你来这里就好办了，就好办了！”

但他又非常惊讶：“你是从衡州出发，穿过长毛占领的地方来这里的？”

玉麟笑道：“是的，跟我来的人都怕得要死，半路我给了路费打发他们回去了，最后我一个人装作游学先生混过来的。哈哈！”

曾国藩说：“你艺高胆大，运气又好。你是不知道，我派去长沙、武汉送信的人都被长毛抓着杀了。”

前年，萧捷三等人率舢板战船于湖口冲入鄱阳湖后，曾多次向石钟山发起猛攻，企图攻破水卡，冲向外江。去年七月间，曾国藩驻南康，调陆军李元度率平江营三千余人，水师萧捷三率各营战船，合力夹攻湖口。激战多时，萧捷三中炮身亡，只得收兵。此后，水师退守青山，陆营退守苏官渡，无力再进攻湖口，冲出鄱阳湖似乎变得遥遥无期。

现在，龟缩在鄱阳湖内的水师听说彭玉麟来了，似乎看到了胜利的曙光，士气倍增。

五　多事之秋，玉麟闻到了天京城里的血腥气

彭玉麟统领内湖水师，水师将士信心大增，士气高昂，接连打了几次胜仗。

咸丰六年正月初四，彭玉麟率领水师到樟树镇（今江西樟树市）与太平军交战，打得太平军狼狈逃窜。三月初，又率水师援救吴城，击败来攻的太平军一部。三月中旬，率水师败太平军于建昌（今江西永修县）涂家埠，几天后攻占建昌。因屡立战功，朝廷又提升他为广东惠潮嘉道，留营统领内湖水师。

但他遇到了在武汉时同样的窘境，没有军饷，没有粮食，没有火药，打不了仗，士气低落，管得太严不是，不管也不是。玉麟一面向将士们耐心解释，说朝廷一定不会亏待我们，军饷总会有的，无非是时间早晚的问题，以此来稳定将士的情绪；一面找当地衙门，请他们赶快搞些粮食来救命，又派人到曾国藩那里去催，曾国藩这时候也没有办法，对前去催讨钱粮的军士叹息说：“我负雪琴也！我负雪琴也！”

在这样的时候，玉麟偏偏又生病了。他自己也觉得奇怪，如果仗打得很顺利，他绝对精神昂扬，浑身有劲。不打仗了，或者打败仗了，尤其是缺粮缺饷的时候，他就会生病，吃不下饭，浑身疼痛，夜夜做噩梦……

而这时又传来许多不幸的消息。先是罗泽南战死武昌的消息传来，原本曾国藩要留罗泽南在江西牵制九江之敌，可他自告奋勇要去收复武昌。韦俊率太平军乘夜色沉沉出武昌城偷袭湘军，由于没有足够的准备，罗泽南在仓促中与敌交战，在击败敌军的同时自己也身负重伤，六天后竟在洪山军营殉国，这位“上马

杀贼，下马读书”的湘军军事理论家和实践家突然离世，无疑是湘军的一个重大损失。玉麟虽然不是他的学生，但也受过他的教诲和影响，听到这个消息，他悲伤不已。随后曾国藩让罗泽南的学生李续宾接统了罗的陆营。

后一个消息更让玉麟震惊，太平军攻破了绿营的江南大营。天京解围，意味着太平军的力量更为强大。江南大营攻破后，太平军的全部主力都会用来对付湘军，湘军肩上的压力将更大。

又过了三个月，玉麟再赴南康找曾国藩催要军饷。刚进城，就听见有人在打渔鼓。此人有点像故乡那个渔鼓艺人：瘦高个子，脸上没肉，颧骨突出，眼睛不是很大，却闪闪发亮。唱起调子来，有板有眼，声音极具穿透力。他唱的是——

渔鼓打起响堂堂，各位看官听端详。
近日天京事态变，太平天国王杀王。
东王以为功劳大，要称万岁逼天皇。
天王明里来答应，暗里叫人动刀枪。
北王动手野心大，阴险勾结秦日纲。
东王府里血风起，首级带血挂城墙。
江宁城内大屠杀，秀清亲友全杀光。
滥杀无辜神人怒，圣谕又令杀北王。
北王杀了天下动，金陵城里人心惶。
…………

玉麟听了，心跳加快，问打渔鼓的老汉这消息从何而来？是否可以说详细一点。老汉全不理睬。玉麟又说多给他一点钱，老汉翻了一个白眼，拂袖而去……

玉麟找到曾国藩，说起渔鼓之事，曾国藩告诉他最近天京城里出了大事——

八、九月间，江南大营被打垮之后，杨秀清认为自己大功盖世，逼天王洪秀全到东王府封其为万岁，洪秀全表面上答应，暗地里密令正在江西战场上的北王韦昌辉、苏南战场上的燕王秦日纲和湖北战场上的翼王石达开回京对付杨秀清。韦、秦接令后，立即率兵返回天京，包围东王府，诛杀了杨秀清及其眷属。韦昌辉、秦日纲为剪除杨秀清的党羽，又行苦肉计，诱杀杨秀清部下五千余人。三个月内，天京城里血流成河，尸骨如山，杨秀清部二万余人同归浩劫，连婴儿也不能幸免。石达开接到天王密令后没有及时赶回，听说韦昌辉在天京城内制造大屠杀后，急速从武昌赶回金陵，严斥韦昌辉灭绝人性的凶暴行为。韦昌辉大怒，欲置石达开于死地。石达开见势不妙，连夜出走。但他的家人没能逃出，韦昌辉便杀了石达开全家老小。石达开逃往安庆后，起兵靖难，请天王诛杀韦昌辉以正国法平民愤。洪秀全不得不联络朝中各官，处死韦昌辉及其心腹二百多人……

玉麟听得惊心动魄，说："也好，这是天助圣清，长毛必灭也！"

曾国藩还告诉玉麟，乘此机会，胡林翼率部再克武昌，李续宾、杨载福率水陆二军沿江而下，连克兴国、大冶、蕲州、广济、黄梅，再次陈师九江城下。这期间，李元度攻克宜黄、崇仁，鲍照攻下靖安、安义，周凤山率新从湖南募来的勇丁攻下分宜、袁州，他的六弟曾国华攻下武宁、瑞州，九弟曾国荃出来不久，也攻下了安福，李续宜攻下了瑞昌、德安……

玉麟得到一些军饷后回到吴城，回来第二天，收到从太平军那边送来的一封信，展信一看，竟是章磊之的手迹：

雪帅麾下：

衡州一别数年，虽各为其主，然甚念同窗之情。听说兄台升为官军内湖水师统领，应在情理之中，吾深表敬仰。近段江宁血风腥雨，天国已成梦幻。遥想当年兄台对时局之分析，可谓有先见之明，弟佩服至极。鄙人从此远离战局，亡命天涯矣。

弟磊之叩首

玉麟想起章磊之在他为母亲守墓时，邀他去投太平军之事，后来听说他真的投了太平军，并在那边任了官职，但一直没有书信来往。今日读到他的书信，颇为感慨。他弃天国而去，许是理智之举。玉麟想邀他来军中共事，又估计他不会接受，于是作罢。

鄱阳湖上波翻浪滚，天下大势实难预测。虽说是分久必合，合久必分；治久必乱，乱久必治。但兴衰治乱，起于何时，终于何时，智者也难预判。

六　曾国藩回到荷叶塘，心更乱了

咸丰七年二月，曾国藩的父亲曾麟书在荷叶塘去世。

曾国藩接到家乡送来的报丧书信后，悲痛万分，马上给皇上写了一道《回籍奔父丧折》，派人送往朝廷。不待皇上批复，就同六弟国华、九弟国荃以及几个仆人回荷叶塘奔丧。他想趁着为父亲奔丧和守制的机会，离开江西一段时间。以目前的局面，自己如果硬着头皮顶下去，还会有无穷无尽的麻烦。如果无缘无故撒手不管，上下又会非议他。按朝廷的制度，官员父母死亡，可以辞职回家守制三年。这是一个合理的借口，不如趁此机会摆脱困境，把这副烂摊子扔给江西官府，给朝廷一个提醒，说不定他们就会意识到曾某的处境和重要性。

曾国藩回乡前，还挂念着水师，上书朝廷夸赞彭玉麟任事勇敢，励志清苦，有国士风，堪胜总统水师之任。但朝廷没有采纳他的意见，却任杨载福总统湘勇水师，彭玉麟为协理。

回到家里办丧事，无非是入殓，祭奠，选择一块风水宝地，让父亲入土为安。

在荷叶塘老屋的木床上，曾国藩常常辗转反侧，彻夜难眠，他的魂魄依然萦绕在鄂赣战场上。

从咸丰二年十二月出山以来，他在长沙创办湘军，后迁移衡州新建水师，战湘潭，攻岳州，肃清洞庭，收复武昌，田家镇大捷，攻打九江……炮火横飞，刀枪相交，三次投江，差点把命也赔上了，没有功劳也有苦劳啊，可是自己得到了什么？论官职，他还和五年前一样，只是一个兵部侍郎，没有任何升迁。江忠源带勇，从署理知县升为巡抚；胡林翼带兵，从道员升为巡抚；杨载福统领水师，从协标升为湖北提督；而彭玉麟也从书生升为道员……部下各个高升，唯独他一人五年来停留在原点，实乃咄咄怪事！

虽然金陵城里发生了内乱，人心惶惶，但局势依然堪忧，转机不够明朗。湖北战场有所好转，湘军收复了很多地方，但与两年前差不多，没有大的进展，湖口、九江依然不能攻克，战区无法向前扩展，江西七府四十余州县，仍被长毛牢牢控制。要肃清江西的太平军，收复失地，不是一件容易的事，何况要打到江宁，扫荡长毛的老巢，还有很长很长的路要走，甚至能不能走到底都不能确定。

最恼火的是军饷的筹集，两万多湘军士兵提着脑袋在战场上为朝廷卖命，没有军饷行吗？他作为兵部侍郎，没有实权掌控地方官员。前段时间，江西巡抚陈启迈就是不愿给军饷，他还是曾国藩的同乡同年，曾国藩实在气不过，抓着了他的把柄，亲自上了一份“奏参江西巡抚陈启迈”，罗列了陈的六条罪状。朝廷接到奏章，革除了陈的职位，但接替陈的人依然不愿援助湘军，他还有什么办法呢？前不久，他又上奏朝廷，想让浙江省拿出一笔钱来作湘军军费。几个月后，朝廷批复说浙江财政也有困难，拿不出军饷。实质上是曾国藩官职太小，没有实权控制巡抚，谁会听他的调遣？谁会拿出真金白银来资助他对付太平军？

于是他在丧假快满的时候，给皇上上了一道奏折，向皇上讲明了自己的处境，请求皇上给他高一点的职位，让他能够节制地方官员，否则仗无法打下去。

没料到，一盆冰水从头泼下，皇上解除了曾国藩的兵权，让他在家守孝。

更使他气愤的是，左宗棠见他回家守制，搁置湘军不管，勃然大怒，搬出君臣大义，大骂曾国藩不顾大局，意气用事……

好在胡林翼理解他，一面写信安慰他，一面上奏为曾国藩鸣冤叫屈。

曾国藩原以为回家守制可以摆脱朝中、军中那些烦心事，恰恰相反，他在家里，心更烦了。朝廷不理解他，地方官府不支持他，朋友骂他，社会指责他……他想辩驳，想解释，想控诉……可谁会听呢？也许越说越复杂，越辩越没人理解……他变得焦躁不安，看谁也不顺眼……

为摆脱烦恼，某天，他去爬离荷叶塘不远的九峰山，到了半山腰有些口渴，便去道观里讨茶喝，见到一位老道士，与之闲谈，情趣甚为相投。临别时，道士见曾国藩气色不好，猜想他郁结于心，于是送了他一本《道德经》。

曾国藩婉拒：“这书我有，而且读过了。”

道士说：“大人不妨多读几遍，或许什么事情都化解了。”

曾国藩听从了他的指点，回家后开始重读老子的《道德经》。

知其雄，守其雌……天下之至柔，驰骋天下之至坚……挫其锐，解其纷，和其光，同其尘……

他决定不再和朝廷怄气，主动中止守制，请求皇上让他尽快回到前线。

七 第二次血战湖口，内外水师会合

咸丰七年九月，彭玉麟的内湖水师和杨载福的外江水师取得联系，准备于当月初八同时行动，冲破太平军的阻隔封锁，会合后一同攻克石钟山、梅家洲，继而攻克湖口县城。

太平军占据湖口已经长达七年，率部坚守湖口的是太平军悍将黄文金。三年前，湘军水师就在湖口领教过他和石达开的厉害，至今水师仍分隔两地。据说这黄文金年纪不大，长相奇特，一张马脸红紫紫的，留着长长的胡须，根根银白发亮，眼睛满含杀气。由于勇猛善战，部下暗地里呼之为老虎。湘军这边则称他为“黄老虎”。

这次能否打败这只“黄老虎”，彭玉麟并无十足把握。

到了初八，天刚蒙蒙亮，长江便响起隆隆的炮声。按照约定，湘军陆师从下游方向攻湖口县城之背，外江水师从长江向鄱阳湖口发起冲击，以鸣炮为号，内湖水师听到炮声后，立即向江口方向进军。

彭玉麟率全军发起猛攻。他立在船头高喊：“弟兄们！报仇的时候到了！打垮长毛，与外江弟兄会合！”

内湖炮声轰隆，与外江水师的炮声相呼应。

战船行到石钟山附近的江面，不得不慢下来，因为前面炮火太猛烈。

太平军占领的石钟山扼要冲之地，他们在此安置了许多炮位，居高临下，便于轰击江中战船。他们在高处打江中船容易，湘军在战船上向高处射击却不易射中。半年前，黄老虎从外国进口了几门西洋大炮，其中一尊巨炮，射程远，杀伤力大，命中率甚高。石钟山临江还集聚了数百只战船，也不停地向湘军水营射炮。

玉麟命令舢板战船冲在最前头，长龙、快蟹等战船随后跟进。哨官罗胜发高喊道：“我不怕死！让我们冲最前面吧。”他的战船如离弦之箭，向前射出。忽听火光一闪，一声巨响，战船瞬间被火光和浓烟所吞噬。玉麟浑身一颤，他知道罗胜发的船已经中炮，人已经毙命。

玉麟又下命令：“绝不能退缩！前一只船被炸坏，可以退到后面，让后面的船接着往前冲！只有这样前赴后继，才能冲破敌人的阻拦！”

接着冲在最前面的哨官刘忠义的战船又被太平军的炮火击中，倒了下去……

只片刻工夫，十多只战船被击毁，一百多人付出了生命……玉麟心里在战栗，但还是命令将士勇往直前。

他身边一个叫胡大海的士兵说话了："大人，不能这样啊！这是无谓的送死！"

玉麟叹道："我也知道生命的珍贵，可还有什么办法呢？水陆用兵五年，精锐忠勇之士，毙命者数以千计。湖南、江西的民士，被长毛屠戮者数十万，每想到此，我恨不得代替他们牺牲。我不会让将士白白送死，我自己也不会贪生怕死！"随后，他狂吼一声，命令士兵奋力划桨，一面向敌船开炮射击，一面不顾一切向前冲去。

其他战船的将士看到统帅的战船飞也似的迎着炮火冲去，谁还敢落后？

孙昌凯带领水营战船紧随彭玉麟。所有战船如支支利箭射向前方。

正当将士们进入敌人巨炮的射程，准备一同赴死时，奇迹发生了。

石钟山上轰然一声巨响，升起了一团烈焰。原来是巨炮由于持久射击，轰然爆裂，炮筒炸得碎片四飞，不要说炮手，连附近几丈远的将士也全被炸死了。

真是天助湘军也。见敌人炮声突然停住，水师将士乘此机会，快速向下游驶去。外江水师则在杨载福的率领下，朝湖口水卡发起冲击……

敌人守水卡的炮楼着火了，纷纷坍塌，敌船烧成一片，水卡被冲破了……

终于，内外江的水师会合了。

随后，彭玉麟率部占领了石钟山，杨载福率部占领了梅家洲。

这时陆军又从湖口城背山下发起攻城战斗，水师战船也逼近城下。太平军知道再也守不住湖口县城，纷纷向城外逃散开去。

水师在江上追击溃逃的敌军，太平军死伤无数；李续宾的陆营很快就占领湖口县城，歼灭了大量敌军，黄老虎携家眷狡猾地从文桥逃出去了……直到后来金陵被攻破，他才被左宗棠的部下击毙。

湖口之战虽然取胜，但十分惨烈，死伤无数。玉麟悲喜交集，写诗抒发了自己的内心情感：

破入梅洲毁敌营，双钟犄角势随倾。

江湖襟带收天险，将士熊罴与虎争。

十里岸红焚巨舰，两山血赤夺坚城。

将军洞腹殊堪惨，罗拜忠骸尽失声。

第二天，没有战事，玉麟在船上读书，忽闻一声鹤鸣，雪羽已亭亭玉立停在船舷上。他来内湖时，把它交给王吉喂养，后来王吉来信说它飞走了，没想到它现在又找到了他！玉麟喜出望外，忙上前搂住它，动情地说："雪羽，你回来了？你还认得我吗？我们整整分别三年了。"

八　载福大谈风月事，彭郎笑夺"小姑"回

攻克湖口后，彭玉麟和杨载福率水师顺流而下，攻取了彭泽县城和县城下游的彭郎矶。

很有意思，一个石矶也姓彭，是彭玉麟的本家吗？

彭郎矶又叫澎浪矶，因怪石屹立江中、顶风遏浪、惊涛澎湃而得名。石矶依山傍水，地势险要，为长江边三大名矶之一，相传武后天授年间曾在石矶壁台上建有龙寺，造型精巧，别具风格。文学巨匠苏东坡在此作词云："山苍苍，水茫茫……舟中贾客莫漫狂，小姑前年嫁彭郎。"

与彭郎矶遥遥相对的长江对岸有一座小岛叫小姑山。

小姑山又叫小孤山，还称小孤矶，属于安徽省宿松县，方圆不到一里，高约百米。它孤峰独峙，三面环水，直插江心，气势险峻。巨石悬立奇峭，大有"障百川于千里，纳群山于足下"之势，被历代诗家学者吟赞为"长江绝岛、中流砥柱"。

现在，攻取了彭郎矶，"彭郎"已经回到朝廷的怀抱，而隔江相望的小姑山还在太平军手中。

玉麟大概因为自己姓彭的原因吧，对彭郎矶和小姑山情有独钟，觉得这其中一定有故事。他要寻根究底，到处找渔民询问。

后来，一位读过书的渔民来到彭玉麟的座船上，当时杨载福也在场，那人向杨、彭二人介绍了这一矶一山的来历，顺带说出一个浪漫而凄惨的故事：

相传，宿松县有一位窈窕妩媚的村姑，江西湖口有一个眉清目秀的彭郎。一天，彭郎从江上打满一船活蹦乱跳的金丝鲤鱼，正欲起身上岸时，一抬眼，看

见正在江边洗衣宛若天仙的小姑，瞬间惊呆了。而小姑见彭郎相貌堂堂，顿时羞红了脸，心怦怦直跳，连忙低头洗衣。彭郎深知“心动不如行动”的道理，索性把篙一点，把船撑到小姑的旁边，和小姑说起话来。彭郎说自己孤身一人，父母早亡；小姑说自己也一样，没有亲人。于是两人同病相怜，萌生情愫，后来成了亲……夫妻俩在长江边搭起两间草房住了下来，彭郎每天下江打鱼，小姑在家纺纱织布，可谓恩爱情深……没料到这事引起土地神的妒忌，他驾起云头，返上天庭，向玉皇大帝启奏，说小姑和彭郎是一对“妖精”偷偷下凡，在民间做了很多坏事，弄得百姓怨声载道。玉皇大帝听了土地神的谎奏，不分青红皂白，传旨令天神将小姑和彭郎强行分禁于长江南北两岸，让他们永难团聚。小姑在长江北岸呼唤了七七四十九天“彭郎”，最后一怒之下跳进长江。隔在长江南岸的彭郎，也站在江边呼唤了九九八十一天“小姑”，不见小姑回答，也一气之下跳进江水里。几日之后，长江两岸耸立出两座山。人们把其中一座叫彭郎矶，另一座叫小姑山……

玉麟听完这个凄美的故事，想起自己少年的情事，心中泛起波澜。

他给了渔民二两银子，渔民笑着道谢而去。

杨载福想起湘军内部传说的彭玉麟和竹宾的情事，望着玉麟笑起来：“雪琴啊，这个心酸的故事是不是让你想起年轻时和自己相好的小姑？”

玉麟脸红了，说：“厚庵兄讲笑话，谁想起小姑了？……现在仗打个不停，脑袋都不知什么时候掉下来，谁有时间想那些风月事？”

杨载福偏偏要戳破，说：“也不是天天打仗，你不是还有时间写诗画梅花吗？”

玉麟道：“那不一样。”

杨载福不再插科打诨，开始说正事：“雪琴兄，这长毛也是阴险，在小姑山、彭郎矶上筑炮台，修筑伪城，列巨炮于上，以阻挡我水师东下，现在，我们已将彭郎矶拿下，攻小姑山我就不去了。”

“为何？”

杨载福又笑起来：“你姓彭是不是？那边是小姑。彭郎夺小姑，多有意思啊，如果是我去，杨郎夺小姑，不伦不类的。总之你去夺小姑山，名正言顺，说不定会成为千古佳话呢。”

玉麟想想也笑了："照你这样说，明天我去定了！"

第二天，彭郎真的去夺取"小姑"了。

一大早，彭玉麟率六个营围住小姑山，战船上黑洞洞的炮口对准山上的炮台和营垒。

玉麟向着不远处的小姑山鞠了一躬，然后高声喊道："小姑——今日彭郎来迎亲了。我不能让匪徒玷污你！我没带鞭炮来，就用大炮来迎你了。"

随后对所有的战船下令道："将炮口对准泊在山下的战船……鸣炮！"

通通通！通通通！通通通！数十艘战船霎时被炮火吞噬。

战士们听到彭玉麟的话，抿着嘴巴笑。打了多年的仗，他们只觉得彭玉麟非常威严，没想到他还有如此风趣的一面。

山上的守敌也开始开炮还击，但他们火炮的质量不如湘军，射程不远。虽然他们居高临下，却难以击中湘军水师的战船。

水师的炮击停歇了一下，玉麟命令道："现在把炮口对准敌人山脚下的营垒……再鸣炮！"

炮火在敌人营垒上炸响，火光闪烁，烟雾升腾。

这一轮轰击完了，玉麟又说："礼多人不怪，礼轻怪死人。各位把炮口对准山腰的炮台……三鸣炮！"

炮火雨点一样倾泻在敌人的炮台上，爆炸声响彻云霄。整个白天炮声未停，双方开炮互轰，太平军的营垒被湘军轰得千疮百孔，泊在山下的战船损失殆尽。而湘军只损失两艘战船。

夜里，玉麟找来几个当地的渔民，问他们上小姑山是否有小路。渔民说，没有小路，但可以从乱石中攀缘而上直达顶峰。

次日黎明时分，玉麟挑选了三十个勇士。他亲自带队跟着渔民攀缘。有人劝阻他，他笑着说："彭郎不亲自去，小姑怎么会回到我的怀抱？我去了，小姑一感动，事情就成了。"手下的将士拊掌大笑。

出发时，战船向山腰的敌营开炮，吸引敌人的注意力。小姑山不高，玉麟和小分队很快顺利攀上山顶。

敌人在山顶上没有什么工事。彭玉麟等人从山顶向山腰投掷火弹火炮，同时大声喊叫："我们占据山顶了，我们打赢了。长毛鬼子，快出来投降啊！"

太平军万万没有料到湘军水师会从绝壁登上山顶，阵脚大乱，抵抗变得杂乱无章。

接着，山顶上的湘军往下冲击，战船上的士卒也离开战船向山腰冲击，远战变成近战，厮杀十分激烈。

到傍晚时，枪炮声停息下来，小姑山回到了彭郎的怀抱。

彭玉麟攻克小姑山后，派了三个营据守，自己准备回湖口。

临走前，他在小姑山的石壁上挥笔题下一首诗：

书生笑率战船来，江上旌旗耀日开。
十万貔貅齐奏凯，彭郎夺得小姑回。

回湖口见到杨载福，玉麟笑着说了夺取小姑山的经过，还说自己在石壁上题写了一首诗。

杨载福听了后大笑不止，说：“彭郎有意，小姑有情，我杨载福就成全了你们！来人，叫人请一个石匠把雪帅的诗刻在小姑山的石壁上，让彭郎和小姑的风月情事与山河同在！”

九　攻进九江城，玉石俱焚，惨不忍睹

湖口、彭泽收复后，九江已是一座孤城，四面都是湘军的势力范围。

李续宾的陆营与杨载福、彭玉麟的水营奉命合力攻取九江坚城。

其实在未攻取湖口之前，陆营就着手攻打九江了。咸丰七年正月八日起，李续宾率部攻打九江，大战六昼夜，均被太平军击败。三月到六月，李续宾自官牌夹至白水湖尾修筑长壕，长三十余里，宽三丈五尺，深二丈，共六道，形成对九江的三面包围。

李续宾是攻打九江的主将，也是湘军公认的智勇双全的军事人才，玉麟特别佩服他。他比彭玉麟小一岁，字迪庵，湖南湘乡人，身材魁梧，力气很大，能挑三百斤的重担。十三岁学会骑马，十六岁学会射箭，十八岁与人在锦山打猎，多次打死猛虎。他读书不多，但非常聪明，能绘画地图。他和他的弟弟李续宜都

是罗泽南的学生，咸丰二年协助其师罗泽南办团练，次年随罗泽南出省作战，增援被太平军围困的南昌。咸丰四年，在湘军攻占岳州、武昌及田家镇等重要战斗中，充当前锋打硬仗，以功升知府。

现在他的对手是太平军头目林启容。此人是太平军的名将，曾参加金田起义，咸丰三年为援救赖汉英被围困于南昌，后逃出，与曾天养一起参与石祥祯领导的“西征”援军，攻克安庆、九江；次年，擢殿右十二检点；咸丰四年起镇守九江；咸丰五年，塔齐布、罗泽南等多次率部攻打九江，都被林启容打得大败，猛将塔齐布就因无法攻破九江含恨而死。

罗泽南多次攻打九江都没能击败林启容，现在轮到他的学生李续宾上阵了。他能为老师争一口气吗？

去年十月，湘军水陆营攻克九江对岸的小池口，形成对九江的四面包围。九江已经孤立无援，但是破城依然是一道难题。

包围一个城市后，往往只许人从城里出来（要经过盘问和审查），不许人进去。城里的敌军往往会因物资缺乏而瓦解或困死。

到十月底，城里就有人受不住了，夜夜有人从城楼上缒下城墙，出逃乞食，过了一段时间，城里的太平军为了减轻粮食重压，准许老百姓中老弱病残者出城就食。出城的人中也有个别是太平军化装逃出的士兵。李续宾下令围城士兵不要虐待出城百姓，给他们发证，让他们到湘军占领区谋生。到了年底，湘军合围日紧，出城的人也越来越多。

到了咸丰八年二月初，水陆军对九江城合攻两日两夜，越来越多的人受不了煎熬，纷纷出城乞食、投降。李续宾审问了几个出逃者，询问他们城里现在的粮食情况。他们说，城内的空隙地都种上了小麦，现在快成熟了。眼下是用野草和一点大米做成饼子，每天按照一定标准，分几个饼给士卒充饥，好多人已经饿得面黄肌瘦，还有好多人因饥饿得了水肿病。

有人建议立即攻城，李续宾说，强攻的话，死伤惨重，林启容是一位悍将，他的部下也非常勇敢。现在的上策是劝降，既减少伤亡，还可以把投降者改造成自己的力量。老实说，他很敬佩林启容死守不屈的精神，如果他投降的话，绝对有益于湘军。

于是他让部下李存汉写了一封招降书，用箭将信射进城里。次日，城里又把林启容的回信射回来了。李续宾打开一看，写着九个字：“自知不赦，将坚守到底！”

李续宾方知林启容宁死不降，只有鏖战才能攻取九江城。

隔了几天，城里放出了成百上千的妇女儿童，按照往常，湘军会放他们出去，但李续宾这时却命令士卒把他们赶回城去。手下问他为何前松后紧，李续宾眼里闪动着凶狠的光：“这些人这时才出城，你知道他们是什么人吗？应该是长毛首领的女人和孩子，之所以这时才放出来，一是为了活命，二是为了减轻粮食压力，我能放他们一条生路吗？我赶他们回城，他们每天就要消耗更多的粮食，这样城内就会因粮食紧张，引起内乱，从而自相残杀！”

说完，他又长叹一声：“这就是战争！”

李续宾横下一条心，打算与林启容决一死战。他命令黄泽远在城外土岗上筑了一座大炮楼，比九江城楼还高出许多，能观察到九江城里的动静，并在其顶端架设大炮，居高临下，不时向城内发射火炮，让饥饿中的太平军终日处于惶恐之中。

湘军一面向城里轰炸，一面命令士卒挖地道，在城墙下的地道里堆积炸药，以便炸开城墙冲进城里。可惜被太平军发现，他们向地道灌注污水，使湘军前功尽弃。李续宾并不罢休，又命李续焘重新开挖地道，这次没被太平军察觉，他们成功在城墙下堆放了万斤火药，并接好引线，随时准备爆破。

三月初七四更时分，李续宾命令水陆营准备四面攻城，同时点燃了地道的火药引线。随着一声惊天动地的巨响，东面与东南百多丈宽的城墙轰然倒塌，但守城的太平军战士竟然毫不动摇，冒死燃大桶火药于缺口反扑，又用木板、瓦石堵塞缺口。

哨官余云龙率敢死队向缺口冲击，遭到太平军猛烈还击，许多人倒在血泊之中。当时风雨大作，伤亡极大，李续宾下令撤退，如冒险进攻，损失还会更大。

李续宾一面命右营从土岗右面向城墙下开凿地道，一面命令水陆全军轮番不停地攻城，使太平军疲于奔命。这样持续攻打了几日，太平军终于疲惫不堪，一个个萎靡不振。而此时，右边的地道已经打到城墙底下，李续宾下令在地道里堆放一万五千斤火药，接好引线，准备最后一爆。

四月初七清晨，李续宾下令炮楼从高处向城里射击，狂轰滥炸持续了半个时辰之久，接着又点燃地道中的火药，城墙在巨响中坍塌了百多丈，砖石被掀到半空中，守城的数百太平军登时被炸死或被砖石砸死……

这时鼓声响了，号角的声音震动了城市上空沉重的战云。巨响过后，前锋和敢死队从掩体中一跃而起，迅即冲过缺口，与太平军进行殊死拼杀。数以万计的湘军陆师抬着云梯，呼喊着从四面八方蜂拥登城，太平军再也抵挡不住……

可太平军并不屈服，他们没被湘军的凌厉攻势吓倒，仍冒着炮火，在街头小巷与湘军展开惨烈厮杀，他们忍受着饥饿，衣衫褴褛，满脸的灰尘和鲜血，挥舞着刀剑向湘军冲刺，直到战死为止。

暴风雨席卷而来，电闪雷鸣，风狂雨骤，城里炮火纷飞，人喊马嘶，战火与风雨笼罩了整个九江城……

玉麟留下一部分人在战船上预防长毛从江上逃走，自己则率队登岸，从北面的望京门和福星门杀过来。李续宾交代过，现在还留在城里的要么是长毛中最为凶悍顽固的人，要么是最拥护长毛的刁民，湘军杀进城后可以见人就杀，故湘军攻入九江城后，杀戮非常凶狠……

激战中，一发炮弹飞来，玉麟来不及躲避，手臂负伤。这是他第二次负伤了。他包扎好，继续战斗。

傍晚时分，风雨终于停歇下来，天空的残云上还在闪电，雷声却不再响起，城里的枪炮声也渐渐停息，九江城成了一座坟墓，到处是尸体、鲜血、残垣断壁……太平军主将林启容被砍死，副将李兴隆死在乱军中；从西门逃出的数百人也被湘军陆营的马队追上，尽数杀死；从北门逃出的数百人，被水师全部砍杀。一万七千多守城的太平军全部喋血战场，大量九江平民也在战火中死去。据说，这座城市最后仅剩下五千老弱病残……

第十四章　转战克安庆

进入天京的大门安庆被湘军所围困，太平军英王陈玉成“围魏救赵”，攻武昌以救安庆。彭玉麟转战西东，上下救援，牢牢控制长江，为攻克安庆立下了汗马功劳……

一　提议在湖口修建楚军水师昭忠祠，玉麟船上又添新成员

攻取九江后，杨载福的水师留守九江，彭玉麟带水师六个营回到湖口石钟山。湖口的地理位置异常重要，既可以控制上游的湖南、湖北、江西，又可以挥师东下，进军安庆，扫荡天京。安庆是天京的大门，为了攻取它，湘军将帅们开始运筹帷幄。

在一场大战与另一场大战之间，将士们拥有大把的悠闲时光。身为统领的彭玉麟，一般就窝在战船上，或处理公文，或读书写诗，有时也画画梅花。

这天，他准备巡视各个停泊战船的汛地。

清风拂面，桨声如韵，在没有战事的日子里，他的心灵也像江湖一样开阔明朗。

石钟山是长江与鄱阳湖的交汇处。船往前行四五里，就是湖水和江水的会合点。交汇处除了异常开阔之外，竟然有一条清晰的分界线，江水浑，湖水清。

后来玉麟为此事问过当地的文化人，原来是鄱阳湖与长江交汇处的水色因季节和气候不同而有变化，枯水期雨水少，江水浊而湖水清；盛水期雨水多，湖水

黄而江水赤。如江水猛涨，倒灌鄱阳湖时，湖水在短时间内会变成一片黄赤色，湖水江水浑然一体。但过几日，江水降低，湖水经过沉淀，湖清江浊的现象又重新出现。故有诗云：“九江流与鄱阳湖，清浊分明见一痕。”

船已到江湖中央，烟水茫茫，阳光洒落在江面上，到处银光闪闪。无数的白色鸟儿在头顶的高空中飞鸣，与江湖上细碎的波声相交织。

现在上至洞庭，下至九江，都是湘军水师飘扬的战旗，可谓上下三千里，舳舻不绝，旌旗相望。

这样一个局面来得容易吗？

湘江、洞庭、长江、汉水、赣江、鄱阳湖……

衡州、湘潭、岳州、武昌、田家镇、九江、湖口……

萧捷三、褚汝航、夏銮、成章鉴、罗胜发、黄国尧、易景照、李洪盛、谢新友、陈友德、郭德山、黄开进、白人虎……

多少战船化作烟与火，多少将士血流江湖……

自衡州征战以来，水师至少有三千将士为国捐躯，他们没有看到胜利的那天，没有等到解甲归田的那天。

玉麟想起了屈原的《国殇》，低声吟道：

操吴戈兮被犀甲，车错毂兮短兵接。旌蔽日兮敌若云，矢交坠兮士争先。凌余阵兮躐余行，左骖殪兮右刃伤。霾两轮兮絷四马，援玉枹兮击鸣鼓。天时怼兮威灵怒，严杀尽兮弃原野。出不入兮往不反，平原忽兮路超远。带长剑兮挟秦弓，首身离兮心不惩。诚既勇兮又以武，终刚强兮不可凌。身既死兮神以灵，魂魄毅兮为鬼雄。

应当建造一座祠堂来纪念这些为国捐躯的勇士们，把他们的名字刻在石壁上，让活着的人们记住他们，崇敬他们。

玉麟突然对亲兵说：“把船划到九江去！”他要去见杨载福。

船逆水而上。天阴了，江湖上没有了流淌的阳光，河水变得浑浊。

很凑巧，未到九江，就见到了杨载福，他也在长江里督查水师各营的情况。玉麟把自己的想法与他说了。

杨载福一听，欣喜地说：“雪琴兄的想法甚好，水师很多弟兄为朝廷捐躯，应当得到纪念，修造一个祠堂让后代子孙祭祀，于国于民都有益处。这个祠堂呢，就叫楚军水师昭忠祠吧。”

玉麟说：“这名字好啊。我看哪，这祠堂最好建在石钟山，这里的仗打得特别艰难，牺牲的战士也多。”

回来的途中，玉麟开始给曾国藩写信，请求曾大人奏请朝廷在石钟山建造水师昭忠祠。

信很短，只有六百字。到达湖水和江水的会合处，玉麟已写好。忽然，他听见天空中发出一声长长的鹤鸣。继而，船上的雪羽也发出一声长鸣。他抬头看见一只丹顶鹤在空中盘旋，一声声欢快的鸣叫落满玉麟的衣袖。未待他回过神来，那只雪白的丹顶鹤已经轻盈地立在他的船头。雪羽迎上去，舞动着翅羽，发出低低的叫声，表示友善之意。

玉麟拿出鱼虾和贝壳喂给两只丹顶鹤，那一只新来的并不推让，毫不客气地吃了起来。后来索性不走了，玉麟的船上又增添了新成员。

两只丹顶鹤都是公的，所以玉麟常对两只鹤说：“我们是三条光棍。”

他曾听老军士说，丹顶鹤对配偶相当忠诚，结为伴侣后，如果一只死了，另一只也不会移情别恋。他想起自己的爱情和婚姻，想起竹宾，自我揶揄道：“三个痴情者，流落在江湖。”

两只丹顶鹤抬头望着他，若有所思。

人、鹤、船，在茫茫水云间漂浮。

二　李续宾多次分兵，三河镇之战大败

李续宾在三河镇陷入太平军的重重包围，他没有预料到这是他生命中最后一战。

李续宾攻克九江后不久，渡过长江，进军湖北战场。湖广总督官文、湖北巡抚胡林翼看到湘军在江西战场上节节胜利，而太平军在皖北战场屡挫清军，并于八月占领庐州城，便令李续宾迅速进兵，攻克太湖，乘势扫清桐城、舒城一路，疾趋庐州，收复庐州，堵住太平军北进之路。李续宾受命后，乘陈玉成、李秀成

部挥师东向，进攻江北大营之时，与江宁将军都兴阿率兵勇万余人自湖北进击安徽，九月二十二日克太湖，然后分兵为二，都兴阿率副都统多隆阿和总兵鲍超所部进逼安庆，李续宾率部北指庐州。

李续宾是一位悍将，率领的将士也是湘军的精锐，打起仗来勇猛如虎，在不到一个月的时间里，分别攻陷了潜山、桐城、舒城，兵锋直指舒城东面五十里的三河镇。李续宾以为欲取庐州，必须先夺三河镇。

三河镇地处舒城、庐江、肥西三县交界，有丰乐河、杭埠河、小南河三条河流潆其间，港湾交错，地形险要，自古为军事要地。太平军占领此地后，新筑了城墙，外添砖垒九座，凭河设险，广囤米粮军火，接济庐州、天京，因而此镇在军事上、经济上都居重要地位。其时太平军的守将是吴定规。

李续宾进抵三河镇外围时，只有六千精兵了。在九江时，他尚有一万三千兵力，他留下四营驻守九江，然后千里奔袭庐州，沿途分兵驻守，在克桐城、舒城时还有一万兵马，离开时，在两城又留下四千兵力驻守。

他身经百战，自然毫不畏敌，分兵三路向三河镇外九垒发起进攻，派丁锐义、张嵩龄等六营进攻河南大街及老鼠夹一带之垒；黄胜日、杨得武等三营进攻迎水庵、水晶庵一带之垒；李续焘等二营进攻储家越之垒；李续宾则亲率二营为各路后应。各路将士攻势凌厉，太平军伤亡惨重，放弃镇外九垒，退入镇内，坚守待援。

吴定规知道遇到了劲敌，要守住三河镇没有把握，派人火速赶往天京，请求增援。

李续宾率士卒攻打了三河镇一阵，但城墙坚固，防守严密，无法一下攻破，就令士卒在镇外修筑战垒七座，准备围城打援。

过了两天，侦察敌情的军士禀报李续宾，说陈玉成率数万人赶来，驻扎在三河镇南金牛镇一带。李秀成也率部赶到，驻于白石山。还有几路捻军也赶来参战，估计集结在三河镇周围的太平军已达十余万人。

以六千人对付十万人，无疑处于劣势。

面对重重包围的严重态势，李续宾并不慌乱。他觉得他所率领的湘军精锐，以一敌十没有问题。

但为了稳妥取胜，他命人赶回湖北向湖广总督官文求援（胡林翼已经回家奔丧），还写信给他的亲弟弟李续宜与鄂军成大吉，请他们火速赶来参战。

一幕僚对李续宾说："敌众我寡，而三河镇的地形不可守，也不可战。趁敌军还未合围，我军主动撤退到舒城或者桐城，那样既可以战也可以守，不知将军意下如何？"

李续宾狠狠瞪了那人一眼，说："长毛能战，我亦能战。退，不可取，既会使我军士气丧失，又会被长毛所轻蔑！"

曾国华也附和道："我们和长毛交战不是一两次了，他们虽人数众多，却是经不起打的。只要我们猛冲猛打，他们就会溃退。"

曾国华是曾国藩的六弟，协助李续宾军务，由于连续取胜，滋生了轻敌情绪。

此时李续宾也没有战胜敌人的足够把握，他派人拿着他的手令立即去桐城，叫赵克彰带六营兵马来援。但赵接到手令后，迟疑不决，最终没有派出援兵。

更令李续宾沮丧的是，无论是官文还是他的亲弟弟李续宜，都没有派来援兵。直到战斗结束，竟然没有一兵一卒前来增援。

到了十月初八晚上，太平军自白石山到金牛镇已经合围，垒卡三十里，连营四五十里，湘军后路全被截断。

李续宾这才感到形势极为危急，兵力不足，后援已绝，除了死战，还有什么法子？他从亲兵营中抽出两百人，命营务处金国琛、毛有铭分统，另外再建造两处营垒，增强后路防守。但这样的"小动作"于大局作用不大。

初九，李续宾命李存汉反击樊家渡，经过半天的激战，取得了胜利。李存汉回来报告："长毛虽人多，可全是乌合之众，不知战法，也没有时间挖壕沟建营垒，大多露宿在野外，可谓不堪一击。"

李续宾半信半疑，警惕之心有所松懈。

他和其他战将白天从大堤上远望，只见四周数十里间，太平军人头攒动，密密麻麻，像无数蚂蚁在爬动，与湘军相隔不到半里，却不主动发起攻击。

李续宾深知，这正是大战来临前的迹象。

他召集各营营官召开战前会议，李续宾和曾国华都主张有进无退，拼命死战。其他营官却激烈反对，认为这样困守是坐以待毙，应当寻找敌方的薄弱处向舒城方向突围。

李续宾这一次采纳了营官的建议。这天深夜，命杨得武率四营分左、右、中三路偷袭金牛镇，当行至距三河镇十五里的樊家渡王家祠堂时，不幸与陈玉成军迎面碰上，立即发生遭遇战。陈玉成抓住湘军冒险出击的有利时机，以少量兵力正面迎敌，吸引湘勇，另安排主力从湘军左侧抄其后路。正面迎敌的太平军且战且走，将湘军诱至设伏地域。

次日，天气极为异常，大雾弥漫，天地混沌，又下起雨来，几尺远的地方都模糊难辨，只听见远远近近的鼓角声和人马的杂沓声，迎面而来的人敌我难分。双方都乱了，有太平军误入湘军之中，也有湘军进入太平军的军营里。

李续宾意识到战局已成混乱之势，指挥系统失灵，将军找不到自己的兵，士兵找不到自己的指挥官，这样下去其后果可想而知。于是他带亲兵六百人，去寻觅各营营官。又找来当地几个熟悉地形的人带路，冒雨前行，半路上又遇到太平军，厮杀了一阵，死伤不少。

随后又得知左路湘军被陈玉成击溃，中、右路的后路被隔断，只得回到原地。敌军从四面逼近，湘军兵力越来越少，七座营垒逐一被太平军攻破。

李续宾召集身边战将和幕僚商议战守对策，有人献策说："事到如今，只有化整为零，乘着大雾漫天，化装成老百姓，让识途者带领我们悄无声息地逃出包围圈，在桐城重新聚集。"

曾国华大骂："胡说！不战而逃，罪该万死！"

李续宾听了也勃然大怒："我们是湘勇，逃离战场，是极大的耻辱！会大长长毛的威风，有损我大清的国威和湘军的荣誉！我们随时准备赴死，今日我们冲出去了就是英雄，没冲出去我们就做鬼雄吧！"

于是集中剩余的兵力全力突围。

可归路被断，在烟筒岗一带被太平军团团包围。

李续宾得知大队被围，急忙亲率四营前往救应，然而反复冲锋数十次，也未能突出重围。

一个突围而出又返回的营官告知李续宾：四面的围困有如铁桶，各营都溃不成军，突围已经没有希望。

李续宾才知大势已去，做了最后的安排，他亲笔写下几行字给朝廷，又写了几行字给家人，把朝廷的文件和军中的文书全部烧毁，对亲兵周宽世说："你设法突围，尽力把此信送到曾帅手里。”周宽世含泪领命而去。

李续宾一直想不明白，他发出了那么多的求援信函，竟然没有一兵一卒前来参战。他也后悔，集中力量突围太晚了。也许，一切都是宿命。

他跪了下来，向北方不停地磕头：“皇上，今日是臣尽忠之日矣。”然后站起来大喝一声，挥剑突围，曾国华等僚佐及亲兵紧随其后，众人反复冲杀，人马皆如血染。

战至深夜，李续宾负伤坠马而亡。裨将四十八人，曾国华等参谋人员三十四人均死于与乱军拼杀之中。

三河镇之战落下帷幕，湘军精锐近六千人全部殉国。

三　玉麟闻战败之事震惊不已，曾国藩含悲定进军之策

李续宾在三河镇战败、全军覆灭的消息传到湖口，玉麟非常震惊。他愣了片刻，流下眼泪。没有想到久经沙场、湘军中公认的有勇有谋的大将李续宾，最后竟落得如此悲惨的结局！

玉麟和李续宾的关系极为亲密，在李续宾向三河镇进军的前几天，他给李续宾写了一封信，前面一段是这样写的：

刻下雄师攻三河，谅贼系游魂，不难卵覆。唯舒、桐一带节节留防，有分兵力。而湖、彭诸军又须普钦堂来始能换防调去大营，究不知前途足资调遣亦单薄否，鄙衷恒念念也。

玉麟对友人节节分兵留防造成的兵力单薄充满了忧虑，凭作战经验，他预感凶多吉少，不禁为友人捏一把汗，提醒友人多加小心，绝不要轻敌。

信的后面一段写了一件很重要的事：

昨奉江西总局来咨，据浙闽制府来文，言上海夷务已经议和妥协，现在英吉、米利坚、佛蓝机三国派有船只上驶，拟看汉口码头形势，一往即回，要我沿江水师各营不得惊疑，任其前往，只须防护等因。读之令人发指！夷鬼如是

可恶，竟欲深入内江，藐视无人之境，而堂堂当事议和，一再而三，似此不全国体，曷可胜叹，天下事岂可为乎？今引鬼入宅，皆由于姑息养奸，思之泣下。

英国、美国、法国派船沿长江而上，驶到武汉视察码头，朝廷令湘军水师不得惊疑，只需防护，不能阻挡。先年爆发第二次鸦片战争，当局与之议和，吃了不少苦头，现在又让他们进入内江，如入无人之境，玉麟恨不得用炮弹击毁这些外国船只！

这封信写于十月十三日，次日，玉麟又给李续宾写了一封短信，两封信一并交人送去。可李续宾最终没能收到这两封信，十月初十他已经喋血疆场。

玉麟早就认识李续宾，两人在九江战役相互配合，并肩战斗，通信多达十余次，在彭玉麟的战将朋友中，他与李续宾通信最多。

在湘军中，玉麟最最佩服的战将就是李续宾，江忠源、塔齐布、罗泽南等人都比不上。江忠源用兵比较保守；塔齐布敢打敢冲，勇猛如虎，但少了一点智谋；罗泽南有勇有谋，但用兵不奇；曾国荃从戎时间不久，虽已显露了他出色的军事才能，但战术似乎比较呆板……只有李续宾才是智勇双全的战将。在九江之战中，全歼太平军一万七千多人，谁能与之相比？令他遗憾的是，这样一个杰出的将领，因为节节分兵留守，犯了孤军深入的错误，最后全军覆没，连自己的命也赔了！

听说李续宾的尸体已经找到，而曾国华的尸首还没有寻觅到。玉麟征得杨载福同意后，便化装成平民，前往三河镇，去看看战友李续宾的遗容，并设法寻找曾国华的尸首……

在建昌大营的曾国藩，听到李续宾人亡军覆的消息同样震惊不已，而弟弟曾国华战死沙场更令他悲痛万分。

这些天来，曾国藩六神无主，无法处理军务。

几天后，曾国葆从家乡赶来。一见面，什么话也没说，兄弟俩抱头痛哭了一场。

国葆告诉大哥：“殉国的六千勇士几乎都是湘乡人，所以故乡人得知此事，到处都在烧纸钱，到处都是一片哭声，可谓村村悲泣，户户招魂，凄惨难言啊！”

曾国藩流出了眼泪，说："这也是没有办法的事情……叫你来，是让你去安徽桐城。国华的尸首还没有找到，要设法找到，运回家里。"

曾国葆应道："好，我会办好此事，请大哥放心。"

曾国藩又说："彭玉麟先去了安徽，你到了以后，可与他联系。你去准备吧，我叫人为你准备几匹好马。"

曾国葆却不离开，望着曾国藩欲言又止。

曾国藩问道："你还想说什么？"

曾国葆说出自己的愿望："大哥，我有一个请求。六哥殉国了，此为血海深仇，我不能再在荷叶塘种田了，我要重回军营，为六哥报仇！"

曾国葆原本就是湘军陆营的营官，那年在靖港打了败仗，曾国藩就让他回荷叶塘种地去了，其实不少人认为国葆带兵打仗的能力还可以。

曾国藩想了一下说："好吧，哥答应你。"

六千湖湘子弟的血，包括他六弟的血，充溢在曾国藩的四周，使他喘不过气来。他能想象出湖湘大地上有多少人家在哭泣，父母在哭儿子，妻子在哭丈夫，儿女在哭父亲……父老乡亲的血泪，无疑加深了他对太平天国的仇恨，也坚定了他早日剪灭太平天国的决心。

这天夜里，曾国藩上奏朝廷，拟以三路进兵，夹江东下，进逼安庆，剑指金陵：长江北岸添足马步兵三万人，由都兴阿、李续宜、鲍超任之，进击北岸贼匪；南岸添足二万人，由张运兰、萧启江任之，消灭南岸之敌；中流水师万余人，由杨载福、彭玉麟任之，沿江而下，扫除太平军水师，配合两岸进击。

四　观看昭忠祠，曾、彭师徒撰写奇文

因为没有足够的人马，三路进军安庆的计划并没有马上实施。而太平军在青年将领陈玉成、李秀成的指挥下，依然锐气十足。这一耽搁，就是整整一年。或者说，三河镇的失败，湘勇用了整整一年才恢复元气。

这年七月，曾国藩奉旨从浙江去四川，因为石达开部已从江西进入湖南，开始进攻宝庆，扬言要打到四川去，在那里建国称王。

曾国藩乘船逆水而上，他并不急，石贼还没有攻入四川，再说对付石达开也

只能慢慢来，所以他到了湖口，先去了石钟山彭玉麟那里，准备休息两天再往上游走。

其实一年前去浙江时，他也在这里停留了两天，其时彭玉麟正在为修筑楚军昭忠祠举行奠基仪式，用三牲酒礼祭祀水师的阵亡烈士，曾国藩主祭。现在，昭忠祠及附属建筑已经完工了，看上去还真是气象一新。

昭忠祠建得高大雄伟，石门前刻着一副曾国藩写的对联，曰：

巨石咽江声，长鸣今古英雄恨；
崇祠彰战绩，永奠湖湘子弟魂。

旁侧有一副彭玉麟的长联，曰：

忠臣魄，烈士魂，英雄气，名贤手笔，菩萨心肠，合古今天地之精灵，同此一山结束；

蠡水烟，湓浦月，浔江涛，匡庐瀑布，马当斜阳，挹南北东西之胜景，全凭两眼收来。

走进前庑，这里是祭祀水师战死的营官哨官的地方，立着他们的木主（木刻雕像）。玉麟指着墙壁上两块大石板说："这儿准备刻先生和鄙人的《昭忠祠记》，不知先生写好没有，去年我和夫子大人讲过的。"

曾国藩摇头道："还没有呢，这次一定交卷。"

后庑祭祀着战死的三千勇丁，没有木主，但墙上的石板上刻有战死者的名字。

出了昭忠祠，玉麟陪着夫子大人一同往东走，进了浣香别墅，前面是听涛眺雨轩，后面是芸芍斋，曾国藩称赞两处都建得别致优雅。

芸芍斋后有一个玲珑的小凉亭，亭下有一池清水。他们一行走过一座小桥，往南穿过一个石洞，然后看到了梅坞。再往西走，爬山到高处看到了锁江亭。

穿过锁江亭，往更高的地方走去就到了观音阁，阁外有魁星楼。这观音阁是僧徒住的地方。再往西走，到了坡仙楼，这是纪念苏东坡的地方，墙上刻着苏轼写的《石钟山记》。这里地势最高，玉麟和曾国藩在此凭高远眺，湖光江色尽收眼底。

赏完景后，玉麟陪着曾国藩走进浣香别墅休息。曾国藩说："雪琴，你的《昭忠祠记》写好了，让我看看，免得我写的和你的重复。"玉麟将文稿拿给夫子大人，曾国藩接过文稿，目光随着文字上下移动，脸上不时地露出欣赏的笑意——

道光三十年，粤西奸民洪秀全、杨秀清蓄发构乱，陷州县以十数，窟穴丛山中。大军进剿，积岁弗能定。咸丰二年，闯粤境，间道犯长沙。解围后，由益阳、湘阴掠民船万计，乘风过洞庭，陷岳州，屠武昌。三年正月，掠九江，残安庆，入金陵，据为伪都。六月，由湖口溯彭蠡，犯江西行省。江忠烈公忠源以楚军坚守得全，终以无水师，故不能大创贼。

兵部侍郎曾公，以亲丧在籍，有诏起复，治乡兵。念贼扰长江，非舟师莫能制其死命，遂建三省会剿议，治战舰于衡州。时承平久，人不知兵，水师尤创举，相顾瞪眙。曾公精思诣微，尺寸皆有矩度，拔今福建提督杨公载福于群伍中，令典水军，玉麟亦承其乏属。武昌再陷，廷旨趣行，遂以四年正月发衡州。二月，抵长沙。则逆舟数千已溯流至铜官渚，逼近省门，曾公遣将复宁乡，贼遁。会岳州陆军败，贼间道扑湘潭，掳商舶万余，将溯湘江通两粤。长沙危在旦夕。四月朔，玉麟会杨公、褚运使汝航、夏运同銮，以舟师援湘潭，鏖战五昼夜，尽焚贼舟，忠武公提督塔齐布以陆军夹攻，复湘潭。

…………

全文三千多字，详细地叙述了楚军水师的发展历史，颂扬水师英烈为国捐躯的精神，也阐述了纪念水师英烈的必要。

第二天，曾国藩把自己写的《湖口县楚军水师昭忠祠记》交给彭玉麟，玉麟捧稿细看，出声诵读，深感笔力远胜于自己——

咸丰八年七月，国藩将有事于浙江。道出湖口，广东惠潮嘉道彭君雪琴，方庀局鸠工，建昭忠祠于石钟山，祀楚军水师之死事者，告余具疏上闻。八月疏入，报可。明年七月，国藩将有事于四川，再过湖口，则祠工已毕。祀营官萧节愍公捷三以下若干人，后楹祀勇丁若干人。其东为浣香别墅，前曰听涛眺雨之轩，后曰芸芍斋。斋后傅以小亭曰且闲亭，亭下有小池。度梁而南，穿石洞东出，曰梅坞。迤西少陟山，曰锁江亭。其西绝高，曰观音阁。阁外曰魁星楼，僧徒居之。又西曰坡仙楼，刻苏氏《石钟山记》其上。凭高望远，吐纳万景，一草一石，焕然增新矣。

当楚军水师之初立也，造舟始于衡阳，大战始于湘潭。其后克岳州，下武昌，大破田家镇。今福建提督杨君厚庵与雪琴暨诸君子，喋血于狂风巨浪之中，燔逆舟以万计，转战无前，可谓至顺。其后官军深入彭蠡之内，贼乘水涸，大塞湖口，遏我舟使不得出。于是水师有外江内湖之分，内者守江西，外者援湖北，辖然若割肝胆而判为楚越，终古不得合并。至咸丰七年九月，攻克湖口，两军复合。盖相持三年之久，死伤数千人之多，仅乃举之。

方其战争之际，炮震肉飞，血瀑石壁。士饥将困，窘若拘囚；群疑众侮，积泪涨江，以求夺此一关而不可得，何其苦也！及夫祠成之后，裸荐鼓钟，士女瞻拜；名花异卉，旖旎啾玱；江色湖光，呼吸万里，旷然若不复知兵革之未息者，又何乐也！时乎安乐，虽贤者不能作无事之颦蹙；时乎困苦，虽达者不能作违众之欢欣。人心之喜戚，夫岂不以境哉！吾因是而思夫豪杰用兵，或敝一生之力，掷千万人之性命，以争尺寸之土，不得则郁郁以死者，宁皆忧斯民哉！亦将以境有所迫，而势有所劫者然也。若夫喜戚一主于己，不迁于境，虽处富贵贱贫，死生成败而不少移易，非君子人者，而能庶几乎？余昔久困彭蠡之内，盖几几不自克。感彭君新构此祠，有登临览观之美，粗为发其凡焉。

玉麟看完，甚为佩服："夫子大人真是文章高手，能超越事情的本身，阐发新的意旨，可谓立意高远。且简洁高古，概括力强。佩服佩服！"

接下来他们谈及了蓄势待发的宝庆战役，最后曾国藩告诫彭玉麟："虽然我们攻取了湖口，长毛也经历了内部大残杀，但他们的气焰依然很嚣张，我们三河镇之战惨败后，石贼又攻入湖南，战局变得更加复杂。湖口是战略要地，长毛日夜都在做重新占领湖口的美梦，这里肯定还会有战事发生。所以，你要同湖口知县和九江知府协商，修好湖口县城的城墙和营垒，准备随时与长毛交战，切不可掉以轻心。”

玉麟点头称是。

五　乘舟入洞穴，探求千古之谜

次日，曾国藩与彭玉麟闲聊：“雪琴啊，这石钟山的出名，还是因为苏轼那篇《石钟山记》广为流传的缘故。”

玉麟深知其意，道：“是的，苏轼的《石钟山记》是一篇千古奇文，内涵深邃，它将石钟山与华夏文化永远地连在一起了。”

《石钟山记》是苏轼写的一篇游记，叙述自己和儿子苏迈夜游石钟山下石洞的经过，指出石钟山是因其山下石洞水石相搏、声如洪钟而得名，对郦道元和李渤关于石钟山得名的说法进行了分析批评，提出事不目见耳闻，不能臆断其有无的观点。文章关于夜游石洞的叙述充满了神奇的色彩，结尾富有哲理。所以天下文人学士都热爱此文，石钟山也因此文名闻天下。

曾国藩问彭玉麟：“石钟山由何得名，有两种说法：一是水石相搏，声如洪钟，以郦道元、苏轼为代表；二是山石叩之，铿然有金声，以唐代李渤为代表。你认为哪种说法符合事实呢？”玉麟答道：“我以为两种说法都不对。”曾国藩惊讶得睁大了眼睛，心想玉麟也太狂了吧，竟敢否定苏轼的论断？于是问道：“雪琴有何高见？”玉麟却不急着揭秘，说：“先不下结论。我们像当年的苏轼一样，去石钟山下看看，夫子大人可愿意？”曾国藩很有兴致，一口答应与彭玉麟去探奇。

正是秋天，刮着北风，细雨在风中飘飞，带着深深的凉意。彭玉麟陪着曾国藩，带上几名亲兵从石钟山下来，跳上泊在山边的一只战船，缓缓划到石钟山的峭壁下。这时有箫声与江风一同拂来，使得江上云飘雾飞，秋意又深了几分。

曾国藩灵光一现：“面对此情此景，我想出了一副对联。”玉麟说：“愿闻佳作。”曾国藩抑扬顿挫地吟咏：“长笛不吹江月落，高楼遥吸好云来。”玉麟赞道：“好联！即景生情，清新隽永。”

这时是枯水季节，江水已落下去，石钟山下的石头和洞穴都显露出来，船载着他们一行徐徐进入洞穴。光线暗淡了。他们看到的全是山崖，没有一点泥土。

灰白色的岩石奇形怪状，很难说像什么，有的剔透玲珑，有的上面沾满了枯死的螺蛳，像鳞甲似的。

洞是相通的，左右相通，上下也相通，有好些层次。到了一个大洞里，竟然像一个大院子，还有许多石头座位。玉麟惊叹其宽敞："这里可以容纳数百人。"曾国藩点头说："这就是苏东坡说的'有大石当中流，可坐百人，空中而多窍'。"

他们把船停在大洞中，开始步行。玉麟带着众人往高处爬，爬到最上层，黑得什么也看不清了。他们早有准备，亲兵点燃蜡烛照明，洞里平坦温暖，偶尔看到蝙蝠，出奇的大，像一把蒲扇。

洞中又有小洞，他们爬进小洞，里面狭窄低矮，人只能像蛇一样匍匐向前。爬了一段，洞又变得高大宽敞了，可以坐三四人。奇怪的是，在深洞的石壁上竟写着"丹房"二字，旁边还有诗，如"我来醉卧三千年，且喜尘世无人识"，又如"小憩千年人不识，桃花春涨洞门关"等句。曾国藩看着说："真是有心人，把诗写到这里来了。"玉麟仔细看了看字迹，分析道："这墨色甚为黯淡，不知是哪朝哪代的人写的。"说得大家都感叹起来。

之后众人沿原路返回，在那座"大院"里重新上船，从东面洞口出来。外面还在下雨，那箫声却没有了，空气比洞中冷了许多。

当船驶到河中央，玉麟用手指着石钟山，说："夫子看那边像什么？"曾国藩仔细端详了一番，说："整个一座山，上头尖，下面空，像一座钟。……我明白了，石钟山得名应是因山的形状，不能仅仅从声音看，郦道元、李渤和苏轼都是从声音上来考究，没有从形状上来观察……看来，苏东坡笑郦道元和李渤浅陋，其实他自己也很浅陋啊！"玉麟笑着说："我和夫子大人看法相同，这石钟山，上尖下圆，外实内空，如一古钟覆地。东坡先生说是水激岩石而发声，如钟鸣响，那么水激石响的山洞多得很，为何不都叫钟山？"曾国藩点头赞同道："极是，名人的话未必就是真理。只有亲历其境，细加比较与深思，才能穷其理也。"

六　赴太湖探视胡林翼，陪伴一月之久

听说胡林翼患了重病，每日咯血，一天比一天严重，也许活不了多久了，玉麟准备去看望他。

人们传说胡林翼得病是看到洋人的轮船受到刺激所致，说有一天他带兵在长江岸边行进，看到一队洋人的战船从下游往上游行驶，那战船高大威猛，全是钢铁做的，还安着长长的炮管。那些庞然大物一路乘风破浪，迅疾如风，其架势和速度让胡林翼目瞪口呆……继后他突然感到胸口发疼，两眼发黑，一口鲜血喷涌而出……

玉麟记得，大概就是那时，他给胡林翼寄过一封信，说自己接到官府的公文，英、法、美国派洋船到武汉察看码头，一往即回，不会停留很久，令彭玉麟和杨载福的水师不得干预和阻碍。玉麟因此愤愤不平，直言外国船只进入我大清内河，有侵犯之意，应当严加阻止。

玉麟想，或许胡林翼那天看到外国轮船时联想起了他这封信的内容。

那年回援武汉时他们一起并肩战斗，之后自己奉曾国藩之命去江西接管内湖水师，从此两人只有书信来往，一直没有再见过面。

两人的友情已经很多年了。从追剿李元发在贵州军帐里见面开始，到后来在洞庭湖一起谈心喝酒，再到与太平军争夺武汉的并肩战斗、生死与共，一路走来，他们一直把对方放在心中最重要的位置。胡林翼一向爱才重才，忘我利人，他的关心和爱护让玉麟刻骨铭心。在整个湘军队伍里，他和曾夫子是玉麟最知心的人。

这时候，无论如何都应该去看看他。

胡林翼得病之后，身边的将士都劝他暂时离开前线，回武昌养病，他没听从建议，依然带病指挥将士攻克了安徽的太湖县和潜山县。眼下他就近住在太湖县城，一面养病，一面处理军务和政务，前方和后方都需要他，他不能误了公事。

玉麟在太湖县见到胡林翼时错愕不已，没想到容貌英伟的胡林翼竟变成了这个样子：瘦得皮包骨头，脸上沟壑纵横，当年黑油油的头发不见了踪影，只剩下几根银丝。背佝偻了，眼睛也失去了原来的光彩。不到五十岁的人，竟然病得像一个八九十岁的老头。

玉麟握着胡林翼瘦弱而冰凉的手，忍不住流下眼泪：“大人为国事操劳，竟然病到这种地步！”

胡林翼却笑着说：“不必担心……可能是忧虑所致，夜晚总是睡不着，老咳嗽，后来就咯血……并不是人们传说那样看到洋人轮船才咯血，早就开始了，只是那天咯得多些而已。”

玉麟问道：“郎中怎么说，现在转好些没有？”

胡林翼如实答道：“吃药都没效果。现在胸腔内如火在烧，夜间尤甚，一日不如一日。”

玉麟叹息着，拿出几样家乡的特产送给胡林翼。

胡林翼爽快地收下了，说：“雪琴兄，是不是有什么特殊的事需要我相助？”

玉麟直言道：“这次不需要大人相助。我估计近段时间不会有什么重大战事，因此特来此地陪伴大人一段时间，日常事务我都托付给部属了。”

玉麟真就住下了，十天半月还不走，每日和胡林翼一起说话、弹琴、散步，偶尔也为他倒茶、煎药……

刚开始得病的日子里，胡林翼还修学不辍，夜间和部下一起读《论语》和《资治通鉴》，每日读十页。就像前些年的风雪之夜，胡林翼在军帐里与部下读书、讨论，忘记了寒冷，也忘记了生死困苦。不过现在病重，他读书很吃力了，就请部下读给他听……夜读的时候，玉麟也去陪读，两人和众人一样高声朗读，一起热情讨论……仿佛又回到了少年时光，成了读书郎。

说起读书，胡林翼话就多了：“雪琴啊，我最佩服的是罗泽南，他是书生的典范，将军的楷模。家里死了那么多人，却依然怀着理想从军报国。上马杀贼，下马读书；白天杀贼，夜间读书。他骑在马上，是一位叱咤风云的将军；从马背下来，是一位和蔼可亲的乡村教书先生。沉沉夜色里，他在讲课，战壕里的士卒在读书，书声琅琅，战壕变成了学校。古往今来，这样的雅事前所未有！士卒们问他打仗的方法，他说打仗的方法就在四书五经里。”

聊起湘军夜读之事，胡林翼好像痊愈了一样，眼里又有了当年的奕奕神采。

玉麟感动地说：“大人和罗将军一样，这种书生情怀是湘军珍贵的精神财富，愿流传不衰。”

有一次，他们谈起生死，说到王船山“贞生安死”的观点，胡林翼来了兴趣，他说：“知道不，王船山最喜欢的是张载，尤其喜欢他的短文《西铭》，他这个观点其实就出自张载这篇文字，此文最后两句是‘存，吾顺事；没，吾宁也’。意思是‘我活着就尽自己的责任，离开人世时，我就是安宁的，问心无愧’。我想，人在生死之际，如疲倦想睡一睡一样，睡觉了就安宁了。要不了多久，我也要安宁了！”

玉麟赞赏地说：“面对生老病死，能保持平静和安详，乃伟人与哲人也。大人现在就是这样的心态。我等凡俗之辈很难达到此种境界！”

胡林翼故作轻松地笑了一下，说：“你在我身边，我心情比以前好多了，病也好了许多呢。”

整整一个月后，玉麟才回水师，因为又要打大仗了。

离别时，两人依依难舍，看着病得骨瘦如柴的胡林翼，玉麟鼻子发酸，再三嘱咐他保重身体。

玉麟往前走，没有回头，他已经泪流满面。又一个懂得他、欣赏他的人将不久于人世，他心痛不已。

他默默在心里祈祷，愿上苍保佑胡大人至少活到湘军战旗插到天京的那一天。

七　陈玉成用围魏救赵之计，彭玉麟奉命先救湖口，再回援武昌

朝臣们纷纷上奏，曾国藩去四川将不利于整个战局，于是朝廷改变主意，安排他就任两江总督，节制四省官员。

他的三路进军计划得到朝廷恩准，于是他下令水陆并进，直逼安庆地界。他自己坐镇祁门掌控整个战局，九弟曾国荃的陆营吉字营已挺进到安庆城附近，彭玉麟、杨载福的水师一路几乎没有遇到抵抗，也顺利抵达安庆长江江面。

安庆上控洞庭、彭蠡，下扼石城、京口，分疆则锁钥南北，坐镇则呼吸东西。安庆是江宁的门户，攻破安庆等于湘勇打到天京的门口。因此，曾国藩甚至把攻克安庆看作是东征生死存亡关键的一战。太平军自然也会采取强有力的措施来保全安庆。

彭玉麟自第一次湖口大战遭到挫败后，再不敢轻敌，时刻关注敌人的动态。虽然天京事变后太平天国整体实力有所减弱，但并未完全衰落，年轻的将领陈玉成和李秀成脱颖而出，成为智勇双全的战将，威震天下。

英王陈玉成还只有二十五岁，中等个子，身材单瘦、秀美。但湘勇都称他为“四眼狗”，因为他两只眼睛下各有一颗痣，有小指头那么大，远远望去像有四只眼睛。陈玉成十五岁时随叔父参加金田起义，被分在童子军中，苦练出一手好枪法，不久便当上了童子军的首领。定都天京后，他被提升为“左四军正典圣粮”，主管军粮。西征军进逼武昌，久攻不下。他拼死苦战，攻城陷阵，捷足先登，亲率五百天兵缒城而上，以致“官兵溃散，遂陷鄂省”……打垮江南、江北大营的也是他，三河镇歼灭湘军六千精锐的还是他……而他的英王府就设在安庆。

李秀成在金田起义时只是一名圣兵，后随太平军出湖南，攻武昌，下江南，建都天京，杨秀清亲自提拔他为右后四军帅，把守太平门外新营，不久，又升为后四监军，把守仪凤门外高桥。天京事变后，他被洪秀全封为“忠王”，两次攻破江北大营，又与陈玉成一起在三河镇全歼李续宾部。

两个年轻将领的战法灵活多变，他们会采用何种战法来保卫安庆？

果然没多久，彭玉麟得到确切消息，陈玉成和李秀成将采取他们一向喜欢用的围魏救赵战术。此时湘军的主要兵力已经安置在安徽战场上，武汉、江西的兵力较为空虚，于是陈玉成从安徽出发攻入湖北，李秀成从浙江出发，攻入江西，再挺进湖北，二人准备一同攻打武昌。他们知道武昌是湘军的后方根据地，是湘军的心脏地带，只要兵临武昌城下，湘军绝对会从安庆撤兵回救武昌。

这一招等于挥起一把利剑直戳湘军的心窝。

没过几天，彭玉麟接到杨载福的信函，要他立即回营增援湖口，因李秀成的太平军已攻占建德，正向彭泽和湖口方向进发。

玉麟知道大事不好，现在水师的主力都集中在安徽战场，湖口这样的战略要地只留一营水师驻守，别无陆军。他马上派左营成发翔赴援湖口，一面派人疾去九江请求派二营陆师来湖口协同作战，自己则带二营水师连夜火速赶往石钟山。

次日黎明时分，彭玉麟赶到湖口县城。两个时辰过后，太平军万人分四路直扑湖口县城各城门，玉麟指挥水陆军猛烈回击，双方激战了一个时辰，太平军收兵回营。

玉麟知道太平军不会死心，下午还会发起更疯狂的进攻。好在他早已会同湖口知县和九江知府筹集资金将县城的城墙修建得比较坚固，不过刚才激战时被太平军毁坏不少，他马上组织水师抓紧修葺坍缺的城墙。

下午，太平军持长梯进攻，前队枪炮，中队火球短刀，后队骑兵。枪炮猛轰过后，在硝烟弥漫中，太平军士卒抬着云梯接近城墙，迅速竖起云梯，沿梯蜂拥登城，玉麟督促将士勇猛阻击，激战了半个时辰，太平军因死伤太多，收兵后退。

第二天，太平军没来攻城，也没有撤兵回安徽。玉麟知道敌人正在部署新的战法。他环视城垣，重新调整部署，补充弹药。这时探子报告，太平军今晚会乘夜色登城袭击。玉麟派精锐在城外设下埋伏，准备给他们一个“下马威”。

这天晚上，风雨交加，黑得伸手不见五指，玉麟冒雨在城墙上巡察，二更后见远山僻径火光隐现，自远渐近，便令各营哨在雨中静静等待。突然，城外枪声大作，喊杀声连天。城墙上立即点燃火把，助威呐喊。太平军中了埋伏，死伤不少，遂乘夜色撤走。

第三天，总兵陈大富带一千五百人来援，王吉又带一营水师赶来，彭玉麟带水陆各营大开城门反攻太平军。太平军遭到前后夹击，向都昌城逃去。彭玉麟率部穷追猛打，一直打进都昌城里，赶走了太平军，占据了都昌城。

战事过后，他率部回到安徽战场。第二年刚过元宵节，突然传来一个惊人的消息：李秀成从浙江出发，雷声大，雨点小，行动迟缓。而陈玉成行动极为迅速，于正月二十二日率数万之众自安徽桐城趋霍山，二十九日攻克霍山，五天之后占领安徽英山，两天后占领湖北蕲水，后一天又占领了湖北黄州，攻势极为凌厉，武昌已进入他们的视野。

武昌震动。大清朝廷也随之震动。

武昌已被他们攻克了三次，太平军坚信武昌会再一次回到他们的怀抱。

彭玉麟接到曾国藩的命令，立即率六营水师回援武昌。二月十四日，水师自皖江开行，十八日抵达黄州下巴河，玉麟与陆营统领李续宜会晤，随后调副将左光培、成发翔率水师各营抵达离武昌三十里的沙口，随时准备迎敌作战。

过了几天，彭玉麟率领三营水师炮船，上驶至武汉，在武昌会晤湖广总督官文后，旋即督师溯流而上。在同李续宜协商后，于三月初一督都司王吉等驾舢板船数十只入孝感县城河。初七，玉麟把水师分为三队，昼夜不停地轰击县城东、南两门，两天后赶走了太平军，进占孝感县城。

接着，彭玉麟与陆师配合，先后攻克太平军占领的云梦、应城、黄安、麻城等地。

官文上奏朝廷，授彭玉麟为广东按察使。玉麟明白官文的意图，想让他为保住武昌而卖命。

玉麟统率水师巡守武昌一带的长江江面及附近湖泊。让他奇怪的是，陈玉成的太平军只在武昌城的附近零打碎敲，并不猛攻武昌。也许是见李秀成迟迟不来会战，没有把握攻克武昌。

后来陈玉成撤兵回到安徽，李秀成率部攻入江西，游荡一阵后，才进入湖北，彼时陈玉成已经回师东援安徽，李秀成只象征性地对着武昌城开了几炮，就立马往回撤兵……

玉麟敏锐地意识到，太平军两王不够配合，造成围魏救赵之计化为泡影。

几天后他听说，陈玉成返回安徽宿松，休整了几天后直赴安庆，联合捻军全力攻打曾国荃部。

在太平军攻打武昌的过程中，曾国荃不为所动，围攻安庆不动摇。曾国藩认为，即使武昌等许多城市被太平军占领，也要攻取安庆。只有夺下安庆，夺取天京才是水到渠成之事，整个战局也会气象一新。

八　曾、彭里应外合，攻破菱湖十八垒

曾国藩命曾国荃率陆师万人会同彭玉麟、杨载福水师四千人围城，并命副都统多隆阿、按察使李续宜率马步兵二万打援。

曾国荃，字沅甫，曾国藩五兄弟中排第四，但在族内同辈兄弟中排第九，故曾国藩一向称他“九弟”。他少负奇气，跟随曾国藩受学京师，后出京回湘，曾国藩送他至京郊卢沟桥，以诗为别。其中一首云“辰君平、午君奇，屈指老沅真白眉”。白眉是指眉间有白毛，三国时的马良眉间就有白毛，曾国藩引用这个典故，赞曾国荃是他们兄弟中最杰出者。然而，曾国荃并没有考上举人，更不要说

像大哥那样考上进士。不过，他的才能还是展露出来了。咸丰六年，石达开进犯江西，曾国藩作战不利，曾国荃与新任吉安知府黄冕商议，向湖南巡抚骆秉章申请，招募三千兵勇，与周凤山一同赴援江西，对太平军作战，因始攻吉安，故称吉字营。攻克吉安后，因功升知府，加道员衔。咸丰九年，在景德镇三战三捷，攻克浮梁，因功升道员。

曾国荃带近万人攻安庆，他感到自己肩上的担子不轻，要和威震天下的英王陈玉成交手，一场旷日持久的鏖战在所难免。

未到安庆，半路上遇到一个前来献计的隐士，长须垂胸，曾国荃打断他吹捧的话语，单刀直入问道："告诉我，攻安庆的要点是什么？"

"记住几个数字就行。"隐士说得极为神秘。

曾国荃疑惑地问："哪几个数字？"

"记住'四''三''十八'吧。"隐士给了三个数词。

曾国荃见他故弄玄虚，瞪他一眼，说："这话何解？"

隐士解释道："集贤关外赤岗岭有四个坚固的营垒，安庆北门外有三个，菱湖有十八个，攻克这二十五个堡垒，安庆自会收入将军囊中。将军最好是先攻赤岗岭，次攻菱湖，再突破北门。"

曾国荃赏了他一百两白银，说："等破了城，还有奖励。"

据说曾国荃花银子十分慷慨，自诩为"挥金如土，杀人如麻"。

不料隐士用轻蔑的眼光瞥了一下曾国荃，把银子丢在地上，拂袖而去。

要从南面攻打安庆，自然要先过集贤关。集贤关外三里处有赤冈岭，是扼守安庆的战略要地。而把守此地的是太平军刘玱琳和他的老广西军。刘勇猛无比，善于打仗，他的部下也各个身经百战，猛如虎豹。

抵达集贤关，曾国荃派鲍超的霆军打先锋。鲍超英勇善战，精通兵法。水师初建时，为杨载福营哨官。收复武昌后，他奉命去长沙招募了三千多人，组成霆军并成为统帅。他的霆军英勇顽强，打起仗来不要命，屡建奇功。曾国荃说："如果说长毛的老广西军猛如虎豹，那么鲍超就是打死猛虎的武松。"

鲍超和他的霆军对"猛虎"发起了雷霆般的进攻，两日两夜杀得天翻地覆，可老广西军负隅顽抗，鲍超无法攻破岭上四座坚固的石垒，霆军战死了不少人。恰巧曾国荃来视察战况，他对曾国荃说："此处贼之悍勇，超过其他各处！实在难以攻破。”

曾国荃尖瘦的脸上露出诡异的微笑：“还说你足智多谋呢……贼兵悍勇，你就想一个办法让他‘悍勇’不起来嘛。”

鲍超苦恼地说：“我想不出来啰，还请将军为我出一个妙计吧。”

曾国荃笑着说：“这样吧，修长壕沟把贼兵的四个营垒围起来，然后对着那四个营垒修他十来个炮台，日夜不停地轰炮，切断他的粮道和水源，看贼兵还勇得起来吗？”

鲍超依计而行，果然，没有饭吃，没有水喝，日夜炮轰不停，太平军精神崩溃了，哪里还能猛如虎豹。

湘军就在此时发起猛烈进攻，太平军八千人被尽数消灭，刘玱琳被活捉，湘军割下他的脑袋来，高悬在湘军营垒外的一棵树上，任虫蝇叮咬。

曾国荃率部通过集贤关后，逼近安庆，但安庆城外的菱湖有太平军的十八道营垒。

曾国荃的陆营前来攻打，太平军利用各处的营垒，更番出袭，小舟策应，湘军吃了不少苦头，也不能攻破营垒。

菱湖不与长江相通。彭玉麟的水师停泊在长江里，无法进入菱湖协助曾国荃攻打太平军。

曾国荃来到长江边找彭玉麟求助。玉麟为难地说：“菱湖与长江不相通，没有水路到菱湖，我们无能为力啊。”

曾国荃知道玉麟常出奇计，便说：“军中人都说雪帅点子很多，你一定能想出好办法来。”

玉麟问道：“菱湖最近处离长江水面有多远？”

曾国荃答道：“有十来里路。”

玉麟想了一想，有了办法：“看来我们只有抬着舢板船进入菱湖，从敌人背后发起进攻了！”

曾国荃极为高兴：“雪帅就是雪帅，足智多谋。这个办法是长毛料不到的，太妙了！”于是两人约定次日凌晨发起进攻。

这天夜里，玉麟让两个营的水师把舢板船划到离菱湖最近的湖汊，然后命令士卒把并不太重的舢板船抬起来，四人抬一只船，轮流换班。他们乘着夜色，沿着星光照耀的小路，穿过沼泽和树林，神不知鬼不觉地把船抬到了菱湖水滨。

第二天黎明时分，曾国荃以鸣炮为号，开始进攻。

彭玉麟这边一声令下，士卒们跳上船，架起炮位，划起船桨。船飞快地冲向对岸，如神兵般突然出现在敌人的背后，突袭敌人的战船。曾国荃指挥陆营猛冲猛杀，太平军做梦也没有想到湘军水师会从天而降，惊慌失措下哪里抵挡得住两面夹击，只用了半个时辰，太平军就弃垒而逃。

十八垒插上了湘军的战旗。

九　曾国葆策反程学启，曾国荃炸开安庆城墙

攻克菱湖十八垒后，曾国荃的陆营已经进逼安庆城下。

他令将士在临城三里处修筑了内外两道壕沟，并筑内外两道墙子，以内壕沟和内墙围城，以外壕沟和外墙阻击援军，两壕两墙之间的隙地为营垒，用于作战、休息。壕沟一丈五尺深，上宽下窄，里面有竹签、铁钉等。墙八尺高，一丈厚，上有枪炮眼。这种营垒修筑得极为巧妙、坚固，敌军来犯，要越过又宽又深的壕沟，还要翻越八尺高的墙，极为艰难。而湘军战士，可以在厚厚的高墙后射击敌人。如果敌人两面夹击，营垒的士卒亦可以分两部分同时与敌军作战。曾国荃的陆营战士就利用壕沟和土墙，多次打退了太平军的救援。

咸丰十年八月，陈玉成从天京回到桐城，亲临前线，让将士排成扇形，分十路挺进，企图一举击溃湘军，解围安庆。太平军将士每人背负一捆茅草，冲到清军的壕沟前，一面冲锋，一面用茅草把壕沟填平。

曾国荃指挥吉字营将士依托营垒反击，集中所有炮火向太平军密集轰击。太平军战士在炮火中纷纷倒下，但他们前赴后继，壕沟里的尸体一层压着一层，和茅草混在一起，把壕沟都填平了。如此激战了六七个昼夜，太平军再无力发起攻击，最后一次救援以失败告终。

但安庆北门的三个石垒还没有攻破，石垒护卫着太平军的粮道。

负责北门攻坚战的是曾国葆，他一连攻打了数日，没有任何成效。

曾国葆只得休战，他深知不能强攻硬取，但又无计可施。

一日，曾国藩的幕僚孙云锦前来向曾国葆献计，说："将军要攻破北门三

垒，除非让程学启投降官军。”

太平军镇守北门的就是叶芸来和程学启。

曾国葆冷笑着说：“策反程学启？这可比登天还难。”

孙云锦很镇定，说：“只要有长长的登天梯，上天也许并不难。”

曾国葆知道孙云锦和程学启都是桐城人，据说还有交情，便试探着说：“先生有何妙计尽管说来，如能助我破垒，当告知主将重重地奖赏你！”

孙云锦说：“大人可知晓，程学启自幼丧父丧母，是程惟栋的母亲收留了他，把他抚养长大，他对养母非常孝顺，把程惟栋也当作亲兄弟。所以如果……”把策反之计说了出来。

曾国葆一听觉得值得一试。

次日，曾国葆把城郊的程惟栋母子拘捕进湘军大营，他威吓程母说：“老婆子，你养子程学启投贼造反，按大清律法，全家该斩！你不想死，就去城里叫你儿子向我们投降吧。”

程母颤抖着说：“官爷，这事我怎么办得到？”

曾国葆又威胁说：“办不到也得办，如果程学启不来投降官军，我们就将你的亲儿子程惟栋杀了！”

程母浑身一抖，流出了眼泪：“你们千万别杀我儿子，你们杀了我吧！”

曾国葆恶狠狠地说：“我们不杀你，我们要让你眼睁睁地看着你儿子被杀。”程母爱子心切，答应曾国葆入城劝说程学启。

曾国葆令其化装成一个讨饭的老婆子，进入程学启之营地。老妇人只得依曾国葆的计策行事，见到程学启后，伏地痛哭不止。程学启问养母为何这样，程母劝程学启投降官军，并将曾氏兄弟如何逼她的情形也说了。程学启觉得养母待他恩重如山，不能因他而遭受失子之祸，同时也感到安庆局势危急万分，为个人前途计，心中也有了降意。于是对养母说：“母亲不必焦急，儿子自有主意，我不会负您老人家养育之恩。”说完派人送母亲出城。

另一位守北门的大将叶芸来对程学启早有提防，每日派人登城观察程营动向。当他听说有丐妇化装入营之事，甚为吃惊，立即派八位壮士持令箭召程学启入营相见。

程学启自知事情不妙，如若进城，极可能身首异处。他急中生智，用这令箭招其手下干将八十二人，持械骗开营门，直奔安庆北门外曾国葆营。叶芸来派兵追杀，程学启等人拍打湘军营门，大声呼喊道："我来投降，有追兵在后，故不能放下兵器。你们如相信，请开门相迎；如若不信，请向我们开炮，免得让我们死于贼手啊！"

曾国葆在营垒里听见，跣足出视，传呼开垒门让程学启等进入营内，又派兵阻击追兵。叶芸来见程学启投降官军，杀死了他留在城中的妻子和幼子，并将其头颅悬于安庆城头。

程学启悲愤至极，立誓"灭贼以报国家"。

但曾国葆并不相信程学启，怕太平天国将计就计，杀程的家人也许就是"苦肉计"，胡林翼、曾国藩也皆致书曾国葆以防其变。

程学启看出曾氏兄弟对他的不信任，为表明心迹，每次和太平军交战，都请战打先锋。程学启将自己的处境告诉了孙云锦，云锦又来见曾国葆，以全家性命担保程学启绝无反心。曾国葆这才相信程学启。程学启随后向曾国葆献上北门穴地攻城之计。

曾国葆进攻北门三垒时，对程学启说："今日攻垒，程将军最熟悉内情，头等功非君莫属。"于是程学启大喝一声，冲在最前面，亲率部卒由炮眼杀入。曾国葆率部紧紧相随，激战一日一夜，攻陷北门外护城三垒，断绝了守城太平军的陆路粮道。

太平军从此没有了城外的物资供应，到这年的八月底，城里粮食吃光，只好搜食猪、狗、树叶、树皮，许多太平军战士活活饿死，没饿死的人也是满脸菜色，两眼深陷，走起路来双腿打战。

曾国荃得知这一情况，知道破城的时机成熟了。

他日夜督促士卒在安庆马山脚下挖掘地道，暗通城墙之下，且装满大量火药，安好引线。九月五日上午八时，曾国荃一声令下，吉字营的士卒点燃火药，随着一声巨响，烟尘冲天，城墙被炸开几十丈的缺口。太平军守将吴定彩、叶芸来率领将士用血肉之躯堵住缺口，拼死奋战，但哪里抵挡得住湘军的勇猛冲击和猛烈炮火，经过半天的大拼杀，太平军全城两万多将士全部战死。

湘军没能活捉陈玉成，他率领一股残匪逃了出去，但没多久就战死了。他的英王府后来成为曾国藩的官邸。

安庆陷落，天京成了曾国藩下一个攻打目标。

十　见到毛丽的尸体，伤心大哭

攻安庆那天，玉麟留下一半人员驻守江面，以防太平军在城破后从江上逃走，吩咐手下对敌军逃跑者一律格杀勿论。自己则带领另一半水师将士攻城。曾国荃与众将领早有约定，待马山脚下的炸药一响，围困安庆的所有湘军蜂拥登城。湘军一面向城墙上开炮，一面竖起云梯爬上城墙，冲向城里。湘军围城已有两年之久，城里能吃的东西早就吃光了，太平军士卒个个饿得人不像人鬼不像鬼，哪里还有力气打仗？成群的太平军在湘军的刀光剑影里倒了下去，可谓血流漂橹。只经过三个时辰的战斗，城里就没有枪炮声和喊杀声了。

湘军开始搜查各处房屋，清查是否有太平军躲藏在民房里。走到一栋太平军驻扎的房子里，不见人，只见锅里还在冒热气，灶里还有火星。揭开锅盖，让人震惊不已——里面是好几块肉。同去的人说："这有点像人的胸脯肉呢。"有人用铲子翻开来看，还真是。再到另一间房子一看，竟有几具光溜溜的尸体，有一具已被分解，手脚分离，胸脯没有了，可能就是刚才锅里煮的吧。

大家看了此等景象，都不说话，沉默着往外走。以前听说城里的太平军没东西吃，就吃人，活着的人吃死去的人，之前还怀疑是假的，现在眼见为实。

玉麟抽空去了一趟皖城，此城是一个古镇，曾经这里的建筑古香古色，树木古老苍劲，流水潺潺，别有韵味。现在却是残垣断壁，一片死寂。

玉麟走到古镇西面的一座寺庙里，里面黑漆漆的，泥塑的菩萨还在，但落满了灰尘。旁边有一栋破旧的小民房，无论是寺庙还是民房，里面一个人都没有，秋草遍地，落叶纷纷。原来，这民房就曾是他外婆、舅父以及竹宾姨居住的地方，这里是他曾经的乐园，有他少年时代的梦。

房在人空，一切恍如隔世。

他没有停留多久，就往回走了。

路上，他想了很多，想起童年时代的天真无邪，想起舅父和竹宾姨，想起回到故乡后的艰难岁月，想起时间对环境的改变，想起战争对千千万万人命运的改变……心里五味杂陈。

回到江边的营地，亲兵突然对他说："将军，江边发现一具女尸，有人说是大人的故乡人，我看也有一点像，大人快去看看吧。"

女尸？故乡人？……毛丽？

玉麟跟着亲兵快步走到江边的沙滩上，亲兵揭开一块帆布，露出一具女尸来。尸体可能在水中浸泡了多日，有点不像毛丽，身上还有伤口和血迹，脸惨白，瘦得不像样子，头发也黄黄的。玉麟弯下身子，他记得毛丽的手腕处有两颗黑色的痣，他把她的衣袖挽起，手腕上赫然露出并列的两颗黑痣来。

玉麟惊呆了，眼泪再也忍不住，失声叫着："毛丽！怎么是你？怎么是你？……"

这天晚上，他没回船上，整夜陪伴着毛丽，在远离故乡的安庆，在长江边。他陪她吹着江风，陪她听江上的波涛声，江上的渔灯一闪一闪，就像渣江河边闪闪烁烁的萤火虫……

他不知道毛丽为何到安庆来了，是在这里做生意，还是被长毛掳到了这里？他没有想到她是这样一个归宿！他记得在武昌送别她以后，还在九江江面上见过她一次，当时两人各自在船上，只说了几句话，她就乘船顺江而下了。

她不是一般的女人，有点叛逆，有一种我行我素、敢作敢为的男子汉气质，是一般人难以理解、难以欣赏的女人，她与这个时代格格不入。

他想起毛丽的种种好处，少年时代不嫌他穷，对他比对一般的渣江伢子要好，多次帮助他；主动资助湘军东征，出征的那天还送来几坛酒，后来还和他一起冒着生命危险进入武昌城……可是自己对她呢，顶多是朋友情谊。现在想来，他欠她的实在太多……

现在，他还能对她说什么呢？还能为她做什么呢？一切都太晚了……

第二天，他叫人去城里买了一副棺材和一套像样的衣服，请一个女人给毛丽擦洗了身子，给她穿上买来的干净衣服，把毛丽的头发梳理得整整齐齐。

接着，玉麟和士卒把毛丽托起放进棺材，让她平稳地躺着。他看着毛丽，想起在武昌送别时，他怕生误会，想送她一把军用匕首，最终没有送出。此时，什么顾虑也没有了。他取出自己珍爱的随身带着的精致匕首，把刀鞘放在毛丽身旁，把寒光闪动的匕首塞进毛丽手中，让她握着，说："毛丽，你如果有冤仇，你就变成鬼，用此刀去杀了那人！……如果没有冤仇，你就用它防身吧……"随后，他含泪与亲兵盖上棺材盖，叫六个士兵把棺材送到衡州渣江老街去。

临出发时，玉麟扶着棺材，哽咽地说：“毛丽啊，此生玉麟负你一番情义，容我来生再还吧。”说着跪下去，向棺材作了几个揖：“玉麟军务在身，不能送你回老家，请你海涵。待打完仗后我回渣江，再到你墓边来看你。”

他呆呆地看着载着毛丽棺材的小船一点点消失在长江上游的水云间。

雪帥彭玉麟

阿山 著

下

湖南文藝出版社

第十五章　进逼天京城

彭玉麟率部自安庆黄陂夹东下，取和州，攻西、东梁山，夺芜湖，助曾国荃进军金陵雨花台。湘勇立足未稳，一场瘟疫猝然来袭，将士朝病暮死，而李秀成率三十万大军前来猛攻……

一　朝廷任彭玉麟为安徽巡抚，他却再三辞谢

攻克安庆后，玉麟又升官了。

当然不止玉麟一人，还有曾国荃、曾国葆、程学启、杨载福、李续宜、鲍超、多隆阿等一大批人也被提拔了。将领们听到圣旨后，既感激皇恩浩荡，又感激祖宗积德，一个个难免露出得意之情，举止便有张扬之势。接下来的几天里纷纷上奏谢恩，邀请二三知己设宴庆贺。

打仗杀敌，要冒着生死危险，受尽各种艰苦，但有了功劳，升官也非常快捷。彭玉麟几个月前的官职还是广东按察使，如今已升为安徽巡抚。从一个书生到一个省的最高行政长官，他仅仅用了八年时间。这在和平年代是不可想象的事。

巡抚乃一方诸侯，掌一省之人事民政钱粮税收，是真正的实权派，因而也是许多官员梦寐以求的官位。此前的按察使，只是一个虚衔，玉麟并未去上任，他依然是一个水师统领。这次，朝廷的上谕说得很明白，要他立即去履任新职，做名副其实的安徽巡抚。这就意味着，他不用天天住在逼仄的战船上，不用与枪炮

打交道，赴死的概率将大大减少。

然而，别人梦寐以求的东西在彭玉麟眼中并不稀罕，他不愿意去当安徽巡抚。官场太复杂，太微妙，自己性情太直爽，太刚烈，不会吹牛拍马，不会八面玲珑，他担心进入官场，会处处受制约，要做许许多多违心的事。

更重要的是，这与他的初心相违，他有建功立业的雄心壮志，可他想建立功勋之后，便退隐民间。他最最佩服的人物是范蠡，他帮助越王报仇雪恨，灭吴复越之后，不居功自傲，立即退隐江湖，干自己想干的事。玉麟也无数次想过，为朝廷消灭长毛、收复金陵后，回到故乡衡州去，写写诗歌，画画梅花，做一个与世无争的书生。

玉麟在船上再也坐不住了，他上了岸往城里走，在衙门里找到曾国藩。曾国藩猜测到他的意图，笑着说："雪琴，你不是又来辞官吧？"

玉麟有点吃惊地说："夫子大人有先见之明，玉麟正是来辞官的。"

"每一次升官，你都要辞谢一回，每一次我都替你说话，成全了你的愿望。这一次，无论如何我都不会为你说话了，也不想为你说话了。" 曾国藩似乎有些不悦。

玉麟说得很诚恳："安徽巡抚实在是一个很大的官，既体面，又有实权。这是大人对我的器重和抬爱，玉麟感激涕零。然而大人也许不知，我实在担不了这副担子！我不像大人，进士出身，学识渊博，胸有韬略，能够应付各种场面……"

曾国藩打断玉麟的话："雪琴啊，我之所以推荐你，就是坚信你担得起这副重担！只是你不愿意罢了。"

玉麟连忙辩白："夫子大人，玉麟的确是不愿意，我在衡州准备从戎时就对您说过……"

"又来了……你坚持功成身退很好，我也敬重这样的人，可现在功未成，名未就，你身退还早着呢。……要知道，好些人对这个位子垂涎欲滴呢。"曾国藩有些不耐烦了。

"那就让给他们吧……大人，逆贼未灭，金陵未复，还是让我带水师跟着你剪灭长毛，收复金陵吧！"

"雪琴啊，朝廷有朝廷的体制，这官也不是说辞就能辞的。再说了，你一而再、再而三地辞谢官职，懂你的人会说你境界高，不懂你的人会认为你自命清高，沽名钓誉，不是真心的，只是演戏罢了。”

“我的真心天地可鉴！”玉麟连忙辩称。

“我知道，可别人不知道。雪琴啊，这是一个机会，你好好想想。回去吧，我期待你很快就来衙门履任新职！”

玉麟还想辩说，曾国藩却忙别的事去了。

玉麟回到船上，还是打定主意，即便夫子大人不允许，他也要坚持辞官。现在他已有权力直接上奏朝廷，于是立即上疏皇上——

奏为恭谢天恩，沥陈下情，仍请督带水师，亲赴下游剿贼，恭折仰祈圣鉴事。

窃十月十三日承准湖广督臣官文咨开，咸丰十一年九月十七日内阁奉上谕：“安徽巡抚着彭玉麟补授，即赴新任，毋庸来京请训。未到任以前，仍着贾臻署理。”钦此。闻命之下，感悚难名。

窃臣衡阳一诸生，父母弃养，终鲜兄弟，孑然一身。少时操习举业，不知韬钤，亦无搏击之勇。徒以逆贼猖獗，激于义愤，遂从帅臣曾国藩于军旅之中，矢念杀贼。初时创立水师，曾国藩以臣粗有胆识，饬臣同今福建提督臣杨载福制造炮船，编立营哨，候习风涛沙水之性。久而稍谙驾驶，与贼转战湖湘，屡濒危险，幸不覆灭。此皆仰赖圣主威福，诸将帅精心维持，士卒用命，非微臣之力所得与也。中间迭荷鸿恩，超擢不次。每一除授，臣必具禀帅臣，自陈材力粗疏，不谙地方公事，请为代奏开缺。曾国藩亦深谅臣愚衷，非出矫激，屡请留办军务，皆邀俞允。不图恩命有加无已，臣亦何心敢自外于高厚生成。

伏念封疆大吏有节制文武之权，镇抚军民之责，措置一有未当，必致上负朝廷，下误苍生。以臣起自戎行，久居战舰，草笠短衣，日与水勇、舵工驰逐于巨风恶浪之上，一旦身膺疆寄，进退百僚，问刑名不知，问钱谷不知，譬之跛者行生僻之路，其为颠蹶不待屡蹈坎坷而后知也。且臣不学无术，褊急成性，十年江上，身受风湿，筋骨痛疼，心血亏损，善忘多病，更虞不胜重任。

连日与督臣熟商，浼其代为陈情。督臣以向来无此体制，且辞不受命，迹近沽名，必获谴责。臣再四思维，与其勉强负荷，终贻误于国家，不若冒昧直陈，冀见原于君父。为此吁恳圣恩，准开臣缺，简放贤明精干大员，接任安徽巡抚，整顿吏治兵事，使臣得以一意办贼，努力前驱。感戴皇仁，实无既极。

所有微臣叩谢天恩，沥陈下情缘由，谨具折专差陈奏，伏乞皇上圣鉴训示，臣无任悚惶待命之至。谨奏。

在奏折里，玉麟故意贬低自己的能力，说自己“问刑名不知，问钱谷不知”，又说自己性格不好，身体也不行，甚至夸大后果，说如果当了安徽巡抚，难免“上负朝廷，下误苍生”。

当然这一切都是托词。

奏折送走了，可朝廷又传来新圣旨，命他立即带兵去剿灭起义的苗族农民军，玉麟感到荒唐之极，又上奏朝廷，告诉他们自己是带水师打仗的，并不适合在陆地上作战。

朝廷才不管这么多，他的奏折没有被批准。过了一个多月，他又上了一道《遵议苗逆剿抚事宜并再辞皖抚折》，再一次向朝廷提出辞谢安徽巡抚一职的请求。过了半个月，他又向朝廷上了一道《三辞皖抚并陈明不能改归陆路折》。三次辞谢巡抚，朝廷看到了彭玉麟的坚决，于是不再勉强他。

二　树林中突然闪出一个女子，让他惊艳

第二年春天，玉麟带着两个亲兵再一次来到安庆皖城外公家的故居。

故居已经被变卖还债，换了人家。舅父死后，外婆和竹宾姨无依无靠，去了衡州城。房子并没有多大改动，只是比以前更破旧了，屋主人不知在战乱中丧命了还是逃离了，大门被一把铁锁锁着，锁已经生锈。玉麟透过窗户往里看，黑黝黝的什么也看不清楚。屋前屋后长满野草，在春日的阳光下寂寞地绿着，屋侧的一棵桃树无视人间的沧桑和人生的无常，照常开着花，红艳艳地耀人眼目。鹧鸪在远处的某个地方，长一声短一声地述说着寂寥与感伤。旁边寺庙门敞开着，好像有人住在里面，但没有一点生气，也没有香火味，听不到钟磬之声。

玉麟站在乱草丛中，百感交集，明媚的春光不但没有带给他春日的欢欣，相反却给他带来了无边无际的伤痛和忧愁。少年时代的情景历历在目，多少年来一

直梦魂萦绕……外公戴着眼镜摇头晃脑地吟诵着古老的诗文，外婆总有做不完的家务，舅父在外做幕僚，只在节日才会回家，他和竹宾姨永远是最快乐的，在桃花树下过家家，去寺庙里听老和尚没完没了地念经，到树林里去采野果掏鸟窝，到江上去看渔夫打鱼……可是这一切像云烟一样消散在天边，如一场缥缈的梦幻……现在自己成了将军，有了名声也有了金钱，可是亲人有的散落在天涯，有的长眠于荒山野岭，他们没有看到自己扬眉吐气的这一天，多么悲哀啊……于是他吟出一首诗来：

乱后重来皖水滨，更无笑语可相亲。
旧时王谢门庭改，难觅乌衣证夙因。

之子门前我惯经，红羊劫后草青青。
不知人面归何处，冷落桃花旧日庭。

突然树林里嗖的一声射出一支箭来，不偏不倚射在那棵桃树上。桃树颤动了一下，落下几片花瓣。那箭头射进树的皮层里，箭杆挺立不倒。玉麟和亲兵警惕起来，亲兵大喝一声："谁？快出来！"

树林里闪出一位姑娘，笑呵呵地说："人面已归春梦里，何怜桃瓣冷春风。"

亲兵怒喝："干什么的，胡乱射箭！"

姑娘不慌不忙走到桃树下，从树上拔出箭杆，说："打猎的。"然后轻轻地吹一声口哨，一只又大又黑的猎狗从荆棘里窜出来，对姑娘摇摇尾巴，然后用凶狠的眼神瞪着玉麟和他的亲兵。

亲兵手握大刀，做出随时准备砍杀的样子，说："打猎的也不能乱射箭！刚才要是伤着了彭大人，你就犯下了十恶不赦的死罪！"

姑娘对着彭玉麟福了福，说："我哪里知道这荒山野林里有彭大人呢。我正坐在石头上打盹，迷迷糊糊看见一只老虎向我冲来，于是拔箭就射了，哪知道射中的却是一棵桃树。"

玉麟没有说话，因为那姑娘让他惊奇不已，高挑的身材，乌黑的秀发，两只杏眼透出灵慧之光，更奇的是，她的鼻翼上居然也有一颗黑痣，酷似当年的竹宾。竹宾已经长眠于青山，难道她是竹宾的化身？是竹宾转世？

许久，玉麟才开口道："姑娘，你打什么猎呀，应该跟着你娘亲在闺房里，学纺纱织布才对。哦，刚才你还吟出两句诗来，应该会识字，那在家里读书更合适。"

"那样的日子也是我做梦都想要的，可是，我没有娘了，官军攻城时用大炮把她轰死了……"姑娘的回答带着嘲讽。

"这……那你应该跟着你的亲戚一起过日子，总不能这样独自上山打猎呀！"

"可是，我所有的亲戚都在战乱中死掉了。"姑娘脸上浮现出悲戚的神情。

玉麟瞪大了眼睛："这……你也太不幸了。"

姑娘拒绝他人的同情，说道："我还好，可以自由出没于山林，以射杀豺狼虎豹为乐。"

玉麟还想说点什么，那姑娘却轻轻吹一声口哨，对大黑狗挥挥手，带着狗消失在树林深处。

亲兵怀疑道："我们上当了，刚才那女子绝对是长毛的探子或者杀手！我们应当将她砍死才对。"

玉麟什么也没说，只是望着远处的树林若有所思。

三　闿运论当今天下大势，玉麟探知夫子大人心事

八营水师在安庆防守，玉麟亲率二营水师驻守黄陂夹。这天无事，他在座船里思考天下大势。

大清咸丰帝奕詝病死在热河，临死前，他命肃顺等八位大臣扶持幼主辅佐朝政。没料到前不久，慈禧太后与恭亲王突然发动政变，载淳即位，改年号为同治。慈禧太后开始垂帘听政，肃顺等八位顾命大臣相继死亡……

玉麟有些担心，国家内忧外患，动荡不安，由一个女人来掌握朝政，恐怕难以稳定局势。俗语云：女主临朝，天下必乱。这话虽然不绝对，例如武则天照样

能治国安民，唐朝之兴盛也有她的一份功绩。可这样的女子有几个？这叶赫那拉氏能与武后相提并论？

再说，她把肃顺除掉了，肃顺可是曾大人在朝廷里的靠山啊，现在换成这娘们，她还会对曾大人好吗？还会对湘军好吗？说不定因为肃顺会刁难湘军呢……但是她有再大的本事，没有湘军为她打太平军，她的江山也未必坐得稳吧……

正想着，亲兵突然来禀报，说有个叫王闿运的人求见。

玉麟忙说："那是老朋友，快请他来船上。"

自从七年前在衡州相见，玉麟一直没有再见过王闿运，但他的名气越来越大，玉麟也时不时听到他的消息。三年前，很早就考上举人的王闿运赴京城参加礼部会试，名落孙山，却被肃顺一眼相中，聘任他去家里任教读，甚受礼遇。

有次肃顺上奏章，咸丰帝问："这奏章写得如此好，是出自谁的笔下？"

肃顺答道："家中西席湖南举人王闿运。"

咸丰帝又问："此人为何不出仕？"

肃顺解释道："此人非貂不仕。"

咸丰帝应允道："可以衣貂。"

按当时朝廷的规矩，二品以上的大员和翰林才可以穿貂皮衣服。翰林品级虽然不高，但因为是天子门生，故也可以享受此种待遇。从那以后，许多人称王闿运为"衣貂举人"。

不一会儿，王闿运来到船上，一别七年，他有了一些变化，看上去比以前更老练成熟，倜傥不羁中又增添了几分轩昂和镇定的气度。

玉麟忙站起来，迎上前去施礼："壬秋兄，什么风把你这个'衣貂举人'吹到黄陂夹上来了？"

王闿运拱手说道："呵呵，是江上的快哉风！这世道变化太快，七年前，雪琴兄还是一位书生，现在却是朝廷的名将，可闿运还是一介布衣，惭愧惭愧！"

玉麟一面示座，一面笑着说："壬秋兄满腹经纶，名满天下，前程之远大非我等庸才能比。……去年我带着水师在鄱阳湖，就见有人在传颂兄台写鄱阳湖的诗作：'轻舟纵巨壑，独载神风高。孤行无四邻，窅然丧尘劳。晴日光皎皎，庐山不可招。扬帆挂浮云，拥楫玩波涛……'兄台的诗刚健大气，有魏晋之风啊……"

王闿运做了个手势打断了彭玉麟后面的话，说：“雪琴兄，今天不与你谈论诗文，我要与你畅谈天下大势。”

玉麟说：“早年就知道兄台精于帝王之学，还有‘学成文武艺，货与帝王家’的名言。湘军当年从衡州出发时，兄台的一席话让我佩服得五体投地。今日更愿闻高见。”

王闿运问道：“湘军的下一个目标是不是攻取金陵？”

玉麟肯定地答：“应该是，直捣长毛老巢，恢复大清江山！”

王闿运仰天长叹：“我为曾大帅惋惜！”

“此话怎讲？”玉麟不禁疑惑。

王闿运示意玉麟斥退身边的亲兵，然后才说：“曾大帅为何要替满人卖命呢？为他们保江山，流血流汗流泪，还要自筹军饷，受人猜忌，处处求人，而满人并不领情，反而横加指责。待你们湘军攻取金陵之后，满人的排斥与刁难还会变本加厉，他们知道‘非我族类，其心必异’，必然想方设法夺回你们的军权！更何况，这个朝廷还值得湘军将士卖命吗？它已经腐朽透顶，千疮百孔，内外交困，何必去挽救这个摇摇欲坠的帝国呢？诚宜效法明太祖朱元璋，摧枯拉朽，自建新朝！”

这石破天惊之语，让玉麟为之一震。

玉麟知道肃顺被慈禧太后处死之后，受肃顺赏识的王闿运自然对慈禧掌控的朝廷十分憎恨，但玉麟更关心湘军的命运，问道：“那你说曾大帅该怎么办？”

王闿运侃侃而谈：“我为曾大帅筹划，守住安庆，不再东进，派使者前往金陵，与太平军联系，协商互不动武。同时对朝廷先取守势，不与朝廷决裂，亦不北进，估计朝廷也不会主动来袭。待时机成熟，派兵西取巴蜀、云贵，南取两广，以武昌为中心，巩固自己的地盘，加强自己的实力。如此必成三足鼎立之势，曾大帅至少可以拥有西南半壁江山。再等待适当时机，灭掉两方势力，一统江山。曾大帅现在手握十万雄兵，良将如云，水师控制天堑长江，舳舻千里，旌旗相望。更有百姓拥戴，人心所向，此时不雄起，更待何时？”

玉麟听后心跳加快，王闿运的见识自然高远卓绝，但有违儒家大道，于是说：“兄台说的有道理，但又有点悖于常情，夫子大人忠心可鉴，不忍这样做。”

王闿运语气有些缓和："如果现在不忍为也，必将为人所擒。明日我准备进见曾大帅，凭三寸不烂之舌去游说献上一计，或许会改变历史的走向。"

玉麟摇头："不妥不妥。夫子大人会觉得你大逆不道，说不定会要了你的性命！这样吧，明天我正要去安庆衙门，我先去试探试探，看夫子大人有无意愿。"

王闿运只好说："好吧。"

次日，玉麟来到曾国藩衙门的签押房里，向夫子大人施礼后，说道："今日门生来拜见夫子大人，不是为辞官之事，也不是为攻打长毛之事，是我昨日写了一幅字，想请大人赐教。"曾国藩接过彭玉麟递来的宣纸展开，只见上面写着：

东南半壁江山无主，夫子大人有意乎?

曾国藩的脸色顿时变得异常凝重，两道扫帚眉拧成一团，半天不说话。玉麟的呼吸变得急促起来，他从来没有见过夫子大人这样的表情。曾国藩把那宣纸折叠起来，撕成碎片，丢进纸篓里。玉麟见屋子里没有其他人，从椅子上站起来，激动地说："生我者父母，栽培我的是夫子。如果大人有此意，彭玉麟甘为前驱，赴汤蹈火，在所不辞！"

曾国藩听了，似乎有些感动。

接着，玉麟又把王闿运和他谈话的内容告诉了曾国藩。

"王壬秋那人，真狂妄也！"曾国藩有了怒色。

过了片刻，曾国藩走到彭玉麟的身边，把声音放得很低，说："雪琴啊，这些话不要乱说，朝廷的耳目很多。这一场战争，死了多少人，流了多少血，天下苍生受了多少苦难，应当早日结束才对！为何还要卷入持续不断的战争漩涡呢？从衡州打到安庆，我和你，还有其他那么多人，心都操碎了……我记得你说过，等仗打完了，你要解甲归田。我以为甚好，等收复了金陵，我们都回故乡去，你回你的渣江镇，我回我的荷叶塘，去过陶渊明那样的田园生活吧。"

玉麟回到船上，把此行对王闿运说了一遍，让他不要再去游说曾国藩了。但王闿运并不甘心，他认定这是一个关键时刻，硬是不听劝阻，前去游说曾国藩，结果被曾国藩斥责，碰了一鼻子灰。

四　战船里将帅闲谈，攻打金陵的方案初步敲定

久雪的天气终于放晴，曾国藩的心情也随之转好。

天空中积聚的云团正在消散，阳光照射着地面厚厚的积雪。曾国藩命人将久闭的窗户打开，温暖而明亮的阳光照进了屋子。

这一场雪下得太久了。从去年十二月十八日开始，时断时续，一直下到新年。在冰天雪地的日子里，人们瑟缩着，颤抖着，心里似乎塞满了寒意和苦闷，年也过得没有一点意趣。好在今天放晴了。

去年是咸丰十一年，今年是同治元年。慈禧独揽朝纲，改年号为“同治”。这无疑是新局，可曾国藩不知这样的局面会给自己带来什么。八大臣中有和他关系很密切的肃顺，所以自己不是没有被株连的可能，为此他度过了一段极其惊恐的日子。但最终朝廷不但没有对他下手，反而比以前更重用他了，他这才渐渐放下心来。只愿政权平安过渡之后，会出现新的喜色。

收复安庆等于打开了攻取天京的大门，攻占太平军老巢已成为湘军统帅的日常议程。湘军挥师东进，直逼金陵将成为新年最壮阔的戏剧，攻取还需时日，但兵锋直指金陵已经毫无悬念。怎么进军，怎样布局，让谁领军，曾国藩还没有详细的方案，但他已经意识到，湘军打了这么多年的仗，全是为现在作铺垫，湘军与太平军的最后决战，已箭在弦上。尸横遍野、血流成河的惨景无疑是胜利的前奏。决战将在各个战场上同时展开，但最惨烈的战斗无疑是在金陵城内，他不愿想象那时的悲壮与惨烈，相信上天会赐他好运。

他决定今天去黄陂夹给彭玉麟贺年。

其实几天前，他就准备去彭玉麟的水营看看，但那天雪下得铺天盖地，迷迷茫茫不见远处的景物，积雪厚得无法行走。没奈何，只好一面遣人送信给彭玉麟说无法赴约，一面派人去察看前往黄陂夹的路径。今日久雪初晴，应是去黄陂夹的好时候。

亲兵前来催促，说轿子已经准备好了，可以上轿出发了。他穿好官服，坐上轿子。一同前去的，除了李鸿章等幕僚外，还有他的一哨亲兵。

出了东门，他撩开轿帘看向野外。

安庆城外，一望无际的田畴现在已然是一片茫茫雪原，完全看不出田地的分界线和道路的痕迹，草木被雪压得匍匐在地。雪原上流淌着一片白花花的阳光，比平时更加耀眼。不见鸟飞，不见行人，整个世界悄无声息。太阳悬在东边的天空，一片白云从它身边轻轻掠过。不远处的瓦房上正袅袅升起淡蓝的炊烟，那是雪后辽阔的旷野上飘荡的一缕音符。

他在轿子里听到了轿夫嘎吱嘎吱的踏雪声。

路越来越难走了。积雪太厚，雪已经没到人的膝盖，几乎找不到前行的路，只能找当地熟悉道路的人来带路。

这样艰难地行了四五里路，到了长江大堤上，情况有了改观。因为河边风大，大风将河堤的积雪吹得很远。河堤上雪很浅，行路就方便多了。轿夫高兴起来，加快脚步，抬着轿子欢快地前行。

又走了二十来里，到达黄陂夹。

长江并没有冰封，浩浩汤汤的流水默然东去。两岸白皑皑的雪原，把江水映得幽深发黑。江湾里有大大小小的船只，船篷上的积雪组成各种几何图形，新奇耀眼。那些都是水师的战船。远处还有零星的几只渔船在寒江上游动。飞鸟掠过江面，发出的鸣叫带着冬季里不常有的欢快。

玉麟带着亲兵在大堤上等候曾国藩。相距不远时，曾国藩下了轿，同玉麟等人相见。主客笑着互贺新年，说了些令人欢愉的祝福语。然后众人走进水师大船，开始饮茶。

午餐很丰盛，有烫得温热的米酒，有香喷喷的大块猪肉，有从长江里打捞上来的一整条大鲜鱼，有从山上猎来的野味……摆了满满一桌子。午饭过后，曾国藩和李鸿章等人来到玉麟的小船上闲谈。

这李鸿章（字少荃），玉麟早就认识，知道他是安徽合肥人，早年在京城拜曾国藩为师习儒学，后中进士，在翰林院任修编。随后回家乡办团练。咸丰九年十二月赴江西建昌，入曾国藩幕府，负责出谋划策和起草文书之事。那时湘军三河之战新败，急需人才，故曾国藩主动招揽李鸿章入营襄助，有意加以培养，平时经常让他参与核心机密的决策。前年秋天，曾、李二人因曾国藩决定移军祁门和弹劾李元度二事发生严重分歧，李愤而离营。后经胡林翼、陈鼐和郭嵩焘等友朋劝说，曾国藩才将李鸿章请回湘军大营。

玉麟常去向曾国藩禀报军情，与幕僚李鸿章也打过照面，但玉麟不买李的账。玉麟知道李鸿章在家乡办团练没成功，所以心里并不服他。去年冬天他们还干了一架。李鸿章说安徽出进士，人才比湖南多。玉麟不服，说安徽那么多人才，为何打安庆的却是湖湘人士，不见安徽人露面。争着争着，两人扭作一团，若不是曾国藩和幕僚们上前动手拉开，不知两人会打到什么程度。

曾国藩喝了一口茶，看着玉麟说："雪琴啊，朝廷任你为兵部侍郎，你不要再辞了。我不会让你离开水师的，这兵部侍郎只是一个官衔而已，并不需要你去京城履职。"

玉麟知道没办法推辞了，颔首道："遵命。"

曾国藩笑笑，又说："今日主要是来与你贺年，另外还想告知你一件事。长毛二破江南大营后，朝廷在整个长江下游地区已失去最后一支主力。长毛的气焰更为嚣张。江南的豪绅纷纷逃到已经形同孤岛的上海。为免遭灭顶之灾，他们筹备了'中外会防局'，想依赖外国军人来保卫上海。但觉得还不保险，又派出钱鼎铭等人来安庆请派援兵。钱每日泣涕哀求，言江南士绅日夜盼湘军入沪，又说上海豪绅每月可筹饷六十万两，可助缺饷的湘军渡过难关。所以，我决定组建一支新军开往上海，护城保民，开辟抗击长毛的新战场。"

玉麟赞同道："这样甚好，既壮大了我军的力量，又使长毛顾此失彼，疲于奔命。"

曾国藩带着和蔼的笑容说："这新军的统领，我想请你担任，但水师离不开你；想派九弟领兵东援，但他不愿前往；函请宿将陈士杰出山，但他以'母老'力辞；最后转商于少荃，他欣然应命。你以为可行否？"

玉麟看了一眼李鸿章道："夫子大人决定的事，都经过了深思熟虑，想必是非常稳妥的。少荃兄乃天下帅才，在东面战场定能大显身手，不会辜负大人的厚望！"

玉麟不想在大年正月里说让大家扫兴的话。李鸿章做幕僚多年，也该出来露一手了。可九帅为何不去上海呢？那里资源丰富，大有发展空间。

李鸿章向彭玉麟拱手道："过奖过奖。承蒙夫子大人看重，李某愿尽力报答夫子和朝廷，在沪开辟一方新战场，不遗余力，早日剪灭长毛！"

曾国藩换了话题："新的年头里，也愿左季高在浙江有更大的战绩。"

太平军攻破江南大营后，左宗棠以四品京堂候补，入曾国藩幕府襄办军务。后又在湖南招募五千人组成“楚军”，赴江西、安徽与太平军作战。去年年底，曾国藩疏荐他任浙江巡抚，入浙江作战。

玉麟十分佩服左宗棠的才干，说：“季高兄才干非同一般，定能独当一面，创建极佳战绩。”

曾国藩问道：“只是这正面攻打金陵的主力，用谁最佳？”

李鸿章反应极快，说：“这还用得着说吗？无论如何都应是九帅，他攻下安庆，等于打开了金陵的大门，攻打金陵，不用他，于情于理都说不过去呀！”

玉麟附和道：“少荃兄说得极是，无论是战术还是声望，九帅都无人可比。”

曾国藩说：“九弟已回湖南招兵，迟迟未归。他身体也不太好，担此重任似有不妥，我们还得从长计议。”

顿了一下，曾国藩又看着玉麟说：“攻金陵不管陆上主帅是谁，水师总是前锋，雪琴，你们的任务就是沿江而下，直指金陵，切断金陵长毛与北岸的联系。”

玉麟挺直身子，掷地有声：“愿做大帅手中的一把尖刀，直抵长毛胸口！”

闲谈中，曾国藩在心中敲定了攻取金陵的总方案。

这天晚上，曾国藩住在水师船上，听见船外呼呼的风声和哗哗的江涛声，感受到彭玉麟船上生活的艰苦与寂寞。他记得自己也曾跟水兵睡在船上，夏天他特别怕热，常常叫士兵在傍晚把船划到江中心去吹风，夜深才把船划到岸边睡觉。而冬天，江风凛冽，比陆地上冷得多，在船上过夜实在难熬。

次日又是一个大晴天，曾国藩和李鸿章、彭玉麟乘着舢板船到水师各营看望营官，勉励他们努力作战报效朝廷。傍晚时分，曾国藩一行乘水师的长龙船回到安庆衙门。

五　五路进军金陵，留下主攻者笑看洋把式

曾国藩在安庆督署内召开湘军高级将官会议，水师是杨岳斌和彭玉麟二人参加。

杨岳斌就是杨载福，因避同治帝载淳的讳改成杨岳斌。

曾国藩今非昔比，他现在是两江总督，节制四省军事，部下、门生、朋友皆占据要职，比如左宗棠为浙江巡抚，李鸿章为江苏巡抚，沈葆桢为江西巡抚，李续宜为安徽巡抚，不仅各自有军事实权，也有行政实权，可以说要风得风，要雨得雨。而且，湘军实力也空前壮大，最近朝廷又批准新建淮扬、宁国、太湖水师。淮扬水师统领为黄翼升，宁国水师统领为李朝斌，太湖水师统领由玉麟兼任，玉麟感到担子更重了。

陆军也在壮大，前有左宗棠的楚军，又多了李鸿章的淮军，曾国荃攻克安庆后，回到老家荷叶塘，又招募了六千湘勇，现已到达安庆，加上吉字营和贞字营原有人数，已有两万人马。由夫子大人指挥的总兵力已达十五万以上。眼下真可谓天时地利人和。玉麟心想，这次会议肯定是商定进军金陵之策了。

正如他所料，曾国藩在会上与大家协商之后，制定了三面并举、五路进军的用兵总方案。

所谓三面并举，即以吉字营和水师为主体的陆营水营从西面进军，湘军分支——左宗棠的楚军从南面逼近，李鸿章的淮军从东面挺进，合围金陵。所谓五路进军是指西面主攻金陵的四路军加上水师一同进攻。水师循江而下，陆路的四路是：曾国荃部由芜湖、太平取秣陵为南路；鲍超部由宁国、广德进取句容、淳化为东路；多隆阿部由庐州、全椒进取浦口、九洑洲为西路；李续宜部由镇江取燕子矶为北路。这四路以曾国荃的南路为主攻，其他三路为游击之师打援。

曾国荃因安庆之战获胜成了会上的焦点，现在又是攻打金陵的主将，自然流露出得意之情。

打长毛老巢，无疑是一场旷日持久的恶战，且胜负难料，风险很大。但若打赢了，那将是名垂青史的事。

会议完毕，玉麟和各路将领来向曾国藩辞行，曾国藩让杨岳斌、彭玉麟和曾国荃在安庆住一宿，说还有要事商量。于是他们留了下来。

第二天天刚亮，四人来到金保门外的阅兵场。玉麟一进场就看见场中央摆着一门擦得锃亮的短炸炮。它的炮身很短，炮管呈四十五度角向上仰，那样子使人想起禾田里一只前肢撑起的田鸡（青蛙）。两名工人抬来一只大竹筐，里面装着新铸的炮弹。另外几名工人又抬来几包炸药。

曾国藩用温和的口气对玉麟几人说："不知你们听说了没有，我们在城里建了一座安庆内军械所，专造枪炮火药，供我军将士攻打长毛。最近新造了田鸡炮和开花炮弹，特别是这开花炮，是若汀、雪村他们费尽心力研制出来的，威力比劈山炮大得多。"

工人里叫若汀的人向他们点头示意。

玉麟看了那炮弹一眼说："这东西又长又尖，肚子里装的是什么货色呀？"

若汀见彭玉麟说得有趣，答道："雪帅的眼光甚为敏锐，这炮弹肚子里基本是空的，我们又叫它空心炮！"

"空心的炮弹能炸死人吗？"曾国荃讶异道。

若汀解释说："炮弹的肚子里不全是空的，也装了一些火药和引信，整个炮炸开后，像开花一样四射开去，故叫它开花炮弹。"

杨岳斌也很惊讶，说："有了这样东西，长毛人再多也不用担心了！"

曾国荃催促道："快放几炮试试，看看它到底有多厉害。"

曾国藩说："若汀，你放几个让他们开开眼界。"

若汀示意身边几名炮手准备射炮。三个年轻的炮手走到田鸡炮旁边，一个炮手拿了炸药，从炮口塞进去。另一个炮手拿了一颗炮弹塞进炮口，然后用事先准备好的一根粗大的木棒从炮口伸进去，用力捣紧。捣好后，第三个炮手到炮边引火。

若汀又说："各位大帅，注意看远处，有一座石垒，看见没有？"

话音刚落，只见火光一闪，一阵响动从炮管里传来，火光和青烟同时冒出，接着远处传来一声雷鸣般的巨响。那座石垒顷刻间砖石横飞，被夷为平地。

众人惊讶不已。曾国荃激动地对曾国藩说："太厉害了！造了多少发了？都给我们吉字营吧。打金陵时，我要送给天京城里的洪老大做礼物。"

玉麟不同意："哪能吃独食呢？夫子大人，分一些给我们吧，我们水师也想开洋荤！"

杨岳斌也附和说："大帅不会忘记水师的！"

曾国藩满面笑容地说："别争嘛，内军械所已经试制成功，一天可以造十几个。二一添作五，每人三百发。以后还会源源不断地造出来，运送到各营。"

见三人都很满意，曾国藩又说："你们也不要太迷信这东西，这东西只适宜远攻，适合在宽阔的地方用。劈山炮近攻火力更强，轰击城墙也更有效，你们不要喜新厌旧啰。”

快离开安庆时，曾国藩还给他们每人发了一根两尺来长的铁筒。

玉麟拿着沉甸甸的铁筒，不知道它是做什么用的。

曾国藩解释道：“这个洋把式叫千里镜（望远镜）。少荃去上海后，英国海军司令送了他两个，他给了我一个。我觉得蛮好，花重金又买来两个，今天你们一人一个，有利于打仗。戴上它，可以把半里路远的景物拉近至眼前。我已经叫人调试好了，你们对着铁筒看看远处吧。”

玉麟觉得好稀奇，眼睛对着铁筒往远处看，呀，真是奇怪，很远的景物一下拉近到眼前，细节也能看清楚。洋人竟能造成这样的器具。打仗时用来瞭望敌阵，指挥作战，再好不过了。

曾国荃提议：“多买一些来，给每个营官发一个，打仗时瞭望敌阵十分有用！”

曾国藩表示同意，说：“你们是主攻，优先供给，望你们密切配合，发挥才智，早日攻克金陵！”曾、杨、彭三人都表示将不负厚望。

六　彭玉麟率水师向天京进发，沿江一路血战

同治元年三月初，曾国荃部的两万人加上杨、彭水师十八营沿江东下，兵锋直指太平军都城天京。

吉字营和水师是曾国藩的嫡系部队，也是最英勇善战的，是湘军的精锐。

太平军据守金陵，以芜湖为屏障，以东西梁山为关键。毫无疑问，这几处是湘军主攻部队进击的首要目标。

三月十五日，曾国荃陆营破望城岗；十八日，曾国荃和彭玉麟水陆会攻桐城闸，水师攻打东面的石垒，陆军攻打西面的石垒，很快就攻破了。接下来两军又一同收复巢县、含山、和州三城。稍事休息，又袭破雍家镇等要塞，西梁山成了下一个目标。

西梁山位于长江西岸，东梁山与它夹江对峙，两山相对像一座天然的门户，故合称“天门山”。大诗人李白曾游历此地，留下千古名句——天门中断楚江

开，碧水东流至此回。两岸青山相对出，孤帆一片日边来。

三月二十三日，曾国荃统领两岸水陆之师，越过裕溪口，循江而下。陆营进抵木桥镇时，发现太平军七八百人排列在一个沙洲上，呼舟唤渡。曾国荃冷笑一声，说：“这群死鬼，还想渡河，去阎王殿吧。”随即下令，派三个步兵营和一个马兵营前去砍杀。四营人马绕到沙洲前，堵住太平军去路，高喊着冲杀过去，刀剑挥舞，鲜血四溅，人吼马嘶。太平军寡不敌众，只一顿饭工夫，沙洲上就沉寂下来，留下一具具横七竖八的死尸。

玉麟的水师已先陆营一步到达西梁山下，到达后一边向山上太平军的营垒开炮轰击，一边开始熔烧拦江的铁链。太平军就像在田家镇、石钟山一样布下了阻止湘军顺江东下的铁链，玉麟早已听说，并做好了准备。这一次不再像之前那样用洪炉铁斧，而是用特种火药做成了一种火炬。点燃火药，让它对着铁链焚烧。没多久，铁链就一根接一根熔断了。

水师继续向山上炮击，许多营垒被陆续轰垮，但太平军死守顽抗，没有一点逃跑和投降的迹象。

这时，曾国荃率陆营前锋赶来。他察看了地形，见太平军倚山作垒，外掘深沟，炮眼密布，如果强行仰攻，必然会造成较大的伤亡。于是找彭玉麟商量，让水师扼守西北面，断绝太平军的供给与信息来源，陆军在其他方位布下长围，围困敌军。

此时陈湜后队赶来向曾国荃禀报，彭毓橘分统各营已攻下裕溪口，并在离江心洲数里处歼灭太平军数千人，太平军大部已向北岸下游溃走。

曾国荃听后非常高兴，命令陆营今夜冒雨逼近西梁山，另外挑选精锐分守要隘，以防太平军撤走。

次日清晨，下起倾盆大雨，到处灰蒙蒙的，天地似乎连为了一体。被围困的太平军认为这样的天气最利于逃跑，且下雨天火药引线也难以点燃，于是先后从营垒里撤出，向西北方向逃窜。谁知气喘吁吁地逃到西北面洲滩上，彭玉麟的水师已经列好阵势在等着他们。水师战士没有开炮，一个个挥舞着刀剑与长矛猛扑过来，双方在洲滩上展开激烈拼杀，经过一个时辰的战斗，可怜坚守西梁山的太平军将士，全数倒在血泊之中，无一人漏网。

湘军水师随即占领西梁山，曾国荃见到彭玉麟便夸赞说：“雪帅真英雄也！

水战厉害，陆战也很精彩！佩服佩服！”

因玉麟把曾国藩看作前辈，曾国荃和曾国藩是兄弟，虽然曾国荃比自己小七八岁，但玉麟仍把他当作长辈，此刻便客气地说：“世叔才是大英雄，玉麟在九帅面前哪里敢称英雄。”

老实说，在攻安庆之前，玉麟还不觉得曾国荃有多厉害。毕竟他比九帅从戎早，他名震朝野之时，曾国荃才刚出山。他是湘军水师的创建者之一，而曾国荃不过是半路上杀出来的一匹黑马。曾国荃有攻克吉安、景德镇的战功，他也有攻下湘潭、大破田家镇和湖口的功劳，声誉也在曾国荃之上（当时湘军称塔齐布、罗泽南、杨载福、彭玉麟为“四大战将”）。现在不同了，曾国荃攻克了安庆，玉麟不得不承认他的军事才干，因为自己没有过独领一军攻破大城的战绩。

在西梁山，曾、彭两人计议，决定后段战役从金柱关入手，将芜宁一线太平军拦腰切断，以形成包围天京的态势。

按照约定，玉麟令总兵李成谋调集各路水师，由鲇鱼嘴进入采石江口，一路纵火焚船，开炮毁垒，攻破太平军沿江水师营，在金柱关遭到了太平军猛烈回击。

两日后，曾国荃率步骑十五营，在彭玉麟水师的协助下，由西梁山渡过长江，到达南岸，迅速逼至金柱关下安营。

玉麟分水师为三队，一队守住险要关口，一队冲入内河，一队辇炮登岸，环城轰击金柱关。到了半夜时分，又命令围城士卒向城内发射火箭，一时城内大乱。火箭引燃了西门的哨楼，顿时火光冲天，烟雾弥漫，大火迅速向四处蔓延。太平军在烈火中乱窜，死伤者无数。

曾国荃认为攻进城内的时机已到，令玉麟停止炮击，自己率领马营数千人撞开城门，冲入城内，展开猛烈厮杀……

克复金柱关后，紧接着东梁山也被攻克，芜湖成了一座孤城。

彭玉麟和曾国荃随即循江而下。没有经过太激烈的战斗，便收复了芜湖城。

接连克复沿江太平、和州、芜湖各郡县，玉麟好不自豪，作诗曰：

牛渚妖氛黑雾浓，天门秋冷翠芙蓉。

东南贼恃梁山险，水陆军屯濡坞冲。

百战戈船争荡决，两江城郭夺从容。

丹阳湖水溶溶绿，姑孰倾来洗寇烽。

七　曾国荃进驻雨花台，恶战四十六天

随后，曾国荃率水陆二军进抵秣陵关下，守关太平军投降。前队进大定坊，绕出三汊河，紧逼大胜关。

玉麟率水师由烈山驶入头关策应，各营于风浪中排炮轰击，协助陆军拔取头关。继而又进攻江心洲，洲有二石垒，屹立如坚城。玉麟挑选壮士登岸，蛇行芦苇间，逼近石垒，纵火焚烧，火焰冲天。经过两个时辰的激战，攻取了江心洲。紧接着玉麟又命水师离洲上船，飞桨而下，勇夺蒲包洲，进泊金陵护城河口。

借助水师的凌厉攻势，曾国荃的陆军长驱直入雨花台要塞，扼金陵东路要冲。

雨花台位于金陵南门外，由三个山冈组成，高数十丈，长约七里。相传南朝梁天监六年，那时此地叫石子岗，云光法师常在这里设坛说法，说得生动绝妙，感动了佛祖，天上竟落花如雨，遂改名为雨花台。台上有一座建于明代的宝塔，有九层高，十分壮观，名报恩寺塔。咸丰六年天京事变时，北王韦昌辉害怕翼王石达开回师凭借此塔攻取天京，于是下令拆除了这座有四百年历史的古塔。

曾国荃将他的行辕设在这雨花台附近。

这天，他登上雨花台附近的大牛山、小牛山，俯瞰被太平军占据的金陵城，甚为得意。咸丰帝临终时有遗言，谁攻取了石头城，就封谁为王。对拿下眼前这座六朝古都，他信心满满。突然之间，他又有些心虚，金陵实在太大了！自己的区区两万将士，渺若沧海一粟。这与围吉安、景德镇和安庆不可同日而语，没有五六万人马，根本别想把它合围起来！攻克金陵，意味着要付出巨大的努力……

雨花台被湘军占领，金陵城里的太平军似乎并不在意。他们是江海中的水鸟，对惊涛骇浪已经司空见惯。绿营曾在金陵附近建过江南、江北大营，时常骚扰他们，结果呢，都被送到了西天极乐世界。

接下来的两个月里，金陵的太平军守军从城垒里出来，和曾国荃的湘军打了几仗，都被曾国荃指挥的湘军击退了。

曾国荃知道，这几仗只是小吹小打。凭他的经验，真正的恶战在后头。围困一座城，不仅要对付城里的敌人，还要对付来自城外增援的敌人，有一个军事术语叫围城打援，打援时，城外的敌军会猛冲猛打，城内的敌人也会垂死挣扎往外攻，腹背受敌，那才是最为艰难的时候。

曾国荃也知道，他现在面对的城市是太平天国的首都“天京”，洪秀全在此经营了十来年，这里的防御工事应有尽有，这里的人们已被洗脑，对湘军充满敌意，这里还有数倍于湘军的太平军，随时会像洪水猛兽疯狂扑来。在安庆，自己已将英王陈玉成打垮，这里还有一个忠王李秀成，只有把他和他的士卒彻底打败，才能占领这座城，不不不，一定要干掉他们的“天王”，才会树倒猢狲散……

三个月后，真正的恶战开始了。李秀成从浙江率三十万大军回援天京，东至方山，西至桥镇，旗帜如林，层层排列，对围城的湘军进行了反包围。

曾国荃只有两万人马，即便加上玉麟的水师，也只有三万多人。但他并不胆怯，太平军人虽多，但战斗力不强，每次和他们交战，他都能以少胜多。

他是“曾铁桶”，这是安庆围城之后人们给他的一个光荣称号。是的，一旦他去围城，就像一个巨大无比的铁桶罩住了一座城，援军进不来，里面打不出去，一句话，围了哪座城，哪座城就是绝地，就是死城！

或者说，他是最善于防守的军事家。实际上，他在实施大哥曾国藩的战术。大哥主张“结硬寨、打呆仗”，规定陆营每天行军不超过三十里，每到一地，深挖壕，高筑墙，把进攻变成防守，先让自己立于不败之地，再一步一步往前拱。孙子曰：“先为不可胜，以待敌之可胜。”他和他大哥都坚守这一原则，故每次打仗包括攻打安庆，死亡人数都不超过三千。

他曾铁桶太喜欢打围城战了，围城战是硬战，也是恶战；是防御战，也是进攻战；是死战，也是活战。围城不仅可以使城里的人惊慌失措、寝食不宁，还可以吸引四方敌军前来救援，从而聚而歼之。打仗就是为了消灭敌人的有生力量，与其到处追击敌人，疲于奔命，不如等敌人来送死。我可守可攻，以逸待劳，以有备对无备，以高墙深壕待血肉之躯……我必胜，敌必败！

现在，他站在两墙之间的阵地上，和他的士卒在一起。他的营垒就是最前沿、最危险的地方。与攻取安庆一样，他修好墙子和壕沟，墙有前后两排，前墙围城，后墙打援，中间用来扎营。两道墙的外侧都是壕沟。“墙子取其高而难登也，壕沟取其深而难越也。”这是大哥曾国藩对陆军修墙挖壕的要求，他不能违背，实战也证明这种方法最利于保护自己、打击敌军以及攻取城池。两墙之间的阵地上堆积了大量的粮食、火药，每个火力点都有战士坚守，随时准备同敌军展开恶战。

闰八月二十一日，秋老虎还在肆虐，空气闷热至极。

李秀成率大部太平军疯狂扑来，城里的守军看到城外的援军赶来，立即配合从背后杀来，湘军腹背受敌。曾国荃沉着镇定，命令各营坚壁固守，等太平军冲到营墙附近时，再用排炮猛轰。轰击一阵后，湘军将士冲过壕沟，高喊着口号同敌军拼杀，打退了敌军第一波冲击。再退回营垒，静待敌军第二波进攻。那一天，阵地上的排炮响了一阵又一阵，喊杀声不绝于耳……

次日，太平军除由东西两路攻击外，还以主力攻击江心洲湘军的水上粮道，曾国荃命士卒当晚在洲上新增数十个垒卡墙壕，并派曾国葆带兵防守，粮道是将士的生命线，务必牢牢守住。

二十三、二十四日，太平军运来从外国购得的新式巨炮，轰击东路营垒，同时派战船攻打湖桥营卡，彭玉麟的水师赶到藕塘增援，护筑新营，才把粮道护住。

二十五日，太平军继续用西洋火器猛攻东路，火力强大。曾国荃组织反冲锋，士卒们白刃冲杀，才扭转战局。

二十六、二十七日，湘军后营发现太平军在开掘地道，地道已经逼近湘军战垒。曾国荃亲率士卒集中火力打退太平军。

不幸的是，军营里突发瘟疫，且越来越严重，好多战士相继病倒、死亡，参加战斗的人急剧减少……

二十九日，太平军改负片板防护，蛇行逼近湘军营垒，用开花炮直轰，石飞墙倒，硝烟满营。又束草填壕，蜂拥而上，战局开始失控。曾国荃闻讯，马上率亲兵营投入战斗，他跃马挥刀，大喊一声，冲进敌群，展开肉搏。将士见统帅亲自带头，士气大增，个个成了猛虎饿狼。倪桂、萧开印勇斩太平军精锐数名，阵脚才渐渐稳住。敌军伤亡人数倍增。曾国荃在冲杀中，忽见有炮弹朝自己飞来，忙把脸一偏，炮弹擦着脸呼啸而过，血流到了脖子和胸口上……

但他没有退下阵地，仍然同士卒们继续拼杀，直到敌军往后撤走。

九月初一，太平军继续攻打东路各营，攻势更猛。曾国荃怕东路失利，带伤坐镇，从江东桥、三汊河等敌军攻势较弱的各营抽调得力哨官数人，命他们带精锐支援东路，这才稍挫太平军的锐气。

曾国荃熟察全局，见西路太平军战阵散漫，呼应不灵，乃先发制人，派彭毓橘带张诗日等七营出后路，萧孚泗带张光明等四营突攻中路，李臣典带何玉贵等八营出左路，一起发起猛攻，东路的压力得以缓解……

初五，湘军齐队出壕，诸道并进，战不逾时，杀太平军三千人，自己也伤亡甚多。湘军再将精锐抽回，加强东路。

初六，东路太平军攻势如前，幸有江北都兴阿派杨心纯等五营、从安庆调来的喻荣升一营、芜湖王可陞派出的三营增援，才将极端危险局面支撑过去。战斗节奏越来越紧张，此起彼伏，此停彼打，太平军负土填壕，逼近壕墙之下……曾国荃亲临最前线，组织将士勇猛反击，太平军才没能攻入营垒。

初八，双方仍在激战。湘军一士卒将一炸药包掷向敌阵，没有动静，一太平军士卒眼明手快，拾起炸药包又掷回湘军两墙之间的营垒里，炸药包轰然爆炸，炸死许多湘军战士，因营棚内堆积着许多炸药，引起连环爆炸，湘军的高墙被炸毁数丈。太平军乘机猛攻，曾国荃率领士卒一面抵御敌军进攻，一面补修高墙……

十二日，太平军西南一队调向东路，潜伏雨花台后。曾国荃知道敌军地道即将点火，遂令各营退后，加强戒备。突然，营外噼啪一声，烈焰升腾，石头土块冲入半空，营墙被轰塌数十丈，太平军数千人拥入坍塌处。曾国荃临危不乱，亲自督战，各营哨官带头勇猛反击，扭转危局。

十三日，西路太平军又决长江之水，淹往来通路，绝湘军粮道，东路则继续开挖地道。彭玉麟的水师迅速从护城河口另开粮道。

…………

就这样，湘军坚守了四十六天。四十六天的血与火、生与死，四十六天的强攻与死守，四十六天的惨烈拼杀与痛苦煎熬。这是双方将帅斗智斗勇、士卒竞力竞技，更是团队整体实力的比拼和集体意志的较量。太平军火器环攻、肉搏近战、雨夜突袭、阻断粮道、地道爆破毁墙，该用的战术全都用了；湘军如铜墙铁壁，拼死坚守，灵活出击，静如止水，动如雷霆，充分发挥炮火的优势，以区区三万多兵力，最终抵挡住了李秀成三十万大军和城内守军的前后夹击。在湘军营垒外，堆满了太平军和湘军战士的尸体，土地早已被鲜血渗透。没有战死的也瘦如厉鬼，披头散发，话音嘶哑……

战斗还在继续，没有时间打扫战场，天气又极端闷热，尸体腐烂散发出的恶臭弥漫在空气里，几乎让人窒息。

瘟疫越来越严重，成批成批的将士倒了下去。

面对三十万太平军的狂轰滥炸，曾国荃没有趴下，但这一场瘟疫却使他几乎崩溃……

八　瘟疫袭来，战士朝病暮死，曾国荃几乎崩溃

明明每天都是晴热天气，可空气却很混浊，太阳躲在厚厚的云层里，像一只发霉的蛋黄。炎热难熬，沉闷压抑。阵地四周到处都是横七竖八的死尸，蛆虫在上面爬来爬去，空气里弥漫着尸体的恶臭，让人根本没有食欲。蚂蚁和蛇到处乱爬，苍蝇和蚊子成群结队，嗡嗡乱飞，赶都赶不走。雨花台古树上的乌鸦成天哇哇叫，不知是在为死人唱哀歌还是向活人预报凶兆。军营里到处蔓延着死亡的气息。

瘟疫从七月份就开始了，据说是从安徽宁国传来的，最初不知道是瘟疫，几天才死一个人，曾国荃也不大在意，到了八月底，疫情变得严重，一天死几十个。一个人死了，几个人抬到山里去埋，天黑还不见埋人的人回来，派人去接，原来抬的人有些也染上瘟疫，死在了半路，接人的人回营后又立即病倒。有些哨，甚至几十个人同时患病，连煮饭的人都没了。

曾国荃听说，宁国境内疫情最为严重，他这里次之，徽州、衢州也陆续爆发，疫情稍轻一点。水师及上海、芜湖各军瘟疫相继流行，死亡人数激增。据说，仅鲍超一军，得病者就多达六千七百余人，死者数千。宁国府城内外，尸骸狼藉，无人收埋。病者无人侍药，无人煮饭，猛将如黄庆、伍华翰也被瘟疫夺走生命。鲍超、姚体备病重，死生难料。又据说，太平军和乡里的老百姓都安然无恙，瘟疫唯独在湘军里肆虐。

并不是没有想办法对付瘟神，湘军有郎中，他们每天都在思考治疗方法，熬各种药汤给病人喝，翻各种医药书籍，寻找最有效的药方，到外地运药材的帆船在江河里来来往往。湘军还秘密地从各地请来各路神医，但仍然没有任何良方能攫住瘟神的魔爪，有几位神医还在军营里送了命。后来一位道士来到军营，说在军营里插满艾叶和石菖蒲，另外每天五更时分每人喝一碗绿豆汤便能抵御瘟疫，曾国荃照做了，可一点效果也没有……

曾国荃感到深深的恐惧。

长毛照常来打，军营中大多是病夫，怎么迎战？他下令没得病的人参战，由于战斗力不够，只好让得病的战士在战壕里匍匐而行，咬着牙向敌军投一弹、放一枪，以壮军威。

曾国荃心想，这样下去，就算太平军不来，几个月后战士们也死得差不多了！天哪，就这样，还想消灭长毛，收复金陵，留名青史，光宗耀祖，多么天真可笑！

他久久仰望天空，慢慢跪下去，把双手插进泥土中，泪，一点一点地从眼眶里流出来，顺着脸庞掉落在大地上。曾国荃默默祈祷，乞求上天扶助湖湘子弟，扶助大清王朝。

但是，他的祈祷没有起到什么作用，瘟疫依然在蔓延，将士一个接一个倒下，整个军营充斥着绝望的情绪。这几天夜里，他几乎都在做同样一个梦，梦见自己骑着马，带着士卒往山上跑，跑到山巅，却发现四处都是绝壁，没有下山的路，最后在万分焦急中醒来。

这天，他的幕僚赵烈文走到他身边，轻声说："大人，我读过不少洋人的医药书，他们遇到此种情况，会在发病最严重的地方燃起火焰，以驱除病毒。我们可否一试？"

赵烈文，江苏常州人氏，时年三十一岁，是曾国荃的首席谋士。此人满腹经纶，对佛学、易学、医学、军事学、经济学都有涉猎，对外国的情况也有研究。他原本是曾国藩身边的谋士，经曾国荃再三请求，曾国藩才放赵烈文来雨花台协助他处理军务。

曾国荃觉得赵烈文说得极有道理，当天傍晚便命令各营战士挖洞将火药藏好，然后在战壕里用柴草燃起火堆。

熊熊大火照亮了两墙之间的阵地，照亮了鏖战已久的将士疲惫不堪的面容，也映红了沉默的天空。

赵烈文带领将士们扎起火把，在两墙之间的营地上挥舞着火把，疯狂地跳动着，嘶哑地叫喊着：

嗬！嗬嗬！嗬！嗬嗬！
火！火火！火！火火！
烧死妖魔！烧死病魔！
嗬！嗬嗬！火！火火！

一面叫喊，一面焚烧、熏烤营地的潮湿之处，希望能烧死那些害人的病毒。

八月的天气极为炎热，火堆与火把，把墙壕间的空气烧得更加滚烫，战士们也被火焰炙烤得汗流如雨。曾国荃也在这队伍里，叫着舞着，喘着气，汗水淋漓……

九　曾国葆身染瘟疫咽了气，玉麟送灵柩到安庆

赵烈文举火驱疫的办法并没有明显的效果，瘟疫还在继续，将士依然朝病夕死，这场灾难不知何日才会终止。

到了十一月，曾国荃的亲弟，贞字营营官曾国葆也身染瘟疫，病情反复不定。

玉麟听说曾国葆染上瘟疫，且这些天愈加严重，特地赶来看他。

在曾国荃苦撑的四十六天里，玉麟先是协助曾国荃打援，后来又率领部分水师回安徽对付太平军，因为李秀成攻打曾国荃时，太平天国辅王杨辅清、堵王黄文金，还有护王陈坤书先后从苏州、杭州出发，攻入安徽，彭玉麟和曾国荃曾收复的和州、东西梁山、芜湖、金柱关等处又被太平军攻取，导致曾国荃部没有了后方和退路，粮食供应和武器补充成了问题。于是彭玉麟回师安徽，与陆营配合打退了太平军，保证曾国荃部能源源不断获取物资。

玉麟与曾国藩、曾国葆的感情最深，是曾国葆最先看出玉麟有带兵独当一

面的才能，向曾国藩作了推荐，他才有机会做水师的营官。对此，玉麟刻骨铭心。靖港一战失利时，曾国藩认为曾国葆一营逃兵不少，国葆有责任，令他回家种地，玉麟曾前去说情；曾国华在三河镇战死后，曾国葆强烈要求带兵为兄弟报仇，曾国藩同意了，于是曾国葆在衡州招收了一个营（贞字营），带着这个营随九哥征战。攻安庆时，国葆招降程学启，为破城立下了汗马功劳……

贞字营据守在江心洲上。玉麟赶到后，曾国荃也来了。

曾国葆脸色惨白，须发零乱，双手拳头紧握，眼睛无神地睁着，性命危在旦夕。玉麟与曾国荃除了心疼，别无办法。

玉麟不顾传染的危险，抓住曾国葆的手，说："小世叔，不要急，也许慢慢就好转了。"

曾国葆呆滞地看着玉麟，有气无力地说："雪帅，谢谢你来看我……我知道，我不会好了……"

玉麟安慰道："世叔不必自悲，不少人染上病也治好了，还有希望。"

"我要替六哥报仇……主动……要求大哥让我上战场……打长毛……战死在疆场上，是我的心愿。可是……可是……没有想到，我会病死在床榻上……这是……遗憾……"国葆的声音越来越小了。

"我也是吃粮打仗的兵，知你的心……"玉麟含泪点头。

曾国荃也上前握住曾国葆冰凉的手，说："满弟，你的心思我明白，大哥也明白。大哥等会就来看你了……"

曾国荃和国葆年龄只差几岁，两人关系最好。小时候经常一起玩耍，留下许多趣事。有一次，两人到后院，爬上高高的枣树偷枣吃，偷了不少。后因分配不均，两人还扭打了一顿。恰好被从京城里回来的大哥看见了，笑着劝解，还为此事写了一首诗呢。曾国荃敢顶撞大哥曾国藩，但对这个小弟，从来都是关爱有加。国葆要重入军营带兵，大哥不放心，曾国荃就让国葆的贞字营随他一起征战，攻安庆，战金陵……

曾国葆已经奄奄一息："我等不到大哥来了……虽说是……青山处处埋忠骨……但，我还是不愿……长眠异乡……你转告大哥……还是把我葬在荷叶塘的……山里吧……"

曾国荃竭力忍住泪水，说："满弟，你放心，我会告诉大哥，我们会遵照你的意愿安排好的，一定将你送回家。你不要担心。”

曾国葆突然眼睛翻白，咽下了最后一口气，享年三十五岁。

曾国荃买了一口棺材，含泪将曾国葆收殓了，准备将灵柩送回故乡去。

玉麟用恳求的眼光望着曾国荃，说：“九帅是主帅，战事吃紧，哪有工夫护送灵柩回衡州呢。小世叔有恩于我，请让我一路护送吧。”

曾国荃心想自己的确抽不开身，只好说：“这样吧，你先护送到安庆，让大哥看一眼满弟，再由大哥决定是否送到故乡去。”

次日，玉麟安排了三只船，把曾国葆的灵柩装上船，带了几个亲兵，一同护送着灵柩溯江而上。

到了安庆，船停下来，玉麟叫亲兵去两江总督衙门报告曾国藩。

曾国藩在亲兵和幕僚的护卫下来到船上，玉麟简要地汇报了曾国葆得病的情况以及他最后的遗嘱。曾国藩听后，命亲兵打开棺盖，看到躺在棺材里的曾国葆，他心如刀绞，放声大哭。

是的，这是他的亲兄弟。他兄弟五人，除了曾国潢在故里管理家务外，三人都随他出来与太平军作战了。六弟国华在三河镇与陈玉成激战阵亡，国葆又身染瘟疫而去。金陵未破，鏖战在即。曾国荃也在血战中精疲力尽，焦虑不安。自己为朝廷征战十年，殚精竭虑，屡败屡战，然而胜负未分，瘟疫肆虐，无数未知的艰险还在等着他。他能看到长毛被剿灭的那一天吗？

曾国藩动情地对双眼紧闭的曾国葆说：“满弟，你放心回家吧。你对兄弟有情，于国有功，我会上奏朝廷表彰你。你潢哥在家，你的后事他会办理妥当。我和你九哥有军务在身，不能陪你回家，你不要责怪啊……”说完，叫亲兵合上棺盖，又是一阵痛哭。

玉麟不知怎样安慰夫子大人，只是说：“夫子大人，我想护送小世叔回乡，他有恩于我，我想尽一分心意……”

曾国藩叹了口气说：“雪琴啊，我知道你最讲情义，和国葆情谊很深……但是，国事要紧，围困金陵已到了最关键的时候，不能功亏一篑，你不能离开水师……让亲兵们护送吧，你明早就回营。”

玉麟只得遵命。这天夜里，他没有上岸，在波涛不息的长江里守护着曾国葆的灵柩。夜月凄清，江流呜咽，玉麟在小船上回忆着他和曾国葆一起度过的艰苦岁月，彻夜难眠。

翌日清早，玉麟对着曾国葆的棺材说：“小世叔，你的情与恩，我刻骨难忘，玉麟军务在身，不能送你回故乡了，就此拜别。”说完，对着灵柩作了三个长揖。

玉麟看着载着灵柩的船只向长江上游缓缓而去，消失在烟波浩渺处，才乘船回到金陵战场。

瘟疫还在蔓延，战事危急，前景难卜。眼下当务之急是尽快结束这场瘟疫，否则后果不堪设想。

玉麟认识南岳一个名叫海岸深通医术的老和尚，他派王吉带着自己的亲笔信前往南岳，心里祈求这位高僧能为湘军带来起死回生的奇迹……

第十六章　金陵悲喜泪

从瘟疫的魔爪下摆脱出来，彭玉麟率部鏖战九洑洲，助曾国荃攻取天京。受到朝廷奖赏那天，诸将欢天喜地，唯玉麟笑过之后，竟垂头大哭……

一　曾国藩劝九帅退兵，见吉字营士气高昂改变主意

且说彭玉麟派王吉从南岳请来海岸和尚，海岸和尚带来了一船草药。他看过患病的战士后，吩咐士兵将草药用大锅煎熬，然后分给患者喝。连续喝了三天，再没有死人，也没有新增病例，许多将士的病情也慢慢好转。

到第二年正月，湘军所有兵营都不见了瘟疫的影子。玉麟对海岸和尚千恩万谢，要送他五百两白银作为酬谢，和尚念了一声阿弥陀佛，什么也没收，就划着一叶孤舟“飘”回洞庭之南了。

曾国藩不知瘟疫之后曾国荃的吉字营成了什么状态，便带着一队亲兵来到雨花台，亲自视察曾国荃的军营情况，如果士气不佳，他准备下令退兵，等待时机成熟再攻金陵。

当初曾国荃率部占据雨花台，曾国藩在安庆听到这个消息时喜忧参半。吉字营兵临金陵城下，标志着湘军的一把利刃已经抵近太平军的胸口，湘军离建立天下奇功只差一步之遥，而且这支部队的统帅就是他的弟弟，他非常自豪。与此同时，他又深深担忧，由于其他几路军没能到达预定的地方，未能构成包围金陵的态势。或者说，曾国荃建功心切，一军孤进，除了彭玉麟的水师跟进可以协助

他，其他各军都无法援助，和当初李续宾三河镇之战的情形极为相似，他不想让自己的兄弟重蹈李续宾将死军灭的覆辙，多次来信劝他退兵。但他的九弟哪里肯退兵，眼看要到手的“首功”岂能拱手让给他人？曾国藩劝他不要死守，曾国荃一点也听不进去。李秀成率三十万大军对吉字营反包围，九弟腹背受敌，展开四十六天的血战。好在曾国荃顶住了，李秀成落败，曾国藩一颗悬着的心终于落了下来。但紧随而来的这场瘟疫又让他“心胆俱碎”。他令水师到处觅药，寻找良医，以缓解疫情，可是瘟疫却越来越严重，他几乎绝望，向皇帝、皇太后上疏道：

天降大戾，近世罕闻。噩耗频来，心胆俱碎。若有大股贼匪扑犯宁国旌太等处，鲍超、张运兰两军不特不能出队迎战，并不能坚守城垒；不特不能坚守以待外援，并不能预逃以待再振。若扑犯金陵、徽州，亦深恐病者太多，战守皆无把握。数年来，千辛万苦战争之土地，由尺寸而广至数百里，倘有疏虞，何堪设想！若皖南藩篱一坏，则江西内地空虚，毫无足恃。兴言及此，忧心如焚。而皖北苗、捻两患，时时可虑。袁甲三、李续宜皆将回籍，唐训方新来，诸事且萃于微臣一人之身。疾疫之灾既如彼，责任之重又如此，臣自度薄德不足以挽厄运，菲才不足以支危局。譬诸担夫，力能负百斤者，增至百二十斤，则汗流而蹇，增至百五十斤，则僵踣矣。臣力本不胜百斤，今且增至数十倍之重，僵踣不足惜，倘遂贻误大局，敢不祗惧。合无吁恳皇太后、皇上天恩，简派在京亲信大臣，驰赴大江之南，与臣会办诸务，分重大之责任，挽艰难之气数。……

在奏折里，他向皇上、皇太后陈述了军中瘟疫横行的状态，同时建议朝廷挑选亲信大臣到安庆来，与他一同办理军务，分担重大责任。

过了几天，曾国藩又在奏折附片里说，之所以瘟疫流行，“皆由臣以菲材妄窃高位，上干鬼神之谴，莫救厄运之灾”，他希望派来和他共事的人德器远胜于他。但朝廷哪有德器远胜于他的亲信大臣呢？在瘟疫肆虐的时候，谁会愿意往火坑里跳呢？

京师自然没有来人，但曾国藩接到军机处寄来的上谕，尽是安慰和鼓励他的话，以前的上谕总是冷冰冰的，充满指责和训斥，这次却是破天荒的一道“温旨”。

九弟在瘟疫肆虐、将士朝病夕死的情况下打败了太平军一次又一次进攻，却意外患上肝病，若是他有个好歹，必然会导致全军崩溃……曾国藩认为眼下该从雨花台退兵才对，但在下令之前，他还是得亲临前线看看。

曾国荃并没有像人们传说的那样没了人相，虽然又黑又瘦，乱须满脸，但依然有一股精气神在，目光中透出从容坚韧之气。

瘟疫过去后，军营逐渐恢复了元气。墙子又高又厚，壕沟又深又宽，各处堡垒也筑得很坚固。整体布局突出了重点又互相呼应配合。曾国藩很满意，啧啧不停地称赞曾国荃说："老九啊，你真是成熟老练了，有古之名将的风度了，怪不得大家都称赞你是围城的'曾铁桶'，看来还是名副其实的！"

一贯严肃、很少夸奖他的大哥今日竟如此赞许他，积压在他心头的沉郁之气一下子消失得无影无踪，曾国荃应道："谢大哥夸奖！是大哥的栽培让小弟稍有进步而已。"

迎面走来一队操练回营的士兵，他们军容庄重，手握兵器，脸上布满细碎的汗珠，边走边说着话。看到两位大帅走来，立即站住施礼。曾国藩微笑着走向前去问道："各位弟兄，辛苦吗？"

"以前有一点点，近来好些了。"他们怕说错话，回答得有些不自然。

曾国藩又问："想湖南老家吗？"

士卒都说："想啊，等打进金陵城，活捉洪贼后再回去和亲人团聚！"

曾国藩向其投去满意的目光，问道："打进城里去，有信心不？城里的长毛比你们多几倍，你们不过区区两万人马，能行吗？"

那些士兵见曾大帅没什么架子，胆子大起来，七嘴八舌地说："行！和长毛打仗，哪一次不是他们比我们多几倍人数，但他们是乌合之众，不是我们的对手，我们一定能打进城里去，就像上次打安庆一样，请大帅放心！"

曾国藩听完，豪爽地大笑起来，说："各位弟兄好样的！不愧为湖湘子弟兵，有血性有胆量，有霸蛮的硬骨头精神！有你们这样的好兵，我放心了，放一万个心！"

回雨花台附近的营地时，曾国藩对曾国荃说："没有想到，经过惨烈的恶战和可怕的瘟疫之后，吉字大营还是士气高昂，难能可贵！"

到了曾国荃的营房，曾国藩用商量的语气对曾国荃说：“老九啊，我这次来这里，其实是来劝你退兵的。你只有两万人马，城里至少有二十万长毛，浙江、江苏还有不少匪徒，虽然有左宗棠和李鸿章在那里对付他们，但长毛诡计多端，说不定还会返回老巢，你的吉字营减员太多，恐怕对付不了。”

曾国荃用坚定的眼神望着大哥，直截了当地说：“我不会退兵的。现在只有我们兄弟俩在此，我有话直说。大哥你说过，功可强成，名可强立，在人之努力耳。还说过天下事有所逼有所激而成者居其半。我吉字营占据雨花台，兵临金陵城下，李秀成三十万大军前来围困，瘟疫从天而降，使我军蒙受巨大损失，这正是有所逼有所激吧。现在我军已从极为艰难的困境中挺过来了，大哥也看到了我军修筑的工事和军力布局，看到了我军昂扬的士气，我们已经像一把利剑高悬在洪秀全的头顶之上，给了长毛极大的精神压力，他们正惶惶不可终日，内部也终将分化，谁胜谁负已见分晓，我们为何还要退兵呢？”

曾国藩解释道：“你说得很有道理，我只是怕你顶不住，误了大事。”

曾国荃坚定地说：“大哥，你不必过于担心。李秀成三十万大军的疯狂进攻我们都顶住了，即使浙江和江苏的长毛来援助，顶多再抽出三十万人吧？何况他们还要对付左、李的劲旅，谅他们不敢倾巢来袭！我已经横下一条心：拿下金陵，誓立首功！天大的困难我也要顶住！”

曾国藩点点头，露出了微笑。

曾国荃继续说：“大哥！老实说，我冒死挺进雨花台，就是为了立下剿灭长毛第一功！这第一功谁不想立？我一退兵，左宗棠、李鸿章等人不会来打金陵？我不能给他们机会！我吉字营已经付出了巨大的代价，岂能让他人夺走曾家兄弟非常之功？大哥！打金陵，立首功，我是为了朝廷，为了湘军，也是为了我们曾家啊！此时此刻，大哥你更要全力支持我，成全我！”

曾国藩笑起来：“老九啊，真有你的，这次还是你说服了我。我改变主意了，你别退兵，尽全力拿下金陵！为朝廷，为湘军，也为我们曾氏！你说说，还有哪些事需要大哥支持？”

曾国荃见大哥改变主意，也笑起来，说：“第一，我准备派人去湘乡、衡州、宝庆招兵，再招三万人来这里。金陵太大了，比安庆大得多，据说沿着城墙走一圈有九十多里，我想至少要五万人才能对付城里的长毛。”

曾国藩应道：“好的，我上疏朝廷，应当会准奏的。”

曾国荃接着说：“第二，安庆内军械所制造的开花炮弹全部给我吉字营。”

曾国藩摇摇头：“这不行，别的部队也需要，我只能答应你，把大部分开花炮弹给你们。”

曾国荃又说：“请大哥给厚庵和雪琴下达命令，尽快攻克九洑洲，从北面包围金陵，加快攻克金陵的进程！”

曾国藩表明态度：“此事可斟酌办理。”

二　初探九洑洲，彭玉麟在钓鱼老汉面前露了一手

这天，彭玉麟、杨岳斌和曾国荃穿了便衣，乘着一只小渔船远远地绕着九洑洲航行，后面跟着一只小船，担任护卫。九洑洲上的太平军显然不知道湘军的统帅们正在察看此地的地形。

他们在船上用曾大帅送给他们的“千里镜”瞭望九洑洲。

九洑洲位于金陵的西北面，太平军已在洲上经营十二年，洲上有一万多人马，他们筑石城炮楼数十座，环巨炮数千架，浚壕二十余道。洲的四周水面列满战船，可谓水陆相护，为金陵城犄角。南面又有拦江矶、草鞋峡、七里洲、燕子矶、中关、下关诸隘，相倚以为固。绿营前督师向荣、和春在江南建立大营，就是因为攻洲不克，结果不仅没有攻入金陵，反而被太平军大败。李世忠曾以三万军队攻洲不胜，移军而去。都兴阿等说九洑洲危险万分，曾国荃的围军应撤围后退才对……又因洲前是江后面是河，湘军陆师难以飞越。洲上营垒众多，水师也难以独力获胜，水陆只有协同作战，方能攻取。

他们把船停在北岸芦苇边，走上岸来，看见一个须发皆白的老汉，坐在石头上握着一根长长的钓竿在江边垂钓。彭玉麟一行三人走过去，玉麟说：“大伯，您真会钓鱼，看这地点就知道您选址很准！”

老汉看了玉麟一眼，说：“听你这话，你也会垂钓？”

玉麟笑了笑：“小时候钓过，现在生疏了。我曾听说‘春钓浅滩，夏钓树荫，秋钓坑潭，冬钓朝阳。春钓深，冬钓清，夏池秋水黑阴阴……’，现在正是夏天，您端坐在此，正等着树荫下的鱼儿来上钩呢，所以说您是真正的高手

啊！”

没想到，老汉把鱼竿提起来，交到玉麟手里，说：“我钓得有点不耐烦了，老弟你来试试吧。”

玉麟有点意外，说：“好久没有钓鱼了……好吧，恭敬不如从命，只怕会让大伯笑话。”

玉麟接过钓竿，顺着钓线找到鱼钩，从饵盆里抓了饵料，用手搓成水滴状，挂在钓钩的正中。再用力一甩，把钓线和钓饵抛向远处的水面，然后坐在老汉身边的石头上，静待鱼儿来上钩。没多久，玉麟感到有鱼来咬鱼饵了，一下，又一下，玉麟沉住气，不提鱼竿。他知道小鱼咬饵动作很大，大鱼咬饵反而斯文沉稳；他甚至还能根据咬饵的特点判别是哪种鱼……这时他已经觉察到是他喜欢的鱼在咬饵了，待它咬了好几下，才突然把鱼竿高高提起，一条活蹦乱跳的鱼露出水面。玉麟收起鱼线，那鱼到了眼前，他伸手抓住，脱了鱼钩，把鱼高举着，笑着说：“各位，看我钓到什么鱼了？”

众人围拢一看，不禁发出惊呼，原来彭玉麟钓到了一尾鲈鱼，体白而有黑斑，巨口细鳞。

玉麟把鲈鱼丢进大伯的鱼篓，对他说：“今天的手气好啰。”

老汉高声赞叹：“老弟，你才是真正的行家里手！我很少钓到这么好的鱼呢。”

玉麟经常在座船上钓鱼喂他的丹顶鹤，钓技练得不是一般地高。他对老汉微微一笑，谦逊地说：“大伯过奖了，我哪敢和您比呐。”

这时老汉才转头对曾国荃和杨岳斌说：“你们都是他朋友吧，坐吧，都坐这青石头上吧。”两人笑笑，坐了下来。

玉麟继续套近乎：“大伯，您是这附近的人吧？”

老汉答道：“是的，以前住在那边洲上，现在搬到这附近的村子里了。”

三人同时来了兴趣，曾国荃问：“那洲上是捕鱼的好地方啊，为何迁了出来？”

“那洲上当然好些，可长毛来了，说要打大仗，住那里不安全，硬是想方设法把我们挤了出来，还不知道以后能不能回到洲上去。”老汉说完，长长地叹了一口气。

杨岳斌迫不及待地问：“那洲上的情况您知道不？”

老汉说：“我们咸丰四年就迁出来了，后来因钓鱼去了几次，到处都修了炮楼和暗堡，还修了数十道壕沟呢。具体布置我也说不清楚。”

“大伯，有什么水浅的地方可以直接走到洲上去吗？”曾国荃进一步试探。

老汉察觉到异样，警觉起来：“听你们的口音，好像是湖南人，湘军来金陵城好几年了，你们是湘军吧？”

杨岳斌和曾国荃一时不知如何回答，玉麟对老汉笑了起来，说：“大伯，湘军不好吗？”

老汉实话实说：“湘军军纪很严，对老百姓不错，从不扰民。我听说水师头领彭玉麟，长毛对他又恨又怕。还有一个曾铁桶，最会围城，围起城来，城里寸草不生。他早就到雨花台来了，可是他的兵太少，到现在还没把城围住……”

玉麟笑道：“大伯，我们的确是湘军，可以帮您回到以前的家园。请告诉我们，这里有通向洲上的便道吗？”

老汉脸上堆满了笑容：“还真有这么一段，水浅不能走船，以前我们洲上的人合力修了一条路，四五尺宽，可以走车马。我们迁走后，洲上的兵将路面削去三尺多，原来高出水面一尺多，现在低于水面一尺多。眼下看不见路，待冬日水少了，路又会露出来，可以走过去。”

曾国荃对老汉说：“大伯，我悄悄给您说吧，千万不要告诉别人，到时候，您带我们从这条路冲到洲上去，我们给您三百两白银，您回到洲上给自己砌一栋好房子吧。”

老汉笑了，说：“好的，看来遇到贵人，发财并不难！”

于是曾国荃将放哨的刘连捷叫来，与老汉约定好了联系的时间与地点。

临走时，玉麟又以三倍价格买下老汉钓的鱼，老汉欢喜不已。

玉麟一行划着小船回营，一路上讨论着攻打九洑洲的计划。

曾国荃有些担心地说：“老汉说的那条路，老百姓都知道，长毛定会严防死守。但我们别无选择，只能沿此路攻洲。”

这是农历五月，正是初夏天气，天空蓝得放光，长江风平浪静。他们的小船在江面上游走得很悠闲。人们绝不会想到，在这艘小船上，正酝酿着一场恶战的风暴。

三　扫除外围，让九洑洲成为四面受敌的孤岛

彭玉麟在座船上，和杨岳斌、曾国荃一面喝酒，一面讨论攻打九洑洲的策略。

曾国荃十分强调战争的开局，说："在攻九洑洲之前，必先攻克北岸的江浦和浦口，使九洑洲的长毛得不到江北的救援。这应是开战的第一步。"

玉麟补充道："收复江浦和浦口后，应把目标转向南面，先后攻破中关、下关、草鞋峡、七里洲、燕子矶等要隘，使九洑洲成为一个孤岛。"

杨岳斌很赞同二人的看法，说："南北两岸湘军同时发起攻击，甚至四面齐攻，把长毛打得晕头转向后，可择机摧毁敌军核心营垒。"

三人对着军事地图看来看去，最后决定采取先北后南、再强攻九洑洲的策略。

几天后，他们把目光瞄准了九洑洲北岸的两座小城——江浦和浦口。

江浦位于金陵西北部，也在九洑洲北面，东南倚长江，西北枕滁河，与浦口相邻。

浦口与江浦相隔不远，明太祖定都南京后，认为浦口"扼抗南北，钳制江淮"，于是在浦口筑城。

此二城无疑是金陵的西北大门，现在被太平军重兵把守。故彭、杨、曾都认为在攻打九洑洲前，必先攻占江浦、浦口，切断江北太平军对九洑洲的增援。

攻取这二城不是易事，不能轻举妄动，须等待时机。

五月初，战局发生较大的变化，英王李秀成和其他诸王都担心官军会大举进攻苏州和金陵，因此，他们收缩战线，放弃江北，南渡救援，近救金陵，远救苏州，在江北陆续放弃了许多占据的小城，以致近日来数以万计的太平军将士冒雨掠舟，抢渡长江，江面上舟行如鲫，人声喧哗。江浦、浦口的太平军惶惶不可终日，已经准备弃城而逃了。

曾国荃、杨岳斌、彭玉麟都觉得攻取二城的机会已经到来。

五月九日，曾国荃令鲍超和刘连捷引军疾进，直指江浦之敌。

初十，李朝斌等率水陆二营由大江冲下，先据浦口，阻止陈玉成的残余势力

渡江南进。

彭玉麟率三营水师、杨岳斌率四营水师进入内河，向江浦猛进，江浦太平军知道难以抵挡，连夜逃走。于是湘军水陆共进，很快收复了江浦和浦口二城，占据了金陵的西北大门。

成千上万的太平军从江北撤退，最前方的部队已经到达长江边。

玉麟心想，这正是击杀太平军的大好时机，如果他们顺利渡江，充实江南的军力，对湘军攻取金陵极为不利。

“不能让长毛渡江南逃，要就地将他们剪灭！”

玉麟的话得到大将们的赞同，于是曾国荃令四营陆兵留守江浦、浦口，其余将士火速追击敌军，不能让他们渡江的阴谋得逞！

彭玉麟和杨岳斌率水师顺江追杀太平军。

从江浦和浦口逃出的太平军有的向江南逃去，有的乘船或者游水向九洑洲上逃，可是洲上的太平军不知何故并不接纳。彭玉麟和杨岳斌的水师在江中横冲直撞，开炮开枪猛击。太平军乱成一团，有的被击落坠江，有的被船只撞沉，有的侥幸逃到洲上，又因为不熟悉地形，慌乱中跌进洲上纵横交错深达数丈的壕沟，溺死者数以千计。

次日，还有大批太平军在江边饥啼，往九洑洲不被接纳，北岸已被湘军占领，前有石垒深壕，后有追兵，可谓步入绝境。而彭玉麟、杨岳斌的水师又分队登陆，整天轮攻，太平军有的被击杀，有的投江自杀，惨不忍睹。

接下来，彭玉麟等又把目光转向九洑洲的东南面，开始对靠近金陵城的燕子矶、草鞋峡、下关等数十个据点发起进攻，以切断九洑洲同金陵城的联系，使之成为孤岛。

燕子矶位于金陵郊外的直渎山上，因石峰突兀江上，三面临空，势如燕子展翅欲飞而得名。矶下惊涛拍石，汹涌澎湃，是重要的长江渡口和军事重地，被世人称为“万里长江第一矶”。

草鞋峡位于金陵幕府山北麓和八卦洲之间，是长江中一条狭长的江岸。湾多水激，形似草鞋。

下关位于金陵西北部，濒江依城，素有“金陵北大门”之称。

五月十三日，进攻南岸诸垒的战斗打响。彭玉麟派丁泗滨、许云发等率四营为第一队，进攻下关；派喻俊明、唐敏义等率六营为第二队，进攻草鞋峡；又命彭楚汉、傅敏才等率三营战士作后应。彭玉麟亲督成发翔、任星元两营据九洑洲上游，作欲攻不攻之势，以迷惑洲上的太平军，使之无暇兼顾南岸。

天尚未明，丁泗滨、许云发率水师第一队循南岸进逼下关，想突袭敌人，但还是被洲上的太平军发觉。

未等湘军逼近，下关的太平军万炮齐轰，许多湘军战士倒了下去。

丁泗滨和许云发等立即下令各船前锋点燃预装在船内的枯萎芦苇，冲入太平军数百艘护岸战船之中。一时，风趁火势，火借风威，太平军大部分船只在大火中烧成灰烬。

湘军水师各营趁势登岸，先以火炮炸倒太平军营墙，又投掷火球、火箭炸毁石垒。士卒或缘墙壁爬入，或从炮眼里钻入，或冲入缺口，与守垒的太平军展开大厮杀……

经过两天激战，水师攻克了下关、草鞋峡、燕子矶等南岸敌垒。

四　血战九洑洲，一万多太平军葬身荒岛

五月十五日清晨，长江江面上还飘荡着袅袅的水汽，彭玉麟与杨岳斌率水师攻打九洑洲的炮声已经响起。

根据前天的部署，彭楚汉、傅敏才、颜海仙率三营战士从九洑洲尾部发起进攻；成发翔、张锦芳、任星元率三营战士炮轰洲头；喻俊明、唐敏义、严定国及李朝斌等率六营战士各驾舢板船，绕洲灵活攻击。九洑洲四面炮声隆隆，火光闪闪，烟雾弥漫……

但洲上的太平军并没有被湘军水师的凌厉攻势吓倒，因洲上有坚固的石垒，四周水面又有战船环卫，千炮环轰，片刻不息。又于洲东、西、南分伏洋枪队，伺机出击。湘军精锐冲锋在前者，伤亡急增。

湘军水师虽轰毁太平军不少营垒，击毙大量敌军，但太平军的回击同样猛烈，湘军几次登上沙洲，都被太平军猛烈的炮火轰退回来。

到了中午，曾国荃率陆师一千多人以钓鱼老汉为向导，涉水登洲，可惜被太

平军发现，经过一阵激战，湘军从洲上小山丘退到江边的石滩上。

下午，双方的战斗力度都加大了，湘军水师向洲上不停炮轰，但战斗都在洲四周进行，未能把战斗延伸到洲中的腹地。

天色暗了下来，枪炮声渐渐稀落。玉麟感到奇怪，驾船赶到前沿，问一营官为何停止炮击，营官答，激战了一整天，战士们很疲劳，也很饥饿，想收队了。玉麟大怒："继续炮击，今夜不拿下九洑洲，休想回营！至于晚餐，让伙夫把饭菜送到船上。谁敢说收队，军法处置！"彭玉麟的命令谁敢违抗？枪炮声又继续激烈起来。

战斗到半夜，还是没有多大进展，敌人的核心营垒依然无法攻破。

这时，江上、洲上到处升腾起雾气。

玉麟也有些急了，他心生一计，令成发翔、喻俊明、任星元、王吉驾战船轮番佯攻敌阵，炮火要激烈，虚张声势吸引敌人的注意力。同时，从各营挑选四十名精干组成敢死队，安排成镇为敢死队队长，令他们手持火弹，趁漫天大雾爬行到敌人营垒跟前，用火弹焚烧敌营。

临行前，玉麟亲自为这四十位英勇的湖湘子弟敬酒，说："你们立大功的时候到了！期待你们为攻占九洑洲贡献自己的大智大勇，我会为你们向朝廷请功的！干！"勇士们齐声说："赴汤蹈火，为国立功！"然后一饮而尽，跟着成镇消失在朦胧的月色里。

为掩护敢死队，江上的湘军水师发起猛烈炮轰，太平军的战船在炮火中燃烧起来，江风吹拂，火势越来越大，由江上蔓延到洲上。水师前锋已登上洲尾，刘连捷率领的涉水陆兵也登洲开始战斗。

玉麟坐在战船里，用千里镜瞭望岛上敌军的核心堡垒，期待他的敢死队能创造奇迹。

等了约莫一顿饭的工夫，敌军核心营垒的另一面突然响起喊杀声，敢死队逼近了敌人的营垒。随后，敌军弹药库"轰"的一声爆炸了，腾起的火焰照红了天空。

玉麟立即指挥各营水师迅疾登洲作战，勇士们越过重重壕堑，潮水一般涌向敌人的营垒，左右抄攻，与敌人展开殊死搏杀，终于占领了敌人的中心营垒。

其他营垒的敌人见中心营垒被湘军端掉，信心受到极大打击，更无心恋战，纷纷逃散开去。

玉麟命令将士们穷追猛打，整个九洑洲沸腾起来，喊杀声震天撼地。

五更时分，枪炮声渐渐稀落，洲上恢复了战前的平静。

天亮了，太阳像往日一样照在九洑洲上，洲上到处都是尸体，横七竖八，空气里满是血腥味和火药的残留气息。湘军开始集合，清点伤亡人员。玉麟看到满脸血污的成镇，担心地问："敢死队还有多少人？"成镇答道："死了十五人。"玉麟拉着他的手说："你们立功了！老弟啊，你命大，必有后福！"成镇笑了笑，突然倒了下去："太累了，好几夜没睡觉了，我先躺一下再说……"

玉麟也困极了，但他意识到自己的责任，只好强打精神，命令道："轮流歇息，士卒先就地休息，哨官、营官放哨维持纪律，伙夫就地做早饭！"

阳光强烈起来，好在江风一阵阵吹来，带来了凉爽。

胜者睡在败者的尸体旁，醒了还要爬起来继续生活；败者永远地睡去了，他们会被埋进这块土地，成为土地的一部分。

九洑洲之战取得了辉煌的战果，一万多太平军被消灭。洲上的壕沟、平地、小山丘全是敌人的尸体。湘军还夺得数百尊大炮，牛马、枪械更是不计其数，玉麟决定在洲上一面打扫战场，掩埋尸体；一面杀牛宰羊，庆祝胜利。

五　收复宁国、东坝等地，切断通向金陵的最后一条粮道

自衡州出发征战以来，玉麟经历了数以百计大大小小的战役，但打得相当猛烈、付出了巨大牺牲也取得巨大战果的，要数田家镇、湖口和九洑洲战役了。这是他指挥和亲历的三大战役，打到最关键处，生死就在呼吸之间，在枪林弹雨之中同敌军赌命，回想起来实在是惊心动魄！他心潮起伏，一首战地诗随之诞生：

夜破金陵对江九洑洲

铁垒铜城敌焰高，猱身肉薄夺深宵。
烘天火鹞红千里，炙地金蛇赤万条。
九洑雄关收此夜，一江险要得今朝。

纵横濠堑填尸满，十二年才孽毒销。

夺取九洑洲之后，金陵近水的西北面已经被湘军水师控制，这将大大加快攻占金陵的进程。同时也意味着，长江从此畅通无阻，太平军再无战船在长江里出现，长江上下几千里都飘扬着湘军水师的旗帜。玉麟想到这里，又来了灵感，随即豪迈地吟道：

肃清长江

犀军精队耀旌霓，子弟兵心万众齐。
战舰十年驰彩鹢，长江一旦靖妖鲵。
河清海晏消烽火，浪静潮平息鼓鼙。
旧日龙愁鼍愤事，天风吹去大洋西。

攻取九洑洲，湘军诸将闻讯欣喜异常，备受鼓舞。玉麟并没有马上上奏朝廷，朝廷却先得到了消息，来函询问曾国藩，曾国藩催促玉麟赶紧将此事上奏，皇上和朝廷官员得知让和春、向荣望而生畏的九洑洲被彭玉麟、杨岳斌激战一昼夜拿下，大喜过望，也感慨万千。金陵城外的各处太平军得到这一消息，惊恐万状：有的觉得日暮途穷，归顺朝廷才有出路；有的立即援救金陵，企图保住大本营；有的扰乱湘军后方，做垂死挣扎。总之，形势又有了新变化。

这时曾国藩命杨岳斌前往江西战场，把水师的指挥权交给彭玉麟。

玉麟留下八个营据守九洑洲，自己率军沿江河转战各处，又先后收复宁国、丹阳、溧水、东坝等处，在金陵城东面堵住前来增援的太平军。

转战途中，玉麟发现金陵周边乡村的老百姓被太平军害苦了。每进入一个村落，看不见人烟，到处是无人收拾的尸体，横七竖八，惨不忍睹。没有了人家，屋里的狗没有人管，都成了野狗，它们没有东西吃，于是吃起死尸，吃得眼睛血红，毛发倒竖，成群结队，凶恶无比。玉麟的水师士卒进了村，不敢单独行动，怕被那些恶犬所伤，只好成群结队，紧握兵器，随时准备搏击恶狗。村里的房屋不是被烧了，就是没人住，屋前没有了路，一片荒草萋萋。甚至有大树从屋子里冲破屋顶瓦片长了出来，在苍凉的风中摇曳着无穷的悲哀。前不久，他听曾国藩说过，皖南到处都是吃人肉的惨景，且人肉在市面上公开出卖，以前每斤人肉卖三十文，现在已经涨到每斤一百二十文。战争还在继续，悲剧愈演愈悲。玉麟心伤欲绝，悲吟道：

收复宁国、丹阳、溧水、东坝一带感赋

底事红羊浩劫成，大江南北惨难名。
横尸华屋多人腊，食血荒郊尽犬精。
村里断烟凄冷灶，屋中长树破雕甍。
千家一二余生在，虎口归来哭失声。

攻东坝前，玉麟已探知东坝的太平军内部不团结，不少人认为太平军末路已近，开始自谋出路，所以玉麟兵临东坝时，并不急着攻打，他亲笔写了一封信，暗中派人与城里的头目之一杨柳谷联系，劝他归顺朝廷。

杨柳谷是太平天国的随王，他感到太平天国大势已去，早已生出叛逆之心。接到彭玉麟的招降书函，他心中暗喜，准备归顺朝廷。

过了几天，杨柳谷派人回拜彭玉麟，使者传达了杨柳谷的意图，说："归顺是可以的，但不仅要保护我们的人身安全，原先有职务的还要给予相应的官职。"

玉麟答道："这个请杨大人放心，我们对投诚人员向来是友善的，韦俊、程学启都归顺了朝廷，朝廷不但没有伤害他们，反而给予重用，二人的官职一直在晋升。跟着他们的士兵，我们也把他们当作弟兄看待，你们不知道？"

使者说："这个听说过，可是我们也听说湘军非常狠毒，你们攻九江时，最后进行了屠城，对天国的人一个不留呢！"

玉麟辩驳道："这是两码事，九江攻到最后，你们太平军顽抗到底，在风雨中同我们巷战。对这些顽敌，我们的确是一个不留，如果对他们手下留情，那我们的脑袋就会被他们砍下来了！"

说完，又补充道：“我们曾大帅有一首《解散歌》，其中明确规定：不杀老和少，不杀老长发，不杀面刺字，不杀打过仗，不杀做伪官，不杀旧官兵，不杀贼探子，不杀捆送人。这是我们铁的纪律！”

使者不再反驳，说：“假如我们归顺朝廷，你们怎样对待我们？”

玉麟说：“和韦俊、程学启归顺时一样，如果立功，按章奖励，决不食言。”他告诉使者，杨柳谷如果要立功，须将辅王杨辅清擒拿送湘军处置。

辅王杨辅清，广西桂平人，本名杨金生，乳名阿七，人呼七麻子。后与杨秀清认作本家，改名杨辅清。道光三十年，洪秀全作乱，先据永安州城。杨辅清随兄杨根元一起参加起义，随同洪秀全等一路征战，后因独率部众攻陷安徽池州、宁国等府，封为辅王。

几天后，杨柳谷捉住杨顺清、杨辅清，交给彭玉麟，并带着士兵向湘军投降。玉麟没有违背自己的许诺，把杨柳谷等人的立功情况上奏朝廷，太平军士兵愿意留下的就留在湘军中，不愿留下的每人发十两银子和护票（相当于通行证），让他们回去与家人团聚。

玉麟兵不血刃收复东坝，接着高淳、溧水的太平军也投降了。苏、浙的粮食可以由高淳小河通金陵，不需要经过长江。于是玉麟留下两个水师营，鲍超的陆军留下四个营把守，切断了通往金陵的最后一条粮道。天京粮食更加紧缺，城里的太平军被逼上绝路，苏南、浙北与金陵的联系也被彻底切断，湘军已形成对金陵的四面合围，攻破天京指日可待。玉麟作诗曰：

攻东坝，斩逆首杨顺清、杨辅清，
高淳、溧水二城归降，金陵伪都粮道始断

高淳溧水树降旗，犀甲威声草木知。
兵到何曾烦矢镞，寇穷争自拜旌麾。
金陵粮断妖烽灭，铁坝军屯捷报驰。
浪净丹阳湖水洁，东南从此有清时。

六　进军紫金山，曾国荃率吉字营攻克天堡城、地堡城

彭玉麟收复溧水、丹阳、东坝等处后，金陵城的东、南、西、西北都被湘军包围，只剩东北角的紫金山（钟山）有山路可通江浙各地。于是曾国荃决定，进军紫金山，拿下天堡城和地堡城，把金陵通往外界的最后一道门堵死。

紫金山从太平门附近向西绵延，方圆三十多平方公里，有三个山峰。主峰北高峰居中偏北，海拔近五百米，为宁镇山脉之最高峰。第二峰为小茅山，第三峰为天堡山。紫金山山势略呈弧形，弧口朝南。从金陵城里望去，紫金山苍劲巍峨，山色苍翠，蜿蜒盘旋恰如一条舞动的青龙。

咸丰三年，太平军定都天京后不久，向荣便率清军尾随而至，在城东北孝陵卫建立江南大营，准备扼杀新生的太平天国。为保卫天京，太平军在海拔近三百米的天堡峰峦顶和该峰西北麓的龙脖子上，用当地坚硬的虎皮石，修筑了壁垒森严的天堡城、地堡城两座军事要塞，作为太平天国的战略要地，控制着东北方向的尧化门、岔路口等，以及东南方向的麒麟门、上坊门等。天堡城与地堡城，上下呼应，互为犄角，又与太平门联为一气，使得山上山下、城里城外互通联络，有效地保卫着天京城东北的安全。

现在，天堡城和地堡城成了曾国荃的眼中钉，他欲拔之而后快，他首先把目光投向建在天堡峰悬崖峭壁上的天堡城。

天堡城建有石垒两座，守军二百人，城上架有火炮和滚木礌石。天堡城雄踞紫金山上，可俯瞰整个金陵城。太平军在此严密监视湘军在城东的一举一动。一旦发现情况，太平军可按湘军不同的进攻方向，在白天挂出不同颜色的旗帜，晚上则掌灯为号，使城里的太平军采取相应对策。

曾国荃命令朱洪章带着他的嘉字营挺进紫金山南麓，尽最大努力夺取太平军这两座军事要塞。

朱洪章，字焕文，贵州黎平人。咸丰初年，从胡林翼剿匪，征讨太平军，接着，改隶湖南提督塔齐布部，屡立战功，以勇名升迁为千总，后从曾国荃收复景德镇，攻克安庆，随后进击金陵。

朱洪章觉得任务过于艰巨，为难地说：“九帅，长毛的‘天地二堡’居高临下，拿下来的把握实在不大。”

曾国荃瞪他一眼，说：“攻城夺地，不能尽看地形，最主要的是利用战机，机会来了就不难。”

朱洪章有点不情愿地率部进驻紫金山南麓。没想到九帅说的“战机”很快就来了。

二月的一天，李秀成派太平军出城进攻朱洪章的嘉字营。朱洪章大喜：“在城里活得不耐烦了，出来找死！”命士卒分左、右两路包抄，截断太平军回城的退路，准备将其全歼。经过一阵激烈的战斗，数百太平军躺倒在地，或死或伤，其余人见回城的路已被官军截断，赶紧往天堡城逃。朱洪章大笑不止，说：“天赐良机也。”他立即下令：“往死里追！一直追到天堡城里去！”手下人会意，一路追杀上去。天堡城守军见自己人逃来，只得开门相迎，但他们很快发现，随之而来的还有湘军。开炮，会伤到自己人；不开炮，清妖就要追到家门口了。正在犹豫不决之际，枪声响起，湘军和逃跑的太平军一同进入了天堡城。很快大门被湘军控制，赶来的湘军越来越多，接着双方在天堡城内展开一场混战。湘军最善于肉搏，个个如狼似虎，太平军哪是对手。一顿饭工夫，太平军的守军和逃兵都躺倒在了血泊里，天堡城插上了湘军的旗子。

夺得天堡城后，曾国荃立马把他的行辕搬来，控制了金陵城的制高点，反客为主，居高临下监视城里太平军的动向。

城里的太平军恐惧起来，把守神策门的太平军首领许连芳准备投诚湘军，派副官曹磊前往仁字营张诗日处商谈，表示愿意献出所守卫的二十个城垛，并竭力配合湘军登上城墙。曾国荃非常欣喜，感叹天赐良机。

于是双方约定二月初七夜里动手攻城，曾国荃令张诗日率长胜营、仁字营和吉左营各二百人做前锋，太平军守军曹磊为向导，一更时出发登城，自己则率数千人做后援。

从营地到金陵的城墙有一段不短的距离，雨后路滑，三更时六百勇士才赶到城墙之下。没想到这里的城墙极高，带来的三架云梯只有城墙一半高，怎么上去呢？曹磊与城墙上的太平军取得联系，让他们放下极粗的绳索来，把湘军一个个拉上去。可是刚刚拉上去七个人，突然出现了意外：湘军中不知谁的手枪走了火，砰地响了一枪。枪声震动了相邻城墙的太平军，他们吹响了号角，同时开始放炮攻击。湘军慌乱起来。

张诗日下令登城的勇士撤退，已经登城的七人立即拉着绳索滑下墙来，从护城河游水逃回。次日，曹磊逃出城，说事情已经败露，许连芳被监押。

这次攻城失败后，曾国荃决定利用天堡城的优势，攻取地堡城。

地堡城位于太平门外，东依紫金山龙脖子隘口，西临中湖，南靠城墙，北至明大将常遇春墓附近。由于地堡城依山傍水，紧靠城墙，既可以以营护城，又可以以城护营，防守极为严密，太平军进可至明孝陵作战，退能扼守龙脖子隘口及近城的山麓。地堡城有石垒三座，守军三百人，营垒周围还挖有壕沟三道，外置梅花桩十余层，建炮台十余座。城里的太平军依托山水壕沟的护卫，顽强抵抗，阻止湘军接近城墙，湘军损兵折将，却无隙可乘。

直到五月三十日凌晨，九帅抽调三千多人配合嘉字营进攻地堡城，并亲自上前线指挥，他的智囊赵烈文也来了。在晨雾的掩护下，湘勇分四路偷袭地堡城。太平军奋勇抵抗，一次又一次打退了湘军的进攻。

曾国荃下令把赵烈文发明的战车墙拿出来试一试。

战车墙是一驾装有四个木车轮、形似古代战车的简易马车，丈把长，七尺高，车厢里装的是一堵很厚的泥墙，相当于一堵移动的防御墙，用来挡住敌方射来的枪炮，既可保护自己，又有利于进攻敌阵。人可以在前面驾马拉着走，也可以从后面推着车前行。

士兵们很快拖来几十辆战车墙，曾国荃指挥湘军战士弓着脊背一面推着战车墙朝前走，一面向地堡城猛烈射击。

太平军射来的枪子只能打在战车墙的泥巴里，无法穿透墙壁，打到战士们身上。士卒们推着战车墙一步步逼近敌军阵地。忽然地堡城射出几颗开花炮弹，轰隆几声，把战车墙掀翻了好几辆，好些战士也被炸死了。

曾国荃大吃一惊，命令用近日运来的开花炮弹猛烈还击，并说：“长毛一个多月没有打开花炮了，原来还留着！……把战车墙全都用上，继续冲！”

敌方继续发射了三颗开花炮，又死伤了一些士卒。随后再没有开花炮射来了。

曾国荃知道太平军仅有的几颗开花炮用完了，说：“好家伙！家当用尽了吧？看我们怎么回击！”令炮手不停向地堡城发射开花炮，打得敌军抬不起头，炸得堡垒砖石乱飞。

紧接着，曾国荃让号兵吹响号角，发起最后的冲锋。

战士们蜂拥冲进地堡城，与敌军展开大厮杀。

太平军寡不敌众，数百名守军全部阵亡。

夺得地堡城，龙脖子要隘及附近的山麓完全被湘军控制，天京城失去了最后一道护卫屏障。湘军利用龙脖子南部的山坡，架设大炮百余尊，对准天京城内日夜不停地轰击，打得城墙雉堞残破不堪，太平军无法在城头立足。

那些天，天上不停地打雷、闪电；地上炮声不断，火光闪闪。龟缩在金陵城里的军民，不知哪个是雷声，哪个是炮声；也不知是天上的闪电，还是地上发出的火光，他们被笼罩在火光和轰响之中，不敢动弹，得不到片刻的安宁……

七　攻破金陵城，太平天国在熊熊烈火中化为乌有

湘军攻克地堡城、控制紫金山后，金陵城再也没有任何一个缺口与外界相通，周边城市也统统被湘军占领，救援的部队也不可能冲进包围圈里来援救了，太平军成了瓮中之鳖。

曾国荃好不得意，攻取安庆后，他被人称为“曾铁桶”，他要让金陵长毛也尝尝处于铁桶之中的滋味，让太平军再一次领教他“曾铁桶”的厉害！

太平军的粮道早已被切断，城里粮食紧缺，虽然城里种了一些粮食作物，但那只是杯水车薪。据说天王洪秀全已带头吃起野菜，太平军劝说城里的平民到城外就食，城里出走了数万人，可是城里剩下的人还是饿得满脸菜色。

曾国荃知道，夺取金陵城的最佳时机已经到来。

从进军雨花台到兵临金陵，快三年了，朝廷等不住了，催促了好些次，希望他尽快攻下金陵。曾国荃觉得十分可笑，金陵城是虎踞龙盘的六朝古都，城墙又高又厚，一般的炮都对付不了，又不是一座纸屋，三下两下即可摧毁。

曾国荃下令在地堡城附近增筑若干炮台，加上原来的一百五十多尊大炮，日夜不停对金陵城狂轰，城里的太平军虽然进行了还击，但哪里压得住湘军的炮火？

他又命各营将士割来芦苇、蒿草，堆积在一起像无数的山包，在上面覆盖沙土，准备到时候用来填平城墙外的护城河。

接下来，他安排各营加速向城内开挖地道，兵勇轮班，不休一刻，计划到时用炸药轰倒城墙，攻入城内。

可惜的是，开挖的三十多条地道均被太平军发现。李秀成是有经验的战将，他在城墙上巡察，只要看湘军先锋部队的营垒在何处，就知道哪里有地道，还能判断出地道的走向。于是，他令士卒在城里也挖一条地道通向城外，继而分头横挖暗壕，等湘军地道挖过来。待湘军地道一挖通，太平军就开始点炸药，灌水，熏烟，让湘军白忙活一场。曾国荃因此受损多次。

在地堡城太平门这一方向，李臣典带领他的士卒连续挖了整整五日五夜地道，到六月十四夜里，地道已经挖到城墙底下，李臣典亲自指挥战士用多具棺木装填火药三万余斤，封筑完固，填以大石头，门口留一个洞，将粗大的楠竹打通竹节，装入引线，贯入装炸药的洞穴中。李臣典亲自监督各个环节，确保万无一失后，派人飞马把情况报告给曾国荃。

这天夜里四更，曾国荃带着十多个亲兵来到李臣典的营地，准备视察他们的地道口，了解有关情况，以便向金陵城发起总攻。不料营地上不见一个人影，原来李臣典和士卒们连续日夜加班挖地道，不得休息，实在太疲劳，以为万事俱备，只待点火，于是放松警惕，一个个睡得如死猪一般。

突然间，一队黑影从远处鬼鬼祟祟地向地道洞口挪动。曾国荃厉声喊道："口令！"那黑影没有半点声息，答不出口令（湘军内部日夜变换口令，以便判断彼此是否是自己人）。曾国荃恶狼一般高喊："李臣典！李臣典！"一营人从睡梦里惊醒过来，李臣典战战兢兢走到曾国荃面前。曾国荃训斥道："关键时刻，你们竟然睡着了，现在敌人准备毁坏洞口，立即反击！"话未说完，那一队黑影开始向这边开枪开炮。李臣典吓出了一身冷汗，立即与萧庆衍组织反击，经过一顿饭的工夫，分别杀退了左右两路来袭的太平军，洞口得以保全。

战斗中抓获两名太平军士兵，一审问，正是李秀成判断湘军的地道已经挖好，为阻止湘军炸墙入城，所以他们特来破坏洞口。

曾国荃指着李臣典的鼻子骂道："好你个李臣典！最关键的时候，你竟然敢睡觉？今夜如果不是我来这里，后果不堪设想！你和你的部下给我听好了，你们要枕戈待旦，丝毫不能懈怠！待打下金陵后，我给你们足够的时间睡觉！"

曾国荃本想打个盹，天已蒙蒙亮了。他知道非同寻常的一天已经来临，于是抖擞一下精神，开始紧张有序地布局。他将突击攻城的队伍调派妥当，命令各营营官带队严守壕墙，防止太平军反击。

曾国荃又召集各统领、分统、营官，进行战前最后一次训话：“诸位将领，今日是我们精忠报国的日子，是建大功立大业的日子！全歼金陵城长毛，在此一役！英勇杀敌者，将有重赏！临阵后退者，就地斩决！各营将士必须恪遵号令，奋勇先登！各统领、分统、营官分赴一线指挥。待城墙炸开后，立即冲进城里，分路追杀！只能胜利，不能失败！”诸将领齐吼一声“是！”

随后，曾国荃具体布置了各路人马进城后的进攻路线。

诸将领回到各自的岗位，准备拼死一战。

正午时分，曾国荃命令地道点火炸墙，接近城墙的将士稍作后退，以免炸伤。李臣典营里的士卒点好火，发现城墙处最初没什么反应，只有一点烟冒出，可以隐约感到地下若有闷雷在滚动，大地随后微微抖动起来。等了好久，突然噼啪一声巨响，火团冲天而起，乱石横飞，烟尘遮蔽了整个天空，暗如黑夜。高大厚实的城垣被掀开二十多丈。飞在半空中的乱石雨一样落下来，太平军死伤数百，湘军也有部分受伤。早已埋伏在地道附近的敢死队，在朱洪章、武明良的带领下从轰垮的缺口，冒着烟雾和尘埃冲了进去。紧接着，后面的队伍也高喊着冲上去。

左面的城头火球、火药倾盆而下，爆炸声不断，许多冲锋在前的战士倒了下去，队伍突然停止前进，有人开始后退。彭毓橘、萧孚泗举起腰刀，把后退的几个人砍杀在地，恶狠狠地吼道：“谁后退，就是此等下场！”随后又猛吼一声：“冲啊！”自己带头冲了过去。喊杀声再一次如惊雷般响起，大批士卒一拥而上，冲入城内。

其他各营也纷纷发起攻击，或用云梯登上城墙，或夺取城门。进入城内后，按预先的布置，分路奔杀目标：

朱洪章、沈鸿宾、罗雨春等攻中路，直抵天王府北；

刘连捷、张诗日、谭国泰等攻右路，循台城趋神策门；

朱南桂自外城登云梯攻入，合兵取仪凤门；

左路则由彭毓橘率领，从内城直击至通济门，合萧孚泗等夺朝阳门、洪武门；

罗逢元等率部从聚宝门入；

李金洲率部从通济门入；

陈湜、易良虎等率部从旱西门、水西门入；

彭玉麟、黄翼升等率水师登陆攻夺中关，至旱西门，与陈湜部合攻……

曾国荃与将士们一同冲进城里拼杀一阵后，又骑着马返回龙脖子营地，他站在高处，用望远镜往城里望，到处是炮火的闪光和弥漫的硝烟，仿佛黑夜降临，什么都看不清。

此时的金陵城里，人喊马嘶，枪声炒豆般爆响，炮弹轰鸣，尘土飞扬，刀与刀在碰撞，人与人在较量，马与马在决斗，许多人冲上去，许多人倒下来。汗水味、血腥味、火药味，千滋百味；人的脸狂怒着，悲愤着，责怪着，十倍地夸张，百倍地扭曲，千倍地变形……人已经非人，牙齿龇着，眼睛变得猩红，露出平时藏着的野蛮、阴险和狰狞，嘴巴张得像一个大洞，深不可测，永远填不满……人的生命若秋之落叶纷纷凋零，许多人的儿子死去，许多人的丈夫死去，许多人的父亲死去，许多人无辜地化作烟与灰，哭泣，叫喊，咒骂，乞求，呻吟，祈祷，什么都没用，乱七八糟的声音、气味与影像构成一种不可名状的力量，摇撼着千年古都，使得千年古都比传说中的地狱还阴森恐怖……

此时，曾国荃站在一块大石头上，身边站着他的谋士赵烈文，还有一群亲兵护卫着，他像一个石雕，一动不动望着金陵城，想象着战争的怪兽在狂怒地奔走和冲撞，发泄着亘古以来的欲望和仇恨，他的脸一半热，一半冷，一边映着火光，一边黝黑无神，表情显得尤其怪异，似哭，似笑，似怒。他的眼睛在冒火，又似乎冒出了滚滚洪水，汪洋恣肆，淹没了无数山丘田垄。他感到自己不再是自己，已经被人类战争的魔掌操纵和裹挟……

天京陷落了。

金陵到处是死尸，到处燃着熊熊大火，烟雾升腾。

忠王李秀成准备突围出城时，传令纵火焚烧天王府和其他各王府，火焰冲天，从王府蔓延到民宅……这场大火整整烧了七八天，凝结在城市上空的烟云一个月后才慢慢散去。

忠王李秀成和勇王洪仁达被生擒，幼天王洪天贵福突围逃出城外，被一小部分太平军保护着向江西方向逃窜，湘军正在追杀之中。

八　庆功宴上，彭玉麟等人想起阵亡的战友垂头大哭

七天后，曾国藩乘船赶到金陵。次日，他来到天王府，审问李秀成，据他交代，洪秀全已死。隔了一日，又抓到天王府一名婢女，姓黄，湖南道州人，十七岁时被掳入太平军中，现在三十岁了。她说洪秀全已于四月二十日服毒而死，埋在府内花园地下。

按照婢女所说，熊登武等人果然挖出了洪秀全的尸体，尸体还比较完整，用绣着龙的黄色绸缎包裹着，胡须微白可数，头秃无发，手臂和腿脚上的肉还没有完全腐烂掉。曾国藩下令在洪秀全尸体上浇上桐油，点燃焚烧成灰烬后，抛入秦淮河。奇怪的是，这时突然电闪雷鸣，风雨大作，半个时辰才停住。

彭玉麟与黄翼升在十六日攻克金陵城后，便回到战船上，没有参与后来几天的分段搜查。

玉麟听说曾国荃的吉字大营放了三天假，故意让部下去抢夺财物。其实不然，九帅明令禁止杀良民、掳妇女，皇皇告示，遍布城中。但是各营统领如彭毓橘、易良虎、彭椿年、萧孚泗和张诗日等并不奉行……

金陵城里尸体遍布，用血流成河形容也不为过。曾国藩承认，三日攻城战斗，“毙贼共十余万人，秦淮长河尸首如麻。凡伪王、伪王将、天将及大小酋目，约有三千余名，死于乱军之中者居其半，死于城河沟渠及自焚者居其半”。实际情况也许要更严重一些，成千上万的老人和小孩惨死于街头。两军巷战之际，误伤误杀难以避免，而太平军在绝境中自毙和自焚者比比皆是。

攻克金陵二十天后，曾国藩召集参加金陵战役的将领开会。他传达了朝廷对湘军将士的封赏谕旨：曾国荃着赏太子少保衔，赐封一等伯爵，赏戴双眼花翎。湖广总督官文、江苏巡抚李鸿章，都赐封一等伯爵，赏戴双眼花翎。陕甘总督杨岳斌和兵部尚书彭玉麟，赏一等轻车都尉和太子少保衔，李臣典、萧孚泗、刘连捷、彭毓橘、朱洪章等在此次战役中立下战功的将士都分别获得不同的奖赏。

众人喜笑颜开、踌躇满志。庆功宴会上，大家举起酒杯，相互庆贺，一派欢天喜地的场面。

曾国荃却板着脸，眉头紧锁，默默地喝着酒。之前他听说，咸丰帝说过，谁

打下金陵，就封谁为王。现在他打下金陵，只封了一个伯爵，大哥也没能封王，只是封了一等侯爵。官文和李鸿章根本没有实际参与攻取金陵，也给封了个一等伯爵，公平何在？赵烈文安慰道：“九帅三十从戎，四十建奇勋，功业灿然，亘古无二。大人不要汲汲于封赏之事，更不要在意小人之诽谤。千秋功罪，后人自有评说。”

这时曾国藩含笑走了过来，对曾国荃说：“九弟今日应自豪才对，不仅自己捞了一个伯爵，还为阿兄挣来一个侯爵，大哥不知怎么谢你呢。”

曾国荃这才勉强笑了一下，说：“大哥谦虚了，没有大哥掌控全局和鼎力相助，攻取金陵绝无可能。”

赵烈文笑着对曾国藩说：“大人今日封侯，可喜可贺。只是以后当称中堂，或称侯爷？”

曾国藩很幽默，说：“君勿称猴子可矣。”然后嘿嘿笑着走了。

玉麟在别人恭贺他时，猛地连喝三杯，先是笑了两声，接着竟然垂头大哭起来。

他是想起了在城陵矶阵亡的褚汝航、夏銮、陈辉龙，兵败自杀于庐州的江忠源，战死于武昌的罗泽南，病逝于九江城外的塔齐布，战死于三河镇的李续宾、曾国华，病逝于武昌的胡林翼，被瘟疫夺走生命的曾国葆，兵败被杀的李孟群，阵亡于湖口的萧捷三、史久立……想起了千千万万在战争中死去的湖湘将士以及无数的平头百姓……

玉麟的哭声引得朱洪章也哭起来，他从贵州黎平带来四百勇士参加湘军，攻克安庆时还有两百多人，这次攻金陵，除自己外，其余全部阵亡，回故乡还不知如何面对他们的父母兄弟。他大哭不止，谁也劝不住。

全场肃静起来，喜庆的气氛一扫而光。

这两位钢筋铁骨、见惯血流成河惨景的大英雄今日怎么了？

曾国藩示意曾国荃去安慰朱洪章，自己缓步走到彭玉麟的身边，轻声说：“雪琴啊，怎么突然伤感起来了？”

玉麟流着泪说：“夫子大人，我不该在这喜庆的时候坏了诸位的兴致。只是想起当初同建义帜的胡文忠、罗忠节、塔忠武、李忠武、王壮武、李勇毅、萧壮烈、曾愍烈、曾靖毅、萧节愍诸君子，皆早殉难，不及见六代都城收回。如今石头城上列我湘军旌旗，却不得与诸君子痛饮，能不悲哉？”

曾国藩听了，神情变得肃然，说：“雪琴，你的境界果然高！我们大家今天想的是封妻荫子，光宗耀祖，荣华富贵，而你想到的是那些为国捐躯的湖湘将士……是的，仅围攻金陵而言，万余人死于瘟疫，八九千人死于战场，令人悲涕，不堪回首啊……”曾国藩的眼睛也湿润了，但他话锋一转，声音大起来：“诸位，‘出师未捷身先死，长使英雄泪满襟’。今天我们受到朝廷的封赏，皇恩浩荡，但我们决不能忘记为攻破金陵而献身的英雄将士，以及从衡州出发一路同长毛拼杀而殉国的英烈们，我们为他们默哀，请他们和我们痛饮一杯庆功酒。”说完把一杯酒洒落在地上，又走近彭玉麟，轻声问道：“雪琴，现在心情好些了吗？”

玉麟答道：“夫子大人，您还记得我刚从戎时，在衡州对大人说的话吗？”

曾国藩点点头，说：“记得记得，功成身退，以寒士始，以寒士终……”

玉麟脸上悲伤的神情舒缓下来，说：“我不想打仗，也不想当官了，我要回衡州去，回渣江小镇去。”

“好啊。一起回去吧，你回你的渣江，我回我的荷叶塘，我们相隔很近……”曾国藩深表理解。

玉麟心里暖和了一些。

那晚，他写下两首诗，一为《喜收复金陵二首》，一为《唱凯》，抒发攻克金陵的感慨：

喜收复金陵二首

皇仁帝德颂遐昌，上将威宣日月光。
前事侥成还侥败，今朝擒贼竟擒王。
东南半壁天无恙，淮海双清浪不扬。
屈指国殇三百万，功成回忆转心伤。

血战长江十五年，一朝拨乱见青天。
三吴城郭收新版，六代江山复旧阡。

甲胄已怜生虮虱，兜鍪岂望换貂蝉。
书生喜了出山愿，敢乞残骸归种田。

唱凯

水陆欢腾百万师，凯歌齐唱是新诗。
黄封绿酒沉酣日，白下红旗奏捷时。
列爵酬庸凡五等，殊恩懋赏及三危。
功成回首伤同辈，落落晨星意转悲。

第三部

巡阅长江

第十七章　水师成“国军”

克复金陵后，朝廷任命彭玉麟为漕运总督，这官职可是官员们梦寐以求的肥缺，他却再三请辞。曾国藩知道彭玉麟想功成身退，劝他在解甲回籍之前，把一件大事做好……

一　弟弟从西安来金陵军营，被玉麟捆绑起来

好些日子没有战事，玉麟紧绷的神经松弛下来。太平军残余势力还未全部肃清，不过，他们的伪都已被占领，首领或战死或被擒拿，想东山再起是不可能了。

虽然北方还有捻军作乱，但在朝廷官军的围追堵截之下，覆亡是迟早的问题。“白日放歌须纵酒，青春作伴好还乡”，红羊浩劫已结束，大江南北迎来太平岁月，为何还不脱下战袍回故乡呢？田园将芜，胡不归？

将军百战死，壮士十年归。玉麟想起《木兰辞》里的句子，轻轻叹了口气，木兰脱下战袍，换上红装后，家人热烈欢迎的场面真是让人羡慕。而自己回去，除了儿子和一个有名无实的妻子之外，还有谁为他举酒相庆呢？

但是，故乡毕竟是故乡，那里有熟悉的乡音，有久违的美食，还有父老乡亲，他回去可以作诗画画，书生的笔墨之乐足以成为自己回归故里的理由。

玉麟走上岸来，打算去城里找曾国藩，向夫子大人告别。

这时迎面走来两个人。前面的人中等身材，操着既像北方话又像衡州话的口音问：“请问大人，您知道水师的彭大人在哪里吗？”

玉麟觉得有些奇怪，随口问道：“哪个彭大人？”

那人说：“彭玉麟。”

玉麟更奇怪了，说：“彭玉麟？你是……？”

“我是他弟弟，彭玉麒。”

玉麟仔细打量那人，说：“你不认识你哥吗？”

那人说：“二十多年没见面了，相貌都变了，我见了他恐怕认不出来了。也许他见了我，也不认识了。”

玉麟心里动了一下，说：“既然你二十来年没见到你哥了，你怎么知道你哥在这里呢？”

那人详细解释道：“道光末年，我离开家人前往河南，为一个生意人做账房先生。后来到了西安，我自己做起生意，多少有了一点起色。前不久听说湘军收复了金陵，湘军水师的统领就是彭玉麟。小的便在心里想，那彭玉麟不就是我的兄长吗？于是日夜赶路，来到了石头城……”说着就要流下眼泪。

玉麟又惊又喜，说：“玉麒啊玉麒，我就是玉麟啊！”

彭玉麒上前两步拉住玉麟的胳膊，激动地说：“大人真是我哥？……你穿着这身官服，实在不大像我哥……”

玉麟拉着弟弟的手，说：“我真是你哥，过去二十年了，我老了……你也变了，与当年的相貌不一样了，我差点认不出你……也算老天爷有眼，哥没有战死疆场，还让我们兄弟在这里团聚，这是大幸啊！”

两人眼眶都湿润了，激动得手都抖起来。

玉麟干脆不去找曾国藩了，拉着弟弟转身朝江边走，说：“我住在船上，你在我的船上住一段时间，咱们好好叙叙旧。”

兄弟俩走到江边的船上，玉麒看了看船里的陈设，惊讶地问：“哥，你长期住在这里？不是说你是湘军水师的统帅吗？……”

“这地方好啊，哥在这船里一住就是十多年呢，习惯了。”玉麟笑笑。

玉麒感叹道：“外面的人都说，湘军帮朝廷打了胜仗，个个都发财了，原来是胡说八道……哥，我一个生意人，住的地方都比你这里好许多，你这官当得有些寒酸了吧？”

玉麟笑了一下，说：“你们商人喜欢讲排场，我们当兵的会打仗就行。”

吃饭时，桌上只有四个菜，除了一碗辣椒炒肉，其余都是蔬菜。兄弟俩都会喝酒，喝了一杯又一杯，最后连下酒菜也没了。

饭后，老军士看到玉麒对伙食不满意，趁着彭玉麟走开，解释说："招待不周，实在对不起啊，大人对伙食有严格的规定，只有客人来了才可以吃肉，平时只能吃蔬菜的。"

玉麒说："这统帅也当得太不值了，清汤寡水的……你们也应当关心彭大人的身体才对，打仗既是力气活，还是动脑筋的事，不吃好一点，身体支撑不了，你们要想方设法破了他的例呀！"

老军士说："什么办法都想了，好几次大人发起大火，说要把我们斩了……谁也拗不过他。"

夜里，兄弟俩在一张床上睡下，聊起离别后的家常事，玉麒说了在外谋生的种种挫折和苦难，玉麟说了家庭的各种变故，外婆、母亲和竹宾姨先后离世，以及从军打仗的艰苦和凶险。谈起从前父亲逝世时的艰难处境，玉麒被人撞下池塘又被人救起的心酸，大旱之年母亲领着他们兄弟满山满岭寻找野菜充饥的绝望……兄弟俩感慨万千。

在远离故乡的船上，在涛声滚滚的大江上，兄弟俩一夜无眠。

玉麟睡不着觉，便爬出被窝，拿起毛笔在灯下写起诗来——

贼平后，喜少皋胞弟归来

雁序分飞二十年，中间踪迹两茫然。
池塘春草添新梦，伯仲埙篪续旧缘。
秦岭路因烽火隔，秣陵月为弟兄圆。
鹡鸰往事伤回首，话到酸辛泪自涟。

第二天，玉麒实在待不下去了，要住到城里的客栈去。玉麟理解弟弟过不惯军营生活，便依了他。

过了几天，他去客栈见弟弟，闻到一股刺鼻的鸦片味，屋里烟雾缭绕。玉麟怒从心起，立即叫身边的亲兵把彭玉麒五花大绑，带回他的座船，捆在桅杆上。

玉麒喊道："哥，我不远万里来金陵与你团聚，你为何这样对待我？我不是长毛啊！"

玉麟瞪着眼问弟弟："你在客栈里吸什么？"

玉麒也不隐瞒，说："吸了几口鸦片……"

玉麟大吼一声："混蛋……来人！军棍伺候！给我狠狠打二十军棍！"

几个亲兵上前扭住了彭玉麒。

玉麒说："哥，我不就是吸了几口鸦片吗？"

玉麟勃然大怒："说得如此轻巧，吸几口鸦片？你知道不？吸食鸦片，害己害家害国，有千害而无一利。我们有军规，凡是吸食鸦片者，打二十军棍，开除回家。"

玉麒争辩道："可我不是你的士兵，这军规不适用于我！"

玉麟觉得他说的也有些道理，说："那好吧，那么行我彭氏族法，拿一把竹枝来，把他的衣服脱光，让我用竹枝来抽！"

可是船上找不到竹枝。

玉麒又找到借口，说："行家法要到彭家祠堂去！"

玉麟气急了，狠狠地说："父母不在，长兄为父，长嫂为母。今天，我就要行家法……动手，打十五军棍！给我狠狠地打！"

亲兵把彭玉麒按倒在一条长凳上，抡起军棍来，打得他哇哇大叫。

其实亲兵都知道这是雪帅的弟弟，哪里会实实在在地打，军棍举得很高，落下来却并不重。

打完了，玉麟吩咐亲兵将玉麒绑回桅杆上，不给饭吃，不给水喝。

彭玉麒哪里经受得起，到了次日黄昏时分，便昏倒在桅杆下……

二　与曾国藩谈国事家事，唏嘘久之

玉麟听说弟弟昏死过去，走向前去，捏了一下他的人中，玉麒睁开眼睛，望着玉麟，用很细微的声音求饶："哥，弟弟知道错了，我吸鸦片的时间不长，我一定要……戒，就是死……也要戒了，不然，对不起祖宗，也对不起哥……哥，你放了我吧，我不会再犯了……"说着说着，流出了悔恨的眼泪。

玉麟也意识到这样对待前来团聚的弟弟太苛刻，见弟弟有了改悔之意，低声说：“你有悔意就好，以后霸蛮也要戒除。不然，我不会放过你的。”

玉麒点头称是。

玉麟命亲兵解绑，又和弟弟细说起往事，彭魁如何欺负他家，如何置玉麒于死地而后快，说得兄弟俩再一次流下泪水。第二天，玉麟令亲兵送彭玉麒回客栈，说过几天再去看他。

这时有士卒前来禀报，曾国藩要在座船上与他议事。玉麟二话没说，吩咐亲兵划船前往江心。

江面辽阔，无风无浪，远远近近亮起渔火，与城里的灯火交相辉映，和几个月前的战时景象迥然不同。

玉麟上船后，发现除了一些亲兵，没有别的将领在座。曾国藩备了几壶酒，两人面对面坐着，随意地喝酒聊天。

曾国藩说：“雪琴啊，今天请你来，只是想和你随便聊聊，没有什么特别要紧的事情。”

玉麟点点头，放松了心情。

这时，一轮明月从江边升起，江面顿时成了一面擦得一尘不染的明镜，古城、渔船、村落都成了江水中影影绰绰的光与影……

玉麟又想起《春江花月夜》：春江潮水连海平，海上明月共潮生……

曾国藩说：“收复金陵后，我们打扫战场，恢复金陵原貌，人们开始正常的生活。可是，雪琴你知道现在大家怎样谈论我们湘军吗？”

玉麟答道：“我整日在船里，听见的是风声浪声，没有听到人们的议论。”

曾国藩脸上现出忧愁的神态，说：“现在谣言四起，有人说我们在金陵城里烧杀抢掠，军纪松懈，滥杀无辜，连老人小孩都不放过，不仅烧了洪秀全的天王府，还把老百姓的房子全烧了，整整烧了七七四十九天。说得更奇的是，我们抢了不知多少金银财宝，装了几千几百条船，全往湖南运，往衡州运，尤其是往荷叶塘运……湖南佬打下金陵城，已经富得流油了！”

玉麟其实也听到不少议论，说：“哪有说的这么严重呢，有些人造谣生事，唯恐天下不乱。攻取一座城，枪炮不长眼睛，伤及无辜也是难以避免的。”

曾国藩说：“外面人乱说还可谅解，湘军内部也有人向朝廷乱上奏章。左宗棠是自己人吧，竟然上疏朝廷，说吉字营有重大失误，让幼天王逃走了……这是我万万没有想到的。”

江上起风了，船轻轻晃动起来。

玉麟说：“当初大人在左大人蒙难时，是怎样营救他啊，又是怎样提携他啊，他怎会如此不近人情？”

“雪琴，你可能不知道，朝廷不放心我们，一次又一次往金陵城派人来监视我们，怕我们有不义之举。还在城周围布下重兵，提防着我们呢。吉字营觉得朝廷不公，奖赏太轻，说话不算数，准备要起事……雪琴啊，你说说，这情况有多复杂！”曾国藩压低声音道。

玉麟说：“夫子大人，这事得赶快处置。不然，会出大乱子！”

江上有些昏暗，原来月亮被暮云遮掩了。风在吹，涛声一阵又一阵。

曾国藩看着玉麟说：“雪琴，你也不是外人，我准备这样应对现在的局面：第一，向朝廷上疏，自剪羽翼，将湘军人马裁去三分之二；第二，国荃立非常之功勋而疑谤交集，我要他辞去浙江巡抚职回家养病，他身体本来就不好，是时候好好养一养身子了，他不抛头露面，也许能减少人们对他的妒忌和愤怒；第三，对左大人的所作所为，我要回击一下，我会上疏皇上，指出左宗棠在苏州围城之战时也有长毛漏网和突围而出的情况……我们内部互咬，也许朝廷会更放心。”

玉麟点头称赞道：“大人这样做，是从全局思虑的，是为自己更是为朝廷着想。”

曾国藩紧盯着彭玉麟，说：“陆军要大大减少，有些营甚至要全部解散。但是，我告诉你，雪琴，你的水师不能减少！”

玉麟不解：“这是为何？”

曾国藩解释道：“这水师，是我与你，还有杨岳斌一起创建的，是湘军中的精英，为湘军一路东下、剿灭长毛立下了汗马功劳。保留水师，守住长江，其实是为大清守住南面的江山，朝廷应当会明白我的良苦用心。”

玉麟把自己的心事说了出来：“保留水师的确有必要，是为大清江山社稷布下一枚棋子。夫子大人，但我无论如何也要解甲归田了……大人，我只适合打仗，不适合官场，官场错综复杂，我不会处理那些关系。现在仗基本打完了，我真的要回渣江了。”

曾国藩表示理解："前些日子我就说过了，我和你一样，想回到荷叶塘去，我说话算话，一定让你如愿以偿。"

玉麟立即向夫子叩头，说："知我者，恩师也。"

曾国藩又严肃起来，说："也别高兴得太早了啊，我是有条件的——杨岳斌离开水师去当陕甘总督了，你也要离开水师，我也准备回荷叶塘，那这水师交给谁呀？谁是靠得住的人？我们离开之前，一定要给水师立下一个规章制度，让接手的人有章可依，才不会乱套，也算我们为水师作最后的贡献吧。水师继续存在，对我们来说也有一个念想。你不会拒绝我的意见吧？"

玉麟答道："既然夫子大人这么说，那我只好遵命了。"

两人举杯喝起了酒。

这时，江面又明亮起来，原来一阵夜风吹来，把满天的阴云都吹散了，深蓝如镜的天幕上，月亮像一件又大又圆、精美光亮的瓷器悬在半空，江上银光闪闪。

玉麟见景生情："我和夫子大人命大，有了一个好的归宿，罗、塔、二李，夏、褚、陈，还有胡大人……都没能见到今天呢。"

曾国藩也感慨起来："是啊，我们吃了不少苦啊，好几次离死神只差一步之遥……雪琴，那天我看你身上红一块紫一块，全是炮子留下的伤痕，你也是九死一生呢……"

玉麟见夫子大人今天特别伤感，立即打住话头，说："我们也别伤感了，东坡先生早就说了，只有江上之清风和山间之明月，才是永恒的存在……大人，我们一起对着清风明月喝酒吧。"

三　朝廷任玉麟为漕运总督，他再三辞谢

曾国藩果真按照自己的设想行动起来，他首先让曾国荃以重病在身为由，请求皇上开缺浙江巡抚官职，恩准其回家养病。皇上很快恩准，曾国荃满腹忧愁，带上几个亲兵，准备回荷叶塘。

曾国藩带着诸多将领去送别，曾国藩安慰道："九弟立下这么大的功勋，还能平平安安回归故乡，这真是祖宗之余荫，全家之福泽也。"玉麟也在送行之列，心中十分感慨，"鸟尽弓藏，兔死狗烹"道出了古今名将共同的宿命。

接下来，曾国藩上疏朝廷请求裁撤湘军，也很快得到批准。于是，曾大帅开始大刀阔斧地裁军，湘军近二十万人马，只保留三万。其中彭、杨的水师保留大部，吉字营保留十六个营八千人，霆军留下八个营四千人，其余张运兰的老湘营，萧启江的果字营、正字营，还有李续宜旧部全部裁撤，淮扬、宁国、太湖三个水师各留一千人，其余统统回原籍。这种大裁撤难度很大，士兵只要欠饷能够发放，一般乐意回去，但有些将领回去原籍意味着丧失军权，于是心存抵触，曾国藩吩咐玉麟协助他协调、弹压。

当裁撤之事终于到了尾声，曾国藩又命玉麟对长江水师进行改制。原来这湘军不属于大清朝的正规军，称不上“国军”，军费基本上是自筹，兵部不拨发军费，这十多万人马是清军的“编外人员”。讽刺的是，这一支编外部队剿灭了正规军没能剿灭的太平军，解决了朝廷的心头之患。现在只剩下三万人，如果还不让他们“转正”，无论如何也说不过去了。于是，彭玉麟率领的水师开始转制为“国军”。转制工作复杂琐碎，千头万绪，把他忙得焦头烂额。

忙碌中，朝廷的上谕传来，命彭玉麟去署理漕运总督。

所谓漕运，就是把各省征收的粮食用船装载着，顺运河运输到京城去。漕运总督掌管鲁、豫、苏、皖、浙、赣、湘、鄂八省漕政，这八省及直隶省的文武官员中凡有漕务职掌者，都归漕运总督管辖。咸丰十年后，漕运总督又兼江南河道事务，是一个实权很大的职位。稍一放松，贿赂之银便会源源不断送上门来，是许多官员垂涎欲滴的肥缺。同僚们纷纷向玉麟表示祝贺。可是，玉麟一点兴趣也没有。

这天晚上，他就给皇上上疏，表示不愿接受漕运总督的职务：

伏查东南转漕，关系国计甚巨。军兴以来，河运久停，现幸军务将竣，自须规复旧制。本年漕臣吴棠试办河运三万石，似因实创，颇费经营。此后通筹全局，重立新章。全改海运，既无成案之可循；尽复河运，又无粮船之可用。督抚虽各任其责，漕臣实总揽其纲。臣于斯事全无谙究，何可冒昧尝试，贻误京储。此臣之不敢受命者一也。

臣于咸丰十一年蒙恩简任安徽巡抚，自揣才力难胜封疆之任，三次具疏力辞，仰荷圣慈垂察，改补今职。彼时粤逆鸱张，苗练、捻匪交相构煽，皖江南北有岌岌不可终日之势。臣方专力水师，其艰难与皖抚相等，区区愚忱，既为皇上优容，亦为天下共谅。以目前情形而论，漕臣责任虽重，较之十一年之安徽巡抚，则有劳逸之别、难易之分。若辞皖抚于昔年而任漕督于今日，未免辞劳而就逸、舍难而就易，既变易乎初心，恐贻讥于物议。此臣之不敢受命者二也。

臣本有失血之症，军中时时举发，久居水次，积受风湿，遍身筋骨疼痛，右手、右足悉作麻木。近来心血过亏，逐渐加甚，早欲以疾上陈。惟新设长江水师，上自岳州，下至崇明，相隔四千余里，中间设汛分官，事事始创。两江督臣曾国藩以臣久领水师，于风涛沙水之异宜、江面港汊之歧出，较为谙习，屡属拟立章程，无可推诿。顷于舟中篝灯属稿，凝思稍久，即觉心摇摇不能自主。执笔在手，偶一停顿，心手不能贯注，往往笔落于几而不知。自讶蒲柳早衰，万难再膺重任。此臣之不敢受命者三也。

综此数端，踌躇万状，惟有仰求皇上天恩，另行简员署理漕运总督，俾臣得稍安愚拙之分，不胜幸甚。

写到这里，弟弟玉麒来看他了。原来玉麒也听说了哥哥当上漕运总督一事，他问道："哥，我听说了你的大喜讯，你升为漕运总督了，真是光宗耀祖了啊！"

"是的，但我不愿接受，我正在写辞官的奏折。"

"哥，你傻不傻啊，我听说这个漕运总督，是个有实权的大肥缺，别人争都争不来，你还不要啊？"

"玉麒，你是在以商人的眼光看事情。我经历的事情比你多，真正想通了，我不要官，不要钱，打起仗来也不要命。我要回渣江去，什么都不要了。"

玉麒见不能说服哥哥，摇摇头，划着船走了。

玉麟拿起笔来，又在奏折后添了一段话：

抑臣更有请者，臣久失怙恃，终鲜兄弟，本无妻子室家之恋，兼少期功强近之亲。祖宗丘墓，祭扫阙如，抱恨在心，时时隐痛。早拟俟营中安置稍妥，乞身修墓结庐其旁，稍赎十余年罪疚。前此金陵未克，不敢顾及私家。去秋大功粗蒇，亟欲上陈，而恩施稠迭有加无已，欲固辞则迹涉矫情，既拜命则又不敢遽作陈情之请。且彼时杨岳斌、曾国荃、鲍超相继远离，与督臣始终兵事者只臣一人，金陵新复，裁撤各营不能不帮同弹压，是以未敢恝然引去。今幸江南诸事均有头绪，长江水师已由臣粗立条目，即可与沿江各督抚会同具奏。微臣身在行间，滥厕卿贰，揆之于心，更有未安。惟有再乞天恩，俯准开兵部侍郎本缺。臣亦不敢遽作归计，容将营中之事料理清楚，再行具折请旨回籍。此后有生之年，皆出皇帝之赐，臣不敢轻率从事，亦非敢矫激鸣高。

玉麟写完后，叹了一口气，如释重负。夜深了，江上很静。今夜的长江流水，无语东去。

次日，玉麒来辞行，说准备回衡州老家看看。玉麟坐船送他，玉麒说这年头生意越来越难做了。玉麟说："我们水师也在做食盐生意，赚点钱做军费。"玉麒说："那哥哥一定认识不少盐商，望兄引荐一下，我也去做食盐生意，说不定会方便许多。"

玉麟答应替他引荐，叮嘱他不能违法，也不能囤货居奇，哄抬价格，玉麒点头答应。

四　玉麟一时激愤，写信劝曾国藩大义灭亲

玉麟坐在座船上，双眉紧锁，心事重重。江面上烟水茫茫，云雾沉浮，一片混沌，好像在酝酿着什么。需要绵绵不绝的万里长风，才能吹散这一切。

数月过去，社会上对湘军的谩骂并没有因湘军裁撤和曾国荃回乡而停歇，反而越来越凶。

在玉麟看来，滥杀无辜在所难免。湘军攻九江、打安庆、夺天京都带有屠城的性质。曾国藩在曾国荃攻城时，曾致信鼓励他"多杀"，不要讲"假仁义"。胡林翼在世时，理念也完全相同，他说"非霹雳手段，不显菩萨心肠"。曾国荃、李续宾、鲍超是屠城的执行者，彭玉麟也认为对太平军就该斩尽杀绝，不留后患。围困几年后还坚守在城里的是什么人？是和朝廷作对的人，是最凶悍的敌人。战争残酷无情，太平军攻全州时不也屠城了吗？

天王府被太平军自己烧了，圣库早已空虚，没有太多财物。虽然曾国荃贴了布告，严禁抢掠财物，但没有严格执行，他没能管住自己的士卒。抢夺之事的确存在，彭玉麟的水师据守长江水域，亲眼看见吉字营士卒用船装载抢夺之物运往

湖南，这种事甚至到现在还时有发生。

攻夺金陵，吉字营是主攻，水师是助攻。攻克金陵后，吉字营得意忘形，不把水师放在眼里。他们进城抢夺财物，不以为耻，反以为荣，招摇过市，时不时向水师战士炫耀："这是我们的战利品！是我们从长毛那里夺来的！"

水师营弥漫着怨天尤人的气氛。玉麟知道水师将士对吉字营的人怀恨在心！这种情绪极为危险，如不化解，极易酿成水陆二营的冲突。更糟糕的是，这种情绪也影响了他自己。

这时，一队士卒押着一个人争吵着走来，走在最前面的一个哨长禀报说："大人，抓到一个家伙，口出狂言，颠倒黑白，污蔑我水师，请大人批准就地正法！"

玉麟坐着没动，冷冷地看着那个被绑的人，示意手下给他松绑。见松了绑，玉麟才开口道："你说了水师哪些坏话？"

那人并不畏惧，看了彭玉麟一眼，嘴角动了一下，却没有说出话来。

哨长说话了："他租了一只小船，装上抢来的东西，我们奉大人之命去检查，他不愿意接受检查，说他是吉字营的，为朝廷立下了大功，扬言谁敢检查他的船。"

玉麟问道："船上装的是何物？"

哨长禀报："其实也不是什么值钱的东西，一些瓶瓶罐罐，还有一些木器，比如雕花窗户什么的。因为没有公文证明，我们没收了。"

玉麟对哨长说："做得对。我昨天下令检查从金陵上行的船，凡士卒没有持公文证明的，都要扣押船只，没收财物！"

哨长又补上几句："我们说你们吉字营抢的东西也太多了吧，往湖南运了几个月了，还没运完啊！你们吉字营也是贼，抢东西的贼！他听了后，大骂我们水师！"

玉麟瞪大了双眼："他说什么了？"

哨长说："他说我们水师也是贼，他说……他听说我们水师也进城抢了许多财物。"

玉麟站起来，走到那人面前，问："你叫什么名字？"

那人回答说："柳寿田。"

玉麟又问："是吉字营的？"

那人点了一下头。

玉麟问道："你听说我们水师也抢了许多财物，是哪只耳朵听到的？"

那人没有回答。

玉麟怒道："柳寿田造谣生事，污蔑水师，我要狠狠地惩罚你！"也许因为少年时被贪财的族叔欺凌，玉麟向来最恨贪财之人和抢夺财物之人。在他的水师里，贪财之人往往会受到严惩，所以几乎没有抢夺财物之现象。

玉麟下令："把柳寿田的左耳给我割下来！"

亲兵立即上前，把柳寿田的左耳割了下来。柳寿田用手捂住还在滴血的伤口大喊大叫："好啊好啊，敢割我耳朵！你们知道我是谁吗？曾大帅是我堂姑父，我是他的堂内侄！我要去总督府告你们！"

玉麟更来气了："好啊！你还拿曾大帅来压我？来人，再给我打二十军棍！"

亲兵按住柳寿田，一阵猛打。

柳寿田吃了二十军棍，浑身颤抖。玉麟问他："还去城里告状吗？"

柳寿田说："不敢了。"他知道再与彭玉麟斗下去，只怕性命难保。

玉麟叫哨长把他放了，没收了他船上的东西充公。

这天夜里，玉麟余怒未消，给曾国藩写了一封长信，汇报了柳寿田的事，同时劝他大义灭亲。理由是曾国荃放纵吉字营肆意抢掠财物，严重损害了湘军的社会形象，朝野骂声一片，建议曾国藩杀掉曾国荃，堵住天下人的嘴，保住湘军的声望。

第二天上午便派人将信送到总督府去了。

信送走之后，他冷静下来，后悔了，自己态度过激，言语失度，犯了一个大错。他想追回那封信，但已经晚了。

劝曾国藩杀掉他为国立了大功的弟弟曾国荃，多么荒唐！

而且，咸丰十一年，因为军饷之争，玉麟也曾劝曾国藩杀了曾国荃。那一次夫子大人就没有回信，那是用沉默回击呢。可是，玉麟的偏激与冲动，让他第二次犯错！

想想吧，曾国荃为朝廷攻取了吉安、景德镇、安庆和金陵，功高劳苦，名震天下，皇上皇太后都要高看他三分。

再说，自己把曾大人看作老师、朋友，为什么要劝他杀自己的弟弟？手足之情，血浓于水啊，这不是离间亲情、不仁不义吗？这是对先生不尊，也是对朋友不义啊！我怎么这么糊涂，做这样的事情呢？玉麟开始反省自己。

自己对曾国荃是有看法。比如，无论是军饷，还是武器弹药，总是先满足他的吉字营，剩下的才是水师的。最让玉麟不满的是，攻金陵之前，曾国荃回湖南招兵，不但招收陆营，还要招收八个水师营，这不是要踢开彭玉麟的水师，另起锅灶吗？要不是夫子大人极力阻止，曾国荃就有自己的水师部队了。但不管怎么说，他和曾国荃并没有根本的对立，打安庆也好，攻金陵也好，他们相互配合，没有相互拆台的事情发生。为什么自己要劝夫子大人杀掉他呢，实在是偏激、冲动、不理性啊！

他这时才醒悟自己对柳寿田的处罚太残忍，太不近人情！不就是说了水师几句坏话吗，为什么要割掉人家的左耳朵？还让他吃二十军棍？太过分了！

这一天，玉麟坐立不安，不知所措。

等了三天，等来了曾国藩的回信。夫子大人果然大怒，以前所未有的严厉言辞斥责了玉麟。信上说：

……此等举动，若他人施之阁下，阁下能受之乎？阁下于咸丰十一年冬间及此次皆劝鄙人大义灭亲。舍弟并无管、蔡叛逆之迹，不知何以应诛？不知舍弟何处开罪于阁下，恨之如此？……

玉麟意识到自己的错误，立即前往总督府，跪在曾国藩面前，深刻地检讨自己，承认错误，并保证以后一定和曾国荃加强沟通，深化感情。

曾国藩知道彭玉麟刚直、坦荡的个性，知道他是一时冲动，一时褊急，说出了自己偶然的想法而已。既然他反省了自己，认识到错误，也就谅解了他。

后来曾国藩再没有提起此事，也没有把此事放在心上，曾国荃也没有计较此事，好像这件事从来没有发生过。

曾国藩后来和赵烈文几次谈起彭玉麟，说他是光明磊落之人，虽受了曾国荃、杨岳斌很多气，却从不计较。又说彭玉麟表面上有点不近人情，不好说话，其实和他深交，会发现他是最好说话的人。

五　让湘军水师成为“国军”，精心制定规章

半个多月前，玉麟向朝廷辞任漕运总督，今日接到兵部转来的文件，他的辞任奏折原件被退了回来，并批有军机大臣的奉旨上谕：“仍着迅赴署任，毋庸固辞。”朝廷没有恩准他的辞官要求，反而要他立即赴任。

考量再三，玉麟再上奏折，二辞漕运总督。他在奏折里讲了两点理由：一是他的辞官是真诚的，以前朝廷封他的官，他一直没有赴任；朝廷给的养廉银，他也一直没有领。二是自己身体不行，打仗时多处受伤，常常咯血，加上“褊急之性，迂愚之识”，无法胜任漕运总督之职，请朝廷另行安排。同时再次请求开缺兵部侍郎职，让他以闲员效力军中，料理长江水师善后应办事宜。奏折写好后，派人送去金陵城，让曾国藩拜发。

曾国藩听说玉麟患病，想着应是江上湿气太重所致，派人把他接到金陵城两江总督府住下。曾国藩常去他的住处，一起讨论水师善后事宜。

曾国藩说：“这长江水师的首领就叫长江水师提督吧，最好由黄翼升来担任。提督衙署设太平府，这江南太平府河，外通江，内通湖，是建衙署最合适的地方。”

玉麟表示赞同，又补充说：“长江数千里，仅在太平府设立提督衙署，恐鞭长莫及、照料难周，应在湖南岳州再建一个行署，让长江提督半年住下游，半年住上游，能更好地了解情况，掌控全局。”

曾国藩赞叹道：“好主意！这长江要设立六标（六个营地），由一提督五总兵加以管理。提督驻扎太平府，管辖提标五个营；岳州设立一个总兵，管辖镇标四个营；汉阳设立一个总兵，管辖镇标四个营；湖口设立一个总兵，管辖镇标四个营；瓜洲设立一个总兵，管辖镇标四个营；狼山镇设立一个总兵，管辖镇标二营，共二十三营吧。”

玉麟认为这布局非常合理，兼顾各处。但想了想，又建议道：“湖口甚为特殊，应增设一个营，那么总数就是二十四营了。”

曾国藩表示同意：“甚好，但长江水师除了管控长江，沿江一些湖泊和支流该怎么管理呢？”

玉麟沉思了一会，说：“长江水师只管理长江和沿江的重要湖泊，例如洞庭

湖和鄱阳湖，其余各支流由当地各省管辖，他们也可派兵驻守。如我们湖南，洞庭湖和长江由长江水师管辖，湘资沅澧四水由湖南省管辖。”

…………

两人前前后后断断续续讨论了十来天。

玉麟在衙署里再也住不下去了，城里的生活不适合自己，这样住下去，自己的病反而会加重。也许，他属于江湖，属于战船，属于血与火的战场。他想起小时候与竹宾姨到江边玩，那个相貌怪异的老头说的八个字：临水而安，居水而兴。好像是一种预言，他是属于水的，离开了水他就要干涸。

曾国藩设法挽留玉麟，说：“雪琴，你身体不好，十多年来没有离开战船，在江上沾染了湿气。城里的房子干燥，你住上一段时间，有利于恢复健康，不要急着回到船上去嘛。”

心领了曾国藩的好意，玉麟解释道：“夫子大人有所不知，我是水命，离不开水，离开了水我的身体会更糟糕。”

次日，玉麟告别曾国藩，和亲兵回到江上，感到一种回到老家的温暖。

他为长江水师共写下三十条规定，一万多字。总的意思是会同曾国藩奏定长江水师营制：自荆、岳二州到上海崇明县五千余里长江江段，设提督一员，总兵五员，以六标分汛，营哨官七百九十八人，兵丁一万二千人，月饷、杂费每年需银子六十余万两，以长江厘税供支。

之后他又写了《长江水师营制》二十四条，派人送给曾国藩。曾国藩修改后，送朝廷批复执行。

把规章制度制定好后，玉麟长长吁了一口气。善后的事情终于处理妥当，今后按照这些制度执行就可以维持水师正常运转了。湘军水师与自己患难与共十多年，现在把它交给别人指挥，虽然是自己同意的，但总有一种失落和伤感挥之不去。

六　主张江防海防必须打成一片，目光高远

乌云滚滚而来，在天空中越积越厚，一道闪电划过，点燃了一个震天动地的雷霆，整个天空似乎一下炸成碎片。风成了雷霆的帮凶，肆无忌惮地扫荡着一切；雨借助风的巨大威势，击打着天地间的所有生灵。乌云、雷电、风雨成了世

界的主宰，任意地蹂躏一切……江上似乎是风雨重要的表演舞台，波涛汹涌，船只摇晃，雨一阵一阵从船篷上踏过，沉沉的脚步仿佛要踏碎人间幽梦……可是，仅仅一顿饭的工夫，乌云四散，太阳又从云缝中露出脸来，似乎带着嘲讽的神态注视着人间。江上恢复了平静，细碎的浪花银光闪闪，好像什么也不曾发生，江上的渔夫打鱼的打鱼，晒网的晒网，客船照常来来往往……

玉麟在船上想着江上刚刚发生的一切，百感交集。

人间社会的大事件与大自然的风雨雷电何其相似！洪、杨从广西金田兴起一场狂风暴雨，席卷整个南中国大地，多少财产在风雨中化为灰烬，多少家庭蒙受不幸和灾难，多少生命惨遭杀戮，可谓伏尸百万，流血千里。为了遏制这场风暴，湘军费尽九牛二虎之力。现在风暴终于过去，一切恢复正常，人们似乎很快忘记了血腥的过去。

由于湘军的崛起和强大，短期内应没有逆贼敢再兴风作浪，局势稳定，太平岁月似乎重新来临，所以人们把近年来的形势看作是“中兴”……这其实是一种错觉啊。内部的叛逆势力还没有完全退出历史舞台，而外部势力早已对我大清虎视眈眈，他们早在鸦片战争时就侵入我国，凭着船坚炮利，简直不把我们放在眼里。如果说，洪、杨是一群饿狼，那么英、俄、日、法等国就是一群张开血盆大口的虎豹，随时可能呼啸而来，使大清帝国再度陷入灾难的深渊。

长江水师主要控制长江流域，充其量只能在这些地方镇压老百姓的造反，能够抵挡得住英、法、美、日等国家的大军舰吗？我们战胜一群狼用了十多年，战胜一群虎豹要花多少时间和心力？近些年，我们和外国开战，几乎没有一次取胜，最终都签订了丧权辱国的条约，割地，赔款，输得一塌糊涂。

当年胡林翼在长江边看到外国的轮船在江上横冲直撞，不可一世，联想到大清帝国的木质战船是那样简陋，不堪一击，假如与外国交战，注定要以大量的血肉之躯作为代价，他一气之下，鲜血从嘴里喷涌而出，从此病情日益加重以致撒手人寰。胡林翼的担心，也是无数爱国志士心中的忧患啊！这么多年过去，他担心发生的事似乎正在逼人而来。

在玉麟看来，朝廷不能只关注这条数千里长的大江，更应该把目光投注到东部和南部辽阔的大海上去。控制长江重要，控制海洋更重要。在海上，同样需要一支强大的水师，有能力御敌于国门之外。而如今海防几乎是一片空白。

正想着，一位叫周寿山的朋友乘船来看他，说想去找曾国藩献计，让朝廷重视海防。

他的想法和玉麟的不谋而合，两人畅谈了一个晚上。但曾国藩前几天已离开金陵，赴扬州、上海巡视太湖水师、上海铁厂以及吴淞口、狼山、福山各防营去了。周寿山说无论如何都要去见曾国藩，请玉麟写一封信作为引荐，也请玉麟把加强海防、江防与海防并重的观点写出来，让自己带去给曾国藩看看。

把这个看法告诉曾国藩很有必要，曾国藩是皇太后、皇上最信任的封疆大臣，可谓一言九鼎。这种主张由他说出，很有可能被最高决策者采用，成为一项国策。于是玉麟立马研墨铺纸，写道：

……麟本拟防江必须防海，海防严则长江益固，江海打成一气，外侮自难兴患，此一定之理也。为国家计，长久似必宜如是。昨周寿山来，一片血忱，拟议两广、闽浙、燕台、天津海防打成一片，同心合作，此举实善，于国家实固金汤。惟深虑不得人维持。……

周寿山非常欣喜，拿上玉麟的引荐信，第二日便乘船前往上海。半月后，周寿山回信，说他找到曾国藩后，讲述了两人对海防的看法，曾国藩非常重视，答应上奏朝廷，并安排周寿山在上海的造船厂担任设计和管理人员。

两个多月后，玉麟又接到曾国藩从上海寄来的信函，命他前往上海。到了上海，曾国藩邀请他和周寿山乘坐上海船厂制造的第一艘轮船“恬吉号”，从上海一路航行到太平府的采石矶。玉麟大开眼界，这钢铁制造的船高大宽敞，不用人划桨，航行的速度快，大大地胜过木船！

曾国藩告诉他，要不了多久，数十只这样的船会接二连三地造出来。

玉麟愈发佩服夫子大人，他的思想走在别人前面，他自己进士出身，却不让儿子曾纪泽走科举之路，而是学习外文和西方的科学技术。他竭尽全力，开办安庆内军械所，创办洋务，以实际行动救国于水火，当世无人可比。

七　送曾国藩赴任直隶总督，郯城依依惜别

玉麟此前好几次上疏朝廷，请求开缺官职，回老家养病，为母亲补守三年丧制，朝廷都没有恩准。

既然没有别的途径与朝廷沟通，他只好不断地写奏折，以求打动皇太后、皇上以及军机大臣们。

或许是数封奏章起了作用，朝廷下达上谕，恩准彭玉麟开缺回籍。玉麟接到上谕，自然欢天喜地，立马开始准备回归故里。

但是，他高兴得太早了。

没过多久，又一道上谕下来，曾国藩调任直隶总督，两江总督由马新贻接任，新任长江水师提督黄翼升一人不足以掌控水师全局，命有丰富经验的彭玉麟百日内速赴江、皖，扼要驻扎，兼以养病。这等于否定了前一道上谕，玉麟回籍守制的事又泡汤了。

曾国藩从金陵出发，赴直隶总督任，他选择走水路，从长江登舟，再折入运河，沿运河一路北上。

已是腊月，天气阴暗，寒风吹得船篷呜呜地响。

二十多只船顺河鱼贯而上，倒也气派。最前方的船是曾国藩的亲兵船，负责开路。最后面的是由彭玉麟亲自率领的三只战船，护送曾国藩和他的家眷及幕僚。曾国藩本再三拒绝，但玉麟还是坚持护送。

再次去京城任职，朝廷已不是那时的朝廷，他也不再是那时的他，曾国藩心里有些不踏实，他还能适应京城里的官场气候吗？

消灭太平天国后，为了使朝廷对自己放心，他自剪羽翼，把三分之二的湘军将士打回原籍，九弟也回了荷叶塘。这才让朝廷相信他没有野心。

曾国藩长长地叹了一口气。风似乎小了，船行得很稳。

他感到旅途的寂寞，想与彭玉麟说说话，派人划船请他前来。

玉麟来了，两人一起喝着一壶热茶。

说了几句家常，曾国藩提出一个话题：湘军的将帅里，谁最厉害？

玉麟答道："真正统领大局的人才，自然是夫子大人，大人有自己的一套军事思想和策略，湘军能打败数倍于己的太平军，是夫子大人指挥下的结果。您与

历史上任何兵家相比都不逊色。其次应是左季高、胡润芝，李鸿章不能与左、胡相比。”

曾国藩微笑着说：“雪琴，你奉我为夫子，自然处处维护我，为我说好话。胡润芝文足安邦，武能御侮，调和诸将、掌控全局之才在我之上，无疑是帅才，可惜英年早逝……那么最会打仗的是谁呢？”

玉麟思虑一番后，答道：“湘军中会打仗的数不胜数，我们水师都有数十个。陆军中能打大仗的前期只有塔齐布和罗泽南，后期只有李续宾和九帅。这四位有勇有谋，塔齐布勇冠三军，谋略过人，可惜英年早逝；罗泽南料敌如神，敢打恶战，上马杀贼，下马读书；李续宾能攻能守，以少胜多，以弱胜强，打九江时展现了他的军事天才，可惜因为轻敌，几次分兵，孤军深入，铸成大错；真正的大将应是九帅，他既敢于打大战、恶战，又善于以奇制胜，围城打援，可谓围城如铁桶，攻城如雷霆。所以攻安庆打金陵，非九帅不能取胜也！至于鲍超与多隆阿也是将才，但不能与九帅相比。”

“雪琴你太谦虚了，怎么不提自己呢？”

玉麟笑着说：“我没有什么，只是不怕死，猛冲猛打而已。”

“是这样，又不是这样，你比他们更勇敢，你的智谋也不比他们逊色。四战武昌，三打湖口，二攻九江，直至最后攻克金陵，哪一次激战你没有参加？你和厚庵从衡州出发一直打到金陵，真真是忠心报国，居功至伟！”

玉麟觉得曾国藩的评价太高，说：“夫子大人过奖了，我哪有这么厉害？无论如何，我也不敢跟罗、塔比，和九帅差距更大。”

曾国藩说：“怎么不能比？你是身经百战、扫荡了五千里长江的人哪！”

玉麟知道这是夫子大人对自己的肯定，他想起湘军中数以百计善于指挥打仗的将领，说：“我们湘军的确有不少人才，夫子大人、左大人、李大人都是封疆大吏，还有不少人在全国各地也大多是掌控实权的角色。”

曾国藩点头称是，说：“这到底是好事，还是坏事呢？”

玉麟不明白：“怎么是坏事了？”

曾国藩说：“那天我和赵烈文说闲话，他的意思，救朝廷者国藩也，败朝廷者亦国藩也！”

玉麟感到太玄乎：“这败朝廷怎么说呢？”

曾国藩解释道："他比我们想得长远。他的意思是，我曾某灭长毛是救朝廷，在这期间大批湖湘人才涌现出来，朝廷开始重用湘军，改变了原来朝廷重用满人、少用汉人的格局，军政大权落入汉人之手，最终会给朝廷带来致命大患。"

玉麟大吃一惊，说："赵先生独具慧眼，不能说没有一点道理。"

曾国藩叹一口气说："如此讲来，我最终又是大清的罪人了。"

玉麟劝说道："大人是大清的功臣，怎么能说是罪人呢。即便如赵先生所说，那也不是您的本意。历史自有公论。至于今后的事，谁也无法猜测。"

曾国藩喝了一口茶，接着说："正是，我快花甲了，近年来常常手脚发麻，脑壳发晕，离大去之期不远了，何必想千秋万年之后的事呢。"

"夫子大人日夜为国事操劳，愿大人多多歇息，注意保养。"

曾国藩突然想起一件事来，说："雪琴，你在金陵也好些时候了，去过城北的鸡鸣寺吗？那里有很多梅树，前些日子我去的时候，梅花还没开，不过可以看到花骨朵了。那时我就想，如果雪琴来了，看见这些梅花，一定会兴奋不已。"

玉麟说："夫子大人替玉麟惦记着赏梅之事，对我的厚爱，可谓无微不至啊。"

"岁寒三友，松竹梅也。雪琴爱梅，我爱竹，润芝爱松。松本坚固，没想到爱松的润芝最先凋谢……"曾国藩说完，又深深叹了一口气。

玉麟一直送到山东郯城境内的红花埠，至此曾国藩坚持不要他再送了。临别时，玉麟想起以后相距千里，相聚不易，不禁流出眼泪。曾国藩亦感凄凉，依依不忍离别。

两人更没有想到这一别，竟是生死之别。

八　解除兵符，却留下白银六十万两

三个月前，因曾国藩调任直隶总督，朝廷恐新任长江水师提督黄翼升缺乏经验，遇事连个商量的人也没有，命彭玉麟暂缓回家，驻扎在长江重要地段，协助黄翼升。如今百天将满，新建水师人心渐定，玉麟终于可以回衡阳老家了。

眼看着离返乡的日子越来越近，玉麟越来越轻松、欢喜。

在离开自己亲手创建的水师之前，他做了三件重要的事：

首先，处理好剩余军费。自湘军水师控制长江以来，为了弥补军费的不足，经朝廷批准，水师在长江各个重要码头都设置了关卡，对来往商人的货物征收厘金（收税），收来的银子用于湘军军费。除此之外，湘军水师为筹集军费，还在做食盐生意。那时食盐是官办的，朝廷兵部没给湘军下拨军费，但每年给了许多盐票，水师用盐票换成食盐再去市场上卖，赚得不少钱。现在长毛已灭，厘金没收了，食盐生意还在做，不仅解决了军费开支，还有些积余。玉麟组织人员清理积余，把以前欠士兵的军饷全数发放，派人将阵亡战士的抚恤金送到烈士家中，该报销的项目报销，还剩下六十万两白银。

这是一笔巨大的财富，玉麟完全可以做点手脚，占为己有。

他手下的部分将领也眼巴巴地盯着这些银子，希望能分一杯羹。有的还在与玉麟的闲谈中说：我们为朝廷身经百战，在枪林弹雨中冲锋陷阵，图的是什么？不就是想回故里建几间房子，买几亩良田。玉麟很明白地告诉他们：为朝廷打仗卖命，朝廷都按月给了银子，立了战功的也给了奖励，还提升了官职，私分朝廷的银子万万不能，趁早断了这份心思吧。

他不贪分文，将这六十万两白银交给长江水师留作备用，与此同时，报告给皇太后、皇上和长江沿岸六省的总督及巡抚。

第二，他选了三十尊大炮送给衡州府，用于城防。衡州城位于长江上游，又在湘江中游，是前往两广和贵州的必经之地。太平军多次欲攻打衡州城，由于城墙坚固，加上血性的衡州人不怕死，众志成城，才没有得逞。可是衡州城没有守城的火炮。玉麟曾为水师购置了一批大炮，除了配送给长江水师各营外，还剩下不少。他挑选三十尊大炮送给衡州作防守用，这既有利于衡州百姓，也有利于朝廷江山社稷。再说了，衡州是湘军水师的创建之地，也是整个湘军的发祥地之一，湘军为朝廷苦战十多年，又为打败太平军立下了赫赫战功，因此，玉麟赠送衡州大炮的请求，朝廷很快批准了。彼时，王吉已成为江南狼山镇总兵，还没去上任，正准备请假回衡州修墓。玉麟便将三十尊大炮用船装好，派一队士兵护送，让王吉负责把大炮送交衡州府。

第三，向朝廷秘密上疏，推荐了几个人才。现已升为江南淮扬镇总兵的欧阳利见，胸有韬略，办事精细，还有升为浙江定海镇总兵的喻俊明、江南狼山镇总兵王吉，两人都跟从彭玉麟十多年，寸步未离，百战余生，胆识坚定，自己在水师能建立功绩，与他们两人鼎力相助密切相关。曾国藩在谈论水师将领时，也给予他们充分的肯定。另外，文官之中的云南迤东道蔡锦青、山海关道俊达，此二人器识闳通，干练精明，议论精卓，办事有创见，能一洗积弊。于是他向朝廷推荐了以上五人，请求皇上加以重用。

三件事做好之后，玉麟心里没了牵挂，他上交了兵符，准备启程归家。“以寒士始，以寒士终”，他的愿望终于可以实现了。

启程回家的那天，天气特别好。艳阳高照，辽阔的长江风平浪静。

玉麟带回家的只有三只船，还有几位护送他的老兵而已。船上空空荡荡，两只丹顶鹤时而在江上飞翔，时而落在船舷上啄自己的羽毛……

他坐在船上，一路吟着自己写的诗：

一纸封章达圣朝，喜将道服换金貂。
三千士散兵符解，十七年余鬓发凋。
梦里惊魂从此定，胸中积块应时消。
蒲帆半幅扁舟去，好与闲云野鹤交。

兵符谢后去来便，夜过姑苏不泊船。
大纛高牙轻弃掷，好山佳水任留连。
屠刀乍放难成佛，酒性多狂且学仙。
寄语梦松松下客，莫将疏懒怪彭钱。

未必谋生计果差，不劳人叹我无家。
泥沙金粉皆朝菌，华屋丘墟总暮鸦。
百岁几酣千日酒，一船满载四时花。
归装富丽谁如我，紫紫红红亦足夸。
…………

第十八章　养疴于衡州

回到老家渣江古镇，乡人劝他多置办房屋田产，彭玉麟一笑置之，只在湘江边盖了三间土房。南岳养病，他与一位诗僧吟诗作文，又一次遇上了那个神秘的女人……

一　在小姑山，是英雄夺美；在西湖，是英雄救美

玉麟没能顺利回到衡州。

回家的小船在长江上行驶了三日，他突然病了，口吐鲜血，不吃不喝，只得移船泊岸，在岸边小镇找了一位郎中。郎中开了几剂药，玉麟吃后有些好转。郎中是个老实人，对他说道："大人这病我无法治愈，大人可到杭州西湖去，那里有一位名医叫马培之，请他治疗，十天半月这病便能痊愈。"玉麟听了郎中的话，吩咐护送他的亲兵调转船头，往杭州开。

到了杭州，找到名医马培之，在他的治疗下，玉麟的病果然大有好转。但是马名医说，这并不是根治了，至少还要休养两三个月，才会大好。

西湖的风景绝妙，这天天气特好，玉麟和亲兵走出客栈游览西湖，走到一处名为"精舍第一楼"的地方，停住了脚，赞叹道："这楼阁虽不十分华丽，但后有青山，面向西湖，竹树掩映，溪声潺潺，真是神仙住的好地方！"

玉麟问楼阁的守门人这房子的主人是谁，原来这是名闻四百州的俞樾先生的讲学之处。玉麟对守门人说："烦请转告俞先生，曾国藩的弟子衡州彭玉麟想聆

听教诲。”

玉麟早就听曾国藩提过俞樾，说起时总是又赞叹又惋惜。

道光三十年庚戌科，俞樾中进士第十九名。而在此前的乡试中，他的表现尤为出色。那年乡试的诗题为“淡烟疏雨落花天”，俞樾作诗，首句即不凡，曰：“花落春仍在，天时尚艳阳。”当时的主考官曾国藩对首句很赏识，道：“此与‘将飞更作回风舞，已落犹成半面妆’相似，他日所至，未可量也！”而俞樾整首诗巧妙地摆脱了“落花悲伤”的套路，弘扬清廷坚守家国的主旋律。曾国藩将他的名次移列第一，俞樾对曾的识拔之恩感激涕零。但是，俞樾太书生气，不善应对官场，仅当了一任河南学政便被御史弹劾，削职归田。从此隐居江湖，授徒教书，著书立说。

很快，守门人告诉彭玉麟，先生只说了两个字——“快请！”

玉麟正要上楼，俞樾迎了出来，拱手行礼道：“久闻雪帅大名，今日得见，三生有幸！”

玉麟立即还礼道：“先生名满天下，曾去苏州一次，未能见到先生，不想在此拜会，实在荣幸之至。”

俞樾笑道：“听闻雪帅的水师已经改勇为标，正在整治之际，雪帅当日理万机，何有暇来此？”

玉麟答道：“先生有所不知，我已经交卸兵符，解甲归田。因身染疾病，正在此处疗治。刚才见此楼建得如此古雅，得知先生居此，故登门拜访。”

于是两人走进屋内，一起喝茶，说话也甚为投机。玉麟说起自己被曾国藩请出山后组建水师，从衡州出发与太平军一路激战，经历种种曲折与磨难，直至攻克金陵，听得俞樾张口入神；俞樾说起自己在乡试时因“花落春仍在”得到曾国藩的赏识，随后考中进士，为官不久遭到御史弹劾，被削职为民，永不叙用，只得教书为业，玉麟也听得感叹不已。两人一直说到太阳西坠才分别。

次日，玉麟又登门邀请俞樾一起游览西湖，俞樾欣然而从。游到三潭印月平桥的方池边，俞樾说：“此方池中原有一石刻美人，甚为美妙，可惜一风雨交加之夜，不知是人为还是雷电所致，美人坠入池旁的深谷之中，由于谷深岩险，石美人久陷谷底，无人相救！”

玉麟顺着俞樾手指的方向看去，只见一石美人头沉溪水，两脚搁在水边的岩石上。他想了想说："看来只有彭郎我才能救她出幽谷深水了！"

俞樾笑道："我听说过雪帅夺下小姑山的故事，还留下'十万貔貅齐奏凯，彭郎夺得小姑回'的美妙诗句。如果雪帅能将深谷中的美人打捞出来，那又将是一段风流佳话呢！"

也许俞樾只是说说而已，可玉麟却认起真来。次日，他叫来亲兵数人，在悬崖上支起三角木架，木架上架起滑轮，套上长长的绳子，垂向深谷。因为玉麟多次在江中打捞过东西，对此很有经验，他和几个军士从陡峭的石壁上拉着藤条小心地下到谷底，又吩咐军士用垂下来的绳子套住溪水中的石美人。然后自己从悬崖上爬上去，指挥下面的人使劲拉绳子，石美人慢慢离开溪水，徐徐往上升起，不停地晃动，远看就像一位美人在半空中荡秋千。众人齐心协力，石美人终于被拉上方池。

来看热闹的人成百上千，喝彩声响彻山谷，都夸彭玉麟创造了一个奇迹。

随后众人解开绳子，小心翼翼地把石美人搬到方池边，让她依然坐回原来的石头椅子上，然后用石灰粘住。那石美人栽在溪水里太久，沾染上不少青苔和泥巴，玉麟亲自动手，用布帕沾水把污物擦去，石美人又恢复了洁白清亮，如出浴后的美妇人一样水灵灵的，似乎比以前更好看了。

俞樾大喜，对玉麟说："雪帅，在小姑山，你是英雄夺美；在这西湖，你是英雄救美！"说完口占一诗曰：

西湖深谷伊人沉，彭郎老去更精神。
小姑夺得还如昨，又看西湖石美人。

玉麟听后朗声大笑，也吟出两首诗来——

寒潭秋潦菊花天，老去彭郎尚放颠。
扶得美人新出浴，腰肢无力戏秋千。

凌波仙子出湖滨，疑是黄初洛水神。
寄语小姑休妒嫉，未妨邢尹两夫人。

俞樾笑得前俯后仰，说：“没想到雪帅还挺风流，还想有两个夫人呢。”

在场的游人喧哗起来，个个争睹雪帅风采，纷纷赞他“既是英雄，又是诗人”。

俞樾觉得玉麟这人既有趣，又重情义。过了几天，对他说：“雪帅如果不嫌弃，就搬到我这精舍第一楼来住吧，我也好随时请教呢。”

玉麟推辞道：“该请教的应是我，我非常愿意来此和先生谈论学问，只是，我怕交不起房租。”

俞樾诚心相邀：“交房租的事好说，雪帅最擅画梅花，给我画一幅梅花抵作房租吧。”

玉麟大喜，说：“一幅梅花图就可以抵房租，我一定画！”

几天后，玉麟真的画了幅梅花图送给俞樾，同时笑着口占一绝：

鹊巢底事让鸠居，高踞楼头笑我粗。
寄语苕溪贤太史，梅花一幅当房租。

二　于湖口作诗，于洞庭葬鹤

玉麟在西湖精舍第一楼住了两个月，身体大有好转，便告别俞樾乘船回衡州老家。

溯江而上，倒也一路顺风。玉麟怕打扰沿途官府，在大城镇总不泊岸，而选择一些小镇泊船夜宿。但船到湖口，玉麟还是命随从移船泊岸，准备在湖口石钟山停留三日。

湖口在彭玉麟的生命中具有重要的意义，他在此处的时间最长，前后有七年之久，在周遭小战数十次，大战三次。第一次是咸丰四年，他本想一举攻占湖口，控制长江，不料大败而归，水师分为外江、内湖两部。第二次是三年之后，玉麟率内湖水师与杨载福的外江水师里应外合，夺取了石钟山和湖口县城，使长毛水师遭受毁灭性打击。第三次是攻安庆的时候，长毛趁湘军后方空虚，调兵袭击湖口，企图扰乱湘军后方。彭玉麟从安庆前线回师湖口，与敌军激战三昼夜，挫败了敌人的计划。除此之外，玉麟还在此留下了自己生活的印迹和一些风雅之事。夺取湖口后，曾国藩上疏朝廷，请求重修石钟山，让彭玉麟主持此事。朝廷恩准后，玉麟与当地官员筹集资金，重修了坚固的堡垒，新建了昭忠祠、报慈禅林、坡仙楼、浣香别墅、飞捷楼、六十本梅花寄舫、锁江亭等。

转眼八年过去了，湖口、石钟山、鄱阳湖有变化吗？乡亲父老的日子好过些了吗？

上了石钟山，玉麟发现故地有了一些新的变化，建筑还是那些建筑，但昭忠祠前自己亲手栽种的樟树已经长成大树，树影森森。六十本梅花寄舫四周种的梅树也成林了，自己题写的“云根”二字的墨迹也变淡了……

湖口县的县令、县衙里的官员，以及一些乡绅听说彭玉麟来了，立即赶来施礼、寒暄，热闹得让他受不了。

第二天，李成谋说要为湖口县写县志，请他提供一些资料和诗词歌赋，为县志添色。于是玉麟拒绝见客，躲在一间房子里写诗：

昭忠祠

祀曲褒崇庙貌尊，将军千载受君恩。
浔涛怒吼含鼍愤，蠡水悲鸣吊虎贲。
满地斜阳流战血，一天朗月照忠魂。
国殇终竟多吾楚，博得丹心万古存。

报慈禅林

为报慈恩建佛场，层楼飞阁尽辉煌。
参堂僧散钟鱼寂，扫院风来铁马忙。
识得英雄真面目，始知菩萨有心肠。
山中老衲疏闲惯，松火时煨紫芋香。

浣香别墅

别业千秋据浣香，入门浓翠滴幽篁。
闲云野鹤随来往，墨客骚人任主张。
树小花欹撑怪石，亭疏院敞补回廊。
栏杆十二良宵永，月影偷移过粉墙。
…………

写完诗，他同几个亲兵往鄱阳湖边走，走了里多路，看见一间低矮的房子，一个老婆婆在做事，走近一看，原来是刘四婆。玉麟喊道："四婆，还认识我吗？"

刘四婆抬头朝他看了半天，说："好像面熟，叫不出名字了。"

玉麟告诉她："我是彭玉麟。"

刘四婆还是没反应过来，一个亲兵提醒她："这是彭大人，曾经在这里打过长毛，还在你家里吃过饭呢。"

老婆婆终于想起来了："哦，彭大人，我认识你，你对乡亲蛮好的。"

玉麟问道："老人家，你儿子帮我们修筑工事时，被长毛的炮弹打死了，我们给你的抚恤金你收到没有？"

老婆婆说："收到了，但早就花光了。"

玉麟又问："现在怎么样？"

老婆婆哭丧着脸说："怎样？儿子被长毛打死后，老头伤心，一年后也走了。儿媳改嫁了。现在，我和小孙子一起过……"

玉麟悲从中来，说："老人家受苦了。"

他给了老婆婆五两银子，老婆婆跪在他面前，叩谢不已。玉麟拉起老婆婆，说："这是应该的。你儿子为朝廷牺牲了宝贵的生命，你应当受到照顾。"

告别刘四婆，玉麟一行又去了昭忠祠，在昭忠祠祭拜完阵亡的将士后，便离开了湖口。

在船上，他看到两只丹顶鹤不到中午就飞回船上了，原来是每天早上放出去，薄暮时分鹤才会从远处飞回来。仔细一看不对劲，年纪较大的雪羽萎靡不振。一种不祥的预感在心中升起，他急忙问道："雪羽，你怎么了？"

这雪羽跟随玉麟十多年了，和他朝夕相处，见证了他所经历的一切。

雪羽，你不要离开我呀，和我去湘江边，去蒸水边的小镇吧。我们不再过军旅生活了，我们一起慢慢度过余生吧！

这只病鹤静静地听着，眼神很悲伤。另一只健康的鹤也静静地听着，一边不时地点头，一边凄凉地看着同伴。

船向上游行驶，水花在船边开了又谢，谢了又开。

那只病鹤就在当天夜里，永远地闭上了眼睛。玉麟忍不住流下了伤心的泪水。

船又行了好些天，终于到达君山，泊船上岸，玉麟找来一块木板，动手做了一个长方形木盒，把死去的丹顶鹤的羽毛梳理得一丝不乱，然后放进木盒。次日，又划着小船在洞庭湖上找了大半天，找到鹤湖，在鹤湖的小岛上挖了一个坑，把木盒放了进去，又把木盒的盖打开，蹲下来对死去的丹顶鹤说："雪羽，我送你回来了。我是在这里遇上你的，这里才是你的故乡。我想你也和我一样，想落叶归根，谢谢你陪伴我这么多年，安息吧。"

说完重新盖上木盒盖，往坑里一把一把掩土，他要为它筑一座小小的坟。

犹记得当年初见的情景，阳光温柔，湖风轻起，雪羽为他优美地翩跹起舞……

三　回渣江，拒绝买房买田；去金兰，与老友游聚湖峰

玉麟终于在薄暮时分静悄悄地回到衡州的家，他不愿惊动衡州州府，不愿招摇过市。他的家实在不像一个家，于是他向朋友杨江租借来几间房子给他的原配邹氏和儿子居住，房子虽然还算宽敞，但毕竟是租借的，有点名不正言不顺的意味。

儿子二十多岁了，成亲的时候他正在打金陵，没能回来接受他们拜高堂。儿媳是他朋友常豫的女儿常筱琴，倒是与儿子很般配，现在已经生了两个孩子。儿媳让他们叫爷爷，孙子孙女一声声喊得他眉开眼笑。他将从金陵带回来的糖糕分给他们，然后左手搂一个，右手抱一个，两个孩子在爷爷的怀里吃糖吃得乐滋滋的，他也享受到几分天伦之乐。

邹氏也老了，有了皱纹和白发。他们夫妻亲切不起来。玉麟只和她不冷不热说了几句话，夜里两人也没有住到一间房里。

玉麟把同来的十几个军士都打发回家，只留下两个亲兵和一个会做饭的老军士在身边。次日，他乘着一只小船去了渣江。渣江人谁不认识彭玉麟？彭玉麟和长毛打仗的故事已经在渣江街上传得神乎其神。渣江沸腾起来，人们奔走相告，彭大人回来了！

许多渣江人闻讯，聚集在码头边来看他。

玉麟从渣江的码头上岸，并没有停留太久，径直回到老家。

老家更不像一个家了，房子前些年遭到土匪烧毁，早已倒塌，现在是一片野草萋萋的废墟。父母……兄弟……少年的故事恍若隔世……他站在废墟的草丛里发了半天的呆。没有想到，梦中的家园是如此萧条和冷清。

他去喊邻居家的人，也没有人出声。过了好久才从远处的房子里出来几个人，告诉他邻居早已去世。同屋场的人稀稀拉拉来到他身边，向他打招呼，和他说起这些年来村里人的情况，哪些人外出了，哪些人过世了，哪些人搬走了，以前欺压他的族叔也死了好多年了，他的后人也没有出息，都搬到外村去了……

晚饭是在一位少年时代和自己合得来的堂兄家吃的，现在他也是白发苍苍的老者了。得知彭玉麟解甲归田，劝他说："大人好歹是一个高官，高官必有厚禄，现在回到老家，多砌几栋房子，多买些田地，买上一两个小妾，该享福了。"

玉麟应付道："您说的自是正理，可哪有那么多银子呢。"

堂兄说："三年清知府，十万雪花银。你们湘军里那些官爷们，谁家不是高楼大厦、良田千顷？"

玉麟听得有些心烦，说："我和他们不一样……"故意把话题引开去……

在渣江老家只住了一夜，玉麟便去拜访常豫，两人现在成了亲家，又许久未见，想必有不少话说。

常豫所住的瑞芝堂古雅大气，建于道光年间，青砖墙体，屋垛有尖尖的角向上翘起。木柱是汉白玉石基，小青瓦屋面，琉璃瓦头。房屋三进六横，据说有一百多间房。另有藏书楼名"潭印阁"，藏书万卷，声名远播。屋后茂林修竹，屋前有口大水塘，水清如镜。不远处是蒸水河。

玉麟十八九岁时与常豫相识，来过几次瑞芝堂，那时候他父亲常大淳还在当官，家破人亡的悲剧还没有发生。那时，这栋房屋也显得富丽堂皇，气魄非凡。现在常豫虽然世袭了父亲的官职，却并没有去任职，只享受朝廷的一些特殊待遇。玉麟感觉这里不能与以前比了，有一股衰败气息。

二人相见，高兴得不得了。常豫不停地说着蒸湘大地发生的喜剧悲剧闹剧，玉麟则向他讲述自己在各处与长毛拼杀的细节，还回忆起常豫当年送他一把剑，介绍他到石鼓嘴求学之事，说得两人哈哈大笑，酒一杯接一杯，喝得面红耳赤，云里雾里，不知今夕何夕……

次日酒醒后，二人一起去爬聚湖峰。

聚湖峰离瑞芝堂只有四里路。相传以前并没有聚湖峰，只有一片白茫茫的大湖。东汉末期，黄巾军曾在湖边聚义，因武器不如官府精良，兵将不及官府之众，最终被一举镇压。出事当夜，湖水干涸，隆起一山包，天亮之前形成一座山峰，遍山都是兰草，一夜绽放，香飘百里。后来这长满兰草的山峰就被叫作聚湖峰。

二人沿着石板路来到聚湖峰半山腰的聚湖庵。

聚湖庵四周古木参天，翠竹森森，殿宇已相当破旧，常大淳当年亲笔题写的“时亮天功”横匾还挂在庵子正门上方。常豫和玉麟看后，都心生感慨。庵子里一位老僧认识常豫，与他俩打招呼，得知与常豫同来的是彭玉麟，纳头便拜，自愿为他们带路。

他们在庵里烧了几炷香后，便在老和尚的引领下参观庵侧的滴水崖。崖高达数百丈，崖下是清澈透底的小池，崖石上长着灵芝草，石壁缝隙长年有涓涓细流飞洒而下，水滴落地之声就像悠扬的琴声，悦耳动听。

聚湖庵以上的山路非常陡峭，阶梯用清一色的四方石板铺成，共一百级，人们称之为“百步云梯”。

尽管有“百步云梯”，登山仍不轻松。玉麟和常豫都是年过半百之人了，不得不于半途中歇息。可那位老和尚却健步如飞，直向山岭登去。

常豫笑着说：“大人昨夜说了夺小姑山的故事，那小姑山比这聚湖峰高吗？”

“要低矮一些，不过，因那四周甚为平坦，所以看起来显得高峻。”

玉麟坐在一块巨石上休息片刻，突然来了灵感，即兴吟出一首诗来：

解衣盘上聚湖峰，曲径羊肠有路通。
鸣琴水滴岩千尺，伴石亭修月半弓。
满坞白云封古寺，一轮红日伴疏钟。
最喜老僧双足健，飞登仙迹导游踪。

常豫赞道：“好诗，好诗啊！我记在心里，等一下我告诉老和尚，叫他刻在此处，将来也是一处古迹呢。你是大名人，人们读到你的诗，自然会说起你和我的故事，我就跟着你出名了呢。”

玉麟大笑：“那我们今天爬山之事也算是一段佳话。”

歇息之后，又经过一段时间攀爬，三人终于登上聚湖峰的最高峰真岭。站在绝岭之上，放眼望去，群峰遍布，莽莽苍苍。远处的蒸水像一条蓝色的飘带，萦绕在青峰翠岭之间。而脚下悬崖千丈，聚湖庵像几个瓶瓶罐罐掩映在绿树翠竹之中。

归途中，常豫把刻诗的想法告诉老和尚，老和尚连连点头称是。

回到聚湖庵，老和尚无论如何也要留彭、常二位在庵里吃一顿斋饭。席间，老和尚对玉麟说起庵子已经破烂不堪，实在需要重修了，由于缺少银子，想请彭大人资助。玉麟爽快地答应了，喜得老和尚屁颠屁颠的。

第二年冬，聚湖庵就修葺一新了。

四　祭祀父母，一片孝心；迁移尸骨，万千柔情

从瑞芝堂回到衡州城，玉麟动身去了趟城北关外七里井瓯架山，这里葬着他的外婆和母亲。咸丰三年，他正在此处为母亲守制，被曾国藩请去创建水师，没有守完孝，是他心中最大的遗憾，现在终于可以补上，也算是报答母恩，尽了自己的心意了。

转眼十六年过去了，外婆和母亲的坟上早已荒草丛生，栽下的梅树已经长得很高。太阳照着郁郁葱葱的树林和草地，虫子的叫声里夹杂着几声鸟语。岁月流

逝，多少人间悲剧演了又演，可这荒野似乎看不出岁月的沧桑。

玉麟一身孝服，头戴斗笠，脚穿草鞋，手里拿着柴刀和锄头，喊来两名亲兵帮忙。玉麟此时不再是水师的统帅，也不是朝廷的官员，只是一个守制的儿子。原来玉麟亲自开辟的一条通向墓地的小路已被柴草遮掩，于是他们重新开出一条新路来。

玉麟在母亲墓旁的草地上摆好下酒菜，烧完纸钱，俯伏在坟前，哭诉着说：

“娘，儿来祭拜您老了，儿子不孝，还没有守完制就离开您。十六年转战江湖，出生入死，也没有回家看过您一次。每年清明节，别人家儿子都能来上坟，可我却没时间来向您叩头，我真是不孝之子啊。”

“娘，我在惊涛骇浪中航行，在枪林弹雨中血战，好多战友战死疆场，儿虽三次受伤，但并无大碍，如今安全归来，是您在保佑我啊！”

“娘，从小您老人家教我精忠报国，我跟随曾大人创立水师，挥师东进，一路杀贼不停，多次立下战功，升为兵部侍郎。咸丰十一年，爹被朝廷封赠通奉大夫，娘您也被朝廷封赠夫人。这对儿子是一种安慰，也是您老的福德啊！”

“娘，我多次上疏皇上才得到批准，回籍养病，为您老补上未守完的三年孝，此乃儿子应尽的职责。”

随后，玉麟和亲兵从山上砍了几棵树，在墓旁又架起一座茅草棚子。他准备从次日开始来这里守坟。

这天，玉麟正在草棚里守坟，突然有一个年轻靓丽的女子从梅树下走来，对玉麟嫣然一笑。他似醉非醉，似梦非梦。那女子分明就是他的竹宾姨，他的梅姑！他迎了上去，想拉住她的手，想仔细地看看她，想和她说说心里话……可是竹宾已经转过身去，只留下一个颀长的背影……

他追上前去，离她很近，站在她身边说：“我什么事得罪你了？……”

“我孤苦伶仃在湘乡，你也不来看看我。你从前答应过你娘，说要把我的尸骨移过来，让我们团聚在一起……你忘得一干二净了吗……”女子哭了，哭得肩膀一耸一耸。

玉麟打断竹宾的话，争辩道：“没有啊，我什么事情都可以忘记，唯独不会忘记此事，我正准备等几天就去处理呢……”

可竹宾不听解释，哭着快步走了，转过一片树林，像风一样消失得无影无踪。

玉麟正要去追，突然感到迈不动步子，似乎被绳索捆住了。

他急出一身汗，睁开眼睛，原来自己睡在草棚里的木床上，所见的竹宾，不过是梦中的幻影。

次日，玉麟在母亲坟前念叨："娘，您临终前吩咐过，让我把竹宾姨的尸骨迁到您和外婆的墓旁，让你们三人在一起。因我跟随曾大人打长毛去了，事情耽搁了十多年。现在我回来了，有了闲暇，昨日竹宾姨又托梦来。我现在就去办理此事，过几天再来陪您老人家……"

玉麟叫上几个农夫，随自己去湘乡，找到荒山上竹宾的坟墓，那里衰草遍地。记得当年在坟前还可以望见远处的农舍，现在已看不到人烟。放眼望去，竹宾坟墓的四周，竟然看不到一座野坟，怪不得她在梦中说孤苦伶仃。

"竹宾姨，玉麟来给你迁坟了。其实早该迁了，玉麟该死，只顾打仗去了，让你久等了……明天，明天我就带你回家……"

他在坟前磕了几个头，吩咐农夫挖开坟墓。

棺木早已腐烂，竹宾没有了血肉，只剩下惨白的骨头。

这是他早就预料到的事情，但是亲眼所见还是骇然心惊。那么一个秀美聪慧、楚楚动人的姑娘如今就成了几块白骨，难道真如佛家所说，人生无常，如梦如幻吗？

他的心，冰凉冰凉。

他跳下坟坑，自己亲手将竹宾的白骨一块一块地拾起来，边拾边说："竹宾姨，今生今世，这是我能为你做的最后一件事了。"

他做得很仔细，就像当初为她洗身入殓一样，把拾起来的白骨装进事先准备好的一个白色棉布口袋里。在确认没有遗漏一块骨头之后，才把布袋放进买来的一口新棺材里。

他们一行又把棺材从湘乡运回衡州，葬到瓯架山上，葬在外婆和母亲身边，葬在玉麟早就栽下的梅树旁。

这一天天气特别好，和风煦日。

新的坟墓隆起后，玉麟对着三个坟堆磕头说："竹宾姨，你回来了，我的心也安了。"

五　与老友话旧，让族人收菜

还在守制的玉麟接到族长的通知，说彭氏族谱已经修好，定于七月半祭祀节发放，举行的祭祖活动请彭大人前往指导。于是玉麟又一次回了老家渣江。

玉麟在族兄家里落脚，坐了不到一个时辰，王闿运就来找他。老朋友相见，玉麟自然欣喜无比。

“壬秋兄，来得正好啊！”

王闿运嘿嘿大笑：“雪帅有所不知，我现在住在石门村，离这里只有半日的路程。”

玉麟说：“我知道，我还准备等几天去贵府拜访兄台。”

玉麟很欣赏这个一流的才子、一流的狂人。王闿运同治三年还来过金陵，那时湘军才打下金陵不久，曾国藩奏请在南京的江南贡院开乡试，把中断十二年的江南乡试延续起来。一时间江南士子纷纷涌向金陵。战后的金陵城残破不堪，加之当时湘军因为欠饷等问题，军纪松懈，引起江南士人不满。有些士人甚至表露出对湖南人的不敬，说：“湖南不过是南蛮之地，我们江南人才荟萃，文化深厚。不说别的，国朝举行的一百多届殿试中，共有一百一十四名状元，江南籍占了四十名，湖南占几个？”王闿运得知此事后，在自己的住处贴了一副对联：

吾道南来，原是濂溪一脉；
大江东去，无非湘水余波。

这副对联立意高远，大气磅礴，江南才子无法置辩，一时传遍江南江北，人们都夸王闿运是一代狂人、无双国士也。

但说归说，做归做，在金陵，没有谁重用王闿运，他只得回到湖南。游幕和仕宦的失意，使他决意隐居草莽。同治四年八月，王闿运由长沙迁至石门。他的住处前对道山，后临蒸水，屋宇宽敞，每日或荷锄移花，或临流拾菜，安行缓步，惬意得很。

玉麟说：“今天先生来此，一定有要事相告，请直说吧。”

王闿运笑着摇摇手，说：“哪有什么要事，好几年不见，想与你喝喝酒、叙叙旧而已。”

玉麟知道他说的是客套话：“我不信，壬秋兄是无事不登门的呢。”

王闿运也不再遮掩，说：“前不久见到曾大人的长公子曾纪泽，他让我为湘军写一部书，我碍于情面，答应下来。”

玉麟点点头，说：“此乃好事也，壬秋兄乃天下名士，湘军乃天下之雄师，用天下名士之笔写天下之雄师，不朽之文传不朽之事，岂有不流传千古之理？”

王闿运哈哈一笑：“雪帅，我们好歹也是朋友，你就别酸我了吧。我对湘军其实了解得并不多，只在曾大帅那里做过几天幕僚，让我怎么写湘军历史？说实话吧，我是想来听你讲湘军的故事。”

玉麟说：“我只知道水师的情况，对陆师不甚了解。那好吧，你留在这里住几天，我给你讲讲水师的故事，陆师那边你另找他人吧。”

于是，玉麟将水师从衡州打到金陵的战斗历程通通讲了个遍，讲了两三天，讲到祭祀节到来，彭氏家族举行祭祀活动，酒席摆了几十桌，敲锣打鼓放鞭炮好不热闹。玉麟把王闿运也请来吃酒，祠堂里坐满了人用餐。

第一道菜就让王闿运大吃一惊。那是一个很大的海碗，菜堆得高高的像一尊宝塔。香喷喷、热腾腾、色彩斑斓，虽是山间土菜，却也显得尊贵典雅。其他人也感到新奇，从没有吃过这样的菜。玉麟对王闿运和同席的人解释道：“这次修谱，我们捐的钱没有花完，我让他们把这酒席搞得丰盛点，这道菜是我和厨师商量着做的……你们看，这里头的菜堆得像宝塔，有七层呢。从上到下，第一层是猪腰，第二层是香菇，第三层是蛋片，第四层是鱼丸，第五层是豆腐片和面粉卷，第六层是油炸糯米团，第七层是剥了壳的熟鸡蛋。我们把这碗菜叫土头碗，又叫宝塔香腰。”玉麟举起筷子，说：“来来来，各位，尝尝吧。”

王闿运连吃了好几口，大赞道：“我走遍大半个中国，从没有见过这样的菜，好看又好吃！雪帅，既然是你叫他们做的，这菜不如叫‘玉麟香腰’吧。”

在座的都说好。之后这道菜流传下来，一直被称作“玉麟香腰”，只偶尔被称为“土头碗”。

第二道菜上桌，王闿运又叫不出名字，说：“雪帅，这菜又是你发明的？”

玉麟摆手道：“这菜与我无关。它叫假羊肉。”

他向王闿运介绍，渣江假羊肉很有来历，传说宋徽宗被金兵掳去，皇后来渣江避难，由于身受风寒，周身不适，食欲不振。渣江一位姓凌的名厨做了假羊肉汤献上，皇后食后，浑身大汗，顿觉轻松舒适。此后渣江假羊肉汤名声大噪。

王闿运吃了一汤匙“假羊肉”，说：“好像并不是用羊肉做成的啊？”

玉麟笑道：“不是，假羊肉嘛！是用猪头肉、猪瘦肉，佐以八角、桂皮、花椒一同熬成肉汤，再将荷折片（红薯粉制成的荷叶状的薄片）切成细长条，倒入肉汤中。煮沸后，先加入蒜苗、葱段和黄花菜，再洒上辣椒粉和胡椒粉即可。”

王闿运一面吃，一面说：“好吃好吃！按说这也是湘菜啊，怎么在衡州城吃不到？”

玉麟说：“这菜为渣江独有，其他地方都吃不上，所以才称为‘渣江假羊肉’。”

酒席上的菜肴太过丰盛，最后竟然吃不完。玉麟知道家族有一个规定：祠堂办酒席，家中女人都不能来参加，当然也吃不到这些美食。于是他站起来建议道：“各位吃不完就带回家给家里人吃，找不到碗盛，到池塘边摘一张大荷叶，用水洗干净，将菜包好，拿回去。”

接着又说：“今后族里办酒席，我建议族内女人也可以来吃。”

族长见彭玉麟说得有理，附和道：“雪帅说得合情合理，我们按大人说的办！”

全场欢腾起来，一个个到禾场边的池塘摘了荷叶，包了菜，笑呵呵地往回走。

后来，女人可以上祠堂吃饭，用荷叶打包饭菜，都成了渣江一带的风俗。

六　坐官轿的彭大人，路遇坐花轿的新娘子

王闿运记录下玉麟所说的故事，开始设计全书的构架时，玉麟却给他泼了一盆冷水，说写湘军历史不容易，仅仅靠几个当事人的回忆还不够，得做更充实的准备。

王闿运道：“如此说来，我写湘军史还不到时候？”

玉麟实话实说：“正是如此。你看前人写历史，一般都是等到当事人不在世

才能付梓。”

王闿运不以为然：“这不能一概而论吧？”

“不然会惹祸上身，得罪人的。”

“惹祸？不至于吧？”

“想不惹祸也行，那就顺着别人的心意写吧。但是兄台是什么性格我还不知道？你绝对不会选择后者的。”

“当然，我不会违背自己的意愿而去迎合别人！”

玉麟大笑：“此壬秋之所以为壬秋也！”

过了几日，玉麟从渣江回衡州城，邀请王闿运一道前往，他计划在衡州城东岸建几间房子栖身，叫王闿运为他谋划谋划。王闿运坐轿子跟在彭玉麟的轿子后面。走到半路，由于雨水冲刷，路变窄了。

迎面走来一队送新娘子成亲的队伍。

两队人碰上，玉麟的轿夫要求迎面而来的队伍让路，理由是：我们轿子里坐的是兵部侍郎大人，百姓应当回避，让路是理所应当的事。

可对面的队伍就是不让。问为什么，走在最前面当差的说：“新娘子不让我们让路。”

这时王闿运的轿子也跟上来了，他把轿帘撩开，露出脸来，说：“你们新娘子的胆子也太大了，这可是犯罪的事呀！”

那边的人回道：“为什么彭大人不可以让姑娘一次路呢？”

王闿运说：“这姑娘也太任性了吧，肯定没读圣贤书，不知礼仪。”

亲兵威胁道：“再不给彭大人让路，把你们统统抓起来，到衙门说理去！”

这时，玉麟撩开轿帘，说：“慢！壬秋你急什么嘛。让亲兵到前面去问问新娘子，她叫我们让路自有她的道理，如果道理讲得过去，老夫愿意给她让路！”

一会儿，新娘子传话过来：“彭大人是朝廷大官，一年三百六十五天出行，不知要坐多少回轿子。小女子是平民百姓，一生一世也只在成亲之日坐一次花轿。以前和以后如遇上官爷我都会让路，唯独今日请彭大人给我让一次路。”

玉麟听了大笑起来：“有道理有道理。”扭头对后面的王闿运说：“人家说得有道理，壬秋兄，我们退后一点，靠路边一点，让人家新娘子先走吧。”

大家只得照玉麟说的办。

抬花轿的轿夫说说笑笑走过去，还回头朝他们招手致意。

玉麟的轿夫非常不服气，好不容易得到一次给大官爷抬轿子的机会，结果还是低眉顺眼地给小女人让路，太丢人了，于是没好气地对彭玉麟说：“大人，今天是黄道吉日，送新娘子上路的队伍多得很，还给他们让路吗？”

玉麟说：“都让。人家一辈子坐一次花轿，我坐轿子机会太多了……不过给你们添麻烦了，我多给钱吧。”轿夫听说多给钱，也就不再多说了。

玉麟又补充道：“看来，今后遇到坐花轿成亲的，都要给他们让路啰。”

回到衡州城，玉麟与王闿运商量后，房子地址最后定在与衡州城一江之隔的江东岸，石鼓嘴的斜对面。这地方离城近，交通方便，便于办事；又在郊外，可谓闹中取静。更重要的是，在大江大河边，与自己的性情相合。既能看到湘江，又能看到江那边的石鼓书院，那是他求学的地方，也是湘军发祥的地方，看到它心里就舒舒坦坦的。

经过近半年时间，房子建好了。三间两层，土木结构，青砖黑瓦，比较低矮，面积只有半亩地多一点。屋后有一个小花园，准备用来栽种梅花，暂且称之“小梅园”，以后在这院子赏梅画梅，也不枉一生。

玉麟把这栋房子取名为“退省庵”，退是功成身退，省是一日而三省。他想请曾国藩题写这三个字。

他还给大门题写了一副对联：“水得闲情，山多画意；门无俗客，楼有赐书。”

几个月后，他搬到退省庵，儿子和妻子依然住在原来的房子（以前是租杨江的，现在买下来了）。他将朋友和建房的工匠请来吃酒，以示酬劳，酒席摆了十多桌。相隔不远的杨江也来了，还送来贵重的礼物。王闿运自然也来了，他是名士，与众不同，特地为彭玉麟写了一篇《山房记》。

玉麟后来又写了几首诗描述自己在退省庵的生活：

凡骨修仙愧未能，让他鸡犬自飞升。
三间草盖无梁殿，一个云游有发僧。
不向菩提求正果，但凭诗酒聚良朋。
若言眼孔宜高着，更上层楼最上层。

回头往事最难忘，困苦艰难我备尝。
登岸喜无风浪险，入门惟有菜根香。
春秋花鸟新诗料，优孟衣冠旧宦场。
势位有谁长富厚，邯郸早已熟黄粱。
…………

七　南岳上的奇特诗僧，赠膏药的神秘尼姑

每年春天，彭玉麟的病都会发作，秋后又逐渐好转。在杭州时请马名医看了，当时好了，次年照发不误。为母亲守制已经结束，玉麟突然想去南岳养病。南岳隐居着许多奇人异士，比如当年的海岸高僧，把一场死人无数的瘟疫给制服了。玉麟想去找他，治好自己的病想必对那样的高僧来说是小事一桩。

南岳七十二峰，重峦叠嶂，莽莽苍苍，满眼都是树林和竹海，从南岳飘过去的云朵，也被染成青绿色。

到了庙里一打听，海岸高僧去北方云游了。

玉麟只好住进南岳上封寺，此处离祝融峰不远。在上封寺里，他认识了一个叫寄云的和尚，寄云和尚会写诗，人称诗僧。

寄云说："我们上封寺是出诗僧的地方，各朝各代都出过。唐代的齐己，大人一定知道，他就是我们寺的呢。"

玉麟吃了一惊，感到自己有些孤陋寡闻："齐己是我们南岳的诗僧？"

寄云肯定地回答："是的，齐己本姓胡，名得生，湖南宁乡人，云游时自称衡岳沙弥。他颈上有一痈瘤，常笑言'此诗囊是也'。他小时候为寺庙放牛，常常用竹枝在牛背上写诗。后皈依佛门，仍钟情写诗，其诗风古雅，格调清和，历代诗人和诗评家多有赞誉呢。"

"记得他的《早梅》一诗写得特别好。"玉麟说道。

"正是呢，齐己尝以《早梅》诗谒郑谷，郑谷改其'昨夜数枝开'为'昨夜一枝开'，遂拜谷为'一字师'。"

玉麟赞叹道："这个诗僧真是特立独行，风雅有趣。"

寄云又说：“施主也许不知道，他的五律《登祝融峰》被王船山评为‘南岳诸作，此空其群’。”

玉麟想起齐己的《登祝融峰》：“猿鸟共不到，我来身欲浮。四边空碧落，绝顶正清秋。宇宙知何极，华夷见细流。坛西独立久，白日转神州。”境界的确高远，他不禁心生敬意。

说着说着，两位诗人的心越来越近，很快成了朋友。在寄云和尚的陪同下，玉麟登上祝融、华盖、芙蓉、莲花、妙高诸峰，几乎把南岳诸峰踏遍。还去了王船山反清复明起义的方广寺和他的旧居续梦庵。在游历南岳的过程里，他与寄云和尚相互酬唱，写出了不少好诗。

寄云和尚最欣赏玉麟的《辛未春南岳纪游》：

游来天柱又芙蓉，紫盖烟霞护祝融。
踏破层峦五两屐，劈开瘴雾一枝筇。
卧听丹凤林中笛，梦醒金鸡寺里钟。
方广山川形胜好，莲花万朵翠重重。

踏残七十二峰巅，信与山灵大有缘。
海日台高镕赤冶，禹碑篆古起苍烟。
东西寒暖同三月，上下阴晴各一天。
瑶草琪花春烂漫，山居即此是神仙。

当玉麟正在为没有找到海岸高僧治病而遗憾时，一天，寄云为他带来三贴膏药，有些神秘地告诉他：“有一位和尚得知你的病情后，主动为你配制了几贴膏药，让你试着贴在肚腹上，如果有用就继续用，如果没用就算了。”玉麟接过膏药，闻到一股浓郁的香味。也没多想，就把膏药贴在肚腹上。不一会儿，腹内没有了闷胀之感，身上似乎有了力气，也不再咯血。玉麟觉得疗效不错，于是开始每天贴一张。

有天玉麟和寄云正走在一条山路上，听到一阵箫声。那箫声似乎是从很远的一个幽谷里徐徐升起，云雾一样缭绕了一阵，缓缓透过树林，在头顶的上空回旋飘荡着……

玉麟赞叹道："这箫吹得太奇妙了，非凡人所能为也。"

转过山坳，见僧房边一个尼姑手里拿着箫，方知那箫是她吹的。寄云指着尼姑对玉麟说："施主，你的膏药就是这位师姑给的。"

玉麟拱手谢道："师姑的膏药非常有用，多谢费心。"

可是玉麟看清尼姑的面容时惊讶不已，她像极了竹宾姨，尤其是她的眼睛，不，是眼神，还有她浑身散发出来的气韵，是那样的似曾相识。那次在安徽旧居见到的人好像就是她。不过那时她是猎人，带着一条狗，而不是尼姑……

尼姑似乎不认识他，只向他微微颔首。

玉麟忍不住问道："菩萨，你是从安徽云游而来的吗？"

尼姑不动声色，说："是从苍茫中来的。"

玉麟也懂一点佛理，说："是的，从苍茫里来，又向苍茫里去。"

尼姑点了一下头，说："世间万物，置身苍茫，似有还无，如露如电……"

玉麟不再说话，默默跟在寄云后面。离开尼姑，回到庙里，玉麟问寄云："你不是说我的膏药是一位和尚给的，怎么一下变成是尼姑给的？"

寄云说："和尚尼姑有什么区别？都是佛的信徒。"

…………

过了端午，玉麟从南岳下山，回到退省庵。临走时，那位尼姑又托寄云送给玉麟一叠膏药。

八　恶客坏花，既往不咎；夫子逝世，百感交集

玉麟回到退省庵，每日在腹部贴一张尼姑给的膏药，病情一天比一天好转。

退省庵离湘江只有几百步，他常常到岸边看流水，看对岸的衡州城和石鼓嘴，他的丹顶鹤时而贴着浪花低飞，时而在半空中翱翔。

他喜欢花花草草，买了五百个花盆，全都栽上菊花，还做了一个木架子，把菊花盆分层安放在又长又高的木架上。待金秋菊花开放时，该是何等鲜艳与美丽。他已经想好了，重阳那天，他一定要把王闿运、常豫、杨江等朋友请来饮酒、赏菊、吟诗。

很快到了秋天，那菊花也非常争气，绽放得格外热情奔放，鲜艳夺目。可是，就在九月初七日夜里，菊花架被人推倒了。初八早上发现时，只见玉碎金残，飘零满地，一片狼藉，气得玉麟七窍生烟。

初九重阳节，朋友们如约而至，看着满地被摧残的菊花，哪里还有饮酒吟诗的兴趣！玉麟说："回到故乡，我遵纪守法，处处退让，没有得罪一个人。为何还有人仇视我呢？"杨江怒道："衡州竟然有人敢这样轻慢雪帅，这还得了！我立即派人去查，定要查个水落石出！"查了半天，查出是一个癫子所为。杨江不信，说："即使是癫子所为，也是别人指使。我们要查出癫子背后的指使者！"

玉麟摆摆手，说："别再追查了，损失并不是特别大，打碎的花盆只有三百多个，还有一百多个没坏。菊花明年还可以再栽。这次就算了，可惜今年不能赏菊吟诗了，不过酒还是可以喝的。"于是大伙儿喝了一顿闷酒，就散了。

玉麟发觉自己的脾气比过去好多了，当年血气方刚，快意恩仇，遇上这事，他绝不会罢休。好像是五十岁之后，脾气反而越来越温和。这天夜里，他写下几句诗，记录此事：

无端恶客逼人来，致有东篱意外灾。
嫩蕊幽芳三百本，一时断送与尘埃。

金残玉碎径荒凉，空作秋风梦一场。
品到菊花犹有劫，世人枉说避红羊。

这年冬天特别寒冷。第二年二月还落了一场雪。

这天他听到一个令他浑身战栗的噩耗，夫子大人曾国藩在金陵两江总督府溘然逝世。

他不相信这是事实。夫子大人只比自己大五岁，还只有六十一岁。

那年送他赴直隶总督任，送了整整十八天，走了几千里，其实众人心里都有一种不祥之感。在山东郯城红花埠离别时，大家依依不舍，相对而泣。此后自己回故乡，夫子大人在京城，一南一北，相距数千里之遥，虽然有时梦见，但再也没有亲见过。夫子大人任直隶总督没多久，又去天津处理"教案"，不少人骂他帮外国佬，其实是国人不明真相。之后朝廷派他回金陵，依然任两江总督。去年七月，他们通过信，夫子大人在信上说自己近来头脑发晕，右目无光，左目亦昏。玉麟回信安慰他，让他节劳养身，并为他朝夕默祷。他想着今年夏天自己的病好些后，去金陵看望夫子大人，没想到二月间他就走了，真是令人悲痛万分！

夫子一生没享过多少清福，打长毛的十多年，他没睡过一夜安稳觉。三次跳江，命悬一线。两个兄弟在战争中丧生，对他是多么深重的打击。军中的事情千头万绪，军饷之事伤透了他的脑筋，湘军内部不是没有派系争斗，大大小小的事情纷乱如麻，他要付出多少心血去经营和对付啊。灭完长毛，又去剿击捻军，结果无功而返；去天津处理教案，费尽心机，最后还背上骂名……

夫子大人挽狂澜于既倒，救苍生于倒悬，为朝廷立下丰功伟绩，如果没有他，实在不可预料国家是怎样的局面。功成之后，为了让朝廷放心，他自剪羽翼，解散三分之二的湘军。当时有些人劝说他背叛朝廷，自立新朝，包括自己，也曾试探过夫子，夫子为朝廷着想，为天下苍生着想，不愿让国家再度卷入血腥的战争。这是怎样的忠心和襟怀啊。古往今来，有几人达到了这样的人生境界？

他的学问和诗才也是举世无双的，他很早就中了进士，经史子集，无所不览；诗词歌赋，无一不精，真是博学之士。他谦虚待人，从不傲慢，生命不息，读书不辍。即便在政务军务极度繁忙之时，也会抽出时间来读书。湘军中有浓郁的读书风气，将士打完仗后读书讲学，这是古今行伍里极少有的现象！不是统帅率先垂范、言传身教，哪会有如此儒雅之风？

玉麟一直把曾国藩当作老师、朋友和兄弟。他们肝胆相照，无话不说。打仗出征时，夫子大人一般都是走水路，喜欢与自己同船而行。自己跟随他的时间也最久，整整二十年了。夫子大人多次向朝廷为自己请功，自己才得以不断地加官晋爵。自己冲动、偏激、犯错的时候，夫子大人批评他，宽恕他，引导他走正道、行大义……如果没有夫子大人请他出山，没有夫子大人的栽培和提拔，会有他彭玉麟的今日吗？应当说，夫子大人改变了他的命运，成就了他的事业。

整整一天，玉麟不吃不喝，没有了时间的概念，也不知自己置身于何处，脑子混混沌沌，身子战战兢兢，眼和心都在哭泣……

次日，他在家中用酒菜祭祀夫子大人，对着他的灵牌拜了又拜。

他想写一篇祭文或者一首诗来纪念他，但要说的话实在太多太多，反而不知从何说起。

最后，他只为夫子大人写了一副对联：

为国家整顿乾坤，耗完心血，只手挽狂澜，经师人师，我侍希文廿载；

痛郑城睽违函丈，永诀颜温，鞠躬真尽瘁，将业相业，公是武乡一流。

九　银发高士说风水，宫保大人题塔名

玉麟在退省庵里并不能静心闭户养病，衡州不少事情还需要他出面相助。这两年年景不好，春天涨洪水，夏天又干旱，粮食严重减产，米价涨到七八钱一斤，人心惶惶，眼看人们就要离乡背井逃荒讨饭了。

他协助衡州衙门动员城乡富户，开设粥厂，给吃不上饭的人施舍粥食，又让官府打开积存粮食的仓库，借给穷人稻谷度日。这些并不能从根本上解决问题。此时的农田里，泥土开裂，太阳如火盆般倒扣在天空，晒得禾苗全枯萎了。玉麟急呀，替广大农人也替衡州府的官员急。不过，急也无用，他盼着天老爷来一场铺天盖地的及时雨，下得田满塘满，让禾苗重新返青，老百姓才有希望，人心才会安定。

正想着，衡州知府张士宽等一拨人来到他的退省庵，说今日状元塔封顶，特为建塔的有功人员举办宴会，彭玉麟德高望重，操心劳力，又捐赠了白银，自然属于有功人员，被邀请参加宴会。

湘江沿着石鼓嘴往下两里处，水流湍急，右岸曾有岩石横于水中，上游船只顺流而下，势若奔马，难以控制，触矶而翻船者，古往今来不知有多少。衡州书生曾朝节中了状元，后升为礼部尚书。明万历九年，曾朝节回故乡探亲，倡议除矶兴塔。于是人们凿掉水中的石矶，在右岸建起一座石塔。因塔系曾朝节倡议而修，他带头捐款，且他又是中过状元的朝廷高官，于是起名为状元塔，又名印山塔。到如今，状元塔已有近三百年的历史，早已破烂不堪，今年官府决定重建。

玉麟在张士宽等人的陪同下来到状元塔，看到新塔已经建成。

塔高八丈有余，七层八棱，拱门券窗，石雕飞檐，石板楼面，斗拱楼顶，基层门内，端坐石佛一尊。塔内石级，分两路盘旋，可上顶层。塔旁建双练亭。

众人皆称赞此塔拔地撑天，庄重雄伟，是衡州城外一处佳境。

塔边的工地上摆了十数桌，庆贺的人陆续到来。还有数百人前来看热闹。

有功人员围坐十数桌，人们举杯相贺，好不热闹。

酒至半巡，从湘江上游飘来一舟，在新建的塔边停泊好，一位仙风道骨的老者走上来，白衣白裤，银发银须，玉麟想起田家镇大捷后他在半壁山题字时，见到的那位吟诗的高士。

“好塔！好塔！建在此风水宝地，妙哉妙哉！”高士啧啧赞叹。

坐在彭玉麟旁边的一位衡州官员搭腔道：“此处是风水宝地？”

白衣高士来了劲，道：“老夫走过九州十三省，衡州城是真正的风水宝地。你看啊，衡州东部为罗霄山余脉，有天光山、四方山、园明坳等；南部是南岭余脉，有塔山、大义山、天门仙、景峰坳等；西部为越城岭的延伸部分，有熊罴岭、四明山、腾云岭；西北部有大云山、九峰山和南岳衡山。衡州城地处这样的盆地，十分难得。盆地盆地，聚宝盆啊，天府之地啊。”

白衣高士说到这里锁拢眉毛，长叹了一声说：“可惜美中不足，美中不足啊！”

玉麟问道：“此话怎讲？”

白衣高士慢条斯理地说：“所谓聚宝盆，最好是四周有沿。衡州四周是山，但东南尚有一缺口，是为不足也。按照风水之道，等于聚宝盆聚起来的财物，依然保不住，会向远方流失。”

玉麟暗想，衡州人在此地做生意并不兴旺，而外地来此做生意的人倒能大发，发了就带着财宝去了外地。这不正是财物流失了吗？

白衣高士说：“要防止财物流失也不难。”

玉麟问道：“有何办法？”

高士依然不紧不慢地说：“要想财物不外流，就得建塔镇风水，故我说此地建塔极好，这座塔如一把锁，锁住了蒸水和湘水的河口，使这一面财物不外流。但是……”

众人都急着听下文，高士却停了下来，喝了一口酒，品味了一番，才说：“你看，对面江东一带，湘江和耒水交汇处，还有一个河口没有锁住。如果在那里再建一座塔，与这座塔隔岸相对，就再好不过，那才是真正锁住了漏财的缺口，衡州就是名副其实的聚宝盆了。”

有人说：“那南面湘江来的方向还有河口没有锁住啊，会不会漏财呢？”

高士说：“南面不是宝盆的缺口，不碍事。如果也能修一座塔的话，会有些好处，一是给城市添一美景，二是可防风水外泄，如果真的修三塔，镇三水，衡州城便能聚四方之财，富甲一方。军事上能防外敌入侵，固若金汤，真可谓天下之风水宝城也。”

玉麟相信风水之说，于是请高士入席，给他倒酒，还赠了他五两白银，高士连忙称谢。

玉麟对张知府说道：“现在财力不足，修塔只能慢慢来。先建江东耒水入口处的塔，再建上游的塔吧。”知府点头称是。

这时鞭炮声响成一片，原来是塔封顶了。鞭炮声刚刚停歇，只见远处飞来两只大雁，落在石塔之顶，时而飞起，时而停歇，时而左右回翔，上下飞鸣，久久不去。当时十余席宴客，以及前来看热闹的数百人，皆举目瞻望，骇讶不已。“雁阵惊寒，声断衡阳之浦”，说的是晚秋情形，而此时刚过小满，不会有北雁南来，可这双飞者是大雁无疑。

高士说：“此乃天意，大吉大利也。”

席上有人建议：“这一吉祥之事，应写到修塔记里去才好。遗漏此事，实为千古遗憾也。”

高士也附和道：“最好将这塔名改一下，后人提起此塔，便想起今日之事，才是千古佳话也。彭公乃朝廷高官，文武兼备，给塔换一个名字，绝对锦上添花！”众人纷纷赞同。

玉麟也不推让，说：“叫‘来雁塔’如何？”

众人叫好。张知府笑着说：“好极。此名简约扣题，既含今日之景，又暗合‘雁来衡州不南飞’之古意。此塔矗立于城东北面，回雁峰耸立于西南面，来雁塔，回雁峰，岂不是天然之对？应今日之韵事，合天文地理之妙，说起来还顺口，雅俗同赏。文章本天成，妙手偶得之。宫保大人，天下之高才也。”

玉麟忙说：“过奖过奖，不过应景偶得而已。”

张知府高喊道：“拿文房四宝来，让彭大人题写塔名。”

玉麟对知府说：“大人乃一州之父母官，理当大人题写才合适。”

高士说：“此塔非一般建筑，彭公为朝廷重臣，亲笔题写更合适。所谓立得起，压得住是也。”

玉麟见推脱不掉，挥笔写下“来雁塔”三字，墨饱笔畅，力量千钧。

随后张知府邀请彭玉麟和高士一同登上来雁塔最高层。在塔顶举目四望，耒水东来，蒸水西入，湘江浩浩汤汤北去；石鼓山石壁横空，回雁峰峰峦耸翠，衡州美景尽收眼底。

彭玉麟一行刚从塔顶下来，只见一骑飞驰而来，原是官府派人传来圣旨：命彭玉麟立马巡视长江，整顿水师军纪，然后上京复命。

玉麟接旨后立即回到退省庵，准备启程。

第十九章　水师大整治

在衡州养病的彭玉麟突然接到上谕，让他立即启程巡察长江，整顿水师。他奉旨从衡州启程，过洞庭，一路东下，耳闻目睹了水师的庸劣与腐败后，开始大刀阔斧地整治……

一　接到上谕，启程巡察长江水师

彭玉麟在退省庵一住就是三年，这期间他为母亲守丧，协助修族谱，帮王闿运修衡阳县志，为社会做了许多有益的事情。这天，他正在来雁塔参加建成仪式，突然接到上谕，让他尽快启程巡视长江水师，整顿军纪，并把整改情况及时禀报朝廷。

玉麟这次不再犹豫，毅然决定重新出山，他不能让曾国藩和自己创立的水师军纪败坏，走向衰落。

之前他听说，同治六年的夏天，御史宋晋就上疏朝廷，说长江水师军纪涣散，风气败坏，一些士兵以巡逻为名，干起抢夺来往商旅财物的勾当。地方官府害怕得罪长江水师，也不敢前去缉拿。宋晋建议朝廷召回在衡州养病的彭玉麟，重新起用因筹办陕甘军务不力而被解职赋闲多年的杨岳斌，令二人巡视长江，整顿长江水师。朝廷对此非常重视，下令沿江督抚会同水师提督黄翼升按照曾国藩和彭玉麟制定的长江水师章程整顿水师。同时，朝廷又命曾国藩写信给彭玉麟，让他参与整顿事宜。

当时玉麟未去参与此事，原因有三：一是他觉得宋晋上的折子可能夸大了事实，水师不至于变得那么快；二是既然曾国藩参与了此事，应该可以扭转败坏的风气；三是自己的病情还很严重。

后来一些部下陆续来衡州拜访玉麟，说这次整顿没有什么大的成效，因为曾国藩身体不好，没有负主责，其他督抚对水师的情况又不了解，最后只走了一个过场。于是水师风气越来越差，一些老将士对此痛心疾首。

玉麟没有想到，在战争时期大家一条心，不顾性命去杀敌，在和平时期反倒变坏了。

如果曾国藩尚在，再差也差不到哪里去；现在曾国藩逝世了，再不整顿，还不知要堕落到何等地步。

是的，他不能坐视不管，他要挽救他的水师，要为他的恩师、为朝廷挽救长江水师，不能让一个剿灭了太平军的英雄军队在和平的岁月里毁了！如果现在还不出手挽救，也许就再也没有机会了。

玉麟找来自己曾经用过的旧船，在湘江边请了三个年轻渔民，带上自己的三个亲兵和一个做饭的老军士，买来一些粮食和蔬菜，准备启程。

可是他还要等一个人，他的老搭档杨岳斌。因为朝廷的上谕里，命杨岳斌一同办理此事。玉麟接到上谕后就给他去了信，至今没有回音。

同为水师统帅，杨岳斌的官升得比彭玉麟快，江宁大捷之后，他被封为陕甘总督，成为封疆大臣，但杨岳斌在陕甘战事中极不如意，朝廷罢免了他的职务，目前正赋闲在家。他不像玉麟喜欢过泉林生活，据说在家闲不住，已经在频频活动谋求被朝廷重新起用。如今朝廷令他与彭玉麟巡视水师，这是一个很艰辛且容易得罪人的差事，也是降级用他，也许他不大愿意来呢。

王闿运和杨江来退省庵拜访，送别彭玉麟。玉麟笑着说："你们来喝酒可以，送别就算了。我又不是去打仗，这次没有殉国的危险，仅仅是巡江罢了。我估计办好这事也就三四个月，事后去北京见皇上、皇太后，今年年底我们又能重聚了，送什么别？"

王闿运笑道："到了京城，皇上、皇太后见了你一高兴，提拔你当封疆大臣，要你立马上任，雪帅想回也身不由己了。"

"即使那样，我也会辞掉职位，逍遥归来。当初从戎时就与夫子大人说好，功成之日，就回来做我的书生。我不会留恋官位的。”

王闿运又说：“可是曾大人已经不在人世，谁还记得你当初的玩笑话？”

玉麟知道朋友在开玩笑，但还是说得很认真：“是啊，夫子大人不在了，但天记得，地记得，我自己也记得呢。”

“倘若在京城里遇到一位北方佳人，竭力挽留雪帅，那雪帅不一定想回来了。”杨江故意开玩笑活络气氛。

说到美人，众人都笑起来，玉麟也笑：“‘雪满山中高士卧，月明林下美人来’。老夫现在不爱美人，只爱山水月色花草。”

就这样说笑，喝酒，过了一天又一天，杨岳斌还是没来，也没有音信。

玉麟决定不再等了。他不来，我也去，也能把事情办得好好的，他相信自己的能力。

行李、船只准备好了，请的船夫也来了。他抚摸着身边那只丹顶鹤说：“三年了，你也想到远处去看看了吧？我们一起重返江湖吧……”

二　巡察武昌段，见鸣炮迎接水师提督，砍下第一刀

玉麟的小船，如一片树叶在水上漂，漂过湘江，漂到洞庭湖边的岳州镇标，密访了三天，又神不知鬼不觉地漂过洞庭湖，漂进长江，漂到武昌城边。

彭玉麟打扮成船夫模样，头戴竹笠，脚穿草鞋，身上是一件破旧的麻布衣，谁还认得出他是兵部侍郎，是皇上派来的钦差大臣？

前面就是水师的船只，船上飘着水师的军旗，他吩咐船夫将船缓缓地划过去。结果被一只战船拦住了，船上的士卒不耐烦地说道：“死开些！死开些！”

玉麟低着头说：“官爷，行行好，让我们开船进去找一个水兵，行不？”

“不行不行！以后来吧，今日绝对不行！”

玉麟说：“听你的口音，好像是衡州人氏。美不美，故乡水。亲不亲，故乡人。我们也是衡州人，行个方便啰。”

水兵口气稍有缓和，说：“今天不行，不要添乱了，好不？”

玉麟缠着不放，说：“军爷，你告诉我为何唯独今天不行？莫非要去打仗了？”

水兵又有点不耐烦了，说：“比打仗重要多了，告诉你吧，今天我们的黄提督要来巡察，谁敢乱来？”

玉麟一边说“明白了”，一边主动让船夫把船往后退了数丈远。

他倒想看看黄提督的巡察阵势。

只听一声军号划过天空，水师所有战船列成队形，驶向长江，在江面上如两条长龙游动，这时远处飘荡着军旗的长长的船队驶了过来，显然是黄翼升的巡察船队。突然船队里的鼓擂起来了，锣敲起来了，唢呐也吹得震天响。又一声军号响起，战船竟然对着天空放起炮来，炮声震耳欲聋，火光耀得人睁不开眼睛，黄翼升和他的船队在汉阳镇标的夹道欢呼声里缓缓向岸边靠近。

岸边一队轿子迎上来，黄翼升及随员加上镇标的总兵等纷纷上了轿子，在众人的簇拥下向城里逶迤而去，而锣鼓唢呐之声一直紧紧地跟随他们。

玉麟看呆了，迎接黄翼升的排场真是气派。

身边一位亲兵不禁叫喊起来：“我的天老爷！黄提督真是威武！曾大人在时，也没讲过这样的大排场哪！”

玉麟手捏成拳头，眼里射出寒光，说：“如此场面，如此提督，长江水师不堕落很难啊！”

玉麟命老军士把刚才那位衡州籍的水兵找来，问他：“你认识我吗？”

水兵很认真地看了彭玉麟一眼，慌乱起来，语无伦次：“认识认识，是是是……老老……雪帅大人……我我我……有眼……无珠，没……没有认出来。”

玉麟和气地说：“没认出来不要紧，因为我没有穿官服。现在我奉朝廷之命，来巡察长江水师的情况。问你一些事情，你要如实回答。如果故意答错，那我不会放过你！听清楚没有？”

水兵不停地点头，说：“我知道的一定如实说出。但请……雪帅为我保密，我怕打击报复。”

玉麟允诺道：“好的，一定保密。如果以后有人因此事打击报复你，你告诉我便是。”

水兵点头，没有了顾虑，说话也流畅起来：“雪帅，你问吧。”

玉麟拿出毛笔，研好墨，铺上纸，一面问，一面记：“今天我看到你们镇标迎接黄翼升提督的场面很大，你们平时都是这样弄的吗？”

水兵说："是的，敲锣打鼓吹唢呐，还要放炮三十响。每一只船都要披红挂彩，夹道欢迎，还要用轿子接送。"

玉麟问道："提督走的时候，你们送他吗？"

"禀告大人：走的时候和来时一样，我们要送他二十里水路。"水兵如实答道。

"年年都是这样吗？"

"三年以来，年年如此。我听别的地方的水兵说，这样的迎送场面，以及在巡察期间的吃喝玩乐，花费很大。不只是我们汉阳镇标，其他镇标也一样。"水兵说得诚恳实在。

玉麟又问："下面的水兵们觉得上头这样搞好吗？"

这水兵很会察颜观色，见风使舵，说："不好不好，每次来的时候，我们要做半个月的准备，加班加点，诚惶诚恐，忙得不得了。其实都是在做一些没有用的事，就像女人往脸上打粉一样，好看一下子，用水一洗，什么都和原来一样。劳民伤财，士卒都很反感！"

问了一阵，玉麟叫水兵在他记录的文字上画押。水兵离开时，玉麟给了他一张书签，书签上盖有玉麟画画时用的章，说："今后谁威胁你，你就拿这个来找我。"

几天后的一个深夜，也许是连续暗访了几天，走漏了消息，黄翼升竟然直接找到彭玉麟的船上。他一来就跪下作揖说："卑职有罪，没来迎接雪帅。大人前来巡察，还请多多指导。"

玉麟冷笑一声："黄提督，三年不见，没想到你长进得如此之快！前几天，我耳闻目睹汉阳镇标迎接你的大场面，真是壮观啊，看得我目瞪口呆！"

黄翼升变了脸色，说："下面的人就是会搞这一套，我嘱咐了好多次，这样讲排场不好，他们就是不听，偏偏要搞这样的花架子，真是无可奈何！"

玉麟一掌拍在桌子上，怒吼道："黄翼升，你还要把罪过推给下级？如果你坚决抵制，谁敢弄出这样的大场面？每届巡阅，仪节繁缛，送迎二十里，列队欢呼，鸣放排炮，如攻大敌。还搭五色棚帐，敲锣打鼓，乌烟瘴气。我问你一句，那些炮弹是朝廷让你用来欢送官爷的吗？那些炮子是用钱买来的不？钱是老百姓摊来的吗？老百姓看了会怎么想？"

黄翼升低下头来："卑职有罪，没有想得这么深。"

玉麟说："你也是出生入死打过仗的人，是湘军水师出来的人，是曾大人栽培出来的。曾大帅比你的官职大得多，搞过这样的大场面没有？他老人家无论去哪里办事，从不兴师动众，不讲排场，严拒阿谀奉承，总是不声不响地把事情做好。我彭某十多年住在船上，是如此张扬的吗？你只用三年就把湘军水师的好传统全丢了，我痛心啊！"

黄翼升恳求道："看在都是湘军的分上，都是曾大人栽培的分上，还请大人包涵，不要上疏朝廷，卑职愿意痛改前非，重新做人。"

玉麟义正词严："这事情如此重大，岂能私了？这长江水师让你带下去，迟早会毁了！"

黄翼升摇尾乞怜："既然大人奉旨来巡察水师，从明天开始，我愿意亲自陪同大人巡阅。"

玉麟摇头说："按照惯例，你还要去岳州，你依然按你的路线走，不要跟着我，更不要干扰我！我会明察暗访，了解事情的真相。"

黄翼升碰了一鼻子灰，狼狈不堪地离开了彭玉麟的小船，消失在无边的夜色里。

彭玉麟在汉阳巡察六天后，与湖广总督李瀚章会奏朝廷，特参庸劣总兵、副将以下二十一员。这是彭玉麟砍下的第一刀。

这只是杀鸡儆猴。彭玉麟还没有对黄翼升开刀，但黄翼升已经感到有一把无形的刀悬在头顶，随时可能砍下来。

三　巡察湖口镇标，发现违规用人，砍下第二刀

彭玉麟重点巡察的第二站，湖口。

他的一叶扁舟顺长江而下，到达湖口后，并没有进入湖口水师的汛地（营地），而是停泊在八里湾。

玉麟卧在小船里，日看江景，夜听涛鸣。两日两夜没有行动。他在思考，这巡察内容太多了，不能胡子眉毛一把抓，面面俱到，要抓住问题的核心才对。可长江水师日常事务千头万绪，什么才是要害？想来想去，一道闪电从心空划过，

照亮了所有的幽暗：用人，才是水师的要害。首先是长江水师提督这个人要用对，其次是下面各级军官。这些人用对了，就不会出乱子。如果徇私舞弊，把那些道德败坏、不懂军事的人用上了，将直接影响军队的战斗力。

他记得当初离开水师时，曾为水师定下制度，规定水师各级军官都要懂军事，善于观风测雨，预测天气变化，还要知道江中何处是激流险滩，何处便于行船，懂得水战要点，等等，同时规定水师军官必须是长江水师的人，不能是其他军队中调来的（没有好的素质和传统），同时采取逐级候补制，不能越级提拔。

看来，只有从此处突破，重点审查水师各级用人是否按规矩行事。找到巡察的核心问题，玉麟顿时胸有成竹了。

次日清早，他脱下那件破旧的麻布衣，换上官服，进入湖口镇标的汛地。

正是水师上操的时候，玉麟吩咐随从立即把船划过去，接近营队时，他命令亲兵站在船头，大声喊道："钦差大臣、兵部侍郎彭大人到——"船上所有将士闻声肃然而立，施令官喊道："敬迎彭大人，敬礼！"玉麟突然感到像是回到了从前，他挺直腰板，还了一个军礼，目光炯炯地扫视所有将士。施令官又喊了一声："请彭大人训话！"玉麟站在船头，没有说话，除了湖上的水声，没有任何声响。他清了清嗓子，才说道："本朝臣奉旨前来巡察长江水师，只是为了了解各种情况，各营将士如实反映就是，不必惊慌。你们照例点名出操吧。"于是施令官开始点名。点名完毕，玉麟厉声道："你营应到人数三百二十七人，已到三百二十二人，还有五人在何处？"施令官答道："他们有的请假探亲去了，有的因公出差了。"玉麟瞪他一眼："说实话，我们会查出实情，如欺骗本官，罪加一等！"那施令官吓得战战兢兢，说："卑职有罪，其实那些人是空数……"玉麟大喝一声："好大的胆子，竟敢吃空饷！"

仔细一查，湖口镇标竟有十二人吃了朝廷的空饷！

湖口镇标的总兵丁义方听闻彭玉麟前来巡察，吓得慌作一团，立即驾船前来听令。

丁义方是湖南益阳人，一直是彭玉麟的部下。咸丰十年，建德复陷，太平军数万上犯湖口，义方收建德溃兵，挑选精壮五百人，分布守御，自率水师驻西北门，拼死抗拒，得到副将成发翔援助，太平军大败，从湖口撤走。同治七年，丁义方被授为湖口镇总兵。

玉麟对丁义方说："你把军官花名册拿来给我看，我要仔细地问问情况。我的生活起居不必你们操心。如有事情要麻烦你们，我会打发人来找你。去吧。"

待丁义方交来花名册后，玉麟对照册上的名字，逐个叫册上的士卒来船上询问情况，问他是哪里人，什么时候加入水师，三年前任什么职务，现在任什么职务，有哪些人可以证明……经过大半天清查，他发现，湖口镇标有三十名军官不是长江水师出身，有的曾是水师人员但因犯事被开除，有的是陆军但谎称曾在水师效力……

玉麟气得脸色发白，这样用人，严重违背了长江水师章程，长此以往，长江水师将不再是曾大人和自己创立的水师，会变得和绿营一样，危险得很。

次日，他将丁义方叫到船上，告诉他自己所了解的湖口镇标存在的严重问题，问他作何解释。

丁义方实事求是地做了汇报："违规用人确实存在，但所用之人都是提督大人引荐来的，卑职不能不用。对此事，我的态度同大人的态度一样鲜明，卑职曾坚决抵制过，所以我镇标违规用人人数绝对比其他镇标少，我估计别的镇标是我们的两倍以上。但我毕竟是提督的下属，最终还得听他的。请宫保大人体谅。"

玉麟心想，这家伙好像觉得自己是抵制歪风邪气的功臣了。

对于吃空饷的事，丁义方解释道："这事我听了也非常吃惊，各营营官竟瞒着我吃空饷，我定要严厉追查，将犯事者绳之以法！如果说我也有责任，那就是治军不严，让下属给骗了，我愿意接受惩处。"

玉麟觉得他认错态度还可以，说："按你的解释，好像这些事与你关系不大，但愿如此。丁总兵，我们是一同打长毛过来的，那时候打仗，连命都不要，谁还在乎钱财，在乎名利，我们水师就是靠这种不要命的精神才能打败长毛。如果我们把水师珍贵的精神丢了，湘军也就变质了。"

丁义方有所触动，说："这几年大人回老家养病去了，水师的风气哪能和以前相比呢。以后我会重整军纪军风，纠正以前的错误，请大人放心。"

玉麟并没有就此打住，对湖口镇标的其他方面也做了深入巡察，发现了一些问题。几天后，他与安徽巡抚英翰、江西巡抚刘坤一会奏朝廷，特参长江水师湖口镇标庸劣不职之总兵、副将以下共三十二员，请即行革职，不准留营，以肃营伍。

彭玉麟砍下第二刀。

四　巡察瓜洲镇标，发现民船冒充军船，砍下第三刀

彭玉麟一行驾船往瓜洲镇行进。

瓜洲虽为弹丸之地，然瞰京口，接建康，际沧海，襟大江，实乃七省咽喉也。且每年漕舟数百万，浮江而至，百州贸易迁徙之人，往返络绎，必停于此处，故此地市场繁华，百姓生活富足。到清代初叶，由于运河漕运发达，瓜洲更显繁盛。

在离瓜洲镇还有三四十里水路时，远远望见水师船队迎面而来，原来是瓜洲镇标总兵吴家榜率队前来迎接。玉麟板着脸，斥责他兴师动众地迎接违反了水师传统和有关规定。吴家榜只得赔笑称是。

到了镇标汛地，玉麟命吴家榜拿出军官花名册，开始清查军官人数以及他们的提拔替补情况。经过逐个核实，结果发现，正如湖口总兵丁义方所言，情况比湖口严重得多，他们这里外来人员做水师军官的有六十二人之多。玉麟勃然大怒，当着众人的面斥责道："长江水师章程第十五条，兵部议定：水师缺出，必须是长江水师人员方可补用。你是镇标总兵，应该明白，可是你们为何违背？"

吴家榜的辩解和丁义方一样："此非我镇标所独有，其他的镇标都一样！上头推荐的，还有省上官员推荐来的，吴某能不给面子？不给他们面子，他们不会刁难我？我会有好日子过吗？"

玉麟大怒道："你们想的是自己过好日子！就没有为朝廷想想，为整个长江水师的前途想想？每个人都在打自己的小算盘，就没人为朝廷打大算盘！如果没了朝廷，没了长江水师，你们还有好日子过吗？"

停了一下，玉麟又严厉地问道："吴家榜，你说你没有责任，是不得已而为之。那么你抵制过没有？你向总督和巡抚反映没有？你弹劾谁没有？"

吴家榜低着头，一句话也不说。

很快，玉麟又发现了大问题。他指着水师的炮船对亲兵说："你看看，以前我们的炮船，除了船上竖起军旗之外，船艄两旁都大书某营某哨第几号炮船。即使收起军旗，也知道炮船属于谁。"

亲兵说："是的，这就把军用船只和民用船只区分得一清二楚。老百姓不敢冒用军船，军队也不能用民船。"

"是啊，故曾大人考虑得非常深远，在长江水师章程中规定：不得私设炮船。如果民间有了炮船，冒充军船为非作歹的可能性大大增加。而不在船上大书军用船号，意味着为民间私设炮船开了方便之门！"

玉麟对船夫说："把船划出去转上一圈，让我看看瓜洲镇标有多少条船没有书写船号。"

转上一圈回来，发现竟然有三分之一的炮船没有写船号。玉麟意识到问题的严重性。

次日，他令镇标派一只炮船跟随自己，到江边关卡去巡察。

瓜洲渡口有一个码头，来往船只都要在此停留，以前湘军在此设过关卡，对来往货船征收厘金，用作军饷。现在水师成了正式的国军，享受和绿营一样的待遇，不用自筹军饷，所以关卡移交给地方政府管辖，由地方征收来往船只的税金。地方武装在此守卫，可以强行拦截拒绝缴纳税金的民船，处以罚款，然而装载货物的军船可自由来往，地方无权过问。于是有不法分子买通军中头目，用军船装货物过关以规避税金，也有自造炮船冒充军船强行冲卡的……地方人士一般不敢得罪长江水师，所以冒充军船之事时有发生，由于很多军船本身没有标记，无从查找。

玉麟来得正巧，一只载满货物的船只在一只炮船的带领下强行冲卡而下，守关卡的破口大骂，可炮船和那只货船不管不顾，径直下驶。玉麟跳上同来的炮船，指挥船上的几个水兵划船横冲过去，拦住那两只船。他站在船头厉声问道："你们为什么强行冲关卡？"

那船上的人回答："没看见吗？我们是军船，船上插着军旗，你们没长眼睛？"

玉麟说："既然是军船，把印信拿出来看看吧。"

那人说："我们是长江水师总部的，你也敢查我们？"一副很傲慢的神情。

玉麟狠狠瞪他一眼："就是提督大人的船，我们也要查。"

那些人哪里有印信，见势不妙，立即扭转船头绕了过去，猛地向下游逃窜。

玉麟一面紧追不舍，一面下令开炮。可炮船上的水兵不敢，玉麟亲自装上火药，点燃引线，对着前方放了两炮。他故意不命中目标，炮弹在离那两只船几丈远的地方轰然爆炸。船上的人没想到对方会真的开炮，被镇住了，终于停住船。

玉麟的船逼近他们，他吼道："你们逃啊，我以为你们不要命，正准备送你们去见阎王！"

一个亲兵说："你们知道不，船上的是钦差大臣彭大人，有先斩后奏的权力，你们是不是想死了？"

那些人害怕了，表示愿意接受惩罚。

到了汛地，经过审问，原来是不法之徒自造炮船，冒充军船装载货物逃避税金。玉麟下令将有关犯事者关押起来。

他感到水师内部管理存在重大问题，混乱的管理给不法之徒逃避税金创造了条件。且民间有了炮船，如果聚众造反，用炮船对抗官军，那还了得？

瓜洲镇标问题比上游的镇标严重得多，玉麟岂能容忍？过了几天，他与两江总督何璟会奏朝廷，特参长江水师瓜洲镇标庸劣官兵六十三人。

这是彭玉麟巡察水师砍下的第三刀。

五　第四刀，彭玉麟铁面无情，直指提督黄翼升

黄翼升从岳州急急返回江南，听闻彭玉麟三刀砍下去，刀刀见血，预感第四刀会直捅他的心窝，他在岳州心急如焚，哪里还坐得住？

但他没有回太平府提督衙署，而是赶至瓜洲镇，再一次来到彭玉麟的小船上。

玉麟对他冷冷地说："你又有何事来此？"

黄翼升答道："外头风雨满城，说雪帅一连砍了三刀，砍得血肉淋漓。我想第四刀一定是砍向我的，故来此。"

玉麟点头道："还不错，有点自知之明。"

"我等着，不知大人怎么砍第四刀？"

"我把刀交给皇上，他喜欢怎么砍就怎么砍。"

"大人要上疏朝廷？"

"当然，朝廷命我来巡察，我要把看到的听到的查到的和自己想到的都禀报

上去，其中也包括你的所作所为。”玉麟亮出底牌。

“卑职犯的错非常严重吗？”

玉麟满脸怒容：“黄翼升，你还意识不到事情的严重？我问你，你每年巡察长江各镇标水师，大讲排场，吹吹打打，排炮迎送，如攻大敌，浪费国家财产，挥霍百姓血汗！难道不是大错？”

黄翼升辩解道：“平民百姓家每年过年，来了长辈亲戚，也要放鞭炮迎送，水师只不过放的鞭炮大一点而已。何况我多次阻止他们，他们不听我有何办法？他们说，这些火药不放，存放久了也会变质。老百姓过年过节也要多用几个钱，水师迎送一年才来一次的长官，用几个钱也不是大错！”

玉麟大声斥责：“好！你还狡辩！我再问你，水师章程规定，只有长江水师的人才能候补各级军官，以防那些不懂地理水文和军事的人混进来，影响将官的资质。你晓得不？你倒好，违反规定，放了不少非长江水师人员进入水师任将官！长此以往，长江水师鱼龙混杂，如果打起仗来必定一败涂地，这还不严重？”

黄翼升依然不死心，辩解道：“宫保大人，此事确实存在，有的是我向下面推荐的，有的是他们自己推荐的。我推荐的人员，我敢保证，我绝没有收礼，一分一毫也没收。坐在这个位子上，人家来求你，好话说多了，我就心软了。我们水师也不是万事不求人，人家也会给我们方便。我们总不能不报恩吧？”

玉麟大怒：“黄提督，你太糊涂了，不知道事情的轻重！水师有时候是要求人，也是要回报的，但是绝不能损害水师的利益，不能破坏大的原则。用人，是水师中最大的事情！在此事上犯错就是最大的错！”

黄翼升露出不以为然的样子。

玉麟又说：“黄提督，民船冒充军船，冲关卡避税，如果被歹人利用炮船来造反，罪莫大焉！你也觉得这是区区小事？”

黄翼升解释道：“这事我也强调过，不能让民间滥用军船、冒充军船干不法勾当。我多次强调，要在每一只炮船上写明是水师炮船，编好号码。没想到下面贯彻不力。”

玉麟拍案而起：“黄翼升！你处处为自己辩护，态度恶劣！轻重不分，毫无原则，大讲排场，挥霍钱财，滥用职权，犯法乱政，罪过深重。你如果再任职水师长官，恐怕会毁了这支队伍！我要立即上疏朝廷，建议撤除你的提督职位。”

黄翼升收敛了嚣张气焰，垂下了脑袋。

老军士就在船上，他走到黄翼升跟前小声说：“提督大人，你和彭大人情谊不浅，你态度好点，诚恳地向彭大人认罪啊。”

老军士的提醒让黄翼升开了窍，他再一次跪在彭玉麟面前，说：“钦差大人，饶了我吧，我实在不该开脱自己的罪责，任长江水师提督三年来，我在用人、用船、巡察等事情上的确犯有过失，导致水师整体资质下降，管理混乱，风气比以前差了许多，老百姓有怨言，地方官府评价也一般，对此，我有不可推卸的责任。请大人念及我是您的下属，特别是攻打湖口时，我们同生共死，并肩战斗，请您高抬贵手。”

玉麟默然片刻，说：“你既然记得从前，记得我们生死与共的友情，记得我们为朝廷不顾性命的历史，那你就该管好自己，管好朝廷和曾大人交给你的长江水师啊……你听着，这不是私事而是公事，公事公办。你犯的过错甚为严重，我理当如实地上疏朝廷。朝廷说怎么办就怎么办。我要提醒你的是，你得有所准备，按常规，朝廷十之八九会撤销你的职位，你也是自作自受啊！”

老军士也帮着求情道：“大人说的是正理，可提督大人大错铸就，还有自救的办法吗？看在以前的情谊和都是湖湘人氏的分上，大人提点一下吧。”

玉麟看着黄翼升说：“起来吧。你最好是向皇上表示会痛改前非，同时引咎辞职，也给自己一条台阶下。今后或许还有起用的机会。”

黄翼升叩头，表示感谢。

六　瓜洲镇重逢，石钟山送别，英雄洒泪再吟诗

杨岳斌这时才从湖南来到瓜洲镇标。

患难战友久别重逢，自然惊喜异常。

施礼后，玉麟久久地望着自己的老搭档，岳斌没有以前那么精神了，又老又瘦，满脸乱须，英武之气荡然无存。

玉麟笑道：“厚庵兄，昨夜做梦，我梦见一阵大风，把一只巨大的战船推送到石钟山来了，没想到今天就见到了你！”

杨岳斌也笑起来："那是一阵西北风，寒冷干燥的西北风，带着泥沙的西北风！"

玉麟感慨道："也是，西北风好厉害，把湖南伢子吹成了西北汉子！"

转眼两人已经分别了八年之久。

同治三年攻克金陵之后，朝廷授杨岳斌为陕甘总督，赏一等轻车都尉世职，加太子少保衔，督办陕甘两省军务，镇压回民起义。全国仅有十一位总督，他是其中之一，可谓位高权重，升为封疆大臣，岳斌自然非常得意。

然而他仕途坎坷。次年，他率新军十营抵达西安。这时僧格林沁战死，朝廷命杨岳斌拱卫京畿。他上表朝廷，请解陕甘总督职，专司清剿捻军，没有得到恩准，只得到赴任甘肃兰州府的回应。其时甘肃因回民起义，军政糜烂，粮道堵塞，府库空虚。杨岳斌到任后，屡次上疏朝廷，请求从别省调拨钱粮，又打算进军灵州，都未能如愿。而他一个湖南人到了西北，不适应那里寒冷而干燥的气候，水土不服，常常生病。

过了一年，兰州发生兵变，布政使林之望上疏朝廷，弹劾杨岳斌分派粮饷不公。杨岳斌命曹克忠回军平乱，诛杀首犯百余人，最终却因私下拆阅林之望奏折，被革职留任，降为三品顶戴。后来，清廷命左宗棠接替杨岳斌为陕甘总督。他这封疆大臣也就做了不到三年。

同治六年，杨岳斌再次上疏朝廷，称自己病情加重，要求返回家乡湖南。当时，左宗棠尚未到达甘肃。清廷便命穆图善暂时署任总督，准许杨岳斌解任回籍。

他在湘西老家乾城养病，一养就是五年，朝廷和世人好像已将他遗忘。

杨岳斌认为自己的官运在南方而不在北方，他在南方攻城略地，虽然偶有挫折，但总体上还是一路顺风，官位升了一级又一级，不到十年，就升为封疆大臣，何其快也。在北方，他处处受挫，动辄得咎。最后只得回归故园种地，奉养老母。

玉麟问起杨岳斌在陕甘的经历，他细细地讲述了一遍，说还是在南方好，雨水稠密，有江有湖，饭菜合口味，女人也温柔一些，再也不想去北方了。

玉麟也将自己分别后的经历简略地说了一下，重点介绍了这次巡察长江水师的情况：黄翼升太不像话，不到三年就把一个好端端的水师搅得稀乱，迎送大讲排场，用人违规，兵船与民船混乱不分，等等，把当年水师的优良传统快丢光了。杨岳斌听了，为黄翼升的所作所为深深叹息。

杨岳斌问道：“现在都巡察完了吗？”

“只差狼山镇标了。”

“朝廷命我和兄台一起巡察，我推辞再三，没有来，全由兄台代劳了，辛苦了。这最后的狼山镇标就由我去吧。”

玉麟想了想说：“这巡察的事情就由我一查到底吧，我对业务很熟了，查起来会快捷有效一些。我会把事情办妥当的。兄台离开自己卖过命的江湖已经八年了，这水师哪儿都有你的部下，故地重游，去哪里都会受欢迎。等我巡察完狼山镇后，我们湖口再聚。”

杨岳斌说这样也好。这一夜二人聊天、喝酒到五更，喝得酩酊大醉，最后就睡在玉麟的小船里。

次日，彭玉麟前往狼山镇标巡察，杨岳斌开始旧地重游。他溯江而上，游览了金陵、安庆、九江、武汉，然后转回来，经过金口、道士洑、半壁山、田家镇……待他回到湖口石钟山，玉麟早已巡察完狼山镇，在湖口等候多日了。

玉麟问他重游故地有何感受，杨岳斌说：“有点遗憾，由于时间较仓促，没有去长沙、湘潭和衡州。最深的感受是各地这些年来都得到了恢复和发展，真有了些升平气象。没有战争就是好，和平岁月才有活头。”

玉麟又陪他游览了湖口周围的上下石钟山、梅家洲等处，一边游玩，一边和他共同回忆战斗历程：衡州出征，战湘潭，打岳州，肃清洞庭，几次攻武昌，火烧半壁山，会师石钟山，血洗九江城……那些刀光剑影、炮轰弹飞的日子，他们永难忘记。

游玩了四五天，杨岳斌有些累了，决定回乡。玉麟在石钟山举办了一个小型宴会，邀请在湖口镇标的老部下一起与岳斌喝酒道别。

杨岳斌问玉麟以后的打算，玉麟说，巡察完后，奉命上京觐见皇上，再请求开缺回籍，在衡州退省庵安度晚年直至寿终正寝。杨岳斌大笑，说玉麟初心不改，永葆寒士本色，这样的安排再好不过。因为杨岳斌去北京见过皇上皇太后，就告诉玉麟上京城要带足衣服，带点湖南的辣椒去，那里太冷，没有辣椒吃，饭菜没味道，顿顿只吃馒头包子和面条，吃不上南方的大米饭。

玉麟问杨岳斌以后有何想法，他答道，向你学习，回家颐养天年，侍奉老母，别无他求。玉麟如有时间可到他老家湘西乾城玩一趟，山水绝不比衡州差。

“民间云：乾州的城，凤凰的兵。乾城周围环山，苍松翠柏，绿树成荫，其山如九龟寻母。万溶江、天星河二水绕洲，形成三陆横陈，状如乾卦……”

“和兄台的渣江镇一样，我们也有一条河街，沿街店铺林立、作坊丛生，有纺织缝纫、漆蜡印染、皮革加工、建房修缮、锻铁制银、木器家具、纸扎刻匾、粮油蔬菜、餐饮小吃、客栈轿行、巫师卜卦……应有尽有。”

“雪琴兄，有机会一定要去我老家，那里的山水绝对有看头，独一无二。因有苗人瑶人，风俗与衡州大不相同。到时候我请你喝苞谷烧酒，吃糍粑、腊肉、姜糖……”

说起故乡的好处来，杨岳斌有点夸张和啰唆，也许是醉了吧。

以前他们一起共事时，有过小矛盾，也曾因生气吵得面红耳赤，但多年以来，二人都能以大局为重，相互配合，没有大是大非上的分歧。玉麟感到，岳斌从北方回来后，在经历了官场的重大挫折之后，比以前更豁达和顺了，更重感情了。

傍晚时分，玉麟在石钟山的江边送别杨岳斌。站在江头，他们举杯畅饮，挥手告别。远处的江面朦朦胧胧，不见晚霞，亦不见星月，怅惘、不舍之情浮上心头，玉麟想起当年两人在洞庭湖上月夜泛舟作诗的情景，于是吟出一首诗来：

江畔送君行，销魂酒共倾。
惊涛田镇火，乱炮楚江兵。
云暗虎长啸，秋深鹤细鸣。
长风三万里，帆举水波平。

玉麟知道岳斌写诗不多，但诗境甚高，最擅长五律。“归咏夕阳天，矶边泊战船。云开千嶂月，风敛一江烟。列阵朝擒贼，谈兵夜扣舷。誓将身许国，何止着鞭先。”杨岳斌这首五律，玉麟非常喜欢，至今不忘。故今日送行，玉麟也吟了一首五律送别。

玉麟的诗勾起杨岳斌对往事的回忆，拨响了他心中那根最敏感的弦，于是他一气呵成，和了一首：

仗节欲东行，离杯惜共倾。
波涛沧海月，金鼓洞庭兵。
客散双钟寂，秋高旅雁鸣。
江头空怅望，万里暮云平。

江上云雾弥漫，杨岳斌的小船慢慢远去。玉麟有预感，此生此世，二人很可能难以再见面了。他凝望着远处，无语凝噎。

江上的云雾里，有渔歌声传来：

云雾茫茫不见天（呢），
水激雾重难行船（啰）。
南来北往名利客（呢），
生老病死红尘间（啰）。
美人垂暮灯火淡（呢），
英雄暮年无人怜（啰）。
船行千里终归港（呢），
人间万事总化烟（啰）。

七　汇报整顿情况，荐李成谋任提督，准备北上京城

送别杨岳斌后的第二天，彭玉麟开始起草奏章，向朝廷禀报巡察长江水师时所发现的问题。主要写了三件事情：一是选用将才不依规章，致使非长江水师的人成为水师军官；二是大讲排场，迎送提督巡察鸣放排炮，声势巨大，劳民伤财，风气极坏；三是军船管理不严，致使歹徒以民船冒充军船冲卡逃税，埋下隐患，并指明黄翼升负有不可推卸之责任。

在奏章里，他还简述了一支军队由兴变衰的规律：军队初创之时，士兵很质朴，很勤劳，能保持劳动者的本色，士气旺盛，战斗力强，打起仗来很勇敢，只

需用很少的兵力，就能打败数倍于己的敌军。但时间一久，治军不严，将士私心膨胀，士气低落，军纪松懈，最后毫无战斗力。历史上，许多军队都是这样由盛而衰，没料到湘军水师也逃不脱这样的命运悲剧。

他在概述这条规律时，内心异常沉重。

几天后，玉麟把奏章交由驿站转送至朝廷。同一天，黄翼升也将自己的辞职奏章寄送朝廷。

上谕很快下来了，严词谴责黄翼升犯下的严重过错，批准了他的辞职，让他回老家养病，水师暂时由副职代管。其实是看他曾为朝廷立下很多战功，给他一个台阶下，实质上就是撤除了他的职务。

由谁来统率这支水师呢？玉麟考虑了很久，他的旧部有不少人有资历、有能力胜任这个职位，但是用自己的部下，别人恐怕会质疑他拔掉黄翼升是为了安插自己的人，这样影响极坏，于是他准备向朝廷推荐杨岳斌部下的李成谋来任此职。

李成谋是湖南芷江人，身长八尺，力能一手竖大桅。咸丰四年，投效水师充哨长。跟从杨岳斌克湘潭、岳州，叙千总。转战湖北，败贼于倒口，拔沿江木栅，毁盐关贼船。后克武汉，擢守备。李成谋追击长毛，上至武穴，下至龙坪，往来击贼，歼毙甚众，后擢参将，赐号锐勇巴图鲁……他立下的战功不逊于黄翼升。

玉麟认为李成谋任长江水师提督当之无愧，与此同时，他还提到一个叫彭楚汉的人，供朝廷抉择。他的奏章是这样写的：

……惟查有福建水师提督李成谋，结实朴诚，认真办事。直隶大名镇总兵彭楚汉，正直无私，束身诚朴，刚毅慎勤，精明强干。该二员向隶前任陕甘督臣杨岳斌部下，熟习江面，卓著战功，实为水师中杰出之才，畀以重任，必能称职。臣既有所知，不敢不据实密陈，以备圣主采择。……

不久，朝廷采纳了他的建议，任命李成谋为长江水师提督。

彭玉麟自三月中旬从衡州带病启程，以一叶扁舟渡洞庭，经武汉，绕鄱湖，按部密查，顺流东下，冒着炎热天气，于七月底直达狼山海口，穿越五省，上下五千余里，周历二十四营，考核官弁七百数十员，革除庸劣官兵数百人，更换水师提督，可谓以霹雳手段整顿水师，并初见成效。玉麟相信在新提督李成谋的统领下，长江水师会出现新的气象！

当初上谕要他巡察长江水师时就写明了，让他把巡察事情办妥后，立即进京觐见皇上、皇太后，后来他巡察湖口时，朝廷再一次重申进京面圣一事。现在事情实实在在办完了，该去北京了。

总是给皇上、皇太后写奏折，却从来没有见过他们，面圣是很荣耀的事情，有几人有幸见到皇上、皇太后？河隆彭氏家族还没有谁觐见过天子，他是破天荒的第一人！皇上还是一个少年，两宫太后也还年轻，他们到底是何等玉颜与气魄？垂帘听政到底是怎样的情景？他们会垂询哪些重大的事情？当初听说太后垂帘听政，他担心女主干政会败坏朝纲。几年过去，一切正常，国家不但没有衰落，反而出现复兴气象。他与所有朝臣一样对两宫太后刮目相看。对于进京觐见一事，他有点惶恐，自己属于江湖和战船，没有真正进入过庙堂，没有见识过文武百官济济一堂的宏大场面，他怕露怯，怕说错话惹怒圣上……他一边准备行装，一边给自己打气，想象着自己将要经历的场景，心里充满期待和兴奋。

第二十章　京都见皇上

彭玉麟来到京城，同治皇帝和两宫太后在养心殿东暖阁召见了他，擢升他为兵部右侍郎，随后又任他为同治皇帝婚庆大典的宫门弹压大臣，玉麟感激之余，深感皇族与民间有着巨大的差异……

一　秋日进京：一路车马一路诗

同治十一年八月八日，彭玉麟在整顿长江水师后，开始了北京之行。

他不走水路，走陆路。他租用了一驾马车，带着简单的行李，与老军士老陶，还有两名亲兵上了马车，自江苏淮安清江浦上路。

前几天下过一场大雨，今日虽已放晴，驿路上还是湿湿的。天空碧蓝高远，旷野一望无际。白鹭在田野上空飞翔，路旁的菊花一丛一丛的，绽放着金黄的温情。浓郁的秋色让他心情愉悦。

车夫把马鞭一挥，马跑得风一般快。四周很静，只听见车轮和马蹄声，还有白鹭在空中的一两声鸣叫。

走了半日，车马却突然停住，原来下雨涨大水，驿路被淹没了。车夫只得绕道而行。

玉麟诗兴大发，随口吟出一首七律来：

奉使才归海上槎，又随马铎上京华。

不求人爵原非隐，欲觐天颜敢恋家？
驿路水深迂鹭堠，野篱秋老散蜂衙。
谁言作客多岑寂，旅馆镫青尚放花。

越往北走，天气越冷。彭玉麟一行每天很早起床赶路，晨光熹微，冷风如刀。远远近近有鸡鸣响起，路上铺满白霜，使人想起“鸡声茅店月，人迹板桥霜”。到了傍晚，暮鸦归巢，牛羊归家，他们也要赶紧寻找客栈投宿。不然，夜色渐浓，人困马饥，找不到旅店甚是麻烦。望着天边的落日，“夕阳西下，断肠人在天涯”的名句，又从心头冒出。

这一天傍晚，玉麟来到山东沂蒙郯城沭河西岸的李家庄，进客栈吃完晚饭，洗好脚，正准备上床，忽然发现墙壁上题有诗句。那时候的文人颇有雅趣，住在客栈里有了诗兴，便挥笔在墙上留下自己的诗句。客栈主人不但不怪罪旅客污了他的墙壁，反而认为是极为风雅之事，以此为荣。玉麟叫老军士点燃蜡烛，凑近墙壁，一看大为惊讶，那些毛笔写的字字迹俊美清秀，如美人亭亭玉立。一看落款，竟全是女人的芳名：杜漱芳、文碧秋、高月生、朱月仙、李菊秋、许令芬……玉麟更为兴奋，细细地看女人们题的是什么样的诗，只见杜漱芳写的是：

翠冷香销二百年，梅亭明月鹤亭烟。
罗裙久化飞庄蝶，彩笔重题感杜鹃。
一径落花红灼灼，两堤芳草绿芊芊。
春泥都化娲皇石，补满情天补恨天。

再看文碧秋，写的是一首七绝：

夕阳斜映小红楼，杨柳依依最解愁。
燕子已归香已烬，帘垂闲煞月儿钩。

看完所有女诗人的诗作，玉麟不禁感慨，这些诗情真意长，才气横溢。他触景生情，想起竹宾姨的诗词，如果把她的诗词题写到此处来，绝不会逊色的。

玉麟从不轻视女性，甚至认为不少女性的才华胜过男人。如今掌控朝政的那位女性，该有多大的气派和才华，岂是一般须眉能相比的？

感慨了一阵，他也在墙上题写了一首诗：

车中漫兴

一天冷露月西斜，茅店鸡啼处处哗。
倚枕欲眠惊晓箭，和衣扶梦上征车。
长途落日驱饥马，旅馆风寒噪暮鸦。
烧烛细看题壁句，偏多闺秀好词华。

过了几天，彭玉麟一行到达泰山郡羊祜的故乡。

这羊祜，字叔子，泰山南城人。西晋初年著名战略家、政治家、文学家，是彭玉麟最敬佩的人。羊祜博学能文，清廉正直，娶夏侯霸之女为妻，曾拒绝曹爽和司马昭的多次征辟。晋代魏后，司马炎有吞吴之心，乃命羊祜坐镇襄阳，督办荆州军事。

当年，玉麟在荆州一带打仗，还听到当地人对羊祜交口称赞。老百姓说，羊祜到荆州后，发现荆州的状态不理想，百姓生活不安定，戍兵军粮不充足。于是，羊祜把军队分作两半，一半执行巡逻戍守的军事任务，一半垦田种粮。只用一年时间，全军共垦田八百余顷。羊祜刚来时，军队连一百天的粮食都没有，到后来，粮食积蓄可用十年。同时，羊祜大量开办学校，兴办教育，安抚百姓……荆州百姓为纪念羊祜，在他生前喜欢的游息之地岘山建庙立碑。

以前只在书上看到，听人说起，现在竟然来到了他的故里，玉麟命车夫停车，夜里在这儿住宿，第二天一行人参观了羊祜的祠堂，玉麟也写了几首诗，其中的一首是：

访羊太傅祠

滚滚黄尘日落时，暂停车影与鞭丝。

荒烟蔓草羊公里，衰柳斜阳太傅祠。
晋代风流沂水地，襄阳月冷岘山碑。
金镮遗迹无从问，堕泪空留后世思。

随后一行人又来到泰山脚下，出发前玉麟就准备游览泰山，泰山自古被视为“直通帝座”的天堂，是百姓崇拜、帝王告祭的神山，民间有“泰山安，四海皆安”的说法。自秦代开始，先后有十三代帝王亲登泰山封禅或祭祀，另有二十四代帝王遣官祭祀七十二次。泰山是灿烂文化的缩影，是“天人合一”思想的寄托之地，不游泰山是一生的遗憾。

玉麟在泰山待了好几天，先后游览了斗姆殿、玉皇顶。

斗姆殿是泰山最为幽静的所在，玉皇顶是泰山的最高峰。

登上玉皇顶后，玉麟站在绝顶之上，俯瞰山下，随口吟道：

泰山佳气郁葱葱，雄秀均涵蕴酿中。
十里浓连乌柏洞，五云深护碧霞宫。
秦碑汉碣青苍甚，晋桧唐槐紫翠重。
一道劈开三万级，我非列子亦临空。

下了泰山，由章夏到杜家庄，路不好走，崎岖不平，马车颠簸不停，发出隆隆的响声。玉麟为此写诗一首，曰：

由章夏至杜家庄

晓发嵩山道，崎岖更不同。
沟渠横左右，冈埠凸西东。
马踢岩墙下，车行复壁中。
霜华滋洞菊，岚气锁崖松。
鹅卵双轮转，羊肠一线通。
直如雷贯耳，更觉石填胸。

帘卷遥峰翠，鞭敲曙日红。
杜家庄在望，纵辔去匆匆。

出了山东，到达河北连镇。太平天国大将李开芳、林凤祥北征时，曾在此与官军鏖战……玉麟由此又生出许多感慨来，吟诗道：

连镇有感

我来连镇地，徘徊心更伤。
炊烟余劫火，朽骨冷沙场。
野树含愁绿，荒村锁夕苍。
可怜乱归叟，涕泗话斜阳。

再往北行，到了天津。由于前路被淹，马车无法前行，一行人只得坐船前往北京。在船上，玉麟看见东面的田地金黄一片，是一派秋收的景象，而西面茫茫一片水乡泽国，老百姓遭灾不浅。当时正是李鸿章在天津主政，遇上这样的水灾，估计他夜里也不能安眠吧，于是得诗一首：

天津阻水，舍车登舟

清江登陆共摇鞭，今日停骖又上船。
海屿东陲秋满陇，津门西望水连天。
波涛撼冷关河月，鼓角喧寒幕府烟。
一片哀鸿嗷泽国，夜深枕上莫安眠。

从江苏淮安清江浦到北京，彭玉麟一路写了二十多首诗，既是朝见之旅又是吟诗之旅啊。老军士老陶说："要是大人从衡州出发到北京来，也许要写一百多首诗，可以单独印刷成一本诗集了。"

二　皇太后、皇上召见，彭玉麟应答如流

农历八月底，彭玉麟到达北京，京城的广大和建筑的壮丽让他赞叹不已。

他因十分崇敬杨继盛，进京第二天，便住进了其故居。这杨继盛，字仲芳，号椒山，河北容城人，明嘉靖进士，在做兵部员外郎时，因写了《请罢马市疏》，受贬职处分，后被起用，到职不足一月，又写成《请诛贼臣疏》，历数严嵩五奸十大罪，被严嵩投入刑部大狱。他在临刑前，留下名句“浩气还太虚，丹心照千古。生平未报国，留作忠魂补！”严嵩被诛灭后，皇帝赠杨继盛太常少卿，谥忠愍。乾隆年间，他的故居松筠庵被改为祠堂以示纪念。

祠堂位于宣武门外达智桥胡同。正门有石刻匾额“杨椒山祠”四字，祠堂只有一层，低矮质朴，其貌不扬，和“退省庵”差不多。进入正堂内，看到杨继盛的塑像，他们忙放下行李，焚香跪拜，表示尊敬。

往里走，西南角有谏草堂和谏草亭。这是道光年间一位名叫心泉的僧人募捐修建的。玉麟看到谏草堂有许多空房间，就同管理祠堂的人商量，是否可以住在这里，守祠堂的人同意了。谏草堂特别清静，离皇城只有两三里路程，便于觐见皇上。更重要的是，玉麟崇敬历代忠臣，对能住在忠臣的故居深感荣幸。

他去了趟兵部，禀报自己已到京城，兵部让他耐心等待皇上、皇太后的召见。

回到谏草堂，他日日专心读书，写诗，有时到谏草亭和长廊上散步，有书家将杨继盛的奏折摹刻在石板上，镶于墙内，还有不少前人和当代人题诗刻石，玉麟细细品读这些碑文和诗词，默默记在心里。

到了九月五日，兵部派人通知玉麟，明日上午皇太后、皇上在紫禁城养心殿东暖阁召见他，让他做好准备。

九月六日清晨，在兵部官员引领下，玉麟进入紫禁城。在午门前，他下了轿，经过太和殿、中和殿和保和殿，绕过乾清宫西侧，来到养心殿。养心殿是皇上居住的地方，高大巍峨的城楼，宽敞大气的房间，高贵典雅的摆设，庄重肃穆的气氛，让面对千军万马的战阵都泰然自若的彭玉麟出了毛毛汗。

一名太监把彭玉麟引向东暖阁，这里是两宫太后垂帘听政的地方。玉麟看那房子并不大，皇上穿着龙袍端端正正坐在御案前，清秀俊朗，气宇非凡。皇上今

年才十七岁，还没有结婚，慈禧太后以他“典学未成”为由，并未让他亲政。皇上背后不远处，垂着一道帘子，后面坐着慈安太后和慈禧太后，她们才是真正的掌权者。

玉麟走上前去，在离皇上不远的地方洪亮地喊道：“吾皇万岁，臣彭玉麟叩见皇太后、皇上！”行三拜九叩之礼。待皇上说了一声“平身”，他才爬起来。

皇上说：“赐座。”

小太监搬来一把小椅子放到彭玉麟身后，他并不敢坐。

皇上说：“彭公，坐着说话吧。”

玉麟有点不自然地坐下了。

皇上看着彭玉麟，面带微笑，说：“彭公乃国家栋梁，朕之爱将。创建水师，剪灭贼匪，身经百战，为朝廷立下汗马功劳；又为水师转制制定章程，为长江水师的兴旺奠定基础，最近巡察长江，淘汰劣庸，重申军纪，振兴士气，居功甚伟！朕记在心里，十分敬重。”

玉麟立即拜倒在地，说：“皇上鞭策，臣不胜感激。臣出身寒微，墨绖从戎，虽千里血战，但功劳甚微。承蒙皇太后、皇上器重，一再提拔。皇恩深厚，臣未报答万一，深为愧疚。”

皇上说：“平身吧，彭公请坐着说话。”

彭玉麟又爬了起来，坐回椅子上。

皇上正襟危坐，神态更为严肃，说：“彭公，最近有人上书朝廷，言天下升平，南方安定，经济复苏，长江水师可有可无，不如早点撤除。你以为如何？”

玉麟想皇上尚未亲政，这话恐怕是替太后问的。他挺直身子，目光炯炯地看着皇上，答道：“皇上，上书之言误国误民也。六千里长江，上至荆楚，下至吴越，浩浩荡荡，水光连天，大地之巨龙，人身之经络也。若以南北论之，则有天堑之险；若以东西论之，则有建瓴之势。而水师一军，据其要害，实可左顾右盼，雄视四方。如有内贼起事，既可据险阻截，也可飞舟追击。若有外寇入侵，既可近海赴援，亦可据险阻击。故江防应当加强巩固，厚植根基。长江水师非但不可撤除，诚宜严明军政，振奋斗志，积极备战，永不松懈。”

皇上微微点了点头，微笑了一下，说：“彭公所言极是，巩固江防，不可松懈。”说完，往身后帷幕望了一眼，说：“太后还有懿旨。”

玉麟一听，又立即跪下磕头，说：“臣彭玉麟请二位太后安！臣出身卑微，思虑愚钝，不学无术，承蒙太后及皇上提携，方有今日，皇恩浩荡，刻骨铭心，不敢忘记。请太后训示，以利玉麟开窍。”

不一会儿，帷幕后传来一个中年女人的声音：“彭公有功于国，刚毅廉洁，名震天下。你是南方人，到北京习惯不？”

那声音温婉悦耳，亲切动人，有一股特殊的不可言说的魔力。

玉麟见太后问起日常起居，体现出对臣下的关怀，便说了实话：“禀太后，有些不习惯，天气太冷，吃不到大米饭，也吃不到辣椒……”

帷幕里传来了轻微的笑声：“我就猜到你会不习惯，但住的地方应该还可以吧？总比你住在船上要宽敞吧。”

玉麟忙回答：“太后说的是。”

帷幕里的声音又传了过来：“彭公啊，大清的江山，除了江湖还有海洋，现在夷人包藏祸心，觊觎我大清国土，妄图蚕食。他们一般都从海上进击。故有人说，江防不如海防，你意下如何？”

玉麟稍加思忖，答道：“禀太后，江湖，里也，国之内室也；海洋，外也，国之门户也。无海防，如门户敞开，任外寇进入蹂躏也；无江防，如室内无强壮之男子，任盗贼抢夺侮辱也。江防不固，内乱势必引来外寇；海防不固，外患势必引起内乱。故防江必须防海，防海也必须防江也。须表里相依，江防海防打成一片也。如此，大清江山才会固若金汤，无人可破。”

玉麟顿了一下，继续说道：“现在内乱已平，江防初具规模。海防还在草创阶段，而夷人蠢蠢欲动。须在保障江防的基础上，优先加强海防，置办大轮船，添置更具杀伤力的火炮，训练海军将士，虽然我们暂时不具备攻打敌方海域的能力，但至少要能坚守自己的海疆，不让夷人入我境内横行霸道……微臣见识短浅，见笑于大方了。”

帷幕里又传出了悦耳的声音：“此言甚善。彭公胸有韬略，目光长远，照此策略筹划江防、海防，必固我大清江山……彭公养疴三年，想必已经痊愈。现在国家正是用人之际，拟命你任兵部右侍郎，彭公请不要推辞啊！”

玉麟又跪下了，请求道：“禀太后、皇上，微臣三次受伤，又长期住在船上，多受风寒。每到春天，咯血不止，筋骨疼痛，一直要持续到深秋。此段时间，全身无力，多思则头昏。故微臣日夜思考如何报效朝廷，报答皇恩，无奈心有余而力不足。请求太后、皇上不要再委以重任，陛见之后，让我回衡州老家继续养疴，不胜感激。”

太后遗憾地说道：“既然如此，以后再说吧……在京期间，多多珍重身体。退下吧。”

玉麟退出养心殿，穿过三大殿，一直往午门走去。一路上，非常兴奋。皇上青春年少，皇太后风华毓秀，思虑敏捷，极富洞察力，对臣下又如此器重、爱护，且虚心听取臣下意见……大清有望，黎民之幸啊！

三　参加皇帝大婚庆典，任宫门弹压大臣

彭玉麟来京城来得正是时候，他要见证一场难得的皇帝大婚庆典。

他接到上谕，朝廷命他参加皇上大婚庆典，任宫门弹压大臣，具体任务是维持现场纪律，若婚庆期间现场发生混乱和不测，他有权当场处置。

皇上今年已经十七岁，一般皇帝十四五岁就成亲了。听兵部官员说，皇帝的婚姻并不顺利，找谁做皇后，两宫皇太后意见不一：慈安太后提议以侍讲崇绮之女阿鲁特氏为皇后，慈禧太后主张以刑部员外郎凤秀之女富察氏为皇后。同治帝本人喜欢前者。议来议去，最终两位太后决定以阿鲁特氏为皇后，以富察氏为慧妃，皇上的心愿得到满足，但慈禧太后心里很不是滋味。

九月初七，这天是颁诏日。皇上礼服出宫，到保和殿下了轿子，来到中和殿，鸿胪（掌管朝会、筵席、祭祀、礼仪的官署）各官三拜九叩。皇上接受朝拜后，又乘着轿子来到太和殿，这时奏起乐曲，王公、文武各官向皇上行礼。玉麟也在文武官员的队伍里，毕恭毕敬地施礼。礼毕，皇上发出诏书，通知女方成亲日期和有关事项，并派人送往女方家庭。

婚庆典礼的序幕，才刚刚拉开一条缝。

初八初九两日，礼部堂官率领司员，在太和殿演习礼仪，大小臣僚穿上朝服来到太和殿的丹陛下，瞻仰盛典威仪。其时钟鸣鼓响，琴瑟调和。玉麟观看完演习全程，觉得排场真是大得很，是衡州富豪成亲仪式所不能比拟的。

初十就更加热闹了，大殿里举行大征纳彩礼，相当于民间男方派人到女方家

送迎亲礼。御炉里燃起九合香，奇香满堂。彩礼，如文马、金银、器用、绸缎等装了几马车，敲锣打鼓送往新娘家。

接下来几日是新娘那边来送妆奁了。玉麟从来没有看过这样送嫁妆的大场面，用马驮，用车拉，有人抬着，有人挑着，有人举着，有人背着，香车宝马，人山人海，塞满道路和街巷，马嘶人喊，锣鼓喧天，鞭炮响个不停。全城的男女老少都来观看，东华门外摩肩接踵，人山人海，比过年过节还要热闹。玉麟担心发生踩踏事件，和兵部几位官员在现场督察，见有拥堵之处就近前疏通、排解。幸好没有发生事故。不过，待人马经过之后，路上因拥挤，掉下了很多金钗玉簪，拾到者乐不可支。

有意思的是，嫁妆中有一架西洋制造的大镜子，亮晶晶地放光，好几个人抬着，经过乾清宫大门时，由于太庞大，左弄右弄，怎么也进不去。众人费力使劲，汗水直冒，不知如何是好。有人发牢骚说："还说洋人头脑乖巧，你看这东西竟然进不了屋子，真是猪一样蠢啦！"玉麟上前一看，说："这样蛮弄，是进不去的。拿工具来，拆开外面的架子，进去后再组合。"在他的指点下，众人拆开外架，好容易才搬进宫去。

十四日册立大礼，皇上穿着礼服满面红光、神采奕奕来到太和殿。玉麟随大小臣僚向皇上行礼，齐声祝贺皇上婚姻美满，并跪听皇上宣读册封皇后的册书和宝文。

接着，册宝前导，凤舆在后。銮仪校尉穿着绛红色的绣花彩服，举着彩色的旗子，吹笙弹琴，抬着花枝招展的凤舆前往女方家迎接新娘。夜色降临，三百对大红宫灯高高挂起，九街亮如白昼。钟鼓琴瑟声声不断，紫禁城一片喜庆气氛。

十五日子时，也就是半夜，新娘的花轿才进入乾清宫。礼部堂官率司员捧着册宝，安奉在交泰殿左右案上。

十六日，才是真正的大婚庆典。皇后身材高挑，面如满月，含羞带娇。头顶凤冠高耸，珠光宝气，服装花团锦簇。在仪仗队的簇拥下，皇后行捧柴礼，随后皇上穿着礼服，同皇后祭祀天地喜神，九叩礼毕，即诸灶君前行三叩礼，随后回到坤宁宫东暖阁，进团圆膳。

团圆膳后，皇上同皇后到寿皇殿列圣、列后圣容前行礼。皇后走下凤舆，左右手各拿一个苹果，随侍女官接走苹果。福晋命妇授以宝瓶，内装百宝。又将马鞍跨置坤宁宫门槛上，鞍下放苹果两个，这是从俗取吉祥平安之意。

这时，蒙古四十八家王公前来祝贺，列队在丹陛左右。

随后，文武大臣前来祝贺，列队在丹陛下，听鸣赞官唱排班，百官由左右旗门鱼贯而入，向皇上行礼。

皇上皇后的新婚洞房设在坤宁宫东暖阁，他们在此处吃了合卺酒。

坤宁宫渐渐安静下来，只有司仪在东阁门外唱交祝歌……

夜深了，玉麟回到谏草堂，连续几天的操劳，他身体累了，心也累了。记得自己在衡州同邹氏成亲，只是把亲友请来，坐了四五桌，婚礼仪式仅有三个环节：一拜天地，二拜高堂，夫妻对拜，一袋烟工夫搞定，哪像皇家这么多名堂，惊动这么多人，搞得人身心俱疲……

四　参加皇家宴会，想起渣江农家

十七、十八两天没事，玉麟在谏草堂里回忆这几天的所见所闻，写下一首长诗，内含十首七律，题为《同治十一年壬申九月十五日大婚庆典，恭纪七律十首》，详尽地记叙了自初七至十六皇帝大婚庆典的盛况，颂扬了朝廷“河山一统庆升平”的兴旺气象。

十九日，他同文武百官一道参加皇上的大婚宴会。太和殿中，文官衣冠楚楚，武官佩剑锵锵，彩灯高挂，钟鼓声声。随着一声“皇上驾到”，同治帝在众人的簇拥下来到大殿里，年轻俊美的脸上带着微笑。群臣立即跪倒在地，三呼“万岁”。皇上令诸位“平身”，示意大家入席，今日的他显得格外亲切随和。

司仪官正式宣布入席。席上早已用大红纸写好名字，对号入座即可。玉麟找到西面的席位，原来兵部仅安排了三席。熙熙攘攘中，大家纷纷入座。桌上摆的碗筷，是犀牛骨和象牙制的，一会儿开始上酒，上菜，山珍海味，香气腾腾。玉麟从未吃过这样的大餐，后来他用诗歌形容了餐席上的酒菜：

黄脂酪胜红绫饼，绿乳酥流碧玉浆。
枣栗精脩犀象碗，茝兰新纫衮龙裳。
紫麟脯炙同心脍，白鹿胎烹如意汤。

接着文武百官起立向皇上举杯敬酒，随后蒙古各王，还有高丽、交趾、琉球各使臣，先后向皇上敬酒，皇上亦举杯还礼。

与此同时，殿内临时搭起的舞台上开始奏乐、表演。舞台上歌女如花，舞姿翩翩。蒙古还敬献了他们特有的杂技，表演了兽舞，让人大开眼界，捧腹大笑。

玉麟后来是这样形容这些歌舞表演的：

鸾箫凤管呈仙乐，虎拜熊飞献兽装。
舞袖花团飘蛱蝶，歌衫锦簇绣鸳鸯。
一曲升平成雅颂，九韶合奏叶宫商。
惊鸿妙态翩丹陛，飞燕清音绕画梁。

经过半个时辰，大家差不多酒足饭饱，席上的菜剩下小半。这时又献上来许多果品，有大桃子、苹果、桂圆、柚子，大家又大吃起来。

彭玉麟这一席都是兵部高官，他们大多在京城的衙署里一起办公，彼此熟悉，有说有笑。玉麟来自江湖，大家虽然知道他的名字，但毕竟不熟悉，因此不大与他交谈，他觉得有些尴尬。快散席的时候，同席的人问他：“彭大人，你是宫门弹压大臣，参加过鸿胪寺举办的筵席会议，可知道今天宴会有多少席？每一桌酒席要用多少银子？”玉麟答道：“这太和殿一百二十席，由内务府操办，每席花费银子七十两，共计八千四百两；殿外还有一百席，由光禄寺操办，每席费银二十八两，共计二千八百两银子，加在一起一万一千多两。”

那人惊叹道：“花费不少啊。”然后突然笑起来，说：“彭大人，京内都传大人诚朴，其实不是这么一回事啊！”

玉麟不解，问道：“大人此话怎讲？”

“当年朝廷任命你为安徽巡抚，大人上疏说自己不会管粮钱，不会算账，是不是？”

“有这回事。”

“可是，你刚才却把这次酒席花费的银子算得一清二楚！”

众人大笑起来。

玉麟知道那人也不过开玩笑而已，巧妙地回答道：“这是别人算出来的，我只是记得而已。”

这时大小官员陆续离席。面对满桌剩菜，玉麟心想，如果在老家衡州渣江，剩下的菜会被带回家去给老人孩子吃，也不知宫里是怎么收拾的。这酒席未免太奢侈，每一席七十两银子，够十口之家的庄稼人吃两年啦。冒着生命危险的水师士兵一个月工薪只有三两多银子，那么这一席酒席够一个士兵两年的工薪。这次酒席的花销够一个营发一年军饷……

玉麟也随众离席往回走，今天他没喝多少酒，虽然看到了大场面，人生第一次和皇上、朝廷大官一块儿喝酒，却因为想起水师，想起渣江乡下的庄稼人，心里头突然有了很多感触，高兴不起来了。

五　首次早朝颇兴奋，香山观景有感触

这天午夜，彭玉麟早早起床梳洗，准备去参加早朝。

前五日，兵部传下圣旨，命他为兵部右侍郎。玉麟跪地谢恩，站起来后他嘀咕了一句：任了这个官，每天要早朝，我这身体受不了啊。兵部人员把这话传给了太后与皇上。皇上和皇太后体恤这位为他们保住江山而旧疾缠身的彭公，又下来一道上谕：赐彭玉麟紫禁城骑马。

赐紫禁城骑马又称“赏朝马”，对朝臣来说是一个巨大的荣誉。紫禁城作为宫禁重地，严禁骑马入内。康熙帝时，始有年老的高级官员经皇帝特批可在紫禁城内骑马之制，乾隆初期，续准贝子以上满族亲贵在紫禁城内骑马。凡获恩准者，只许骑马，不许乘轿。凡有资格在紫禁城内骑马者，由吏部于每年年终开列名单奏请皇帝批准，一品以上不论年岁，侍郎则必须年在六十以上始能开列，个别侍郎未满六十而蒙赐紫禁城内骑马者，是为特例而非制度。乾隆后被恩准在紫禁城内骑马者，若年老有疾，经特准可坐肩舆（也称坐轿）或乘车入内。彭玉麟还只有五十七岁，能获此待遇，自然对皇太后、皇上很是感激。

早朝，对玉麟来说充满了新鲜感和神秘感。他听说，早朝时，大臣必须午夜起床，穿越半个京城前往午门。丑时，大臣必须到达午门外等候。当午门城楼上的鼓敲响时，大臣们要排好队伍；寅时，钟声响起，宫门开启。百官依次进入，

过金水桥在广场整队。官员中若有咳嗽、吐痰或步履不稳重的都会被负责纠察的御史记录下来，听候处理。

玉麟用热水洗了把脸，将脑后长长的鞭子梳理好，整整齐齐穿好官服，这可是他平生第一次早朝。窗外刮着寒风，飘着毛毛细雨，他冷得直打哆嗦。他温了一壶酒，喝了好几杯，直到身上增添了一些热意，觉得可以抵挡外面的寒气才出门。这时亲兵已将租来的一匹马拉了上来，他跨上去，把马鞭轻轻一挥，向紫禁城方向驰去……

在太和殿前等了很久，寒风拂动着佩带，毛毛细雨把官服都打湿了。北方冬天的凌晨是最冷的，冷得玉麟牙齿打战。他与兵部的官员们站在一起，随后一同进入太和殿。

早朝其实也并不神秘，大家站成队形，在宰辅的带领下向皇太后、皇上行礼。身居高位的大臣向皇上奏事，皇上说了几句话，帷幕后的太后说了一席话。不到一个时辰就退场了。

走出太和殿，外面刚刚有了晨光，远处的建筑在蒙蒙细雨里影影绰绰。玉麟吟出一首《早朝》来：

午夜鸡鸣别枕函，衣冠整肃意加严。
黄封略进金樽醽，紫禁偏容玉埒衔。
御苑晓风飘佩带，宫门清露湿朝衫。
帘前璇训亲承处，咫尺天颜语敢搀。

兵部侍郎宋雪帆这些天已和彭玉麟熟悉起来，他走近彭玉麟身边说：“彭大人难得进京来，明天我们去香山看风景吧。”玉麟问道：“香山的红叶甚有名气，今年这时候还可以看到吗？”宋雪帆说：“今年冬天来得比往年早，又特别寒冷，不一定能看到。不过，香山除了红叶，还有一些东西可看。”于是，玉麟和他约好过几天同去香山。

香山在北京海淀西郊，距玉麟住的谏草堂约六十里。一同前往的除了宋雪帆，还有马雨农阁学。金代皇帝在香山修建了大永安寺，经历代扩建，到乾隆十年改名为静宜园。十几年前，该园惨遭英法联军抢劫和焚毁，主要建筑都成了断墙碎瓦。

所谓香山红叶，就是每到秋天，漫山遍野的黄栌树叶红得像火焰一样。可是今年，满山树叶还没红透，就被一场早来的寒风吹落下来，应有的红叶美景早在风雨中化作残梦碎片。彭玉麟一行极度失望，带着惆怅的心情离开了香山。

接下来的日子里，玉麟的心情再没有好起来。也许是京城太寒冷，也许是因为床上的被子太单薄，他每晚辗转反侧，总是想起一些往事，早早地醒来，再难入睡。天明前听着窗外传来的一遍又一遍的鸡鸣，还有长空中一两声雁鸣，他莫名地感到岁月的沧桑和人生的无常……应当说，来京城觐见皇上是他人生最辉煌的时刻，可是为何会有这样奇怪的想法？是乐极生悲吗？

说实在的，他不想在京城待下去了。他要离开这里，回到江湖上去，回到衡州去，回到他的退省庵去，他要回去做他的寒士，谁也不能阻挡他！

六　玉麟画梅题诗，送给朝鲜友人

朴珪寿又来了。他的到来，给谏草堂带来些许快乐的气息。

玉麟叫老军士泡上从洞庭湖带来的绿茶，给炭火添上炭。

这位朝鲜来的朋友，是玉麟在皇上大婚庆典上认识的，二人有一种相见恨晚的感觉。他来过好几次了，每一次来都是清谈，他不喝酒，玉麟只好用茶水招待他。

朴珪寿，字瓛卿，在朝鲜任礼曹判书。他前几天告诉彭玉麟，这是他第二次出使中国了。

他第一次出使中国是在咸丰十一年，当时清朝在第二次鸦片战争中被击败，咸丰帝仓皇出逃承德避暑山庄，英法联军火烧圆明园，朝鲜朝野因此恐慌不已。为了探听情报，朝鲜哲宗任命赵徽林为问安正使，朴珪寿为问安副使，前往中国慰问咸丰皇帝。其时中国内忧外患，朝鲜士大夫视为畏途，不愿前来，但朴珪寿不以为然，非常乐意冒险来中国，并在饯别时作诗道：

平生梦想帝王州，甓蘡中堂空流羡。

三辅黄图眼森森，意中轫辘车轮转。

今朝出门真快活，舞骖周道平如辗。

诸公端合为我贺，胡为离愁眉头现？

来到中国后，他们没见到咸丰皇帝，因为咸丰帝正在病中。朴珪寿在中国停留的五个月间，结交了八十多名中国文人学士，互相酬唱诗歌，往来书信，即使回朝鲜后也长期保持联系。

这一次他出使中国，主要是来祝贺同治帝大婚。不过他还有个人目的，即不以游览为事，只欲结识中原名士。他告诉彭玉麟，除了他之外，还结交了崇实、万青藜、吴大澂等清廷文武官员。

在与朴珪寿的交谈中，玉麟感到此人具有济世之才，有深厚的文化功底，熟悉中国的历史文化，又懂汉文，视野开阔，思想深邃，幽默豪爽，重情义，前途不可限量。

朴珪寿是冒着风雪来的。他收下竹伞，抖落身上的雪花。玉麟与他寒暄几句，给他递上一杯热茶。

他接过茶杯，发现墙壁上挂了一幅画，惊奇地问："梅花，雪中的梅花！敢问大人，这画可是大人亲笔画的？"

玉麟点头道："是的，画得不够好，还请大使指教。"

朴珪寿一面欣赏，一面说："画得太精彩了。树干甚为刚健，很有风骨；梅花开得鲜艳，充满活力和勇气。看了这画，让人浑身有劲呢。"

玉麟听完，对他的敬意又添了几分。一边请他到炭火边烤火，一边说道："天气寒冷，我们边烤火喝茶，边聊天吧。"

朴珪寿坐到炭火边，问道："听说大人是曾文正公的学生？"

玉麟笑道："这还有假？普天下的人都知道啊！"

朴珪寿说："我从吴大澂那里得到了《曾文正公文钞》，读了他的著作，对他佩服得五体投地，恨不得他在世之日能见他一面。他的文章勋业，学术经济，兼全备具。求之前代，未有盛焉。"

玉麟点头道："大使之言极是，夫子大人乃当今之世绝顶人才，道德盖世，报国忠君，胸中长存浩然正气。满腹经纶，文章闻名天下。治国治军治家，堪称楷模。作为他的门生，我一生受益良多。"随后玉麟向朴珪寿讲起曾国藩的故事：他奉旨在长沙办团练，与自己一起在衡州创立水师，指挥湘军血战千里，剿灭太平军，收复金陵后又去征讨捻军……这些都是玉麟亲历之事，说得有板有眼，生动感人，朴珪寿也听得睁大了眼睛，又震惊又佩服。

玉麟喝了一口茶，问道："大使知道我们华夏有不少伟人，不知贵国有无李白这样的人物？"

朴珪寿答道："有啊，我们的李奎报就好比贵国的李白呢。他处世旷放，熟读诸子百家，至于幽经僻典、梵书道家之说，也能穷源探奥，钩索深隐。写诗填词，莫不挥笔立就。"

玉麟以为朝鲜是一个小国，不可能有人能和李白相提并论。

朴珪寿举例说："比如有一次，李奎报与龙泉寺的和尚谈玄，谈完后，和尚叫他作诗，他不假思索来了一首，云：清晓泛龙浦，黄昏泊犬滩。点云欺落日，狠石捍狂澜。水国秋先冷，航亭夜更寒。江山真胜画，莫作书屏看。"

玉麟心想即兴口占自己也会，但不能说七步吟诗的人就可和李白相比。

朴珪寿又说："李奎报对诗歌有自己独特的看法，比如他读《西清诗话》，见有一则谈到王安石的诗句：'黄昏风雨暝园林，残菊飘零满地金。'欧阳修说王安石胡诌，菊花不落，只会在枝头枯黏。王安石说欧阳修不学，《楚辞》上就有'夕餐秋菊之落英'之句。李奎报评论说：余昔于大风疾雨中，见黄花亦有飘零者。既批评了欧阳修，也批评了王安石不以现实为证，而去援引《楚辞》。"

玉麟转变了态度，对李奎报注重实际的求实精神大加赞许。随后他转移了话题，又问道："听说大使对顾炎武先生'经世致用'的理念甚为欣赏，有此事否？"

朴珪寿点头道："他的思想给了我很大的震动！"

玉麟说："其实我们衡州王船山的思想比顾炎武的更博大精深，他的思想里也有经世致用的内容。如果说顾炎武是湖，王船山就是大海，他一生写了近一千万字的著作！"

朴珪寿惊讶道："王船山？"

玉麟说："对！他是曾大人最为敬佩的人物。曾大人平定金陵之后，和他弟弟曾九帅做的第一件大事，就是刻印王船山的遗书。"

朴珪寿眼睛睁得更大了。

玉麟说："我很快要离京回乡，你与我一起走吧，到我的家乡衡州去看看，我送你一套《船山遗书》！"

朴珪寿叹了一口气，说："很想去大人的故乡，也想得到一套《船山遗书》，可惜，朝廷已经来了圣旨，令我在半月内回国去。"

两人的神情都黯淡了，这一分离，很可能就是一生一世。

这时老军士叫他俩用午餐。

饭后，朴珪寿请彭玉麟为他画一幅梅花图。玉麟二话没说，挥笔为他画了一幅，还为他题了一首诗，诗云：

远客东来东海东，华驮仙馆驻行骢。
藩臣入庆中朝日，槎使犹存上古风。
谏草清谈春茗绿，梅花乱写夕阳红。
湘江冽水多云树，一样离愁两处同。

七　想回乡做一名寒士，皇上让他的愿望达成一半

彭玉麟只想回衡州做一名寒士，于是再次上疏朝廷，以年老有病为由，辞去兵部右侍郎一职，欲回乡养疴。

几天后，上谕传来：同意彭玉麟回籍养病，回籍之前，应与新任长江水师提督李成谋协商水师事务，力求布置周妥；回籍之后，每年巡阅长江一次。巡视期间如遇特殊情况，可越级专折上奏朝廷；巡视长江所需的办公经费，由两江、湖广各总督筹款支付。

过了一天，为感谢朝廷对他的厚爱、理解和信任，玉麟又上疏一道《谢准开缺恩并遵旨每岁巡江折》，表示愿意遵旨整顿好水师，巩固江防，以此报答皇恩。

他感到浑身轻松，兵部右侍郎被开缺，意味着他无官无职，只是一个平民了。当平民好，做寒士好。"臣将风月为佳友，敕命江湖作散人。"这样更自由，就像自己养的那一只丹顶鹤。"从古浮生原是寄，而今到处可安身。"

离京那天，很多朋友前来送行。宋雪帆、马雨农、朱学勤、朴珪寿都来了，

还有兵部的一些官员也来了，彭玉麟虽然没在兵部办公，但他在兵部很有影响力。兵部尚书遗憾地说：“彭大人留在我们兵部多好，我们多想听听你剿灭长毛的故事啊。遇到难事时，我们也好请教请教。”

玉麟笑着说：“大人客气了。若我留在兵部办公，整天呻吟不断，你们受不了，我自己也受不了呢。”

宋雪帆、马雨农有些依依不舍，说：“今年天气实在恶劣，我们没能看成香山红叶，去八达岭看长城也没有成行。这样吧，既然朝廷没有限定大人离京的时间，你再逗留几天，我们去趟长城。”

玉麟笑着说：“我还会再来呢。下一次来京城，再与诸位一起游览京师的名胜古迹吧。各位大人的好意我心领了！”

真的还会来京城吗？还能第二次觐见皇上、皇太后吗？即使能来也可能物是人非了！玉麟心里掠过一阵悲凉……但心情依然平静，说道：“以后诸位来江南，或者来衡州了，给彭某一个信，我不仅请喝酒，还可奉陪游览各处名胜！”

“好好好，我们来了一定前来拜谒大人……”

主客一起举杯痛饮。

轮到朴珪寿和彭玉麟告别了，两人神色一变，因为他们同时意识到，他们再度相逢几乎不可能。这一次离别，就是永别。

“朴大人从遥远的东海来，鄙人从遥远的南方来，在燕京古城一见如故，真是缘分啊！但愿我们能重逢，到那时，我们再一次高谈阔论，举酒吟诗！”

朴珪寿动情地说：“好的，但愿如此。这次结识大人，是我最大的收获。大人惠赠我的梅花图和诗，都是最珍贵的礼物！我回国之后，想念大人了，就看看大人给我的画与诗。”

玉麟说：“朴大人言重了，你下次来的时候，一定要来我们衡州古城，我送你一套《船山遗书》……好吧，如果你忙于国事来不了，我就寄一套给你。”

朴珪寿热泪盈眶，拱手道：“彭大人真是豪爽之人，叫我怎么报答？”

玉麟为他的真情所感动，眼眶湿润了。他控制着感情说：“我听说我回南方后，大人也随即回国了。此时一别，水云万里。但我们不要悲伤，因为唐代诗人王勃说得好……”

朴珪寿接过话说：“海内存知己，天涯若比邻。无为在歧路，儿女共沾巾！”

玉麟笑了，说：“洛阳亲友如相问，一片冰心在玉壶。我们虽相隔千山万水，但一片冰心，报效国家，造福苍生。我们的情谊将万古长青。”

随后不知谁说了一句：“彭大人是大诗人，有七步成诗之才，此时此刻，为我们作一首诗留念吧。”

玉麟没有推辞，随即吟出一首七律来：

拜辞丹陛上征车，脱却朝衫兴倍奢。
愁听笛声吹折柳，情深潭水有桃花。
竭来廊庙原如客，从此江湖便是家。
郑重都门诸旧好，箴规频寄向天涯。

吟完，玉麟喝完杯中酒，向各位拱手施礼，与亲兵和老军士上了马车，向南方疾驰而去。

沿来路返回，一路上又游览了一些地方，玉麟免不了又作了几首诗。回到瓜洲渡时，已是一个多月后。

北京之行，是一次觐见之旅，他为朝廷鞠躬尽瘁之心更为坚定。朝廷对他的评价甚佳，可谓誉满京师。这也是一次友情之旅，在京师，他结识了许多官员、朋友。这还是一次诗歌之旅，他写下五六十首诗，也得到了很多朋友写给自己的诗，还和一些朋友探讨了写诗的技巧，可谓诗歌之光照亮了一路。

当玉麟到达瓜洲渡时，新任长江水师提督李成谋已在此等候多时，见到彭玉麟，他显得非常激动，他对彭玉麟的推荐表示了谢意，承诺定不辜负朝廷的重托和彭大人的期望，同时将自己近期在水师军务上的安排，做了汇报，玉麟甚为赞赏。

玉麟在南归路上受了一些风寒，又犯了咯血之症，他想到杭州去找那位马名医，也很想去看看老朋友俞樾。很快就要过年了，他准备到俞樾那儿过年。

第二十一章　奉旨巡大江

彭玉麟以钦差大臣的身份开始巡视数千里长江，长江两岸的官风民风大为改观，朝野谓之“彭公一出，江湖肃然”。然而他家运不好，独生儿子英年早逝，他悲痛欲绝……

一　与张树声起小冲突，在杭州再造退省庵

同治十二年正月，刚刚过完元宵节，还在杭州西湖的彭玉麟接到李成谋从太平府长江水师提督衙署寄来的信函，一看信的内容，勃然大怒，骂道：“黄翼升！张树声！你们私心作祟，不顾大局！我彭某不能让你们的阴谋得逞！”

原来，李成谋刚到任，听说长江提督副将的位置空缺，需要提拔一个人来担任，黄翼升打算提拔和他关系最密切的江宁城守副官郑龙彪，说服新来的两江总督张树声后，上报了兵部。

提拔长江水师的官员，该官员必须是长江水师原有人员，这是曾国藩和彭玉麟定好的章程。而郑龙彪并非长江水师出身，他是广东人，咸丰末年在镇江吴全美水师中当水兵，而那个水师全是潮勇，寻衅滋事，毫无纪律，深为长江之患。收复金陵后，这支水师已被裁撤，据说被裁撤的人有不少成为海上盗贼。如果让郑龙彪担任长江水师副将，后果不堪设想。

更何况，去年彭玉麟巡江时，处理了一大批非长江水师提拔上来的官员，现在又提拔非长江水师出身的人做副将，不是自己打自己耳光吗？

怎样才能阻止这一行为呢？此事他们已上奏军机处，一批下来就难以逆转了。

玉麟心想，这件事责任主要在黄翼升身上，他明知故犯，不但没痛改前非，反而变本加厉，卸职时还要来这一手！两江总督张树声刚刚到任，也许还不了解情况。这事不算大，不能直接弹劾他们，难道眼睁睁看着它生米煮成熟饭？

绝对不行！

想来想去，玉麟想到了朱学勤，心中豁然开朗。

朱学勤现在正在军机处任职。去年玉麟在京城，两人说话非常投机，结为好友。

只有他，才能阻止此事，让黄、郑、张的好梦化作泡影！

于是玉麟立即给朱学勤写信，详细地向他说明情况，请他代奏军机处，查明此事，驳回张树声等人上奏的人事任命。

半月之后，朝廷驳回了两江总督张树声对长江水师的人事任命，明确指出郑龙彪不能任长江水师副将。玉麟听说后，心中的阴云顿时无影无踪。

接下来，他开始考虑每年的巡江计划。

朝廷要求他每年巡江一次，从湖南长沙，到江苏江阴，纵横五省，凡是归长江水师分防的地方，无疑都要巡察，这一趟水路有五千里以上，来回一趟一万多里，十个月才能把事情办好。那么一年留给自己的时间只剩下一两个月了，第二年过了年又要立即开始巡江，实在是太辛苦了。何况自己老病年增，弱体不支，怎么吃得消？还有，巡察到下游后，又要返回衡州，返途的五六个月是空跑，却也需要开支，这开支等于白白浪费了！返回时沿途的水师营看到了，也会迎接，这等于一年巡察了两回，大大加重了水师镇标的财力和人力负担！

玉麟深思熟虑了一番，最后打算第一年从下游启程，逆江溯流，巡察至岳州，然后回到退省庵，在衡州过冬度岁；第二年阳春三月再从衡州启程，经岳州到武昌，顺江而下，巡察到江苏江阴，随后在杭州西湖过冬度岁……这样循环往返，既利于国家也利于自己。

但问题来了，在杭州西湖过冬度岁，住哪里呢？依然住俞樾的第一楼吗？不行，不能总是打朋友的主意。于是他决定，在西湖边买一块地，砌三间房子，也叫“退省庵”，与衡州的退省庵遥相呼应，那他在长江上游和下游都有归宿了。

另外，巡视长江的经费也不用两江、湖广总督操心，那年自己离开长江水师回衡州养病时，将在水师结余下来的六十万两白银交给了两江、湖广总督，让他们用在长江水师的装备置办或其他用度上，后来当地官府将这笔银子存在南北两盐道生息，可用这利息来报销巡江的开支。

他把自己的计划上奏朝廷，很快得到了批准。

随后玉麟找到俞樾，说："我要在西湖附近建房，朝廷准许了，我们找个地方去。"俞樾笑着说："好啊，凭一张画住我精舍第一楼好久了，是该建房了。"玉麟也大笑："好吧，等我建成房子，你就住到我家里来，我不要你画梅花图，你每天给我吟一首诗吧。"俞樾说："我们边说边往湖边走吧。"于是他们出了门，穿过九曲长桥，看到湖边东北角有一块平地，长着野草和荆棘。他们走到荒地旁，俞樾说："这儿不错，后有青蓝之远山，前有粼粼之湖水，视野辽阔，美景可尽收眼底。原来的湖心亭就建在这里。你建房于此，绝不比在衡州湘江边差。"玉麟举头远望，湖光山色，的确很美，说："好，就建在这里。这里离你的精舍第一楼也近，喊你一声估计你都听得见。"

过了几天，浙江巡抚杨昌濬来了，彭玉麟和俞樾陪着他游览了云栖寺，返回时，三人又去看西湖附近的那块荒地，杨昌濬也赞道："这地方建房绝妙！"随后玉麟请来工匠，建起他的西湖"退省庵"来。

二　奉旨巡江第一年，从江浙到湖湘

同治十二年三月二十六日，彭玉麟从浙江杭州启程巡江，先在江苏江阴一带巡察，然后溯江西上。

正是暮春时节，阳光带着温柔的情意，江水充沛，波光粼粼，铄金耀银，偶尔可见水面有水汽袅袅升腾，在半空中飘飘荡荡。天色浅蓝，朵朵白云多姿多态，与江面的点点白帆相映成趣。两岸的柳树早已绿如烟云。远处的水田呈现出春天特有的嫩绿，三三两两的农人在田垄里犁田、插秧，他们赶牛的吆喝声，与树上的虫鸣和田野里的蛙鸣交织在一起，构成春天里特有的韵律……

这种升平气象是用血换来的。从战火中走过来的玉麟自然深深懂得，应该维护和珍惜这来之不易的局面。

长江之水从上游绵绵而来，无穷无尽，两岸是无边无际的土地和生生不息的民众，代代帝王金戈铁马流尽鲜血争夺的就是这些吧。现在皇上把长江交给他彭玉麟来巡察，把水师交给他来监督，就是为了让长江两岸的人们过上安居乐业的好日子，这是皇上对他的信任，也是他神圣的责任啊，能马马虎虎敷衍塞责吗？

彭玉麟巡江，各水师营自然会迎接，他规定，不远接远送，不兴师动众，像平时一样，吃饭三菜一汤，不要大肉大鱼，一个荤菜就够，饭够吃就行。住就住船上，多年来他已经习惯，在船的不停摇晃中，他更容易入睡。

每到一处，他会把各营军官集中起来，与他们说说心里话，教育他们不要贪钱，不要养成各种坏习惯，要爱民，要像对待自己的父母一样对待当地的老百姓；要守纪律，练好本领随时准备打仗，勇赴国难不要怕丢脑袋……他是曾国藩的弟子，对曾大人的训话记忆犹新，曾大人以前也是这样训水师的，这一套对将士很有用处，练心比练术更重要。

巡察到湖口，他的船突然进水了。镇标总兵丁义方说他们这里有备用的船，可以换一条新的。玉麟不同意，坚持只换一块木板，再涂上桐油晒几天。于是他们一行人停留下来修船。

这期间，他又在湖口镇标巡察了几天，没有发现问题，只对军官训了一次话。还把自己留在这里的“痕迹”看了一遍，那些建筑依然完好，栽的樟树更大了，梅树成林了，诗文对联的墨迹变淡了……

丁义方说：“庐山离这里很近，大人在此处好多年，都没有去过庐山，现在趁着修船，去看看庐山吧。”玉麟性本爱丘山，欣然答应了。

一行人从石钟山上船，划向鄱阳湖深处，渐行渐远，行了一个时辰，突然云集天空，雾满湖面，紧接着电闪雷鸣，大雨倾盆。

小船在风雨中穿行。

到了一个山湾，舟子说是甘棠湖，这时风雨乍停，云散天开，太阳又露出了脸……于是大家离船登山。

雨后的五老峰沐浴在春日的阳光里，耸入云天。远看似乎有些老态龙钟，像五位历经岁月沧桑的千岁老翁。走近了看去，五老峰又变成五个年轻儿郎，挺拔俊秀，英气勃勃……玉麟诗兴大发，沉吟片刻，吟出一首古风来——

匡庐峰，何葱茏，五老秀削青芙蓉。
嵚崎屴崱凌长空，雁行排列舒笑容。
虬藤蜷木如扶筇，苍颜绿发苔蒙茸。
远看伛偻复龙钟，近看挺拔秀且雄。
我家南岳依祝融，曾登泰岱与华嵩。
不见湖光万顷扩其胸，不见洪涛巨浸当其冲。
此峰不独飞泉鸣，琴声淙淙，
更有汪洋灏瀚，鄱阳湖水飞银龙。
闻说上有千年桃花红，几欲凌空，飞到天池最上重，
大呼匡庐处士同去寻仙踪，
振衣千仞，长啸开群聋。

玉麟擅长七律，五律写得很少，这样的古风体更是绝无仅有，竟然也写得如此豪迈流畅，气势磅礴，给人荡气回肠之感，同行者一齐叫好。

回到石钟山后数日，船已修补好，涂好的桐油也干了。彭玉麟一行便驾船溯江而上，巡察汉阳、岳州……

到达衡州退省庵时，已是九月十六日。房子被打扫得干干净净，儿子彭永钊带着十岁的女儿在房前迎接他，孙女长得清秀灵慧，十分可爱，一口一声“爷爷”。

杨江和王闿运也来了，玉麟和他们一起喝茶，说起自己一年多来的经历，众人听得入神，王闿运说：“现在雪帅的日子是最好过的了。”玉麟问道：“怎么是最好的？”王闿运说得诗意盎然：“半为朝廷大臣，能领俸禄；半为平民百姓，不用天天早朝；半为朝廷督查水师，半在衡州享受天伦；半年巡江，半年养病；半是奉旨亲近水师，半是沿江赏风景；半是吃喝玩乐，半是风花雪月。名，半在庙堂半在江湖；诗，半在山间半在水滨……”玉麟打断他的话，笑着说：“壬秋兄，一件事到了你的嘴里，就变得有情有趣了……其实是皇太后、皇上可怜我，让我这老废物再起点作用……”

王闿运笑了笑，告诉玉麟，他已经接受曾纪泽的约请，开始写湘军史了。玉麟叫他好好写，客观地写，像司马迁、班固那样写出不朽之作，但他没有料到，

两年之后，王闿运差点因为写此书丢了脑袋……

三　奉旨巡江第二年，怒斥两江总督李宗羲

次年三月二十六日，彭玉麟的巡江小船从衡州出发，顺湘江而下。

洞庭湖和鄱阳湖在前面等他，万里长江在远方用涛声呼唤他。

到了岳州，只见水师在洞庭湖中操练，玉麟吩咐船走慢些，立在船头认真观看。据他的经验，水师操练主要是练习划桨和开炮的技能，其次才是击刺、跳跃等本领。看到水兵在辽阔的湖面上奋力划桨，船行如梭，玉麟脸上有了笑意，命船夫把船划到竖着军旗的战船边去。

临近时，他看到船上指挥的人是岳州镇标总兵彭昌禧，彭昌禧也看到了彭玉麟，迎上来汇报情况。玉麟说："你们很重视划桨的训练，这样极好，在水上作战，第一就是船要行得快，这样才能快速接近敌船，迅捷发起攻击，如果不利，也能立马退后，保全自己。"

彭昌禧点头称是。玉麟又问："对划船很慢的人怎么处理？"彭昌禧回答说："禀雪帅，我们训练，以大人那时练兵的方法为指南，首练划桨行船，次练枪炮射击，三练刺杀、跳跃等陆战技术。荡桨中流，察看其快慢生熟，精熟者奖之，生疏者责之，力不能胜者换之。试射其枪炮，看中的和不中的，分别予以鼓励或教训。"

玉麟听后，称赞彭昌禧带兵有方。

可彭昌禧接下来请求道："雪帅，我有一事相求！"

玉麟说："请讲，只要不是损公肥私之事，我愿意成人之美。"

彭昌禧说："卑职已近古稀之年，因历年水战，居江湖之上，每逢天气阴冷，浑身疼痛，精神衰弱，整顿营务力不从心。况所辖荆湘江面加上洞庭、青草两湖，巨浸汪洋，千有余里。绝非我等老迈者所能镇守，请为我代奏朝廷，开缺我回籍养病。"

玉麟知道他说的是实话。彭昌禧跟随他从衡州下长江，身经百战，争先奋勇，屡受创伤，战功卓著，同治七年被朝廷任为总兵。到了这个年纪，是该回籍休养休养了。

玉麟慷慨应道：“好吧，我一定替你上疏朝廷，让你如愿。”

彭昌禧感动得热泪盈眶。

到了湖口，已是四月中旬，玉麟得知，日本出兵占领我国台湾，叫嚷着要攻打我国内地，全国的军事局势骤然紧张起来。玉麟给长江水师提督李成谋写信，让他在长江下游立即设防，做好与日寇作战的准备。

过了数日，玉麟还在湖口巡察，镇标总兵丁义方慌慌忙忙前来，说：“宫保大人，我刚才接到李总督的命令，让我立即撤防，率所有战船赴瓜洲设防。”

玉麟深感惊讶，说：“调令在哪里？”丁义方将调令拿给他看。玉麟气得头发都一根根竖起来了，骂道：“岂有此理！这个李宗羲，乱下军令！……你们不要轻举妄动，我去见李总督，再给你们消息！”

也就在这天，他又接到李成谋的信函，说李宗羲飞马以每日六百里速度给四镇总兵下了军令，调各镇战船齐集瓜洲设防，他表示不可理解。玉麟立即回信让他原地待命，不要急着撤防赶赴瓜洲，并约李成谋一起去金陵见李宗羲。

两人在金陵两江总督府见到了李宗羲，玉麟单刀直入，说：“总督大人，你下令四镇总兵调战船来瓜洲，可有此事？”

李宗羲说：“此事属实。”

玉麟盯着他，说：“总督大人，这简直荒唐透顶！”

李宗羲浑身一惊，说：“此话何意？”

玉麟理直气壮地说：“你的军令越权，独断专行。大人调动长江水师四镇经制之兵，至少要与长江水师提督李成谋和我这个巡视长江的钦差大臣商量一下。你撇开我们自作主张，既违定制，又不利于与敌寇作战，此荒唐一也。大人不懂军事，下令战船齐聚瓜洲，是为敌寇对我聚而歼之创造条件。大人知道四镇水师有多少战船吗？不知道吧？禀告大人，四镇战船聚集瓜洲可以塞满这一段长江，倭寇来了，我们进退不得，只能成为他们炮火的倾泻之地，此荒唐二也。上游撤防，湖口等地就成了不设防的通途。潜伏在民间的哥老会平时因为惧怕水师不敢轻举妄动，此时便可乘虚而起，外患与内乱交攻，大清江山岌岌可危也，此荒唐三也。大人这样调兵遣将岂不荒唐？我瞎猜度，大人之所以急于保住金陵，是因为大人及亲属在金陵，可这是只考虑自家性命而忘了整个天下的安危啊！”

彭玉麟的话句句在理，字字戳心，无可辩驳。

两江总督李宗羲的脸红一阵白一阵。

他以前听说过彭玉麟刚毅激昂，有烈士之风，这回算是领教了。

但他觉得彭玉麟官比他小，并不认错，吞吞吐吐辩护说："军令乃幕友所写，未尝过目……"

玉麟一听，怒火一冲而起，很想打他一个耳光，他见过糊涂的官员，但没有见过这么糊涂的。他强力抑制住愤怒，才没有动手，只是吼了起来："总督大人飞调四镇经制之师，悉行撤防来瓜洲，只听身边幕友所为，不亲自看军令文稿，此乃视军国大事为儿戏，真是滑天下之大稽也！"

李宗羲低下头，没有了主意，说："那么，现在该如何应对呢？"

玉麟慢慢地熄灭了怒火，说："日寇还未打到长江来，更没有打到金陵来，慌慌张张成何体统？这样吧，总督大人，我们一起下令，四镇战船的防守不动。你坐镇金陵就是，李成谋提督去上游险要关口修筑炮台，安置大炮，准备足够的火药。"

"遵命。"李成谋回答得响亮有力。

玉麟接着说："我去下游组织防守。日寇攻来，我亲自指挥反击。有我在，金陵不会沦陷，总督大人夜里安心睡觉就是。"

李宗羲虽然受了痛斥，有些委屈，但毕竟自己有失误之处，而彭玉麟如此安排，合乎情理，化解了忧患，自己也可以高枕无忧了，便露出了笑意："那就辛苦宫保大人了。"

次日，玉麟驾船前往下游。他对长江太熟悉了，深知下游有三道关口：狼山上游南岸的鹅鼻嘴，北岸的刘闻沙，这是从海上进入长江的第一关；江阴上游孟河南岸的圌山关，江北岸之三江营一带，为长江下游第二道关口；镇江南岸之象山，扬州江北的都天庙，江中心的焦山，这里是天造地设的第三关。守住了这三关，日寇的战船就无法入我内地。

玉麟的船到了黄天荡，发现前几个月李宗羲擅自修筑了一些防御工事，可他犯了一个重大错误，本应修在北岸的炮台，却修在了南岸，劳民伤财，不起什么作用。

玉麟重新确定以防守三大关口为重点的方案，加速修筑炮台。

直到十一月底，三大关口的炮台完工，他才回到杭州。这时他的西湖退省庵早已建成，后有远山，前有碧波，风景很美。彭玉麟与亲兵们搬了进去，俞樾前来祝贺。

到了十二月，传来一个惊心动魄的消息：十九岁的同治帝驾崩了。他在位十三年，亲政不到两年。道光帝、咸丰帝驾崩时，玉麟没有流泪，但听闻同治帝驾崩，他泪如雨下。他亲眼见过他，他俊秀单瘦，和善可亲；他亲耳听过他的训示，还亲自参加过他的大婚庆典，在太和殿里吃过他的喜酒，怎么十九岁就走了呢？据说他和母后不和。玉麟十分可怜他，没有想到皇帝的命运也这样不幸。

接下来的几个夜晚，他难以入眠。皇上没有儿子，谁来继位？继续由太后垂帘听政吗？大清表面上似乎有了一些中兴的气象，但内忧外患并没有真正缓解，已经不起大的打击了。

四　第三年巡江：雷厉风行禁赌、禁烟

彭玉麟把两江总督李宗羲乱下军令，太过爱惜自家性命的情况写信告诉朋友朱学勤，因朱学勤任职军机处，很快便把李宗羲调离金陵，解除了他的两江总督职务。

日寇并没有打到长江来，朝廷与日寇签订了和约。彭玉麟在给朱学勤的信中写道：“和议可以百年不背，防务不可一日不严。”他的理念也影响了李成谋，后来李成谋在外寇防守上，一点也不松懈。

次年，彭玉麟照例去巡江，从江浙到洞庭湖，逆水而上。

到了金陵，准备再去看看古迹，刚走上岸来，斜刺里奔出来一妇人，扑通在彭玉麟面前跪下了，哭喊着说：“彭大人，救小女子一命啊。您不救我，我只有跳到江里去了。”

玉麟叫她起来，问其缘由。妇人答道：“这岸边有一家黑赌馆，官府也不管，我丈夫赌博成瘾，把一家的积蓄都赌光了，还不罢手。我听说彭大人公正无私，肯为百姓办事，对坏人不讲情面，故求大人端掉那个赌窝，也许我丈夫就有救了。”

玉麟劝说道：“我只管江上湖上的事情，岸上的事情归县衙里管，你到县衙去说吧。”

妇人听完，哭得更伤心了，边哭边说：“正是因为衙门不管，小女子才来求大人。传闻说‘彭大人如包公一样铁面无私为百姓’，原来也是虚假不实的。这人间没有活头了！”说完朝江边走去。

玉麟被妇人一激，决心在长江两岸禁赌。他怕妇人真的投水自尽，叫亲兵拦住她，让她带路去那家赌馆，并吩咐亲兵准备好小枪（手枪），做好抓赌的准备。

走到赌馆门口，玉麟命亲兵堵住前后门，自己握着小枪同其余几个亲兵冲进赌馆，为了震慑屋里的人，他对着墙壁开了两枪，然后大吼道：“不许动，谁动打死谁！”

那些赌鬼和老板傻了眼，浑身颤抖，不敢吱声。

玉麟命亲兵把赌鬼们捆绑起来，用鞭子狠狠抽了一顿，抽得他们鬼哭狼嚎。

他用枪对着那赌馆老板：“走，到县衙里去！违法开赌馆，该当何罪，你等着蹲监狱吧！”亲兵立即上前，用绳索将赌馆老板五花大绑，准备押送到当地县衙。

走出门来，亲兵将没收的赌资还给那妇人，妇人对着彭玉麟千恩万谢。玉麟说：“回去买几亩地，好好过日子。把你丈夫也带回去，他如再赌博，你可以告诉你们的族长，用族法治他。”

妇人连连叩头。

巡视到安庆地界，又听说沿江有些贩卖鸦片的店子。彭玉麟带着一队水兵逐家店搜查，凡是发现藏有鸦片的，立马没收，并处以高额罚款。行为恶劣的，直接抓了关进监狱。

随后他去了城西十五里的古镇皖城，来到他舅父的故宅。

攻克安庆后，他来过这里，转眼又是十多年。那时候房屋的主人都逃难去了，一片荒凉的景象。现在不一样了，屋前土坪干净光亮，没有了野草，庭院里高大的梧桐树枝丫伸展开去，绿叶阔大，浓阴匝地。自己童年嬉戏的地方已经长满了女贞树，那棵桃树也结满了桃子。

他走进老屋，只见住着一对中年夫妇，不见他们的儿女。房屋已经破破烂烂，好多年没有维修了。屋里没有像样的家具，看来两口子生活很贫穷。

“官爷，你来我们家有事吗？”他们看到彭玉麟穿着官服，露出诚惶诚恐的样子。

玉麟说：“也没有什么事，只是随便看看。你们在这里住了多少年了？”

女主人答道：“已经五年了。”

玉麟又问：“看来你这房子是买的别人的了？”

女主人说：“是的，我们有房契的。官爷要看一下吗？”

玉麟摇头表示不用看。

过了几天，他和这家主人商量，想买下这栋旧房子。讲好价钱后，玉麟说：“这几间房子原来属于我舅父，后来舅父早亡，外婆和小姨去了我家，这房子就被外人占了。现在我买下来，你用这卖房子的钱到别处买房子可以，住在这里也可以，我不收你们的租钱，但有一个条件，每年清明节为我去扫我舅父的坟，每年七月半祭祀一下。”既拿到了卖房的钱，又可以住在这里，何乐而不为，主人满口答应了。

玉麟又请工匠把房子维修了一次，恢复了门窗的老样子，修补了门口的花墙，还在竹林里开辟出一条通向远山的小路来，并在路口扎下一道崭新的篱笆。这样一修整，房子似乎有了从前的韵味。

玉麟在维修好的房子里住了一晚。这一夜，他没有安眠，他又一次想起外婆，想起舅父无儿无女，只有他和玉麒两个外甥。坟墓无人祭扫，实在太可悲，他只好扛起这担子。想得最多的当然还是他的竹宾姨，少年时代的一切又在眼前一一复活，他再一次感叹人生的无常。

五更时，他还是无法安睡，索性起床，在油灯下写下一首诗来。诗云：

劫火灰飞舅家衰，买归遗址喜还悲。
人亡此日空留屋，甥小当时只倚姨。
第宅循环归故主，门楣依样换初基。
绿窗明月今犹昔，太息比邻易旧时。

惭予宅相已衰羸，五十余年复旧规。
徒倚花墙伤往事，栽培竹径护新篱。
墓门禋祀垂宜远，庭院梧桐荫未移。

回忆儿时嬉戏处，女贞浓绿荫阶墀。

五　巡江第四年，就地处决谭祖纶

次年三月，彭玉麟从衡州启程巡江，巡视到武昌，在重修过的黄鹤楼上，题下了三副对联：

一

星斗摘寒芒，古今谁具摩天手；

乾坤流浩气，霄汉常悬捧日心。

二

我从千里而来，看江上梅花，直开到红羊劫后；

谁云一去不返，听楼中玉笛，又唤回黄鹤飞高。

三

心远天地宽，把酒凭栏，听玉笛，梅花此时落否？

我辞江汉去，推窗寄慨，问仙人，黄鹤何日归来？

这天夜里，他依然睡在小船上，听长江涛声四起，梦见自己与胡林翼畅谈军情，醒来后不禁感慨万千。四战武昌，这里留下太多的往事，太多的血泪，不堪回首又不得不回首。又是一夜无眠。

第二天，他爬上大军山，这天正是端午节，距离上一次登大军山已有二十四年了。大军山在长江北岸，小军山、金口在长江南岸。二战武昌时，胡林翼率军驻扎金口，为筹集军饷和收复武昌想烂了脑壳。玉麟起初也率军驻守金口岸边，后来改为据守大军山下的沌口。为了居高临下观察敌情，他常常登上大军山的最高峰鸟瞰。他采用军士的妙计，在晴川一带纵火销毁了敌人的数百只战船，胡林翼乘势向武昌发起进攻，一举夺下武昌城。玉麟还记得，那是最危难的时候，他的水师在湖口遭到挫败，本来夺回的武昌又被太平军夺走，他们回师武昌与敌人展开殊死搏斗，筹集不到军饷，饭也吃不上，空着肚子与敌人作战，可是将士们没有一句怨言，那时候真有一股浩气在胸啊。

他再次登上大军山的最高峰，他没有望见烽火，望见的是屋舍俨然，炊烟袅袅。玉麟心里欣喜万分。

山上碧云寺的和尚听说彭玉麟来了，连忙前来拜访，邀请彭玉麟作诗。于是，他写下《重登鄂北大军山，感赋二律，时值端节》：

不到军山廿四年，重登绝顶意欣然。
消除烽火群生劫，来证香烟古佛缘。
绿酒三杯蒲节日，黄云万顷麦秋天。
犀军旧梦增新感，难忘沙量沌口船。

枵腹从军忆昔秋，浩然真气塞江流。
晴川纵火周郎策，汉水成功范老谋。
细柳营屯金口戍，浴蒲节泛斧头舟。
只今往事都陈迹，雪爪泥鸿又一留。

那和尚十分贪心，又求他将此诗写成书法作品，玉麟只好答应。

他从大军山下来，走到长江岸边，见有人围着什么叫叫嚷嚷，令亲兵前去打听，亲兵回来说出了人命。玉麟心想：太平岁月，命案非同小可。于是，他挤进人群中，只见人们围着一具尸体，死者穿着水师的号褂，浑身湿漉漉的，脸色惨白，两眼半睁着。玉麟弯下身子，用手去试探他是否还有呼吸。结果这人早已断气了。

人群里有人在激烈地争辩，有人说这人是喝酒醉死的，有人说是被人害死的，争得面红耳赤。

玉麟问道："谁知道这死者姓甚名谁？"

有人答道："回大人，死者是长江水师汉阳镇标义勇营的哨官，名唤张清胜。"

玉麟意识到这人死得很蹊跷，该好好调查一下，于是说道："各位乡亲、弟兄，我是奉旨巡察长江的彭玉麟，我来好好查查这个案子。刚才有人说这张清胜是喝酒醉死的，是哪位兄弟说的？"

那人上前一步，恭恭敬敬地说："是我说的，昨日死者张清胜过生日，我们水师的兄弟来恭贺他，大家走到岸边一家酒馆喝酒，大家都喝高了，张清胜经不起劝，喝得更多……后来就醉倒在地。副将谭总兵叫人把他背到船上，让他吹吹江风，醒醒酒。哪里知道，夜里他躺的那只船翻了，张清胜落水而死。”

玉麟又问刚才那个说张清胜是被人害死的人：“你为何说张哨官是被人害死的呢？”

那个中年汉子不慌不忙地说：“大人，先别说张哨官是被人害死的，您应该叫他的老婆来问问，她最清楚！”

一句话提醒了彭玉麟，他说：“是的，我就感到奇怪，张清胜是本地人，为何他老婆不在此地，她应是最伤心的人！”

玉麟吩咐亲兵：“带张清胜老婆来。”

有人说话了：“张清胜老婆在谭祖纶家里，要到那里去找。”

玉麟瞪大眼睛：“真是奇怪！不管这女人在哪里，迅疾找来，我要问话。”

半个时辰后，亲兵将张清胜的妻子叫来了。这个妇人，二十七八岁，清秀可人，顾盼生辉，算得上是一个小美人。

她见了彭玉麟，立即跪倒在地，叩头不止。玉麟威严地说：“你且不要叩头，看看前面地上躺着的是谁。”

妇人走过去，看见躺在地上的人是自己的丈夫时，哭得捶胸顿足，甚为悲伤。待她哭了一阵后，玉麟对那妇人严厉地说：“听着，你得老实回答，你一个妇人，与谭祖纶非亲非邻，为何不住在自己家里，反而住到他家去了？”

玉麟示意身边的亲兵做笔录，同时准备刑具。

玉麟锐利的目光让妇人打了一个寒战，她吞吞吐吐地说：“昨天上午，家里突然来了一群兵，说今日是我丈夫生日，营里在为他办喜酒，让我也去吃一杯酒。我不愿去，他们就推推搡搡，后来霸蛮让我坐上轿子，抬到谭祖纶的住处。他们一群人，我一个妇人，怎么对付得了？”

“后来呢？继续往下说！”玉麟喝道。

妇人低着头，轻声说：“在他的住处吃了饭……后来……谭祖纶对我动手动脚，再后来，他就……叫我同他……睡一夜。”

玉麟说：“你从了他没有？”

妇人说得更轻了：“我大喊大叫，乱打乱踢，可是没有一个人来帮我……我怎么对付得了一个力气比牛还大的男人？……后来，我也没了力气……任他胡作非为了……”

那妇人又撕心裂肺地哭喊起来：“谭祖纶，你畜生不如，狼心狗肺，骗了人家的妻子，为何还要害死她的丈夫？你太狠毒了，会遭报应的啊！”

“我没有亲眼看见他害我的丈夫，但是……昨夜，那谭畜生先和我睡在一起，后半夜他起床离开我，不知干什么去了，也许就是干坏事去了。”

玉麟又叫那个说张清胜是被害死的人上来，问他：“你说张清胜是被害死的，有何证据？

那人说：“昨夜我在江边巡逻，发现有人将醉倒在船上的张清胜扔进河水中，慌忙中还留下了物证：一把小枪还有一条澡帕。那人不是别人，就是谭祖纶！”

说完，将两件证物交给彭玉麟。

真相大白，玉麟命人抓住谭祖纶，连夜开审。在人证、物证面前，谭祖纶交代了自己谋害张清胜的经过，表示愿意服罪。

第二天，在张清胜死去的河岸上，彭玉麟将谭祖纶就地正法。

当地人成群结队前来围观，震惊不已。

六　巡江第五年：灭了李秋升的黑恶势力

第五年，彭玉麟巡江来到安庆，这天在去衙门的路上，忽有一人跪倒在轿前，大声鸣冤。他叫轿夫停下轿子，走了下来，细声问道：“老人家有何冤屈，请详细道来，本官愿意为您老人家申冤雪恨！”

老人流泪道：“大人……我姓胡，叫胡耐和……有一恶霸从合肥来到安庆，纠集地痞流氓，欺压忠厚老实之人。两个月前，这姓李的头目带着一群人，窜进我家，把我十八岁的闺女抢走。我家闺女不从，他们对她拳打脚踢，活活把我家女儿打死了，我去衙门鸣冤，半途上他们又将我毒打一顿，后来还抢走我家财产……我知道彭大人铁面无私，是包公再世。我的邻居都叫我拦轿喊冤，说只有大人才能为我申冤。”

玉麟问道：“你去官府告状没有？这人如此嚣张，衙门也不管吗？”

胡老汉答道：“据说这人来头不小，官府都怕他。我多次告官，却没人去捉拿他。”

玉麟又问：“那恶霸长何等模样，老人家可看实在了？”

胡老汉答道：“那人长得牛高马大，粗眉大眼，脑袋上有一块碗口大的疤，人称李疤子。这人是我的仇人，剥了他的皮我也认得。”

玉麟点点头，说：“这就好办了，老人家，你这冤，本官为你申定了。”老人千恩万谢。

玉麟叫胡老汉随他去船上，对身边的亲兵说：“你们穿上便衣，藏好兵器，到街上明察暗访，五天之内，将李疤子抓捕归案！”众人奉命而去。

五天后，李疤子正在聚众赌博，亲兵们冲了进去，把他绑了起来，押到彭玉麟的座船上。

玉麟立即开审，他正襟危坐，瞪了罪犯一眼，那李疤子仿佛见到两把利剑迎头劈来，浑身打了一个哆嗦。不过，他是老手，很快又镇定下来。

玉麟问道：“你叫什么名字？”声音不大，却充满杀气。

李疤子老实答道：“李秋升。”

“你犯了什么罪？知道不？”

“我……我聚众赌博。”

玉麟又狠狠地瞪了他一眼：“除了赌博，还干了哪些勾当？”

李疤子想抵赖，敷衍道：“没干别的了。”他看到彭玉麟眼里射出两道愤怒的火光，四周站着的亲兵也对他怒目圆瞪，似乎要把他砍成肉酱，他不由得心里发虚。

玉麟吼道：“把胡大爷带上来，让犯人看看是谁？”

李疤子看到胡老汉，知道不交代不行了，便把抢夺民女、害命夺财之事供认出来。玉麟命人做好笔录，让李秋升画了押。

李秋升认为自己有靠山，理直气壮地说道：“大人，你知道我是谁的侄儿吗？”

玉麟不搭理他，谁家侄儿与案子有何干系？

李秋升说：“我是李中堂大人的侄儿！”

玉麟有些惊讶，李鸿章的侄儿？

李鸿章出身官宦之家，父亲李文安与曾国藩是同年进士，任过刑部郎中，出身于书香门第，信奉孔孟之道，对子弟管教严厉，哪来这样不成器的东西呢？李鸿章曾任曾国藩的幕僚，彭玉麟常去拜见曾国藩，自然与李鸿章交情不浅。李鸿章的哥哥李瀚章眼下正是湖广总督，彭玉麟巡阅长江经过武昌，也与他有来往，不久前，玉麟还请李瀚章为他父亲彭鸣九写过一篇行状。再说，官场上也没有听说过李氏兄弟有不争气的儿子啊。

玉麟一掌拍在桌子上，怒道："李秋升，你知道我是谁吗？"

李秋升摇头说："不知道。"

"我是彭玉麟！我不管你是谁的侄儿！我只认王法！"

李秋升失声道："我知道……江湖上传说大人是彭青天，谁碰上大人谁倒霉……没想到小人落到大人手里，这也是我的命呀……"

玉麟怒道："你竟然敢冒充朝廷大臣的亲属，为非作歹，损坏朝廷命官的威望，罪上加罪。来人，给我狠狠地打！"

亲兵立即上前，将李秋升按倒在凳子上，军棍雨点一样砸向他。他吃了八十军棍，皮开肉绽，快要昏死过去。

没有官员前来求情，他们知道彭玉麟的为人，怕吃不了兜着走。

几天后，天刚亮，彭玉麟在长江河堤附近的小山丘上对李秋升行刑，把他绑在一棵树上，准备砍头时，李秋升的同伙——一帮地痞流氓竟然来劫法场。他们二十多人叫喊着一拥而上，将行刑的亲兵击退，给李秋升松了绑。

正要逃离时，听得锣鼓大响，冒出来数以百计的水师士兵，将他们团团包围，歹徒们傻眼了，才知道中了彭玉麟的引蛇出洞之计。

这黑恶势力哪是训练有素的水师对手，三下两下，二十多人包括李秋升在内，都被砍死在小山头上。

半个月内，都没有人敢去收尸。

人说"彭公一出，江湖肃然"。彭玉麟巡阅长江，严厉治军，整顿社会秩序，不但使长江水师军纪良好，更使长江两岸五省的官风民风大为好转，土匪恶霸纷纷潜逃。

七　家里出事，玉麟老泪纵横

办完此案，彭玉麟顺江而上到达九江江面，突然接到家书，说儿子彭永钊病得很严重，让他立即回衡州。

仿佛是晴朗的天空中响了一声雷，他不寒而栗，预感到儿子已经不行了，不然，家人不会让他马上回家。

这一生一世，他就这么一个儿子啊。

他给李成谋写好信，向他说明了自己的情况。

信送走后，他急忙乘船返回衡州。

回想往事，他的心隐隐作痛。对朝廷，对长江水师，对师长朋友，对长江两岸的老百姓，他做到了问心无愧。但是对家庭，尤其是对儿子，他惭愧万分……

他咸丰三年离家，和曾国藩一起创立水师，那时儿子还只有七岁，夫人邹氏不会管教儿子，于是他将儿子托送到朋友马振勤家发蒙读私塾，生活方面也请马先生照顾。好在马先生一直把永钊当作亲生儿子一样关怀和教育，让他甚为放心。他除了给儿子生活费和学费外，几乎没有管教过儿子。他没有像许多父亲那样与儿子朝夕相处，耳提面授。

咸丰四年，湘军离开衡州开始征讨太平军，用了十年时间才攻克江宁，到同治八年他回家养病，这中间十五年，他只在奉曾国藩之命准备前往江西时回过一次家，其余时间都没离开过水师。而回家的那一次，只是与儿子简单吃了一顿饭，叮嘱了他几句话，那时他才九岁。后来战事繁忙，一直没能回去。连儿子结婚，他也没有回，全权托付给杨江办理。到同治八年回去时，儿子已经二十多岁了，有了老婆和孩子。这期间，他这父亲可以说是缺位的。

儿子成人后，家里的事一直是儿子操劳，自己在外一概不管家务。妻子邹氏大多时间还是住在娘家，偶尔回来住几天，像做客一样，哪里会理家里的事情？所以家中重担一直压在儿子的肩头。他从外面寄回来的钱也很少，以致不能满足家里的日常开支，只得靠儿子到外面借，主要是向岳父常豫借，再就是找杨江借。后来儿子在家书里说起家里举债度日，自己不但没有寄银子回去，还教训了儿子一顿，什么勤俭持家，知足常乐……其实彭玉麟不是没有钱，只是怕寄多了回去，儿子挥霍一空。现在想起来，真是有些过头了。家里欠的债直到同治八年自己回籍养病才还清。

想起来，自己对儿子温和的时候少，严厉的时候多，以致现在儿子还有点怕他。前几年的一天，儿子见他心情好，说：“爹，您在水师里做官，别人比您的官小得多，他们家里又是买田地，又是买房屋，家人也是锦衣玉食的。我们家，差多了……”他一下变了脸色，竖起眉毛，狠狠地瞪了儿子一眼，吓得儿子后半截话都没有说出来，立即说自己知错了。现在想起来，完全没必要发那么大的脾气，应该好好解释才对。

他回籍养病的三年里，对儿子也不够亲切。这时儿子已经有了一个女儿、两个儿子，他们住在从杨江那里租借来的房屋里，而自己新建了退省庵，却没有让他们住进来。孙子、孙女常常来退省庵玩，自己对他们很温和，给他们好吃的好玩的，教他们读书识字，还告诉他们：爷爷以前也当过教书的先生呢，但他对儿子从来没有这么亲近过。

儿子几乎没有感受到过母爱，由奶奶带到六岁。也没有得到父爱，自己为了朝廷忘了自己的家。要是儿子真的有个三长两短，他的余生恐怕会在悔恨中度过。

前年在衡州过年，儿子向他说起一件事，他才真正考虑儿子的切身利益。儿子说：“爹，我一直忙家里的事，没有集中精神读书，也没有中举。我又不会谋生，家里现在人口多了，开支大，怎么生活下去啊。现在朝廷对有功之臣的子弟多有照顾，爹也对朝廷说说我的情况，说不定朝廷会开恩提携我一下。”这次，他没有发脾气，点头说：“这事有机会了我就上奏朝廷，也许会安排你做点什么。”后来他写信给朱学勤谈及此事，没想到还真起了作用。去年三月，朝廷下旨，命彭永钊去北京参加朝考，他考得还不错。五月二十日，永钊由吏部带领引见，奉旨在朝内任职，后分到刑部主事，任山西司行走。但儿子没有立即去任职，而是请假回到衡州。不幸的是，他在途中患病，回到家里，病情加重了。玉麟看儿子的病情不轻，请了衡州城里最好的郎中去看病，儿子也吃了不少药，可没有大的好转。玉麟准备巡江到杭州后请马名医到衡州来为儿子治病，毕竟只有一个儿子啊……

现在自己还在九江，难道就出事了？天啊，保佑我的儿子吧。

当他回到衡州时，儿子已经躺进棺材了。见惯了死亡的他，竟号啕大哭起来。

儿子还只有三十三岁啊，儿媳妇常筱琴多病瘦弱，十六岁和儿子成亲，现在有四个男孩三个女孩了，大的还只有十二岁，小的不到一岁……现在，家里老的老，少的少，病的病，日子怎么维持下去啊。

去年，他名义上的妻子邹氏在娘家去世，他因公事没回来，只是叫儿子去安葬，给了一些银子。他深感自己对不起这个家，更对不起儿子。少年时没有陪他读书，长大后没在一起相处，他过于严苛，两人之间缺乏沟通，儿子离世，父子俩也没有说过一句离别的话……一切都太晚了，一切都无法弥补了。

孙子哭着对他说："爷爷，我没有爹了，爷爷你不要去很远的地方了，和我们在一起吧。"

他听了孙子的话，哭得更伤心。

这时他的亲家、朋友常豫来了，杨江来了，王闿运也来了，都劝他节哀顺变。

几天后，他做主把儿子彭永钊安葬在城北瓯架山，也是安葬他外婆、母亲和竹宾姨的地方。他想自己死了之后，也埋到那里去，一家人在那儿长眠到天荒地老。

半月后，他还没有从悲痛中走出来。他为死去的儿子写了一副对联：

怎能够踏破天门，直到三千界，请南斗星北斗星，益寿延年将簿改；

恨不得踢翻地狱，闯入十八重，向东岳庙西岳庙，舍生拼死要儿回。

这对联写出了一位老父亲对儿子的爱之深，悲之切。

第二十二章　彻查樊口案

朝廷深信彭玉麟耿直无私，命他去湖北查处樊口一案，他草笠短衣，装扮成风水先生亲临现场查访，没料到此案错综复杂，十分棘手，但他迎难而上，不怕触及权贵……

一　忍受丧子之痛，依例巡视长江

儿子去世才一个月，彭玉麟又从衡州启程，开始巡阅长江。

农历三月底，阳光已强烈起来，江水不再寒冷，芦苇和水草一派新绿，野鸭在江中嬉戏，成群的水鸟时而飞上天空，时而落在江中的小洲上，叽叽喳喳叫个不停……岸上草木疯长，虫唱蛙鸣，蜂飞蝶舞。在地里劳作的农人，脱下身上的棉衣，他们播种的种子已经长出鹅黄的嫩芽……

然而，玉麟依然觉得整个世界没有一丝暖意。儿子早逝带来的悲痛难以消除。大自然的万紫千红和热热闹闹更让他觉得物是人非，世事如梦。

鸟在树上吟唱着将尽的暮春，船在水中航向苍茫的远方。

儿子从此长眠青山，儿媳多病瘦弱，小孙尚在孩提，内无成童，外无次丁。死者已矣，生者何堪！自己今年已经六十三岁，老病颓唐，精神疲惫，还能撑多久？

他想起了小他三岁的弟弟，他利用玉麟的关系做食盐生意，发了点小财。近几年，他定居衡州城，由于早年吸过鸦片，骨瘦如柴，现在又病倒在床上，将不久于人世。他没有儿女，妻子赵氏也在前几年去世。他几次对彭玉麟说，让玉麟过继一个孙子给他，玉麟怕弟弟因无后而抱憾终身，答应将次孙彭见绥过继给他……但心底还是有点不情愿，所以一直没有写契。他想既然已经答应了，就该在弟弟弥留之际把事情办好，不能再拖延了。

八月一日，彭玉麟巡江到江苏瓜洲镇，突然接到上谕，让他暂停巡江，与杨岳斌一道去查处湖北的樊口闸事件，并把此案的一些档案材料抄送来。

当时朝廷有个不成文的规则，凡是遇上大案要案，尤其是有争议的大案，往往派一位德高望重的二品以上官员前去处理。

而这个樊口闸事件实在复杂棘手，不仅牵涉到民间的利益，也牵涉到官方的治国理念。

樊口位于长江中游南岸，距武昌县城西北五里，与黄州府城隔江相望。为梁子湖（又名樊湖）、乌翎湖、符石湖等樊湖水系流入长江的入江口，故樊口有“七县一州咽喉”之喻。

樊口外濒长江，内连梁子湖，樊口外的长江段，上游纳川水、洞庭湖、汉江诸水汇流而下。下游受皖、赣河湖等水位顶托，在春夏之交的汛期，江水猛涨，大量江水通过樊口倒灌入梁子湖区，使得湖区泛滥成灾；而樊口内又有梁子湖诸水系，一遇强降雨，湖水暴涨，一旦泄洪不及，沿湖地区易成泽国。内外夹击的洪水像一柄悬在梁子湖区民众头顶的利剑，当地流传的《樊口谣》云：“古来梁湖水，自与长江通；江涨湖亦涨，民居水泽中。”每一次水灾都使得民众数年积蓄一朝荡然无存，甚至流离失所。

梁子湖区的百姓意识到只有在樊口修筑河坝闸门，堵住江水倒灌湖内，才可阻止灾难的发生。

为了根除水患，梁子湖一带的老百姓在咸丰、同治年间先后四次向官府递交请愿书，要求修筑樊口河坝，防止长江水倒灌入湖，但历届湖广总督和湖北巡抚都以各种理由拒绝了老百姓的请求。老百姓无奈之下只好自己筹钱修坝。光绪年间，樊口民众两次自行筑坝。

一次是光绪二年冬，樊口民众在武昌县廪生郭瑞麟等地方士绅的带领下，历时五月建成大坝。但当建坝者“私立埠头，抽收船厘”之时，终于引发了大冶、武昌、江夏等县商民和渔户的强烈不满，他们向官府上诉。湖广总督李瀚章接到控告后，派兵摧毁大坝，逮捕了郭瑞麟等倡导筑坝之人。

第二次筑坝发生在今年春，当时樊口民众受第一次筑坝带来的粮食丰收的鼓舞，不惜推举被革职的武生胡炳卢、汪帼沅等人为首领，再次自行修建樊口大坝。得到消息的李瀚章再度派兵，刨毁了尚在修筑之中的樊口大坝。这一水利冲突事件经《申报》详细报道后，引起社会的广泛关注。同时，远在京城的慈禧太后通过御史言官等官僚体系的信息孔道，也获悉了此事件。

湖广总督李瀚章把毁坝缘由上疏朝廷，主张在樊口不能修筑河坝，而御史李廷箫主张兴筑大坝的奏疏也送达御案，慈禧太后不知如何是好，决定派彭玉麟等前往实地调查。彭玉麟曾长期担任长江水师统帅，熟悉长江水文情况，又以秉性耿直著称，显然是较为合适的人选。

仅仅过了八天，朝廷又下达上谕，催促彭玉麟和杨岳斌尽快前往。

彭玉麟已经给杨岳斌写了信，约他迅速前往。杨岳斌在陕甘总督任上受挫之后，谋求擢升未能如愿，一直处于消沉状态。终于接到他的回函，却说他父亲病重，无法前往樊口，只得请彭玉麟代劳……是否因此案难于处置而推卸，玉麟不得而知。

八月初十，彭玉麟随带外委一人，亲兵一人，改装易服，背带行李，从瓜洲镇乘客船星夜前往长江上游。

到达黄州后，他又装扮成看风水的地仙模样，外委和亲兵也装扮成徒弟跟随着他。

外委和亲兵看着彭玉麟头戴竹笠，身穿短衣，手里拿着罗盘，和平时的样子相差太远，笑了起来。

玉麟问道：“笑什么啊？”

亲兵说：“如真的有人请大人看地，你看不？”

玉麟笑起来，说：“看，怎么不看呢，赚点银子来喝酒多好。”

亲兵又说：“大人不会露馅吧？”

玉麟哈哈大笑：“不会，不会，我读过看风水的书，现在该露一手了。”

随后，他们在黄州租了一只小船，命船夫向樊口驶去。

二　江边客栈，彭玉麟倾听彭玉麟的故事

到达樊口时，天快黑了，彭玉麟一行人走进长江岸边的一家客栈。

店里热气腾腾，菜香扑鼻，不少人在吃喝。

三人早已饥肠辘辘，各点了一份便饭，埋头吃了起来。没想到亲兵说的湖南话，引起一个酒客的注意，好奇地对彭玉麟说："地仙，你们师徒是从湖南来的？"

玉麟知道是家乡的方言出卖了他们，只好点了点头。

那人说的是四川方言，说不定是一位江湖浪子，他说："既然是湖南来的，应当知道曾国藩、彭玉麟啊？"

两个"徒弟"吃了一惊，不知如何接话。

玉麟到底是老江湖，沉着地应对："晓得的，我们湖南人个个都晓得。曾国藩是湘军首领，带着湘军灭了太平天国。那个彭玉麟，不过是湘军水师的头领罢了。"

那个四川佬瞪了彭玉麟一眼，有点轻蔑地说："老头子，你也不过是个风水先生，口气却大得很，好像自己比彭玉麟还厉害似的，彭玉麟是个顶天立地的英雄汉，我等望尘莫及，你与他比，那是簸箕比天，麻雀比老鹰！"

玉麟笑道："没听说彭玉麟有那么了不起！"

四川佬眼睛瞪得更圆了，说："彭玉麟打仗有勇有谋，长毛见了他像老鼠见了猫。此外，他还会断案，铁面无私，不畏强暴，专为黎民百姓说话，是第二个包青天！"

玉麟继续逗他，说："打仗的事倒是听说过一些，断案的事很少听人说起。"

四川佬说："不知道吧？我慢慢道来——"竟然要起说书人的腔调来。

玉麟有些好奇，想知道老百姓到底知道自己哪些事情，便说道："洗耳恭听，洗耳恭听。"

周围吃饭的人都转过头来，听四川佬讲彭玉麟的故事。

"话说彭玉麟巡江到了安徽，只见一个老头子伏在路上喊冤。他从轿子里出来，对老头说：'老人家，你有何冤啊？'老头说：'我家女儿被胡开泰杀

了。’彭玉麟知道胡开泰是江西补用副将，早听人反映他横行霸道，道德败坏。听老头如此说，于是问道：‘您认识胡开泰？’老头说：‘他是我的女婿，他老婆是我女儿。’彭玉麟又问：‘这样说来，你就是胡开泰的岳丈，胡开泰杀了他老婆？’老头说：‘正是。’彭玉麟奇怪了，问道：‘胡开泰怎么好端端地把老婆杀了？’老头老泪纵横，说：‘胡开泰不是人啊，他从外面带回一个妓女，与她饮酒，还命我女儿为那娼妇斟酒，我女儿不愿意，说哪有良家妇女为外来野鸡斟酒的道理。可是胡开泰撒酒疯，将我女儿绑在树上，用鞭子抽我女儿，打得满身是血。我不服，大声斥责。胡开泰发了狂，竟然用尖刀剖开我女儿的肚子。我好端端的女儿，就被这畜生杀了，青天大老爷为我申冤啊！’”

说到这里，四川佬故意不说了，停下来喝了一口茶。

“后来呢？”众人被吊起了胃口，追问后面的情节。

四川佬继续说道：“彭玉麟是何等精明的人物，亲自跟着老头子去察看他女儿的尸体，找到胡开泰行凶的工具，一面派人逮捕胡开泰。胡开泰在物证人证面前，交代了自己的罪行。这时，彭玉麟突然怒目圆瞪，厉声道：‘胡开泰！你真是狗胆包天！公开召妓，违反军规，剖腹杀妻，触犯国法。证据确凿，你供认不讳，现在我就要把你就地正法，以平民愤！’说完将胡开泰的脑袋砍了下来，此事震惊了安徽。”

在场的人一齐称赞起彭玉麟来。

四川佬谈兴未尽，说：“没多久，彭玉麟到了安庆，见李鸿章的堂侄李秋升横行街市，欺压市民，淫乱他人妻女，老百姓怕李鸿章，敢怒不敢言。彭玉麟明察暗访，收集了李秋升的罪证，把他抓了起来，李秋升在物证人证面前认了罪，彭玉麟当众杀了他，然后才写信告诉李鸿章。李鸿章气得好几天没吃饭，又无可奈何。”随后又说起了彭玉麟斩杀总兵谭祖纶的故事。

众人听得目瞪口呆。亲兵看着彭玉麟偷笑，却不敢言语。

四川佬又接着说：“彭玉麟疾恶如仇，什么样的大人物他都敢得罪。曾国荃带的吉字营，军纪极差，打下南京后，杀人放火强奸，彭玉麟三次请求曾国藩大义灭亲，可曾国藩哪里肯杀自己的亲兄弟，说：‘雪琴啊，吉字营的军纪是比不上你们水师，但手足情深，我不忍心杀我兄弟，你别再说此事了吧。’”

四川佬说完了，席间一个女人突然发话了：“彭玉麟的故事还有呢，我也来说一个吧。”

玉麟看那女人时，几乎不敢相信自己的眼睛。那女人长得美丽灵秀，和他的竹宾姨一样，有点像在南岳遇到的那位尼姑。她看到彭玉麟，并没有打招呼，若无其事地说起她的故事：

“话说彭玉麟打金陵时，有一天上岸来，见一家面馆里有人在争吵，于是走了进去。原来，馆子主人说一个水兵吃了他家面条没有付钱，而那个水兵说他上岸执行任务，只是在馆子里歇歇气罢了，根本没有吃面条。两人争得不可开交。彭玉麟也不知谁说的是事实，说道：‘老板娘，这士兵是归我管的，管得不好，我带回去教训他。至于他吃的面条，多少钱？我给你银子。’那老板娘也真是贪心，说：‘这兵吃了还说没吃，我要他付十倍的钱，还要他向我赔不是。’没想到的是，那个水兵更犟，说道：‘我没有吃面条，赔她钱是小事，损坏自己名誉也是小事，重要的是损坏了我们湘军水师的名誉。如果证实是老板娘撒谎，老板娘必须到湘军水师去道歉。’彭玉麟为难了，问那位士兵：‘你真的没吃？’水兵点头称是，彭玉麟说：‘那你拿什么来证明你没有吃面条呢？’那水兵说：‘把我的肚子剖开，如有面条在里面，我死；如果肚子里没有面条，她死。’彭玉麟转头问老板娘：‘这样可以不？’老板娘说：‘好！’于是彭玉麟让二人立下字据，盖好手印。彭玉麟把那水兵绑在面馆前的一棵树上，问水兵：‘你后悔吗？’那水兵说：‘我不后悔，我要用我的死证明我们水师的清白！’彭玉麟对手下持刀的人大叫一声：‘准备动手。’持刀人拿着尖刀抵住水兵的肚腹，正要往里刺的时候，那妇人突然变了脸色，大叫一声：‘不要刺他，他没吃面条！’彭玉麟亲自给那水兵松绑，大骂那妇人污蔑水师，用绳索把她绑在店子前的大树上，示众一天。”

那女人说得抑扬顿挫，有板有眼，大家听得更是入神。

玉麟听了自己的许多故事，哭笑不得。有的的确是真的，比如审案杀胡开泰；有的事纯属胡编，比如面馆一事。

突然有人说：“听说这次来查访樊口闸案子的就是彭玉麟呢，也不知他会怎么处理此事。”于是大家又议论起来。

外委和亲兵大为吃惊，玉麟不慌不忙地说：“彭玉麟来查案太好了，我们要看看他长得是不是凶神恶煞的样子。”

店里的一个伙计说：“如果彭玉麟来了，你们这么胡言乱语，他一刀就把你们的脑袋砍下来！”

玉麟大笑道：“不会不会。彭玉麟查案子不会带刀，说不定像我一样，头戴斗笠，手里拿着一只罗盘呢。”

那位说故事的女人说：“这话我相信，真人不露相，露相不真人。”

三　入樊口后深入调查，明白了对立双方的利益纠葛

彭玉麟一行雇小船从长江进入樊口，行了三里许，船夫把船停泊在岸边，说：“这就是你们要找的堤坝。”玉麟等人走上岸来，看到残存的大坝只剩两端，中间显然是被官方摧毁了。他目测了一下，这里确实是最合适建造河堤的地方。此处最狭窄，两边是山丘，筑河堤能节省人力财力，又能挡住长江之水。看来民间有能人。

此时是少雨的秋季，河水下落，两岸山脚露出吃水线，河岸边露出石头，还有大片的沙滩。河水静静地流向长江，不远处的草滩上，有牛摇着尾巴在吃草。牧牛者坐在一块石头上抽烟。

玉麟走了过去，问牧牛的老汉：“大爷，请问这地方是樊口修河坝引起官司的地方吗？”

大爷答道：“正是。”

玉麟又问：“从此处再往里走，是什么地方啊？据说春夏发大水的时候，长江水会倒灌到这边的湖里，对不？”

老汉是一个有见识的人，说了一大堆话：“是的，由这里往里走，名叫‘九十里长港’，六十里属于黄冈县，三十里属于武昌县。这九十里，港汊分枝，旁通各湖，像藤上系着瓜，瓜上连着藤。我告诉客官吧，这右边有洋湖、月山湖、泾头湖、鸭儿湖、江夏湖、鲊洲湖等十二个湖；左边呢，有枨洲湖、夏新湖、三山湖、保安湖等六湖。每年江水未涨之时，各湖十余里、数里不等；江水涨起的时候，洪水从此处倒灌而入，九十里长港一片汪洋。”

玉麟又问：“这九十里长港就是人们所说的梁子湖吗？”

牧牛老汉摇头道：“不是，九十里长港的尽头有一个叫磨刀矶的地方，过

了磨刀矶才到梁子湖。梁子湖中间有山，山上有市镇。这湖在没有江水倒灌时，周围不过三百多里，东西南北互通，我们称之为九十九汊。每年江水倒灌时，港汊不分，一片汪洋，方圆七八百里都是洪水，湖边所有的田地都被淹没，房屋倒塌，人们哪里还能活命，只能去外地流浪了……”

玉麟谢过老汉，回到岸边，对船夫说：“我们去梁子湖。”

正如那位牧牛老汉所说，梁子湖中央有一个小岛，小岛上有一个小镇，叫梁子街。镇上有一百多户人家，住户大多是渔民或做小生意的人，镇上只有一间客栈，彭玉麟三人在此住宿。客栈主人四十多岁，对人很和善。除了这客栈外，店主还经营一间卖油盐酱醋的商店。

晚餐时，客栈老板娘为他们煮了一条武昌鱼。鱼的味道十分鲜美，玉麟很高兴，还喝了二两酒。当年他在武昌一带打仗，也吃过这种鱼，据说这武昌鱼多出于梁子湖呢。

老板介绍道：“我们梁子湖还出螃蟹，秋后的螃蟹又大又肥，明天我给你们弄几个吧，包你们满意，价钱也不贵。”

玉麟说：“好啊，明天夜里我们还住这里，给我们每人弄两个吧，不能太多了，太多了我们吃不起，我们只尝尝味。”

老板为招揽生意，说：“我们这里有山有水，风光好，你们多住几天赏赏景吧。”

玉麟见与老板近乎套得差不多了，问道：“老板，你店里的货物是不是从樊口用船运来的？”

“是的。”

“只有这一条水路？”

“是的。我们这里仅有一条水路。其他地方，比如武昌县管辖的谢埠、金牛镇；大冶、兴国管辖的保安街、长岭街和碧石渡等地，除了水路，还有陆路。”

“这样说来，如果樊口建闸，你们店子生意就做不成了？”

“生意还是可以做，只是挺麻烦的。如修了樊口闸，我们只能用船把货物运到闸门前，然后自己或者请人肩挑货物送到九十里长港，再用船运过来。”

“其他地方有陆路，即使修闸也没事？”

“是的，只是陆路运费多一点。”

玉麟将这些问题记在了心里。

第三天，他和亲兵一起去调查渔民，外委去调查当地农民。

小岛四周有不少渔民的船只，玉麟命船夫将船划到渔民中间去，和他们话家常，他把话题引向修樊口闸一事，渔民们纷纷抱怨修樊口闸对他们的年收入有重大影响。如果不修闸，江水倒灌梁子湖时，长江的鱼群就进入了梁子湖，他们便可以捕获到大量的鱼。修闸后，捕获的鱼会少一半，所以他们都反对在樊口修河闸。

夜里，外委向彭玉麟汇报他深入农民获得的信息：农民们认为如果不修樊口闸，江水倒灌，田地被淹，他们难以维生，只能背井离乡去逃荒……所以他们强烈要求修筑河闸。

玉麟明白了，问题的实质是农民与渔民（含商人）的利益产生了冲突——

不修河闸，对商人和渔民有利，可保障商业、渔业收入，但对农民极为不利，会导致粮食减产，收入减少。修河闸的话，情况刚好相反……农民与商人、渔民的利益完全对立，不可调和。无论怎样处理都不能使双方同时满意。那么该牺牲谁的利益呢？谁的利益都应当维护而不应牺牲呀！

梁子湖中的小岛上，夜里特别安静，窗外的月色也特别清幽，但玉麟没有雅兴欣赏。他一整夜在床上辗转反侧，找不到解决樊口事件的最好方案。

四　到受惩处的人家里访问，与包打官司的袁甲甫交锋

次日，彭玉麟去访问今年春天带头重修河坝而被官府革职的武生胡炳卢、汪帼沅等人。

胡家是殷富之家，据说有良田数十亩。在他家里，彭玉麟虽然还穿着风水先生的服装，但他公开亮出了自己的身份，希望胡炳卢能把今年重修樊口闸的情况说一说。

胡炳卢身材魁梧，说话声音洪亮，是位武生，相当于县里的武秀才，在乡下还是颇有威信的。

他对彭玉麟说：“前些年由于修筑了樊口闸，粮食丰收，地方安定。没有想到，去年冬天，官府突然派兵挖开河堤，今春江水渐入，田地淹没，种田人没了

生路，急于修筑横堤阻拦江水倒灌。由于没有带头人，大家推举我来带头，汪帼沅协助我。因这事是与官府对着干，我不同意，推辞再三。但众人跪在我的面前求我，说修筑河堤等于救千百人的命。见他们这样，我才答应下来。我们自己筹集费用，各家各户有钱出钱，无钱出力。每日里千百只小船来来往往，有的船只运来旧堤的砖石，有的拆下自家旧房的竹木，运来修堤，好不热闹。只短短两个多月就竣工了。”

玉麟说：“你们不知道没有经过官府的允许就修筑这样的大工程，是违法的吗？”

胡炳卢迟疑了一下，说：“大人，说心里话，其他人肯定不知道。我好歹读过一些书，知道此事重大，我们禀报了县府。知县很支持我们，但我们没有禀报省府。再说了，我们一动工，如果官府不同意，便会前来阻止，可是，他们偏偏不来……”

玉麟叹一口气，说：“原来是这样……后来呢？”

胡炳卢把头低了下去，说：“万万没有想到官府早不来迟不来，在河堤河闸快要竣工之时，他们派来水陆官兵，把我们团团包围，说我们抗拒朝廷，私自修堤，犯了王法。当时有些人情绪激动，说反正水淹了田地也会饿死，不如拼一个你死我活。我跪在地上流着泪劝说各位乡亲，告诉他们与官府动武，是要灭九族的，万万使不得。乡亲父老在我的劝阻下才散去。不然，闯下的大祸不堪设想……”

玉麟有些同情他，说：“后来官兵把你和汪帼沅抓了去，用棍棒教训了一顿，然后革除了你的武生身份，是这样吗？”

胡炳卢说：“是的。”他又补充道：“还有知县刘笃庆、廪生郭瑞麟、候选训导胡书田也受到了革职或革除身份的处理。”

玉麟心想，这些人并没有大错，这样处分太重了。他换了一个话题，说：“胡炳卢，现在事情已经过去半年多了，你还认为樊口闸应当修筑吗？”

胡炳卢说：“我不敢说。”

玉麟和气地安慰道：“但说无妨。”

胡炳卢迟疑一下，终于鼓起勇气说了：“应当修。”

玉麟又说：“修了自然对种田的人有利，但对渔民和做生意的人很不利呀。”

胡炳卢有自己的理由：“是的，这件事没有两全的办法，除非朝廷补贴不利的一方。以人数计算，这里种田的占十之七八，而捕鱼的和做生意的不过十之二三。大人是打过仗的，总不会让大多数去死而救活极少数人吧……”

看来民间有懂大道理的人，玉麟说：“胡炳卢，本官也倾向于修筑樊口闸，同时认为官府对你的处理过重，应予撤销。我会向朝廷上书，为你们翻案。但是此案牵涉的人太多，不仅牵涉到民间各方，也牵涉到官方……如果案子翻过来了自然好，如果没有翻过来，你们也不要灰心，慢慢等待吧。千万不要铤而走险，与官府作对呀！”

这时，突然有十多个人来串门，大家得知彭玉麟是钦差大臣，激动得不得了，纷纷七嘴八舌反映情况，说“官府不管百姓死活，把修好的堤坝都挖了，洪水淹了田地，活不下去了……”说着说着哭声一片……

玉麟劝解了众人好久，才从人群里脱身，准备去找袁甲甫算账。

他已经了解到，这里的农民人数虽多，却没有势力，是弱势群体；渔民人数虽少，却是强势群体。捕鱼的人集中在三山湖、月山湖、横山湖和铜山湖。其中只有三山湖袁氏、月山湖杨氏为大族，族里有举人、贡生、生员和监生，他们有官方背景，自然能得到官方的保护。这袁、杨二族虽然有田地，却都在梁子湖之外，故不会受到水淹。他们以捕鱼、经商为主，每年水越大，鱼就越多。修了河闸，没有江水入湖，他们的收入自然会减少。袁姓中的袁甲甫，原是个秀才，这些年却成了专为人打官司的讼棍，只要谁有钱给他，他就歪曲事实为别人告状打官司。因有官方的关系，所以一般都能赢，他就到处扬言自己打官司包赢。官府毁了樊口河闸，就是渔民和商户凑钱给他，让他告知官方的。故当地的农民对他恨之入骨，都想食其肉而寝其皮。

彭玉麟一行在三山湖找到袁甲甫，亲兵直接告诉袁甲甫面前的人是彭玉麟，是来查访樊口事件的钦差大臣。袁甲甫看着彭玉麟风水先生的装束，不以为然，说：“你们有印信吗？”

亲兵说：“当然有。”

玉麟狠狠瞪着袁甲甫。

袁甲甫看到彭玉麟目光中透出凛厉的杀气，不寒而栗，立即趴倒在地，叩头不止。

玉麟冷冷地说："袁甲甫！梁子湖方圆数十里的人，为何都对你恨之入骨呢？"

袁甲甫慌乱极了，说："我有罪，我为渔民告状，让官府毁了樊口闸。"

玉麟瞪他一眼："就这一件事？"

袁甲甫说："我还为别人打官司，歪曲事实。"

玉麟命亲兵给袁甲甫找来纸张笔墨，让他把自己的所作所为写出来。

袁甲甫写了半个时辰，写了一千多字，老老实实交代了自己的罪行。

玉麟看了，说："你好歹也是一个秀才，圣人的教导都忘到脑后了，干出这样的事情来，真是读书人的耻辱！多行不义必自毙，会有人来收拾你的。"然后对亲兵说："我们走吧。"

离开时，他又狠狠地瞪了袁甲甫一眼，袁甲甫又是一抖。

玉麟乘船离开三山湖时，已是薄暮时分。船离岸不远，芦苇丛中突然窜出来两只小船，从两旁夹住了他的船。亲兵和外委紧张起来，说："这是袁甲甫派来追杀彭大人的吗？"

五　拿出解决方案，连夜上疏朝廷

从芦苇丛中窜出来的船并不是袁甲甫派来的，反而是来保护彭玉麟的。船上的汉子说话了："大人，是我呢。那边的船是我老婆在划，不要惊慌。"玉麟和亲兵都听出来是胡炳卢的声音。胡炳卢把船靠近彭玉麟的船，对船夫说："给你钱，你划船回去吧，人都坐到我的船上来。"彭玉麟一行人听了胡炳卢的话，坐到他的船上。那名船夫拿了胡炳卢给的铜钱，按照指示把船划回去了。

胡炳卢没有径直往前划，而是往一侧划进了一道河汊。

胡炳卢说："我估计大人的身份已经泄露了，这极危险，特划船来接各位，送各位到一个安全的地方去。"

亲兵说："还是胡兄想得周到。"

胡炳卢说："这里很复杂，袁、杨二姓有很硬的背景，关系很广，没有办不成的事；他们胆大得很，什么歹毒的事都干得出来。我们还是多防着一点好。"

玉麟感到胡炳卢是一个古道热肠的人。

两旁是深深的茂盛的芦苇，天空中挂着一轮清亮的明月，船桨不停划动，响着“哗——哗——哗”的水声。

胡炳卢老婆划的是一只筏子，很小。她跟在后面数丈远的地方，好像是在担任警戒任务。

玉麟问胡炳卢：“你家里有两只船？你不是说你是种田的吗？”

胡炳卢回答说：“是啊，我家以种田为主，但种田也需要船，比如收稻谷有时候要用船运谷子，比肩挑省力省时。我们的田不在一个地方，远的有好几十里呢。”

玉麟又问：“那你们打鱼不？”

胡炳卢说：“我们湖边人，家家都有船，人人都会捕鱼。我和我老婆都会捕鱼，但不靠捕鱼为生。”

天空中起了云，月亮在云中穿行。湖上亮一阵暗一阵。船时而绕过山湾，时而穿过芦苇丛，时而在宽阔的湖面上直航，时而在弯曲的湖汊里蜿蜒而行……不时有几只水鸟惊起，扑棱飞向夜空。

到达一个山湾，船泊到岸边，胡炳卢请彭玉麟等上岸。他老婆的船也泊了岸，她从船上跳上岸，手里提着几条武昌鱼和一只鸡。

上岸行了不远，来到三间盖着芦苇的小矮房前，胡炳卢敲开房门，房主人把他们迎进屋里。胡炳卢告诉彭玉麟：“这里荒无人烟，只有我表哥和他老母两个人住在这里，绝对安全，也很安静，没有人会到这里来，大人可以安心在这里歇息几天。我每天夜里来看你们一次。”

他从老婆手里接过那几条鱼，递到表哥手里，说：“这几位大人是来为我们种田人办事的，你这几天和姑母好好伺候他们，食物由我供给，你们好好烹调就是。”

玉麟说：“胡炳卢，你年纪比我小，我就直呼名字了。明天傍晚我就得离开这里去黄州，你黄昏时分来接我们吧。”

胡炳卢答应了，然后和老婆划着小船走了。

胡炳卢的表哥老汪做了晚饭，彭玉麟一行吃完，已是半夜了。玉麟叫外委和亲兵先睡，自己拿出笔墨纸张，开始起草奏章。

他通过走访和细心调查，掌握了实际情况，在此基础上形成了解决樊口闸事件的方案。

在奏章里，他首先向朝廷汇报了自己来樊口调查的经过，比较详细地介绍了当地地形、人口以及修筑堤闸给当地人带来的利害冲突等情况，表明自己对湖北官府处理此案不够妥当的看法，重点则摆在对是否修筑樊口闸的分析上。

玉麟毫不隐瞒自己的观点，旗帜鲜明地提出主张：樊口闸不但要修，而且要修坚固，要修成石闸。他说："樊口以内，则宜修一石闸……断不可筑土堤，土堤呆板而易被冲决，石闸活动而便于启闭。"同时，原有的旧河堤应当补修，有的地方要延长，得新修一段才行。"欲全樊口内各属湖滨生命，不能不补修老堤……堤身渐已坍塌，而堤脚尚属坚结，急宜赶紧修补，并须于黄柏山以上添修里许，方为有济。"

他认为修筑樊口闸的好处是："欲求滨湖田地之不被水淹，全赖樊口地方之建筑闸坝。无闸则水无堵御而田淹，田淹则弱者转于沟壑，强者流为盗贼。有闸则水有关拦而田熟，田熟则农得倍收之利。"

他的观点和湖广总督李瀚章的见解完全是针锋相对的。自己这种方案没有顾及所有民众的利益，但是种田的农民占人口的绝大多数，渔民只占百分之二三十，经商的人更少，只百分之几，不能顾小损大，得少失多。况且，朝廷要从种田人那里收取大量课税，从渔民处收到的税金非常有限。如果田地不被洪水淹没，农民一年可收获稻谷六百万石，国家能收到的课税也是很可观的。

同时，彭玉麟还在奏章里含蓄地说明，上次官府在樊口毁堤是错误的行为。已经受到处置的胡炳卢、汪帼沅，还有知县刘笃庆、候选训导胡书田虽有过错，但都是出以公心，是君子之过。而颠倒是非、包打官司的袁甲甫之流应该予以严惩。

写完数千字的奏章，已是第二天傍晚，胡炳卢划船来接他们了。

六　离开樊口时百姓跪拜，而玉麟的主张招来官员的非议

彭玉麟原计划连夜回黄州去，但胡炳卢极力劝阻，说夜里行船不够安全，怕在江湖上遇见歹人。他便又在湖边小屋里住了一夜，次日清晨才乘胡炳卢的船返

回。

船到磨刀矶，大家都饿了，于是泊了船，上岸吃早餐。刚吃完，不知谁认出了彭玉麟，说道："彭大人，你是彭青天，你要为我们种田人做主啊！"一传十，十传百，一下子来了好多庄稼汉，黑压压的一片，都对着彭玉麟跪下了，"彭大人""彭青天""为民申冤""为民做主""不修樊口闸，我们活不下去啊"的叫喊声震天响。玉麟很激动，站到一块石头上，用洪亮的嗓音说道："父老乡亲，你们的话我听到了，你们的情况我也调查清楚了，我知道只有修筑樊口闸，你们的田地才不会被水淹，才会有好收成。本钦差会把看到的、听到的和想到的都禀告朝廷，朝廷会让大家过上好日子的！"

四周的人喊得更响了："彭青天！""彭大人！""大清官！""大英雄！"……

胡炳卢笑着对彭玉麟说："人太多，很乱，我们赶紧上船吧。"

彭玉麟在亲兵和外委的护卫下上了船，胡炳卢划着桨，船向湖心驶去。

到了九十里长港，湖汊纵横，水陆险恶，突然窜出来十多条小船，从四面向彭玉麟乘坐的小船包抄而来。玉麟有水上作战的丰富经验，知道来者不善，对船上的人说："往前划，不要害怕。准备好武器，谁敢阻挡我们的船，格杀勿论！"

十来只船从不同的方向越逼越近，眼看一场打斗不可避免。

一只船迎面而来，一个满面络腮胡子的彪形大汉立在船头，大喊道："谁是彭玉麟，快快站出来，老子要和你说话！"话音未落，胡炳卢挥起船桨迎面劈去，大汉应声落水。彭玉麟和亲兵等正要乘胜攻打，只听见一声大喊，一支船队从后面飞驰而来。

包抄过来的船只立即一哄而散，遁入远处的树林。

后面的船队赶了上来，最前面的一只船上站着的竟是一个年轻女子，像是在樊口客栈讲彭玉麟故事的那个女人。玉麟感到说不出的奇怪，她好像是整个船队的首领呢。船队从彭玉麟身旁经过的时候，那女人高声说：

"各位受惊了吧，跟在我们船队后面就没有风险，跟上哦。"

于是胡炳卢划着船紧跟在船队之后。

玉麟问胡炳卢："来围攻我们的是袁甲甫的人吗？"

“不知道。”

“那女人你认识吗？”

“不认识。”

“这支船队原来有吗？”

“我也不清楚。”

江湖上果真充满了神秘的色彩。彭玉麟一行人跟着船队到了樊口，真是无惊无险。

那个女人还唱了一首渔歌，玉麟只记住两句：烟波无际过洞庭，鹧鸪声声无限情。

玉麟付船费给胡炳卢，叫他不要再送，还说：“你们的事我会尽力而为，但朝廷有朝廷的主见，能否翻案，还很难说。你要好自为之。”

由于玉麟给的船费较多，胡炳卢不肯收，玉麟劝他一定要收下，并解释这费用官府可以报销，并非个人掏腰包。最终，胡炳卢还是收下了，千恩万谢而去。

彭玉麟乘船到达黄州，找到驿站，将奏章寄往朝廷。

玉麟和湖广总督李瀚章私交较深，本想去武昌看望他，但此次处理这个案子，自己的意见与他相左。如果朝廷采纳自己的建议，对李瀚章不利，至少会影响他在社会上的声誉。不过玉麟没有办法，不能因为私交深而坏了公事，影响民众的利益和朝廷的形象。他想李瀚章最终会理解他的。

做完这些事情，彭玉麟立即乘客船回到瓜洲镇，继续巡视长江……

慈禧太后和光绪皇帝看过彭玉麟的奏章后，认为言之有理，立即谕令李瀚章修建樊口闸。李瀚章狡猾得很，一面答应建闸，一面上奏建闸存在“五害”，极力反对建闸。太后和皇上认为李瀚章说得也没错，于是拿不定主意了。

时任翰林院侍讲学士的张之洞也针对彭、李二人的奏折，提出《樊口闸坝私议》。他表面公允，其实是站在李瀚章的立场，认为彭玉麟只看到梁子湖的局部利益而主张修筑樊口闸，没有从长江流域的全局看问题。如果建了闸，长江江水不倒灌梁子湖一带，那么洪水顺江而下，会对长江中下游的河堤造成巨大的水患压力。如果长江下游大堤溃塌，那比江水倒灌梁子湖造成的后果严重得多。

玉麟得知后，觉得非常可笑。谁能计算出长江倒灌梁子湖的水是多少？它不是一个面积很大的湖，它盛下的江水对数千里长江有那么大威胁？夸大其词而已。

当时朝廷也有不少人认为彭玉麟的主张更有道理，有人甚至嘲讽李瀚章不愿意修筑樊口闸，是怕长江洪水太大会冲垮长江安徽段的河堤，淹没他安徽老家的万顷良田。

遗憾的是，彭玉麟生前没有看到樊口闸重新修筑，除了那几个被革职的县官得到起复，还有胡炳卢恢复了身份之外，他在奏章里提出的建议都成了一纸空文。

彭玉麟更不知道的是，在他逝世后，樊口是否建闸的争论还在继续——

清宣统元年，湖北官员李仙培到樊口考察，提出“樊口建闸十可说”：国课可升、民生可保、地利可恃、天灾可救、人心可顺、物产可增、厘金可旺、渔业可多、劳费可免、赈抚可除，成为若干年后“建闸派”的又一得力支持者。

民国初，鄂城、大冶、武昌、阳新、蒲圻、咸宁六县受益人曾筹资拟筑堤建闸，但或遭反对，或被冲溃而未成功。

民国三年，六县人民代表又按亩摊捐筹款，并与日本在华的聚成建筑公司和日本维新营造厂订立合同，拟修樊口堤，建樊口闸。但一些绅商以外人承包，坐令权利外溢为由激烈反对，迫使日商取消合同。

民国十一年，肖耀南任湖北督军时，对湖北水利、堤防颇为重视，遂计划在樊口建闸。是年冬，樊口闸正式开工建设，到民国十五年基本建成，取名“民信闸”。

民国二十七年，侵华日军占领南京后，溯江而上，国民党军队企图以水代军，阻止日军西进，便于同年10月撤退时，在樊口上演“花园口事件”，将闸门炸毁多处。

新中国成立后，政府十分重视水利工程建设，先后于1952年冬和1964年冬两次对民信闸进行改建，对粑铺大堤多次进行整险加固，兴修了一系列水利工程。

1970年7月，在准备修建梁子湖电力排水站的基础上，政府决定劈山建闸，改建流量为1200立方米每秒的大型排水闸，即樊口大闸。工程于1972年10月基本完工。

彭玉麟如果九泉有知，一定会笑出声来。因为他当年上奏朝廷修筑樊口闸的主张没有错，错的是李瀚章和张之洞之流。

第四部

驻粤抗法

第二十三章　单骑赴粤东

朝廷任命彭玉麟为两江总督，后又命他为兵部尚书，他都加以推辞，可朝廷官员却指责他“抗旨鸣高”。在接到赴广东抗法的上谕后，他立刻单骑奔赴广州……

一　焦山筑炮台，吴淞口会操

彭玉麟彻查樊口闸案后，依然年年巡阅长江。光绪六年三月初，他从衡州出发，开始一年一度的巡江。三天后到达长沙，忽然接到上谕，因崇厚擅自与俄国签订《里瓦几亚条约》，激发矛盾，使中俄关系极为紧张，朝廷命彭玉麟在长江下游尤其是入海口一带加强战备，做好与俄国作战的准备。

玉麟感到一个弱国是没有安全感的，大清已经成为各国觊觎的唐僧肉。日寇入侵台湾的事刚刚过去，俄国又来武装挑衅，猛虎刚走，又来了一只恶狼。

去年，朝廷任命崇厚为全权大臣，派他前往俄国交涉收回伊犁之事。谁知他经不起诱迫和讹诈，擅自与俄国签订丧权辱国的《里瓦几亚条约》，按条约规定，中国除割去霍尔果斯河以西和特克斯河流域大片富饶的领土外，还要赔款五百万卢布。伊犁虽名义上归还中国，实际上已成“弹丸孤注，控守弥难”的残破空城了。朝廷得知后极为震怒，下令抓捕崇厚，改派曾纪泽赴彼得堡与俄国重新谈判。俄国对此极为愤慨，一边让驻华公使到总理衙门大吵大闹，一边在中俄边界陈兵数万，同时派出二十多艘军舰，由里海驶往日本长崎，建立海军大本营，扬言要从海上进入长江，攻取江宁等地。中俄战争眼看一触即发。

彭玉麟接旨后，加快了巡江速度，到达下游后，立即与李成谋商量加强战备之事，并驻扎在镇江焦山。

焦山四面环水，与对岸象山夹江对峙，正所谓“万川东注，一岛中立”，给人以“砥柱中流”之感。焦山历来就是军事要地，在这里发生过许多战事。

焦山东侧的山脚下，石块嶙峋，六个用石灰土夯实的炮台呈扇形面对着长江的入海口，整个炮台是暗堡式，每个炮堡都附有一座小弹药库，另有一大弹药库在炮堡南端门外偏西处。炮台整体用三合土分层浇灌而成，但因已经修筑三四十年了，有不少地方需要维修。

玉麟来此督促士卒维修、加固炮台，又命人往弹药库里装满火药，还叫人新筑了两个炮台，加上原来的，总计有八个炮台了。这里的炮台在鸦片战争中抵抗英国入侵时发挥过很大作用。玉麟心想，如果俄国敢打到长江来，他将派一位强将驻守此地，指挥水师战士用猛烈的炮火顽强抵抗，阻止敌军深入内地。

随后李成谋也来到焦山，玉麟与他一起视察了炮台，指着对岸的象山说：“那边原有十一个炮台，我认为还要在山顶上修筑两座炮台，居高临下，射程更远。如此才能形成夹击之势。”

李成谋点头说：“大人此言极是。这焦山的确是极佳的军事要地，大人说狼山一带为第一门户，江阴上游孟河南岸圌山关和北岸的三江营一带为第二门户，这焦山与象山乃长江第三道门户，极有见地。我们紧紧守住这三道门，不能让俄鬼闯入内地！”

彭玉麟和李成谋在炮台边的石头上坐了下来，玉麟望着宽阔的大江若有所思，突然转过脸来说：“俄鬼要从海洋入我长江，定是大军舰，而我们没有军舰与之对抗，最好能想出一些妙计来对付他们的庞然大物才是。昨晚我想了大半夜，计划准备千万担稻草，当俄鬼进入长江水域时，我们从中上游将稻草倾入江中，稻草顺流而下，卷入敌人轮船的机轮，机轮不能灵活转动，其行进速度就会减慢。趁此机会，岸上的炮台猛烈开炮，水师战船从四面逼近敌船，从不同方位向敌军舰开火，洋人军舰中炮起火，最后葬身大江……你看这笨办法行得通吗？”

李成谋赞叹道：“大人奇思妙想！行得通！行得通！”

玉麟严肃起来，说：“你现在老是奉承我。这事还得问问懂俄鬼军舰结构的专家再说……”

李成谋不说话了。

玉麟想了一下，说：“你是长江水师提督，却总是要我拿主意，我知道你是尊重我。然而你不能依赖我，你要有主见。这一次，我想听听你的主意，你说说吧。”

李成谋办事老练，也有谋略，见彭玉麟如此说，便讲了两点想法：一是八月底，在吴淞举行一次大练兵活动，主要练习划船、射炮、打枪；二是在江阴以下选择适当地点，继续修筑炮台，尤其是黄浦江口要多建几处，力求御敌于国门之外。

玉麟露出了笑意，称赞李成谋的备战方案很稳妥。

到了八月底，彭玉麟和李成谋乘坐轮船从江阴出海，到达吴淞口。这时从江苏、浙江和安徽调派来的长江水师战船已于先期集结，于是，李成谋下令各营在入海口演习划船，射击炮弹。

八月的阳光已不太强劲，江风习习，宽阔的江面万船竞渡，万炮齐鸣，喊叫声连天……

随后，水师又在吴淞口的沙滩上演习射击枪炮，那时工厂也能制造一些枪炮了，水师配备了自己国家制造的崭新枪炮，士气比以前更昂扬。

演习后，彭玉麟、李成谋与前来视察的两江总督刘坤一一起巡视了吴淞口一带修筑的炮台。

但过了很久，俄鬼没有来，战争也没有打响，和上次日寇一样，胡闹一阵而已。

原来曾纪泽抵达俄国后，与俄方前后谈判历时十来月，正式会谈辩论数十次，终于达成《中俄伊犁条约》。与崇厚所签条约相比，虽然伊犁西境霍尔果斯河以西地区仍为沙俄强行割去，但乌宗岛山及伊犁南境特克斯河一带均予收回；取消俄人可到天津、汉口、西安等地进行经济活动诸条款；废除俄人在松花江行船、贸易，侵犯中国内河主权等规定。

水师听到这消息，都说曾国藩的儿子就是了不起，湖南人就是厉害，真是天下一日不可无湖南！

李成谋叹道：“仗没有打起来，真是空忙一场！”

玉麟则说：“提督大人，此言差矣！以前我们想在长江下游建立炮台，以防洋人来袭，朝廷和地方衙门都说没有银子，现在日本和俄国要来打我们了，朝廷一下就有银子给我们修炮台了。以后洋人再叫嚷要打我们，我们就不急了。”

李成谋拊掌大笑：“大人高见，许多好事都是逼出来的！”

玉麟解释道：“其实我也是受曾纪泽的启发才想到的，据说他在英国任大使时，在英国报纸上发表一篇文章叫《中国先睡后醒论》，说洋人侵略我国其实也有一个‘好处’，即逼着中国人从睡梦中醒来，逼着我们发愤强大起来！你们说有理不？”

在场的将领听了，都笑着说：“千古高论。”这时一个亲兵给彭玉麟递来一封信，他展信一看，眉毛拧了起来，对李成谋说：“既然不打仗了，各位好好休息几天吧……我要回杭州去了，老朋友在盼我了。”

二　俞樾之迫切心愿，玉麟难言之隐情

俞樾在杭州日夜盼望彭玉麟回来，玉麟回来他的愿望才能实现。

俞樾夫妇育有二男二女。然而，从咸丰十年开始，疾病和灾难接踵而至。先是大女婚后不久，丈夫便突然病故，两年后改嫁王氏。然后长子突然离世，过了三年，次子祖仁又染重病，几成废人。同治十一年，时任福宁太守的长兄俞林溘然病逝。接下来俞樾的夫人又患上难以治愈的疾病……

就像彭玉麟钟情于他的竹宾，俞樾对妻子的感情也极为深厚。

他的结发妻子姚文玉，是他青梅竹马的表姐。道光十九年，两人成婚，婚后二人自然情深义重，但无奈辗转流徙多年，家境窘涩，不得已住进岳父家。

未中进士前，俞樾一直四处教书，文玉在家侍奉老人，抚养孩子，每次给他写信都说家里一切安好，让他照顾好自己，从不说难处和压力。道光三十年，在得知丈夫部考第一的喜讯后，文玉在信中回了一首诗：“耐得人间雪与霜，百花头上尔先香。清风自有神仙骨，冷艳偏宜到玉堂。”

然而，仕途刚刚开始，俞樾就被弹劾罢官回乡，永不叙用。文玉没有一句责怪的话，默默地陪着他，温言软语，只求他淡忘胸中的痛楚。俞樾从此不问时

事，一心治学。同治十三年，曲园建成，这时俞樾和文玉终于有了属于自己的第一个家，忆起当年，两人相对唏嘘。就在前年，文玉病倒了，与他道别说：“吾不起矣，君亦暮年，善自保重。”没多久，文玉便离他而去。他将夫人归葬杭州右台山，自己在墓侧筑室三间，和夫人日夜相守。

他心如刀绞。没有妻子的人间简直不是人间，他想随她而去。

但他还有满女，还有孙子，他必须坚强地活下来。

没有想到，命运的魔爪还是没有放过他。

前不久他最疼爱的小女绣孙又突然病逝。绣孙秀美可爱，聪颖超群，十岁能诗，深得他的钟爱。他悲伤交加，几近崩溃。

他不知道自己到底有什么罪过，老天爷要这样惩罚他。他大骂中医。草药不知吃了多少，郎中也换了一个又一个，家里的钱用光了，就是治不好病，救不了人！自己一天比一天衰老，浑身没有力气，离死亡越来越近。他再也没有心思研究学问，也没有心思写诗作文，整天唉声叹气，在悲伤和痛苦中度日如年。

现在他唯一的希望就是看到长孙俞阶青尽快结婚，最好在今年，明年也许他就看不到了。

他早就为长孙阶青定好了媳妇，是彭玉麟的长孙女彭见贞，小名“贞儿”。

实在也是一种缘分。那天他将阶青带到西湖“精舍第一楼”来，彭玉麟正好来他家，见阶青长得清秀文雅，大加赞赏，并将系在腰间的汉白玉佩解下，放在阶青手中，说：“好孩子，做我的孙女婿吧。我家的贞儿，长得也挺秀气的呢。”又抬头对俞樾说：“老朋友，我们做亲家吧。”俞樾求之不得，说：“我高攀了呀。好吧，彭公不嫌弃俞家卑微清贫，我当然乐意。”于是两人定下了这门亲事。那一年，阶青还只有十岁。

前几天，他给玉麟写信，大意是，趁自己还活着，希望阶青早日成亲。办好孙子的婚事，他死也瞑目了，期待宫保大人满足他的愿望。

没多久就收到了彭玉麟的回函，信中只有一个字：诺。

这一天，俞樾见彭玉麟回来了，上前紧紧地拉着玉麟的手，老泪纵横，嘴唇动了几下，但没有说出一个字，他知道玉麟理解自己心里的痛楚，因为他也经历了丧子之痛。

玉麟紧紧抓着俞樾的手，泪如泉涌，他知道失去至亲是什么滋味。他想起自己家里只有多病的儿媳和年幼的孙子孙女，不禁哽咽起来。

俞樾擦干眼泪，露出苦笑：“亲家翁，就等您来决定大事了！我的孙子俞阶青与令孙女贞儿早已订婚，我想让他们早点成亲。这几年我母亲、拙荆相继离我而去，前不久小女绣孙又走了，我又能活多久呢？所以希望早日看到孙儿成亲，好了却我一桩心事。拙荆生前一直希望看到孙媳，留有金钏和翡翠钏各一个，要给孙媳戴上。如今，拙荆看不到孙媳了，趁我还在，我要将金钏和翡翠钏交到贞儿手里呢。”

没想到玉麟犹豫起来，有点为难地说：“婚事是可以早一点办。但是……长孙女贞儿还不到十五岁，成亲还早呢。此外，这孩子不会做女红。我家也没有准备嫁妆，更重要的是，两地相隔四千里，一个在楚地，一个在吴地，我儿媳担心贞儿不习惯吴地生活，她做娘的难免会牵挂。”

俞樾诚心地说：“亲家翁多虑了。孩子还小，不会做女红很自然，我们江浙女孩一般也不会做衣服鞋子，有什么要紧呢；再说，没有嫁妆更没有关系，我家以前嫁女也没有陪嫁；倒是第三件事最重要，也是人之常情：贞儿与母亲难以分离，又相隔这么远……这样吧，以贞儿目前的年龄，成亲的确早了一点，宫保大人明年巡江时带贞儿来，可以让他们先举行婚礼，但不圆房。第二年大人巡江回衡州，按照归宁的礼节，让她跟随大人回衡州过年，后年三月您巡江到杭州，贞儿又同您一起来，这样免了你们的思念。等贞儿满十六岁，再择吉日圆房吧。”

玉麟觉得这样的安排很不错。

第二年巡江时，彭玉麟把彭见贞带到西湖。俞家早有花轿停在岸边。婚宴热闹而喜庆，新郎新娘非常般配，彭玉麟和俞樾都非常满意。多年后，俞樾写诗回忆起这段美好往事：

灯火照轩楹，笙歌震阶所。
堂前玳瑁筵，床上鸳鸯被。
携来小比肩，秾华压桃李。
市儿诧风姿，坐客问年齿。
…………

让俞樾没有想到的是，孙媳贞儿还旺夫呢。第二年，俞阶青回到故乡德清县参加县试，以第一名考取了秀才。俞樾和彭玉麟欣喜不已。玉麟写诗赞美道：

源远流长祖德存，新传旧砚得贤孙。
三千里外追前梦，五十年来启后昆。
月桂高攀期努力，泮芹首采兆抡元。
男儿将相基初立，盼尔文光射斗垣。

三　辞谢两江总督兼南洋通商大臣，上疏皇太后、皇上密荐曾国荃

孙女在杭州西湖成亲这一年，彭玉麟留在西湖度岁。第二年朝廷命他查了两个案子，查完后，他继续巡江，督查沿江各营水师操练情况，行抵湖北的荆河口时接到上谕："两江总督着彭玉麟署理，并兼署南洋通商大臣事务。"

彭玉麟对此感到非常惊喜、意外，同时又犹豫起来。

这是一项重大的任命。两江总督管辖江西和江南两省，江南省包括江苏、安徽两省，这两省是当时最富裕的地方。两江总督为朝廷正二品官，真正的封疆大臣。朝廷一般派最信得过、人品最好、能力最强的人如曾国藩、沈葆桢等能臣担任。现在朝廷任命自己为两江总督，无疑是对自己品行和能力的极大肯定，也是对自己的器重。这是官员走向权力顶峰的象征，也是一个官员一生一世的幸运和荣耀。所以，玉麟接到这个上谕，心里非常激动，欣喜无比。

两江总督这个职位绝对是众多官员梦寐以求的目标，好些官员穷其一生也没有坐上这把交椅，好些人离它咫尺之遥而终不能抵达。当年曾国藩极需任此职务，以便有实权指挥全局，朝廷却迟迟不给他这个位置。现在朝廷把这个大印交给彭玉麟来掌管，这是皇上、皇太后对自己的赏识，玉麟感激涕零！

但他不能去任职，绝对不能！"以寒士始，以寒士终"是他的初心。他不能忘记自己的初心！

几天后，郭嵩焘听说了这事，来找彭玉麟贺喜。

玉麟说："何喜之有？对别人而言，那真是一个大喜；对我而言，是个麻烦！"

郭嵩焘笑着说："拼命想当官的人，得到一个官帽要费九牛二虎之力；可不要官的雪帅，官帽一顶一顶地飞来，而且越来越大。"

"我准备辞官了。老朋友不要开玩笑了。"

郭嵩焘笑道："多可惜啊！你别辞，把这顶官帽卖了，能成大富翁呢。"

玉麟直言道："老朋友，我官都不要，还要钱吗？"

他笑着赶走郭嵩焘，开始给朝廷写奏章，阐明不愿任两江总督兼南洋通商大臣事务的五点理由：

两江总督责任重大，自己是久病之躯，才力又微薄，难以担此大任。

自己秉性淡泊，不善理财，故不宜任职。

自己迂拙刚直，不会与洋人打交道，未来如果得罪他们，会给朝廷带来麻烦。

自己能力有限，曾辞官多次，如果这次任命，因官职比以往大就接受，人们会说我不愿当小官而要当大官，让天下人耻笑。

自己年近七十，按照古代的规矩，应该回籍养老了。身体又多病，在总督的位置上每天都要处理许多事务，实在是吃不消了。

写好后，他又考虑到另一个问题，我不去，谁去呢？老实说，玉麟认为李鸿章那一批人为官不正，对洋人屈膝投降，让他们来担此大任，那是朝廷的不幸，民族的灾难！如果是左宗棠、曾国荃来任此职，玉麟相信会给朝廷和百姓带来好处。

想来想去，他最终向朝廷密荐曾国荃任两江总督。他在奏折里写道：

再，现在两江总督以办理洋务为最要，亦以办理洋务为最难。就臣所知，惟现授陕甘督臣曾国荃，坚忍耐劳苦，沉毅有智略。昔岁围攻金陵，英、法两国人皆谓非用洋兵不能成功，曾国荃独率湘军攻克坚城，不假西洋一卒之力，洋人至今慑服。臣往来长江十余年，习闻两江士民称曾国荃之勋绩而戴其慈惠，感激犹在人心。曾国荃系心君国，感奋图报之念，亦实始终不渝，徒以体气虚弱，最畏风寒，又因两子相继病殁，忧郁成疾。若令处东南温暖之地，水土相合，必当尽心效职，不至畏难自沮。臣与曾国荃共事日久，察其议论，见识高出一时。上年筹办山海关海防，与直隶督臣李鸿章遇事推求，和衷商榷，于洋务亦甚熟习。臣为任事需才起见，既知之有素，不敢不据实附片密陈，伏候圣慈采择。谨奏。

玉麟此时对曾国荃的看法有了巨大的改变。曾国荃在任湖北巡抚、河东河道总督、山西巡抚时，尽心效力，廉洁爱民，办了许多好事实事，深得朝野称颂。最近几年，两个儿子先后夭亡，他深受打击，忧郁成疾。他现在在陕甘总督任上，因打仗多处受伤，体气虚弱，最畏风寒。如果把他调到南方来任两江总督，既有利于国家，对曾国荃本人也是一种安慰。

玉麟说出了自己的心里话，至于朝廷是否采纳，他不得而知。

四　与郭嵩焘坐船回湖南，为王闿运写《湘军志》一事圆场

奏章通过驿站发送朝廷之后，彭玉麟继续前往岳州巡江，郭嵩焘正好在武汉办完事，顺便搭乘彭玉麟的船回长沙，两人在船上说起湘军的旧事。

郭嵩焘是彭玉麟的老朋友了，他比彭玉麟小一岁，是曾国藩在岳麓书院的同学，于道光二十七年考中进士，咸丰四年至咸丰六年为曾国藩幕僚。这期间，彭玉麟去见夫子大人，常常与郭嵩焘交谈对时事的看法。同治二年，郭嵩焘任广东巡抚，两年后罢官回籍，在长沙城南书院及思贤讲舍讲学。光绪元年，经军机大臣文祥举荐进入总理衙门，不久出任驻英公使。光绪四年兼任驻法使臣，次年迫于压力称病辞归。此时赋闲在家。

在船上，郭嵩焘告诉彭玉麟，王闿运惹麻烦了，问彭玉麟晓得不。

玉麟摇头说，好久没有与王闿运通信了。

郭嵩焘说："王壬秋用五六年的时间写了一部《湘军志》，在四川刊印了。此书写的是湘军历史，九万余字，共十六章，分湖南防守篇、曾军篇、湖北篇、江西篇、曾军后篇、水师篇……此书一出，天下轰动。曾国荃看了，怒发冲冠。他的门客怒起心头，恶生胆边，捋袖出拳，叫嚷要把王闿运砍成肉酱……后来曾国荃回湖南，遇到王壬秋，当面怒斥了他一顿，说他写的内容违背历史事实，有意贬低湘军。王壬秋无言以对。"

玉麟忙问："九帅为何如此愤怒？"

郭嵩焘说："王壬秋著《湘军志》，均取当时官场谣谤诋讪之辞，著为实

录，以相印证，尽取湘人有功绩者诬蔑之，取快悠悠之口，而伤忠臣烈士之心，竟莫测其用意之所在。其颠倒功过是非，任意诋毁，则犹文人习气……不过，他对雪帅却没有诬陷之词。”

玉麟知道，王闿运自视甚高。他著《衡阳县志》，对峻节高士王夫之都敢挑剔贬低，何况他人。但王闿运性情真率，的确有第一流的才华，玉麟从心里敬佩他，只是撰写历史著作确实很难保持客观公正。

玉麟又问：“莫非壬秋在书中对九帅诋毁得特别厉害？”

“他在书里把九帅写成了市中之屠夫，说他军纪不严，纵容部下滥杀无辜。攻取金陵乃古今第一恶战，九帅可谓殚精竭虑，不畏生死，才取得大捷，应重点叙述才对，可王闿运对此寥寥数笔带过。”

“如此，是有些不妥。”

“壬秋有意贬低湘军将帅，对满人将领如塔齐布、多隆阿却赞颂有加。多数湘军将领看了《湘军志》，都讲王闿运心思不正，而王闿运自己却标榜《湘军志》可以和《史记》相媲美。”

“我还没有看到壬秋的书，不敢妄加议论。不肯定九帅的功劳是不公平的，但九帅的部下违犯军纪抢掠财物，也是事实。说他滥杀无辜，是不懂战争的残酷和复杂！”

“九帅攻克江宁后，可谓夺得了天下第一功，也获得了天下第一谤。”

玉麟说了句公道话：“是的，传闻说洪秀全的圣库中金银如山，怎么可能呢？天国要运转，要粮食，要布匹，要柴米油盐，要枪炮弹药，这些东西都要银子买呀！长毛一直处于官军的围困里，保命还来不及，哪里会留下那么多金银？……路遥知马力，事久见人心。我巡视大江多年，见到两岸的百姓，现在都说九帅好，没听见说他坏话的。”

郭嵩焘愤愤不平：“还有人说九帅在故乡荷叶塘营造了一栋大夫第，购买田地，总共用了白银三万两，说这些银子不是从天王府抢来的，就是贪污来的！这也是没有任何根据的揣测。”

玉麟也为曾国荃不平，说：“九帅为官多年，除了在吉字营任统领外，后来任过湖北巡抚、河东河道总督、山西巡抚等职。根据湘军制度，营官月饷五十两，办公经费一百五十两。统领自带一营，除本营月饷照发外，统带万人者，每月加饷银三百两。九帅身为统领独当一面，月入一千七百两不为过，一年是二万零四百两，六年下来便是十二万二千四百两。九帅建房买田的费用用他三年的收入已足够，哪里用得着贪污呢？”

郭嵩焘也为曾国荃辩解道：“九帅入湖北巡抚时，向朝廷弹劾湖广总督官文，说他挪用公款。如果九帅自己在经济上也不清白，官文难道不会控告九帅吗？可见九帅绝不是一位贪官。”

两人说来说去，最后觉得还是息事宁人好，大家都是湖湘人士，撕破了面皮总不是好事。于是两人商量，决定由彭玉麟写信给王闿运，让他把原版交给郭嵩焘毁掉；同时由郭嵩焘写信给曾国荃，让他不要再追究王闿运之责任。为了挽回湘军的荣誉，可以再找一个人写一部更客观的《湘军记》，来抵消王闿运《湘军志》的消极影响。

到了长沙，两人又去曾国藩祠堂祭奠了一番。

回到衡州，弟弟彭玉麒快不行了，说不出话来了，玉麟天天默默陪伴着他。弟媳早几年离世了，玉麒又没有儿孙，孤身一人，彭玉麟正式将自己的次孙彭见绥过继给他为孙，以继香火。半月后，弟弟与世长辞，玉麟异常悲伤。他们就两兄弟，没有姐妹，少年同度苦难岁月，后来弟弟经商他从军，天各一方，多年不通音信，生死不知。直到攻克金陵，玉麒闻讯来见他，却因鸦片之事，兄弟发生不快……此后玉麒托他的关系做了盐商，发了点财，但玉麒大手大脚，救济邻里，支助亲友，银子进得多出得也多，最后没留下多少财产。这期间两人各有各的事情，兄弟在一起的时间不多，没有多少交流。现在回忆起来，深感人生太短，遗憾太多……

为弟弟办完丧事，玉麟回到退省庵，心里空空荡荡的，想为弟弟写点纪念的文字，却不知从何处下笔，苦思了几个夜晚，最终没有写出一个字来。

五　见到奇异天象，他浮想联翩并上疏朝廷

彭玉麟上疏朝廷辞掉两江总督兼南洋通商大臣的奏章得到了批准，但是他密荐曾国荃任两江总督的意见并没有被采纳，朝廷命左宗棠任两江总督兼南洋通商大臣。听到这个消息，玉麟还是很欣喜，因为左宗棠是湖湘人士，又是他敬重的

人物之一，他庆幸这一要职没有落入李鸿章那一伙人手中。但朝廷没有亏待曾国荃，在左宗棠之后，还是由他继任两江总督兼南洋通商大臣。此为后话。

随后，朝廷又派彭玉麟去查案，一连查了好几个。先是奉旨查安徽省右营管带提督萧泰来在任官省份，置买房产并令勇丁充当工役被参案，接着查两江营务处道员王诗正、知县柳葆元及道员张自牧、知府郭庆藩等招权纳贿，有损勋臣左宗棠声望案，后又查湖北操防营兵丁滋事一案。彭玉麟查完三个案子，身心俱疲，觉得自己简直不是一个巡江的钦差，而是专查案子的官员了。

此后他继续巡江，到了金陵，江南提督李朝斌和浙江海门镇总兵孙昌凯来拜见他，他们都是玉麟的老部下，玉麟自然欣喜。

孙昌凯曾在田家镇用洪炉板斧斩断太平军的拦江铁链，威名大震，现在人瘦了，头上有了白发，不像一个强壮的铁匠了。李朝斌也没有了以前的锐气，脸上长出了皱纹。

他们一起喝酒，喝得半醉时，李朝斌突然说："大人，王吉您是否还记得？"

彭玉麟怎么不记得王吉？他们同是衡州人，当年一起剿灭李元发等匪徒，后来又一起进入湘军水师，一同攻克湖口和梅家洲贼垒，又克彭泽、望江、东流、铜陵等城，王吉身先士卒，遍体鳞伤。随后攻太平府金柱关，他率兵以寡击众，奋勇深入，取得大胜，再后来又攻克芜湖县城，收复东西梁山……同治二年，补授江南狼山镇总兵。前年七月，他在狼山镇总兵任上病故，还不到六十岁。听说他离世，玉麟还伤心地流过泪。

李朝斌说："我们都在议论，应上疏朝廷，让他的事迹付史馆立传，为他建祠堂春秋致祭。"

玉麟说："这不行吧，朝廷没有这样的规矩。他离世的时候，已经从优议恤。"

李朝斌不以为然，说："我听说，阳江镇总兵马复震积劳病故，他的战功和声望远不及王吉，直隶大臣李大人奏请朝廷为他立传，还建祠堂春秋祭祀。所以我也请大人为王吉奏请与马复震同等待遇，否则不公平呢！"

玉麟知道湘军里有不少人不喜欢李鸿章，且李朝斌说得合乎情理，但他觉得不能为难朝廷，说："算了吧，人家坏了朝廷的规矩，我们不效尤。再说九泉之下的王吉，也不稀罕这些虚荣。”

船行到吴淞海上，这时正是八月的夜晚，海上波澜不惊，头顶的天空深蓝无际。玉麟立在船头遥望海景，突然眼前一亮，抬头看时，只见一颗星星喷发出一束白光，犹如巨型瀑布从九天之上倾泻而下，伴随着隆隆响声，久久回荡不息。整个天空与海洋被照得一片惨白，眼前的世界变得陌生而恐怖。

当那瀑布般的光亮终于消失，天空和海洋陷入了无边的黑暗，眼睛似乎瞎了，耳朵也听不到任何声响，空气里竟然有一股巨大的血腥味，人似乎被一个巨大的无形的东西所吞噬。

足足经过半个时辰，海空才恢复正常，玉麟也渐渐恢复视觉和听觉。他是见过世面的，见过血雨腥风、动地惊天的大事，也在江上、海上见过许多奇异的景象，却从没有见过这样诡异的天象！

他想起今年端午节前后，长江上游、中游、下游数省同时大雨滂沱，洪水滔滔，田地被淹没，房屋被冲毁，城市浸泡在水中，长江像一条咆哮的疯龙，横冲直撞，肆无忌惮，裹挟着冲毁的蔬菜、禾苗、树木、家具和人畜的尸体翻滚起伏，涛声响彻天空和大地……这样的洪灾前所未有啊！也不知是不是天意使然。接着他又联想起去年大雪后到冬至前那一段时间，本来较为寒冷的日子，不会发生电闪雷鸣的现象，但是，不该发生的竟然发生了，厚厚的云层里放射出道道闪电，隆隆的雷声在空中轰响。冬雷响一声，盐米贵如金，今年果真发生了大面积饥荒。

朝廷里也是钩心斗角，争权夺利。皇上英年早逝，没有子嗣，女主掌权，皇室衰弱……洋人入侵，企图瓜分华夏领土。自克复金陵以来，大清的元气没有得到真正的恢复，风俗日靡，人心日薄，民众动辄争吵动武……这许多社会怪象集聚在一起，是不是一个王朝即将覆亡的征兆？

只有天才知道。

不过，他是相信征兆的。一个病入膏肓即将寿终正寝的人肯定会在面容和气色上有种种异于常人的表象；一个国家气数将尽，也会从很多方面表现出来。史书上也多处写过，一个朝廷覆亡前往往会有种种异常的天象，比如旱灾、洪灾、地震、陨石……

他绝不希望大清覆亡，他要把看到的异常现象，还有社会上不利于国家稳定的事实禀报朝廷。他希望朝廷可以警觉，防患于未然。

于是，他在奏章后附上《密陈筹画片》，叙述完异常天象后写道：

……上天示警，必有由。然凡我臣工，皆宜深加儆惧，务求各尽职分，潜感天心，忧民忠国，勤政明刑，总期弭患于无形，制治于未乱。……

六 在东洲上，筹建船山书院

彭玉麟巡江后回到衡州退省庵。一日王之春突然来拜访，玉麟对部下就像对亲兄弟，自己平时吃饭很少吃肉，但是老部下来了一定要多加几个菜。

寒暄了几句，玉麟让王之春坐下说话，还吩咐老军士给他泡茶。

王之春，字爵棠，比彭玉麟小二十六岁，衡州府清泉县人，王船山的后裔。幼年时父母双亡，由祖母抚养成人，靠亲属资助入县学，中秀才。后来投笔从戎，进入长江水师，彭玉麟看好这位来自故乡的聪明勤奋的年轻人，精心培养他。同治九年，任只有二十八岁的王之春为江防统领，驻防北塘海口和江苏镇江一带。光绪五年，日本吞并琉球，威胁我国东部海疆。王之春受朝廷派遣赴日本查探。归国后，向朝廷上万言书，陈夷务，并将此行的见闻写成《谈瀛录》。

玉麟感叹道："爵棠啊，你比我有出息。以前我觉得自己这一辈子走得远，数千里长江都走遍了，而你呢，竟然走到日本去了，出国了，真是长江后浪推前浪啊。"

"全靠大人的培养和推荐，没有大人的栽培，哪有卑职的今天。不过出了一趟国，的确见到许多新鲜事物，对日本也有了初步的认识。"

玉麟提出建议："爵棠，你喜欢写文章，可把见闻写成书啊。"

王之春笑道："大人说到我的心坎上了，我除了写作《谈瀛录》外，还写了一部《通商始末记》，过几天带给大人看，大人一定给我写一篇序言。"

玉麟很乐意："好说好说。替你写序言，我也跟着你的书出名了啊。"

王之春说："大人这样说，羞煞我也。大人早已名满天下，真可谓天下谁人不识君，我这是要借助大人的美名扩大自己的名气呢。"

正说着闲话，湖南提学使朱逌然和衡州知府马智泉来了。玉麟忙起身迎接，施礼毕，朱学使直奔主题说：“大人，卑职已经与知府大人以及其他许多人士商讨过，想把城南的船山书院移到东洲上去。王衙坪的船山祠堂，本是供人们瞻仰、祭拜船山先生的，后来办起了船山书院，其实是权宜之计。把船山书院迁到东洲上去，一是因为现在的船山书院距离城镇太近，人声喧哗，影响学生潜心读书，而东洲岛上四周皆水，树木葱茏，环境幽静，是读书的好地方；二是原来的船山书院太狭窄，就那么几间房子，简直不像一个书院。我们在东洲上建校，扩大规模，招更多的学生，聘更好的教师，培养更多的栋梁之材！”

玉麟当即表态说：“朱大人和马大人的倡议非常好，老夫早就有这种想法。兴办学校，弘扬船山文化，使我衡州理学昌明，人才蔚起，真是造福无量，功德无量！我愿意为新建船山书院贡献自己的绵薄之力！”

朱学使听了彭玉麟的话，喜不自禁：“大人如此支持，船山书院必定会圆满建成！”接着请彭玉麟和王之春乘船去东洲看看。

一行人从退省庵出发，乘船向上游走，行了四里水路到达东洲。

湘江有三洲，岳州城外的君山洲，长沙城外的橘子洲，衡州城外的东洲。东洲四面皆水，地势比东西两岸还高，据说有史以来从未被水淹没过，人们都说这是一块风水宝地。

东洲中间宽，两端尖，其势如一轮弯月，又像一张弯弓张向东岸。洲上有桂王朱常瀛改建的万圣宫，宫内塑有布袋和尚铜像，故又称祖师殿。

岛上最多的是桃树，春天花开时，红艳艳的一片，远远望去，仿佛江上升起一抹灿烂的云霞，为衡州八景之一。现在是晚秋时节，自然比不上春天的景色，但是湘江碧蓝，洲上满是阳光，紫的红的黄的树叶在微风里沙沙作响，更有一番动人的韵味。

彭玉麟一行在祖师殿旁停住脚步。朱学使指着殿后一块废墟说：“我来这洲上好多次了，觉得这地方建书院最好。此地为洲上最宽阔、最平坦、树木最多、环境最幽静的地方。”

玉麟说：“就这儿吧，我在衡州练水师的时候，来过这里好多次，对此地极为熟悉，在此建造船山书院最适合。”

王之春附和道：“我也觉得这里好。既然大人也认为好，我们便把这块地买下来吧。”

马知府提议："我认为书院规模要大些，建成上楼下屋，作三进、两廊，外坐落花厅一所，中间一进作讲堂，后进为山长住房，整体风格古香古色。大人，这规划是否可以？"

玉麟想了想说："规模太小，未免贻笑大方，应当再扩大一些。朱大人先考虑好，画一个草图出来，送给我看看再定吧。"

朱学使客气地说："大人还有何训示？我想根据大人的高见正式开始筹建。"

玉麟谈了自己的三点看法：一是书院要以船山先生为师，以船山思想陶冶学生，以"讲明夫子之学"为办学宗旨，不课八股，以实学造士；二是要延聘师儒，甄别生徒，整饬院规，给发膏奖，这些都应归衡州分巡道主持；三是要多筹措资金，扩大书院规模，自己愿意带头捐白银一万二千两。

玉麟心想，如果朝廷能恩准他回籍养老，自己一定要亲自督办此事，务必使其圆满成功！

坐船返回时，他们还商量了一些其他事项。王之春也答应捐银三千两。

玉麟又对王之春说："今后还要在耒水入湘江处修一座塔，与来雁塔相对，风水先生说过，衡州这地方，要三塔锁三江，衡州城才会成为风水宝地。"

王之春默默记在了心里。

朱学使更是喜出望外，他没想到彭玉麟会捐那么多的银子来建船山书院。有了这一笔巨款，再加上王之春、杨概、程商霖、蒋霞初等人的捐款，修建书院就没有经济上的困难了。后来他逢人就夸彭大人豪爽、大气，自己不建高楼大厦，不买田买地，生活也极为简朴，却愿意捐一万多两白银来建船山书院，人生境界比一般大官要高得多！

七　再辞兵部尚书被讽"抗旨鸣高"，接到上谕后立即单骑赴粤东

光绪九年二月底，彭玉麟在杭州接到上谕，他被补授兵部尚书。可玉麟只想当寒士，连"两江总督兼南洋通商大臣"都辞掉了，怎么会接受兵部尚书的官职呢？于是他再次辞官，理由还是以前那些，如能力不行、身体衰老多病之类。他自己也感到，这辞官奏章写得毫无新意了，他也写腻了。

奏章送到朝廷后没有回应，过了一段时间，朝廷邸报登出一条消息：御史光熙上奏，法国侵略越南，越南是大清的藩国，大清不能坐视不管，现在事态危急，请朝廷在彭玉麟、岑毓英二人中选派一人，督师前往中越边界，以示必战，同时令李鸿章坐镇天津。玉麟看了报纸，心想又有大事来了。

第二次鸦片战争期间，法国开始武力侵占越南南部，越南南部六省沦为法国殖民地，接着法国派人由西贡出发探测沿湄公河通往中国的航路，发现湄公河的上游澜沧江不适于航行后，转向越南北部，企图利用红河作为入侵中国云南的通道。法军在北进中，遭到刘永福黑旗军的有力阻击，而清政府是支持刘永福的，导致中法关系骤然紧张。

过了几天，邸报上又登载了一条消息：翰林院侍读盛昱上奏，朝廷任命彭玉麟为兵部尚书，但彭玉麟奉命数月，延不到任，抗旨鸣高，不足励仕途退让之风，反以开功臣骄矜之渐，请朝廷速饬来京。

玉麟看后，发出冷笑。

违抗命令，显示自己的高洁，影响官场风气，开“功臣骄矜”的先河，这大帽子一顶又一顶！看来只有削尖脑袋争官当，用银子买官当才对，这辞官不做竟然成了可耻的行为，应当置之于死地？

他想上奏回击盛昱对他的攻击。但想来想去，他选择了沉默，有时候沉默就是最好的回击。

仅仅隔了五天，彭玉麟就接到上谕，朝廷命他迅速前往广东，布置海防，准备对付法鬼的入侵。

抗击外寇，效命疆场，正是血性男儿的愿望和担当！

他还能继续辞官吗？显然不行了，那会招来更猛烈的攻击，贪生怕死、不赴国难、抗拒皇命等罪名会接踵而来，一生的英名将毁于一旦。

虽然他年近古稀，身体衰弱多病，他也不能推辞！他愿意奔赴海疆，洒血沙场，报答皇恩！他毅然而然地接受了这道圣旨！这样也好，兵部尚书也不辞了，以这样的身份去抗击法鬼，无疑更有力量！

也许是上天给了自己机会，他最恨那些欺负、鄙视中国人的洋人，恨不得与他们短兵相接，拼个你死我活。现在总算有机会了。人生七十古来稀，如果能战死疆场，马革裹尸，那将是自己最好的归宿！也是对那些诬陷他人格的人一个有力的回击！

他开始做起准备来。

他首先写信给左宗棠，请求从他那里借调湘军记名提督、淮扬镇总兵章合才合字勇二、三营，暨候补道王之春毅字勇一营，并请接济粮饷；又从长江水师抽调水军二百名，用作亲兵；同时写信给长江水师提督李成谋，派记名总兵三江营都司颜世玉、前田镇营都司记名总兵梁永学，以充管带。然后回到湖南长沙，会晤湖南巡抚潘鼎新，请潘巡抚调拨二千陆兵，派记名提督王永章管带，除接济该军粮饷外，再助银一万两。玉麟还令该部就近调轮船由海道先赴广东，以安民心。

接下来他向皇上写了一道《奏报赴粤部署大略折》的奏章，禀报自己赴粤抗法的准备情况以及自己的出发日期，表示：“一息尚存，断不敢因病推诿，遵即力疾遄征，以身报国，毕臣素志。”

十月十日，玉麟与儿媳、孙子告别后，就骑着自己买的一匹大红马从衡州向广东出发。

到了郴州，他在客栈里歇了一天。这天，他没有骑马，随便在街上溜达，从一张摊子前经过，一个测字先生喊住他测字。

玉麟问道：“测什么字？”

测字的先生说：“你心里想到什么字就测什么字。”

他故意打岔道：“刚才我心里冒出两个字来了。”

测字先生说：“那更好，就测两个字吧。”

玉麟在摊子上拿纸写了“券”和“贝”二字。测字先生把字看了看，惊讶地说：“大人去干大事，我直说会误事吗？”

玉麟说：“但说无妨。”

测字先生压低声音说：“大人去指挥打仗，而且是打大仗。”

玉麟惊讶地说：“先生何以从这字上知道？”

测字先生回答说：“‘券’者，钱币也；‘贝’者，财物也。两者重复，说明是大利益，且这两样东西都与人命有关，那么大人此行一定与战争有关，说不定大人要率领兵马去打法国佬呢。”

玉麟觉得神了，说：“最后的结果呢？”

测字先生把那两个字看了许久，皱眉说："不是最好也不是最坏的结局，这样说吧，胜而反败，败而反胜，不胜而胜，不败而败，不胜不败，无胜无败……"

"这结论凭何得出？"

测字先生指着那两个字说："您给的'券'似'胜'字（胜的繁体字）的偏旁，而'贝'是'败'的偏旁，二字胜不像胜，败也不像败，故由此推出。"

玉麟还想探个究竟，测字先生说："我不能说得太清楚，你以后就知道了。"

玉麟不再追问，递给他一小块银子，便回客栈了。

次日，玉麟继续策马向广州疾驰而去，并在马上吟了一首诗：

每年万里事巡行，卅载奔波白发盈。
鄂北归装刚系缆，海南奉使又提兵。
无知蛮族开边衅，急整雕鞍赴远征。
赢得小阳春正暖，一鞭遥指五羊城。

第二十四章　运筹镇海楼

到达广州后，彭玉麟发现海防兵力空虚，兵饷不足，布局粗疏，士气不旺，于是调兵遣将布防，确定虎门为防御重点，同时大办民团、渔团，调动一切力量迎战入侵之敌……

一　“三不要”震惊朝廷，镇海楼前赋诗写联

彭玉麟一路策马疾行，遇山爬山，逢水涉水，于十一月初四抵达广州。

他没有料到，他的《奏报赴粤部署大略折》在朝廷引起了巨大的轰动。当时在朝廷为官者都是进士出身，文化功底深厚，看奏折时，不仅看重内容，也非常看重文采。凡是写得精彩的奏章，他们往往喝彩连连，相互传颂。好的奏章还会登上朝廷邸报，扬名四方。彭玉麟这篇奏章，竟说自己“不要官，不要钱，不要命”。三不要，是不是吹牛皮，何人能做到？但细细一想，彭玉麟的确做到了。他多次辞官，人尽皆知，真正是不要官。他没有多少家产，当水师统领时，升了多次官，他都没到任，也没去领养廉银。十多年的养廉银是一笔大数目啊。攻克金陵后，水师因售盐积余了六十万两银子，他不取分毫，全都交了出来，这是不要钱。他打仗冲锋陷阵，勇往直前，不畏生死，岂不是不要命？彭玉麟凭此“三不要”，让文武百官口服心服，他们都自愧做不到这“三不要”。据说慈禧太后读到此奏章，也被“三不要”所感动，说：“如果文武百官都能像彭玉麟这样，我大清何惧内忧外患？国家何愁不富强？民风官风何愁不纯？”

在京师做官的朋友写信把这种反响告诉彭玉麟，他哈哈大笑，说：“其实我也是随便说说，没想到竟然成为经典名句了，出名其实不难啊！”

到达广州当天，他会见了两广总督张树声，两人约定五天后一同去巡视海防。

玉麟原以为法军已经派军舰来骚扰广东沿海了，到这里才知道，法军还在越南境内，离两广边境还很远。所以广东衙门的人并不着急，该做什么还是做什么。张树声还告诉彭玉麟，刘永福最近又在越南打了胜仗，法鬼并不像想象中那么强大。

玉麟很熟悉刘永福这个名字。他出生于广西钦州，家境贫寒，成年后参加天地会，成为反清的黑旗军将领。后来冯子材奉命在广西清剿反清武装，黑旗军在广西不能立足，逃往越南境内。同治十二年，法国当局派安邺带兵勇一百八十名和两艘炮舰突然轰击河内。刘永福见义勇为，挺身抗暴，亲率两千多人，翻越宣光大岭，日夜兼程，南下抗法。他在河内郊外罗池与法军开战，击毙法国主将安邺，其部属百余人成了他的刀下鬼，最终取得罗池大捷，迫使法军退出河内。越王擢升刘永福为三宣副督，又赐印信一颗，以彰表功绩，并命刘永福扼守红河两岸。之后法国又进攻越北，直窥我国云南。刘永福率三千人，与法军相遇于河内西面的纸桥，巧妙地运用伏击战取得纸桥大捷。越王擢升刘永福为三宣提督，一等男爵。今年农历三月，唐景嵩作为朝廷派来的“联络员”进驻黑旗军，成了刘永福的军师，为其出谋划策。最近传来消息，刘永福部竟然一仗干掉法鬼一千多人。

玉麟听后自然欢欣鼓舞。他在赴粤途中也听人说，法国没有俄国那么强大。中俄在新疆为领土要开战时，左宗棠率部积极备战，严阵以待；曾纪泽在外交上针锋相对，与俄国斗智斗勇，最后迫使他们让步。比俄国弱小的法国还能骑到我们头上去？再说了，刘永福的黑旗军在广西不能立足，却能在越南打得法军一败再败，我们湘军如果和法军作战，难道打不败他们？

他突发奇想，如果从广东广西的部队中抽调一得力干将，带上精兵数千，潜入越南，配合刘永福部，出其不意，攻其不备，直捣敌营，覆其巢穴，使法鬼无地盘踞，在越南站不住脚跟，也不能犯我广东广西以及云南了。

他准备把自己的想法写成奏章禀告朝廷，说不定朝廷会支持他发动一场奇袭战呢。

次日，他来到镇海楼。镇海楼位于府城北面，明朝洪武十三年，永嘉侯朱亮祖扩建广州城，将北城墙扩建到越秀山，又在山上建了一座五层高楼以壮观瞻。建楼有雄镇海疆之意，故名镇海楼，复檐五层，高八丈余。明成化年间，全楼竟被大火焚毁。明嘉靖二十四年，提督蔡经与侍郎张岳重建镇海楼，重建后规制如旧，气势更加宏伟。楼前有亭曰仰高，左右两端立华表。

守楼的小吏知道兵部尚书彭玉麟来登楼，屁颠屁颠地跟在他身后，陪他登上高高的五楼，格外殷勤。

站在楼上可以看得很远，能够看到城外的民房，这些民房比湖南以及长江岸边的民房还要低矮破烂，到处是一片萧条的景象。可见这里的老百姓生活非常贫穷。再往远处看，是一片茫茫水域，岸边有无数渔船。

玉麟问小吏："那一片水域是南海吗？"

小吏回答说："不是，那是珠江。此地距离大海还有数百里呢。"

"既然离海还很远，那么这楼为何叫镇海楼呢？"

"禀报大人，相对其他城市来说，这里离海还是较近的。建楼者大概是希望此楼能雄镇海疆吧。"

玉麟笑道："是的，要镇住海疆才好，不能让法鬼把我们镇住了啊！"他久久立在楼上，想起当年兴建此楼的永嘉侯朱亮祖，又想起民不聊生的现状，感慨横生，即兴吟出一首诗来：

羊城城北有高楼，万里南溟一览收。
杰阁名传五百载，崇檐雄峙十三州。
穗垣烽火惊前事，胜国沧桑感故侯。
正欲荡胸开眼界，哀鸿遍野使人愁。

小吏赞叹道："大人才思敏捷，口吐珠玉，真是好诗啊！"立即叫人拿来笔墨，请彭玉麟把吟出的七律写在墙壁上。

但小吏并不满足，说："大人诗比李杜，字胜钟王，还请大人为此楼题写一副对联吧。"

玉麟是题写对联的高手，这事如何能难住他？他沉吟片刻，一副对联从脑海里涌了出来：

万千劫危楼尚存，问谁摘斗摩星，目空今古；

五百载故侯安在，只我凭栏看剑，泪洒英雄。

小吏赞叹不绝，请彭玉麟在镇海楼住下。说一来这里有不少空房子，稍微整理一下便可以住人；二来大人此行是为镇守海疆，与此楼名字相合，住这里最合适；三是此楼离江边近，办事走水路交通方便，便于赴前线督战。

玉麟觉得有几分道理，于是决定住在这镇海楼。

二　赴虎门察看海口形势，与张树声确定海防重点

五日后，彭玉麟与两广总督张树声、广东巡抚裕宽乘船去虎门一带巡视海防，确定防守事宜。

玉麟没想到会在广州与张树声相逢，而且还要一起共事。

这张树声，人称振帅，比彭玉麟后出道。他是合肥人，早年在家乡办团练。湘军攻克安庆后，曾国藩令李鸿章组建淮军，李鸿章召来张树声、刘铭传、潘鼎新等人来安庆见曾国藩。曾见了他们很赏识，于是命他们回乡招集团勇。他们不负厚望，招来的团练两个月成军，于次年春开赴上海作战。张树声统领树字营，在上海屡胜太平军。后又在江苏、浙江与太平军数次恶战获胜。张树声被授直隶按察使，赏卓勇巴图鲁名号。他还随曾、李镇压捻军。同治十年，授漕运总督、署江苏巡抚。第二年署两江总督，接下来先后任贵州巡抚、两广总督。可谓官运亨通。

玉麟知道张树声是李鸿章最器重的人。他彭玉麟从衡州打到安庆时，这小子还在办团练，就短短几年，竟升到他前头去了。张树声任两江总督时，因违规提拔一个水师副官受到彭玉麟的抵制，栽了一个小小的跟斗。这次他们走到一处，能不能同舟共济？

南方的农历十一月，阳光依然强劲，风吹到脸上还带着温热。

越往前行，珠江越显宽阔，与海连为了一体。江上海上的船只航行的航行，捕鱼的捕鱼，都是不慌不忙的样子，似乎战争离他们遥不可及。

玉麟一路察看各地的炮台、弹药等，同时，还不忘察看江水的情况，他得知道哪儿水深，哪儿水浅，哪儿可以行船，哪儿不能行船，主航道在何处。他一面同张树声等人聊天，一面给河流画地图。

巡视后，玉麟感到总体上防御不够周密，布局有待调整，武器弹药有待补充或更换，军纪有待整顿与加强。

回到广州总督府，他们开了一个高级别的军事会议，在防守重点的问题上产生了分歧。张树声等人主张将防守重点摆在黄埔、常洲一带，因为省城人口多，财富集中，有城墙易防守。而玉麟认为应将重点摆在虎门。会议一下僵持了。这是一个原则问题，他不能为了表面和气而影响战略决策，因而坚持道："从来论海防者都认为，能守而后能战，而守远不若守近，守多不若守约，守正不若守奇。虎门地势奇特险要，易守难攻，所以要全力坚守虎门，守住虎门也就等于守住省城广州了。虎门虽然水面宽阔，但只有靠近虎门这一线水深，是主航道，法鬼的军舰来犯广东必经虎门。所以必须将虎门作为防守的第一道关口！"

稍微停顿了一下，他接着说："由虎门进至常洲，为入省城的水路总口，是省城第二重门户，黄埔、白兔冈、白鹤山，都是常洲的要隘，应派人驻守。省城左边对岸的渔山、珠山等要隘，距省城只有几十里，敌人登岸，可以直达省城，地势最为重要，所以要派重兵把守。省城城墙以及附近内河乃第三道防线。三道防线第一道为重点防御，第二道次之，第三道更次之。"

张树声意识到彭玉麟的策略更为可靠，便放弃了自己的主张，两人达成坚守虎门为重的战略共识。

这时，彭玉麟来时调派的王永章的四营、陶定升的合字三营、候补道王之春的毅字营，均先后航海到粤。

他对兵力做了统一调配，把防守重点放在了虎门。

但彭玉麟和张树声都感到兵力严重不足，大炮弹药亟待补充，兵饷匮乏……一大堆问题压得人喘不过气来。

三　大办民团与渔团，动员民众战法鬼

彭玉麟和几个亲兵划着小船在广州城外的珠江察看江面，观察地形。

天气很好，江面上碧波粼粼，江风轻轻地拂过脸庞，温柔而清爽。战争还在异国土地上进行，江河上还看不出紧张的气氛，不少游船在游弋，但更多的是渔船，渔民们忙着打鱼求生存，还有不少船只停泊在岸边，密密麻麻，横七竖八，像无数只蚱蜢。

玉麟突发奇想，如果法鬼入侵广州，我们把这些渔民组织起来，利用这些船只，可能会产生一种神奇的力量。

他问身边的一个亲兵："假如把这些船划到河心去，集中到一段江面，会有多长？"

亲兵回答："大约有里把路长。"

玉麟又问："如果法鬼有一两艘军舰来，这些船可以将它们包围起来吗？"

亲兵说："不在话下。"

玉麟提醒道："可敌舰是个庞然大物，它可以横冲直撞啊。"

一个亲兵很有见解，说："如果船上有火器，或者有炮就可以灵活机动地对付那些大家伙。"

玉麟脸上浮现出笑意。中法倘若开战，这些民船可以用来阻止敌人前进或者后退，还可以围住敌舰再演一场火烧田家镇的大戏呢。

他还联想到办团练和渔团的事情。法军坚船利炮，装备比我们好，战斗力也更强大，但我们可以动员广大民众。第二次鸦片战争期间，英法侵略军占领北京后，四处掳掠，村姑冯婉贞带领乡民设下埋伏，待英法军队进入伏击圈后，用猎枪射击敌人，结果击杀敌军数百人。这是乡下团练与洋人打仗并取胜的范例，如果我们挖掘民间资源，动员民众来战胜法鬼，是一种可行的办法呢。

玉麟吩咐亲兵将船划到岸边去。

小船七弯八拐钻进了停泊的渔船之中，玉麟看见一个年轻的渔民在收渔网，与他搭话道："后生仔，听说法鬼要来打广东了吗？"

年轻渔民并不害怕，没事似的说："来就来吧，谁怕谁呀，正想杀几个洋鬼子开开心呢。"

玉麟试探他的胆量，说：“你这是说着好玩的，等法鬼真的来了，你可能藏到香蕉地里去了。”

年轻的渔民乜斜着眼看了看彭玉麟，好像受了侮辱似的：“谁说我会躲起来？”他从船舱里拿出一把大刀，挥动了几下，说：“我爷爷就是用这把刀和英国鬼子干仗的，好多洋鬼子死在这把刀下。我也要用这把刀同法鬼交战，不是他死就是我亡！”

玉麟想起“自古英雄出少年”，看来遇上了该遇上的人，于是，他从自己的船跳到那名年轻渔民的船上，从他手里拿过那把大刀，看了又看，还真是一把货真价实的好刀，刀口有些细碎的缺口，说不定是过去砍敌所致。

玉麟说：“还真是一把好刀，你是英雄的后代？”

那少年微微点了一下头。玉麟又问：“你叫什么名字？”

少年说：“黄江生……我妈说我出生在这条江上。”

玉麟说：“我是衙门的人，朝廷想把渔民组织起来，建立渔团，给大家发兵器，如刀剑、枪炮之类，如法鬼真的窜到这附近，渔团可与他们拼杀，你愿意参加不？”

少年大喜：“我一定参加，我会带头杀敌立功！”

玉麟非常欣赏这豪爽的少年，说：“黄江生，你胆子大，有见识！办渔团了，我让你当个小官儿，带着渔民与法鬼打仗。”

少年高声答道：“好，我要像我爷爷一样，让洋鬼见了就发抖！”

周围渔船上的年轻渔民看到这一幕，情绪激昂，都凑拢过来说：“我也要参加渔团！我也要参加渔团！”

玉麟一面说：“大家都有机会参加，我会派人来这里组织的。”一面叫亲兵把小船划到江心去。

他意识到民众中蕴藏着巨大的力量，没想到这次观察地形竟有意外的收获。回到城里，立即找到张树声，同他商量大办民团之事。

张树声极力赞成办团练，因他自己也是办团练起家的。当时他在家乡办团练，声势浩大，百里之内，互为声援。贼来则战，去则耕；贼近则守，远则出击。不但地方官奉为上宾，时相招请出战；团练之间更是寇至则相助，寇去则一同追击，协调得甚好。

经过协商，玉麟决定在乡镇办民团，在珠江和沿海水域上办渔团。九十六个乡镇就是九十六个民团，渔团办三十个，延请前太常寺卿龙元僖、前光禄寺卿黎兆棠、前户部郎中叶衍兰、前直隶大顺广道黄槐森、吏部主事麦宝常等主持团练一事，前广西提督冯子材、前广西左江镇总兵李起高、户部主事潘存等负责高州、廉州、雷州和琼州（今海南）等地的团练事务。这样，法军如果入侵两广，面临的是正规军和团练的双重抗击。

彭玉麟和张树声将办团练的方案上疏朝廷，很快得到恩准。

紧接着，为解决军饷紧张之事，两人又召集广东官员集会，号召捐资助饷。总督张树声带头捐银一万两，彭玉麟捐银五千两，广东巡抚倪文蔚捐银五千两，前巡抚裕宽捐银三千两，广东海关监督崇光捐银两万两，两广运司周星誉捐银四千两……在他们的带动下，各道府官员也纷纷捐了银子。这些捐银可以缓解军费缺乏的燃眉之急。

一个月后，玉麟又划船巡视珠江，到上次了解民情的地方找到黄江生，得知这里的渔团已经办得很红火了，黄江生在团练里担任哨长，玉麟问他情况，他都能对答如流，真是个可用之才。

四　向朝廷请旨，亲自率将士出关援助越南，抗击法军

过了两天，张树声来到镇海楼，寒暄后，玉麟没有给他敬茶，而是请他喝酒："我们都是从沙场上摸爬滚打出来的，不如直接喝酒吧。"张树声说："好啊，听说雪帅酒量过人，今天要领教领教了。"

老军士很快将酒拿来了，两人举杯对饮。

张树声喝了两杯酒，话多起来："雪帅啊，你计划重点防御虎门，布下三道防线，非常好。然而，我感到这样的守，是死守，是守株待兔。中法必有一战，迟打不如早打，在中国打不如到越南打，小打不如大打！"

玉麟惊奇不已，他没想到张树声也是主战派，而且观点和自己一样。他一掌拍在桌子上："振帅威武！和我的想法完全一样！越南是大清的藩属国，法鬼打越南就等于打大清，我们可以光明正大地和它干一场。现在我们偷偷摸摸支持越南，不和法国撕破脸，可法国人并不糊涂，知道我们又做师公又做鬼。故我也主

张直接出兵越南，痛痛快快干一场。来，喝酒！”

张树声满脸泛光：“喝酒！……痛痛快快干一场，但我们不蛮干，我们也讲谋略，可向其他国家购买好的武器，训练精兵强将，动员黎民百姓，大办团练……”

玉麟内心亢奋，说：“张督此言极是！我接到上谕，未来羊城之前，就是这样的观点。”说完从书箱里翻出奏章，递到张树声面前。张接过奏章草稿，看到了这样一段话：

所幸民心坚固，未泯天良，官兵不足，民兵尚多可用。除主战外则无自强之策，若论实在把握，虽汉臣诸葛亮再生，亦不敢言操胜算。所恃者众志成城，通力合作，人定足以胜天，理亦足以胜数而已。若必借筹万全，畏首畏尾，其如外侮日肆凭陵何哉！

张树声大加赞赏，说：“雪帅所言，正是我的心里话！我们想到一处了！其实，我们未必会败，法国离越南那么远，运输士卒和武器都要远涉重洋，我们可以以逸待劳。且法国比我们大清小得多，我们有的是人，有足够的兵源。打得越久，他们越难以支撑。再说了，法鬼的实力并不强大，比俄、英、美国都要弱小。”

“洋人是这样，你越强硬他越怕你，你越软弱他越欺负你。我们要狠狠地教训一下法国，其他国家也许会有所畏惧！”

“雪帅知道吗，左大人最近上奏章，直言要亲自督兵出关打法鬼呢。”

说到左公，玉麟激情涌动：“我晓得，左公浑身是胆，一腔热血，真是国之栋梁、民之依靠啊。当年流传‘天下不可一日无湖南，湖南不可一日无左宗棠’，此言不虚啊！来，喝酒！”

张树声举杯：“好！我们为左帅喝一杯！”

玉麟说：“我原来还以为大人是主和的，没想到你也主战啊。”

张树声语气温和了一些：“雪帅之前认为我和李大人一样吧？的确，李大人于我有恩，我能有今日，全靠他的栽培和朝廷的提拔。然而，我比他激进，更讲究实效，主张维新变革，只是很多人不理解我呢。”

玉麟更为惊奇，说：“是这样？”

张树声近乎推心置腹地说道：“我是绝对支持学习西洋的技术，造船，造军火，修铁路，开矿山，我都全力支持。我们只有把这些东西搞上去，才会国富民强。这一点我与李大人是一致的。不同的是，我认为朝廷的体制也需要改革，不改革，势必会阻碍科技进步。比如，选官制度和科举制度一定要变革。雪帅和我都没有中举，更不要说中进士，但我们并不比某些中了进士的官员能力差。左大人中过举人，但没有中进士，他为朝廷立下了巨大功勋，比那些进士更有能耐！如果没有内乱，没有机会打长毛，我们能够在朝为官吗？这说明科举制落后了，我们要仿效洋人办新式学堂，甚至某些制度也该采用西方的模式。”

玉麟见张树声如此激进，如此新潮，远远走在时代的前列，以前的成见烟消云散。

他用敬佩的目光望着张树声，说：“听君一席话，胜读十年书。真正长见识了。大人是卓越之人才，十分敬佩！”

张树声说：“半个月前，我也像左大人一样上疏朝廷，言我不愿任这个总督了，我想率领数千官兵出关，援助越南，抗击法军，直捣西贡。如果朝廷恩准，可圆我一生梦想也！”

玉麟对张树声此举更为震惊，肃然起敬，说：“这个请求朝廷绝对不会恩准。大人如果出关打仗，谁来管理两广？大人在此筹划全局比亲自出关抗法更为重要！”

张树声说：“不不。现在最需要的是，在越南前线把法鬼打得嗷嗷直叫，使国人振作，灭洋人威风！”

玉麟也说了知心话：“其实我更适合去越南与法鬼拼杀。来广东之前，我就有上前线打法鬼的强烈愿望，那是我报效皇恩最好的方式。现在这边的防务已经安排妥当，而且有大人在这里主政。我决定立即上疏朝廷，请求率兵出关，对法军发动猛攻！”

他们谈论了很久，直到两人都醉了，张树声才坐着轿子回总督府。

第二天，在谈完广东的海防安排情况后，玉麟在奏章中写下这样一段文字：

……臣虽衰迈，叨司九伐，时切枕戈击楫之忱。当此外侮凭陵，岂忍偷安株守。查督臣张树声曾奏请赴越督军，尚在听候谕旨。惟督臣有地方之责，诚难分身。臣布置粗就，拟即添募陆勇，请旨亲率出关，直捣西贡，庶上以纾宵旰之焦劳，下以申衰年之积愤。

奏章发出后，他日夜期待皇上能恩准他的请求，希望能早日奔赴越南前线，杀敌报国。

五　告示招来误解和责备，主和派的阴影压了过来

彭玉麟没有等来朝廷恩准他率兵出关抗法的上谕，等来的却是朝廷对他的误解和责备。这是他有生以来第一次遭到朝廷的指责，心里很不是滋味。

朝廷的上谕是这样的：

兹闻彭玉麟拟晓谕粤民，有准其仇杀法人，及禁各国商船进口，违禁者取其船货等语。揆之目前事理，均系必不可行。法人侵扰越南，究未与我先开兵衅。此时自宜静以待动，不宜自我先启衅端。至各国通商以来，尚属相安，现在并无战事，遽行封港，必致激怒各国，酿成事变，所关于全局者极大。粤东人心浮动，沙面滋事一案尚未办结，尤宜加意镇定，认真弹压。俾民情绥靖，不致别生枝节。该尚书所拟告示，着毋庸张贴。

在朝廷看来，彭玉麟似乎胸无丘壑，是一位瞎搞的莽汉。

玉麟看了谕旨后，非常生气，军机处完全是断章取义，大大误解了他的意思。

是的，玉麟的确写了两份告示，一份是准备办团练的通告，内容是为了应对法国可能对中国动武，军政各部门要认真办好团练，团结一心，狠狠打击法国侵略者。但只能以法国为仇，不能伤及其他各国商人。另一份是给各国商人的通告，提醒他们早一点将货物运出海口，不然中法战争一爆发，将会造成严重损失。两份告示写好之后，玉麟怕有不妥当之处，抄送给张树声，征求他的意见。可是张树声不置可否，立即将两份告示用电报入奏总理衙门。未经过他的同意就

这样做，不是草率，就是别有用心！看来张树声并不值得完全相信。

无论如何，朝廷误会了彭玉麟的文意，他的告示里有一个前提条件，就是法国侵略我们国家时，我们才能与法国为敌。如果他们还没有侵扰我们，我们就以他们为敌，那不是我们的问题吗？可朝廷不看文中的前提条件，只看其中一两句，便认定他彭玉麟的做法“必不可行”，实在是冤枉。

同时，朝廷还指责他“禁各国商船进口，违禁者取其船货”会“激怒各国，酿成事变”。其实，在并未张贴的公告里，只是提醒各国商人最好把货物运出海口，一旦中法开战，他们的货物有可能受到损失，那时候中方不负任何责任。这只是一种好心的提醒而已。事实上，中法还没有开战，彭玉麟并没有禁止各国船只往来，连布告也没有张贴。彭玉麟报告的核心部分是：

为此示仰各国商人知悉：法人甘为戎首，构怨兴兵，诸商人等务宜先期将货物运出海口，以避凶锋。当中法战争时，所有各国船只皆宜守万国公法，暂行停止往来；倘或违背，以致取其船货为战利，该国不得论我错也。凡法国用兵之地，洋商货物码头，设有焚毁抢掳，各国应向法议赔，不得向中国过问。以一国违约之故，致取累万国通商之人，咎有专归，诸国自有公论。……

玉麟敏锐地觉察到，朝廷最害怕的是与法国开战，怕“激怒各国，酿成事变”，在他们心里，一旦开战，中国绝对一败涂地，不可收拾。同时他们还害怕老百姓造反，担心社会不稳定，叮嘱下面的官吏要认真弹压，不致别生枝节，加强海防，只是消极地防御，被动地应对。这样打起仗来，中国还能取得主动权吗？那战争的胜负可想而知了。既然这样，彭玉麟和张树声主张出兵越南，主动打击法国侵略者的想法正是和朝廷的旨意背道而驰，而彭、张、左请旨亲率部队前往越南作战更不可能得到朝廷恩准了！

李鸿章一派操纵了皇太后、皇上，主和派把持朝廷！自鸦片战争以来，大清和外国列强开战，屡战屡败，赔款，割地，丧失主权，他们早没了自信，被外国大炮打得趴在地上爬不起来了。一提起洋鬼子，他们就丧魂失魄。玉麟准备写奏折，他要为自己辩解！不能让朝廷认为自己是什么也不懂，只知道在战场上猛打狂冲的鲁莽英雄。他要委婉地告诉朝廷，你们对我的指责和教训，是断章取义，是误会了文意；同时，他要把自己的公告再一次附在奏章之后，让他们认真品读。

当然了，上谕代表的是皇太后、皇上的旨意，他不能违背。他表示一定遵旨，静以待动，听候调遣，不会酿成事变，那些告示也不会张贴了。

玉麟感到失望，不能出关抗法，只能消极地防守。守株待兔，守株待兔，守株待兔！他并非好战分子。法国不来侵犯我们，我们也不会打他们，大家和平相处，自然是很好的事情。孙子也说过，上兵伐谋，其次伐交，其次伐兵，实在不得已才打仗，打仗是万不得已的最后的选择。但这不等于要等别人来打我的时候才可以打他，也可以先发制人。法鬼不是好东西，侵略中国好几次了，他们已经尝到侵略中国的甜头，他们是吃人的虎狼，等他们充分准备好，便会张开血盆大口猛扑过来。

主和派的阴影从京城蔓延过来，笼罩了两广的海疆。

玉麟在镇海楼上徘徊、叹息。

六　与老画家久别重逢，闲谈梅花见铁骨冰心

在守株待兔的日子里，玉麟心情甚为抑郁。他希望有什么奇妙的事情降临，来化解这沉闷的空气。

果然有亲兵前来禀报：一位仙风道骨的老人要进来拜见大人，说大人认识他，叫我拿这幅画给大人瞧瞧，大人肯定会请他进去。玉麟接过画瞥了一眼，脸上立即浮出笑容，说："快请！"

很快，一位白发飘飘、精神矍铄的老人走了进来。玉麟忙迎上去拉住他，说："雪谷散人！三十多年不见，我们都老了！"

老人非常激动："是啊，三十年过去，大人已成为朝廷的功臣，名显天下！"

这老人叫罗雪谷，名清，自称散人，乃当今奇士。他胸怀磊落，博览群书，孑然不娶，有林和靖的妻梅子鹤风。他鄙视功名，浪迹天涯，不名一文，只要有酒喝就行。玉麟在衡州协标为文书时，一个雪天在梅园赏梅，偶遇这位奇士，请他到租住的小屋里饮酒论诗，奇士还画了一幅梅花迎雪图赠给玉麟。让玉麟极为

惊讶的是，他画画，不用笔，用手指，大拇指勾画梅树的杆与枝，小指给梅花点朱红。且绘画极为神速，对客挥腕，十幅立就。题画诗也写得清新有趣。

玉麟请他就座，亲自拿酒来与他对饮，说："先生，为何来到这边远之地？"

雪谷散人说："大人有所不知，我是广南鹿步司横沙村人。年轻时喜欢游历，现在年近八十，落叶归根，在小镇卖画为生。今来省城会一个朋友，听说大人在这里办海防，故来看望大人。"

"浮云富贵，蝼蚁王侯，先生天下之大隐士也，可谓足迹遍天下，超脱红尘外。衡州一别，先生还去过哪些地方？"

"衡州一别，游览了三山五岳，又在京城居住多年。后来去了日本、朝鲜、越南、天竺等国。现在年迈力衰，走不动了，哪里都不去了。"

"先生是踏遍青山人未老，这一生值了。"

两人喝酒，话题一下又转到梅花。雪谷散人告诉彭玉麟，他在故乡有几座小山，已经开垦好，目前种了上千株梅花树，听说大人在湖口石钟山种了许多梅花树，他很羡慕，所以这是在效法大人，等梅树成林，梅花开满山头，他请大人来赏梅吟诗啊！

"那是玉麟甚为神往的事情。"

之后两人又说到梅花图，说到墨梅的画法。玉麟说："先生知否？墨梅画法的祖师爷就曾住在我们湖南衡州，他是华光寺长老仲仁。他画梅多以矮纸稀笔作半枝数朵，画花以墨渍点晕，所谓'烟胶翻在瑶华色'。辅以疏点粉蕊，轻扫香须，树干出以皴染，富于质感。"

散人惊讶极了，说："没想到啊，画梅的大师竟在衡州啊。雪帅画的梅花是兵家梅花，干如铁，枝如钢，苍劲冷峻。满树繁花，傲雪凌霜，清气满纸。亦有一股英雄豪杰之气跃然纸上。"

玉麟忙说："过誉过誉，与先生相比不知差到哪里去了。"

散人问道："听说大人对梅花很有情感，写了一千多首梅花诗，还画了十万幅梅花图，是吗？"

玉麟笑了笑，说："太夸张了，哪有那么多呢？咏梅诗加在一起也不过数百首，梅花图画得多一些，估计有数千幅吧。"

散人还说：“江湖传说大人咏梅诗和梅花画都是献给一位叫竹宾的女子，有这回事吗？”

玉麟温和地解释道：“世人都喜欢传播风流韵事，把我彭玉麟也拉进去了。我哪里会为一个小女子写那么多诗，绘那么多画呢。果真是这样，恐怕那个小女子也看累看腻了呢。如果说几首与私情有点关系，还说得过去。绝大多数的咏梅诗和梅花图，不过是文人的通病——寄托情怀而已，我有诗云：无补时艰深愧我，满腔心事托梅花。”

散人又好奇地问：“大人最喜欢自己哪一首咏梅诗呢？”

玉麟想了想，吟诵道：“英雄气概美人风，铁骨冰心有孰同。守素耐寒知己少，一生惟与雪交融。”

最后雪谷散人请玉麟为自己画了一幅画，玉麟没有推辞，立即画了一幅梅花图，还在旁题写了六首诗。诗云：

罗隐相逢喜率真，高谈狂饮见精神。
醉磨盾墨添生气，写出南枝窈窕春。

遍结人间笔墨缘，脚根青带九州烟。
知君身具梅花骨，到得罗浮蝶亦仙。

生平有癖爱烟霞，到处能安便是家。
消受一生香雪海，至今长抱玉无瑕。
…………

七　琼州进入彭玉麟视野，命王之春率四营开赴海岛

彭玉麟受到朝廷指责后，再一次上疏朝廷，要求亲自率十四营湖湘子弟兵进入越南奇袭法军，可惜没能得到恩准。无奈之下，他只得静以待动，消极防御。然而，要兵没有兵，要钱没有钱，要武器没有武器。洋务已经搞了数十年，海防竟然没有像样的大炮，凭什么阻挡法鬼的侵扰？广东搞成这样，而张树声两度担

任两广总督，无疑有不可推卸的责任。

这一天他正在军帐里看地图，当他把目光投射在琼州上，不禁怦然心惊。

琼州偏僻荒凉，人烟稀少，黎民饥寒交迫。兵力空虚，兵饷匮乏。可毕竟是大清的江山，若被法军占领，直接威胁广东，还可据此旷日持久地与广东对峙。如果不加强兵力，严加防守，那将是巨大的失策。必须派兵渡过海峡加强防守，刻不容缓。

他飞马找张树声商议。张树声不同意派兵去琼州，说："琼州乃不毛之地，孤悬海外。即使被法军占领，于大陆关系并不大。广东海防线数千里，防不胜防，如果我们没保住广东，让法鬼进入内地，后果不堪设想，朝廷也会追究我们的责任。再说，派谁去琼州呢？谁也不愿去的。"玉麟辩解道："总督大人，如没人去，我愿意亲率三营湘军前往。当年诸葛亮上《出师表》说，愿意深入不毛之地。我没有孔明的智慧，但胆子还是有的。我和振帅看法不同，琼州与广东结为一体，同舟共济，广东能保住，琼州也能保住，琼州保不住，广东也难以保住。两地相互呼应，失去一地，好比一只鸟失去一个翅膀，一辆战车失去一个轮子。"

两人正争论着，突然接到上谕："现据各处电报，法已攻踞山西（越南地名），将犯琼州，据以为质，图索兵费等语。琼州备御空虚，着派彭玉麟迅速前往择地驻扎，即饬所部各营与郑绍忠一军会合。吴全美师船扼守琼州，所需饷项、军火，着张树声随时接济，毋任缺乏。王孝祺即毋庸赴关。彭玉麟威望素著，务当相机调度，不必亲赴琼州，以期慎重，毋稍疏虞。……"

玉麟大笑，并非因为朝廷说了他几句好话，而是他的考虑竟与朝廷不谋而合。他对张树声说："振帅，这次我当如愿了！我守琼州，大人守广东，我们遥相呼应，好生配合吧。"

张树声说："上次你说朝廷断章取义，误会文意。现在你重蹈覆辙。雪帅看看后文，'务当相机调度，不必亲赴琼州'，这说得很明白啊！"

玉麟辩解道："朝廷的意思是，先让我亲赴琼州，择地驻扎，但不必始终坚守。"

张树声忙说："不是那个意思……"

玉麟不再与张树声争论，立即着手做赴琼州的准备：一边向自己带来的四千湘军发布命令，赴琼州择地驻扎；一边筹集军火，雇备船只，准备出发。

这一行动在省城广州产生了轰动效应。

第三天，广州城士绅组成代表团前来镇海楼请愿。几个有名的绅士直接冲进彭玉麟的军帐，说："广东为南洋首冲，尤以省城广州为根本，不能因小失大，不能专守琼州偏隅一郡之地。而且广东海防线三千余里，东有惠州、潮州，西有肇、高、雷、廉各州，有防不胜防之势。我等特来请愿，请暂缓拔营，以安民心。"玉麟觉得有理，愿意考虑他们的意见，请他们各自回家。

于是他与张树声商议，派王之春带兵赴琼州。

玉麟来到王之春营地，命他赴琼州防守。王之春非常乐意，说当年已六十岁的苏轼被一叶孤舟送到偏远荒凉的海南岛儋州，他把儋州当成自己的第二故乡，在那里办学堂，兴学风，以致许多人不远千里追至儋州，从苏轼学。苏轼北归不久，儋州的姜唐佐就举乡贡，为此苏轼题诗："沧海何曾断地脉，珠崖从此破天荒。"

玉麟用赞许的目光望着王之春，说："爵棠，你带四营士卒前往琼州，一是要选择一个能守能攻的地方驻扎；二是要去那边招收团练，扩充实力；三是要自筹军饷，这边我和张总督会尽力供给军饷，但远隔海峡，援助不一定及时，要有应对饥饿的准备；四是作战要勇敢，为湘军争气。如立下战功，我定会为你们请功！"

"遵命！"王之春的回答落地有声。

玉麟拍拍他的肩膀，向他伸出了一个大拇指。

王之春微笑着问彭玉麟："大人还有一只丹顶鹤，为何不带到广州来？或许可以为大人寂寞的军旅生活带来乐趣呢。"还是家乡人更理解自己，他告诉王之春，自己是骑马来的广东，最近已写信回去，叫家人请赴广东备战的湖湘将士带来。

不久，王之春带着四个营，渡过海峡，开赴琼州。

此后，彭玉麟又上奏朝廷，极富远见地提出，等战事结束，应在琼州海峡建立一支强大的海军，并建立造船厂和军工厂，用坚船利炮对付外来侵略，从而守住祖国的南大门。

八　孤身戍边，谁与同心？

彭玉麟不再驻扎在镇海楼，来到了大黄滘。

大黄滘位于广州附近的珠江江面的沙洲上，是广州的护城炮台，始建于嘉庆二十二年。当时的两广总督阮元，觉察到英国的侵略野心，奏请兴建大黄滘炮台。

张树声再三请彭玉麟留在广州城里，而且为他安排好了较为舒适的住处，他都婉言谢绝了。玉麟到达目的地后，就在大黄滘南面的炮台边搭了一个棚子，上面覆盖着芭蕉叶，作为自己的军帐。

他不做生还衡州之念，督亲兵二百并合字三营坚守在这里，他要守住这里东、西、南面的三所炮台。

他已经想好，如果法鬼打来，他立即前往虎门，因为那是第一道防线，最为紧要，他要在那里亲自督战。如果虎门失守，他便退守此地，保护省城。

最近，不少事令玉麟忧虑。

前不久，内地一股土匪逃到香港，法鬼资助他们军火，土匪有了好武器，气焰更为嚣张，窜到惠州归善、海丰、陆丰等处杀人放火，抢夺财物，无恶不作。惠州协标前往剿捕，竟然失利，被土匪杀死一百多人，由此，土匪更为猖狂，发展到一万多人，大有蔓延之势。于是玉麟和张树声商议，从省城抽调正规海防部队五个营，再加炮队一营，由水师提督方耀率领，水陆并进前往剿办。用了整整一个月，剿抚兼施，才驱散匪徒，但头目黄板石、李阿都、黄金安等逃往香港。自中英《南京条约》签订后，香港已经成为洋人和魔鬼的天堂。广东官员无权过问，于是那些土匪头目也就逍遥法外。

玉麟觉察到这可能是法鬼的一个阴谋：暗地里勾结土匪搞乱广东，趁机攻占虎门，进而攻入内地！

越南的战事也极为不顺。朝廷举棋不定，一会言战，一会言和，寄希望于和谈，而法国又寸步不让。上面犹豫不决，下面无所适从。朝廷一再强调“静以待动”，实际上是贻误战机，暗助法人！越南战场上的中国驻军处处被动，处处挨打。真正在抵抗法军的只有刘永福的黑旗军。但是，现在刘永福的处境也非常艰难。越南在法军的强大攻势下，内部发生政变，建立起傀儡政权。新的执政者把刘永福视为仇敌，革除了他的官职，也不再支持他军饷，刘永福的黑旗军几乎无法生存下去，面临解体。玉麟了解这一情况后，立即上疏朝廷，说刘永福有勇有谋，熟悉越南地形，有老百姓的支持，更有和法军战斗的丰富经验，是一股强劲的抗法力量，现在走投无路，朝廷应当封官施恩。他建议朝廷封刘永福为提督，对他的部下也给予相应的官职，同时接济军饷，提供军火，使其发展壮大，成为抗法之劲旅。朝廷采纳了彭玉麟的建议，除了封刘永福为提督外，还给他手下二十余人封了官，同时赏白银十万两，指明这些银子由广西藩库拨给，但广西官府只拨给刘永福三万两，剩下的七万两分毫不与，不知广西官府安的是什么心！这样不顾大局，会产生什么后果？

玉麟自己的处境也不是很好，作为兵部尚书，却没有多大实权，实权掌握在地方官员手里。他遇事必须得同两广总督张树声商议，如果他不同意，那事情就很难办成。当年为湘军水师统领，一般大事小事都可以自己做主，故可当机立断，而眼下想办的事情很多办不成。

比如现在自己坚守的大黄滘炮台，离广州城不到二十里，有大炮好几尊，每尊有一万二千斤，射程远，杀伤力大。他考虑到虎门是第一道防线，那里的大炮却很少，护台的兵勇也少，真的与法军打起来，恐怕难以坚守。所以自己几次同张树声协商，要多派一些兵卒到虎门去，再把这里的几尊大炮运到虎门，充实那里的力量。可张树声就是不同意，理由是坚守省城大门也很重要。更可笑的是，在鹅嘴定洋台上放置着一尊大炮，无人理睬，显然是摆样子的，令人齿冷。

玉麟心想，张树声与他视察虎门的时候，就说以坚守省城为要，经彭玉麟反复争辩，才放弃自己的主张，愿意以虎门为防守重点。现在看来，他明里放弃了，暗地里还在坚持。为什么要以省城为防守重点呢？是不是与个人安危有关？就算如此，把敌人挡在第一道门户前不更好吗？

天涯海角，人地生疏，孤独一身，将伯莫呼，他山无助，徒唤奈何！

五更他就醒来了，再无睡意，室内四顾无人，于是披衣而起，于营门外踱步。

冷月如钩，挂在空阔的天幕上，沙滩上泛着冷光，涛声一阵接一阵。渔火闪烁，刁斗声寒。哨兵的身影依稀可见，炮管冷冷地指向远处的江面。搔首怅望长空，心潮起伏难平。想起当年的患难朋友，已经寥落如晨星。而今时世依然艰难，孤身戍边，谁与同心？

这时，那只丹顶鹤张翅飞到他身边，最近它被家乡的士卒带来广东，此刻它依偎着玉麟，伸着长长的脖子看着他，嘴里发出低低的叫声，眼里放出柔软的光……玉麟没有说话，只是用手搂了一下它的脖子，他感到自己冰冷的内心似乎有了一点暖意……

第二十五章　主战硬如铁

彭玉麟在海防前线增添兵力，增设炮台，充实弹药，积极备战，可李鸿章却在天津与法国福禄诺议和。彭玉麟听说后，怒发冲冠，上疏朝廷，极力主张可战不可和……

一　病中命王之春在琼州募集陆兵水勇，令张胜禄赴钦州御敌

光绪十年初春，彭玉麟旧病复发，一日咯血数次，浑身疼痛，手脚无力，病情比往年都严重。好多湘军中的战友都先他而去，而他这多病之身还在苟活，真是说不通。自己六十九岁了，也该死了，但死在哪一天、哪个地方他不知道，他想死在疆场上，这是血性男儿报效国家的最好归宿。他已经四次上疏朝廷，愿带湖湘子弟开赴越南，与法鬼决一死战，直捣黄龙，身死异国。可朝廷就是不恩准他的请求，让他在粤东守而不战。皇上、皇太后也许都知道他是“不要命”的人，敢迎着敌军的炮子，挺着胸膛向前冲，可不要命的人不应该死在床上啊！

这样株守边关极为被动，他希望能痛痛快快与法鬼决战。目前，军饷难继，民心不稳，旷日持久，于我不利。不若主动出击，或有转机。他身经百战，从来没有这样“以静待动”过。所谓“以防待攻”，其实就是“死守”啊！这样下去，全局就成了一盘死棋！

大黄滘炮台外的珠江已经暮色冥冥。他的草棚里暮色更深，他让亲兵点上蜡烛。江风吹来，并不寒冷，南国之春就是不一样呢。

亲兵送来一封信，是王之春派人从琼州送来的，信上说琼州黎族百姓发动起义，杀人夺物，响应风从，虽然起义的规模不是很大，但镇压下去依然要花大力气。既要镇压岛内起义，又要严防法军来侵，现在兵力严重不足，期待雪帅给他锦囊妙计。

玉麟看过信后，感到很为难。琼州孤悬海外，四面受敌，与台湾一样，如不能控制，被法鬼占领，等于匪徒夺我院前之门楼，与我长期对峙，将遗患无穷！可如今他无法给予有力支持，派不出兵力去支援，也没有物资可援助，只好复信让王之春动脑筋、想办法，自己救自己，在海岛内继续招募水兵和陆兵，迅速壮大自己的力量，既要尽快剪灭黎匪，平定内乱，又要全力做好打击法鬼入侵的准备。等情况好转，可派吴全美分调龙门一营渡过海峡，前往琼州援助。

彭玉麟在军事地图前搔首徘徊，突然目光定在广西北海一带。此地兵力空虚，法兵如果从此处登陆，地方没有足够的兵力抵御，于是他立即派人去高州镇，命总兵张胜禄招募二营士兵，训练两个月即开赴钦州、廉州一带屯扎，让他们与西路的冯子材部密切配合，相互声援。

办完这些事，他有些疲倦，微微闭上眼睛，朦胧里看见一个中年妇女走到跟前，说："大人，外面有一个人要见你。"他忘了自己有病在身，跟着那妇人往外走，突然飘飞起来，飘过一座山，又飘过一条大河，然后进入一个幽深的山谷，听见了淙淙的流水声。他跟在那妇人后面，走进了梅林。他看到无数梅花在绽放，他被梅花所包围，浓郁的芬芳将他笼罩。梅花在开，也在落，他的头上、身上都是梅花。步入梅林深处，一个少女坐在石头上，见他走来，站起来，露出了羞涩的微笑，那妇人在身后说："就是这个小女子要见大人。"说完，那妇人消失在梅林深处。

那少女竟然是他的竹宾姨，二人已有三十七年不曾相见。

他看到她那弯弯如月的眼睛和眼睛放射出来的清澈而温柔的光芒，还有他熟悉的羞涩而美丽的红晕。

他看到她鼻翼旁如黑色星星一样的小黑痣。

他闻到她身上特有的淡淡清香。

他坐到她身边，他没有衰老之感，倒觉得自己依然青春年少，正应了那句"归来犹是翩翩少年"。

她看着他，说：“现在，大家都叫你雪帅，是吗？”

“是的，大家都这么叫。”

她微微笑了，说：“当时给你取这字的时候，并没有想到‘雪琴’会成为‘雪帅’呢。”

他也笑起来，笑声很大，震得树上的梅花纷纷下落：“我也没有想到。‘雪琴’怎么就稀里糊涂地变成‘雪帅’了呢？”

“我那时就觉得你会有出息，但没想到出息会这样的大，由一介布衣变成‘帅’了。”

“成为‘帅’有什么好？我只想做一名书生，每日读书、弹琴、写诗。”

她忙补上：“还有画画，画梅花……嘻嘻……”

“对对，不停地画梅花，从青春年少画到白发老年。”

她的脸又红了，像一朵淡淡的早霞：“当将帅的人生也不美满吗？”

“哪里美满呢？要想很多事情，要协调各种关系，还要命令别人去杀人……知道吗，和你在一起才美满呢。只要能和你在一起，这帅我就不要了，什么也不要了。”

他拉住她的手，看到她脸上那朵霞云越来越红，离他越来越近……

太阳好像从云雾里钻了出来，满林子的梅花好像一下子变成了红色，野草疯长，溪水流淌得更加欢快，他听到种子在土地里发芽的声音，听到一只鸟的叫声由近而远，最后叫声萦绕进深深的云层里……

醒来后，他有一点不好意思，自语道：“白发老翁还做青春美梦！”于是独自大笑，笑出了眼泪。

但梦境里的事依然萦绕心头，他研墨提笔，写下三首诗：

伤心阔别隔人天，已杳音容卅七年。
一夜相逢清梦好，依然欢笑若生前。

墓草青青万里遥，片时缱绻足魂销。
谈心促膝依依甚，一唱金鸡复寂寥。

一生一世见情真，梦里相逢分外亲。
却怪华胥无赖甚，不教久聚话来因。

玉麟意犹未尽，次日又在宣纸上画了一幅梅花图。画上的梅花没了平时的遒劲与苍凉，多了一种活泼与柔美，还有几分温婉与灵气……

他给这幅画题了一首诗：

一生知己是梅花，魂梦相依萼绿华。
别有闲情牵客思，冰窗烟月影横斜。

二　与郑观应彻夜长谈，交给他特殊任务

郑观应来到彭玉麟的军帐内。玉麟见他浓眉大眼，身材魁梧，谈吐不俗，很欣赏这个比自己小二十六岁的汉子。两人竟然没有代沟，可谓一见如故。

郑观应是广东香山人。经王之春推荐，玉麟把他从轮船招商局调到广州协助防务。

郑观应向彭玉麟说起自己的特殊经历，他和彭玉麟一样没中举人和进士，应童子试时，便名落孙山。后来奉父命远游上海，弃学从商，在任上海新德洋行买办的叔父郑廷江处做杂事。他边听差，边习英文。咸丰九年，由亲友介绍，进入上海一流的英商宝顺洋行任职。同年冬，被派赴天津考察商务。在公务之暇，他与广东乡友梁纶卿入英国传教士傅兰雅开办的英华书馆上夜课学习英文，并对西方政治、经济方面的知识产生了浓厚兴趣。

让玉麟惊奇的是，郑观应还出过国，游历过欧洲，走遍了东南亚各国，对游历过的国家有相当的了解。

李鸿章也非常欣赏郑观应的才干。光绪八年，郑观应接受李鸿章之聘，出任当时快要倒闭的轮船招商局帮办。上任后，他即拟救弊大纲十六条上呈李鸿章，从得人用人、职责相符、赏罚分明、增加盈利、降低消耗等方面提出了一系列建议，在得到采纳后付诸实施。由于他的治理，轮船招商局的营业额和股票市值大幅提高。去年十月，李鸿章又擢升他为轮船招商局总办。

郑观应说起自己的特殊经历，尤其是他游历外国的所见所闻，玉麟听得津津有味。

第二天，玉麟又把郑观应请来。昨夜的谈话还不过瘾，还要继续。玉麟说：“正翔，和昨日一样，你主讲，我主听。开始吧。”

郑观应也不推让，直截了当说起了国事。他的观点让玉麟耳目一新，某些观点甚至让人心惊胆战，锋芒直指朝廷制度，似乎有点大逆不道呢。

郑观应说：“要想抵御外国的侵扰，必须自强！要想自强，必须先致富，振兴工商业，创办数以百计的学校，速立宪法，尊重道德，改良政治……”

玉麟问道：“什么？宪法？……没听懂。”

郑观应解释道：“欧美各国都有自己的宪法。所谓宪法，就是总法、母法，一个国家总的大法，其他法律都不能违反它的条文。比如外国的宪法规定一切私有财产都要受到保护，一个公民的基本权利不可侵犯，等等。而我们国家还没有这样的宪法，所以必须尽快建立。”

玉麟点头，表示听懂了。

郑观应接着说：“创立学校更是刻不容缓。所谓学校，必须教多门功课，造船、制造枪炮、开矿……都是学问，都要进入讲堂。学校，是造就各种人才的地方。有了人才，国家才会强大，欧洲的强大，强于学，非强于人也。学校者，造就人才之地，治天下之本也。”

郑观应又说：“雪帅大人知否，外国侵略我国有两种手段，即‘兵战’和‘商战’。”

玉麟闻所未闻，洗耳恭听。

“商战比兵战隐蔽，但更具威胁性与危害性。兵战祸人易觉，商战掠财无形。兵战能灭人之国，商战亦能灭人之国，兵战是靠杀人而灭人之国，商战是靠通商夺取别国财富而灭人之国。英鬼已经靠商战，屡次灭他人之国。因此，要抵抗外国侵略，必须兵战与商战兼备，且商战更为重要。习兵战不如习商战，我们必须同外国列强进行商战，以商业为中心，全面发展经济，做到中国所需外洋者，皆能自制；外国所需于中国者，皆可运售。”

玉麟的传统治国理念被郑观应颠覆了，他讲的内容新奇而独特，极有道理，振聋发聩，令人信服。

和郑观应交谈后，玉麟思考了一天一夜。

第四天，他和郑观应聊到迫在眉睫的实事。玉麟说："正翔，现在中法之事，你觉得是战还是和？"

郑观应果断地说："战！"

玉麟欣喜道："正中下怀。"

"而且要速战速决，不能拖得太久。大清实力不足，经不起拖的。"

"对极了！可是，如要速战速决，应用间出奇，别开生面，如《孙子兵法》所言'攻其无备，出其不意'，对不？"

郑观应赞叹说："大人所言极是！"

"那么，请弟献一奇策，使我速胜法鬼，如何？"

郑观应一时想不出奇计。

玉麟提点道："弟不是说对越南和周边国家了如指掌吗，在那里还拥有一些人脉关系……"

郑观应心领神会，说："我明白了，大人让我深入敌后，组织兵力，联合当地反法势力，里应外合，打击法军。"

玉麟拊掌而笑，说："你要像孙悟空那样钻进铁扇公主的肚子里去。"

"此计可行，据我所知，暹罗国（今泰国）国王姓郑，和我同姓。他原来就是广东人，对我们大清很尊重，用汉人为官吏，很重乡谊。去年我在暹罗时，他还与我谈过话。说起法国侵扰越南，骚扰东南亚其他国家，国王就很愤怒，认为法国是一个祸害。我愿意奉命潜入暹罗，说服国王，组织兵力。越南西贡距离暹罗很近，是法军积存军队粮草的地方。我们准备好了，就秘密联系大人。在我们袭击西贡时，大人从广东、广西进军越南，里应外合，击败法军。另外，暹罗东面是新加坡，那里很富裕，有粤人十余万，也设有招商局，原来是归我所管。我到了那里也可以组织一支队伍，配合暹罗军队攻打西贡……"

玉麟极为赞赏郑观应的奇策，说："过几天，你挑选一些人，打扮成商人模样，潜入暹罗国都，秘密组织力量，训练军队，再与我们联系。在适当时候起事，内外配合，一举击败法鬼！"

两人商议之后，彭玉麟起草奏章，将此事上奏朝廷。

三　张树声被革职，彭玉麟奉旨调查其过失

彭玉麟没有料到，两广总督张树声摊上了大事，他的仕途也随之走到尽头。

这事与越南战事有关。广西巡抚徐延旭受命与广西提督黄桂兰等筹办中越边防。法军三路进攻北宁时，黄桂兰指挥不当，未能及时组织反攻，竟然弃城而逃，数万官军不战而溃，黄桂兰后因败感愤自杀。驻守在谅山的徐延旭在北宁失陷前一日，对于前线紧急情形一无所知，之后东线清军被迫退至山区，大部溃散。兴化、临洮、宣光一线相继失守。至此，法军占领红河三角洲全部重要城市。

此事震惊朝野。慈禧太后愤怒之至，下令将徐延旭押往京城问罪。

张树声作为两广总督，负责两广对越作战，虽然没在前线直接指挥，但也有不可推卸的责任。此外，黄桂兰属于淮军体系，也是合肥人，是由张树声推荐任广西提督的。现在把仗打成这个样子，置朝廷颜面于何地?

张树声是政坛老手，知道自己的总督当不成了，上疏朝廷，说自己对北宁战败之事负有间接责任，加上有病在身，请求朝廷撤除他的官职。

朝廷顺水推舟，开其两广总督之缺，让他专门治军。

朝廷没有追究彭玉麟的责任，因为他的任务重点是加强广东海防，防止法军从海上进攻广东。当然，作为督军，他也参与筹划越南战事，是决策者之一，但这次失误主要是具体指挥失误。

接任两广总督之位的是张之洞，对此，玉麟忧喜参半。

张之洞比自己小二十一岁，今年初，因中法战事，张之洞多次上疏建议朝廷对法国采取强硬措施，朝廷召他进京，受皇太后慈禧接见，他上陈抗法之事，多有谋划。于是，这次提升他为两广总督。

玉麟以前只知道张之洞属于朝中的清流派，没料到在中法是战是和的问题上，他和自己政见相同，但愿他来这里，两人能齐心协力加强防务，不使外敌入侵。

与张树声共事，两人的意见基本可以达成一致，但具体实施起来，玉麟总感到张的支持只是表面。比如两人通过商量把海防重点放在虎门，但军力布置，武器配备，后勤调剂，张树声并不慷慨促成，有时候还故意拖延或设立阻碍。难道

是因为他俩分属湘军淮军两大体系？或许是因为当年张树声任两江总督时他们有过小小的过节？也许是因为两人的军事观不一致？还是因为他的主战只是做表面文章，骨子里和李鸿章一样是主和的？玉麟不太清楚。

接任的张之洞会和自己同心同德吗？

张之洞没有直接参战的经历，但也不要紧，只要他尊重军事人才，虚心听取别人的见解，也可同舟共济。怕就怕他居高临下，自以为是，强迫军事将领听他的，那就可能在军事问题上发生分歧而无法形成共识……

正想着，朝廷又来了新的上谕，命彭玉麟与就要到任的张之洞一同调查张树声的过失，原来墙倒众人推，有人奏参张树声的种种错误，列举了一大堆："不符物望，难胜兼圻，推诿取巧，玩视边防，贻误地方，任情徇私。"还说"提督黄桂兰，素为张树声、倪文蔚所信任和偏袒，不受徐延旭节制，以至于败绩"。朝廷寄来一大堆举报材料供彭玉麟查案时参考。

军务本来繁忙，还要去调查这些错综复杂的事情，无疑加重了他的负担和压力。

这些事情应由刑部或吏部去管才对，他是兵部尚书，海防才是他的分内之事！

官场里纷纷传说是慈禧太后认为彭玉麟厚道正直、不徇私情，故多次派他查案。玉麟听说后，不免感到这是一种荣耀；但查案非常麻烦，自己身体又不好，最近还咯血了，他想推辞。想来想去，最终还是去查了。

一查就查了个把月，那些奏参的罪名基本不成立。举报之人不顾事实，任意编造罪名加以陷害。玉麟实事求是地将调查的结果及意见回奏朝廷，用事实替张树声一一辩护。说到黄桂兰战败之事，玉麟辩称："广西边防向由西抚臣主政，委任将领、调度各营，粤督不参异同。前抚臣徐延旭出关视师，黄桂兰与赵沃分统左、右两路防军，一切军事皆秉承徐延旭，树声实无事左袒。"

朝廷接到彭玉麟和张之洞的会奏，对张树声的处分改为革职留任，仍办理广东防务。

张树声得知此事后说："以前听人说雪帅正直无私，我有点怀疑，现在深信不疑了。"

四 收纳台州匪首金满，念其归正之心难得

一个台州的土匪头目被护送到彭玉麟面前。

见到彭玉麟，这土匪没有半点惧色。在来的路上，负责护送的士卒向他透露，即将把他送到彭玉麟身边。他心想，眼前坐在椅子上的人肯定是彭玉麟了。有点出乎意料的是，这彭玉麟并没有他想象中那样威严，他身材高大，但太瘦了，瘦得让人有些难受。

护送者禀告道："大人，我们奉台州官府之命，护送现已招抚的原匪首金满到此，请接收。我这里有公文一件，恳请大人惠览。"

亲兵接过公文，递给彭玉麟。看过公文后，玉麟问道："谁是金满？"

金满并不慌乱，回答道："我是，金满曾与朝廷作对，罪该万死。"

玉麟隐隐感到这匪首有一股干练沉稳之气。

他听说过，金满家境贫穷，光绪初年，在桐峙当地一位叫蒋世炳的绅士家做长工，蒋是一个讲义气的人，见金满人品和能力不错，比较看重他，后来还让他做了家里的管家。光绪五年八月，蒋世炳因仇杀同族一家三口，府县派兵追捕，蒋命金满集合村里的汉子拒捕，与官兵发生冲突，结果杀伤兵勇十余人。金满逃进山林，干起劫富济贫的勾当。他拜结"十八弟兄"，扩充队伍，有了聚义梁山的大气象。次年十二月，在海上截获海门官兵火药船，扩充装备。光绪七年春，入据铜坑立寨，与官府对抗。此后，金满率部出没台州六县，多行义举，得百姓支持。前来围剿的水陆官军虽多达数千，却疲于奔命，常遭失败，让官府头痛至极。

"你应知道我是谁吧？"

金满立即叩头，说："知道，大人是名闻天下的雪帅，小人的恩人。"

玉麟的确是金满的恩人。光绪九年，金满对被官兵围追堵截的生活有些厌倦，觉得长此以往也不是正路，想像《水浒》中的宋江一样被朝廷招安。他听说彭玉麟行正道，人品值得信任，便托天台廪生谢梦兰到尚在杭州的彭玉麟处游说，玉麟有感于金满改邪归正之心难得，上疏朝廷，建议招抚金满，并派谢梦兰出面与其谈判。后来朝廷答应不再追究金满的罪过，于是金满就抚。之后彭玉麟奉旨到广州来督办防务，金满也听说了，但无法和彭玉麟取得联系。

玉麟让亲兵陪护送金满的官差去外面休息，然后安排金满坐着说话。他对金满说：“金满，你知道台州那边的人为何要把你送到我这儿来吗？”

金满实话实说：“不知道。”

玉麟告诉他：“你们台州官府的人觉得你匪性难改，怕你反复无常。你投诚以前，好多官员因为你丢了官帽，你知道吗？”

金满点点头，说：“所以他们把我这个祸害推给了大人，大人不担心我重上梁山吗？”

玉麟说：“说实在话，也不是一点担心没有。因为，改邪归正的路很难走得一帆风顺。”

金满心想，朝廷招安之后，并没有完全履行诺言，虽然解散了他的队伍，也给了一点路费，但之前承诺好的给他一个职务，却没有兑现。如果让他留在台州，很难说不会再举义旗。到了粤东，人生地不熟，还能怎样？再说，彭大人对自己有情有义，再反朝廷，对得起他吗？

金满大声说：“大人，我绝不会再犯事，一定重新做人，将功补过！具体做到以下几条：一、不再与台州那边联系，即使是写家书，也请大人过目后再寄出；二、大人叫我干什么我就干什么；三、严守军纪，绝不生事；四、改变旧习气，建立新道德。”

“有这样的决心就好，但更重要的是要付诸行动。”

“给我一张纸吧。”

亲兵给了金满一张纸，金满咬破手指头，滴出血来，用自己的血在纸上写下八个字：“改邪归正，将功补过。”然后恭恭敬敬呈给彭玉麟，说：“这是金满的血书，请大人收着，看我以后的行动！”

玉麟有些震动，说：“既然这样，金满，我问你，现在我们如与法军开战，你敢不敢与他们作战？”

金满坚定地说：“如果大人相信我，派我到越南与法鬼作战，金满求之不得。我愿意以我的鲜血洗刷罪过，换来朝廷对我的信任！”

“有这种心就好。你先在我的军帐里做些差事。我估计中法必有一战，到时候我会让你上战场立功赎罪的。”

“我等待这种机会的到来！”

玉麟又想起一事，对金满说：“我听说你除了会打仗，还有一招，会治疗刀伤火烫和跌打损伤。”

金满笑了笑：“等我为朝廷效劳几年后，再回老家，为家乡人治疗跌打损伤吧。”

就这样，彭玉麟把金满留在行营，以便“朝暮观察”。

五　虎门登山看石洞，再谈海防总布局

中法在越南虽然还没有正式宣战，但其实已经进行了多次小规模的战争，而且法军没有罢手的意思。彭玉麟断定战争很快会升级，于是他亲自到虎门督查防务。

这天天气晴朗，江面上无风无浪。船在珠江上行驶如梭。

彭玉麟的座船后面，跟着新任两广总督张之洞的船。他昨日到广州，今日就随彭玉麟来虎门督查防护了，可见干事雷厉风行。

船顺着珠江行至虎门，上岸后，玉麟稍待片刻，张之洞的船也靠了岸，他随后走了上来。二人打过招呼，就一同步行上山。

玉麟说：“这虎门是第一道防线，应重点防守。可在横档岛、武山之间的江面，设置木排阻挠敌军，还有水师、团练，可以在江面上阻截敌舰。常洲、黄埔为第二道防线，广州城外应是第三道防线。可原来的张总督认为应重点防守广州城外。”于是将两人以前对防守重点产生分歧之事和张之洞细细地说了一遍。

张之洞说：“大人看准了要害，拒之门外比拒之门内肯定要好。我们就按大人既定的方案办。”

两人开始上坡，张之洞到底年轻些，脸不红气不喘。玉麟快七十了，走得比较艰难。

张之洞说：“是不是要给大人备一顶轿子？”

玉麟摆手道：“不要不要，这山不高，我能上去！”

山确实不高，两人没多久就到了山顶。玉麟指着西面的山对张之洞说：“江那边的山叫作大角山，我们这边叫沙角山，两山对峙，构成第一道关卡。法军要打到广州去，必须经过此处。”

张之洞第一次来，还不了解情况，只能聆听。

玉麟接着说："这沙角山，嘉庆五年总督吉庆说过：'虎门海口外沙角山逼近大洋，地势陡峭，为洋船必经之路。该口虽有横档、武山二门炮台，但海面辽阔，远至三十余里。炮位轰击，似难得力。'道光二十年十二月，英军向沙角、大角炮台进攻。陈连升率领守台官兵拼死抵抗。因敌众我寡，守军大部分壮烈牺牲。陈连升中弹阵亡，儿子陈长鹏投水殉国。炮台也被毁掉了。"

张之洞露出很惋惜的样子。

玉麟说："中法战争爆发后，沙角炮台重建并扩建，目前炮位遍及沙角山附近相连的小山。"

"现在炮台修筑起来了就好。"

"那边的山叫作大角山，炮台安排在大角山南北两道山梁上，北面山梁上从西到东有安胜台和振威台，南面山梁上从西到东有流星台、安威台、安定台、安平台和振定台。"

"炮弹都准备得怎样？"

"前年我来的时候，这里好些地方没有炮台，有的地方有炮位而无炮弹，兵力也不够。现在新建了十多处炮台，又补修了十多处炮台，炮弹也准备充足了。打起仗来，应该不会慌里慌张了。"

张之洞分析道："这两座山隔得太远，估计炮火不能射到江心，火力无法封锁整个江面。"

玉麟震惊道："香帅，你没有打过仗，看问题却非常内行。以前的确是这样，现在好了，我们最近从德国买来不少新式后膛炮，可以分十多尊到虎门来，这些炮与以前的前膛炮相比，大大进步了。不需从前面上炮，可在后面上炮，炮发出后，射程远多了，所以在两座山上射炮，可以覆盖整个江面。"

"兵力是如何配置的呢？"张之洞又提出了新的问题。

玉麟发觉张之洞考虑问题很周到细致，说："沙角山这一面，有娄云庆五个营防守；大角山那面，有王永章、刘树元各一营坚守；江面上有靖海水师防守，构成水陆相依的局势，以固省城门户。"

张之洞连连点头："这样的防守很严密，大人身经百战，经验丰富，一般人难以企及。"然后指着不远处说："那又是在干何事？"

玉麟故意卖关子："是啊，在干什么？我们过去看看吧。"

走到近处，只见不少人在打山洞，干得很起劲。玉麟故意问打洞的人："你们打山洞干什么呀？"

民工却说不知道，说这是彭大人要求做的，也不知他葫芦里卖什么药。

玉麟领着张之洞进去看了看，对监工的军士说："还要挖深一些。"

军士认识彭玉麟，露出微笑，说："遵命。"

出了山洞，玉麟才告诉张之洞："山洞里正在安炮位，很隐蔽，敌人不易发现。此外，这四周还有许多暗堡，敌人不到眼前，发现不了的。"

张之洞大加称赞。

两人视察了沙角山各处炮台，又过江查看了大角山各处炮台。返回广州时，玉麟对张之洞讲了两个想法：第一，进一步发动民众，动员江边渔民和乡村农民组织成渔团与乡团，法军真的打来时，利用团勇进行反击，坚壁清野，让法鬼立不住脚跟；第二，没有战事，他在广州附近的大黄滘办公，如果法鬼动手了，他会立即动身前往虎门，日夜坚守，务求打退法鬼的进攻。

张之洞很赞同，一连说了几个"好"。

六　闻李鸿章与法鬼议和，愤然上疏"可战不可和！"

第二天，彭玉麟接到张之洞的信函，说北京发来的电报，直隶总督李鸿章正在同法国的福禄诺进行和谈，双方停止敌对行动，中国还得向法国赔偿一笔款项。

玉麟浑身一震，久久说不出话。

什么？谈判？赔款？不战而败？未战先败？一败再败？

耻辱啊！……

玉麟怒目圆瞪，拳头握得铁紧。

这不是真的吧？不不，一定是真的！李鸿章那人，没有骨头！早就想言和了，他一直主张不和法鬼打仗，只要不打仗，割地可以，赔款可以，租借国土也可以，只要不打仗，什么都可以。我们的国格、尊严和风骨统统可以不要！

玉麟越想越气，越气越想，像一只困兽在笼子里走动，来来回回，喃喃自语，脸色都气得发青了。

突然，他猛地一掌拍在桌子上，用极为粗野的话骂道："大混蛋李鸿章！"

只有这样粗野的话才能表达他心中的愤怒和鄙夷！

军帐里死一般安静，金满动也不敢动一下，彭玉麟很少这样勃然大怒。

败类！坏蛋！软骨头！走狗！奴才！阿斗！秦桧！汉奸！小人！

自鸦片战争以来，中国一直受到洋人欺压，割地，赔款，洋人骑在我们头上为非作歹。这一口气为何争不来？难道我们不能打几个胜战，杀一杀法鬼的威风？

打不赢也要打，用鲜血来证明我们的气节，用战斗来证明民族的力量和气魄！

这世上没有打不败的敌人，没有打不破的神话！

玉麟的双眼冒出冷森森的光，他咬着牙，手捏着拳头，好像随时要冲上前线，和法鬼血腥搏杀。

他看到挂在墙上的那把剑，不，是曾国藩送给他的那把腰刀。他把腰刀取下来，从刀鞘里抽出刀来，恶狠狠指着前方，向军帐外径直走去，说："老子要一刀砍了李鸿章！"他走出军帐，然后挥起刀向一棵枫树砍去。那棵树被砍成了两截。

紧随其后的金满说："大人息怒……消消气吧。"

玉麟没有听到似的，高喊一声："牵马来，我要去京城，和李鸿章到皇上、皇太后面前评理去！"

金满提醒他："大人，使不得，骑马上京城，至少要个把月。大人尚未到北京，也许大事去矣。"

玉麟一动不动地立在江边。江风一阵阵吹来，他的情绪慢慢冷静下来。

是的，急不能解决任何问题，愤怒于事无补。李鸿章位高权重，他的主意很难轻易改变。能够让他放弃主张的，只有皇上和皇太后。皇上不理政事，唯有慈禧太后一言定乾坤。太后非常信任彭玉麟，玉麟心想自己应当立即上疏朝廷，或许可以改变事情的走向。

他稍加思索，研墨铺纸，开始书写奏章：

……法夷无端生衅，残我属国，及我出师保护，又复肆其豕突，挠败我师，迄今并未大加惩创，遽与议和，何以张国威，示天下！不可许者一。

法夷并未受创，翻然请款，是必中藏诡谲，或怠我师而徐乘其后，或缓我谋而误以多方，其害无穷。不可许者二。

既与议款，不索兵费，更为叵测。该夷惟利是视，忽弃日前所索巨万之费不言，但言越境通商，其中不免有诈，恐将来必有十倍取偿于后者。瘠中华以奉岛夷，饰目前以酿边患。不可许者三。

以一外强中干之法夷，凭陵我藩服，吞噬我疆土。堂堂中华，不勤远略，不问其罪，转降心相从，以就其和，使之此次得志，而效颦法夷者，必狺狺然环向而起，是款一法夷而转来无数法夷也。群谋日滋，隐忧方大！不可许者四。

云南物产富饶，五金之矿、翠玉之璞，艳称于世，久为西人所垂涎。若与议款，必由蒙自以内许其通商。迨为日既久，形势险隘，彼皆周知，广传邪教以张羽翼，一旦窃发，不仅通商，将何以支？不可许者五。

此五不可者，人人知之。倘漫不加察，贸贸焉亟与议和，以为国计万全，臣固未敢信也。

写到此处，玉麟歇了片刻。仅仅写五点不可议和的理由显然不够。他是主战派，还要鲜明地亮出可战的理由。他又重新拿起笔，蘸上墨，继续往下写：

法夷自通商以来，前于天津教堂一案即思启端，以偿其所大欲，适为普人所窘中止，旋即狡谋越南为自强之计。我中华果以全力决战，审用兵，筹饷分，量彼族万难久持，故先为恫喝以速其和，又貌为恭顺以工其术，其实鬼蜮伎俩穷矣。此揣敌情而可战者一也。

我朝以神武开基，将帅得人，远轶前古。嗣平发、捻之乱，亦忠勇辈出，贾其余勇，似足定边。忆前议防俄之时，奉旨着京外保荐人材。即以将才不易、存者什一为虑，再阅数年，老成凋谢尽矣。虽攘外不必定用安内之才，而有识究须有胆，曷若及时精选宿将，俾讲求以柔克刚，以散敌整之法，以尽其长。此论将才而可战者二也。

道光年间，夷衅初开，广东三元里团练义声至今犹在，此外各省因事激愤之案层见叠出，亦见民间不平之气不可遏抑。越南刘义，亦中华民也，窜伏荒裔，自全不暇，犹能尚义屡歼法夷，各省山陬僻壤，不乏英豪，闻与夷战，莫不听鸡起舞，共发雄心，愿效死力。此察民情而可战者三也。

查万国公法，有可节取者，在战分义与不义一节。如兴战不义，伤害天理，不独可以理喻，并可以力止等情。深与齐人伐燕之义暗合，亦足征万国之公也。我朝廷一面通饬各督、抚臣，大张晓谕于通商和好各国，极力保护，专与法夷绝好，准各义民诛其天主教士，毁其天主鬼楼，罢其驻京法使，撤其生意马头，既销萌蘖，不虞支蔓。此采公法而可战者四也。

语云：师直为壮曲为老。今兵端自法夷开，穷兵黩战，掠地争城，欺侮太甚，实为万国公法所不容。宜历数法夷罪状，布告中外，使咸知理曲在彼直在我，不得已而用兵伐罪，明有日月，幽有鬼神，共鉴此衷，应蒙默佑。此卜天理可战而决必胜者五也。

有此五可，亦人人知之。倘失此机宜，恐我中华永无自强之日，其将如天下后世之非议何？伏乞我朝廷乾纲独断，严饬沿海各疆吏及各将领，防务不可一刻稍懈，尤须洗心易虑，卧薪尝胆，各矢天良，修矛偕作，愤切同仇，以与法夷从事。臣虽衰朽无似，断不敢惜此病躯残喘，稍存畏葸，尚当奖率将士为各军先。惟宜和、宜战，大局攸关，圣明洞鉴，自有权衡，原非臣下所敢妄议……

写完，他长长地吁了一口气。当年，在曾国藩的行营里，为争论“人才”问题，他与李鸿章干过一架。要不是曾国藩身边的幕僚纷纷扯架，他定会让李鸿章尝点苦头。今日写下这篇奏章，也有点像干过一架似的过瘾呢。

他准备明日就把奏章拜发。

夜已深，万籁俱寂，珠江上空一片漆黑。

七　郑观应从暹罗回来，没有达到预期目的

郑观应从暹罗回来，没有给玉麟带来喜讯。

他奉彭玉麟之命，与何雄辉扮成生意人模样，秘密前往南洋，到暹罗，入西贡，往返数月，途经二万余里。南洋处于热带，而这段时间正是夏季，湿热蒸

熏，让人十分难受，再加上环境复杂，人地生疏，他们冒着生命危险明察暗访，不知吃了多少苦头。

在西贡、暹罗、金边各处，二人不动声色，细心体察各处情形，看西贡防守是否严密，该处华人是否蓄恨甚深，内应是否可靠；暹罗君臣是否愿意全力相助，该处华人是否愿意支持军饷，以及各方应怎样配合，凡是彭玉麟托付的事情他们都细心观察和思考，最后感到形势不容乐观。

郑观应在大黄滘炮台的草棚里见到彭玉麟。玉麟大吃一惊说："正翔，你怎么成了这么个样子？"

郑观应低声说："是瘦了一点。"

玉麟有些心疼地说："你这哪里是瘦了一点……你已经瘦得人不像人，鬼不像鬼了！"

"我们还是平安回来了。"郑观应惨然一笑。

玉麟走了过来，近距离打量着他："也好，苦其心志，劳其筋骨，饿其体肤……才能成就大业啊……说一说，情况怎么样？"

郑观应语调低沉："情况出乎我们的意料。"然后把侦察来的情况作了非常细致详尽的汇报：他们两人到达暹罗后，见到了郑姓国王和几位大臣，受到了他们的热情接待，他们表示愿意效力。他俩还秘密结识了一些军官和社会贤达，这些人都愿意秘密相助，双方关系很友善。但是，该国极为贫困落后，军队没有战斗力，也没有经过严格训练，连像样的武器也没有。如果要与法军作战，需要从洋人那儿购买军火，运输时间长。更何况，也没有买武器和组建新军的经费。后来，当暹罗人知道中国军队在越南没有打胜仗，且正在往国内撤退，帮助我国的信心也大大减弱了……他俩还侦察了西贡，此地濒海，炮台林立，守备颇为严固，没有坚船利炮必难袭取……

玉麟没有责怪他们："谋事在人，成事在天。看来我们出奇制胜、里应外合的计划得不到天助。"

郑观应心里有些不好受，说："许是我们能力有限，活动不够深入，没有组织一个团体……但是，我和雄辉，已经尽力了。"

玉麟拍拍他俩的肩膀，安慰道："我没有责备你们啊，你们没有功劳也有苦劳呢。"

郑观应令何雄辉抱来一个木箱，说：“我们在那里画了很多地形图，还收集了当地很多资料……都在这里了，或许将来用得上。”

玉麟说：“你们真是有心人，这些图纸和资料肯定大有用处，打仗、经商贸易都可以参考，你们是有功之臣啊。”

但郑观应还是觉得有些遗憾。玉麟看出来了，又安慰道：“正翔，你去南洋这几个月，猜我做了何事？我在读书，读你的大作《盛世危言》。写得好哇，我读后大受启迪。你和王之春一样，出了国，又懂洋文，眼界宽阔，看事情就是不一样。我是井中之蛙，看到的天只有井那么大……”

郑观应听到彭玉麟的称赞，有些感动，说：“大人，你太谦恭了，大人怎么是井中之蛙呢，大人从衡州走向大江大海，现在站在大海边，能望到全世界啊！”

郑观应的《盛世危言》目前还只是文稿，没有出版。此书最突出的特点是“商战”思想，指出要改变近代中国的落后局面，仅仅采取“强兵”政策，依靠单纯的军事力量与西方列强竞争远远不够，必须设立议院，建立君主立宪制度，发展资本主义经济，抵御外国殖民经济入侵，才能真正实现民族独立和国家富强。

玉麟打开书箱，从里面拿出一张文稿，说：“正翔，英雄惜英雄，寒士重寒士。你去南洋时，让为兄为《盛世危言》写一篇序言，你还记得不？”

郑观应忙说：“记得记得。莫非，大人已经写出来了？”

玉麟说：“正是，写得不好。你看看吧。”

郑观应感激地接过文稿，只见写的是——

序

《盛世危言》一书，香山郑陶斋观察所著也。陶斋原名官应，少倜傥有奇志，尚气节。庚申之变，目击时艰，遂弃举业，学西人语言文字，隐于商，日与西人游，足迹半天下。考究各国政治得失利弊，凡有关于安内攘外之说者，随手笔录，积年累月，成若干篇，皆时务切要之言。语云识时务者为俊杰，反是则为俗吏迂儒。当今日之时势，强邻日逼，俨然战国之局，虽孔孟复生，亦不能不因时而变矣。

尝读《春秋》，知当时君相无不周知各国山川险要、风俗民情、君臣贤否；日求富强之策，不以资格限人，似无异于今日泰西各国。我朝怀柔远人，海禁大开，亦当知某国何以兴，某国何以衰。知己知彼，洞见本原，方有着手之处，岂徒尚皮毛，购船炮而已乎？余赋性木讷，不谙洋务。今阅是书，所说中西利病情形了如指掌。其忠义之气，溢于行间字里，实获我心。故缀数语，亟劝其刊行问世，以期与海内诸公采择而力行之。将见孔孟之道风行海外，莫不尊亲；彼族之器我能制造，日新月异，自然国富兵强，四夷宾服。奚不可以是书为左券也哉！

郑观应感激不尽，说："如果天下人都能像大人这样看重此书，天下有望矣！观应又何其幸运！"

非常遗憾，彭玉麟并没有看到此书的出版。据说此书出版后造成极大的轰动。有人将此书呈给光绪帝，帝下旨"饬总署刷印二千部，分送臣工阅看"，时人称"医国之灵枢金匮"。

八　中法战争正式开打，彭玉麟带病抵达虎门前线……

消息突如其来：中法战争正式爆发。玉麟闻讯自语道："我晓得这一天会来的。"

"观音桥事变"后，法国以此为扩大战争的借口，照会清政府，要求清政府通饬驻越军队火速撤退，并赔偿军费两亿五千万法郎（约合白银三千八百万两），还威胁说，法国将占领中国一两个海口当作赔款的抵押。清政府虽然认为这是无理勒索，仍派两江总督曾国荃于七月下旬在上海与巴德诺谈判，以求解决争端，但谈判未有结果。

八月五日，法舰轰击基隆，强行登陆，官军在督办台湾事务大臣刘铭传的统率下顽强抵抗，法军不得不退回海上。随后，法国政府拟定新条件向中国勒索，要求赔款八千万法郎，十年付清。朝廷拒绝接受，中法关系破裂。之后法国远东舰队司令孤拔率六艘军舰侵入福建马尾港，停泊于罗星塔附近，伺机攻击官军军舰。朝廷仍然秉持"彼若不动，我亦不发"，于是张佩纶、何如璋等下令"无旨不得先行开炮，必待敌船开火，始准还击，违者虽胜尤斩”。八月二十三日，法舰首先发起进攻，官军主要将领畏战，弃舰而逃。福建水师各舰群龙无首，仓皇应战。海战不到三十分钟，福建水师十一艘军舰九舰被击毁，另有伏波、艺新两舰自沉，殉国官兵七百六十人，福建水师几乎全军覆没。同时，法军还摧毁了马尾造船厂和两岸炮台……而法军仅五人阵亡，十五人受伤，三艘军舰受损。

二十六日，清廷颁发上谕，谴责法国“横索无名兵费，恣意要求”，“先启兵端”，令陆路各军迅速进兵，沿海各地严防法军侵入，实际上是对法国侵略者的宣战书。

玉麟看完朝廷发来的电报，立即策马赶往广州城，与张之洞商量海防事务……

胜败乃兵家之常，但败得这样惨不忍睹，这样一塌糊涂，却是天大的耻辱！不到半个小时输得这样干干净净，实在是荒唐至极！刘永福的黑旗军都能重创法军，让法军头疼不已，堂堂朝廷水师，连刘永福那样的人才也没有？玉麟断定是水师指挥官被“主和派”所影响，没有清醒认识法鬼的狼子野心，没有积极备战，枕戈待旦，时时刻刻盯着敌人，心里不谋划战事，岂有不败之理？

他听到一个细节，说水师舰艇武器不如法军，法军全是后膛炮，而福建水师全是前膛炮。玉麟不禁发出冷笑。我们广东为什么有后膛炮？虎门就有十多尊后膛炮呢，为何不去购买？我们不是从德国那里买来了吗！心里不去想怎样对付法鬼，一顿饭的工夫就灰飞烟灭也是情理之中的事啊。

到了总督府，张之洞和他的幕僚也在谈论中法马尾海战。彭玉麟和张之洞互相施礼后，听见众人在继续谈论：

“……八月二十三日上午十时，闽浙总督何璟接到法方送来的战书，战书声明四小时后向中国开战。可何璟竟然对福建水师官兵封锁消息，不但不积极备战，不及时报告上级，还命令请战官兵不要轻举妄动。直到中午十二时过后，方才告知张佩纶等人，张闻报后大惊，以清军来不及准备作战为由，命精通法语的福建船政工程师魏瀚乘船前往法方，要求延至次日开战。而法国舰队‘窝尔达’号看见中国方面驶来一艘船，误认为是清军军舰来袭，孤拔随即下令开火……”

张之洞听后大怒，说：“太可笑了，军情瞬息万变，竟然隐瞒战书达两个小时，仅凭这一点就可以军法从事。后来竟然还去要求次日开战，太儿戏了……大人，你觉得可笑吗？”

玉麟脸色阴沉，道：“可笑之极，且可耻之极！笨如猪的一伙人，竟然去带兵打仗，真是千古笑柄！”

他们两人的意见惊人的相似，都认为马尾之战的惨败，败在没有看透法国的真面目，众人寄希望于和谈。

他们根据目前的形势，做出几项决定：

一、广东广西沿海各部将士进入紧急战备状态，发现法军战舰立即开火，将其击沉。

二、广西边防各军振奋斗志，寻找战机进行反攻，收复失地。

三、告示沿海及越南、新加坡等地华人伺机将法船载水浅搁，卖食置毒。

四、总督张之洞坐镇广州指挥，彭玉麟前往虎门督战。

玉麟到达虎门沙角山炮台几天后，张之洞来信告诉他，英国公使巴夏礼向朝廷告状，说他们张贴的告示“卖食置毒”措辞失当，朝廷传旨申斥他们两人。

玉麟知道，朝廷最怕得罪洋人。主和派依然执掌大权，其阴影无处不在。

他并不十分在乎申斥，只深深忧虑福建和台湾的战事，忧虑也无济于事，因为他一点也改变不了那里的局势。他唯一能做的，是为朝廷守好西南大门，不让法鬼的魔爪从国界线伸过来半寸！

第二十六章　虎门夜枕戈

中法军队开始在海上较量，中方海上水师一战即溃，形势极为严峻。彭玉麟一面向朝廷献上锦囊妙计，一面加强海防并策划陆路进攻。大年除夕，他在虎门与将士枕戈度岁……

一　命郑观应前往台湾为刘铭传效力，接济刘永福军火粮饷

彭玉麟打算将郑观应派往福建。福建正处于战争状态，自己从未打过仗，郑观应对此安排大惑不解。

七月，法国远东联合舰队进犯台湾基隆，刘铭传鉴于兵力不足，放弃基隆，坚守淡水。十月初，法军舰队副司令利士比率领四艘军舰驶抵淡水，想打通淡水港，占领淡水城，以策应基隆法军主力作战。淡水守军趁法军逆光难于观察瞄准之际，先行开炮攻击法舰，打乱了利士比的进攻计划。十月四日，三艘法舰载三百名陆战队员由基隆驶抵淡水海域。利士比得到增援，准备在大风停息之后登陆作战。淡水守军严阵以待。法军登陆后分几路前进，但他们不惯陆战，一进丛林，便失去了统一指挥，只得各自为战。这时预先埋伏在各处的官军从北、东、南三个方向奋起截杀，锐不可当。官军充分发挥自己的优势展开近战，法军很快抵挡不住，溃不成军，伤亡累累。最后，法军弹药耗尽，全线崩溃，只得奔向海滩，逃回舰上。自此，法军再没有进犯淡水，他们企图两路合攻台北的计划也泡了汤。然而法鬼贼心不死，宣布自十月二十三日起封锁台湾。台湾对外贸易交通中断，生产停滞，粮饷缺乏。

玉麟对郑观应说："法鬼围困了台湾，你想去帮他们打仗也过不去。他们被围困，没有粮食和军火，怎么对付法鬼？"

"我明白了，大人是要我去筹集粮食，购买军火，然后设法运到基隆和淡水去对不？"

"你会做生意，又懂外文，到海外去购置弹药和粮食，然后运送到台湾。我原以为法鬼会侵入琼州，与我们长期对峙，可他们竟然选择侵入台湾。台湾的资源比琼州丰富，离我们的京城也更近。"

郑观应说："刘铭传是个难得的人才，他给了法鬼有力的打击，使法鬼盘踞台湾的计划落空了。"

玉麟赞叹道："他看透了法鬼的真面目，主动出击，又知道法鬼的短处，以我之长克敌之短，才让法鬼吃了苦头。这才是真豪杰。我就是让你走近英雄，助刘铭传抗法！"

"大人让我去购买军火和粮草，银子呢？巧妇难为无米之炊啊。"

"如果有银子还要你去干什么？有钱人人都能办事，没钱能办成事的才是人才。"

郑观应大笑说："有道理，曾大帅就是自筹军饷创办湘军，干出了惊天大业。"

"你也可以效法曾大帅，让官方拨一点，让大家捐一点，尽快把事情办成。淡水那边如大旱望云霓啊。"

正说着，从黑旗军刘永福那边来了一名军士，又是来求援的。

来人说，黑旗军本来在越南山西地区抗法，因当地教民协助法鬼，导致他们失去了数地，军火粮食也被法鬼夺去，现在他们退守兴化一带，要粮没粮，要兵器没兵器，越南当局不理睬他们，朝廷这边也不管，黑旗军成了一个谁也不要的"野崽"，处境十分艰难。

前一次刘永福来求援，玉麟就给予了有力支持。

他心想，刘永福是法鬼的克星。广西提督黄桂兰带兵五千余守北宁，不战而败、弃城而逃。其他将领也总是打败仗，败得让人垂头丧气。刘永福和他们不一样，虽然也打过败仗，但大多是胜仗。

玉麟再一次选择支持刘永福。他对来求援的黑旗军军士说，首先他会尽力在半个月内运送一批军火和粮食给黑旗军，以解其燃眉之急。其次上疏朝廷请求正式收编黑旗军，授予刘永福记名提督，让他们成为吃皇粮的国军。

求援的军士感激不尽，急急回去复命。

五天后，彭玉麟在珠江边送别郑观应。这位年轻人已经与他成为知己，在不到一年的时间里，与郑观应交谈，读他写的文稿，玉麟感到自己的眼界更开阔了，思考问题更深入了，思想更开明了……谁说年轻人不能影响老年人？他的变化就是郑观应带来的。

离别的时候，他想对郑观应说出自己的感激之情，但终究没有说出口，只是说："郑君，你要设法将你的《盛世危言》早日刊印，它会惊醒很多人。"

郑观应也很感动，说："知我者，雪帅也。等书刊印出来，我会第一时间带书来拜访大人。"

"估计那时候我已经回衡州养老了。"

"那我就到衡州来看望大人，顺便也看看大人的退省庵，看看湘江与南岳。"

汽笛声里，郑观应乘着轮船前往厦门。玉麟久久地站在江边，直到船消失在水天相接处。

后来，他们虽偶有书信来往，但再没见过面。

送别好友，玉麟转身往回走，看到江边渔船上有一个老汉在垂钓，面相有些熟悉，他走近那人说："如果我没看错的话，你是章磊之吧？"

章磊之是彭玉麟在石鼓书院求学时的同学，太平军攻入湖南时，他邀彭玉麟去投奔太平军，遭到玉麟的坚决拒绝。后来他独自投奔太平军，成了杨秀清身边的谋士。天京事变后，他看清天国的真面目，脱离太平军，还给玉麟写了一封信，他没有写明自己的去向。两人已有三十多年没见面了。

那垂钓者不动声色，冷冷地说："现在我叫江之舟。"

"天京事变后，兄台来到了这里？"

"小舟从此逝，江海寄余生！"

"我现在在此办理海防，你可愿意出来共事？"

"我知道大人在此久矣，然而鄙人习惯了江湖。无亲无故，也无牵无挂……"

当年的少年已经老迈，热血也已经变冷，朋友成了路人。

玉麟长长地叹了一口气，低头往回走。

二　慈禧太后赐“建节绥疆”四字匾额，彭玉麟激动得夜不能寐

十月，南国秋高气爽。

玉麟正在军帐里处理军务，忽然听闻锣鼓声由远而近，疑惑间有人来报：“朝廷派人给大人送御书匾额来了。”玉麟还在迷糊中，早有一队人马来到行辕前，大声嚷道：“兵部尚书彭玉麟接旨。”玉麟立即跪下叩首，只听来的官员大声宣读道：“钦奉慈禧端佑康颐昭豫庄诚皇太后懿旨，本年五旬万寿庆典，迭沛恩纶。因念封疆大臣实能为国宣力者，尤宜优加奖叙。兵部尚书彭玉麟，忠诚莅事，保障宣劳，着加恩赏给御书匾额一方。钦此。”

玉麟叩首谢恩。随后有人抬着一方匾额近前，上书“建节绥疆”四字。玉麟一看，正是慈禧太后的字迹，内心感激不已，连忙同亲兵接过匾额。

待来人走后，彭玉麟设立香案，焚好香，望着京城的方向，恭恭敬敬下跪叩首。

这真是太后的隆恩，也是彭玉麟的殊荣。文武百官多得很，能得到太后亲笔书写匾额的人屈指可数。这足以说明彭玉麟在朝廷的地位，在慈禧太后心中的位置。

他想到今年正月初六，慈禧太后托兵部传来的赏赐物品，有亲手写的福字，有绣好的荷包，还有银钱银锞、珍稀果品等等。这些特殊的东西，只有极少数官员才能得到，是一种特殊的奖励。其价值不是用金钱所能衡量的，他体悟到太后的一片良苦用心。

他又想起那年上京城受到慈禧太后的接见，那是他永难忘记的事情。隔着一道帘幕，看不到太后的容颜，但能听到她音乐般年轻的声音，感受到她言语中清晰的思路和深沉的情感。她问了他许多有关国家和军事的问题，他一一回答，不敢敷衍。她不是一般的女人，是一个深藏玄机、胸有千山万壑的太后，她的一举一动，牵动着国家的前途和命运。

他想起朝廷对他的种种好处。自己出身贫寒，从一介布衣青云直上。好多进

士出身的人，穷其一生，也没有抵达这个位置。除了得到官职，还得到朝廷许多其他奖赏和荣誉。而且，祖父祖母、父亲母亲，还有儿子都得到了朝廷的封赏。

可是郑观应说，国家要采取君主立宪制，要有议会制，皇帝不能控制军队，没有提拔和奖赏百官的实权。实权在首相手中，普通民众也要有权利，不要动不动就跪拜。这样才会使国家富强、社会进步。他当时听了觉得很有道理。但是，现在想来，这一切皇上会同意吗？尤其掌控实权的太后会同意吗？为了争夺皇权，父子相残，兄弟成仇，甚至不顾苍生发动血腥的战争，有几人将自己手中的权力拱手相让过？……如果搞议会制，会不会又一次卷入战争以致兵连祸结？他不知道，真的不知道，但他希望英明的太后会顺应历史的趋势……

他听说同治六年时，幕僚赵烈文曾和夫子大人闲谈，预言大清王朝顶多只能维持五十年了。赵烈文说朝廷的内核已经腐烂，实权也已经转移到汉族手中，尤其是军权。而掌握军政大权的汉族官员，不可能绝对忠诚于大清朝廷。一有机会，他们就会想改变这一体制。还说稳定大清的是曾国藩，掏空大清基石的也是曾国藩，这一趋势连曾国藩自己也无法逆转。将来肯定会出现一个军阀混战的年代……现在已经过去了二十来年，还有二十多年。二十年后，大清这座耸入云汉的大厦会轰然倒塌？玉麟有些茫然了……

管那么多干什么呢？二十多年后的事情谁能预测？滚滚长江东逝水，浪花淘尽英雄。后面的事情自有后来人料理，我们只能做好眼下的事——守护海疆，抗击法军。

这一夜特别长，他也想得特别多。

三　与张树声作最后的告别，安抚一颗老臣心

彭玉麟与张之洞来广州看望张树声，他听说张树声已重病缠身，在家卧床不起了。

张树声因病请开去总督缺后，专治军事。他亲驻黄埔行营，督率诸将备战。每日登山涉海相度形势，布置安排各项军事措施。由于炎暑郁蒸，海风尤厉，终因积劳过甚而病倒。

因不是两广总督了，张树声住在广州城一条小巷的一间民房里，房子极为简

陋，屋里的摆设也很陈旧。他伏在枕头上呻吟着，满脸呈暗灰色，眼睛里没有了光彩，手指不由自主地抖动着。看到彭玉麟他们来了，流出感激的眼泪。

玉麟知道他已经到了末路，心生悲凉，安慰说："大人为国事操劳，呕心沥血，以致积劳成疾。既然医药效果甚微，看来只有安心疗养，不要心急，静养一段时间，会慢慢好转。"

张之洞也说了好些安慰的话。

张树声望着彭玉麟说："外间说我们两人是'外和内忌'，其实不是这样，我们并没有'内忌'，而是齐心合力办理防务。"

玉麟暗想，"内忌"之说并非捕风捉影，两人之间有过一些暗斗，但没有上升到明争的地步，总体上还过得去。

他对张树声笑了笑，说："大人所说极是，哪有工夫'内忌'呢，都是一心为了朝廷的防务。虽然我们有些分歧，实属正常，君子和而不同。而且大人理解、支持我把防务重心放在虎门。大人买回二十余尊克虏伯大炮，还分了十多尊给虎门炮台，就是明证。对此我非常感激。"

张树声听了，停止呻吟，面露喜色。

只隔了半个月，就传来张树声快不行了的消息，玉麟再次去看望他。此次同去的除了张之洞，还有广东巡抚倪文蔚。

张树声已经瘦得没有人相，他的妻子说他好些天没沾水米了，夜里常在梦中狂呼"杀贼杀贼！"声震屋宇。此时他已经不能说话，虽然嘴里还能发出一些声音，但含糊不清。看来，他已走到生命的最后时刻。

玉麟想起南宋爱国词人辛弃疾高呼"杀贼"而死的豪壮故事。

他的妻子拿出一叠文稿，说是十天之前由张树声口授、她代为书写的奏章，还说张树声郑重交代，在他离世后转送给朝廷。

玉麟接过那奏章，看了一眼，心跳加速：

……泰西之人，负阴鸷之性……挟其轮船枪炮之坚利，以与我中国从事。数十年来，俄罗斯侵轶于北方，日本窥伺于东海，英吉利由印度、缅甸以规滇、藏，法兰西据西贡、海防而谋滇、粤，睢盱忸怏，日益难制，而中国蹈常习故，衣冠而救焚，揖让而拯溺，其何以济耶？

……中外臣工同心图治，勿以游移而误事，勿以浮议而隳功，尽穷变通久之宜，以奠国家灵长之业，则微臣虽死之日，犹生之年也。

鸟之将死，其鸣也哀；人之将死，其言也善。玉麟从这最后的奏折里看到了一位臣子的耿耿忠心。他深受感动，老泪一串串流下来。

他将奏章递给张之洞，张之洞看完又递给倪文蔚，两人都不禁流了泪。

张树声虽然说不出话来，但脑袋似乎还清醒，他望着彭玉麟和张之洞他们，似乎在等待着什么……

玉麟坐到他的床沿边，看着他，明白他在期待什么，低沉而缓慢地说道："张大人，放心吧。大人的功劳和忠心，天地可鉴，朝廷不会忘记，我等臣僚更是刻骨铭心。"

"大人少负志节，读书好为深沉之思，深究经世之学。咸丰初年，洪、杨起事，皖北盗贼蜂起。大人率弟办团练，远近豪杰都来归顺，受大人约束。后大股悍贼来侵扰，屡次被大人击退。直隶督臣李鸿章赴上海时，令大人招募勇士，随后跟从李大帅进击长毛，克平江南，先后数百战，大人功不可没也……"

"光绪五年正月，大人奉旨补授贵州巡抚，未到黔地，又被调抚广西，正值粤将李扬才作乱，出边界扰越南。广西出兵剿办，师久无功。大人一到任，激励士气，考核地势，与提督冯子材筹划方略。数月之后，生擒元首……"

"光绪八年四月，大人署理直隶总督兼办理通商事务大臣。接任不久，朝鲜内乱。以朝鲜国王之父李罡应为首的保守派，聚集乱兵闹事，冲击王宫，焚烧日本使馆，杀死日本练兵教头崛本等七人。几天后，朝鲜请求大清出兵靖难……大人命海军提督丁汝昌率'威远'等军舰，将吴长庆部五营三千人马东渡朝鲜。一昼夜，三千人齐达仁川，直入朝鲜国都，取李罡应送天津。先后十日，平定朝鲜内乱……"

"光绪九年秋，法鬼侵越北方，越王请援，形势严峻。大人闻讯立即奏请督师抗击，朝廷观望不决，后战事转紧，朝廷令您回任备战，大人闻令即行，奏调吴宏洛率淮勇五营同往，并购带了先进的哈乞开司、毛瑟各洋枪和克虏伯过山炮。到广东后，立即派遣将领募兵训练，分布驻守各处要塞……"

在彭玉麟的话语声中，张树声的脸色越来越温和、安详，最后慢慢地闭上了眼睛……

十天后，彭玉麟、张之洞等给朝廷上奏《会奏为前总督请恤折》，历数了张树声的功绩，请朝廷按照总督的旧例从优议恤，并将他的事迹宣付国史馆立传……

四　向朝廷献上锦囊妙计，缓解台海局势

彭玉麟在军帐里为中法战局苦思冥想。

外面一片漆黑，江风在凄厉地呼啸，江上的波涛声一阵比一阵激烈，仿佛要席卷一切，撕裂一切。

法鬼实力比大清强，竟然可以左右开弓，陆军在越南与清军陆营作战，海军在台湾及东海沿岸与清军水师厮杀。

在台湾，法鬼占领基隆，随后进攻淡水，受到刘铭传部的伏击，死伤严重，不敢再犯淡水，无法进入台湾纵深。于是，他们开始围困台湾，希望以此迫使中国军队屈服。朝廷派战舰多次冲破敌军阻挠，给台湾军民送去兵器和物资。虽然驻扎在台湾的军队一时无法把法军赶走，法军也一时无法控制整个台湾。他们妄图迅速占领台湾的目的没有达到。

在越南，观音桥事变后，清军后退，法军占领谅山，随后双方在中越边界地带展开了拉锯战。中法战争正式爆发后，朝廷在边防上投入了更多的军队，法军一时无法攻入大清境内，清军也无力打退顽固的法国军队。

可以说，战争一时陷入了僵局，很可能发展成一场持久战。

玉麟认为，大清不能被法军迅速打败，也不能长时间陷入战争的泥潭。大清国力衰弱，军饷缺乏，武器装备差，如拖下去，会把整个国力拖垮，国家将陷入万劫不复的深渊……

怎样打破这种僵局呢？怎样化被动为主动呢？怎样才能让法鬼服输呢？

现在法军两处作战，趾高气扬地认为大清不是他们的对手，如果在某处遭到惨败，他们的自信心肯定会遭到打击，甚至会一蹶不振。

大清没有坚船利炮，海战不可能击败法军的联合舰队，所以在台湾迅速取胜的希望比较渺茫。

法军陆军实力也很强，武器比中方好得多，但不是不可战胜，刘永福曾经把他们打得狼狈不堪就是最好的证明。如果在越南战场投入更多的力量，派一个富有胆略和作战经验的将领率军击败法国陆军，是有可能的。说不定法军会放弃台湾援救越南，届时整个战局便会改变。

对，围魏救赵，让法鬼顾此失彼。孙子说过，要攻其所必救。

这时，江上的风似乎停息了，波涛声也不再那么激昂。远处依然很黑，但有了几点渔火。亲兵在军帐外放哨，帐内灯光摇曳，老军士已经熟睡。

这样的夜晚，是沉睡的夜晚。人们蜷缩在被窝里，做着自己的梦。有几人在午夜里醒着？有几人在忧虑着国家的命运？皇上、皇太后此时在干什么呢？是否也和自己一样在想着同样的事？那些军机大臣也在想军国大事吗？他们是否想到了围魏救赵？……

他脑子里冒出一句诗：醉里挑灯看剑。他看到常豫送给自己的那把剑，还有曾大帅送的腰刀，它们一直伴随着自己。以前是杀长毛，现在要杀法鬼了，可惜还没有沾上半滴法鬼的血……了却君王天下事，赢得生前身后名，可怜白发生！眼看七十岁了，满头白发，却还没有了却君王天下事！什么时候才能了却？……

如果，朝廷能采用自己的主张，在越南战场打几个大胜仗，甚至把法军赶出越南，法军舰队放弃台湾，回救越南……那么，法军舰队极有可能袭击北海湾、虎门等地，这不是引狼入室吗？自己面对坚船利炮的法军远东舰队，能打赢吗？他不知道。但是，目前只能围魏救赵了，这才是上策……海防也要加倍警惕，做好战斗准备……

一个亲兵走到彭玉麟面前，说：“大人，快天亮了，也该睡上片刻了啊。”

玉麟点点头，军帐之外已经有了朦胧的晨光……他出了军帐，往江边走。突然一匹马飞奔而来，在他面前停了下来，马上的人敬了一个礼，递给他一封信。他展信一看，原来是一个被俘的法鬼军官交代说法军可能在农历年底大肆进犯广东沿海……

好吧！来吧！彭玉麟在此等候多时了！

营盘里响起嘹亮的号角声……

五　草棚被狂暴的海风卷走，大雨淋得他浑身湿透

次日，彭玉麟同张之洞商议军务，交流了对战局的看法，以两人的名义上疏朝廷，献上围魏救赵之计，同时加强部署海防。玉麟决定离开大黄滘营地，赴虎门督战，张之洞不同意，彭玉麟是朝廷防卫大臣，不必亲临前线，安全要紧。玉麟哈哈大笑："当年林则徐就在虎门前线亲自指挥和英国作战，我为何不能？"听了这话，张之洞便不再阻挡。

过了三日，玉麟带领亲兵营赴虎门，一路还视察了沿江的防守情况。

到了虎门，他选择沙角作为驻扎地，因为这是第一道防线，至关重要，非严守不可。他把军帐设立在山坳的树林里，这里离各个炮台不远，既能看到炮台和远处的海面，又比较隐秘，难被敌军发现。他依然是搭一个草棚，上面覆盖着芭蕉叶。玉麟给它起了一个诗意的名字：蕉庐。

一个营官来见彭玉麟，说这军帐不安全，敌军如果在江上开炮，这草棚完全在射程之内，他强烈要求彭玉麟搬到山谷的石洞中去，玉麟去看了一下，认为那里地势太低，根本不能观察敌情。于是那营官建议把军帐搬进山腰设有炮台的石洞中。玉麟不同意，那里虽然安全，但太狭窄，会妨碍炮兵战斗。

沙角前面是零丁洋。当年文天祥经过此处时，写下《过零丁洋》一诗，有"惶恐滩头说惶恐，零丁洋里叹零丁。人生自古谁无死？留取丹心照汗青"之句。现在的零丁洋是抗法的战场，他要让它变成法鬼的坟场。

玉麟巡视了沙角和大角等各处炮台，总体印象还不错，和他两年前第一次来巡视时，有了根本性的改变，每个炮台都配备了炮架和弹药，有的炮台隐蔽在石洞中，既能居高临下攻击敌人，又难以被敌军发现；有的炮架前面还用沙袋围护着，这样有利于保护大炮和炮兵。

此外，玉麟与各炮位的将士进行了面对面的交谈，发现将士们都有击败法鬼的决心，士气旺盛，是必胜的一个重要因素。

接下来，他在虎门举行了一次实弹演习。

这天黎明时分，零丁洋上云雾缭绕，一片朦胧，紧急的号角声划破了黎明前的寂静。各炮台的将士进入自己的战斗岗位，只要一声号令，立即发炮轰击目标。

传令兵到各炮台传令，炮声一响，就朝江上的破旧帆船（彭玉麟叫人从渔民那里买来的）开炮，看谁打得准，最多可放五发炮弹。同时命令江上的水兵和团练一并作好追击敌人的准备，待命出战。

随后一发炮弹轰然鸣响，带着火光和烟雾直冲云霄，接着各炮台立即对着江面射炮。万炮齐鸣，震天撼地，江面被硝烟与火光所笼罩，被炸毁的帆船碎片四处横飞……

玉麟站在蕉庐前面的坡上用望远镜注视着江面。

没多久，炮声停息，硝烟渐渐散去，停在江面的帆船没有了踪影。

又一声炮响，江面上的水师和团练驾着各式木船争先恐后直冲江心，要与“溃逃的敌军”近距离厮杀，喊杀声一阵高过一阵……

这次演习玉麟比较满意，他召集各营官开了一个短会，对这次实弹演习作了简要总结，勉励将士加强战备，随时准备歼灭来犯的法鬼。

演习结束后回到草棚，一场罕见的风暴来袭，让玉麟措手不及。

他经历过无数次江湖上的风雨，却是第一次领受从海上来袭的狂风暴雨。海风极为狂暴，它的巨大爆发力令人难以置信。最先到来的是风，由小到大，大到难以形容，仿佛是魔鬼，有一万只手，有一万张嘴，有锋利无比的牙齿，有巨大的力气，疯狂到了极点。它发出震天撼地的吼叫，用无形的手摇动着树木和房屋，见东西就撕扯，似乎要把整个世界撕成碎片。它见东西就吞，就咬，把天地间的一切都当成了它的仇敌，恨不得把一切咬得粉碎，然后鄙夷地吐在地上。在狂风歇斯底里地摧残世界的同时，暴雨紧随其后成了帮凶。它伴随着电闪雷鸣的巨大声势倾泻而下，哗哗哗哗哗哗，似乎海洋倒扣在头顶，水流无穷无尽倾倒下来，要把大地变成汪洋泽国……

玉麟的草棚在被大风摇晃几下后就支离破碎，四分五裂，有的被风卷入半空，有的被风撕成碎片，有的被风吹下山去。他的蕉庐成了一块土坪，一片狼藉。接下来暴雨如注，所有的行李都被淋湿了。叱咤风云的雪帅在狂风暴雨中竟然毫无还手之力，他除了将机密文件用一块防水的油布裹着抱在胸前，再没有任何办法。混乱中，他被一阵猛烈的风刮倒在雨水中，爬不起来。亲兵扑上前，用一块大油布包裹着他，并用自己的身子紧紧地护着他。

七十岁且多病的彭玉麟已经经受不起折磨了，他预感自己要生病了。

狂风暴雨只持续了半个时辰，接着云开日出。

草棚重新扎好，一切照常运转。

但玉麟躺在床上爬不起来，胸闷，腹胀，气促，两腿浮肿，头昏目眩，吃不下饭，畏风如虎。每天白酒三杯，稀粥一碗度日。

他不信中医，和他的朋友俞樾一样。故他病了不吃药，每日却要喝三杯白酒。

这一病就是五十天。

六　军纪不容私情，挥泪斩甥效诸葛

天色阴沉沉的，海上云起雾飞，涛声阵阵。

快过年了。兵荒马乱的年头，民间过年的气氛也很淡。海防前线，国难当头，年味就淡而又淡了。彭玉麟又一次得到情报，说法鬼很可能来攻虎门，侵犯广州。看来这是一个特殊的年关，必须高度警惕，随时准备迎战。

腊月二十八，他召集虎门各炮台营官以上的军官，在他重新搭建起来的蕉庐里召开军事会议。他提醒大家时近年关，根据情报，法鬼极有可能来犯，因为法鬼知道我们过年时习惯吃肉喝酒，走亲访友，我们绝不能放松警惕，尤其在大年夜，更要小心！枕戈待旦，誓死守住阵地，不能让法鬼越过边界，占我半寸国土！

他在生活和军事上做了具体安排：生活上经费紧张，节俭过年，每个营可以买二三头猪，大年三十和大年初一吃点肉，绝对禁止喝酒，士兵如果喝得酩酊大醉，东南西北都分不清，法鬼来袭还怎么瞄准开炮？故私自喝酒、擅离战斗岗位者，格杀勿论！各营官以上将领，亲临炮台指挥。如有贻误战机者，军法从事！

大年三十，吃过早饭，玉麟带着金满和七八个亲兵去巡查各炮台。

在视察新建的旗山炮台的战备情况时，发现一个士卒从山上的小路上走来，摇摇晃晃，身后的大辫子也随之摆来摆去，还哼着一支小曲：

朗格里格朗，朗格里格朗呢，
来了一个美姑娘。

一个小腰扭呀个扭，

两个奶子晃呀个晃。

朗格里格朗，朗格里格朗……

显然是喝醉酒了，快撞到彭玉麟了，还不知晓。玉麟早停住了脚步，狠狠地瞪着他，喝道："给我拿下！"亲兵一拥而上，将酒鬼按倒在地。

酒鬼说："干什么呀，是请我去喝酒吗？我自己去，不要霸蛮啊！"

听他的口音，好像是湖南衡州人。

玉麟问："你是哪里人？"

那人爬起来哈哈大笑，说："我是彭宫保的故乡人。你……你们是哪里人？"

玉麟哭笑不得，道："说不准喝酒还要喝！擅自离开阵地游荡，把他捆在树干上！"

亲兵找来绳索，将酒鬼手脚捆得严严实实，绑在路旁的树上。

玉麟说："他还没清醒，给他醒醒酒。"

金满吩咐一个亲兵，用水将他淋醒。

亲兵提了一桶水，朝酒鬼从头泼下。那酒鬼竟然还没醒过来，以为泼来的不是水而是酒，说道："好酒！好酒！只是太淡了！来点浓酒吧！"

玉麟双眼射出两道凛冽的寒光，命亲兵把该营的营官找来一顿狂训："我怎么招呼的，你的耳朵应该割下来才对……他是你们营的吧，怎么喝酒了，醉得不省人事了？"

营官非常委屈，说："我回来就传达了大人的命令，在吃饭时他不敢喝酒，哪知道他背地里买了酒藏在山上的柴草里，一个人偷偷去喝了……害我们找不到人守阵地！"

玉麟喝道："你平时是怎么管士卒的？"

营官说："这人喝酒上瘾，是有名的酒鬼，我训斥了他多次，就是不改。"然后请罪说："我没有管好下属，请大人处罚，我甘愿承受。"

玉麟冷冷地说："按军规，你本月银钱没了！"营官唯唯诺诺点头称是。

玉麟又厉声大喝："喝酒之士卒，违反军法，大战在即，离开战斗岗位，死罪。行刑军吏，将他就地正法！”

捆绑在树上的士卒这下突然酒醒了，大哭道：“我不要死，不要死！我要见彭宫保！我要见彭宫保！不见他，我死不瞑目！”

玉麟叱道：“彭大人不会见你的！”

那士卒却坚持说：“会的！他一定会见我的！”

玉麟大喝一声：“胡说！”

那士卒说：“彭宫保是我的舅父！我是他的外甥！”

众人听后皆惊讶不已，从没听说彭大人有外甥在海疆从军呢。

玉麟冷笑着说：“骗人！彭大人只有弟弟，没有姐妹，何来外甥？”

那士卒却辩解说：“大人有所不知，彭大人的老母住在衡州时，认了一个继女叫方姑，我就是方姑的亲儿子！”

玉麟大吃一惊，说：“何以为证？”

那士卒说：“我身上的小铁盒子里藏着一封我娘写给彭大人的信，我还没来得及交给他。”

亲兵走近那士卒，从他身上衣袋里搜出小铁盒，从中取出一张皱皱巴巴的纸来，递到彭玉麟眼前。玉麟接过一看，只见歪歪扭扭写着一行字：“玉麟哥，我儿来广东吃粮，如正是你的属下，请多加照顾。妹方姑。”

玉麟脑袋里一片轰响。是的，他说的没错，他是方姑的儿子，也算是他的外甥。那时候他还没有从戎，在耒阳为杨江经营生意，请了一个叫方姑的妹子侍候母亲。后逢洪杨之乱，老母在方姑的陪伴下到渣江老家避难。母亲后来常说，如果没有方姑，她可能早死了。母亲还多次对他说过，以后他如有出息，一定要报答方姑。后来方姑嫁到别处，除了自己在衡州养病时，给了方姑一些银子，对她家并没有多少照顾。至于她儿子从军来广东之事，他一点也不知道。

信上的字绝对是方姑的手迹，因为当年母亲病重期间，常常是方姑代母亲写信，她读书不多，字不大端正，玉麟再熟悉不过了。

站在彭玉麟身边的金满问：“大人，他说的可是真的？”

玉麟点点头，脸色铁青。

金满跪在彭玉麟面前，请求道：“大人，法外开恩吧，姑念他是初犯。”

身边所有的亲兵，还有那位营官都跪倒在地，请求说：“请大人法外开恩……”

玉麟厉声喝道：“军中无戏言！岂能以军法徇私情？”

他走到那士卒跟前，问道：“你叫什么名字？”

那士卒答道：“陈昊。”

玉麟端详了他一会，然后说：“陈昊，我就是彭玉麟……就是你舅舅……可是，你犯了军法，我救不了你……你对不起你母亲，我……也对不起你母亲……你一路走好吧，你的母亲，我会替你照顾她的，你放心……”

顿了一会，玉麟忽又大喝一声：“将陈昊就地正法！”

行刑军吏应声而上。

玉麟转过身往远处走……

他停住脚步，回头看了一眼陈昊带血的头颅，泪水再也忍不住了，喃喃自语道：“方姑妹，哥辜负了你的恩情，对不起你……对不起你啊……”

金满与众人还跪在地上，一片呜咽之声。

天地间忽然变得一片死寂，有海鸟从头顶飞过，发出凄厉的叫声。

七　除夕之夜虎门枕戈待旦，极盼新年了却君王事

整个虎门前线一片肃杀的气氛。

将士们刀剑在手，手枪上好子弹。炮台上的炮管已经对准了江面，弹药上膛，炮手肃立在炮位旁，随时准备射炮。所有的战船都停靠在岸边，渔团战士待在渔船里，船里备好了长矛与火器，正待命进击……

今夜无月，海面上灰蒙蒙的一片，没有渔火，也没有刮风，只有细微的波浪声。远处的海面上一只船也没有。因为早几天已贴出布告，从除夕开始到大年初三，不许国内外任何船只通过。

静悄悄的夜晚让人觉得非同寻常，仿佛夜色深处潜伏着巨大的凶险。

一切都睡去了，只有战士们在今夜醒着。

玉麟没有回蕉庐，督查后，留在旗山炮台不走了，他计划在此处督阵。

旗山炮台是今年新建的，现有炮台两处，分别是位于旗山山腰的暗堡式炮台和山脚的露天炮台。暗堡式炮台由门楼、穿山暗道和暗炮位组成。玉麟查看了露

天和暗堡式炮台，见炮兵肃立在自己的岗位上，做好了开战的准备。玉麟没有打搅他们，一声不响地从他们身边经过。到了炮台后面的穿山暗道里，对身边的亲兵和幕僚说："今夜在这里处理军务，我想在这里直接指挥将士打击法鬼！"

亲兵立即在暗道里铺上临时床铺，挂好军用地图，放好办公用具。

后半夜，有负责侦察的军士前来报告，发现海面上有船驶来，请求是否炮击？玉麟问："是大军舰还是民用小船？"

军士答道："是一只小帆船。"

玉麟下令，阻止船只前行，对船上人实施逮捕。

不久，军士又来报告："已将发现的小船划到大角山岸边，船上没有法鬼，只有两个越南人。"

玉麟说："把那两人带到我这里来，我要亲自审问。"又吩咐亲兵找一个精通越南语的人来当翻译。

翻译很快找到了，是个年轻的小伙子。随后，两个越南人也被带了上来，一男一女，又黑又瘦，用惊恐的眼神望着彭玉麟。

玉麟问："你们叫什么名字？是何关系？何处人氏？"

翻译将彭玉麟的话翻译给两个越南人听，他们听后叽里咕噜说了一通，玉麟一句也听不懂。翻译说，越南男人说他叫阮小水，女人说她叫黎娇妹，是夫妻关系，谅山人。

玉麟严肃地对他们说："你们老实交代，是来为法人侦察军情的吗？坦白从宽，如不坦白，想蒙混过关，是大罪过，要砍头的。"玉麟做了一个砍头的动作。

那个越南女人哭了起来，又叽里咕噜一顿，翻译将她的话翻译出来说："我们不是法国人的侦探，因为打仗，兵荒马乱，我们没有吃的，没有穿的，于是决定冒险来广州，想混一口饭吃。"

玉麟又问："你们来的时候，看见法国军舰朝这里驶来没？"

听完翻译的译语，两个越南佬使劲地摇头。

玉麟让二人在笔录上画押，然后对亲兵说："暂时把他们关起来，让营房给他们饭吃，如没有新的发现，正月初三给他们一点路费，归还他们的小船，让他们去广州，不能让他们回越南！"

亲兵领着他们走了出去。

已经五更时分，玉麟手提宝剑，从暗道里走出来，将暗堡式的炮台又察看了一遍，然后从山上下来，亲兵跟随着他。他又将露天炮台检视了一遍，看到所有将士都没有松懈，才放下心来。

也许，今夜法鬼不会来了。虽然很多情报说他们会在今夜发动进攻，但军情瞬息万变，法鬼也许根据实际情况改变计划了。

他们何时会来呢？

整夜没再出别的事。

第二天，天放晴了。一切平静，战争好像只是一个传说，离这里遥不可及。

晨光中，玉麟站在海边，凝望着海的尽头，想起衡州，想起退省庵，想起天真幼稚的孙子和孙女。今天是大年初一，如果自己在衡州，他们会争着向他讨要红包的。

又一个年头悄无声息地到来，春草又要绿遍湘江两岸了，这一场战事会在新的一年里结束吗？是的，他想返乡了，来广东已经两年多了，一事无成，还没对法鬼射出一枪一炮。这种死守他实在受不了，这简直是痛苦的煎熬和慢性自杀！这不是他彭玉麟打仗的风格啊！

他期待在新的年头里，能够痛痛快快面对面地和法鬼干一场，要么战死疆场，马革裹尸而还；要么直捣敌穴，击溃法鬼，奏凯归乡……

第二十七章　奏凯痛撤兵

冯子材等部在镇南关、谅山等地大败法军，震惊中外。本应乘胜追击，朝廷却下令停战撤兵，彭玉麟愤怒至极，与朝廷主和派针锋相对，却难挽局势，只能以诗言志……

一　筹划四十个营入越抗法，兵分四路

彭玉麟和张之洞上疏献“围魏救赵”计，该计得到朝廷的赞同，他俩很受鼓舞。现在，他们准备开始落实“围魏”的部署。两人商量来商量去，最后决定调动四十个营，共两万多人马，兵分四路，分道挺进越南，与已在越南的滇军、桂军、刘军相互配合，与法鬼展开生死决战，务求击败法鬼陆军，给整个战局带来主动和转机。

其具体分工是：

第一路，由前广西提督冯子材担任主帅，他现在还在钦州和廉州办团练，原有十营人马，已命他再招收八营人马。随后，他带领十八营约九千人马，由钦州、上思州出发，直趋那阳一带。

第二路，由右江镇总兵王孝祺为主帅，共统八营约五千人马，由梧州、浔州溯江至龙州出关进入越南，直趋谅山一带。

第三路，由钦州参将莫善喜为主帅，统领八营约五千人马，从钦州东兴出边境进入越南，直趋海阳一带。

第四路，由五品卿衔吏部主事唐景崧为主帅，统领六营约三千人马，从广西进入越南，会合刘永福部，直攻宣光。攻克后，即下趋端雄一带。

这只是总体筹划，具体实施还有许多事要做，有些营人数不足，需要招收；有些营缺少兵器、弹药、粮食等物资……

这四路大军，重点无疑是冯子材这一路，兵力最充足，将帅也最得力，玉麟期待他们攻坚克难，在出关后杀开一条血路，给法鬼以前所未有的打击，但他没有十足的把握，他想在适当的时候去钦州走一趟，会见一下冯子材。

古人云，谋定而后动。又云，运筹于帷幄之中，决胜于千里之外。但彭玉麟深知，从运筹到决胜，是一个艰难的过程，好的运筹不一定能决胜，决胜却一定要有好的运筹……法鬼把三分之二的兵力摆在越南，虽然他们有很强的战斗力，但不是不可战胜的。

遗憾的是，自己不能亲自率领大军进入越南与法鬼大决战。他多次上疏朝廷，想亲率湖湘子弟兵出关作战，但朝廷一直不批准。这次，他再一次提出要亲自率部出征，张之洞也以种种理由表示不同意。张之洞这里都不能通过，朝廷会同意吗？看来，他只能在虎门“醉里挑灯看剑”了。

他又安慰自己，越南的仗只是这场战争的序曲，还有大战在后面，他多次接到密报，说法鬼要侵入广东，如果法鬼从台湾回援越南的话，说不定他们会进攻虎门，那时他便有机会指挥各炮台与他们痛痛快快干一场。

他期待这一天早日来临。

正想着，金满走了上来，低声说：“听说大人在筹划出关打法鬼的事，金满想上战场！”

玉麟知道金满说的是真话，问道：“上战场？让你去做一个普通的士卒，你干不干？”

金满说：“干！和法鬼面对面厮杀，最过瘾！”

玉麟心里很满意这回答，金满是个有血性的人，从军的人就应是热血男儿。

但他表面上只冷冷地说：“是不是在我身边管琐事厌烦了？”

“那倒不是，在大人身边受教诲，很是受益。只是，我是打仗的命，喜欢真枪真刀拼杀，觉得那样才有劲！”

玉麟心里又是怦然一动，金满的话拨动了他心中深处的那一根弦。贼首和英雄在内心也有相通之处啊。

金满又补充说："以前和官军打，是大逆不道。现在是和洋人打，理直气壮呢。再说，我还可以将功赎罪呀！"

玉麟点头道："你说的是……仗还在打，机会总会有的，我为你争取吧。"

金满非常感动，再次叩首："谢大人！"

金满走出蕉庐后，玉麟一动不动地坐着，他在想，金满是有本事的硬汉子，派他去沙场杀法鬼，肯定行。

天渐渐昏暗下来，玉麟急急忙忙骑着一匹高大的枣红色战马，飞奔起来，只听见呼呼的风声。不仅仅是他这一匹马在飞奔，无数匹战马也飞奔起来。驰过山岭，又跃过山谷，穿越沼泽，马蹄嘚嘚，溅起水花、灰尘，冲过一片呼呼燃烧的火海，他和马的身上都起火了，火苗蹿得老高，好像要吞噬他们。马到底很灵活，在地上翻滚，他也和马一起滚，在火里滚，在水里滚，在泥里滚，在荆棘里滚……然后爬起来，又重新飞奔，他发现自己和那匹马一样，浑身都是血与火……

他和马立在山头，看见一座城市，高高低低的一片房屋。

"这前面什么地方？"

金满骑着一匹马赶上来说："前面是法鬼的老巢——西贡。"

他狂笑不止，说："好！竟有今日！痛饮三杯，直捣黄龙！"

他喝着酒，命令道："各炮台，射炮！"

万炮齐鸣，把大地和天空都震动得摇晃起来。西贡城里火光冲天，浓烟滚滚。法鬼在火里烟里横冲直撞，仓皇逃命。

号角吹响了，玉麟取出随身带的腰刀，高高举起，大喊一声："杀法鬼啊，报仇啊！"

马驮着他，如一团燃烧的火焰，呼啸着冲向西贡城，冲进敌群里，左冲右突，他不停地挥舞着腰刀砍砍砍，一个又一个法鬼的脑袋掉在地上，像西瓜满地骨碌碌地滚动……

他发现了法鬼头目尼格里。他的眼睛冒出火光，策马上前，直逼敌首，高声道："侵我中华者，献头来。"说完一跃而起，手起刀落。敌首的头被他一刀割下，污血喷涌……

他大声喊道："我们赢了！"

可正在这时，一个法鬼猛扑过来，把他砍倒在地，他看见自己的鲜血流淌着，冒着热气……

他还没死，他看着金满说："把我的尸体送回衡州啊……金满，金满！"

金满在军帐外听到彭玉麟呼喊他，立即进来说："大人，金满在此，有何事情，请吩咐。"

玉麟从梦中醒来，想起了一句诗："铁马冰河入梦来。"

他不说话，还在想梦中的事情，但已老泪纵横。

二　夜访冯子材军营，托付重任

为了保密起见，彭玉麟只带着金满和几个亲兵乘着夜色来到冯子材的行营。

冯子材比彭玉麟小两岁，今年六十八了。他一身布衣，精气神十足，眼睛充满刚毅的神采。他见到彭玉麟，无比惊喜，跪拜着说："拜见宫保大人，末将失迎，实在是失敬了。"

玉麟连忙施礼，语气非常亲切："萃翁客气了，记得同治三年底我们会晤，想来匆匆竟是二十年过去，我们都是白发老翁了呀。能在此重逢，实乃幸运之事。"

玉麟对冯子材的人生经历了如指掌，他于嘉庆二十三年出生在钦州城东门外沙尾村。四岁丧母，十岁丧父，与祖母、兄长相依为命，只上了两个月的学便辍学，不得不随大人贩盐，做木工，捕鱼摸虾，护送牛帮。十五岁时，祖母撒手人寰，冯子材流浪街头，后开始习武，操刀使剑练就一身好武艺。凭借拳脚功夫，冯子材为人放木排、做保镖。随后投廉州知府，在清剿天地会、围攻廉州的战事中大显身手，继而被调至高州清剿凌十八义军，因作战勇敢，获八品顶戴。咸丰三年，身为都司的冯子材统带广勇，隶属于向荣，在南京城外孝陵卫建立江南大营。咸丰六年六月，江南大营被太平军摧毁，他败逃丹阳。咸丰十年五月，太平军第二次攻破清军江南大营。冯子材收聚残军，退往镇江固守。后归曾国藩辖制，冯子材以孤军三千人一直守御镇江。同治三年七月，天京陷落，清廷大封功臣，冯子材也被赏穿黄马褂，封骑都尉世职。

玉麟所说的会晤，是在攻陷天京，朝廷嘉奖功臣之后，他们一起喝酒，谈得也很投机。但是说过何事他已忘却。第二年，冯子材始赴广西提督任。此后十八载，冯子材在广西提督任上连连用兵，剪除各地反清武装，三次率兵赴越南，追剿入越的反清队伍。

同治八年，冯子材追击吴亚终率领的反清农民军，攻下他所占领的地盘，吴战死后，他于当年班师回国。两年后，藩属国越南因边境战乱，无法向宗主国清廷进贡，冯子材再次奉命带兵出关，平定战乱，疏通贡道后于当年入关。最后一次是光绪四年，冯子材旧部副将李扬才因官场失意，便以恢复越南李氏祖业为由，率军入越意图颠覆越南阮氏王朝的江山，冯子材奉命入越讨李，次年生擒李扬才，全歼李军之后，率师回国。

前几年，他因与广西重要官员不和，便以年老多病为由请求朝廷恩准他回乡赋闲，朝廷开缺了他的职位。因中法战事又起，彭玉麟和张之洞建议起用冯子材兴办团练，朝廷便令他在钦州、廉州一带招募兵勇，准备赴越南作战。朝廷没有恢复他的广西提督一职，他只是奉旨办团练而已。玉麟为冯子材感到委屈。

他们一面喝茶，一面回忆往事，然后言归正传。

玉麟神情严肃起来，说："萃翁，张总督的命令收到了吧？"

冯子材说："禀大人，早已收到，我们的八个营已经招募满了，目前正在紧张训练中。只要宫保大人和总督大人一声令下，我们立即开赴越南抗击法寇。"

玉麟说："萃翁是身经百战的老将军了，有丰富的治军经验，朝廷看重，百姓敬仰。而且，你多次赴越南作战，对那里的地形以及风土人情都很熟悉，定能别开生面。故我和张总督上疏朝廷起用萃翁为国效力。"

冯子材甚为感激，说："谢两位大人器重，一定不负重托。"

玉麟又叮嘱道："萃翁，以前我们打仗是与土匪打，与本国的逆贼打，他们没有朝廷撑腰，武器装备比我们差，所以我们常常打胜仗。如今我们的对手不是土匪，而是一个国家的正规军，他们有他们的政府撑腰，武器装备比我们好得多，要打败他们很难啊！你看，黄桂兰等人不是被法鬼打得狼狈不堪吗？我们不但打不到西贡去，反而越打越后退，现在已经退到中越边境，退到镇南关这边来了，战火快要烧到我们自己的国土上了，大清的颜面丢尽了呀！……萃翁啊，既然是老朋友，我就直说了，到那边打仗，一定要谨慎再谨慎呢。"

冯子材说：“大人说得极是，我记在心里了。”

玉麟把声音放得更轻了：“大清再败不起了，台湾那边，刘铭传在淡水被法鬼围困。前几天我接到郑观应来信，他在厦门筹集了很多粮食、军械等物资，但没办法冲破法军的围困，送到刘铭传手中去。台湾是个好地方，让法军占领实在是大清的耻辱。故无论如何我们要在越南这边打几个大胜仗，才能缓解那边的战局。萃翁，责任重大啊！”

冯子材说：“我明白，这是围魏救赵之计。围魏必须成功！”

玉麟的脸上有了笑意，说：“刘永福多次打得法鬼嗷嗷直叫，萃翁比他刘永福强多了！这次赴越南抗法，你是主帅，其余各部都归你节制。打败法寇的事就托付你了！”

冯子材忙叩头说：“宫保大人，冯子材一定尽职尽责，报效朝廷！”他陪同彭玉麟巡视了几个军营，纪律良好，一切井然有序，玉麟佩服冯子材治军有方。

回军帐的途中，玉麟看到跟在他身后的金满，指着金满对冯子材说：“他叫金满，原是台州匪首，现在跟着我干。虽然有罪过，但他有才能，讲义气，是个热血男儿。他多次请求我让他上越南前线打法鬼，我想成全他，给他一个将功赎罪的机会。这样吧，我把他交给你，让他与法鬼去拼杀吧。”

冯子材笑着说：“大人推荐的人，绝非等闲之辈，我收下了。”

金满立即向冯子材跪下叩头道：“谢冯大帅，给我赎罪之机会！”

玉麟又对冯子材说：“不过，我有言在先，等仗打完了，萃翁依然要将金满还我呀。”

冯子材说：“当然了，定当完璧归赵。”

这天夜里，彭玉麟一行只睡了两个时辰，于五更时分趁夜色返回。临别时，冯子材一再表示不负彭张二人之重托。

三　取得镇南关大捷，天下震惊

冯子材于光绪十年十一月初一在钦州祭旗，率十八营赴越南抗法。十二月初五抵达龙州，次年正月十四抵达凭祥。凭祥在广西境内，离中越边境很近。

冯子材得知，在自己进军越南这段时间里，法国再次增兵越南，集中两个旅团约万余人的兵力向谅山官军发动进攻，广西巡抚潘鼎新不战而退。法军未经战斗，即占领战略要地谅山。随后进犯文渊，守将杨玉科力战牺牲，官军纷纷后撤，法军乘势侵占广西门户镇南关，炸毁关门，还在关前废墟中插上一块木牌，得意地用汉字写着“广西的门户已不再存在”。

原在越作战的各路清军，派系纷呈，各自为战，目前可谓群龙无首。

经过侦察，冯子材得知法军已从镇南关撤退，盘踞在文渊和谅山，他便于十八日会同各军将领来镇南关踏勘地形，部署作战方案。

镇南关离广西凭祥三十余里，踞大青山、锦鸡陵隘口。这里山峦重叠，谷深林茂，地势险要。

冯子材踏上镇南关，看到法军退走后留在关前的“广西的门户已不再存在”的木桩，在旁边又插上另一块木桩，写着“我们将用法国人的头颅重建我们的门户！”

冯子材亲自跋山涉水勘察地形，根据当前敌情和镇南关周围的地形条件，决定在关前隘构筑坚固的防御阵地。

他召开了一个简短的前敌诸将会议，晓以大义，号召各部克服门户之见，精诚团结、同舟共济抗击法军，并提出“保关克谅”，相继出击收复北圻各城的作战目标，得到了各路将领拥护，他们一致拥戴冯子材为前敌主帅，统一指挥协调各军的行动。

接下来，冯子材亲督士卒用土石在镇南关筑起一道长三里、高七尺、宽四尺的土石长墙，横跨于东西山岭之间，墙外挖成深四尺的堑壕，还在东西山岭修建多座堡垒，形成一个完备的山地防御阵地体系。

随后冯子材又进行了兵力部署，广西前线清军共有九十余营四万余人，分驻于镇南关至龙州一线。冯子材安排自己亲率的萃军九营扼守长墙及两侧山岭险要处，充作第一梯队，负责关前隘主阵地的正面防御；令总兵王孝祺部八营屯冯军之后为第二梯队；令湘军统领王德榜部十营屯关外东南的油隘，保障左翼安全，同时威胁敌之后路；冯子材另以所部五营屯扣波，保障右翼安全；令广西提督苏元春部十八营屯关前隘之后五里的幕府为后队；另有十二营屯凭祥机动。

这次冯子材带了四个儿子到战场上来锤炼，他让三子冯相荣、五子冯相华守中路，次子冯相贤进敢死队，六子冯相钊年纪小一点，进了亲兵队。

墙也筑了，沟堑也挖了，兵力也部署好了，冯子材带领士卒进入长墙的阵地，可是法军没有中计，不来进攻，等于张开一张大网，却不见鱼群游来。冯子材有些急了。

金满献了一计，说：“法鬼不来打我们，我们就去打法鬼嘛——今夜我们偷袭文渊，法鬼非常鄙视华人，对于我们的偷袭肯定会恼羞成怒，前来报仇。”

冯子材眼睛一亮，说：“有道理！”

儿子冯相钊也附和道：“好主意，把他们逗引过来！”

金满见自己的献计得到肯定，继续说：“偷袭不能轻描淡写，要打狠一点，不能让法鬼看出我们是在演戏。”

冯子材赞赏地点点头。这时又有情报兵来报告，法鬼企图绕开镇南关，攻打龙州。这更加坚定了冯子材夜袭文渊的决心。

文渊是越南的一个州，距离镇南关只有十里，四面环山。这里只有几十户人家。法寇夺取文渊后，在此驻扎了两个排的兵力，在山的东西北三面修了三座堡垒，堡垒内架起了大炮。

这天夜里，冯子材带着队伍神不知鬼不觉地来到文渊的堡垒附近，随后兵分三路，对堡垒发动袭击。经过两个时辰的激烈战斗，夺取了堡垒，打死了不少法鬼，还有一些法鬼逃散了。天亮时分，法军的大批援兵才赶来，冯子材迅速率队撤回镇南关。

这次夜袭打乱了法军攻龙州的计划。

二月初六清晨，法军第二旅千余人趁浓雾偷偷进入镇南关，另以千余兵力屯于关外作预备队。显然，法军中计了。

冯子材的队伍早已进入各个阵地，严阵以待。

待大雾渐渐消散，法军兵分两路进攻：一路沿东岭向大小青山方向实施主攻，一路沿关内谷地前进，向长墙进攻。他们企图在主攻部队得手后，两路夹击，攻占关前隘清军防御主阵地。

小青山有五座山峰，冯子材已在五个山峰上筑了堡垒，并派得力干将陈嘉、蒋宗汉带兵坚守山头。法军主力用炮火猛攻山峰上的堡垒，掩护士兵接近堡垒准备夺取，企图占领五个山峰后，居高临下用炮火轰击冯子材的主阵地，使清军陷入两面夹攻的境地。在法军的狂轰滥炸面前，坚守堡垒的将士几乎抬不起头来。

但当敌人的炮火停歇时，他们则设法以劈山炮予以还击，仗打得非常艰难。

冯子材的主阵地，就是三里长的长墙，长墙是用土和石头修筑的，前后两堵，比较结实。每隔一丈远就前后有一个栅门，以便进出，前面的叫“先锋栅”，后面的叫“拦冈栅”。冯子材率领的清军将士驻扎在两墙之间，这与当年曾国荃攻打天京筑的墙基本一致。

在尼格里的指挥下，法鬼对着长墙进行猛烈轰击。尼格里亲自带领士兵发起进攻，他的队伍人员复杂，有法兵，有非洲来的黑兵，还有越南兵。他觉得法兵最勇敢，便安排法兵走最前头，黑兵次之，越南兵在最后。他们都配备当时最优良的步枪。

冯子材则指挥清军用劈山炮进行顽强回击。清军的炮数量少，质量差，射程不远，对敌方的杀伤力有限，而法鬼的炮射得快，射得远，威力大。土石筑成的墙被炮火炸倒了好几处，整个主阵地火光冲天，硝烟弥漫，呛得人不停地咳嗽。

战至中午，冯子材听说法军已经攻占了三座堡垒，有些焦急，一面派人前去援助，一面大声疾呼：“法军再入关，我们有何面目见粤民？”勉励清军英勇抗击，誓与长墙共存亡，尽一切力量打退法军的进攻。

下午太阳西斜时，苏元春率部赶来参战，王德榜部也自油隘袭击法军，一度切断了法军运送军火、粮食的交通线，牵制了法军预备队的增援，使小青山其他两座山峰的堡垒没被敌人攻破。傍晚，双方都已疲劳，战斗停歇下来。

夜里，冯子材重新调整战斗部署，由苏元春部协助自己守长墙，王孝祺部夺西岭，陈嘉部守东岭。冯子材还另调驻扣波的五营将士前来抄袭法军左翼。

次日晨，尼格里指挥法军在炮火掩护下，分三路再次发起攻击，沿东岭、西岭和中路谷地进攻关前隘主阵地。冯子材传令各部将领：“有退后的人，立即以军法处死！”战斗打响后，法军攻势凌厉，双方越战越烈。长墙有十多处被法军的炮弹击倒，冯子材指挥士兵立即补救，可不久又被炮火击倒。法军越来越逼近长墙。

冯子材心想，如果近战，敌人的大炮优势尽失，枪也不利于近战，我军的青光刀才能发挥威力，而且敌寡我众，肯定能打败敌军。于是一面叫号兵发号冲锋，一面挥起长矛，大呼道：“杀法鬼啊！报仇啊！”率先带领两个儿子冯相荣、冯相华，还有金满等数十人跃出长墙，猛虎般冲向法军。

全军感奋，纷纷挥刀一齐从长墙各处冲出，大声呼喊，滚滚山洪一般怒吼着直扑法鬼。很快，两军混在一起，展开了异常惨烈的白刃格斗。冯子材在儿子、金满还有亲兵的护卫下，如一把锋利的尖刀刺向敌军最密集的地方……阵地上喊杀声、哭叫声、马嘶声，以及兵器的碰撞声交织在一起，渲染出战争的恐怖与惨烈。

战至中午，法军渐渐后退，尼格里见势不妙，跨上一匹马朝文渊方向逃命。他的士兵见主将往回逃，谁还敢恋战，争先恐后从战场溃退。

战场上留下了七八百具敌军的尸体，还有他们丢下的大炮、枪支和弹药……

冯子材望着夹着尾巴逃跑的敌军爽朗大笑：“不可一世的尼格里，你也有今日啊！”

四　收复谅山后接到朝廷停战撤军的命令，群情激愤

取得镇南关大捷的这天夜晚，在被法军炮弹炸得千疮百孔的长墙里，冯子材一面叫发报员将获胜的消息电告彭玉麟和张之洞，一面召集诸位将领召开军事会议。

他说：“今天大家齐心合力打败法鬼，但我们不能就此止步。古书上说：‘一鼓作气，再而衰，三而竭。’我们士气正旺，干脆乘胜追击。趁着法鬼惊魂未定之际，对他们穷追猛打，不能让他们喘过气来！所以我们明天就去攻打文渊，接着攻打谅山。不知诸位以为如何？”

各位将军一齐回答：“听大帅的调遣，乘胜追击，收复文渊和谅山！”

冯子材又把管后勤的人叫来，说：“明天我们攻下文渊后打牙祭，买几头猪来杀了，还买点酒来，好好庆贺一下。”

第二天，天刚蒙蒙亮，各部吃完早饭，军号响起，“先锋栅”全部打开，整装待发的萃、勤二营精神饱满地列队出发，直扑文渊。

到了文渊，只有数十个法鬼守护着。杨瑞山带领先锋营一阵猛冲猛打，将敌军打得死的死，逃的逃。后边的大部队兵不血刃，顺利地占领了文渊。

文渊是法军攻打中国门户的桥头堡，也是军需供应站，他们的堡垒里还留下不少枪支弹药，正是冯子材需要的好东西。

这一天，冯子材同将士们在这里喝酒吃肉，庆祝胜利。

次日黎明时分，刘永福派人送来情报，说他的黑旗军在西面的临洮和宣光打了胜仗。冯子材更添勇气，决定马不停蹄追击敌人，立即率部直驱谅山。

谅山位于越南北部，北距中越边境三十六里，南距越南河内二百六十里。谅山的北部，是层峦起伏、树林密布的山地，其中有一条美丽的奇穷河蜿蜒流来，穿过谅山，把谅山城分成两半，然后向下流入中国广西龙州县的左江。谅山地理位置非常重要，守住了它，可将来敌挡在越北山地；拿下它，便一马平川，可直取河内。自古以来，中原王朝南取交趾，此处是必经之地。

奇穷河的北面，有一个小集镇，叫驱驴圩。由于地势较高，站在驱驴圩，谅山尽收眼底。一般要夺谅山，须先攻陷驱驴圩。自法军入侵越南以来，此地就成了双方争夺的军事要冲。

冯子材带领的数万兵马正是奔此镇而来。

离驱驴圩还有一段路程，就听见枪炮声大作。冯子材感到意外，他已经派王德榜带人昨夜五更来打前站，让他侦探敌情，等大部队到达才正式攻城，怎么先打起来了呢？疑惑间，王德榜派人来报，说他们见圩里似乎没人，就进去了，结果中了埋伏，请求援救。冯子材立即向法军发起攻击。

经过两个时辰的激战，救出了王德榜部，但法军顽强抵抗，冯子材部依然攻不下驱驴圩。他当机立断，留下王德榜部和另外几个营继续攻打（直到第二天才攻取），自己带大队人马直逼谅山。

一到谅山，冯子材便发动凌厉的攻势，所有法军都出动了，凭着坚固的工事和优质的火炮进行顽抗。战斗从早上持续到夜晚，冯子材一直无法突破法军的防线。

冯子材心想，既然北面攻打难以突破，不妨去南面打一打，或许就有新的进展。于是命杨瑞山带先锋营渡河去南边发动进攻。杨瑞山的先锋营在当地渔民的帮助下，五更时分到达南岸，接着开始进攻。

先锋营攻打了一个时辰，突然见敌方阵地上有一个军官模样的人骑着马来回指手画脚地驱使将士。营里的廖南生枪法好，被人称为神枪手，有人就说："廖南生，你总夸自己的枪法准。你看那个指手画脚的人，肯定是个大军官，你给他放一枪，打中了才算你有真本事。"廖南生说："打就打，我怕他娘的。"于是举枪射出一颗子弹，那子弹从枪管里呼啸而出，飞呀飞，带着仇恨与愤怒，呼呼作响，一路向前，不偏不倚飞向那名军官，结果那军官大叫一声，倒在地上不停地挣扎。接着就看见敌方阵地上乱成一团，那名击倒的军官立即被送走了。

你道廖南生那一枪打中的谁？正是法军的主帅尼格里。这一枪打得奇妙无比，使战局发生了戏剧性的改变。

杨瑞山的先锋营见法军阵势乱了，便迅速攻入城里，打开栅门，冯子材的大部队进入谅山城。

从二月初六镇南关之战打响，到十五日战事停歇，短短九天里，冯子材率部收复了镇南关、文渊、谅山、屯梅、观音桥、船头、郎甲。

喜讯传来，整个世界为之震惊。

然而，正当冯子材筹划攻占北宁时，却收到彭玉麟和张之洞从广州发来的电报：朝廷决定与法国议和，令停战撤兵。

冯子材难以理解，说："奇怪！仗打得正顺，为何要停战撤兵？"他感到疑惑、震惊、愤怒、委屈，仿佛有一盆冷水泼在燃烧的火炭上，又好像无数的虫子在叮咬他的心。

其他将领看了电报，也气得不得了，有的叹气，有的发牢骚，有的骂娘，有的痛哭流涕，一时群情激愤，一片哗然。

杨瑞山是个血性汉子，愤怒地说："议和议和，议他娘的屁！古人说，将在外，君命有所不受！我们不用发电报，也不要上奏章，就齐心协力往前打！打！打！打到北宁去，打到西贡去，把法鬼赶出越南！"

不少人附和道："即使要治我们的罪，后世也会还我们公道！"

冯子材说："既然这样，我就把大家的想法电告彭大人和张大人。"说完立即让电报员发电报。

一个时辰后，彭玉麟和张之洞从广州回电，只有四个字："不可抗旨！"

冯子材看了，气得冒烟，又不能对将士发泄，就召集来打仗的四个儿子泄愤，叫他们恭恭敬敬站成一排，然后指着他们的鼻子臭骂，骂得唾液四溅："你们这些蠢脑壳！家里有书不读，不向文途求进，偏要请什么缨，投身军伍，做什么武官。你看你看你看，做武官有什么好？舍命报国，九死一生，争回失地却要议和！言战也是那些文官，言和也是那些文官，打胜了又议和还是那些文官。皇上、皇太后全听文官的。文官控制朝廷，他们才不管前线武将的死活！你们为何不苦心读书，走文途求正阶？我当年是没钱读不起书，不然怎么会这样？”骂得儿子们大气不敢出。

冯子材还想再骂一顿，被金满制止了，他说：“大人，这是朝廷的事，您不能拿儿子当出气筒呀。”

冯子材这才放了儿子们一马，抓住了金满：“金满，你不是说彭大人和张大人都是主战派？可是，关键时刻，为什么不为我们这些卖命的说话了？你说！”

金满正要回答，冯子材又立即阻止他：“你不要说了，不要说了！你越说我越气！”

金满只有苦笑。

五　彭玉麟判定停战撤军是李鸿章一手造成，愤怒至极

其实，彭玉麟对朝廷停战撤兵的命令同样感到不满和愤怒。

从冯子材自钦州出发那天开始，他就特别关注前线的战斗动态，期待冯子材能取得胜利，扭转整个战局。冯子材在越南取胜的消息陆续传来，他的心情一天一天好起来。冯子材赴越南后的第一仗就是主动夜袭文渊，虽然没有夺取文渊，但这种主动出击的态度着实让他非常赞赏。很快又传来冯子材取得镇南关大捷的消息，大快人心，尤其是冯子材年近七十了，穿着草鞋，还带头冲出阵地和敌人英勇拼杀，这更是真英雄的壮举。接着又传来冯子材收复谅山和观音桥的消息，彭玉麟震惊了，冯子材创造了奇迹，真的使战局发生逆转！

彭玉麟和张之洞将冯子材在越南战场上获得大胜的消息用电报发给朝廷，也期待朝廷为这些胜利而振奋、喜悦，从而获得自信的力量。可朝廷却发来电报，以法国求和，允其所请，宣示与法言和，停战撤兵，命各处清兵按期撤回。

玉麟做梦也没有想到朝廷下了这样一条诏命，他一点也不能理解！

肯定是那个没有骨头的李鸿章撺掇的！他掌握朝廷大权，太后都听他的话。他一向主张和和和，打败了要和，打赢了也要和！没有骨气，没有血性，没有民族的尊严，等于一个国家没有了魂！你不给法鬼一个血的教训，别的国家就以为大清好欺侮，那麻烦从此无穷无尽！不知道李鸿章懂不懂这个道理？也不知道他

是怎么想的！老实说，如果李鸿章在他面前，他定会拍案而起，指着李鸿章的鼻子把他臭骂一顿！甚至让他吃一顿老拳！

李鸿章处处说自己是曾国藩的学生，其实他根本不像夫子大人的学生。这一次中法之战，左宗棠、曾国荃、曾纪泽……加上他彭玉麟，都是主战派，唯独他李鸿章要议和！和湘军老将们作对！与洋人站到一起！

玉麟越想越气，越气越想，他想上京城到太后面前去与李鸿章辩理！

他从虎门回到广州，在总督衙门拜见张之洞。方知张之洞和他一样，对朝廷停战撤兵与法鬼议和的上谕不赞同，也认为李鸿章误国误民。

就在这时，冯子材发来电报说，将在外，君命有所不受，要继续打下去，直至把法鬼赶出越南！

玉麟心想，冯子材真是一条有血性的好汉！如果我在越南战场，也会穷追猛打，将法鬼追到天涯海角直至全部歼灭，才肯罢休。宁愿为国家战死，也不同意与法鬼议和。冯子材的电报说得很明白，这是所有越南战场将士的愿望。

不过，如果真的这样做，不是与朝廷对着干吗？这是抗旨！抗旨意味着什么？意味着不忠不孝，大逆不道，天诛地灭。其罪名要多大有多大，谁也承受不起！所以，冯子材啊冯子材，你什么事都可以干，但抗旨的事千万不能干！

玉麟和张之洞做了交流，达成一致意见，两人联名向冯子材回复了“不可抗旨”的电报。

玉麟心想，朝廷“停战撤兵”的命令不执行不行，全执行也不行。看来只执行一半就够了。停战可以，但不能撤兵。既然是法国首先提出议和，那么应该由他们先撤军。他们为什么不从台湾撤出去？这很可能是法鬼的一个阴谋！他们狡猾得很，和约还没有订好，我们就撤兵，法军从后面追着我们打怎么办？对！我们现在绝对不能撤兵！

次日，玉麟又同张之洞一起发报给冯子材，先停战，站稳脚跟，保持警惕，撤兵等一段时间再说。一方面又致电总理衙门，恳求在法国还没在东海及台湾撤兵之前，不要强行下令让军队撤兵，并请代为上奏。

就在同一天，他又想起中法开战之始，朝廷向文武百官表示抗法的决心，说如果有谁再提出要与法人议和，立即军法处置。那么现在李鸿章之流又提出要与法国议和，那不是自己打自己的耳光吗？和张之洞商量之后，两人又给朝廷发去一封极富嘲讽力的电文，曰：

上年三月十三日五枢出局，随奉电传上谕：“法人无理，已饬决战，嗣后如有以和议进者，定即军法从事。”等因。此次进和议者为谁？望示复。洞、麟叩。

电文极其简短，以子之矛攻子之盾，表达了他们积压在心中的不满和愤怒，直接把矛头对准了李鸿章。

六　要求把议和、赔款之奸臣交刑部治罪，再击主和派

彭玉麟听说李鸿章正在与法国公使议和，猜想肯定会签一个条约。鸦片战争以来，中国与外国签订了好几个丧权辱国的不平等条约，其核心内容都是要挟大清赔款、割地、通商。这一次会不会赔款？很难说，法鬼豺狼成性，枭獍为心，唯利是趋，安知信义？前几次和大清议和，已提出巨额赔款的无理要求，这一次还会提出吗？李鸿章是个软骨头，只要法国公使提出，说不定他就会答应。这一次清军打赢了，如果还要赔款，那是万万不能接受的！

为了给朝廷提个醒，或者说敲敲警钟，彭玉麟和张之洞又一次上奏朝廷。在这封长达数千言的《严备战事以毖后患折》中，再次提出议和的危害性：

自海上告警以来，召将征兵，购船制械，天下骚然。糜饷已数千万，及布置粗定，兵机渐利，彼乃以一和字误之，而我所用经费尽成虚掷。如此行之数四，海内罢敝，势必不支，不得已一惟和之是从。由是当事者以和为得计，无复自强之谋；领兵者以和为固然，潜销致果之气。边疆要隘，又以屡和之故，武备懈弛而不修，一旦黠虏挟其坚船利炮，号召丑类，环起而与我为难。其时财用既匮，兵气不扬，天下大局将有不堪设想者！

接着斥责那些倾向于议和、赔款的大臣：

倘内外臣工复有敢以议款之说进，而损威纳侮者，应请照十年七月十五日上谕，交刑部治罪。谕旨森严，自宜懔遵，断不可一误再误，仍蹈前辙，图一时之苟安，贻无穷之隐患。……

五月初，依然据守在虎门的彭玉麟得知李鸿章与法国公使巴德诺签订《中法会订越南条约》的消息，因为是由李、巴二人所签，故世人称之为《李巴条约》。这又是一个不平等条约，举国哗然，朝廷的清流们纷纷声讨李鸿章求和卖国。左宗棠领衔反对，说“对中国而言，十个法国将军，也比不上一个李鸿章坏事”，还说“李鸿章误尽苍生，将落个千古骂名”。过了几天，彭玉麟看到条约的具体内容，异常气愤。主要内容是：

（1）清政府承认法国对越南的保护权，允许对越南订立条约；

（2）在中越边界保胜以上和谅山以北指定两处为通商地点，允许法国商人在此居住并设领事；

（3）降低中国云南、广西同越南边界的进出口税率；

（4）日后中国修筑铁路应向法国商办；

（5）法军退出台湾、澎湖。

玉麟明白，以上五点，除了第五点对大清有利，其余四点都对法鬼有利。这意味着大清做出了巨大让步。条约第一项已表明越南不再是大清的藩属国了，而成了法国的殖民地，而第二、三、四项则表明大清敞开了西南的大门，法国侵略势力从此可以从西南进入大清疆域……幸好没有割地赔款的条文，这也许是中国军民用战斗和生命换来的结果。如果没有镇南关及此后一连串胜利，那条约的条文不堪设想。

左大帅说得极是，李鸿章误尽苍生，在历史上将遗臭万年！

接下来的夜晚，玉麟失眠了。他整夜绕着军帐徘徊，一刻也不能平静……

他思来想去，想起岳飞的事迹。南宋绍兴十年，完颜兀术毁盟攻宋，岳飞挥师北伐，先后收复郑州、洛阳等地，又于郾城、颍昌大败金军，进军朱仙镇。赵构、秦桧却一意求和，以十二道“金字牌”下令岳飞班师。岳飞遭受秦桧、张俊等人的诬陷入狱，后以莫须有的罪名被杀害。朝廷以为没有了岳飞，就消除了议和的障碍，议和之后便可以永远平安无事了。可南宋并没有因为议和而振兴起来，反而越来越衰弱，直至灭亡。这是为何呢？想来一个民族只有奋起抗战，才能够激起民族的阳刚之气，从而振兴国运，达到富强。如果总是议和议和议和，国家也会日益衰弱直至不可救药。那些议和的大臣自以为在救大清，其实是在毁灭大清帝国！……

老军士从他身边经过，见他冥思苦想的样子，安慰道："大人，身体要紧。有些事不想还好，有时越想越糊涂。"

玉麟问："你知道我在想何事？"

老军士说："大人，我知道。其实这打仗的事是上天早就安排好的。"

玉麟说："这话怎么说？"

老军士笑着说："大人，您以前对我说过，大人出发来广东办防务时，测字先生为大人测字一事。他说这次打仗是'胜而反败，败而反胜，不胜而胜，不败而败，不胜不败，无胜无败'。大人忘记了吗？"

经他一提醒，玉麟突然明白过来，说："我一直以为他是胡说八道，现在想来，恰恰言中了！"

七　两位老将虎门话别，流不尽忧国泪

中法签订条约后，冯子材奉命将队伍撤退到中越边境休整。他把军务安排好后，和金满一起，各骑一匹快马，直奔虎门面见彭玉麟。

蕉庐里，冯子材指着金满对彭玉麟说："大人，我将金满送回来了。"

玉麟见金满黑瘦了一些，问道："金满在越南战场表现如何？"

冯子材连连赞美："甚好。金满有血性，有胆识，也有谋略，是难得的人才。他多次献计献策，为我化解了许多疑难杂事，还在战场上勇敢拼杀，立下功劳，请大人为他向朝廷请功。"

玉麟很满意："这就好，说明我没有看错人。"

金满说："全靠两位大人栽培，金满才有机会重新做人。"

冯子材向彭玉麟简略地汇报了他们在越南作战的情况，还送给彭玉麟一把

从越南战场上缴获的法国军官的小手枪，这是当时最先进的防身小兵器，精巧玲珑，油黑发亮。玉麟接过欣赏了一下，又退还给冯子材，说：“我不要这玩意，我有古剑和曾大人送的腰刀，已经够用了。”

冯子材说：“我出关之前，大帅您对我说过，恨不得率部出关，直捣法军老巢。我是大帅的部下，在越南杀退法军，收复了失地，也可看作是大人亲自出关杀敌一样。请大人收下它，作为纪念。”

金满说：“大人收下吧，冯将军也是一片好意。”

玉麟笑了笑，还是拒绝收下。

玉麟说：“冯将军此次出关，先有镇南关大捷，后又收复谅山等地，为大清官军争了气，也为国家、民族赢得了荣誉。”

冯子材谦虚道：“大人过奖了。”

“冯将军此次出征，立下的战功，从长远来看，比我们湘军所有人的功劳还大，真正可以名垂青史！”彭玉麟的评价发自内心。

“宫保大人言重了。区区小功，怎能与湘军各位大帅相比？”

玉麟加重语气说：“我们剿灭的是内贼，你们战败的是外寇。自鸦片战争以来，我们与各国洋人都交过手，全都惨败。只有这一次，在越南战场获得大胜！你们的战绩震惊了全世界！你们是真正的英雄豪杰！我与张总督说了，一定要为你们向朝廷请功！”

“大人是我们的统帅，倘若没有大人运筹帷幄，没有大人对我们的信任和支持，我们也不可能获胜。所以最大的战功应是大人的！”

玉麟摆摆手：“我哪有功劳？要说鼎力相助，还是朝廷。没有朝廷，我们一事无成。”

冯子材脸上的笑容却突然消失了，说：“大人提到了朝廷，末将有些不能理解。我们奉命出征，把法鬼打得大败，理应乘胜追击。可一道命令下来：停战！撤军！算怎么一回事呢？当时我军群情激奋，准备自行追击。接到大人‘不可抗旨’的命令，我才停战休兵。”

金满插话说：“冯将军满肚子气没处泄，将几个儿子骂了个狗血喷头。”

冯子材苦笑着望着彭玉麟。

玉麟也笑了一下，说：“这就是冯将军的不对了，怎么能把气发在儿子身上呢？”

冯子材坐着一动不动，也不说话，似乎要流泪了。

玉麟安慰道：“和冯将军一样，我也想不通，现在还没有想通。我们都主战嘛，谁都不想出现这种状态。但朝廷有些人不一样，他们怕洋人呢，可皇太后、皇上都听他们的。我和张总督也无可奈何啊。但不管怎样，我们不能抗旨，抗旨就是不忠。不忠的事做不得，不忠的罪名谁也背不起。”

冯子材说出了积压在心里的话：“大人，一个国家的军民不能没有血性。当年湘军屡败屡战，最后才赢得胜利。如果在洋人面前没有了这种精神，国家不会振兴！”

玉麟心里一动，望着冯子材说：“冯将军的想法，也正是我的想法。”

冯子材长叹一声，眼泪终于落下来。

玉麟也黯然神伤。

过了好久，他才对冯子材说：“我们都七十了，人到七十古来稀，都得告老还乡了。我回我的湖南，你回你的广西。可惜，我们为朝廷忧虑了一辈子，打了大半辈子的仗，却没能见到国家真正的复兴。依照现在这样子，恐怕我们这一生都看不到国家真正兴旺的时候了……”

二人不再说话。

这天晚上，彭玉麟在蕉庐招待冯子材，两人喝了半夜的酒，喝得酩酊大醉。

次日，冯子材就回军营了。玉麟还送给他两包特产，都是他家乡亲友寄来的。一包是台源产的乌莲子，一包是南岳产的云雾茶。临别时，他们神情黯淡，互道珍重。冯子材上了马，挥手致意。他的马驮着他先是慢跑，然后渐渐快起来，直到马儿卷起的尘土飘散之后，玉麟才转身往回走。

金满跟在彭玉麟身后，说：“大人，如果不打仗了，我也想回故乡去。”

玉麟说：“你恐怕不行，这次虽然立了一点功，但朝廷尤其是你家乡的官爷们对你还不放心，怕猛虎回去了伤人啰。”

金满有些失望，说：“难道我这一辈子都回不了家乡吗？”

玉麟答道：“那也不一定。你还要好好修炼……慢慢来吧。”

八　再次上疏请开缺兵部尚书，为冯子材等请功

和约签订完，中法战争正式结束，赴越作战的部队正陆续往国内回撤。彭玉麟也想回归故里了。

虽然战事结束，海防也不那么紧张了，但还有许多后续工作要做。军队需要整编，要安排一大批人解甲归田。其次要为打胜仗的将士请功，此外还得清理账务，等等，朝廷恐怕不会立即允诺自己的归家请求。他决定现在就要上一个折子，为以后告老还乡作一个铺垫。怎么铺垫呢？他已经想好，请求朝廷开缺自己的兵部尚书职位，暂时留任一段时间办理海防。

于是，他开始写奏章，他在奏章里很详细地描述了自己的健康状态：

臣素多疾苦，自抵粤防后，感受瘴湿，杂病迭生，又时复牵动旧疾，几于无日不病。上年冬间，甫渐告愈。讵腊杪桂军失利，风鹤频惊，人心摇动。据各处探报咸称：该法逆拟于腊尽春初以大股犯粤东，臣于除夕前亲历沿海各口，督饬将领严阵待战，即于虎门沙角炮台枕戈度岁。时阴雨旬余，海风劲冽，因感风寒，引动心忡气逆，筋骨疼痛，并右手腿旧创次第发作，历久未愈。近则咯血之证复大举发，倾吐至盈盂盎。日内血证虽止，精力愈形疲惫。加以年逾七十，心神难贯，遇事善忘。……

同时重提旧事：光绪九年，朝廷任命自己为兵部尚书时，自己曾以衰病侵扰、难肩重任为由，恳请朝廷收回成命，但朝廷没有恩准。后因法军侵入越南，海防告警，朝廷命自己来粤东办理防务，考虑国难当头，不容推诿，才接受兵部尚书一职，并立即赴广东为国效劳。

如今战争已停息，自己的身体状况日益恶化，开缺兵部尚书应该顺理成章了吧。

可是朝廷并没有批准。

接下来，彭玉麟再一次上疏，为冯子材等一大批在越南战场立下战功的人请功。

《会奏广军援桂获胜及遵旨撤兵折》洋洋万言，详细地叙说了冯子材协调各

军抗击法军、收复失地的真实情况，全面客观，重点描述了镇南关大捷，突出了冯子材的筹划以及他身先士卒的精神。冯子材的主要功劳固然要突出，同时又不能忽视其他各军的配合，更不能忽略他们的功劳。最后他总结道：

法二次犯关，非有生力大军难遽言战；非冯子材创筑长墙，与王孝祺合军死守，则诸军无所依倚，更无战守之法。当初六、七广军苦战两日之后，非苏元春军往援，陈嘉、蒋宗汉力拒东岭，则冯军亦将不支；非王孝祺军叠次肉搏陷阵，横冲敌坚，则冯、苏诸军亦不能取胜；非王德榜截其后路，断其军火，关内外夹攻，则亦不能如此大溃。然非冯子材之素得人心，忠勇奋发，镇边安民，戢掠收溃，料敌情，散贼党，广援应，则法亦不至如此摧破瓦解，惶骇远遁。故诸将皆有功，而尤以该帮办（冯子材）为功首。……

至于朝廷的奖赏提拔具体怎样实施，他相信圣主明见万里，奖赏自有权衡。

接下来的几天，玉麟的心情依然抑郁，停战撤兵、与法议和留下千古遗憾，但自己无力回天，只好做归家务农的打算。他写下《感事四律》以明志：

日南荒徼阵云开，喜有将军破敌来。
正荡妖氛摧败叶，已寒逆胆夺屯梅。
岩廊忽用和戎策，绝域旋教罢战回。
不许黄龙成痛饮，古今一辙使人哀。

撤尽熊罴关外军，藩封拱手让夷獯。
日边浊雾凭谁拨，海上愁丝为底棼。
政府苦心应有在，廷臣清议竟无闻。
中华大地供蚕食，还策澶渊一役勋。

数凭天定理难伸，九仞功亏咎在人。
一旦撤兵真可惜，千秋遗恨更难泯。
不诛戆直君恩厚，普示怀柔帝德纯。

华夏自行宽大政，四夷犬性几曾驯。

扰扰干戈数载中，乾坤不信太蒙戎。
将军报国头甘断，壮士从军胆亦雄。
聚铁九州成大错，縻金万亿付虚空。
一腔热血倾冰海，从此归家只务农。

第二十八章　化作大江魂

彭玉麟满怀遗憾和委屈回籍休假，到杭州与俞樾相见，与西湖、长江作最后的告别。在衡州离世时，有人看见他变成一只白鹤在江上的雪浪中翻飞，最后与浪花和烟云融为一体……

一　为加强海防献策，密保曾纪泽

因为不喜欢住在城里，彭玉麟又回到虎门，住进了蕉庐。早晨或者傍晚，他常常伫立在海边，遥望那无边无际的辽阔大海，遥望那无边无际的深蓝。

大海茫茫，心事亦茫茫。

他想起庄子笔下的《秋水》，那位河伯觉得黄河浩浩汤汤，辽阔而壮美，洋洋自得。后来遇到北海神若，见到大海的辽阔与壮美，才知道黄河不能与之相比，自己的自傲见笑于大方之家。

在与太平军作战时，他眼中只有江湖，与法人打起仗来，见到大海，才知道大海的阔大和气势，不得不把目光放到整个天下。以前他心中国家的疆域只是陆地，现在他才知道疆域应当扩充到茫茫水域。

此次中法战争，陆军在越南战场打败了法国陆军，但东海上的海战，中国始终处于劣势……如果我们也有强大的海军，有坚船利炮，法鬼敢在大海上横冲直撞吗？以后，国与国的战争，也许首先会在大海上展开。

朝廷也看到了问题的核心，把目光放到大海之上，前几天他接到上谕："自海上有事以来，法国恃其船坚炮利，横行无忌。我之筹画备御，亦尝开立船厂，创立水师，而造船不坚，制器不备，选将不精，筹费不广。上年法人寻衅，迭次开仗。陆路各军屡获大胜，尚能张我军威。如果水师得力，互相援应，何至处处受制？”朝廷命李鸿章、左宗棠、彭玉麟、穆图善、曾国荃、张之洞、杨昌濬就加强海防“各抒己见，确切筹议”。

彭玉麟只是一个从一品的官员，但名字排在李鸿章、左宗棠之后，位居第三，可见朝廷对他的器重。

既然朝廷点名让他为海防献计献策，他深思熟虑，在奏章中提出自己对海防建设的六点建议：

一曰分重镇以领水师……

二曰练陆军以辅水师……

三曰东三省之筹防宜豫……

四曰台湾以练勇办团为先……

五曰学习技艺，增造船炮，务求实效也……

六曰饷糈艰绌，务须广筹也……

在“分重镇以领水师”一节里，他对整个海上水师的设计、管辖、战舰配制、将士的挑选与待遇以及将士的训练与任务都有自己独特的构想：

臣拟设一总统驻扎吴淞，分设两大镇，一驻大沽，直隶及盛京、山东、江南各海口属之；一驻厦门，浙江、福建、台湾、广东各海口属之。每镇设铁甲船六号，大小兵轮十二号，其余海口分首冲、次冲，酌派兵轮驻守。精选兵将，勤加操练，讲求驾驶、攻击之方，务期精熟，察视险隘、沙礁之处，务使周详。将则优其俸薪，毋使有克扣；兵则厚其口粮，毋使有滥充。无事则出洋梭巡，以习劳苦，以练胆气。遇有漕船，可以护送，兼可代运。有警则出兵而应之，邻镇亦调师船助剿。……

在奏章之后，又附加了一个片，向朝廷密保海防将才。他首先推荐的是曾国藩的儿子曾纪泽，曾纪泽有德有才，懂外文，对外国的政治军事、船炮制造以及风土人情都很熟悉，且善于分析，强于言辞辩论，是海防高级帅才，恳请朝廷加以重用。此外还推荐了浙江提督欧阳利见、福建水师提督彭楚文、福建陆路提督孙开华、瓜洲镇总兵吴家榜、汉阳镇总兵高光效，他们身经百战、奋勇向前，为水师不可多得之员，完全可以胜任海防将领。

这时亲兵来报，有琼州王大人来访，在蕉庐等候。彭玉麟知道是王之春来了。两人一见，格外亲切。施礼毕，王之春说："大人这军帐也太简陋了，恐怕难以遮风挡雨呢。"玉麟笑着说："你太厉害了，一眼就看出毛病。其实你别看它简陋，却有一个好听的名字，叫蕉庐呢。"王之春说："好名字，有诗的韵味。大人也太节俭了，常常戴草帽，穿草鞋，又住这样的草庐……"玉麟说："如果不遇上狂风暴雨，此屋还是很安全的，也很通气。"

两人一起喝着酒，玉麟吩咐老军士煮几个湘菜。

王之春见酒是白酒，说道："好想喝家乡的湖之酒了。"

玉麟说："说起湖之酒，今年重阳节前收到家书，家人说要托人带酒给我喝，我说太麻烦了，可到了重阳节那天，突然想喝湖之酒，却只能吟诗来驱赶酒瘾了。"

"大人把诗吟出来吧，看看诗句有没有酒的味道。"

玉麟吟道：

三度重阳两岭南，奔驰岁岁费征骖。
卅年已醒封侯梦，半亩将营老学庵。
病骨仅存鸡肋在，壮心愧未虎巢探。
湘中寄问茱萸酿，可许来秋更共酣。

王之春评价道："最后两句有酒味，前头几句是硝烟味。"

玉麟笑着告诉他："仗打完了，我也快回衡州了，我仿佛已经闻到湖之酒的香味了……这次打仗，我们广东这边，包括你们琼州，一枪未打，一炮未放，就奉旨停战撤兵了。爵棠，防守、镇压黎人起义你虽有一点功劳，可由于没有直接与法鬼决战，不能与在越南的将士比，故这次不会得到大的提拔。"

王之春毫不介意，说：“好些人死在了战场，我能保住一条命，已是幸运之事。”

玉麟生出感慨：“等善后的事情做完，我就要回衡州了。我这身体越来越差，估计活不了几年，以后我们能不能再见面也很难说。”

“大人太悲观了。大人的病主要受广东潮湿天气的影响，回到衡州好好休养，几个月便会转好的。”

玉麟说：“恐怕难得好转了，毕竟是古稀之年的人了。爵棠啊，衡州修的船山书院我们都捐了钱，据说已经修好了。我回衡州后，一定要去看看。还有一件事情，衡州是湘水、蒸水、耒水交汇之地，之前有一位风水先生说，必须要有两座塔，衡州风水才会更好。现在江边只有一座来雁塔，江东耒水入湘江处，还要再建一座塔，我已无力操心，你还年轻，建塔之事就交给你了……”

“我一定尽力而为。”

这一夜，他们谈到五更时分，谈的大多是故乡的人物、往事，还有美食……

二　朝廷给三个月假让他调理身体，可以回故乡了

和王之春会面后的第二天，彭玉麟以自己病状加剧、难以速愈为由，向朝廷上奏章请求开兵部尚书实缺，销去粤防及巡视长江水师差使。半月后，朝廷没有开缺他的职务，销去他的差使，而是给了他三个月的假期，让他回故乡调理身体。

不管怎么说，他总算可以回乡了。

离开广东之前，还有哪些事情需要抓紧时间办好呢？

广东不打仗了，自然不需要那么多将士了，所以必须裁撤人员。被裁撤的兵员，该得的军饷一律不得少发，此外，还补发他们一个月路费。

其次，为伤病员上奏朝廷，请求抚恤费。至于为国捐躯的士兵，自然按朝廷有关规定加以抚恤。

此外，他在奏章中特别提及从湖南来虎门防守的将士，他们开辟石山数十处成炮洞，昼夜兴作，加上瘴疫交攻，十分辛苦，恳请皇上、皇太后念及他们“别井离乡，没于王事，白骨黄沙，情实可惨”，给予较优厚的抚恤。

办完前面几件事后，他开始清理账务，报销军饷。离开一个地方前，一定要把账务算得一清二楚，不能乱拿国家一文钱。经过多日清理，三年来的收支情况明明白白。玉麟上疏说：

查臣军每年部拨的饷三十万两，兹于粤海关六成洋税项下尚存银四万两，广东捐输项下尚存银三万五千两，未经提取，又缴存广东藩库五万八千四百四十余两，臣共节省余存银共十三万三千四百四十余两。

在同一篇奏折里，他还写下这样一段文字：

臣素性戆直，实事求是。治军以来，无不实用实报，谨懔文宗显皇帝温谕褒以诚实不欺之语，臣从不敢稍有欺饰。即在粤办防三载，所有照例应领薪水公费，以及实缺廉俸，均未敢支取分毫。惟有自安寒素，勉竭愚分，以期无负天恩。

“在粤办防三载，所有照例应领薪水公费，以及实缺廉俸，均未敢支取分毫”，这不是“义务劳动”吗？彭玉麟真是官吏中最“不要钱”的人，在与太平军作战的十多年中，朝廷给他的巨额养廉银，他分文不取；在交接水师时，为朝廷节约六十万两白银，他分文不贪；这次在广东办海防三年，工薪、养廉银分毫不要。“不要官、不要钱、不要命”的精神，实实在在贯穿他的一生！

金满再一次请求回浙江探亲，把家人带到广东来，并承诺永远不再回浙江。可彭玉麟不同意，怕金满回到浙江后，受当地旧部唆使，不但不再来广东，反而再一次揭竿而起。而且，浙江那边的士大夫和当地官员多次来函嘱托彭玉麟千万千万别把金满放回来了，放他回来等于放虎归山。

金满来广东两年多，勤习操练，谨守营规，野性已驯，心知向上。现在更立了战功，是可以改造成好人的。于是彭玉麟给长江水师提督李成谋写信，问可不可以将金满安排到他的水师里，给他一个小官当当。李成谋回函说可以接受，让他来水师补任提标中营中哨七队外委。

玉麟把金满叫来，问他可愿到长江水师任个小官。金满表示愿意，但他还是想回去一趟见见好几年没有见面的家属。玉麟安抚道，你先到长江水师报到，我让李成谋提督派人将你的家属接来与你会面，让他们长期住在你任职的城里。金满感激不尽。

最后，在快离开广东时，玉麟又给朝廷上了一道奏折，说广东海防最重要的防守地为虎门的沙角、大角以及琼州。他已经同张之洞商量好了，在这两处留下湘军八个营，因为他们对海防已经很熟悉，打仗也很勇敢，让他们坚守海疆，朝廷可以放心。

光绪十一年十二月十一日，彭玉麟等人由广州启程，乘轮船经海道赴浙江杭州。

天气晴朗，虽然已是寒冬，但海面上风平浪静，一碧万顷，闪烁着冬日温暖的阳光。海鸥在天空中自由地飞翔。玉麟也把自己的那只丹顶鹤放飞，让它在海面上时而高飞，时而低翔……

他望着大海，心情复杂。就这样走了，最遗憾的是自己没有亲自和法鬼作战，没对他们打一枪，放一炮。

他空手而回，不不，我把金满带来了，还带回了一大把诗稿。

似乎看到湘江了，看到南岳了，还有那座来雁塔立在湘江边等他，退省庵里，他的孙子孙女也在等他……

他轻轻地吟哦起来：

久别乡关梦独牵，越王城幸靖烽烟。
凿开沙角山中石，泛到零丁洋外天。
瘴毒侵寻余病骨，归装富丽有诗篇。
一泓秋水湘江绿，净洗征尘免俗缠。

奔波逐浪阅沧桑，七十余年老战场。
自为中华筹大局，未曾一战愧炎荒。
力排众议知何益，天遣余生返故乡。
隐迹林泉休问世，青鞋布袜乐徜徉。

他吟哦的声音很轻，有点嘶哑，又有点浑厚，被海风吹到辽阔无际的水云深处。

三　带病看船山书院，坚持请王闿运当山长

回到杭州的退省庵，已是农历十二月二十八日，离大年三十仅剩两天。也许是途中受了风寒，彭玉麟的病情更严重了。他走不了路，说不出话，不进水米。俞樾见了，伤心得老泪纵横。俞樾的孙媳、彭玉麟的孙女彭见贞来探视，一声又一声喊“爷爷”，哭得哽咽起来。玉麟也忍不住流泪，用手势示意孙女别哭。请来原来一直为彭玉麟治病的那位老中医马培之，马医师看后，诊断他为“心肝两脉气血尽亏”，说“难求速效，必须静养始能见功效”。马医师汤、药、膏、丸并用，两个月之后，虽不见大的效果，但病情渐趋平稳。到了三月阳春，彭玉麟旧疾复发，筋骨疼痛，气逆心肿，咯血尤剧。马医师换了一些药物治疗，到四月初，稍有好转。

四月初十，彭玉麟从杭州启程登舟，回原籍衡州。

到了南京，李成谋上船看望他，并把金满接走，说已派人将金满的亲属接来。玉麟再三嘱咐金满要改邪归正，做正人君子。金满满口答应，感谢不尽。

八月十八日，他回到衡州退省庵，听到成群的喜鹊在门前树上鸣叫，听到乡亲们亲切的话语，尤其是看到孙子、孙女以及儿媳在大门口等候他回家，他的双眼一下湿润了。

他禁不住满心欢喜，写下一首《自粤航海巡江抵湘，喜赋》：

老病有孤舟，辛勤无一乐。
从军三载余，奔驰御鲸鳄。
百蛮幸敛迹，五岭喜销锷。
阅历江海险，领略风波恶。
今日渡潇湘，望见故乡郭。
里衖疏复亲，乡音听转愕。
山南岳云开，江东蒸水落。

稚子欢候门，茅檐噪千鹊。

回来休养了几天，玉麟打算去东洲上看看建好的船山书院，他被人搀扶着走到湘江边，衡州知府马智泉早已备好船在江边等候。等各位上了船，船夫划着船向东洲而去。

在去广东办海防之前，彭玉麟和朱学使等人就倡导把原来在回雁峰下的船山书院迁移至湘江中的东洲，扩大其规模，聘请名师任教，不以考科举为重，而重经世致用。彭玉麟、马知府及朱学使还亲临东洲岛勘察地点，确定办学宗旨，初步定下建筑规模，玉麟还捐了一万二千两银子作为建造书院的经费。记得当时他上疏朝廷请求销去巡视长江的差事，以为会得到恩准，他便可以投入全部精力建造书院。谁知法国侵入越南，中法矛盾加剧，有开战的趋势。朝廷命他任兵部尚书，立即赴广州筹办海防。他只好奉命赴粤，建造书院的事就管不着了。

马智泉在初建书院挖地基时走了弯路，多用了许多银子。他抱着良好的愿望，想将基脚挖深一些，保证房子牢固一些。东洲本是江中一块聚沙而成的陆地，马智泉却坚持认为洲下的沙子下必有黄泥，要挖出沙子，见到实在的老黄泥砌石脚才牢固，结果挖了很深也没有看到黄泥，这样花费了不少银子。玉麟在广东得知此事后，致函马智泉说该洲应是河沙聚集而成，沙子下面挖不出黄泥，建议他不要挖得太深，有一定深度就可开始建房。

彭玉麟在众人搀扶下上了岛，远远望去，书院端庄、大气、古朴、幽静，在树木的掩映之下，显出新的气象。

书院的确是按图施工的，上楼下屋，三进两廊，外坐落花厅一所。中进做讲堂，后进为山长住处。墙是一色的青砖，房顶盖的是黑瓦，没有大红大绿的装饰。

在马智泉的陪同下，彭玉麟等人在书院里转了一圈。玉麟很满意，说道：“湖湘学子在这样的环境里潜心读书，甚好。这环境比石鼓书院还要好。”

马智泉说：“这是托大人的福啊。”

“不能这样说，我只是提了一个倡议而已，知府大人做的实事比我多呢。”

马智泉连忙摇头，说：“我很惭愧，哪能和大人相比呢。”

玉麟想起上奏章之事，说：“我于去年三月把建书院一事上奏朝廷，在介绍王船山时，略去他反清复明之事，突出他不为吴三桂写劝进书之事，朝廷恩准了。”

“大人知道不，九帅将家藏所刻的《船山遗书》捐置到书院来了，等下我们去看看。”

“这事我知道，还在奏章里告诉皇太后了。九帅刻印《船山遗书》，支持船山书院，是对文化教育的巨大贡献，将流芳千古！”

“这山长还虚位以待，请大人推荐一个有名望的人吧。”

玉麟想了想，说：“这个位子只有请王壬秋来坐。他学问大，见识广，声望高，又是湖湘人士，非他莫属也。”

马智泉说：“王壬秋先生愿意来，那是最好的。我们都没有那么大的面子，请他不动，还辛苦大人致函邀请。”

玉麟点点头，说：“他现在还在四川，我明日就写信，也许他会给面子。”

马智泉说：“还有一事，这大门需要一副对联，大人是对联高手，请大人赐一副对联。”

玉麟也不推辞，想了想，写道：

一瓢草堂遥，愿诸君景仰先型，对门外岳峻湘清，想见高深气象；
三篙桃浪渡，就此地宏开讲舍，看眼前鸢飞鱼跃，无非活泼生机。

马智泉和在座的人们看后，佩服得不得了：“大家就是大家，这样的对联，世上有几人能写得出来？”

四　回渣江赋诗感母恩，到杭州闲听谈奇男

过了三天，彭玉麟带着老军士回到老家渣江。这次，他们没有乘船，是坐着轿子回去的。这一年夏秋连旱，蒸水水落石出，行不得船。

满垄满垄的水稻干枯了，像深秋时节山坡上黄枯的茅草，在风中摇曳着悲凉。乡亲说，才刚抽穗田里就没水了，想种点秋粮，依然没有水。没了收成，日子怎么过啊？

渣江好像比以前更萧条了，可见老百姓没过上好日子。还说同治之后中兴了，一点也看不出中兴的痕迹。

老屋门前的池塘已干涸，自然没了荷叶和游动的鱼儿。屋后几棵老松树也干死了，松针枯黄。三间老屋还在，一把锁锁住了门。太平军作乱时，老屋被土匪放火烧过，只剩几堵墙，后来玉麟回籍养病时维修过，添了一些砖瓦。屋里布满灰尘，没有一点生气。

原来的邻居有的家破人亡，有的迁去了别的地方。和自己同龄的人大多已去世，前一辈的人也早就过世了。年轻人都不认识他，他也不知道他们是谁的子孙。一切恍若隔世。

和老军士在老屋里住了四天。这四天，玉麟总是回想起往事，想得最多的就是母亲对他的培养和关爱。第五天，他们启程回衡州。临走前，玉麟写了一首叫《粤防久病，幸撤兵生还渣江老屋感赋》的诗，曰：

皇仁柔远靖南洋，得庆生还到故乡。
半亩方塘余涸辙，三间老屋历沧桑。
亲朋凋谢家虽在，松菊摧残径已荒。
小住倍添今昔感，春晖旧梦总堪伤。

八、九月间，回籍养病的三个月期限早已到了，他的身体依然没有痊愈，大概这一辈子也不会痊愈了。他再一次上奏折，请求开兵部尚书实缺及销去巡阅长江水师的差使。对别人来说，升官很难。对彭玉麟来说，辞官也很难。这是他第四次请辞兵部尚书了，他非常渴望得到朝廷恩准，他的身体再也吃不消了。但是朝廷依然没有恩准，只是又给了他四个月假期。

到第二年，也就是光绪十三年三月二十一日，他只得带病从衡州启程东下，巡阅长江水师。他有预感，这可能是他最后一次巡阅长江。

到达长沙后，他上岸与朋友郭嵩焘长谈了一日一夜。

之后他乘船顺江而下，岳阳—武汉—湖口—安庆—南京—狼山，一路巡视水师各镇标，没发现明显失误，整体上军纪良好，训练严格，士气振奋。他比较满意，当年黄翼升四年就把水师弄得一塌糊涂，李成谋却将水师治理得有条不紊，真是个不可多得的人才。

七月二十二日，巡阅事竣，抵达杭州退省庵。

第二日，他把俞樾叫来喝茶。两人一面喝茶，一面闲聊起来。玉麟说：“亲家翁啊，我捐款在衡州的东洲岛上建了一所‘船山书院’，缺一个山长，这个位子很适合你，如果你愿意去，那是蒸湘人的福气啊。”

俞樾说：“亲家翁莫说客气话，我敢去你们湖湘吗？惟楚有材，于斯为盛。天下不可一日无湖南。湖南地灵人杰啊，亲家翁用轿子来抬我也不敢去！”

“我知道我的面子不够大，请不出亲家翁。看来，我只有去请那位狂士了。”

“王壬秋？找对了，天下第一才子，无论哪一方面都胜我千倍。请他做山长，湖湘的文脉便可延绵不绝！”俞樾抿了一口茶，换了话题说：“亲家翁，现在你的声誉如日中天。在皇太后、皇上眼里，已经将大人的名字排在朝廷重臣的第三位！而在民间，你的清誉甚至超过了李大人。”

玉麟皱起眉头，说：“盛名之下，其实难副。朝廷上谕里，的确多次是这样的排名了，我也感到有些惶恐。”

俞樾故意卖关子，说：“是啊，李鸿章被皇太后宠爱得不得了，功劳和能力也是有的，自然放在第一。左宗棠功勋卓著，德高望重居第二，也是应该的。大人排第三，论官职，大人只是兵部尚书，曾国荃等一大批人官位都比你高；论功劳，大人自然劳苦功高，但比大人功劳大的，也还是有的。”

玉麟眉头皱得更紧了，说：“正是如此，也不知是祸还是福。朝廷这样安排的深意何在？莫非是借我做砖头打击别人？”

俞樾连连摇头：“非也非也。因为大人是一位奇士，是天地间第一奇男子，是大清官场中的一个异类。大人德奇，才奇，诗奇，画奇，经历奇，当官奇，治军奇，为人奇，私情也奇，处处奇。大人三十八岁还是一介布衣，随曾大帅创建水师，千里血战，剿灭长毛，只短短十年，就被封为太子少保，可谓青云直上，比为经历奇也。你在官场中，不要官，不要钱，不要命，古往今来的官吏几人做到了？此为官奇也。大人不停地升官，不停地辞官，升了又升，辞了又辞。你可能是历史上辞官最多的人，这奇不奇？大人当了官，不摆架子，依然布衣草鞋，粗菜淡饭，日夜住在一条舢板船上，写字画画读书，过的依然是书生生活，你说这奇不奇？……”

玉麟笑道：“有些奇，还说得过去。但你说我私情奇，奇在何处？”

俞樾哈哈大笑道：“这还不清楚？江湖上都用八个字形容大人，‘英雄肝胆、儿女心肠’。大人不近女色，从军之后睡在船里，三十年如一日，几次回家也不与内人同房。但是，大人心中装着一个女人，不弃不离，永远亲密无间。有人言，拥有一千个女人的男人是情魔，拥有一百个女人的男人是情鬼，拥有十个女人的男人是情种，拥有一个女人的男人是情人。身边没有女人，但心里爱恋着一个女人的男人叫情圣，大人乃情圣也，还不奇啊？”

玉麟被俞樾逗乐了，说：“这么一说，我还真是一个奇男子了……那好吧，等我在山上安息了，你将你刚才说的奇话写成墓志铭，立在墓边吧。我会含笑于九泉的！”

俞樾又补充说：“说大人是天下第一奇男子的不是我俞樾，乃怪才辜鸿铭呢！”

五　西湖多闲趣，俩亲家翁对酒谈诗联

彭玉麟准备找一张纸来写诗，却发现书箱里一叠诗稿只剩下上半截，下半截不见了，没有碎片留下，只有数十粒老鼠屎，肯定是老鼠把诗稿纸嚼碎吃了。玉麟自语道：“老子的诗猪不闻狗不舔的，老鼠倒喜欢呀。好老鼠，你把老子的诗吃到肚子里，你就通了文墨，成了一只有文化的老鼠，你不得了了，你离万物之灵的人类只有咫尺之遥了！”

“亲家翁呀，你独自一人在嘟哝着何事呀！”这时俞樾走进屋来，望着彭玉麟笑。

玉麟笑着把手里那一叠被咬了一半的诗稿举起来给俞樾看：“我到广东去了三年，老鼠进了我的屋，把我的诗稿偷吃了。哪样东西不好吃，偏偏要吃老子的诗稿！这死耗子！”

俞樾便模仿彭玉麟的衡州话打趣说：“你屋里老鼠不一样，通文墨，晓得吃。晓得你的诗味道好，既能饱肚子，又能长智慧，不吃你的吃哪个的？”

玉麟笑了，说：“你屋里的诗稿才是值得一吃的佳肴。可这些耗子脑壳蠢，

放着亲家翁屋里的肉鱼鸡不吃，偏要吃我屋里的萝卜白菜！”

俞樾从彭玉麟手里接过残稿，坐下来看了又看，玉麟给他倒了一杯酒。

俞樾说：“我不喝酒。”

玉麟说：“到你家去，我就喝茶；到我家来，你就喝酒，不过量就没事。”

俞樾依了玉麟，破例抿了一口酒，就那么一小口酒也让他面红耳赤了。俞樾说：“也是，诗酒诗酒，论诗就该喝酒……我今天来，也真是凑巧，正是为诗稿之事而来。”

玉麟奇怪了：“为诗稿之事？要捉那些吃诗稿的耗子？”

俞樾说：“亲家，我是说正经的……你现在年事已高，准备告老还乡，是时候把你写的诗稿整理整理，刻印出来问世了……否则给老鼠吃了也太可惜了。”

玉麟大笑：“讨一个小，刻一部稿。好多官爷回乡养老做的就是这两件事情，娶一个貌美的小妾，享受享受；把自己那些破诗烂文刊印成书，企图流芳百世……亲家翁也让我走这一条老路？”

俞樾笑道：“我不劝你讨一个小，只劝你刻一部稿。”

玉麟说：“两件事情都俗不可耐！”

俞樾严肃起来，说：“我赞同大人的观点，大多数退休的官爷最后出的书都毫无价值，是附庸风雅。但大人是真诗人，你的诗作甚有价值！”

玉麟问道：“还真有价值？”

“你听我讲嘛。大人的诗我都拜读了，可分为两部分：一曰军旅诗，一曰文人诗。军旅诗包括剿灭洪杨和驻粤抗法的诗，这些诗带有史诗的性质。它是社会的缩影，历史的镜子。文章合为时而著，歌诗合为事而作。大人能洞察天下大势，通古今之变，难道没看到自己诗歌的价值？”

停了片刻，俞樾又说：“你的文人诗，发自肺腑，直抒胸臆，爱憎分明，可以看出大人的真性情。大人的清高、超脱、睿智，对天地万物的爱，对邪恶和世俗的憎恨和鄙弃……都包含在诗中。倘若说你的军旅诗歌显露出你的豪情和忠诚，那么你的文人诗则可以看出你的清高、孤傲和柔情……”

玉麟说：“亲家翁你别尽夸我，我知道自己的诗浅露直白，不够古雅。”

俞樾实话实说：“大人的诗是没有你们的先贤王船山的诗那么高古，但阳春白雪，和者必寡。然大人的诗并非下里巴人，可谓雅而不俗，直而不陋，清新自然，灵动有趣。”

“过奖过奖了。”

“亲家翁，不是夸你，你写的对联水平比诗还要高，称得上对联大家，我看国朝的撰联高手，大人可以排到前五位。比如大人写西湖、黄鹤楼和石钟山的对联，境界之高妙，用典之贴切，用词之准确，对仗之工整，大家亦难超越也。”

玉麟直言道：“不管你怎么夸，我都不会刻印自己的诗集，有些我会烧毁，有些我留给孙儿看看，无论如何不刻印了。”

俞樾也不再劝他，知道彭玉麟不会听取他的建议。他嘱咐玉麟暂时别把诗稿弄丢了，将老鼠毁了的诗凭记忆补写出来。他想自己如果在玉麟后面过世，便设法将他的诗文刻印出来传世。

俞阶青来了，提着两个篮子，里面盛满饭菜，拿出来摆了满满的一桌。

玉麟笑着说：“怎么把你家的饭菜拿到我家桌上来了？”

俞樾说：“亲家亲家，本是一家嘛，分什么你我。快，叫老军士也来吃。”

玉麟看着俞阶青笑，这个孙女婿，二十多岁了，个子高高的，愈发英俊可爱，且成熟稳重，接人待物，得体有度。玉麟觉得自己当初没有看错人。

窗外是西湖，近处碧波粼粼，远处山色苍翠。

六　对孙女含泪叮嘱，与俞樾最后一次游西湖

光绪十四年，彭玉麟依然带病巡江，到了安徽，见到新任安徽巡抚陈彝，两人从未见过，陈彝见自己久仰的彭玉麟骨瘦如柴，行路颤颤栗栗，甚为吃惊，顿生怜悯之心，说：“大人，你的身体状态实在令人担心，别再巡阅下去了，大人留在安庆调养吧，等身体好了再巡视。”玉麟摇头道：“谢大人怜惜，这次巡阅还没有结束，不能半途而废呢。”陈彝实在是好心人，次日为彭玉麟特意上疏朝廷，奏折里写道：“臣与彭玉麟向不相识，今见其行步龙钟、语言蹇涩。朝廷必欲用之，则当听其养疾，以收他日之效。”

彭玉麟巡阅完毕，回到杭州，感到自己的身体实在支撑不下去了，再次上疏朝廷，说明自己身体已经极差，要求开兵部尚书实缺及销去巡阅长江水师的差事。朝廷这时受陈彝奏章的影响，终于同意他回籍调养，但巡阅长江水师的差使

仍然保留，责成长江水师提督李成谋认真经理。朝廷还赐了人参给彭玉麟补养身体。玉麟十分感激，立即上疏谢恩。

这一年，他留在杭州退省庵过年。住处离亲家翁家很近，他常去看俞樾，也看看自己的孙女。孙女已经生了两个女孩，大的三岁，小的一岁，刚刚咿呀学语，这天由曾祖父俞樾抱着。玉麟向小女娃伸出手去，还拍了两下巴掌，说："妹子，叫我太外公呀。"女娃看了他一眼，咧嘴笑了一下，却不喊他。玉麟见孩子笑得很可爱，就从俞樾手里抱过，逗她玩。

孙女彭见贞走来了，她喊了声"爷爷"，玉麟答应着，眼看着彭见贞才二十出头，却愈发瘦弱憔悴。玉麟问她："是不是身体有病，不然怎么这样瘦弱？"见贞说："也没有什么病，就是精神不太好。"玉麟又问："你现在还想衡州不？"见贞说了实话："想。想姆妈和弟弟们。不想做不到。"俞樾说："时间久了会习惯的。"玉麟突然从心里生出一种内疚感，这门婚事全是他做的主，夫妻两人十分般配，只是孙女嫁得太远了，回娘家多不容易啊。五六年回一次都很难。他又问见贞："阶青对你好不？"见贞说："好，甚好，爷爷放心。"俞樾插话道："夫妻只要合得来就好，其余都是次要。"玉麟对孙女说："爷爷巡江，一两年要来一次西湖，顺便带来你妈送你的东西，也把你给你妈的东西带回去。以后，爷爷不巡江了，难得来西湖了，你就与衡州远了……有机会回去看看，回不成可以写信，见字如见面。很多女孩都要远嫁的，只要夫妻相敬如宾就好……"说着说着突然哭了，孙女也跟着他流泪。

第二天，玉麟邀请俞樾去游西湖，西湖他们游了多次，晴天雨天雪天都游过，每个角落都游遍了。俞樾知道他是来向西湖告别的。

这时是冬天，湖上的船很少。虽然天气晴朗，湖面上铺着一层淡淡的阳光，但是湖上的风有些寒意。玉麟在船上温了酒，俞樾喝热茶，两人慢慢地喝，划船的舟子也把船划得很慢……

玉麟的确有些伤感。他预感自己此生再不会来游西湖了，所以心情有些沉重。

他曾自称"西湖十二桥钓叟"。记得第一次与俞樾游西湖，俞樾在小舟上纵谈西湖之美……说得玉麟欲醉欲仙，兴趣盎然。

船越往深处走，景色越奇异。后来船划到湖的尽头，山峰耸入云际，白云飘飞，陡峭的悬崖仿佛要压下来。山色郁郁葱葱，秀色诱人。山泉潺潺，仿佛在足底响起。湖中细微的波涛声和山上的鸟鸣声相呼应……

玉麟一声长啸，吓得树上的鸟扑棱棱飞起来。

他发现一只美丽的小鹿，小巧玲珑，皮毛放出美丽的光芒。

他下了船，和几个亲兵攀上山崖，想捕捉小鹿，但是小鹿叫了两声，灵巧地逃往高处。他们又往前追去，那小鹿又望着他们叫了两声，好像在挑逗他们……

他们回到船上，俞樾拊掌大笑，说："雪帅，你们刚才哪里是游览，简直是战士在奋力攀登敌人的战垒……"

玉麟辩解道："你不要笑我，我们是在追求美好的东西呢，如果抓住小鹿，我们也不会伤害它，我们欣赏一阵子，便会放它归山。"

…………

往事历历，西湖美丽如初，但人生易老。

俞樾说："今天风太凉了，等亲家翁病好了，天气暖和了，我们再来游吧。"

"也许这是最后一次了。"玉麟有些伤感，"西湖美景长在，而人生苦短。"

"大人与西湖是有缘的。大人因西湖而俊朗，西湖因大人而厚重。宋之岳飞，明之于谦，今之雪帅，可称为'西湖三少保'。前二位少保皆不得善终，唯大人洪福齐天也。"

玉麟感慨道："过誉了，但我的确深爱西湖。如死后真的有灵，魂魄归来，愿化作西湖一朵水花，一缕清风，或一抹月色……"

七　从杭州返回衡州，向长江做最后的告别

次年二月，彭玉麟从杭州启程，溯江回衡州。他的病已非常严重了，咯血，头痛，腹胀，手脚麻木，吃不下饭，说话含混不清，须要人扶持才能走路。但他的头脑还很清醒，他已预感到自己来日无多，绝对是今生今世最后一次在长江上航行了。

船溯江而上。天气很好。他躺在船舱里，眼睛凝视着舱外。

天空格外高远，一朵朵白云轻盈地飘飞，自在而安详，太阳时而被洁白的云朵覆盖，时而拂去面纱露出慈祥的面容；江面也格外辽阔，江水绵绵而来，像一匹巨大而绵长的锦缎。江面上细碎的波纹，闪动着无数点银光，仿佛满河银星在闪耀。远处有不少船只在航行，有的顺江而下，有的溯江而上，上行的舟船，高扬的白帆好像和天上的白云相接了，那船只、那白帆好像要驶进白云的深处。

在这江上来来回回，飘来飘去，多少回了？多少年头了？从小在长江里游泳，就像长江里一条鱼，游来游去。后来从戎，创建水师，穿行在风口浪尖，冒着枪林弹雨……

古往今来，还有谁像我一样在长江里来来回回，年复一年，终其一生？

在长江上，我三次受伤，好多次险些丧命，多少次在风浪里呼号，多少次在风浪里哭泣，多少次把豪爽的笑声抛洒在大江的万里长风……只有长江知道。那时候，自己还年轻，虽然比当年周瑜战赤壁时年纪大一点，但也曾雄姿英发过，也曾豪气冲天过。我驾着船，船头插一面红旗，风卷红旗，哗啦啦地响，在江上穿梭巡视指挥，将士只要看到插着红旗的船来了，便喊：“看那红旗！雪帅来了！雪帅来了！”还有，那时自己养着两只丹顶鹤，黄昏时它们便欢叫着回到船上。将士仰头看到天空中归来的鹤，常说：“那是雪帅的鹤！那是雪帅的鹤呢……”

长江波翻浪涌，卷走了泥沙和时间，卷不走人的记忆和感慨。

船在平稳地行走，玉麟遥望远处，脸上有了阳光一般的笑意。

记得少年时，一位老先生说他属于江河湖海，又说他“临水而安，居水而兴”。现在想来，这话说对了，又没有说对。自己的一生的确与江海湖泽有关，我彭玉麟的一生的确是属于大江大湖大海的！但“临水而安”实在不对，我哪一天安了？惊涛骇浪，风霜雨雪，刀光剑影，枪林弹雨，斗智斗勇，忧国忧民，七十余年光阴，尽消磨于忧患困苦之中。可谓居水亦忧，临水亦忧。王船山在南岳住了很长时间，说唯岳知余。那么我也想说，长江几乎见证了我的一生，唯长江知余也！唯大江大湖大海知余也！

长江不语，从远方来，又向远方去。

滚滚长江东逝水，浪花淘尽英雄。滚滚长江，你见证了一切，又淘尽了一切。你见证了长江发生的无数故事和传说，见证了血与火的争斗，见证了人间的血腥和眼泪，但这一切又都在涛声里像烟雾一样消散了。屈原在哪里？曹操、刘备、孙权、孔明、周瑜又在何处？李白的小船还在江上飘荡吗？岳飞的身影还在洞庭湖的浪花里闪烁吗？鄱阳湖上还听得见朱元璋叱咤风云的怒吼吗？湘军有多少人成了长江上的英魂？最后，一切都无影无踪了啊……是的，你淘尽了英雄豪杰、才子佳人，也淘尽了芸芸众生。我们这一代人，好多人已经进入泥土，我也快了。

他抬头看看天上的流云，又低头看看江中的流水。突然，世界变得虚无缥缈起来。

长江，从青藏高原流来，从苍茫的远方，从远古的文明里一路流来。时而平静，时而湍急；时而激情澎湃，卷起漩涡飞起浪花，时而悠闲自在，仿佛隐士在闲庭信步……绵绵不绝，无始无终，流动在天地的怀抱，流动在岁月的深处，也流进人丰富的生命里，流进我们滚烫的骨血里……你用力托起我的船，用风鼓起我的帆，送我上上下下，岁岁年年，你已经成为我生命中的一部分，见证了我们的芳华与暮年。你远远地流来，又远远地流去。在我之前，你已经流淌数万年；在我之后，你还会长流数万年。你不会记得我，也不需要记住我……不不不，长江不只是淘洗，不要把目光停留在它无情的淘汰与淹没上。长江绵绵不绝地延续，无休无止地延续。它能记忆，能沉淀，沉淀到深厚河床成为时间的文本；它能升腾，升腾到天空成为云霞游走四方，成为远处新的气象；它能灌溉，与两岸广袤的土地一起酝酿和孕育，春华秋实，化为佳肴和美酒，进入身体形成骨血，变作耀眼的繁华与美妙的歌舞……此时我就在大江之上，我就是大江的一部分，我就是江上的浪花与涛声。我目睹了江上的渔火渔歌、金戈战船，还有风花雪月、云雨雷电和激流险滩，我饱赏你的美丽、雄壮、激情与温柔，我踏遍你数千里的波涛，我为你流汗流泪亦流血，做了我该做的一切，我又何愧于万里长江？我见大江多妩媚，我料大江见我亦如是……大江是有灵的，山有山神，水有水神，大江岂是无情物？你会记住江中与江岸上发生的一切，会记住英雄的呐喊和骚人的吟哦，会记住江上的战旗号角与白帆渔歌……

他感到自己不再是自己，似乎化作了江上的浪花与烟雾。

而这时，他的丹顶鹤一声长鸣，拍着翅膀飞进云层里。

八　心爱的丹顶鹤死了，他也将走向生命的尽头

彭玉麟回到衡州退省庵后，发现随他回来的丹顶鹤得了重病，好像快不行了。他托亲兵弄来鲜鱼，鹤不看也不闻。他抚摸着鹤，用嘶哑的声音断断续续安慰它："雪翼，怎么啦……好歹……也吃点……东西呀。鹤类的寿命……是很长的……据说……可以活一千岁。我都还活着……你怎么能……死呢。"鹤呆呆地望着他，现出忧伤的神情。

他原来有两只鹤，都很英俊，顶上的丹冠红得耀眼，颈长长的。一只叫雪羽，是他在洞庭湖上时开始跟随他的，可惜前些年死了，他把它葬在它的故乡洞庭湖的小岛上。这雪翼，是在鄱阳湖时飞来跟随他的，三十多年了，跟随他风里来雨里去，在数千里长江上来来往往，还跟着他去过东海、南海，他和它在一起度过了多少艰难的岁月啊。

两只鹤都是雄鹤，据说，鹤如果失恋了一次，就不会再与任何鹤相亲了，只会孤独地度过自己的一生。也许，这两只鹤，都是在失恋后飞来归顺他的。他曾开玩笑地说："我们是三条光棍，雪琴雪羽雪翼，三个孤独者聚到一处了，也好，孤独者相依为命。"

"可惜，雪翼，你也要先我而去了，最后一个孤独者最痛苦啊。"玉麟在心里叹息着。

过了几天，丹顶鹤病情转好，他也转忧为喜。

接下来衡州下雪了，这场大雪把一堵墙压倒了，搁在墙上的一根木料掉下来，把不远处的雪翼砸死了。

玉麟甚为伤心，为死去的雪翼写下一首七律：

大雪深深压折椽，椽倾鹤毙意怆然。
岂真羽化归三岛，无复声闻唳九天。
瘦影不随花月夜，仙踪顿失竹梅边。
惭予薄俸殷勤饲，孤负相依卅四年。

他以前就想好了，雪翼死了，将它埋到鄱阳湖的小山上去，它从哪里来，还应回到哪里去，就像雪羽那样，但现在他已经没有力气送它去鄱阳湖了。

他一时不知把雪翼葬到什么地方。他想起王船山的满女儿死了，他将她葬在屋后的梅花树下。于是，玉麟仿效王船山，将鹤埋在退省庵后园的梅花树下，于是梅花树下隆起一座新坟。鹤坟旁还有一个小坟，是不久前玉麟清理诗稿时，将一些诗稿埋进泥土里，堆起一个小墓，称之为吟香馆诗冢。夜里，他又为鹤写了一首《鹤冢》：

生为仙品死埋冤，劫数难明不可言。
百岁青山虚老伴，一抔黄土瘗芳魂。
缟衣丹顶怜诗冢，明月梅花守墓门。
墨客骚人频叹息，不劳惆怅吊王孙。

半月后，玉麟的病情加重，他示意众人把他抬上二楼，他想安安静静度过最后的时光。

他整天躺在床上，说不出话，吃不下饭，思维也不顺畅，有时候想着想着脑子里就一片空白。他感到自己已经临近生命的尽头。

再不能为朝廷巡视长江了……皇太后、皇上对自己恩深似海，今生今世再不能报答。但，自己尽心尽力了……朋友、亲戚和父老乡亲，也还算……没有辜负他们吧……至于家人，三个孙女都出嫁了，孙子也大了，不用担心他们了。至于儿媳常筱琴，虽然身体多病，但有儿女照顾她……

照顾自己生活的老军士和亲兵，他已经嘱咐大孙子见绶，办完丧事后，一定要给他们一笔钱，数目已经确定……他们对他太好了，尤其老军士老陶，一辈子跟随在他身边，如果他愿意回故里就给他一笔养老的银子，如果愿意住在这里，就养着他到归山吧……

他还想去父母的墓上看看，但已经不能了……父亲的墓地早几年进行了修理，母亲的墓地已被树木所包围，母亲和外婆埋在一起，竹宾姨也葬在一旁，她们在一起，不会太寂寞的吧。竹宾姨太可怜了……他为她栽种在墓旁的梅花树每年都要开一次花，那是他的心花……

还有何事要想呢？没有了吧。至于死后葬在哪里，他不去想了。他曾听人说，长江上游有些民族有水葬的风俗，人死了，把他的身体扔到河里，让水流将他卷向远方。如果孙子把我水葬，让我随流而下，随长江入东海，那最合我的心意……

九　南岳尼姑看见一只白鹤逐流水而飞，最后融入飞溅的浪花里

光绪十六年三月的一天，南岳山上的那个尼姑带了膏药，早早地从山上下来，到了湘江边，乘一只小船来衡州城。

久雨初晴，湘江里满满的都是新涨的春水，淡淡的薄雾正在消散。两岸一片青青的草色。有早醒的虫子在草丛里低唱浅吟，有野鸭在江上戏水。江上的风带着春的气息，有浅浅的凉意。

船在行走，水声哗哗。

“师姑，你要去哪里？”长着络腮胡子的舟子问尼姑。

“去退省庵送膏药。”

“哦，据说彭大人快不行了。”舟子的声音很低沉。

“你知道彭大人？”

“呵呵，衡州，湖湘大地，整个华夏谁不知道雪帅？”

“你是本地人？”

舟子答道：“是的，我爷爷亲眼见过彭大人在湘江上训练水师……老人家说，湘军是一群狮子的化身。”

“这么神奇？”

“可惜，这群狮子都先后归山了。”

正说着，尼姑眼前突然闪过一道亮光，她抬起头来，只见一只白鹤从头顶飞过，它在湘江上空高飞了一阵，随后斜着飞下来，贴着湘江江面低翔，一直往北飞，往北飞，白色的翅膀上下扇动……最后与江上雪白的浪花融为了一体。

尼姑默默地想，那白光、白鹤、浪花，是彭玉麟吗？他变成大江上的浪花，变成一缕江魂了？……

船停住了。望见离江边不远的退省庵了，尼姑却不上岸。

舟子说："师姑，你不是说要去退省庵送膏药吗？为何不登岸？"

尼姑说："不用了，彭大人走了。"

正在舟子疑惑时，退省庵响起一片哭声，彭玉麟与世长辞了。

尼姑说："往回走吧。"

"回南岳？"

"不回了，顺江而下吧，去很远的地方。"

"去洞庭湖？"

"不，去东海吧。"

"去东海？……海那边是什么？"

"是虚无的彼岸。"

舟子本来有点小才，此时若有所悟，一面划着船沿着湘水向北而行，一面用嘶哑的嗓子唱起自己即兴编的渔歌：

南岳巍巍湘水长，
九弯八曲到岳阳。
岳阳渺渺洞庭水，
洞庭过去是长江。
滚滚大江东流去，
天际东海水茫茫。
茫茫云水英雄泪，
一曲渔歌远山苍。
…………

江面起雾了，天空飘卷起铅色的云来。不一会，袅袅升腾的雾气与空中丝丝缕缕的浮云相交汇，江水与云雾、天空与大地没有了明显的界限，变成朦胧模糊的一团，那只小船在云雾里穿行。舟子唱的渔歌，格外雄浑低沉，仿佛夏天里沉沉的闷雷，在苍茫的水云间滚动不息……

尾声：后来的后来

有人说，彭玉麟的逝世，是大清帝国最后一抹斜阳的消逝。

这年四月，诏命追赠彭玉麟太子太保衔，谥号刚直，照尚书例赐恤，并于湖南原籍及立功省份建立专祠，生平战功付国史馆立传。

彭玉麟是一个生命力很强的人。他因三次受伤得了咯血之疾，右手右脚因战伤常年麻木或疼痛，竟然活到七十四岁。曾国藩先他十八年逝世，终年六十一岁。左宗棠先他五年逝世，终年七十三岁。在彭玉麟逝世的同一年，曾国藩的大儿子曾纪泽先他一月而死，年近五十一岁；他的老搭档杨岳斌于六月去世，终年六十八岁；九帅曾国荃于十月去世，终年六十六岁，因为后死六个月，他还给彭玉麟写了一副挽联：“下为河岳，上应日星，一旅起衡湘，志量不居三代后；身在江湖，心存魏阙，大勋垂宇宙，忠清无愧九重褒。”对彭玉麟评价极高。

彭玉麟逝世后二十一年，他所忠心的、竭力挽救的大清王朝解体。替代大清的民国，再也没有了皇帝和皇太后。

李鸿章在彭玉麟逝世后，还活了十一年，他也没有看到清朝的灭亡，但他深切地感到清朝覆亡的命运不可挽救。彭玉麟曾对李在中法战争中对法国的妥协愤慨不已，但彭玉麟逝世时，李也送了一副挽联：“不营官府，不乐家室，百战功高，此身终以江湖老；无忝史书，无惭庙食，千秋名在，余事犹能诗画传。”看来他还是很佩服彭玉麟的。

俞樾寿命最长，他活到了光绪三十三年，高龄八十六岁。彭玉麟逝世时，那些文稿都未整理好，俞樾打发孙子俞阶青把他的文稿（包括诗词、奏章等）拿到杭州进行整理，自己作序加以刊印，还为彭玉麟写了祭文和诗词等。俞樾逝世前，他的孙媳，也就是彭玉麟的孙女彭见贞已经去世，俞樾写了一首《哭孙妇彭氏》，流露出对人生的哀叹和无奈。

彭玉麟逝世后，王之春还活了十六年，他逝世于光绪三十二年，只有六十四岁，后来任过安徽巡抚等职。他没有忘记彭玉麟的嘱托，建成了衡州的珠晖塔。

那个预言大清王朝顶多再延续五十年的赵烈文，比彭玉麟小十六岁，活了六十一岁，也没有看到大清的末日。

比彭玉麟小十七岁的王闿运活到了民国四年，享年八十三岁，见证了大清王朝寿终正寝，还在民国时期受袁世凯的聘请，任过国史馆馆长。彭玉麟逝世后，他为彭玉麟写了墓志铭和行状，详细地记录了彭玉麟一生的事迹，对他评价极高。他没有辜负彭玉麟的重托，在船山书院任山长达二十余年。书院所处的东洲四面皆水，出入皆靠船只，生活有许多不便，但王闿运不畏孤寂，潜心教育和学术，把书院办得声名鹊起，岳麓、城南、渌江等书院的高才生纷纷南下到船山书院求学。他为湖湘培养了一大批杰出人才。

王闿运的逝世，标志着曾国藩、彭玉麟那一代人成为历史。

王闿运有一个学生叫杨度，被称为“旷世奇才”“帝王之师”。他对湘军有一种特殊的情结。他求学于船山书院，后留学日本，一日，他突然想起湘江，想起曾国藩、彭玉麟和湖湘子弟组成的湘军，灵感汹涌，一首长长的《湖南少年歌》一气呵成，后来成了脍炙人口的名篇。此诗好几处提到彭玉麟，颂扬湘军的句子更是随处可见：

吁嗟往事那堪说，但言当日田间杰。
父兄子弟争荷戈，义气相扶团体结。
谁肯孤生匹马还，誓将共死沙场穴。
一奏军歌出湖外，推锋直进无人敌。
水师喷起长江波，陆军踏过阴山雪。
东西南北十余省，何方不睹湘军帜？
…………

再后来，民国十四年，橘子洲头一位叫毛泽东的湖湘青年喊出了“问苍茫大地，谁主沉浮”的豪壮之语，随后率领民众干出了一番翻天覆地的大事业，开辟了一个崭新的时代。

湖湘这片血性而神奇的土地，至今仍为全中国乃至整个世界所瞩目。

后记

1

家乡有两位非常著名的文化名人：王船山和彭玉麟。在写完长篇历史小说《王船山》之后，我又萌发写彭玉麟的念头，但决心迟迟难以下定。后来游览了石钟山，在那里见到的一些文物和场景对我的触动很大，于是铁下心来写彭玉麟，甚至觉得此生不写彭玉麟，内心难以安宁。

那是2016年11月，我们一群人从江西庐山采风返回，途经石钟山时，参观了彭玉麟在石钟山修建的昭忠祠等数十处建筑物，在临江的岩石上眺望壮阔的鄱阳湖和长江，在书店里买了好几本与彭玉麟有关的书，随后又乘船在长江和鄱阳湖交汇处游览了一番……这是彭玉麟和湘军水师战斗和生活过的地方，他们在此留下了许多英雄故事和动人传说。同行的人好像没有特别的反应，而我的内心却震荡不已。我没想到，彭玉麟在此处留下了如此多的文物，且被保护得如此完好。更没想到，导游和当地人对彭玉麟的故事耳熟能详，说起来是那样亲切温暖，似乎彭玉麟是他们的故人。而作为彭玉麟的故乡人，我深感不安和内疚。彭玉麟在故乡的文物比此处少得多，他的故居和陵墓等多处文物都遭到严重破坏，还有一些没有得到修复，修复的文物也与原物相去甚远。市内原有一条纪念彭玉麟的街道，叫刚直路，至今没有恢复它的原名。而家乡的人们对彭玉麟的事迹更是知之甚少，像石钟山的导游这样能生动而详尽地讲述彭玉麟故事的人，我很少遇到。于是我觉得有必要写一部介绍彭玉麟生平的小说，让更多的人走近彭玉麟，以弘扬湖湘文化。

2

彭玉麟是古今罕见的奇男子，他性格独特，思想境界高远。“不要官、不要钱、不要命”，这“三不要”是彭玉麟对朝廷的内心表白，也是他的行动准则。境界之高，不要说晚清腐败的官场，就是当今社会，也很少有人能企及。他先后十多次上奏章辞官，对官位不感兴趣，只想“以寒士始，以寒士终”。他不贪钱财，离开水师回籍养病，水师存有的六十万两白银，他不贪一分一毫，悉数交给当地官府。而朝廷给他的养廉银也不是一个小数目，他分文不取。朝廷给他的俸禄和奖金，他不用来买田买房，而是用来支持家乡的文化教育。他打仗不畏生死，三次受伤，身上弹痕累累，是真正的英雄豪杰。他的一生，真正做到了自己提出的“三不要”。这种精神可以说是一种财富，是湖湘文化丰富的精神矿藏，值得深度挖掘和利用。

当然彭玉麟也不是神，他也有七情六欲，不是完美无缺的，说他没有一点私心也不合事实，比如朝廷对他祖父母及父母的诰封，还有朝廷按规章对他的儿子的优待，他都是欣然接受的。但他绝对是晚清官场的一个异类，是开在污泥浊水中的一朵高洁的白莲。

3

在我们这里，不少人称彭玉麟为“海军之父”或“海军的奠基人”，这与历史事实不相符。我涉猎的文献资料中，彭玉麟并未参加晚清的海军创建，也没有指挥海军的经历。即使在广东筹谋抗法，他指挥的也是陆军和珠江上的水师。内河水师和海军不是同一概念。但应指出，当朝廷征求大臣们对海军创建的意见时，彭玉麟在奏章中提出了自己很好的构想，其思想的深远和设想的完善超过同僚。但如据此称他为“海军之父”，似乎有些牵强。

彭玉麟与梅姑的爱情故事流传很广，在重建的彭玉麟故居退省庵还塑有彭玉麟和梅姑在一起的雕像。但我写书没有采用这一传说。因为我在《彭玉麟集》及有关文献里没有找到梅姑的名字及有关史料，却发现他与王竹宾的情感线索：王竹宾不是彭玉麟的亲姨妈，是他外婆认带的女儿，没有血缘关系。玉麟少时住外婆家里，两人年岁差不多，朝夕相处，青梅竹马。彭玉麟十六岁时同父母从安徽怀宁回到故乡衡州后，王竹宾依然跟玉麟的舅父和外婆一起生活，与玉麟两地相隔。十二年后，舅父突然英年早逝，外婆与竹宾无依无靠，玉麟得知后打发弟弟将外婆与竹宾一同接到衡州与他们一起生活。随后竹宾嫁给姚氏为妻，彭玉麟与邹氏结婚。玉麟与邹氏感情不和而分居，竹宾因难产而早亡。后来彭玉麟将竹宾的尸骨与他外婆、母亲葬在同一处，这些都是有史料可考的。

彭玉麟在诗文里没有明言自己和竹宾有情爱关系，但还是留下了情感的蛛丝马迹，隐隐约约可以辨认爱河的流向。我在小说里引用的彭玉麟写竹宾的诗词，不是凭空虚构，可以在他的诗词里找到。因无血缘关系，故我认为彭玉麟与竹宾的感情自然而健康，绝不是乱伦，写他们的情爱，我想也不会损害人物形象。至于他们情爱的一些细节，是想象出来的，历史小说的细节是允许虚构的。

4

彭玉麟一生与大江大湖大海相关联。他少时喜欢在江河里游泳，从戎之后，与曾国藩一同创建湘军水师，在湘江中训练，后奉命出师平乱，从衡州湘江出发，过洞庭，达长江，顺江而下，最后攻取金陵。上下转战数千里，在枪林弹雨里血战十余载，终于剪灭太平军，收复南京城。回籍养病三年后，又奉命巡阅长江，实质上是以钦差大臣的身份为朝廷监督和控制长江水师。上到湖南岳阳，下到江苏狼山，一只小船，几个亲兵，上上下下，六个省份，六千余里，巡查水师六个镇标，维持着南方内陆的安全与秩序。后中法战争爆发，他又奉命以兵部尚书的身份到广州督防海疆。

他的一生，真的属于大江大湖大海，这是很特殊的经历。在讲述彭玉麟的故事时，从开头到结尾，我都试图注入江湖元素，希冀读者透过文字能看到弥漫在江湖上袅袅升腾的水汽，能听到波涛的轰鸣和江风的吟唱……

写作前，我游览过洞庭湖与鄱阳湖，也乘船在长江中走过一段。

写作中，我居住在湘江之畔的衡阳，这座城市是彭玉麟求学的地方，训练水师的地方，也是他晚年休养的地方，最后他在湘江边的退省庵驾鹤归西。写作的空隙，我常沿着湘江西岸缓缓而行，寻觅着他的足迹，遥想当年的情景，甚至希望看到彭玉麟乘着小船从江波中归来……

我有一个梦想，等自己有了钱，买一只木船，邀二三知己，请两位舟子，沿湘江而下，过洞庭，下长江，游鄱阳湖，遍访南京，再直下淞沪，走海路到虎门，再从虎门到广州，把彭玉麟走过的水路再走一遍。

朋友们都说，我的梦太奢侈。

5

此书的创作与出版，得到了许多人的帮助和支持，他们都是我的恩人。我的历史知识积累不是很深厚，遇到的一些问题我请教了著名作家、学者唐浩明先生，与他作过交流和探讨，书中有个别情节还借鉴了他的小说。市县领导谭崇恩、刘定安、陈群洲和唐仕海、李桦诸位先生对我写作和出版此书均给予了有力支持。湖南文艺出版社的领导曾昭来、吕苗莉、编辑匡杨乐等对此书的出版作了有力推动，此书的责任编辑谢朗宁女士，是一个参加工作不久的湘妹子，对书稿的批改和校对一丝不苟，她严谨的学术精神和对作者热情相助的态度，让我十分欣赏和敬佩。此外，书稿刚写就，我就发给了江苏网友胡梦锦老师，她在寒假期间不畏寒冷为我批注，提出了很好的修改意见，提高了书稿的质量。

对上面所提及的各位领导、学者、编辑和朋友，在此一并表达我真诚的敬意和谢意。

在书稿将要付梓之际，欣闻家乡的玉麟文化园即将建成，而彭玉麟的陵墓也开始修复，深感家乡党政领导对历史文化名人的高度重视，湖湘文化的春色必将愈来愈浓，但愿小说《雪帅彭玉麟》的出版，能为这文化的春天添上一抹色彩。

阿 山

2020年晚秋于湘水之滨